U0398895

路翎全集

第四卷

中长篇小说 1943—1948

饥饿的郭素娥
蜗牛在荆棘上
嘉陵江畔的传奇
燃烧的荒地

復旦大學出版社

本集获复旦大学“985工程”三期整体推进人文社会科学研究项目和
上海文化发展基金会资助出版，为国家社科基金项目（22BZW134）中期成果

《饥饿的郭素娥》再版书影

《蜗牛在荆棘上》初版书影

《燃烧的荒地》初版书影

青年路翎

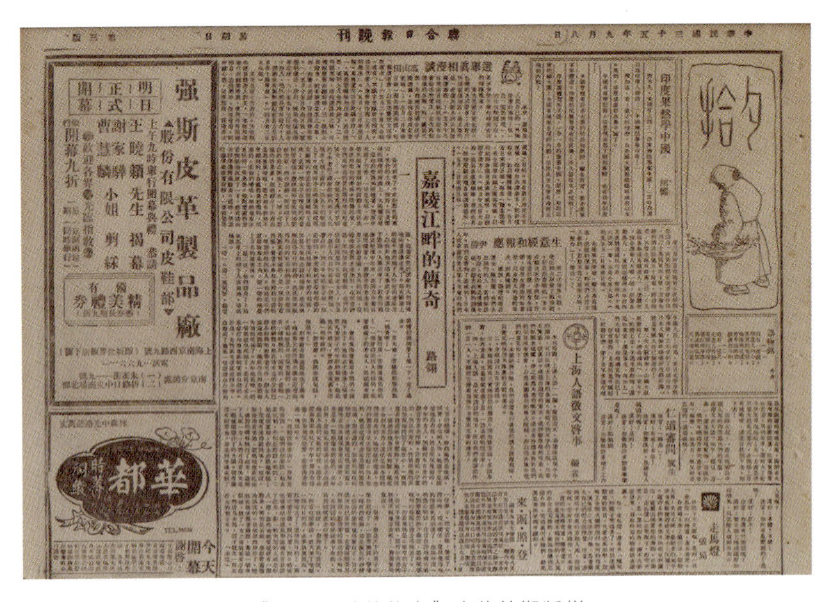

中華民國三十五年九月八日　聯合日報晚刊　星期日　第三版

嘉陵江畔的傳奇　路翎

選舉眞相漫談

生意經和報應

印度果然學中國

上海人語徵文啟事

仁道審問

來·淘·船·登

强斯皮革製品廠

股份有限公司皮鞋部

明日正式開幕

上午九時舉行開幕典禮　恭請

王曉籟先生揭幕

謝家驊小姐剪綵

曹慧麟

歡迎各界光臨指教

開幕九折

備有精美禮券

華都

今天開幕

《嘉陵江畔的传奇》连载首期版样

目　录

饥饿的郭素娥

《饥饿的郭素娥》，南天出版社 1943 年 3 月桂林初版，1944 年 11 月重庆 2 版；希望社 1946 年 1 月上海再版。据初版排印，并据再版本参校。

序

路翎这个名字底出现，是在前年的这个时候，但从那时到现在，他完成了十个左右的短篇，一个寄到香港在这次战争里面被丢掉了的长篇，以及现在这个中篇。

在这些里面，路翎君创造了一长列的形象：没落的封建贵族，已经成了“社会演员”的知识分子，纯真的青年，小军官，兵士，小地主，小商人，农村恶棍……，但最多的而且最特色的却是在劳动世界里面受着锤炼的，以及被运命鞭打到了这劳动世界底周围来的，形形色色的男女。在这些里面，不是表相上的标志，也不是所谓“意识”上的符号，他从生活本身底泥海似的广袤和铁蒺藜似的错综里面展示了人生诸相，而且，这广袤和错综还正用着蠢蠢跃跃的力量澎涨在这些不算太小的篇幅里面，随时随地都要向外伸展，向外突破。因为，既然透过社会结构底表皮去发掘人物性格底根苗，那就牵一发而动全身，生活底一个触手纠缠着另一些触手，而它们又必然各各和另外的触手绞在一起了。

由于这，在路翎君这里，新文学里面原已存在了的某些人物得到了不同的面貌，而现实人生早已向新文学要求分配坐位的另一些人物，终于带着活的意欲登场了。向时代底步调突进，路翎君替新文学底主题开拓了疆土。

在现在这一篇里面，他展开了用劳动、人欲、饥饿、痛苦、嫉妒、欺骗、残酷、犯罪，但也有追求、反抗、友爱、梦想所织成的世界；在这中间，站着郭素娥和围绕着她的，由于她底命运而更鲜明地现出了本性的生灵。

关于她，作者自己有过这样的表白：

> 郭素娥，不是内在地压碎在旧社会里的女人，我企图“浪费”[1]地寻求的，是人民底原始的强力，个性底积极解放。但我也许迷惑于强悍，蒙住了古国底根本的一面，像在鲁迅先生底作品里所显现的。我只是竭力扰动，想在作品里“革”生活底“命”。事实许并不如此——“郭素娥”会沉下去，暂时地又转成卖淫的麻木，自私的昏倦。……

但我看，事实许并不“并不如此”的。郭素娥，是这封建古国底又一种女人，肉体的饥饿不但不能从祖传的礼教良方得到麻痹，倒是产生了更强的精神的饥饿，饥饿于彻底的解放，饥饿于坚强的人性。她用原始的强悍碰击了这社会底铁壁，作为代价，她悲惨地献出了生命。

但她却扰动了一个世界。——张振山站了出来，但这个从残酷的过去懂得了解放的坚强的工人却没有能够救她，因为他连自己底一切也一并“解放”了，对于这世界实际上还是一个没有执着的飘泊者。但他却不能不走了，奔向了未免带着疑问号的“看我老张……够不够朋友”的前途。魏海清站了出来，但这个只是从残酷的过去带来了执着的，穿着工人服装的农民也没有能够救她，因为他连自己底怯钝习性也一并执着了，对于这世界还是一个不得已的追随者。但他却不能不死了，由于这执着所产生的一种怀恋的力量。……张振山底性格是鲜明的，但作者底笔尖还带着欲进又止的疑虑，而魏海清却一直向前，两个环境里面的看似矛盾但却融贯无间的心理动态，活生生地照出了他底灵魂。在这两个人物里面作者得到了辉煌的成功，或者竟超过了郭素娥本人以上。

郭素娥死了，她底命运却扰动了一个世界。走的走了，死的

---

① 据路翎 1942 年 5 月 12 日致胡风的信，此处应为“浪漫”。

死了，当兵的到前线去了，做工的上矿山来了……，而这劳动世界底旋律，带着时代底负担，带着被郭素娥底惨死所扰起的波纹，却在辉煌的天空下面继续前进，在它中间有老人底顽健，小人底坚实，青年长工底强壮的手臂和坚持而冷淡的面容，抱着忧虑地抱着希望投了进来的青年农妇底温暖的泪光和善良的心地……。就这样，作者寄付了他底悲悼和希望；在目前，似乎他也只能这样地寄付他底悲悼和希望了。

这并不是说他对人生抱着听其自然的态度，恰恰相反，他底着力点每一步都放在祖国底明天，也就是他底人物们底明天上面。因为这，他有时甚至情不自禁地有了显得性急的表白，例如这里面的小冲和青年长工，这两个明天的人物，就不曾在应有的形象里面出现，但在主线上，他底笔有如一个吸盘，不肯放松地钉在现实人生底脉管上面。他所追求的是节节带着血痕的生活真理，不是抽象的灰色结论，更不是骗人的热闹故事。在这里，我们看到了刚过二十岁的青年作家底可惊的情热和才力，同时也就看到了被围绕在生活触手中间的，有时招架不来的他底窘迫。

而从这里也就产生了他底创作方法上的特点。他不能用只够现出故事经过的绣像画的线条，也不能用只把主要特征底神气透出的炭画的线条，而是追求油画式的，复杂的色采和复杂的线条融合在一起的，能够表现出每一条筋肉的表情，每一个动作底潜力的深度和立体。他自己曾带着疑虑说过，“我越写越弄不清楚什么叫做小说了！”这是为生活内容探求相应的形式的呼声，也是无法不从形式传统跨过的呼声，一个明眼的读者当不难看出这里面的苦斗底痕迹罢。这当然还只是一个开端，犹如他对生活的追求还只是跨进一步一样，展开在他底前面的还有不止一个的高坡，例如一首史诗底交响乐的构成和那里面的每一个语言底音响和色泽，就都是的。像后者，他已在对话里面显示了不少放着光芒的例子。

生活的洪炉养育了作者（我底意思是，养育了作者的只能是这生活的洪炉），他当能在这洪炉底烧炼里面得到应有的完成罢。

向文坛，向读者，我说出了这个介绍的诚意。

一九四二年，六月七日，
于桂林之西晒楼。
胡风

一

在铁工房底平坦的屋脊上，白汽从蒸汽锤机底上了锈的白铁管里猛烈地发着尖锐的嘶声喷出来：夜快深的时候一切都寂静了，只有那大铁锤底急速而沉重的敲击声传得很远。深秋的月亮在山洼里沉静地照耀着。

和铁工房并列的较大的一座同样长方形的灰屋子是机器房；它底工作已经停止，车床和钻眼机在被昏暗的灯光所照耀的油污的烟雾里沉闷地蹲伏着，闪着因烟雾底凝聚和滚动而稍稍浮幻的严冷的光辉。刚刚下九点钟的晚班。年青力壮而且也愿意竭力忘去灰黯的生活，在这样清爽的夜晚寻一些准备带给沉重的睡眠的肉体底愉快的机器工人，这时候散在两列屋子之间的广场上，以坚毅而轻松的姿势打着太极拳，一面在嘴里轻微地吹啸，交换着温和的咒骂和友谊的粗野的玩笑。张振山从机器房里走出来了。他对散在广场上的人底娱乐显得漠不关心，仅仅以一种望向河流底暧昧的彼岸似的眼光瞥了一下最前面一个人底努力张着大嘴的圆脸。他底宽肩的笨重的躯体，在正前面的机电房窗楣上的灯光底映照下，移动得异常迅速，而且带着一些隐秘意味。有一个瘦小的身体从房屋底平整而稀薄的暗影里弯着腰跃上两步，截住他，用羡嫉的恶意的小声喊：

“张振山，又去了！”

张振山像碰在墙壁上一般突然停住脚，狠毒地嗅着鼻子，瞪了这瘦小的人形一眼。但在跃上一个小土丘之后，他又因为某种想头而回过头来，用那种像从空木桶里发出来的深沉的抑制的大声回答：

“小狗种！杨福成，我明天请你喝一杯！”

被叫做杨福成的干瘦的汉子发出了一声兴奋而又惶惑的大笑。但当他困恼于不能从一瞬间突然交迸的各种情绪里，反射出一句对对方讲是十分恰当的话的时候，张振山已经越过土丘，钻到一丛矮棚里去了。他酸酸地吐了一口口水，屈辱似地烦恼地搔着肮脏的厚发，以后就在破工服上擦擦手，把手摊开，神经质地做了一个表示空无所有的姿势。连打拳的兴致都没有了，他叹了一口气，独自走到工人澡堂侧的小酒摊面前，一面用手在荷包里摸索。……

现在，铁工房底打铁的声音和蒸汽底唑声也静止了。张振山顺着峭陡的小路爬上山巅，经过矿洞底风眼厂，弯到一个丛生着杂木的山坳里去。在一座破旧的瓦屋背后，他寻着了猪栏旁边的他已经很熟悉的一块长石头，坐下来，开始抽烟，等待着十点钟的上夜工的汽笛。

在隔着一个圆顶的土峰的右边山脚下，是闪耀着灯火底环节的卸煤台，是精疲力尽的劳动世界——是张振山底生命里的最富裕的一部分；而在他所面对着的左边遥远的山脚下，那些宁静地映着月光的水田，那些以虔诚的额对着天空的小山峦，那些充满芬芳的暗影的幽谷，却使他皱起嘴唇，感到陌生的甜适、焦灼和嫉妒。他用这样的姿势坐在这里现在是第六次了；在十点钟的汽笛拉了以后，像一匹野兽一般扑到面前这瓦屋里去，现在是第五次了。

……刘寿春，那个患着气管炎的鸦片鬼在门前的土坪上谁也听不清楚地咒骂了几句之后，就摸索着通到风眼厂的小路，下到矿区里去。送着他的，是他底女人郭素娥从屋子里发出来的一声怨毒而疲乏的叹息。张振山推开了门，把结实的身躯显现在微弱的灯光里。

“我来了。”走到桌边，他耸一耸肩膀，露出一个坚定的微笑，说。

郭素娥睁大修长的疲倦的眼睛望着他，仿佛他是一个陌生人似的。但是当她掷一掷头发，把手下意识地抬到脸上去时，这眼睛里就一瞬间被一种苦闷而又欢乐的强烈的火焰所燃亮。她迅速地站起来，走到门边，扯起敞开一半的上衣底里幅醒鼻涕，然后又用手揩掉，一面向门外探望着。

张振山露出洁白的大牙齿，以仿佛蒙着烟火的眼睛贪婪地瞧着女人底露出在衣幅里的，褐色的大而坚实的乳房。

“他下去了。”扶着门，郭素娥嘶哑地说，然后俯下头。在乱发的云里，她底脸突然欢乐地灼红了。

张振山在小屋子里笨重地蹒跚着。在关上门的时候，他抓住了扶在门边上的女人底发烫的手，猛然地捌了一下，然后又把她底整个的躯体拉拢来。

“怎么办呢？”郭素娥战栗地问。

“就这样办！”

在这粗野的回答之后的一秒钟，屋子里底仅有一根灯草的油灯就被张振山底大手所扑熄。灰色的阴影在战栗；郭素娥发出了一声梦幻似的狂乱而稍稍带着恐惧的呜咽。

郭素娥是陕南人。父亲顽固而贪欲，因此也极能劳作。他用各种方法获取财物，扩充他底薄瘠的砂地，但一次持续的可怕的饥馑，终于把他们从自己底土地驱逐了出来。就在郭素娥以后住的这山丛里，他们又遭遇了匪。父亲因为拚命保护自己底几件金饰，便不再顾及女儿，向山谷里逃去，以后便不知下落了。郭素娥，在那时候是强悍而又美丽的农家姑娘。她逃避了伤害，独自凄苦地向东南漂流。但她绕不出这丛山，在山里惊惶地兜了好几天之后，她才发觉自己还是差不多在原来的地方。她饥饿，用流血的手指挖掘观音泥，而就在观音泥底小土窟旁边，她绝望地昏倒了。……两天后，她被一个中年的男子所收留，成了他底检来的女人。

刘寿春比她大二十四岁，而且厉害地抽着鸦片。在那时候，他是还有一份颇有希望的田地的。他是还能够抢到一些包谷，足以应付饥荒，在乡人们面前夸耀的，但五年之后，便一切全精光了。郭素娥现在远离了故乡和亲人，堕在深渊里了；她明白了她自己底欲望，明白了她底平凡的生活底险恶了。

四年前，工厂在原来的土窑区里，在山下面建立了起来，周围乡村底生活逐渐发生了缓慢的波动，而使这波动聚成一个大浪的，是战争底搔扰。厌倦于饥馑和观音泥的农村少年们，过别一样的生活的机会多起来了。厌倦于鸦片鬼的郭素娥，也带着最热切的最痛苦的注意，凝视着山下的嚣张的矿区，凝视着人们向它走去，在它那里进行战争的城市所在的远方走去。

她开始不理会丈夫，让他去到处骗钱抽烟，自己在厂区里摆起香烟摊子来。她是有着渺茫而狂妄的目的，而且对于这目的敢于大胆而坚强地向自己承认的。——在香烟摊子后面坐着的时候，她底脸焦灼地烧红，她底修长的青色眼睛带着一种赤裸裸的欲望与期许，是淫荡的。终于，那些她所渴望的机器工人里面的最出色的一个，张振山，走进她底世界里面来了。这是非常简单的：在探知了她底丈夫是一个衰老的鸦片鬼时，他便介绍他到矿里来做夜工；就在鸦片鬼来上工的第一个夜里，他在山巅的小屋子里出现了。当然，女人没有拒绝。

现在，郭素娥热切地把她底鼻子埋在这男人的强壮的，濡着汗液的胸膛里，狂嗅着从男人的膈胛窝里喷出来的酸辣而闷苦的热气。她底赤裸的腿蜷曲地在对方底多毛的腿边，抽搐着；她底心房一瞬间沉在一种半睡眠的梦幻的安宁里，一瞬间又狂热地搏动，使她底身体颤抖，仿佛她只有在这一瞬间才得到生活，——仿佛她底生活以前是没有想到会被激发的黑暗的昏睡，以后则是不可避免的破裂与熄灭似的。

“到冬天……我们就不能了；冬天……”她底嘴唇在张振山底胸肌上滑动，送出迷荡的热气，“冬天老鸦片鬼总生病，不会上班……要是给人家知道了，好在……”她底手狂迷地抓住了张振山底肩头，“你带我……走罢。……”

张振山笨重地转了一下身体，用大手攫住郭素娥底乳房，随后，便像马一般地喷出鼻息，喃喃地用深而阔的声音说：

“我不想想这些。冬天，有冬天的法子。”

他激烈但是短促地笑了一声，眼睛里泛起青绿色的光，从鼻尖上望着郭素娥。

"我没有办法了。"郭素娥失望地说，声音是沉闷的；而且像堕失到泥土里去似地，这声音在最后突然停止。"你是个怎样的人呢？"沉默了一下之后，她突然提高了她底枯燥的嗓音，问。接着便稍稍地坐起来，摸索着衣服。

"不要穿。呸，羞吗？"张振山带着温和的讥刺说，一面向地上吐着口水。

"你，你，哼，你！"女人敲着多肉的手，"你，我想过，也是一个无赖的恶人！我是婊子吗？"她把衣服蒙住脸，最后一句话是从衣服里窒闷地说出来的。

张振山扯去了她底衣服，用臂肘撑着上身。

"我问你。我这个人也有些好的地方吗？"在黑暗里，他严厉地皱起眉头。

郭素娥不解地怨恨地望着他。

"我晓得？"接着她说，"我问这些干啥子？……你懂得我还想什么？我蹲在这里八九年了；小时候，做梦都不知道有这条山，有你们这些人哩。一辈子可以没闲话地过完……现在哪，啥子都没有了。"她的手在黑暗中抓扑；她底干燥的声音摇曳着，逐渐渗进了一种梦幻的调子，"我时常想一个人逃走哦，到城里去。到城里，死了也干净，算了。……哦，我不想再回家啦！没有亲人！……"她突然昂起头，破裂地叫了出来，但立刻，她底尖利的声音又变成了柔软而急促的耳语，"你，你也是个无聊的人。……"

张振山湾过硬手去搔着背脊，烦燥地沉默着皱起眼睛从侧面望着激动的郭素娥，——望着她底在灰绿的微光里急遽颤动着的，赤裸的胸，她底在空中恼恨地，像要撕碎障碍着她底幸福的东西似地，激烈地抓扑着的白色的手，和她底埋在暗影里，漾着潮湿的光波的眼睛。……他狡猾而讥刺地望着，一面用手指拧着光滑的唇皮。但是当他把手伸向女人底胸膛去的时候，他就恼怒起来，半途掣回手，握成一个威胁的拳头。他为什么要屈服在这小屋子里呢？他为什么要让一个女人批评他，并且告诉他，他应该怎样做，贬抑他底性格底恶毒的光辉呢？

“呀呀，你不晓得。”他冷淡地说，装出一种疲乏的样子吐着痰。“穿上你底裤子吧。”

“你是哪里人？”郭素娥突然问。

“问家谱吗？江苏。”他重重地跃下床来。

“你现在好多钱一个月？”

“没有打听过吗？”摸擦了一下手掌之后他又问，用一种粗暴的声调，“你要钱吗？”

“我——要！”郭素娥同样粗暴地，怨恨地回答。

张振山惊愕地耸了一耸肩膀。他没有想到他会遭到这样的敌手，他没有想到郭素娥会有这样的相貌的。当郭素娥向他叙说她底热望的时候，他避开她底真切，认为只要是一个女人，总会这么说；但是当她怨恨地，以一种包含着权威的赤裸裸的声调说出“我——要”来的时候，他却惊讶，以为除了婊子以外，一个女人是决不会这么说的了。而郭素娥，能够坦白地怨恨和希冀，能够赤裸裸地使用权威，决不是妓女，是明明白白的事。

他现在仿佛又听见了她底热烈的叙说，而且仿佛他自己施放的烟幕已经被疾风吹散，再要认为一个女人总会对她所要求的男人这么说，是不可能的了。他在肩上偏着硕大的头，从暧昧的光线里向披着衣服的郭素娥凝望着。一瞬间，在他底内部的某个遥远的角落里，有一种他所陌生的东西震动了一下。他甩着肩上的衣服，垂下手来，缓缓地从齿缝里叹了一口气。

“我底钱化到下一个月去了。这是一种很乐意的过活呀！”他这一次把他底讽刺的毒芒对着自己，“喝一杯，请客，赌一局……不过我们本来就不多。……那些婊子操的老板才多呢。……”他本来想接着说：“你找一个老板罢！”，但是这句话从他底干裂的唇间化成一个激烈的吹啸曳到空中去了。

他带着一种有些滑稽的亲切走向郭素娥，搂抱了她。

“你很不错呢。”他嘶哑地说，摸索着她底身体。

郭素娥打了一个寒战，挣脱他，扣紧了衣服，向门边走去。在打开了的门框中间，深夜的凉风将清丽的月光吹在女人底灼热的肉体上。张振山挨着女人底肩走出了屋子。站在土坪中间，向远远的山坡上的萦绕着雾霭的肃穆的松林凝视着。但是当他恼怒地触着了裤袋里的两张纸币，转回身子来，预备把它交给女人的时候，屋门已经关上了。

他在门上狠狠地捶了一拳。

“你还不走！人家听见了！”在门缝里探出头来的女人小声说，但是在她底声音里含有一种不可解的希望，和一种不可思议的对自己的话底否认；她底声调使人家暧昧地觉得，当她这么说的时候，她只是表明着与她底话句完全相反的意思而已。

“拿去吧。”张振山在奇异地望了她一眼之后，把二十块钱递了过去。一分钟之后，他底庞大的强壮的身影隐没在隔开这小屋与矿洞底风眼厂的，孤独地长着两株小杉树的山坡后面了。郭素娥苦痛地叹了一口气，关上了屋门。

当她在窗洞前借着灰绿色的月光窥看着两张纸币的时候，她牙齿在嘴唇间露出，激烈地磕响了起来。

“你说，这两张纸是啥意思呀！”把纸币捏在发汗的手掌里，她望着窗洞外的晶莹的天空，发出了她底沉默的狂叫。

二

张振山，有着一副紫褐色的，在紧张的颊肉上散布着几大粒红色酒刺的宽阔的脸，它底轮廓是粗笨而且呆板的，但这粗笨与呆板在加上了一只上端尖削的大鼻翼的鼻子，和一对深灰色的明亮而又阴暗的眼睛之后，就变成了刚愎和狞猛。有时候他底薄而锋利的嘴唇微张，露出洁白的大门牙，眼光变得更鲜明的灰暗，流露出一种狡猾、顽劣、嘲弄的微笑，像一个恶作剧的天才似的，但另一个时候，这些狡猾和顽劣都突然隐去，他底嘴唇严刻地紧闭，鼻子弯曲，他底更主要的特性：恶毒的藐视，严冷的憎恨就在他底收缩起来的脸上以一种冷然的钢灰色照耀着，使得人家难以忍受了。

这是一个以武汉的卖报僮开始，从五岁起就在中国底剧变着的大城市里浪荡的人。他自己也记不清楚他底穷苦的双亲是怎样死去，他是怎样变成一个乖戾的流浪儿的；他更不能记清楚在整个的少年时期他曾经干过多少种职业，遭遇过多少险恶的事。记忆底黯澹的微光所能照耀得到的那个时候，他已经阅历过短兵相接的战争，刑场，狂暴的火灾，做过小侦探，挨过毒打和监禁，成为一个虎视眈眈，充满着盲目的兽欲和复仇的决心的少年了。一九二九年，当他十三岁的时候，他和一群年青的工人，农民从湖南逃了出来，以后，在夏天里，他目睹着曾经和他穿着同样的军服的，这些年长的伙伴们死去了。在酷热的夜里，当空场上所有的人全散去之后，他狗一般地匍匐着他底强壮的小躯体，爬近尸首，在他们身上摸索，喊他们每个人底名字，喃喃地咬着牙齿说：

“我明天就回湖南去……”

但他并没有去成。没有多久，他走进了一家机器工厂，成为一个学徒了。他之所以能够捱了多少年，没有逃开那个乌烟瘴气的工厂，是因为那里有好几个他底患难的伙伴，他从他们那里学会了认字，得到了使他能够认为满足的各种知识，而生活知识底增长使他逐渐地懂得了克制自己，学习一种技术的必要，使他懂得了用怎样的一种眼光来回顾火辣的过去，和应该带着怎样的一种精神倾向来使自己生长。

但这里还有一着重要的棋。五年后，伙伴逐渐走散，他也离开了。毒恶的倾向在他身上原来就那样的猛烈，一回到浪荡的生活里来，一失去了劳动底强有力的支撑和抗争的主要标的，就变得更加难以管束了。离开工厂是因为认为自己已经羽毛丰满，不应该再低下地受损害，——主要的是因为一个伙伴底不幸的遭遇，因此，是带着极大的仇恨心的。这仇恨像疮疖里的脓一样需要破裂地，疼痛地流泄；他杀死了一个追踪他底伙伴的便衣打手。

这是在黑夜的江边用尖刀干的。发烫的血溅满了他底脸。而整个一夜，一直到灰色的严厉的黎明，他遥望着睡眠的城市底闪烁的灯光，在郊外漂泊。他杀了人了！这是一种最无知的，最疯狂的杀！但是怎样呢？他没有胜利。

城市在安详地昏堕地睡眠，带着它底淫荡和凶残。它不可动摇地在江岸蹲伏着。对于它，年青的张振山，是显得如何的渺小！他能够移动它底一根脚指么？

以后，他带着要过一种强烈的公众生活的愿望到上海去了。但他不能满足；因为这，他就更渴望于获得知识，更渴望于自己底凶狠恶毒。而这也就在内心里生成了一种疑虑，一种生怕会贬抑自己的个性底芒刺的疑虑——这便是他在对日本的战争一开始，为什么不循着他少年时代的路，到战争里去，到另一个地方去，而终于到四川来，在这个工厂里暂时蹲下去的原因。

他在工人里面，因为他底能力，因为曾经是他底师叔的总管器重他，有着优越的地位。无疑的，他是酷爱这种地位的；但他把他底酷爱认为是一种可恶的弱点，所以假如有人像对待工头一样来对待他，奉承他时，他就会变得极乖戾。对待这个人，最适宜的莫过于偶然地安排一个充满着友情底真挚和深的粗暴的玩笑。处在这种温暖的气氛里，他便会短促地显露出他底已经被埋葬的另一面，——就像他在这世界上也需要一个家，也有领略家庭底爱情的温和的心似地，他安详地霎着变黑的晶莹的眼睛，浮上稀有的天真的微笑，从荷包里摸出最末一块钱。

对于饥饿的郭素娥，他是带着他底全部的狠毒走近去的；对于女人底运命，在起初，他是漠不关心的。他没有要知道这个女人在想些什么的愿望，更没有要和这个女人维持较长久的关系的愿望。但在今天，在这个骚乱的夜里，女人显露了自己，而且强有力地使他承认这显露底真诚，使他承认，不管两个人底生活境遇怎样不同，她是他底值得同情的敌手。

当他底强壮的厚肩上萦绕着从发号房底窗洞口飘来的烟条

一样的灯光，向坡路下面慢慢地踱走的时候，这个印象突然鲜明地强烈了起来。他猛烈地吸着烟，在烟雾底灰蓝色的旋涡里，用一种愤怒的力把披在额上的一簇硬发掷到脑后去；在突出的额下，他底眼睛严厉地皱起。

"这倒是一个女人！他妈的屄！"

三个矿工摇着绿荧荧的矿灯迎着他走来。他们疲乏地寒冷地佝偻，用一种卷舌头的声音微弱地说话。纸烟在嘴唇上昂奋地燃烧着，从他们底污黑的肩上向后面飘着一条长长的朦胧的烟带。……当他们越过张振山，渺小地被吞没在卸煤台后面的时候，煤场上和下面的坡路上就呈显出深夜的寂寞，除了由矿洞口传来的煤车底隆隆的单调的震响以外，再没有别的声音，而且再见不到一个生灵了。远处，在山峡的正中，从静静地躺在月光下的密集的厂房里，机电厂底窗玻璃独自骄傲地辉耀着；更远处，在对面的约莫相距电机房一里路的山坡上下，则闪耀着星一般的灯火：坡上的工人宿舍，坡下的办事处，米库，洗衣坊，矿警队营房，都在用它们底微盹的窗户窥视着月光照耀着淡绿色的雾的潮湿的氤氲的山野，和月亮在白色而透明的云底湖沼里浮泛，星星在薄纱似的云片里碎金子似地闪烁着的高空。

张振山在给矿工让路，停在石堆旁眺望了一下整个的厂区之后，又开始沉思似地向前走。他走得笨重而缓慢，香烟在他底嘴唇上和手指间不停地燃烧着，现在已到了第三支了。在跨越铁路之前，他停在一个土堆上，伸开手臂，长长地吁了一口气。

从女人那里带来的印象现在淡薄下去，或者正确点说，沉落下去了。这主要的是因为，在深夜的独步里，他获得了一种坚强而严冷的情感。从这种情感，他感到自己正在胜利地凶暴地扩张了开来，没有丝毫的畏惧和惶惑，把整个的矿厂握在毒辣的掌中。

"我不蠢！我们有多少人！"他在索索的寒风里张开了他底大手掌。

但在越过铁路，向机电工人底宿舍走去的时候，他就沉在另一样的心情里去了。

“我这个人也有些好的地方吗？——这样问她，胡涂！”他站住，擦燃火柴开始点第四支香烟，然后把揉皱的纸盒摔去，“她说得出来吗？……总之，我干的对！我有我底理智！我恨这些畜牲，恨得错吗？你会杀人，我不会吗？好！”他把步子加大起来，“我就是我自己，——不懂手段，也不懂策略，忸忸怩怩……”

从右侧，有一个骚乱的尖声喊他。他突然从疾走站住。

“你怎么，不到天亮就回来了。乖乖，肏的好吧……”杨福成耸着肩膀，激烈地喷着酒气，用一种狂喜的声调嚷。

“杨福成！”张振山阴郁地喊。

杨福成伸出厚而尖的舌头，做了一个怪像，随即也古怪地阴沉起来了。

“你到哪里去的？”好一会之后，张振山问。

显然的，杨福成的阴沉只是一种表面的凝结，因为他立刻就忘记一切，尖细地叫起来了。

“老子在小五那里抽一局。都输了。婊子养的识牌呀！”

“哈哈！”张振山短促地笑。

杨福成有着易于昂奋的倾向，而且，用俗话说：是一个无心眼的人。在平常的时候，他也显出恰当的老成，但一轮到他说话，他就仿佛变成一个十六岁的少年了。他哮喘，在字眼中间急促地吸气，以致有时候把话音吸到喉咙里去，又用一种闷窒的怪声弹拨出来。他时常一联串地贪婪地说，即使乱说几个虚字，也不愿意让自己的话中断，随后便窒息地大笑起来，使人家难以明白他究竟说了些什么。现在，当他和张振山一道爬上升到宿舍去的土坡的时候，他疲劳地，用败坏的声音唱起忧伤的歌来。但刚刚唱了两句，他就使力地跳了一下，先做出一种秘密的神情，然后向张振山问：

“你那个家伙如何？”

“还不是两条腿的。”

“唉，你知道，魏海清在弄她。”

“魏海清谁？”

“土木股的呀！本地人，死了老婆，……那是一个狗种。他跟我说，”看了张振山一眼之后，他又迅速地接着说，用一种张扬的语势，仿佛那个叫做魏海清的真跟他说过一样：“张振山夺人之妻，夺人之妻！……”他用手在灰尘似的月光里绕了一个大圆圈，随后又用臂肘在腰上缩一缩裤子：“唉，肚子饿瘪裤带松……你，你，你这有种的老几，说请小弟喝一杯的呀！”

“现在不了！”

“干什么？”

“没有钱。”张振山突然暴厉地睁了一下眼睛，“你，今天喝过了！”

“那是我自己的事。我活了二十五，活得衣破无人补。无味呀！”他在无心地大声说出这句话来之后，便变得苦恼，停顿了下来，用手在发胀的脸颊上摩擦着，说以下的话的时候，他底音调沉落，充沛着真实的酸凉。“没有女人看上我的。我才不做白日梦。我养活人吗？看我这副样子，人家肯嫁我吗？我是做工的人，最苦的人。要是当职员就好了，有米贴，有好房子。喃，你看呀，那一幢房子！”

“股东老板住的。”

“不错。”他底尖颚咀嚼着。他底手依然指着那远远的一栋掩藏在茂密的树丛里的楼房；这楼房左侧的两个遮着绿窗帘的窗户温暖地亮着。最后，他把指着的手指习惯地向上一抛，继续感叹地小声说：“做工没来头。有时候晚上也自由自在，但……”

“你想吃火腿吗？”在宿舍底竹篱前，张振山停住，坚硬地问。

“唉，不想吃？”

张振山邪恶地凝视着遥远的绿窗户，仿佛那里面的秘密的养生和贪欲很诱惑他似的。

“看吧。我明天就请你吃！要住那一间房子吗？”（绿窗户底灯光在树枝后熄灭了。）“容易得很！好，它藏起来了！你要吃鸡子；你要一个女人！你要……梳两个辫子的，进过大学的！”

杨福成缩着身体。这个人底冷静的骄傲的狂言使他惊悚。他呆看着他，不知道怎样做才好了；但最后，他终于依着自己的方式跃了起来，攀在对方底肩头，在对方底鼻子上一半故意地嗤了一口气，跳到院子里去。

宿舍是公司临时租赁的民房，中间有一个在以前曾经是打谷场的大院子。它底正中，左侧，完全被有家眷的工人所占有，剩下给单身工人的，只是毗连着一个充满灰尘，蛛网，和油污的厨房底右侧的长长的一条矮屋。夜里十二点钟以后，在棉絮的爱抚下，真实而浮动的生命们入睡了。连最会喧嚣的右边角落里的一间屋子也寂静了；——一个钟点以前，这间屋子里，在床架和破桌椅之间挤满了那些从来不懂得沉静的少年伙计，他们摔纸牌，唱淫荡而凄凉的歌，互相用黑拳头威胁，但现在，肮脏的烟雾沉落，一切全不留痕迹地散去，只有二十五支光的蒙尘的电灯在单调地发着光。

杨福成和张振山两个人占有一间极狭窄的后屋。但这两个人的性格是不可调和的：杨福成喜爱一些简单的戏耍，时常在桌子上供一个泥像，替它画上胡髭，称为“老板神像”，在春天的时候也大量的砍些粉红的烂漫的桃花回来，插在破泥罐里，而且沾沾自喜地带着一种不必要的勤快去换水，但张振山却嫌恶这些；他望着它们皱起他底灰色的眼睛，在它们使他底动作不方便的时候，便粗暴地把它们举起来，摔得粉碎。不过，杨福成除了当自觉自己需要阴沉一下的时候，才装出一副呆板而尖削的脸相来以外，从不真的和张振山吵架。因为太多的理由，他是极端喜爱张振山的。

显然的，这一夜对于杨福成已再不能寻到什么趣味，到了非睡去不可的时候了；而且的确，在急遽地兴奋了之后，他已完全疲劳。他牙痛一般地皱起稚气的瘦脸，默默地摔开鞋子，钻到他底无论白天和黑夜总是密闭着的一直拖到泥地上的蓝布帐子里去。因为床柱太短，帐脚拖到地下，所以帐顶底有着破洞和大补绽的大肚腹也就几乎垂到他底尖鼻子上来。他奇怪地笔直地睡着，向帐顶瞪着梗着砂粒的眼睛，吹着不联续的闷气。刚刚要睡去，原先在另一边床上愠怒地坐着的张振山此刻笨重地走到桌子边来，用一种对于这寂静的房间是过于嘹亮的声音喊他。

“喂，什么……事？”杨福成反应地在棉絮里抬一抬手，问。

“告诉你，我们要做包工了。”

隔了好一会，才听见杨福成懒声懒气地从蓝布帐子里回答：

“包他妈屄什么？”

“四号。”张振山把大拳头举到鼻子一样高，察看地摇晃着。为了摔去自己底纠缠不清的对郭素娥的思索，他才突然开始这谈话，但现在他又嫌恶这谈话了。

“四号出什么毛病？”意想不到地，杨福成从蓝布帐子里伸出他底瘦小的，盖着乱发的头颅来。他底黄色的疲乏的脸上迅速地闪烁过一种喜悦的，神经质的颤栗。

张振山阴沉地抖了一抖肩胛，带着一种不知道是对于杨福成还是对于那替公司里赚大钱的四号火车头的深深的厌恶，说：

“坝子摔场了。险一些摔到江里去。”

“哈哈哈，包得稳吗？”

“当然。”

杨福成敛起笑容，滑稽地皱着鼻子，想了一想。

“唉——”他底头突然在蓝布帐子口消失了。

张振山屹立在电灯底下，手插在裤袋里，眼睛眯细地望着石灰剥落，露出竹片的骨骼来的墙壁，继续大步地，野蛮地踏到自己底思想上去。踏烂一切枯草和吹散一切烟雾，让它露出闪着冷然的光辉的本体来！

“她说‘我要’，当然是的，多弄一些给她，看看我张振山！她跟我走？”他吐了一口吐液，同时用手摩擦着坚硬的额角，“不能！社会把我造成这样子，我自己，我自己……”他响着嘴皮；在扬起的眉毛中间，他底眼睛变亮。这是一个放射着幽暗的光芒的字，“我自己不是庄稼汉，也不是可怜虫……让一个女人缠在裤带上！她们心疼，随便哪个摸一摸，就完事了。什么魏海清不魏海清！”但是即使在这么凶毒地想的时候，一种严刻的妒嫉也依然掠过他底嘴唇和眼角，使他底阔脸幽暗。他愤怒了，辛辣地冷笑了出来：“吓吓，‘我这个人也有些甜的地方吗？’”

矿厂连梦呓也没有，又掩藏着百公尺下的艰苦的劳动，沉沉地入睡了。夜，深沉地凝结了。但这强壮的人，这旺盛地妒嫉着世界，感到自己生命底恶毒的人，这酷爱辛辣、严刻地抗拒着自己底嫉火的工人却依然在小房间里，在床架前面，在因电力增强而突然明亮起来的二十五支光的电灯下踱着；他用那么一种沉重的姿势踱着，以至于他底膝盖多次地撞在桌腿上又碰疼在床板上。他底肩胛抖动，脸上清醒地照耀着一种富裕的，考虑着什么是它底必要的抛掷的生命，放射着一种肉底淡漠而又顽强的光辉。在听见远远传来的骚乱的鸡啼的时候，他不同意地摇着头，推开门，绕到大院子里去。偏西的月亮照着左侧的屋子底破陋的屋檐，——在右侧的屋子底参差的浓郁的暗影里，他鼓起胸膛，一次又一次地深深吸着气，徘徊了很久。

三

把纸币捏在手里的郭素娥，所以那么痛苦，是因为她原来是存着她底情人可以给她一种在她是宝贵得无价的东西的希望的。她底痛苦并不是由于普通的简单的良心底被刺伤，而是由于，显然的，她所冀求的无价的宝贝，现在是被两张纸币所换去了。她捉不住张振山，当由偷情开始的事件在她现在苦恼地越过了偷情本身的时候，这个强壮的工人底不可解的行为，他底暗昧的嘲讽，他底恨恨地离去，使她绝望。整整一年来，她整个地在渴求着从情欲所达到的新生活，而且这渴求在大部分时间被鼓跃于一种要求叛逆，脱离错误的既往的梦想。虽然她极能勤苦地劳动，虽然她对她底邻人特别和蔼，但由于时常显露的犯罪的相貌，她依然被认为是一个奇特的败坏的女人。然而她不但不理会这些，而且逐渐变得乖戾了。她是有着黯澹的决心的。这就是：她已经急迫地站在面前的劳动大海底边沿上了，不管这大海是怎样地不可理解和令她惶恐，假若背后的风刮得愈急的话，她便要愈快地跳下去了。跳下去，伸出手来，抓住前面的随便什么罢。

畏惧虽然在好几年的险恶而被凌辱的生活里失去，但无论如何，这是痛苦的。尤其，她底手抓住了什么呢？——张振山，毒辣的，冷漠的，用她自己底话来说，无心肠的、无赖的男人！

另外还有一个自己向她诚实地飘过来的人。这就是魏海清。这个人是她的丈夫底极远的表亲，从前也佃地种，但在四年前死了女人之后，不久，地被主人无理由地收回去了，自己就带着刚刚五岁的小儿子到矿里土木股来当里工了。三十几岁，有着端正而晦涩的脸孔，是一个呆板而淳厚的人。他和郭素娥，是一向就保持着简单，拘谨，而且隐匿的亲密的；显然的，郭素娥，尤其当他投到工厂里去之后，是十分注意他的。但不幸的，是他被张振山从头上跨过去了。当他在一个晚上，心跳而羞涩地在这恋爱的屋子里下了异常大的决心，表露他底旧朴的欲求的时候，郭素娥突然变得严正而乖戾（在以前他是不曾见过这女人底这样的相貌的），拒绝了他。当然，这是把他伤得很重的。——他原来只以为刘寿春是她底阻障，不久就会死去，不足以使她牵挂，却没有料到这中间还有另外一个严重的角色。但不久，他就朦胧地把这件事探听出来了。积蓄了好几年的痛苦的意念，战战兢兢地在布置着希望的这颗过平凡生活的真心，现在被无情的郭素娥所摒弃，被优越的机器工人所踏碎，对于他，该是如何地怨恨，如何地痛苦！

但是魏海清这种人，对一切都要依照自己底观念探个究竟，把自己范围内的一切看得很重，是不大容易死心的。在这晚上，九点钟后，当他底八岁的男孩在木床里端沉重地睡去了的时候，经过了一番苦闷的内心交战，他熄了小烟袋，从位置在北山坡的工人宿舍走出来了。天上屯积着云，在云底间隙里有朦胧的上了锈一般的星在发光。坡路旁的路灯，它底松弛了的灯泡在偶然疾卷过来的凉风里摇闪着。

他故意避开那一条贯穿过明亮的机电房的平坦的煤渣路，从水池畔的黑暗的堤堰上走。他底步武起初有些犹豫，发出一种拖沓的疲劳的声音，但随后，当他穿过卸煤台，临近那漆黑的山坳的时候，便强烈地紧张起来了。

"我去一趟哩。"当他弯腰爬上风眼厂所在的山坳，胸膛被热辣的昂奋所紧迫的时候，他颤着嘴唇，告诉自己。

这旧朴的人，这一切观念和情感都有着明显的但积满尘埃的限界，像熊一般固定而笨拙的人，现在容许自己去做一件非分的大事了。不管他怎样提醒自己说，他底行为只是想探一探这个女人和张振山的究竟，为着必需的道义，他底全身还是起着一种自觉犯罪的发烫的颤抖。

"我一生从来没有做过——这样的事啊！"依着一根腐朽的树干，他张开生着几十根零乱的硬髭的嘴唇，向黑夜吐出他底昏乱的叹息。一瞬间，二十几年的土地上的辛劳像一块平坦而阴凉的暗影似地，在他底迸着昏红的火星的眼睛前面闪现。

他底微微佝偻的长身影在小屋子前面出现了。门关着，里面凝固着寂静的黑暗。但在最大紧张以后，他突然对面前的一切都感到不明了，只是走上去，机械地向门缝里窥探着。当他底手举到薄木门板上去的时候，他仿佛在听着别人敲门似地，而且在心里寒凉地惊诧着，这个人怎么会这样大胆。郭素娥在屋子里猝猝走动的声音他没有听见，门板底突然的裂开，使他在新夹袄里打了一个寒战。

"走开，走开！"郭素娥在黑暗里露出白色的脸来，惊慌地说，"他今天说是生病，不上班了。……哦，是你！"当她发现对方并不是张振山的时候，她把一只白手举到松乱的头发上去，屈辱地小声尖叫："你跑来干啥子？"

魏海清沉默着，在这之间，恢复了镇定。

"和你说句话！"他威胁地说。

"说什么？"郭素娥敏捷地跃出一步，严厉地问。

魏海清什么也没有想地沉思了一下，望着女人底颈子，说：

“你知道,张振山那家伙不是好东西……”

“怎样?”

“他仗势欺人,是个流氓。你要当心……”因为情急,舌头在最后缠结了起来,使他失去了话句。当他和他底狼狈挣扎的时候,郭素娥迅速地走回去了。现在,只剩他一个人站在这黑暗的土坪上了。

“长得多好的人啊……”他自语,用衣袖揩着发汗的脸,但随即就因自己底赞美恼怒起来,向土坪底外侧走去。

从屋子里传出来的刘寿春底激烈的咳嗽和朦胧的话语使他站住了。

“哪一个?”这鸦片鬼恨恨地问。

“我。”女人底嗓子提得很高。

“你干啥子去?……”

“刚才狗叫,我怕强盗!”女人用一种凶恶的声音叫了出来。

魏海清从屈辱里挣脱,愤怒起来了。他笨拙地把手叉在裤腰上,向地上大口吐着痰。

“世界遭变了。瘟女人!”他蹒跚地向土坡上走,“我为啥子要打我底女人呢?她丑,整年生病,但是她比这骚货好得多!……可惜我们少年时候不知道!”他激烈地向前走,并不辨认路,只是佝偻着,把飘荡不定的大脚一步一步地踏在野斑竹和茅草里,“我愈来愈作难,心中焦苦,成一个胡涂人了。吃白泥巴的日子,也过的呀!怎么现在不想法,跑出来做工呢?我要是有谷子,”他底浑实的手臂在空中抓扑,被他底手掌所击弯的桑树底干条刷在他底胸上,“要是有,看这瘟女人对我怎样呢!”抚摩着粗糙的下巴,他在枝条之间站住,意识到自己走错了路。但是当他正预备向风眼厂底昏弱的灯光回转的时候,在他侧面,茅草燃烧般地响了起来。他迅速地而且突然涌起一种烈性的愤怒转过身子去,看见了一个比他矮些的方形的人影坚定地在三步外屹立着。他闭紧嘴,严正地站定。

“魏海清!”张振山发出他底深沉的声音喊。

“你是哪个?”魏海清喘息地问;所以喘息,是因为他已经在对方底最初的发音里认识了对方是谁。

张振山向几丈外的隔着一条污水沟的小屋瞥了一眼,随后便向下走了一步,攀住树枝。他在小屋底空了的猪栏后面,在那每一次总坐在那里等待着跃进屋子的时机的石块上,听见了魏海清和郭素娥的谈话底全部;而且,当魏海清激怒地痛苦地在草坡上转着圈子的时候,他已窥伺他好久了。

“我问你两句话,魏海清。”他冷酷地说。

“问吧。”

“我是流氓,这有点像,我夺人之妻,这也对;”他磨着牙齿,“现在你回答我,我仗谁的势欺人,谁的势力?”

魏海清底脸灼烧,愤怒地颤抖起来,热辣的烟雾包裹着他,使他感到自己仿佛腾在空中。

“问你自己!”这鳏夫笨拙地顽强地回答。

“问我吗?”张振山猛烈地把手里的桑枝从树上折断,魏海清因为他底这个动作反应地退了一步,“你们,在女人面前像狗一样地舐一舐,打个滚。我可怜你。你舅子荐你来做工,你有六块钱一天,蛮行。你像个做工的人吗?要站出来正面说话!”他鼓起胸膛,把他底冷冰冰的声音压尖;但这尖声是微颤的,“我不怕谁,也不仗谁!我就是这么一个人,一个人!告诉你,再不准到这屋子里来!”

他把手里的桑枝举起来,狠狠地向屋子那边挥着;光赤的桑枝在夜底冷空气里发出尖锐刺耳的声音。

“这是我们底地方!你凭什么……”魏海清窒息地叫,“你畜牲养的,没有人心……”

“哈哈,你们底地方!——今天就这样说了。记牢!”他把桑枝重新扬起来,做成一个威胁的姿势,击断在树干上,然后用强猛的大力缩紧肩胛,咂一咂嘴唇,大步向风眼厂底电灯光走去。在石板路上他避着风点燃了香烟……

魏海清怔悚着,一瞬间不能明了自己,只是向张振山底凶猛的影子凝视，仿佛这个人底在火柴底晕圈里闪亮的刚硬的头发和搐塌的鼻子有一种特异的美丽，很诱惑他似的。但终于他感到锐烈的失败的痛苦，昏乱地诅咒起来了。

慢慢地，他下到山下去。夜风扑卷着他底夹袄。循着水池畔的黑暗的堤堰，他佝偻地，缩做一团地走着；——他蹒跚地摸索着，就像他迫于饥饿和寒冷，是一个无家可归的人一样。

郭素娥并没有睡。在那鸦片鬼发着谵语昏昏地睡去之后，她因了某一种理由，又悄悄地开门走了出来，向风眼厂那边的淡薄的光晕探望，然后，绕到屋后的猪栏旁去。充满情欲和梦的女人底感觉是那样的敏锐，她立刻发觉了草坡上的短剧，伏到猪栏下去了。她底心感到一种庞大而甜蜜的紧迫，惶恐地撞击着。有一种盲目的力量几乎迫使她要急剧地冲出去，但同时她底脚又仿佛牢牢地生根在地上似的，不能移动。……现在，一切全梦幻似的过去了；张振山和魏海清消失了。

"啊，他不准！"望着魏海清底消失在风眼厂后面的长长的身影，她带着幸福和酸凉叹息。"这是哪些说法呢？……他不准他再来我屋子里呀！"她伸长赤裸的颈子，在心里狂喜地尖叫了起来，随后，她跃到张振山曾经坐在那里的石头上，把身体向着另一面的沉在深邃的黑暗里的山峡，昂奋地呜咽了。

在这峡谷里，在这重压着它的苦重的暗影在她眼前浮幻着黄色的晕圈，又爆燿着墨绿色的星花的下面峡谷里，在这夜深寂寞，流荡着黑暗的冷风，仅仅模糊地闪着水田底淡光的峡谷里，是充满着她底骚乱，痛苦，悲凄地逗引情欲的遥远的记忆。

……七年前，一个外省的军官在这峡谷里引诱了她。

四

机器总管马华甫，是一个生着灰尘一般的花白头发，有一副温和而洒脱的松弛的脸的，胖大的人。他用一种温和，渗透，严刻的声音说话，几乎从来不激动；但即使从这富于魅力的声调里，人们也可以觉察得出这个四十几岁的饱餐风霜的人是怎样的顽固，利己，和阴险！现在，当他为了火车头包工的事，把几个出色的机器工人：张振山，杨福成，吴新明（这是一个三十几岁，充满江湖气味，慷慨但有着机智的深算的人）……请到他家里来用膳之后，他使他们坐在厅堂下端的长条凳上，自己则不停地抽着烟，在堂屋中间缓慢地踱着。谈话刚刚开始。

这是矿厂里底一个最大，马力最强的火车头，一九三〇年德国机器厂底出品。它底损伤，假若由机器房做正常的里工，需要六个月才能修好，但假若由机器工人自己取消里工工资，来做包工，则仅需要十六天。包工底价钱，鉴于以往的例子和今天的物价，工人方面要一万二千块，但公司方面却只肯出八千。现在，总管马华甫由于对自己底权威的深信，就是负了解决这件事的使命来请工人吃饭的。

他和他底家族：一个像衣橱那样肥胖，也像衣橱那样从不离开房屋的，缺齿，有细小的烟黄眼睛的北方女人，一个曾经进过职业学校，现在也在机电股里当职员，醉心于象棋和钓鱼，面孔无特色，性格稍稍带着原始的阴郁的二十三岁的养子，和这养子底温顺而瘦小，面孔洁净的妻，住在这改修过的三间从本地绅粮那里租来的屋子里。正堂是洁净的，和他底衣服一样；但房间里，因为他的肥妻底喜欢赌博，除了希望真的生个儿子以外，什么事都不去操心的性格，就弄得很零乱，凝结着一种阴湿的含着石灰味的酸气。在壁角的大衣橱顶上，永远有十袋以上的面粉囤积着——这女人对于面粉又是异常贪婪的，但是她却不能把它们按月吃完，因此，好几袋面粉都变了色，生着白色的小虫，使得那好性情的工人时常把它们抱出抱进地晒太阳，而每隔一个月，便有新的面粉袋加入到这晒太阳的队伍里来，递补了那些被吃去了的，生虫的。

总管马华甫，对于食物，是并不讲究的。因此，变味的面粉，他也能吃得惯，不想到要去改善。但对于家庭，他却是个表面温和的极端严刻的人。他对他底女人很有礼貌——这就是，也尊敬她底生一个真正的儿子的愿望，但却和她几乎从来不说什么话，不谈厂里底纷争也不谈外面的新闻。在他底眼睛里，她只是一个里面装满了赌牌和儿子的，丑陋的面粉袋而已。至于儿子和媳妇，他们除了要和他一同用馍馍，要像厂里的工人一样对他恪守礼节以外，从他那里，也和工人们一样，是接受不到丝毫有希望的，或者有滋味的东西的。但好在他们都还年青，男的忙于象棋和钓鱼，女的忙于洗粉条和切白菜，从没有想到这些。

然而，使他在内心里震怒的，是工人里面的大半，已经学会了真的乖巧，逐渐地踢开了表面的礼节，开始和他抗争了。

“怎么样？”现在，在明亮的堂屋里，他喷着烟，温和地向工人们说，“我替你们算的对不对？”他把闪霎着的漂亮的眼睛朝着吴新明。

吴新明在多毛的长脸上微笑着，欠一欠腰，同时瞥向张振山。

“为难得很，总管。”张振山从嘴唇上取下香烟来，在烟雾里说，“老实说，我们二三十个人，拼命做苦工，”在向总管底胖身躯扬了一下眼睛之后，他底声音古怪地震动了一下，变得低沉，“一个人摊不到多少的。”

总管在地上缓慢地徘徊，走到供桌面前望了一望两张祖先底丑陋的大像片，又走回来，向地下随便地吐着痰。

“你真是年轻人，你底脾气还是从前样：意气罢了。”他抱着手，眯起眼睛望向窗外，“张振山，你再想一遍，你们和我一样是公司里人；包工是特殊通融。”他底声音从里面僵冷了起来，虽然他底脸上依然浮着灿烂的微笑，“材料，机器，你们不出钱。在这个时候，这些货贵得出奇，昨天总公司转来的政府通令有说，……”他望一望房门底门帘，突然改变了话题，“我也不说抗战不抗战，生产不生产，你们赚一点也该，但是太多了就拿不出面子去……”他又踱起来，回到供桌前去，望着玻璃在闪着沉闷的光亮的像片。

“不行的！”杨福成用手肘捣了一下张振山，歪歪嘴，悄声说。

张振山底冷淡的眼睛随着总管底走动从新漆的家具移到像

片上。“这像片真美丽!”他底皱起的黑眼睛说,“你们统统生产,生产得胖呀!”

“这不是就一次。以后……”总管掉过头来,严刻地开始说,但他底话被张振山底一个突然的动作打断了。

“我们做不得主。一万二。”

吴新明和杨福成惊讶地望着他。微笑从总管马华甫底松弛的脸上隐藏了——这脸缩紧,稀有地搐搦着,眼睛变暗。

“这态度不好,”他把手抄到大衣袋里去,尊严地站直,“张振山!”

张振山皱起嘴唇,嘘着气。

“我们全靠这。”他坚硬地说,“总管是熟人,了解的。我们一个月领一斗米,自己都不够吃。到现在还穿单衣服!”他拧了一下自己底肩头,把眼光逼射到对方底脸上去,“公司一个月赚那么多,一个车头也的确值得上。……”

正在这时候,房门底门帘上的灯光被遮住,一个巨大的东西堵塞在它后面了;马华甫底肥大的女人先伸出一只手,在门框上扶牢,仿佛怕自己滚出来似的,接着便从帘缝里探出巨大的浮肿的脸来,露出残缺的牙齿,以一种清脆得和她底身体极不相称的,疲乏的声音说:

“还没走呀。要睡啦!”

“就来。”总管简短地回答,因为失去了自制,声音里含着一种奇异的恼怒,就仿佛这门帘后的庞大的女人底形体意外地惊骇了他似地。

“我底天呀!”杨福成喜悦地小声唤,一面用手掌拧了一下大腿。

“这么说,再加一千也好,不过……”

堂屋底玻璃门悄悄地闪开,把马华甫底话打断,同时把他脸上的勉强的笑容也驱走了。他底年青的整洁的媳妇抱着一个水瓶,温顺地俯着多肉的白颈子走了进来。经过工人们身边的时候,她留神着自己底脚步,用一只手把绿夹袍掳起,就像走过一个池塘似的。

“爹，我上楼去了。”她向马华甫微微鞠躬，耳语一般地说。马华甫底嘴唇歪曲，眼睛里含着一个灿烂的尊严的微笑。

在年青女人上楼之后不久，楼上便传出了马华甫的养子底重重的脚步声，和他底拘束的但是是欢乐的笑语，同时，在底下，马华甫的胖大的女人底影子又遮住了房内的灯光，在门帘后面出现。

“舍嫂，打盆水来呀！”这次她喊女佣人。当她底巨影重新消失的时候，一个木凳在地板上翻倒，发出轰然的大声。

张振山举起眼睛嫌恶地望望头顶上的天花板，又望望房门上的门帘，随后从木凳子上站起来摩擦着屁股。

“我们走了。”他说。

“谢谢总管。”吴新明鞠躬，一面打着呵欠。

总管威胁地看着张振山。

“我明天答复你们。”他阴沉地说。

但第二天并没有得到答复。事情僵持了三天。终于，张振山和他底伙伴们胜利了。

于是，从第四天早晨开始，一直到深夜十二点，机器房里滚腾着油烟，照澈着明亮的灯光。拆卸了下部的巨大的车头在铁架上蹲伏着，电炬照亮了它底锅炉筒，钻眼机使得它一阵阵地发出顽强的颤栗。

张振山底巨大的脊背弯曲，头埋到锅炉筒里面去。电焊器在他底手臂底下，从每一次的急迫的间歇里，擦亮自己底声音，锋锐地歌唱着，放出刺目的蓝光。脱下彩色玻璃脸罩来的时候，他底包在现在变得柔软起来的皱皮里的眼睛眯细，闪着深灰色的，潮湿的光芒；他底胶黏着头发的，凸出的污秽的前额低垂，显出劳动底聪敏和忘我的专注；他底大鼻翼搐动，贪婪地向周围火热的气息吸嗅。……

当他沉思地磨着钢铁似的颚，用左手移开电焊器的时候，他底右手慢慢地有力地舒展开来，在铁板上掠着兀鹰一般的大黑影，获取了一把钢剪。

“喂！”他陶醉地拖长声音，唤。他底猛然抬起来的，蓬乱着硬发的头碰击在机车上端竖着的铁板上。“喂！”他歪过颈子来，声音变得恼怒，“弄好了吗，四幺弟！”

从爆着凿刀底火花的金刚砂那里，透过油烟，送来学徒四幺弟底尖锐的声音：

“还等两分钟！”

长腿的吴新明在油烟底波浪里恼恨地舞着手臂，浮泳着，一面干燥地大声嚷：

“这舅子用不得了。”

“舅子，歪了呀！”张振山用剪刀敲着钢板，向伏在机车底下的大坑里的人吼叫，随后，他微微思虑了一下，跑到刚拆卸开来的活塞杆那边去。

“呸，老子闷气，老子闷气！”从机车底下，陈东天咆哮着钻了出来，把手里的工具狠狠地一掷，向墙边上的大木桌子奔去。当他喘不过气来地向嘴里倾倒着冷水的时候，他底灵活的少年的眼睛被一种要喧嚷的欲望所燃亮，青蛙一般地鼓出。

“今天做了一整天了……呀！”他咳呛，从鼻子里喷着水，“这几个瘟钱不好得……”终于他被迫弯下腰去，揉着鼻子，说不出话来了。

吴新明在慢慢运动的车床面前皱起淡眉毛，烦燥地看着他，就像一个不称心的大人看着小孩子挖泥巴似的。但张振山却从活塞零件上仰起身子来，一瞬间突然得到了轻松的快活，拍着大手，吼叫一般地笑起来了。

“你妈的怪像！”杨福成从金刚砂底暗影里奔出来，把身体碰在木柱上，手里高高地举着凿刀叫：“老板明天要买一个钻子呀！美国鬼子货呀！”

“有几点钟了？”在机车肚里有人问。

“十二。”吴新明回答，同时把窗架上的肮脏的小钟摇了一下。

"回家睡觉!"

张振山走到钟面前去。当他搓着发烫的手,脸上灼烧着猛烈的红光走回机车的时候,他向每个伙伴坚定地望了一眼。

"我们今天把这个完全拆开检查过!"他严厉地命令;"我们这是替自己干活,可以养老婆呀!"

"要得!"提议回家睡觉的杨福成尖叫,长长地伸着舌头。

油烟一直腾到结满灰尘底密网的屋梁上去。在人们的手臂底奋激而稳重的控制下,车床转动,凿刀喷着火花,机车颤栗着;电焊器所放射的强猛而狞恶的蓝光使电灯失色,一直射到广场对面的铁工房底屋顶上。紧张的劳动继续到一点半。

现在,在寒冷而稀薄的夜气里,几个下了工的单身工人踏着煤渣,疲乏地走着。张振山喷着香烟,走在他们十步后面。

"我们是替自己干,对头!"杨福成比划着手,说,一面在单衣里缩紧身体;"在平常,我简直打瞌睡。半个月后,我可以分到几个钱……"

"你拿来做什么用?"陈东天用手掌抱着软软的面颊。"招老婆?"他真切地问。

"你底声气怎么这样涩呀!'招老婆!'"杨福成摹仿着他底胆怯的声音,在黑暗里做着鬼脸,"你真是乳臭未干!怎么不敢到坝里去找女人试一试,唉,你就会打太极拳!后辈小子。……快走,他们到前面去了。"

"张振山呢?"陈东天,这少年人,用一种关切的声调问。

"也在前面。"

他们疾走了几步。

"我告诉你,总管那个肥猪老婆不会生蛋的。天天睡觉都不行,我有经验。"走到土坡上的时候,杨福成又把脚步放缓了下来。他底声音异样尖细,带着令陈东天兴奋的隐密意味,"她那肥屄,我有一个晚上冲进总管院子,就看见她光屁股在院角撒尿。不要脸的。"

"唉。明天怕要下雨。"陈东天用手抓了一把空气,嗅着。

“不会的。总管办货，你知道？”

“不知道。”

“张振山知道。他派他家老舍到万县去买皮鞋，已经到了第一批，一百双。他还囤的有纸烟。政府在打仗，忙不过……他们发财了。”

“都该杀呀！我这回剩到钱，要缝几件衣服了。再隔两年，我就娶女人。”

“你今年几岁？”

陈东天不回答，只是狠狠地用手擦着面颊。走了几步之后，他突然肯定地说：

“张振山一定不在前面；我看见他在后头的。”同时，他掉过头去。

“他找他底床睡觉去了。他行。——走，不要淌口水。”

“我家里人都还在湖北，……”陈东天烦恼地说，向四面张望。这时候，他们已经跨进了宿舍底大院落。

张振山落在伙伴们后面之后，被一种突然聚成火辣的一团的新异的情绪所烦扰，率性改变了路向，朝锅炉房后面的水池区走去。

水池上蒸腾着朦胧的白雾，发出凉爽的清气的茂密的柳树在它底周围排列着。当深夜的山风掀扑过来的时候，柳树们底小叶子上就摇闪着远远射来的灯光的暧昧的斑渍，水面上的雾气就散开去。在雾气散去的黑暗的水面上，闪着淡淡的毛边的光，犹如寡妇底痛苦。

张振山摔去烟蒂，在堤堰底石水闸上坐下来。现在他遗忘了劳动底坚冷的兴奋和肉体底疲劳，变得清醒了。潮湿的气流刺激着他底眼睑，使他缩紧肩膀，猛烈地吸着气。……但逐渐地，由于心里的再度沸起的情绪底扰乱，他感到他底无论怎样的一个发音，一个动作，都和这烂熟的夜不调和。——而夜底庄严的缄默，则使他底耳朵感到空幻的刺响。

“他们回去睡了。现在有两点钟。”他在冷风里嗅着，一面向水里吐着痰，“今天我干了十六个钟点，还要有半个月。不过明天晚上我可以不轮到；我可以……呸，我是为着赌豪在这么干的？这可以多缝一条裤子？……我想想看吧。我要一天把这笔钱花光，拿一些给那个家伙。她的确艰难，这几年，凭什么养活的呢。”他停顿，咬着自己底膝盖，“凭什么养活的呢？……哈哈，一个女人，她给我吃得好甜呀！”他底被激发的讽刺的笑声击碎夜底寂静，在水面上传开去。“哈哈！我懂得这世界上的一切，懂得你们！懂得社会……青春！我干些什么呢？做工！在今天我是这样地做工！我轻蔑你们！现在，你想想自己罢。”

思想在一种肉体底紧张里给打断，暂时没有能继续下去。当他皱紧眼睛和鼻子，重新往下开辟的时候，他获得了一种明显地使他不安的力量，和一种照耀着陈旧的光辉的美丽的情调。

“我可以做别的事去的。在这里，我已经蹲了两年。我有力量，我狠恶——但是我决不该蔑视伙伴们！他们现在有时候还哭哭啼啼，愚蠢，像我一样，以后就要明了，不受骗了。……我太使性是错的，应该相信别人底痛苦的经验。”在这之间他费力地擦燃火柴，猛烈地，和夜底潮湿的冷风一同向肺里吸着烟，“我们不能狂纵自己，要选取大家所走的路。……但性格又怎样解释呢？张振山何以成为张振山呢？我已经忍不住了！谁都在毁坏我们，我们还多么不自知。……哼，打击给他们看，社会造成了我，负责不在我！……我就是这样呀，滚你妈底蛋什么反省不反省吧。”他在石块上仰下身体去，用臂肘撑着，望向滚动着威胁的黑云的天空，一面猛力地伸开腿，“我要大步踏过去，要敲碎，要踢翻，要杀人……哦，我底头脑里就装满了这样的云！”

风压迫着柳树，在水池里激起沉重的波浪，带着黑暗的潮气疾吹了起来。工厂底大躯体和严厉的黑云连结在一起，似乎在疾风里战栗，逐渐沉到地下去。但不久，当空气突然短促地变明朗的时候，它又显露出它底坚强的，高大的姿影。最后，灰尘从空场上暴燥地升腾了起来，盖没了一切。远处，卸煤台底电灯在煤尘底涡卷里微弱地摇闪着。

"就是这样呀!"一种酷烈的喜悦使张振山底胸膛抽搐着。"我为什么要干这些无聊的事,女人给我什么?……我明天再去试试看。好吧,我承认,因为自己坏,骄傲,才假装毒相的。我其实是,有时候多么甜呀! 呸,偏爱自己,轻视伙伴,可恨!"他坐起来,严酷地望着水波,"你有有力的生命,别人没有吗? 你其实是昏的,痛苦的,自装骄横! ……别人终会明了你底缺点! ……"

他底感觉和思绪突然不可思议地锋锐,明亮了起来。

"我忍不住了,要走开,找我以前的朋友试试看去。他们恐怕走得前,不如我一样了吧。有的去打仗了,有的成了党员,我还可以记起几年前……"

穿过干枯的柳树叶,发出沙沙的繁响,寒凉的雨滴洒在水池底堤堰上。在水池底映着远远办事处底灯光的地方,张振山看见了密密的小涡圈。

当他迅速地,狂烈地奔过厂房,土坡,回到宿舍的时候,他底头发和短工衣已完全淋湿了。

五

鸦片鬼刘寿春有着极强烈的想获得任何一点点小东西的欲望,但假若面对着巨大的财物,像一个拾煤渣的小孩子面对着一车煤一样,他就要惶恐得战栗。还是在好几年前,在战争还在中国土地底北方边沿上摸索、飘荡的时候,有一笔相当可观的钱财从他底鼻子上吹过:一个军火私贩愿意给他五百块钱,要他替他藏匿一批被追踪的火器。在郭素娥看来,这是没有不能干的理由的。因为在那些年,这样的事极端普遍,追踪者只要接到一笔钱,就会变得极其聪明或愚蠢,不再追究;而这个肮脏的,周围堆满枯树桩的小屋子,里面住着男人底疾病和女人底空虚,是不大会被人注意到的。但刘寿春却不敢做,战战兢兢地拒绝了。他倒十分甘心于一点一滴地在空酒坛子里搜刮。

三年前,他曾经在他底堂兄,一个狡猾的人所经营的砖瓦窑上投了一百块钱。作为赢利,他甚至于把工人的破棉袄都剥了回来。狡猾的堂兄，他底单薄的机智，是无法对付动不动拼命，哄天吓地的刘寿春和他打交道的。但是，即使还了他一百块钱，他还是不断地去烦扰。失去意志的人，把小欲望当做生存底目的，他们底像苍蝇往玻璃上撞一样的行为，是生意人最难对付的。冬季里刮着冷风的一天，他又在砖瓦窑旁出现了。他底脸青灰而浮肿，在一件破烂的单衣里，干骨头发出碎裂似的响声。他底这样的行为，与其说使人家觉得，他在自己底假装里所经历的痛苦比真的痛苦还要胜过一倍，倒不如说使人家感到比面对着别人底真的痛苦还要难堪。堂兄愈是不出来见他，他就躺在土坡上愈是叫喊得厉害。他闭起呆钝的眼睛，从磕响的齿缝间忽高忽低地叫：

"看你……看你……打死我，好了！"

整整的，他叫唤了一个钟点。声音由绝望的狂喊到微弱的喘气，最后终于消失了。他也不再战栗，只是伸直腿，把毁坏了的脸向着铅色的天空，僵硬地躺着。开水使他苏醒过来之后，他得到了三十块钱，而他底赌咒发誓的堂兄，则得到了邻人底咒骂。人们始终无法判明这一次事件底真假，即使当他有一次喝醉了之后，说这不过是开个玩笑，讨几个债，人们也不敢相信。果真有这样残酷的"开个玩笑"么？

人们都惧怕他底骗术，嫌恶他，不再和他打交道了。他又是懒得极出色。虽然当他在年青的时候，由于极端吝啬，他还能辛勤的经营，一点一滴的积蓄，从而使得邻人羡嫉，但一到了发现欺骗是极好的满足吝啬的方法之后，他就游手好闲，什么事都不做了。现在，当他蹲在筛煤机后面的时候，他吞着灰质太多的烟泡，没有一分钟不打瞌睡。而在人家以为他睡着的那一瞬间，他的手会伸出来，随手摸去近旁的什么：一只烟杆或一根布裤带。

矿山的繁荣也偶尔触动他，使他冗长地说及他底家族底历史。当他谈及他底曾祖父曾经做过知府，现在坟上还有一朵夜明荷花的时候，他底昏钝的眼睛会闪出骄傲的光来。"我们一请客，连山后大堰塘里都浮着一寸厚的油。"他说，用两个腥秽的手指比着一寸。“通房摆满烟灯，昼夜烧，连耗子家蛇都有瘾，爬在屋椽上吸烟哩。呵——哈——”他打了一个呵欠，“这个矿，那时候就我们开啊！……有三个洞，哪里看见现在这样子！后来，就是经我底手，卖给这些家伙了。我们不会画新图，他们硬占去一个洞，老一辈子人，老实像我这样，吃奶的时候就有烟瘾。……啊啊，那些年的刘家湾啊！”

另外，他还说及他前几年几乎又发财的事，但他从不提他为什么几乎发财。所以不提，是因为他的确还抱着那军火私贩会再出现的希望。他深信他现在可以做那种事，决无恐惧。说到女人，他就舞臂咒骂，同时又称赞她底漂亮，说她有着一个有毒的腰，像蛇。

魏海清因为妒嫉，虽然同时就悔恨自己不该和这下贱的人说话，但还是说完了话，把郭素娥底事情告诉了他。于是，为着他自己底特殊目的，刘寿春不再上班，假装生病，在家里守着郭素娥。

这是一个蔚蓝色的早晨，天气无比的晴朗。在下面的峡谷里，工厂底巨大的烟突矗立在微紫色的，逐渐在阳光底照耀下散去的雾霭中，——有一条长而宽的透明的雾带纱一般地爱抚地环绕着它——喷着愉快的黄色浓烟。二号锅炉底汽管在山壁下强力地震颤着，它所喷出的辉煌的白汽遮盖了山坡上的松林，腾上低空，和乳白的温柔的绵羊云联结在一起。早班的工人吹啸着，抖擞着肩膀，跨过交叉的铁道，进到厂房里去。在翻砂房旁边的生铁堆中间，年青的伙子向明亮的天空吆喝，翻砂炉底强猛的火焰在阳光里颤抖着蓝紫色，腾起来了。

短锄从郭素娥底发汗的手掌里落下，倒到新翻的，露出潮湿的草根来的黑泥土里去了。举起一只赤裸的手臂，揩着额上的汗珠，她专注地向下面的辉煌的厂区里凝视着。

她底脸颊红润，照耀着丰富的狂喜。在她底刻画着情欲的印痕的多肉的嘴唇上，浮显了一个幸福的微笑。当她把手臂迅速地挥转，寻觅短锄的时候，她底牙齿在阳光里闪着坚实的白光，她底胸膛急遽地起伏着。

激动地，她回到她底劳作上来。泥土在锋利的短锄下翻起，蒸发着陈旧的沉重的香气。在锄柄上，她高耸着浑圆的肩，带着一种严肃的欢乐，咬着牙齿，慢慢地摇着头。但很快地，手里的工作就变得无味了。她摔去了短锄，在田地边沿的山石上坐下来，石块后面，干枯的包谷在微风里发响。

“我累了。”

于是她倚下身子去，用手抚着光滑的包谷杆，望着天空，在嘴里无聊地咬着包谷叶的时候，一种疲劳的，梦想的光浪又在她脸上出现。太阳通过单布衫晒着她底濡湿的皮肤，使她伸着懒腰，融化了似地把身体躺到包谷叶底下去。

“我还来开这块地做啥子呢？喂狗么？……不想住在里面了，怕等不到明年春天，……”

她坐起来，痛恨地望着桑树底光枝后面的破陋的小屋。

“他睡在那里！”她低声痛叫。

沿着平坦的石板路，穿得花花绿绿的农家女人们，翻过山腰，向离这里七里路的五里场走去。郭素娥呆板地望着她们，在心里漠然地批评着一个肥胖的少女底衣服。

“这颜色丑！料子可贵！……”

但她突然怔住，望望自己底穷苦的装束，想起不远的过去来了。

“就在那山坡下跌倒！”带着锐烈的痛苦，她望向农家妇女们从那底下摇摇摆摆地走过去的斜斜的峭壁。“我从前年轻，不知道自己，也快活呢！谁没有穿红戴绿呢？……不过是这一回事，总要走过来！……”她迷晕地站起，伸出褐色的手，“这太阳晒得焦人！”她在望了一下天空之后又用妒嫉的眼线追向彩色的少女们，“那时候我十六岁。……有一些人，她们这样过几十年……几十年也算了，我……”

“大嫂！”一个身体臃肿，面容却憔悴而俊秀的年轻的农妇站在路上向她喊。

"哦哦。"郭素娥摆手,安静地向她。

"不赶场?"

"不。"

"你在弄啥子?"这女人摆着身体走近两步。

"点一点小麦。"

"你们新弄的地么?"

"你今年怎样?"郭素娥问。

显然的,这女人烦恼起来了。她站住,带着一种不知是对于谁——郭素娥呢还是她自己,——的同情,望着新翻的狭窄的土地。

"我们今年不点了。地转了。"她失望地说,一面在颈子后面搔着干燥的,蒸发着低劣的发油气的头发。

"你当家的呢?"

"我去找他。"

"还是老样不是?"

"他不给我饭吃行?"在这年轻的妇人底憔悴的脸上,显出一种阴郁的,强悍的神情。"我住妈家,他也跟来,昨天打架走了。"她停顿,率直地望向郭素娥底变暗的眼睛,"你看,"她放低声音,"他说,'我养不活你,你另外嫁……'。"

郭素娥微笑。

"他游手好闲,年纪轻轻有工不做。……你看我给他打的疤疤。"她捞起长衫,露出膝盖上面的一块凝着血的紫疤。"这些男人现在愈过愈坏了。他动不动拿当壮丁吓我呀!"她放下衣幅,叹息,"你,大嫂,……你有些什么法子?……"

"我想要出去做工。"郭素娥望着对面的山峰,随便回答。

"你,一个女人?"

"嘻嘻。"

"隔天见,我先一步了。"这女人艰难地移动她底穿着肮脏的紫花布衣裳的身躯,走到石板路上去。因为一种难于理解的理由,她在路上站住,回头望了一眼郭素娥。但随后,当她走近那峭壁的时候，她便忘记了腿上的疼痛，以一种粗笨的，难看的姿势扭着腰，反甩着手，不必要地在小石块上面高高地跃着，跑起来了。

郭素娥凝视着她，苦笑。

“她去找他！”她把手抬到额角上，伸直腰，做了一个粗豪的姿势；“她只有去找，……我们过得真蠢！”

短锄和新垦地不再像黎明时那样，以一种芬芳的力量和渺茫的希望引诱她了。它们现在在她底眼睛里转成了可恶的存在。即使阳光和下面的辉煌的厂区也不能再给她以青春底自觉；她成为憔悴的，失堕的了。她疲乏地走下山坡，晕眩地望着自己在里面埋葬了十年的小屋子。

刘寿春裹在破棉絮里，没有起来。她在土坪右端的残废的树桩上坐下，机械地望着晒在屋檐底下的蓝布衫。她觉得身体很沉重，再不能移动一步。她又为什么要移动呢？即使她身上有几块钱，她又为什么要跑到场上去打油呢？让什么都离去，都没有好了，住在这个小屋子里，她能够再活半年么？

但她还是从枯树桩上勉力地站起来，寻着了水桶，下到屋后的坡下去挑水。无论如何，她必须劳作；无论如何，她必须劳作那些最苦重的。这是二十几年来的习惯，——这将使时间过得快些，将消磨掉惶恐，使一个失堕的妇人活得容易些。

水塘干枯了。她卷起裤脚，懒懒地转到邻家去。她平常是很少和邻人们接触的，他们也不欢喜她。但这一次，她却苦于寂寞，带着宽解的心情脸厚地进到一家矮屋里去了。

“向你们借一点水，新姑娘！”她装出欢快的声音，向那家的正在推动一个大石磨的年轻的媳妇说。这是一个瘦小，喜欢酸菜根和新鲜的逸事的刚嫁过来半年的女人。她虽然比别的妇人更喜欢在背后议论郭素娥，更酷爱她底不幸，但一当郭素娥和她交涉些什么，或是闲谈几句的时候，她就竭力找寻机会对她表示一种不懂生活的年少的同情；面对着郭素娥底绝望的，饥饿的容颜，她底明净的眼睛里会不知不觉地浮上泪水来。

含着喜悦的微笑，她抡一抡活泼的头部，把水缸指给郭素娥。郭素娥刚小心地舀好水，她就被一种浮动的情绪所鼓跃，离开劳作，迅速地拦在水桶面前了。

“这一向没有见到你呀！你到啥子地方去了？”她把潮湿的手翻过来又转过去，急促地说。

在郭素娥底憔悴的脸上，闪出一个寂寞的微笑。

“我在家里。”

“啊嗬，你那鸦片鬼上班了吗？”

“这几天不上了。他不上了。”

“他为啥不上？”

“我不知。”在对方底骤雨似的问题底攻击下，她气恼地红了脸。“他在生病。”她严厉地加上说，望定对方。

“你不摆摊了吗，现在桔柑便宜？”

“要摆——我们连包谷都吃不周全。”

“唉，真也是。”这少妇突然因为自己底同情心而喜悦起来了。她哀愁地摇着小头，把手里的湿淋淋的抹布绞干，摔到磨子上去。“比方我们，我们那老鬼婆，”她机警地瞥了瞥周围，随后又对自己底机警发笑起来，一面竖起一根发红的手指，形容她底鄙吝的婆婆。“你坐一下，你坐。”因为恐怕郭素娥离去，她飞速地端了一张凳子过来，并且攀着她底肩膀使她坐下去。“看那老人呀，一天到晚叫唬，什么都不得了。日本人要来炸得一塌平。……卖一点豆腐养活不了人，我当家的又怕拉兵，前天下乡去了。现在一升豆子要十来元。……”她停顿，露出也真的懂得生活的沉思的样子。最后，她欢喜而又秘密地闪霎着亮眼睛，小声告诉郭素娥：“唉，你知道……我快生儿了。”

“对头。”郭素娥回声似地说，嫉恨地望着她。

“哈哈哈，”她颤动身体，清脆地大笑了起来。“你，大嫂，”挤着眼睛里的泪水，她灼红了脸问：“你怎么一向不生呢？”

郭素娥轻蔑地，忿恨地微笑着。

“你近来怎样呀，听说你和公司里的人相好？”

微笑从郭素娥脸上消失了。这脸收缩，转成灰暗，带着全部难看的雀班和自私的憎恶向对方威胁着。稚气的新姑娘平放下手，恍惚地咬嘴唇，困窘了起来。

新姑娘更矮小，僵硬了，眼圈溃烂的婆婆这时候跨进门来，屈着枯腿在水桶旁边站定，恶意地望着她们。

"做活路呀！"她叉着腰，向媳妇叫。

郭素娥恼恨地向水桶走了一步，又怀着一种恶狠的意向站住了。

"看看你呀，我不在家就不行，我们这屋子清清白白的！"婆婆喷口沫，突出肮脏的小牙齿骂，"这种女人，你怎么……"

"太婆！"郭素娥阴沉地截断她，"我来找你老人的。"

"哎哟哟，你找我！"太婆讥刺地叫，抬起一只脚来不断地拍灰。

"是哩，我来讨那回替你垫的门牌捐。"

"门牌还要捐？"

俯身在水桶底绳索上，郭素娥带着虚伪的恼闷回答：

"公所里要捐，恰好你没有，跟他们恶吵，我替你垫的。一元六角。"

"胡说白道。"

"我不过提一提。……等会我赶场要用！"她伸直腰，扶着扁担，脸上呈显出一种窒闷的红色。

太婆在磨子前面暴怒地跳了起来，挥着短手，摸摸裤腰又拍拍胸部，然后大声向媳妇叫：

"替我给她两块钱！门牌捐婊子捐！……"

"我没得。"俯在磨杆上的媳妇沉静地回答。

"放屁，你这小屄，三根偷给你，你留着买水糖吃！"

老太婆伸手到裤腰里去乱摸，终于掏出了一个小布包。媳妇拉长红舌头，在她后面扮着怪像。郭素娥感到快意。

"拿去，在我们这五里场，从来没有像你这样的女人！"

郭素娥狞笑，灰色的唇战栗。

站在石坡底下，她在扁担上摊开烂毛票。这毛票使她体味到复仇的满足。她想她可以用它去买一小方蓝布，修补她底磨损了的衣裳。但这想头是在一种极端昏倦的状态里发生的。在前些时，添置一些小得可怜的物件，补一补衣裳，还能使她暂时忘记冒着焦烟的欲望，得到安静，但现在却不可能。她这么想，是因为她实在已经麻痹，而且极不愿去知道这一块六毛钱原是从张振山给她的里面借出去的。

“她们过得真好！那屋子里尽是浆水，又臭又霉……”她批评，疲懒而又骄傲地向后望了一眼：“我就见过别的地方的人不是这样，我们从前也……”

她向山坡抬头，望着上面的晒着太阳的刺松。难道石坡上面的，刘寿春底小屋子在从前比这底下的屋子好一些吗？郭素娥她会有这样的感觉吗？但她的确是有的。因为那里面埋葬着她底她所难于说明的东西，发生着她底她所难于说明的东西，所以她在把它和那些只知道昏沉钻营的人底屋子比较的时候，觉得它虽然破损，矮塌，充满痰渍和别的一些腥臭的斑点，也还是叫她依恋。消沉和麻痹使她不再觉得她底那么强的欲望是可能的，使她悟到刘寿春原也只能是那么一个人，最后，使她想到，假若能够挣出饥饿的苦境，她又为什么要干那些得罪天地的，败坏的事呢。

但一进到屋子里，一看见肮脏的床铺和木然坐在床上的刘寿春，这些消沉的想头便被绝望所代替了；而绝望是有着自弃的强力的。

她原来预备把水倾倒到锅里去煮包谷羹，但现在却不这么做。现在，她失去常态地走上前去，踢了踢屋角的破篾箩，然后坐在桌边，把昏沉的头埋在肘弯里。她倒宁愿试试自己底饥饿；看自己究竟能支持多久，会不会死。

刘寿春底脸显得特别溃烂和浮肿，他张大嘴，吸着喉管里的痰，发出一种滞涩而又肮脏的声音。在吐了好几口痰之后，他拉一拉破烂的衣襟，出于她预料之外地向她走来，胆怯地擦在桌沿上，触了触她底疲劳的手，接着便歪扭着干嘴唇，皱起狡猾的鼻子，让泪水痛快地打湿胡须，呜咽起来了。

郭素娥以一种使自己也惊诧的大力从破凳子上跃了起来。

“什么事？”她叫。

“哎哟，何必呢女人……告诉过你素娥，我是快死的人了……”刘寿春哭泣着说；当他底声音中断的时候，他就用他底浮着青筋的瘦手绝望地抓着桌子。

“你快死与我有啥关系？”

“不尽妇道天雷殛；看哦，哪有丈夫这样求女人的……”

郭素娥退到屋角去，张开手，踢倒破篾箩；她底这样的姿势使人家觉得，她之所以退后，是为了更残酷的一扑。

“你是我底丈夫？”她叫，牙齿闪着燃烧的光，“不准逼我，我吃饱了一顿没有？我活好了一天没有？”她粗野地举起手，“凭什么我在家里蹲这些年呀！”

“我逼你？我救了你！……”刘寿春走近一步，又被她底凶横的姿势吓退。“我们多么可怜啊！”抖着手掌的时候，他用一种过于胆小的声音说，“我想不到，你却享福！”

他弯腰站住，脸上掠过一道凶残的暗光。

“放狗屁！”

“我晓得，我有一口气总会晓得。我管不了，你作孽自受，上天分晓，像我苦命的刘寿春一样。……哎哟，我底腰杆疼死了。”他突然弯下腰，捶着，又挤出泪水来。

“你晓得——”郭素娥疯狂地瞥了一下门，像准备从那里奔出去似的。

“你做伤天害理之事，欺我残废人。……”

郭素娥冷酷地望着鸦片鬼，等待着。

“你和姓张的相好，公司里机器股的。”鸦片鬼挺一挺胸，威胁地说。

一团酸辣的热气冲上了郭素娥底喉管，但她强制着；最后，她底冒烟的眼睛里浮上了泪水。

“你妈的臭屄!”她锋锐地叫。

“他给你好多钱,你……”

终于刘寿春又干嚎起来,挥舞着手,倒到床上的破棉絮上去了。

“你还要说哪些?”女人坚定地,带着残酷的决心走上了几步。

“让我好好地活完这几天……我要哪些?我这个落魄的人还要哪些?”他底舌头在口腔里纠缠着,和臭气一同发出一种胶粘的,无味的声音,“嗬嗬,你有得,”泪水沿着额角滚了下来,但他底声音在这里却变得实在而清楚了,“我们没饭吃,你有得那么多钱!”

郭素娥怔悚了一下,随即爆发起来了。她猛扑过桌角,用一只手叉着腰,指着刘寿春狂叫:

“你要钱!是的呀,有这末一回事,有这末一个人,就是没有钱,难道我要钱,难道在这块地方,有人会给我一块钱!你快些死,我要讨饭去,做苦工去;我连芦席也不给你睡,你这瘟屄养的人呀!”不知为什么缘故,张振山底毒辣的形影晃过她底模糊的眼睛,她哭叫起来了:“有哪一个能救一个我这样的女人呀!”

刘寿春从床上坐起来,两颊陷凹,像貌变得阴毒。

“你到坝上去卖,——有人给钱的。”他懒声懒气地说,在左手掌里敲着右手的食指。

“你简直,不是人!”女人狂叫,随手抓起桌上的一个饭碗来向他砸去。她是一瞬间变得那样狠毒,像一条愤怒起来的,肮脏,负着伤痕的美丽的蛇。当饭碗裂碎在床边上,刘寿春向围在门口的邻居们狂叫的时候,她冲出邻人们地包围,经过峭壁,向山下的五里场奔去了。她那样急急地奔走,抡着蓬乱的头部,把发烫的手混乱地在空中摇摆,用一种粗野的姿势扭着腰跃过沟渠,——就像她在那镇上真的有一个她可以依恃的亲人似的;其实,她只有仅仅可以吃一碗红汤面的一块六毛钱。

六

晚上在小麦地旁边的干包谷丛里，郭素娥又一次给了张振山。

工厂的汽笛拉过十点很久了。刘寿春真的生起病来，依然不去上工。女人从场上昏瞆回来的时候，已经拉过九点。她并不进屋去，只是呆坐在树桩上，望着月亮，偶然地从心里甜蜜地明亮起来，忆及自己不管怎么坏，也还是善良。张振山底鲁莽的出现使她发出了痛苦的欢呼。

欢乐在消沉与绝望之后被激发，就会变得疯狂。张振山又躺在她身边了。虽然他并没有给予生活和逃亡的允诺，但她确切地给自己证明了在鲜丽的月光照耀下的这一瞬间，他除了像一个粗壮而倔强的男人，有着灼热的呼吸和坦率的胸怀以外，并没有顽劣地奔开，愚弄她，遁到自己的恶毒而淡漠的世界里去。从侧面凝望着他底闪着光的前额和丰满的鼻翼的时候，她唱歌似地呻吟着，欢乐得癫狂。

把稀薄微黄的雾霭沉落在它底遥远底下，巨大的澄色的月光，迅速地升高，挥脱了诞生的血丝，耀出明晰的白光来。在干包谷地侧面的山峦上，扁柏树虔诚地瘦弱地迎月光站立着，像一些痴痴回顾过去生活的老妇人。风溜过，干包谷叶和野竹发出耳语。

这甜美的世界在这一瞬间就属于郭素娥。张振山今夜，有要求也有正常的希冀，的确并不乖戾。在粗手指间播弄着香烟的火帽，他高高地支着腿，向女人沙哑地说：

"那时候我就出来了，在江苏省的无锡县，我从日本人的追赶里开出两个火车头，还带有五列车的伤兵，哈哈，你从来没有见过伤成那样子的。日本人有时候用毒弹。"望着月亮他沉思了一会，"那些站长，全是该杀的混蛋。他们又蠢又懦，只会赚钱。"他把多肉的大手响亮地拍在膝盖上，"这些家伙多半不是好种。"

"我们这场上有一个镇长，他嫖了好几十个老婆……他们哪来那些钱的呀！”郭素娥努力在听懂对方的异乡口音之后，深深地叹了一口气，懒懒地说。

隔了一会，张振山回答，声音变得破败一些：

“那些车头，兵还是到不了南京就送终了。……你现在怎么也赞成我底话呀，你是很保守的，没有想过这些。”

“啥子？”

“你不会想到很多另外的事。在这社会上，有很多复杂的事。”张振山玩着女人的手，以一种稀有的忍耐解释：“你一知道它，就简直觉得你周围原来如此。还有好的，还有坏的，但都是大的，你会不想过你现在的臭日子，像臭泥坑。”

郭素娥喜悦地沉默着，霎着眼睛像在竭力理解对方底话和声调。

“我想到城里做工去。”

“女人也多做工的。但是可怜。你不够……”

咬着牙齿，郭素娥叹了一口气。

“我今天一直不回去，和老狗打了架。他知道我们了。”

“知道吧，”张振山简单的说，以后又撑起上身来加上：“一脚踢死他！”

“我好些天吃不饱了，今天就吃了一点面……”

张振山使力地坐起来，瞪大眼睛望着她，一面把手探到荷包里去。

“哪拿去。今天吃不到了，明早上喂饱吧……我隔些时给两百块钱你做本钱。”

“你说啥子！”郭素娥攫住几块钱，尖声叫。

“你可以运一点货，摆摊。我帮你忙，叫火车替你弄。”

郭素娥颓唐地倒在坚硬的地上，举手蒙着潮湿的眼睛。

“你不想要我么？我跟着你到城里去，纱厂里做工，很多人都是这样！”她以一种喘息的，呜咽的声音迅速说，“你以为我只要钱，二十块，四块，两百块，像那种女人？哼，我知道你们底心，我拿你底钱，是当你做我底人。我吃不饱啦，我想跑开这臭泥坑，跟着你。我会做事，会把样样都弄……好……”在这里，她发出一种细弱的呜咽来，狂燥地激动着，说不下去了。

张振山恼恨地拔着眼旁的刺草，严刻地皱起眉头，大声回答：

“你要跟着？我是一个坏蛋，你不知道？”

“你好。”

“说谎。”张振山恢复了阴郁。他把野草拔起来，在嘴唇上狠狠地吹着。“这月亮大得出奇！”

“嗯，告诉我，你想要我不要？”郭素娥在脸上挥着手，“不想吗？”

突然，张振山把她亲切地扶起来，使她坐好，对着她底脸喷着口腔底热气，用那种今天刚开始说话的时候所用的嘶哑的声音说：

“这个题目简直演算不出呀，女人！你是知不道什么的，你只知道男人。可是像我这样的男人是一个不顶简单的东西。我从里面坏起，从小就坏起，现在不能变好，以后怕当然也不能。我要很久地试验下去，不想丢掉我自己。这是坏心思！可恶！”他停顿，脸上呈显出深深追索的神情。“也不一定，我总是我这个坯子！……比方说，在你面前，捣了鬼，我觉得我不是张振山，只是一个男人了，这叫我怀恨。想来想去。我老是卫护自己，像一匹贱狗一样！”他底声音突然愤怒起来。他皱起狞恶的脸，在一块小石子上狠狠地摩擦着像大虾蟆一样的手，刺耳地砸响嘴唇，“看吧，别人终会踢开我的；但是我没有甘心被踢开的理由！”

郭素娥脸上严肃的神情被青灰色的疲倦代替了。她失望地望着月亮。

“多好的月亮哩！……”她低切地呜咽起来；“你说些啥子啊……不要我？”

张振山站立起来，粗笨地挥着手。

“不要哭，女人，你让我发火又心酸。我现在正在想法解决，你不懂的。”

“我懂。”女人凄凉地叹息。

“你懂什么?”他愤怒地说,接着便带着心酸的讽刺加上:“你不懂呀,你只会叫乖乖。回到你的老狗那里去吧。”

“你说? ……”被伤害的郭素娥叫。

“我说?”他踩倒一根憔悴的包谷,残酷地走了两步,又回到郭素娥的面前,用一根手指指着她底冒汗的前额,“我并不是对你坏;我是对自己坏! 我凭什么不喜欢你呢? 好,我要走了。”

“慢点呀!”郭素娥失望地扬起手来。

“还缠不清吗? 我不会使你吃亏的。”他恶狠狠地站住,然后又踏着枯叶走回来,“哦,这样我问你,鸦片鬼怎么知道的?”

“怕是魏海清说的。”

“魏海清是你什么人?”

“亲戚哩。”女人冷淡地回答。

“你喜不喜欢他?”他嫉妒地望着郭素娥,“他是个无用的蠢货,光会爬地。”

“他?”郭素娥收缩着眼睛,梦想了一会。

“他摇头摆尾,一副可怜相!”

郭素娥慢慢吞吞地站起来。

“不要乱骂人吧。”

“唉,算了,骂你心痛的。对啦,今天我跟你讲和吧。”张振山忧虑地向前走了一步,抖着肩膀,仿佛企图抖掉他底阴郁和内心的交战似的。随后,他扭了扭颈子,向郭素娥走去,猛烈地把她举在手臂上,发出了一声短促的欢笑,很久很久地,他在清丽的月光下这样举着女人的丰满而灼热的身体,粗阔的脸上没有丝毫的表情,显得呆板。最后,他激烈地在手臂里抖着郭素娥,往扁柏林那一面走去;在经过一株低矮的小树的时候,他把背脊依着树干俯下紧紧收缩的脸,伸出大舌头来舐着她底嘴唇和鼻子。在男人底强壮的臂弯里的郭素娥,这时候摆脱了一切挂虑,摆脱了一切悲愁,惶恐,和怨恨,从有毒的黑暗的沉默里醒来,发出了粗野的淫荡的,放肆的欢笑。……

七

一个捧着竹烟袋的疯了的工人慢吞吞地拖着他脚上的铁链，从锅炉房底水池区出来，站定在煤渣路上，向在桥基上工作着的魏海清们开始他底咒骂和宣讲，在叫嚷中间，他轮流地取着手里的五六根点燃的香，贪婪地麻木地吸着烟。

“坏蛋都替我站出来，那些从心里坏出来的坏蛋，你们杀了我也干净，杀我免得我心中作难。……老子那些时吃白泥巴也过过来，没人敢欺，今天倒遇到你们这些。地上无人讲公理，天上有三十三层天，地下有十八层狱，狱下有火烧狱，你们这些混蛋，王八蛋。”他跺着脚，惨厉地扬高他的声音，“哎哟哟，我心中十分作难！”

魏海清底伙伴向达成，一个长发，面孔俊秀，喜欢唱流行歌曲的青年人，从桥柱顶上伸直结实的上身，向他扬着手里的砌刀小声喊：

“喂，走开些，矿长在这里。”

疯子直勾勾地瞪着眼睛，仿佛在理解对方所说的话，随后，他底脸上抽搐地浮显了一种混合着愤怒和狂喜的神情，像真的寻到了仇敌似地，厉声叫：

“就是矿长，我也要通他屁股！”

作为这叫骂底回答，两个穿着黑色新制服的矿警在屁股上按着枪跑了过来。

“你们这些坏蛋来作弄老子，你们狗才！你们砌屋搭机器，叫老子受闷苦。”他举起那一把冒烟的香，在身体底周围划了一个大圈，仿佛这么一划，他底仇敌就不能走近他似的，“你们明天就要让斩尽杀绝！”

当一个矮小的矿警触着他底肩头的时候，他暴烈地跳起来，使铁链朗当作响，把手里的香击打在对方底制帽上。无论如何，他不愿意放弃这一把香，和另一只手里捧着的烂烟袋。他和矿警争夺，暴跳，一直到他终于被绳索绑起。

"你们有枪呀！你们底枪放不出来！"他底惨厉的叫喊在水池上面回荡着，"你们就是一枪一炮把我打死，我也心甘！……"

向达成在疯子被矿警绑走了之后，摇头望了望下午的白色的太阳，从石柱上跃下来，向捞起脏衣袖的魏海清说：

"关硐堡去了！"他用手在颈子上绕了一个圈，表示被绳子系着颈子的意思。

"明天又得出来！"魏海清弯下腰，在石块上敲着烟锅里的烟灰，感喟地说，"他们关得起他？一天三餐饭哩。平常关工人要工人出伙食钱的！"

"在军队里关人都不要士兵出伙食钱的，他妈底熊！"向达成把砌刀摔在泥堆上，扒开胸前的衣服，野蛮地吸气，接着，他奋激地扬起嗓子，唱了起来。

"大刀向鬼子们底头上砍去！"

"你为啥子不当兵了？"魏海清拴好烟杆，注意地问他，但回答的还是粗蠢的歌声：

"抱着敌人底老婆，前进！"

"哈哈哈，毛延寿你这奸贼呀！"他系好裤子，拾起砌刀，向桥柱跃去，开始工作，使力地搅着泥灰，凿碎石块。好久之后，他把带着工作底严谨的漂亮的脸向着太阳，对旁边的老迈而强壮的郑毛忧郁地问：

"你们说，他原先也是土木股的，他怎么疯的呢？"

"他赌光了，后来又在路边上撞翻了油，"郑毛哑声回答，"赔了两百，白做三个月；这么一急，好不转来了。"

"我们今天搞不成这个了。包工划不来，他们有诡计！"魏海清张开卷起衣袖的手臂，带着茫然的失望神情瞧着石柱，加进来说。

郑毛把他底扭曲的老脸向着他，闭起眼睛。

"是啰。机器工做包工才划算的。这回两万。"

"你妈的，那些家伙。"向达成在手里灵活地转一转砌刀，笔直地站在桥柱上。他之所以恨机器工人，是因为他们不为他所希望，把他认做一伙。“看哪！”他羡嫉地叫，“一个家伙弄摆摊子的女人，二十块钱八回！”

魏海清胸膛震动了一下，急剧地弯下腰去，翻起土来。但他还是偷听了伙伴们底对话。

“你说说底细！”郑毛底老脸上闪出一种忧戚的光采，像这件他原已冷淡地知道的新闻现在被人说出来却触动了他底对某件刚过去不久的事的回忆似的。把强壮的手臂向太阳挥了一挥，他一面把腿在泥地上舒畅地伸直。

“我也不知。魏海清知道吗？”

郑毛底左眉注意地扬高。

“不知。”魏海清回答，“哪个问这些……事？”

太阳像一个白色的，空洞的球体，在魏海清面前恶意地摇闪着。锐烈而深刻的痛苦使他遗忘了周围所有的人；使他底眼睛昏花，胸膛疼痛。但不久，一种沉毅的，忍耐的，音调深沉而少波动的歌声从老郑毛底唇上长着硬髭的嘴里舒畅地倾流了出来，使得秋天下午底空气温暖而融和，爱抚地包围了未完工的石桥，包裹了这痛苦的鳏夫。抖了一抖胸膛，这中年工人从眼睛里流出一种温暖的，凄迷的，潮湿的光波，发出更深沉的声音，加入到这歌唱底忧戚的暖流里去。

魏海清有着各种顽固的习惯，一向是自己烧饭吃，——宁愿自己吃隔天的冷饭，都不加入伙伴们底热闹的伙食团的。这种孤独和俭省的僻性使他不大和他底伙伴们，尤其是那些外省来的，当过兵的人接触。这天晚上，刚刚七点钟，当伙伴们还在隔壁屋子里听那个醉心当工头，以当过兵自骄的向达成讲故事的时候，他便独自躲在自己底破朽的小木屋子里，抽着烟，咬嚼着自己底痛苦，不再出去了。

门板猛烈地碰响，他底七岁[①]的，身段粗野浑圆，大脸上有着一对永远露出好斗的防御神情的眼睛的儿子，肩着一个小破布

① 原文如此，上文提及时作“八岁”。

袋跃了进来。

“买了,好多钱?”魏海清问。

“两块钱。一斤一两五。”儿子甩着布袋,大步跨到桌子前面。

魏海清伸手到布袋里去。

“怎么买的是巴盐? 要椿!”

“偷不了个懒成!”儿子擦着小手掌,一面昂头恶狠狠地吹着电灯。他没有一秒钟能静止,一下扭着腰跳到门槛上,向外面张望,一下又撒开裤子,在屁股上浑身扭动地搔着痒。

“你怎么这样久。”魏海清沉闷地说,“又跟人打架?”

“不成。”儿子粗暴地仰起头,“我听见说山上刘婶偷人,卖屄,二十块钱八回!”

“胡说!”魏海清笨拙地站起来。

从隔壁屋子里,透过来向达成底响亮的,骄傲的声音:

“那个老头子说,‘你们既然要打,我来跟你们喊一二三’——一,二——老头子喊到三喊不下去了,太惨;女人就跑了出来,跟两个连长叫:‘你们要是都看上我,你们就把枪给我!’……好,两个爱人都把枪给了女人。你晓得那个卖香烟的女人怎样?”

“说!”

“她呀,哼,‘你们不能死,你们为国家打仗,我是一个没有用的,你们争我不值得!’——砰! 一枪自杀了!”

话音突然停止,有两秒钟,屋子里紧张着沉默。以后,便爆发了一个尖声的叫喊,所有的人嚣张地议论了起来。魏海清底儿子急剧地悄声地,像一头野猫一样,奔了过去。

“高你妈底瘟兴!”在昏黯寂寞的这边屋子里,呆站着的魏海清咒骂。当他重新坐到床板上去,抽起烟来的时候,郭素娥底丰满的,淫恶的肉体底形影就开始在焦闷的烟雾里浮幻地一次一次地闪现,使他惶恐,痛苦。血液升到他底皱做一团的长脸上来,使它灼烧,但在他底内部却有一种冰凉的东西不时震颤着,逐渐扩大。在拼命地吸了几杆烟之后，惶恐和痛苦就被对过去生活的绝望的悔恨所代替了。这时候，他攫得了浮面的安静，清晰地回忆起几件细微的事来。

这些事，遮盖着积年的灰尘，早已不被他想起。现在却放射着全然新异的光芒，刺目地，赤裸裸地呈显了出来。在一个山峡里咆哮着苦寒的风的冬天底黄昏，他为了女人没有在他勤苦地劳作之后替他热好饭，暴戾地捶打了她，使她底头碰伤在灶角上。她是一个丑陋，极能忍苦的强壮女人，无论挨着怎样的毒打，都不呻吟，不反抗；但现在，在六七年之后她却在魏海清底悔恨的心里呻吟，反抗了！那个晚上，魏海清能够极明亮地记得，从风声里，隔壁穷苦的线贩子底凄凉的笛子声呜咽地传来，再隔两天便是送灶神，过年的时候了。

"那年娃儿才一岁。我点三根草的灯，成堆的红薯……过得还算……"他寒战了一下，重新的急剧地抽着烟，竭力摆脱这个回忆，但立刻他又落到另一深渊里去了。

……赶场回去的郭素娥，穿着不怎样干净的青布短衣从石板路上粗野地性急地走过来，在他家门前的一棵老黄桷树下停住，和他坦率地谈了几句话，咒骂她底穷苦，她底抽鸦片的丈夫，……这就是全部。这怎么样会有让人回忆起来的魅力呢？但这鳏夫现在回忆起来了。他记得，郭素娥底脸庞，在那棵树下，是粗野，年轻，而且异常红润的；她底乌亮的长发垂在颈上，又是柔顺的；而拿在她底肥腴的手里的一块黑布，是细致的，闪着愉快的光的……

郭素娥底穿着新黑鞋的脚，好几年前走过那棵树下，没在草丛里的最后的一步，现在绕着奇异的光彩，像踏在他眼睛上一样，使他眩晕！

"她那时候就是那样一个女人了！"从桌子上移下手，他站起来，"嗬，人一生作多少孽啊！"

从隔壁房里，传来一个低嗄的兴奋的声音：

"啊嗬，那女人生毒的！"

“二块五一斤肉，便宜呀，……你们都去试试看。”老郑毛说。

魏海清蠢笨地扬起拳头，向灯光扑击着，终于不能忍受地冲出门去了。在土坡上抱头蹲下来，他怨恨地茫然地遥望向对面的山峦。

山峦带着黑暗的威胁，站立在厂区底绚烂的灯火背后。在灯火密积的中心，在远远的两端完全漆黑的山峡中间，厂房底宏大的轰响，大烟突上面的浓烈的黑色烟带，煤场后面的焦炭炉底腥红的火舌，……这一切，以一种雄伟的狂乱，在山峡底顶空上严重地升腾着大片繁响的浓云。

魏海清无法理解这庞大的劳动世界底秘密，在它面前感到惶惑，体会到恶意的嫉恨。在繁密的灯火底摇闪里，在滚腾的浓烟里，张振山底粗壮，强力，凶残的身影浮幻了出来，大步地向前踏走；而在他底臂弯里，郭素娥淫贱地，快意地颤抖着。

“去你们，……”他抓起一块小石子，盲目地砸过去；石子落在坡下的水田里。

幻象一瞬间消失了，就仿佛被他底石子砸碎了似的。他伸直酸痛的腿，站了起来，向伙计们底房间走去。

“把我苦伤了。一个……女人啊……”

淫荡的，感到疲劳的歌声和低劣的叶子烟底烟雾一同从狭窄的门框里飘流出来，当歌声中止的时候，跨进门框的魏海清听见了老郑毛底豪迈的，慈和的大笑。

八

张振山和郭素娥偷情的新闻，像饥饿的乌鸦一样，从多嘴的杨福成底嘴里出来，翔遍了矿区底每一个角落，寻找它底食粮。

在工人们里面，它受到了恶意的欢迎；但这欢迎并不持久，仅仅经过一两个钟头的叫嚷，咒骂，嘲笑，它就变得枯燥无味了。然而在那些喜爱闲谈底材料的年青的职员们那里，它却不但被款待得持久，而且还染上了丰富的色采。他们把它带到饭厅，篮球场，厕所里去，有两个星期当它做问话底礼节，比方：

"你好,二十块钱八回!"

"我们去看看那个二十块钱八回去。她还在摆摊子么?"

郭素娥又开始摆摊子,这次在煤场前面,而且生意异常好,但张振山却一点也不知道。因为忙于火车头底完工,他好些时候没有到郭素娥那里去了。在机器底鼓噪里,逐渐让心里面的对于郭素娥的暧昧的情感淡下去,是他所乐意的。

"我张振山不喜欢那些又甜又酸的呀！快要完事了。"他在肉体底愉快的疲劳里对自己说。但这新闻传出来,却异常合他底胃口,使他觉得,事情将要另一样地完结。但听到这消息底内容的时候,他就让自己坦率地挂念起郭素娥来,一变往常的态度,对周围变得阴沉而愤怒。

当他走近杨福成,预备责骂他时,后者正和伙伴们一起坐在石坡上,努力地读一张报。

"喂喂,你来好！念大声我们听;苏联怎样呀!"杨福成招手,哗哗地抖着报纸邀他。

张振山阴郁地望了他一眼,但立刻就把目前的心情按下,接过报纸来。

"基辅城郊激战中!"他粗暴地念,咳嗽,坐在伙伴们中间;往下念的时候,他底声调明亮起来了,"苏军曾一度被迫后退……随即坚强反攻,夺回重要村镇共三处。……"

"基辅在哪里?"陈东天认真地问。

"在你屁股上。"杨福成跺了一下脚,转身向他。

"在苏联南边。"张振山瞪着杨福成,一面用手比划着,"你看地图就找到,有一条大河……,就是这个尼泊河。"

"它会失么?"

"难说。"

"德国哪这凶?"

"凶捶子。隔几个月看罢。"

"说中国底消息。"

张振山伸开腿,抽着香烟,向阴沉的天空瞥了一下。

“中国？自然顶呱呱啦！”他油滑地说，摔掉报纸，笨重地走开去了。

他自己也不知道为什么要离开伙伴们，究竟要走到哪里去，他只是衔着烟，在锅炉房后面的堆着灰渣的空场上慢慢徘徊。因为某种难于解说的理由，他现在又极不甘心回到自己底阴沉的心情上来；所以，当看见几个少年伙子在愉快地向电杆上投铁镳的时候，他就走过去。

“喂，看我的！”他用和读报同样响朗的声音说。他自己也没有料到他底阴沉竟已经消散，发出这样大的声音来。他从一个小伙子手里抢过铁镳，狠狠地舞动它底细绳索，一面咬着牙齿，从齿缝里咒骂着。

但他没有投中。

“唉，真蠢，还是看我的！”

这小家伙投中了。他拉开嘴，露出他底向外突出的黄门牙，骄傲地微笑，摇着头。

张振山摩着手心，不同意地皱起眼睛，含着一个恶意的微笑确信地说：

“你明天一定要跌掉门牙！”

“唉呀！”小家伙回答，“跌到二十块钱八回上面去了！”

“看准，不要开心！”他懒洋洋地说，接着便阴郁而严厉起来：“你快活得很！”

他离开他们，摇晃地向煤场走去。他现在真的变得阴沉，而且竭力在持续这心情了。当他意外地发现了郭素娥底摊子的时候，他便抱住手臂，准备打架似地站定。

女人在摊子后面垂着头，背脊弯曲，显得异常疲倦。她不伸手拿东西给她底顾客，也不收起放在摊板上的毛票。当人们好奇地望着她的时候，她就懒惰地，直率地用眼睛对着他们。她无希望，像一个不能谋生的女人。那在山峡上空悬挂着的干燥的白云，煤场上的劳动底喧哗，人们底有毒的眼睛，都显得于她全无干涉。

张振山开始，用他自己底话来说，摔开自己，让对女人的怜恤在他心里生长起来。因为这怜恤，他就更恶意更狠毒地看着周围，看着在女人底摊子前面走过的人们。

两个穿制服的年青的职员走近摊子，买了一包烟，在给钱的时候故意逗弄郭素娥。

“多一毛钱不要补了，送给你。——就是她。”戴眼镜，脸部浮肿，嘴唇鲜艳的一个转向他底朋友说。

“嘻嘻，便宜呀！”

“尼采说，到女人那里去的时候，莫忘记带鞭子。”

“莫忘记带二十块钱。”

郭素娥突然倾斜着身体站了起来，在胸前握着手，愤怒地叫：

“滚开去！”

“哎呀呀，这凶法。有钱就不凶了。”

女人推开凳子，俯下腰，抓了一把煤灰向两个欣赏者摔去。

“叫矿警赶她出去！”没有戴眼镜的一个挥着手喊，闪出他手腕上的表。

张振山底阴沉的咆哮从摊子后面响了过来：

“我来替你们赶！”

一瞬间，他跃过来，挥着他底巨大的拳头击在戴眼镜的职员底胸膛上。从煤场底两端，工人们向这里奔来，发出粗野的呼啸。在这同类底呼啸里，张振山抽搐着面颊，成了不可抵御的狞恶的野兽。他底隆隆的咆哮震撼着低空，从工人们底冒热气的脏头上滚过：

“你们吃饱了！看吧，老子不用带鞭子！”

两个职员狼狈地逃开了。

张振山穿出人丛，向郭素娥吼：

“回去，不要再摆摊子！”

郭素娥沉默地，十分安详地望着他，把手举到头发上去。

“你等会来，我跟你说话。”她苦楚地，确信地说，接着便弯下腰，露出刚刚觉醒的猛力，收拾了花生和香烟，背起门板来。

“这女人好大力!”一个老头子说。

张振山把手抄在衣袋里，用鸭舌帽遮着眼睛，下坡向厂房慢慢走去。二十分钟后，他便被喊到总管马华甫底办公室里去了。

总管底胖脸严峻，闪烁着青灰色。当张振山进来的时候，他放下手里的修指甲的剪子，转动头颅，戒备地望了他一眼。张振山走到离大办公桌两步的地方站住。

“你打了职员了!”好久之后，总管望着地面，在喉咙里说。

“对。”

“你做错了。”

“我?”他慢慢地摇头，一面望着在窗外窥探着的伙伴，“我不错。”

总管马华甫移动了一下椅子，锋利地瞧向他。

“你说说看。”

“那是两个狗一样的东西!”

总管突然歪过难看的脸去，向贴在窗玻璃上的陈东天底鼻子叫：

“走开!”接着他向张振山说，“你太无礼貌!”

“要怎样才叫有礼貌，一个工人?”

“你连我也不尊敬，你蔑视一切，忘记你底本份!”

“我底本份是什么?”

“听你底长辈底话!”

“我在这世界上从无亲人，谁是我底长辈!”

为了抑止自己底尖锐的愤怒，总管马华甫依身到桌子上去，翻了一下卷宗，随便地取出一张信笺来，读着那上面的字。其实，字在他底眼前浮幻成小黑虫，他什么也没有看到。

“喂，张振山，”他把声音放低缓，“你不听我底话么?”

“听的。”

他又开始读信笺，这次镇静地读下去了。

“现在你听我说，你以后决不能这样。因为是你，我们才这样处置的。”

“我？怎样处置？”

“不怎样的。”总管停顿下来，抓起桌上磁盘里的一根香烟，点燃，“矿长底手谕，要开除你，我底意思不是这样。你懂不？……”

“说啦！”

总管喷着烟。

“罚你包工的钱。”

“多少？”

“全部。”

张振山底手痉挛地抬到胸前。

“不重吧。”总管底粗眉头在锐利的眼睛上面覆压了下来。但出于他意料之外，张振山在屋子里粗笨地走了两步，镇定地站住在壁前，开始抽起烟来了。

“啊哈！”他在椅子上震动了一下，挥着手，用愤怒的，儿童的声音叫：“你……怎样？”

“现在是这样，钱是我做苦工得来的，还我！把我开除！”张振山张开大虾蟆似的手，蛮横地走上一步，脸上有假装安详的笑容。

“不行！”马华甫站起来，用手攫住公文，仿佛张振山要来抢劫一样。张振山咬着烟，严厉地望着他。

“我揍他们错了吗？你未必会知道我和他们究竟谁无耻。你从前也做过工，但现在不同了，看哪，他们这样可怜，无耻，侮辱一个孤苦无依的女人！”他扶住桌子，声音洪亮，充沛着一种雄浑的激动，“告诉马先生，我们工人知道得是很简单的；但给我们吃甜吃酸，想挑拨也不行。我们是生命之交的朋友！”

“你底行为最不规矩！”

“规矩？养胖的奴才最规矩！”

“住嘴！”总管击桌子，厉声叫。

张振山把灰白的脸朝向窗外。他底眼睛发红，喷射着可怕的光焰；在他底胸膛里，滚动着一个压抑住的，残酷的哮嚎。最后，他摔去烟蒂，使整个的房间战抖地跨着大步走出去。

在铁工房前面，少年的陈东天摩擦着手掌，气喘地向他奔来。

“老张，你有种！……”

昂奋地，狂喜地跃上来的杨福成，紧紧攀住张振山底肩头，一面挥着手打断了陈东天底话；但是当他开始自己说的时候，他就倏然变得奇异地严肃。

“老哥，你究竟……”

“老哥，你预备怎样?”吴新明弯着长腿，在两步外挂虑地问。

张振山闭紧嘴，瞪大眼睛望着伙伴们，最后向前跨了一步，战栗着下颚回答：

“兄弟们，我终归要走了，带那个女人——”

九

刘寿春在黎明时候就出去了，一直到现在，到郭素娥背着木板提着箩兜回到小屋子里的时候，还没有回来。郭素娥感到微微的眩晕，鸦片鬼的不在正好使她不被骚扰，自由地休息一下，等待张振山，等到命运底最后的判决。她在床沿上坐下来，垂着头，开始咀嚼刚才的事，尤其是张振山底行为所给予她的印象。下午的山巅上很寂静，风眼厂的机器底有韵律的鼓动声在杂木里昏昏地波荡着。

一种丰裕的狂喜，首先雾一般地在她里面浮动，使她惶恐，随后就坚实地燃烧了起来，将她底面颊变得柔软，红润。她底眼睛发灰，她底呼吸幸福地急喘了。

“回去，不要再摆摊子。”她咀嚼着：“他今天一定会来；恐怕就来了，要不然，晚上，……哦呀，我这个女人!”

她底眼睛里浮上了泪水。她喃喃着站起来，察看自己底打了好几个小补绽的干净的蓝布衫，然后走近桌子，向屋子的光徒的四壁凄楚地注视着。由于一种不可思议的激动，由于平常总是用劳动来稳定颠簸的心绪的强的习惯，她从桌楞上拖下抹布筋，到门前的水沟里去沾湿，开始专注地擦起桌子来。

在擦桌子之后，她底身体温热，萌生了一种要把整个屋子全收拾一下的欲望。她铺床，以细致的心情扫了泥地。她把破扫帚举到头顶上去，擦着墙壁上的灰尘底波痕和蛛网，就像在这生霉的穷苦的屋子里即将进行一件体面的大事似的。几年来，郭素娥在饥饿穷困里变得粗野而放肆，从不曾有过这样细致的心情；几年来，女人无抵御地跌在险恶的波浪里，所有的一切全溃烂，声音也成为昏狂的，从不曾在心里照耀过这样像田园底早晨阳光似的温煦的光明。一种简单的柔和的音乐在心底深处颤动，把多日的暴乱，淫恶，毒辣全淹没；她底身体浸着汗，她底灵魂浸着善良。一个稀有的欲念攫着了她，使她想立刻冲出屋去，向她一切认识她的人招供一切，宣说她底屈辱。最后她掷下扫帚，扑一扑衣服，眩晕地吸了一口气。

“这屋子里要只我一个人就好，没有那鬼……”她坦率地想，走近窗洞，以一个长长的凝视迎着烟雾似的落山阳光。在山巅上面的低空里，两只翅膀闪耀着乌蓝色的鹞鹰，把锋锐的头向着阳光，骄傲地翔过蒙烟的林丛。风眼机器底颤动声和平地传过来，此外，还可以听到山峡里上行煤车底笨重的震响和它底汽笛底挑战的吼叫。当郭素娥跨出门的时候，一个中年的庄稼汉正荷着牛轭经过石板路，下到另一边山峡里去。他仔细地捞起他底衣裳，望着下面的安详的田地，牡牛一样慢慢地磨着下颚。一经过削壁，他就吐出了嘴里的什么，扬起尖利的嗓子，唱起山歌来：

> 天晴落雨不要埋怨天，
> 天干米贵甲子年；
> 十字街头无米卖，

把搁在轭头上的手放下来以后，他依石壁站住，猛烈地昂起头，在声音里充满了烈性的悲愤：

饿死多少美姣年！

没有多久，从昏暗的峡谷底下，冲破梦境似的沉郁和疲劳，另一个更锐利更昂扬的声音应和着飞扑了出来，使得黄昏的空气似乎在破裂，在猛烈地闪灼。在这声音划然中断之后，是工厂的汽笛底五点钟的怒吼。

傍着一株扁柏树，站在草坡顶上的郭素娥，被这锐利的歌声逗得焦灼起来。她不安地搓着手，歪着褐色的颈子，微微张着充血的唇，向底下的厂区渴望着。在她后面，从邻家的毗连的屋子底门洞和窗口，浓烈的干柴烟带着盛夏的气息喷了出来，凝滞在草坡上。现在，郭素娥淹没在自己底欲求里，升腾在这平常的晚餐的辛苦的柴烟之上，对自己底邻人更冷淡，而且因为他们永远在臭泥沼里面爬，障碍自己的幸福，对他们怀着骄狂的憎恶。她仰视着对面蓝黑色的山峰，和山峰后面天空上悬挂着的深紫色的云柱，希望在这仰视里，张振山会不知不觉地走近她，向她伸出允诺的手臂。

但她失望了。两只乌鸦掠过她底头顶，作着低旋，向扁柏林里栖去，它们底突发的尖叫把她惊醒。显然的，张振山在晚餐以前没有来的希望了。但刘寿春今天一整天到哪里了呢？他还有什么地方可以骗钱用呢？

“他总要有诡计的。这样的人也能在世上活……”她喃喃地说，用来安慰自己奇异的焦灼，走进屋子，在黑暗里摸索，煮起包谷羹来。

但她没有吃一点点。她底心绪变得险恶，那些在一点钟以前她为了使她底幸福的自觉持久所做的努力，现在除了疲劳以外，什么效果也没有留下。她感到周围的一切，这黄昏，这山巅，那风眼机底昏沉的晕响，那喜爱人家不幸的邻人，都不给予一点呼吸的空隙似地，向她不吉地迫来。她从窗洞茫然地向外面张望；那升浮在山奥里的厂区的灯火底眩晕，在她，仿佛是一场无声的火灾底映照。不幸决不会离开她这样一个女人的，她想，同时感到不幸正在像凶横的军队似地向她围拢来。她紧紧地扳住窗洞的木柱，就像一个落水的人情急地攫牢一根枝条似的；仿佛这世界是这样的迫害她，她除了这一根窗洞的木柱就别无所依似的。她在锐烈的失望，不，被摒弃的打击里，发出痛苦的呻吟。

她不大清楚她是怎样挨过这几个钟点的。她焦苦地坐着，守着油灯，张振山没有来，现在已拉过九点钟的汽笛了。她开始盼望任何一个人来，不管是魏海清或是刘寿春，由他们底来，她会更感到那种绝望底希望的变态的欢乐；她会奋身哭号，咒骂，声音她要永远脱离这种生活的，不管到那里去，纵然去死，去了也就算了。但现在，埋在屋子底荒凉底空虚里，由焦急而糊涂，她逐渐不能明白自己底处境了。

"人家骂我，管我屁事；——这样才受不了啦！"好久之后，张振山底思想，以她底声音在她里面不可捉摸地浮荡了起来。"一个人活在世上，一生总在挨骂，遭打，这是凭啥子！为啥子要挨下去呀，我恨煞他们，这次再不成，吃不饱，挨穷，我就杀死……哎哟，我底姆妈呀！"

门板轰然的碰响，惊得她跳起。接着是短促的寂静。

"啊，他——来……了！"

她奋力扬起手臂，像挣脱什么东西似的，然后跃到门前。但当她看见跨进门来的是刘寿春和别的几个镇上的人的时候，她就浑身凉却了。

刘寿春用手里的灯笼照着门槛，恶毒地俯身向地下张望着；轻轻地跨进门之后，他把灯笼提到嘴边，从肮脏的短须里吹熄。

"进来！"他向站在门口的人招手。

顶前面跨进门来的，是绰号叫黄毛，黄色的眉毛在扁平的额上联起，在粗黑的胶粘地下垂的眼皮底下闪出一对含着恶意的窥探神情的眼睛的，场上有名的光棍。第二个是刘寿春底高大的年青的堂侄，一个简单的长工，他到这里来，并不起什么作用，只纯粹地探听一下，看这个被所有的人憎恨的漂亮女人究竟是怎样，以确定自己底飘摇不定的道义心。第三个，是保长陆福生，当他跨进门来的时候，他庄严地除下他底新礼帽，把平板的黄脸仰一仰，露出两颗金牙，向主人带着毫无意义的严肃说：

“就这吗？”

刘寿春狡滑地转动一下眼睛算做回答，同时，他挺直身躯，用手在空中划了一个大圈向郭素娥狠恶地说：

“替我跪下来！”——在说话的时候，他顺着手势吃力地俯下腰。

女人动着失色的嘴唇，摇着头，明白了自己底绝望。在喉管里震响了一下之后，用一个郭素娥这样的女人在最后的绝望里所能有的愤怒的一击，她以一种充满不可侵犯的尊严的声音叫：

“哪个敢动我！”

黄毛展开阔肩，抖着手里的绳索，就像郭素娥底话是一个邀请似地带着惬意的微笑走近来：

“对不起！”

女人跃向桌子，攫着盛满冷汤的大碗。

“我是女人，不准动我！”她伸直嗓子狂喊，接着就将大碗猛力砸过去。这碗击中了刘寿春的脑部，使他呻吟了一声，带着汤水和碗的碎裂声一同向壁角翻倒下去。

黄毛扬起胶粘的眼皮，跃过来，用绳索鞭打郭素娥，在保长和长工底帮助里将她紧紧地捆起。在捆绑的时候，不管他的颊上怎样被抓破，他把大手伸到女人底衣襟下去，使劲地，狠毒地捏着她的乳房，以至于使她疼痛得厉叫起来。

“你们是畜牲，你们要遭雷殛火烧；你妈的屄，我被你们害死，你们这批吃人不吐骨的东西！”她底惨厉的，燃烧的吼叫从小木屋子里扑出来，冲过围在屋前的邻人们底头顶，在黑夜里，在杂木林上回荡——“好些年我看透了你们，你们不会想到一个女人底日子……她捱不下，她痛苦……”最后，她侧身向刘寿春底堂侄：“哦，你是怎样的人呀，你也变成这样……”

在屋外的土坪上，一个老头子从嘴上拿下烟杆，在众人底沉默里批评：

“好厉害的女人啊！……，确实，确实如此！”

“我早知道这手哩！”那个郭素娥曾经向她借水的新媳妇说。

“岁月坏，尽出这些事；要是不穷苦呢，这女人也不坏。”

“黄毛一来就无好事！”这是一个中年男子底奋激的声音，“陆福生专门顶王八。刘寿春尝得吗？”

而在屋子里，当女人的叫声裂断了之后，临到了一个仅仅一瞬间的紧张的沉默，可以听到昏暗的空气底颤动。刘寿春底堂侄，那单纯的长工，从黄毛捏着女人乳房的时候她底号叫，尤其是她底最后的一句话里，体会到一种不属于目前这毒辣的小屋子里的世界的，使他底心冷凝的东西，惶悚地把手从她底发烫的手臂上移下来，然后独自走到屋角去，蹲下来抽着烟。从此他不曾触动郭素娥一下，而在以后的日子里，当郭素娥事件的真相明白地被宣露出来之后，对于他底简单的道义心他就变得疑虑。

女人正叫骂得激烈的时候，因昨夜底热病而衰弱的魏海清爬上了山巅，挤在观看的邻人们中间。就在今天下午，他从一个路过这里的亲戚那里，知道了鸦片鬼受着黄毛和陆福生底怂恿，要抓郭素娥，假若她不答应把她卖给一个因为一种生理病态，死去了四个女人的绅粮这件事的话，就要以家族底名义，仿照上一代的残酷的实例来惩罚她。这事情后一步可以公开，但前一步，即出卖，是守着秘密的。

魏海清，听着这不幸的消息，在起初，是异常快意的，但到了晚饭之后，这快意就变得苦涩。他睡下去又爬起来，苦闷地在煤渣路上徬徨，思虑这件事底各方面，思虑他底内心；他对女人的怨恨是不可战胜的，但更不可能战胜的是他对那他曾经在他家里做过工的绅粮，对保长陆福生和地痞黄毛的憎恨。最后，他不再让自己继续想，懞懵地拄着木棍爬上山巅，决定向郭素娥告发。

怀着一种暧昧的激动奔上山来的魏海清，现在是落在失望里了。他挤在一个抱着手臂的男人背后，从后者底肩上探出他底紧绷的长脸，向屋子里愤怒地凝视。在郭素娥底叫喊中止之后，他排开前面的人，尊严地提着木棍走进屋子。他底直视的长脸上战栗着愤怒，显得坚决，丑陋。

“告诉我，你们做啥子！”他低而急迫地问，拄定木棍。

从屋角里，年青的长工坦率地望着他，当保长陆福生把手抄在大衣里，朝他走来的时候，向他做了一个切断的，但不是他所有暇理解的手势。

保长仰着平板的黄脸，屈尊地拍了一拍魏海清底肩头。

“一向好？”他低低地说，吹着气，“你顶晓得这个女人的，这是地方上的事，我们负责在身，不能容许。”

“她做了一些啥子事？”

保长望望坐在床沿上抱着头的刘寿春，微微显出困窘。同一瞬间，被绑在凳子上精疲力尽的郭素娥，以一个悲愤绝望的凝视向魏海清投来。

“这明明是家事，保长，怎么是公事呀！”魏海清粗壮地跨上一步，叫。

保长陆福生把礼帽从头上取下来，威胁地望着他。

“地方上一直如此，你不懂。”

“她是我底亲戚！”

“哎呀，不要这样甜！”黄毛冷冷地插进来说，同时，刘寿春奋舞着手臂，喷着口沫，在床铺那里毒喊起来了：

“我不承认你们，你们平常不认得我。……我要重整她呀！我要叫你们全看看……”

“不要叫吧。”保长严肃地转向他说。但他在吞了两个字之后，还是继续叫完：

“看你们以后欺不欺我。”他转向女人：“看你，哼，你可朗个办我！”

“做鬼也杀死你！”郭素娥咬着牙齿回答。

黄毛侧身走向她，从眉毛底下瞟着她底脑部。

"我们走!"

魏海清在窘迫和孤单里挣扎着,横着木棍走到门口,突然向门外咆哮:

"各位看哪,天下有这种事!他们要把这女人卖给绅粮吴朗厚;我在他家干过活,我知道底细……"

当门外像狂风啸过森林似地,腾起一阵兴奋的,惋惜的,呼喊的时候,郭素娥从凳子上跃了起来,把身体疯狂地击向刘寿春,和他一同滚在地下,发出她底最后的,令人颤栗的厉叫:

"我们都可以死了!"

同时黄毛走向魏海清,险恶地扬起左眼皮,喷着恶臭的酒气说:

"还有话说么?这与你何相干——不卖给你么?哈,改天请你喝一杯!"

魏海清抑制着自己,倾斜着身体握紧拳头站住。但他底身体还是摆动的,就像他立刻就要摔倒一般。他昏迷地告诉自己,他已经尽了最大的力,不要再干涉下去了,但是当郭素娥底含着明显的要求的眼睛射向他时,他就为自己底这样的想头战颤起来,退到门板上。

"要我去喊——张振山吗?"他在心里怯懦地说,"我不……来不及了,那要闯多大的祸!"

郭素娥失望地望着门外的人群。当保长命令黄毛拖她走的时候,她迅速地退了一步,倚在桌子上,使劲地在绳索里扭动丰满的肩膀,像在替决心和杀戮找寻力量似的。走过门边,她给了她底邻人和魏海清以仇恨的一瞥。这一瞥在魏海清底以后做苦工的日子里,将永远从内心怨毒地照耀,不会被忘掉。

女人跟着刘寿春底一群,走上石板路,走上她十年地梦想着从它走开去的石板路,下到峡谷里去了。在他们后面远远地跟着,不停地吸着烟的,是那年青的长工。

一个老头子走向呆站在落了锁的门板前面的魏海清,愁虑地问:

"究竟朗个回事,你说说看!"

"他们卖她,她不肯就杀死她!"魏海清举起木棍,以麻木的大声回答。

"可以报官吗?"

"官今天就来了一个!"

"狗肏的!"

邻人们逐渐走散了,吮吸着烈性的痛苦,魏海清拄着白木棍在落了锁的门前,在黑暗的土坪上蹒跚地徘徊着。以后就抱着头,把木棍夹在膝盖中间,坐在枯树桩上。

"要是张振山那混蛋来了会怎样呢?"他自己问。接着回答:"不成的。张振山也不是比他们好一些的人。况且他一个人有捶子用!……他们是贱狗狼群,可杀!"

他倏然站起,望向黑暗的山峡。

"那是一个瘟臭的地方,我魏海清决不回去,宁愿在外面饥饿而死,啊!"他摊开手,喘息,想起女人底刚才的惨叫来:"'你们不晓得一个女人底日子,她挨不下去,她痛苦!'……啊,确实如此!"

十

从酒铺的茅屋底矮门上端,透过窒闷的油烟,可以看见远远煤场上的灯火底绚烂的环节。坐在伙伴们中间的张振山,用手支着面颊,把肌肉狠狠地挤到眼部,使眼睛显出一种沉思的半闭神情,尖锐地穿过对面吴新明底高耸的肩头,射向门外,射向隐在煤场底灯火背后的,郭素娥所在的山巅。

当伙伴们举起酒杯来的时候,他急剧地从颊上松下手来,俯头到自己底杯子上去,贪婪地吮光。以后,他咂嘴,又回复他底姿势。

"老弟们,不用心焦!"吴新明舐一舐嘴唇,用老练的,激越的声音开始说:"哪个都不在乎这狗地方的!我们湖海漂泊,是到处可去的人!……"他吹了一口气,继续说:"他们先前说待遇如何之好,但一来了,也还是如此。我们难道会被高帽子压碎么,哈,”他得意地笑,“我们底脑袋并不小!老张,我比你岁数大些,你此去的时候,我劝你心要放宽……”

张振山放下手耸一耸肩,把变暗的眼睛从烟雾里瞧向他:

“为什么?”

“一个人生活了几十年,总要看透一个真理的。老张,我把我底经验奉劝你。请酒?”

所有的手在萎顿的灯光底下晃动着。但是当吴新明愉快地擦了一下嘴唇,正要继续往下说的时候,张振山底深沉的,洪大的声音震响起来了。

“老哥,我不想和你讨论真理。”他把眼光向伙伴们扫了一圈,“我谢谢你们替我送行。这是我底光荣。真的我很惭愧,对大家这两年毫无好处,……我想说,”顿了一下之后,他把脸锋锐地朝着他底对手,“看吧,我底真理和你底,一定是不同的东西!真正的我们底真理是怎么样?那当然是:一个工人要认识他自己,他底朋友,他底工作关系;他不要单独一个人捣鬼。他们要发展工作关系,自己团结,休戚相关。你底真理如何呢?你要第一,吓,讲义气,讲尊严。义气一空,你就可要到老婆肚子上去歇凉了!”(话在几声抑制住的大笑里中断了一下)“至于我,我是一个会犯规矩的。我明白一切,老弟们,只是我心里面有多少坏的东西呀!……时常说不要这样,不要这样,结果又这样了……多糟,我希望你们过得好,不像我这样!……”

“我不是说的这些空意思呀!”吴新明带着显明的不满,说。

“你说的是——?”

“待人接物,机警理智。”

张振山站起来,吞下嘴里的嚼烂的肉片,打了一个狂妄的呵欠。

“买一本酬世大全看看吧。喂,你们也相信我老张么?”他抓住身边陈东天底手,又把它摔开,他底浓眉头在凸出的额上游动,向眼睛覆压了下来,“我这回是定准又要做一件坏事了。真不甘心呀!”

“你从哪里不甘心?”吴新明露出企图再试锋芒的样子,站起来,在凳子上踏着一只脚。但他底话被嘴里包满了酱肉的杨福成底嗡嗡的大声遮没了。

“你是先上城去……明天,一早?”

“打算这样。”

“你那三百块钱够么?”陈东天仰着脸问。

“不够也只有这样。看吧,马华甫刚才敢不拿出两百来么?什么费什么费,你扣罢,做工的总是做工的,我们……”

“我们一共同要求,他就没法了。”

“记好这个教训,老哥们!……”

吴新明从柜桌那里端了一壶酒过来,站在杨福成身后,尖利地说:

“就是你自己会忘记这个教训,刚才说过的。”

“我认错!不,我并不这样无理智,这样胡涂!”张振山底大脸灼烧,当他扭曲着颈子往下说的时候,可以看见他底尖锐的大喉核底可怕的痉挛,“我一下有点事,要走了。我想再说几句话。我在这里做了两年,干了不少叫人恨的事,这叫我高兴,但是最后,我自己要笑我自己,恼火……无聊,……带走一个不相干的女人!”他底粗肥的大手指在烟雾里比划着,“隔几年我们又可以相见了!那时候你们看我姓张的究竟是怎样吧。够不够朋友。我会倒楣,看不见……”他在眉毛底下愤恨地凝视,“但是……兄弟,我们是不会倒楣的!”

“你还要说什么?”一个沉默了好久的伙伴问。

张振山严厉地,带着深深的藐视和坚冷的热爱,从鸭舌帽底下凝望着在他底前面变得像黄色的斑渍似的山坡上的灯火。

“你还要说什么?”

张振山把大手急剧地扬到和鼻子一样高。

“你还有什么话说?”

激昂地,悲痛地,张振山把鸭舌帽狠狠地从头上撕下来。

"你就走么?"

"是。"

"再喝三杯!"

从俯头在膝盖上的杨福成嘴里,像在夜风里缓缓拉动的二胡底弦音一样,歌声和谐地,凄楚地,带着向渺茫的远方的深的倾慕,流了出来:

> 哥子呀……
> 你不必再回来。

当他甩着头发,把头猛然抬起的时候,在昏疲的油灯底映照下,他底平常老是浑浊的眼睛是明亮的,潮湿的;另外两个声音渗了进来,歌声起着奋激的波浪,拍击着烟雾,掀到茅屋外面去。

> 灾难遍地黎民苦,
> 家乡的疮痍呀——妹难数!

张振山把鸭舌帽紧紧捏在手里,嘴唇尖着,含着一个坚决的,慈和的微笑,在墙壁前面张开腿凝然站立着。歌唱底半途,郭素娥底丰满的形象在他眼前浮现,使他体会到辛酸的屈服和稀奇的悲凄。

"我做错了吗?"

他微微摇头,脸相变得乖戾,不自觉地涌出一个自恕的微笑。

"兄弟们,"他亲切地说,声音温暖,"我先走一步了!"

所有的人从凳子上站起来,发出一阵惋惜的喧哗。

"祝你得胜归来!"

"明天早上我们送你!"

他大步跨出酒铺的茅屋,跃下土坪,把鸭舌帽摔在头上,在铁道旁边微微凝了一下神之后,就匆促地向煤场奔去。

他预备把女人夺出小屋子来，立刻赶煤车离开这里，到江边的镇上去下宿，明天黎明搭船下城。这个念头是在走出酒馆之后才突然决定的。——他现在不得不这么决定了；他现在终于不能以恶毒的翼越过一个女人底爱情，预备带走她了。这屈服，这温情，在以前，他是以为决不会在他底险恶的世界里出现的，所以使他感到苦闷和极端的焦燥。

在奔上山巅的时候，酒精底力量发作了起来，使他微微地昏晕。他扒开胸前的绿工衣，露出凸出肌肉底山峰的多毛的胸膛，跃到一块巨石上去，转身凝望着山下的，他即将离开的精疲力尽的劳动世界，猛烈地吐了一口气。

"不要追我！"从内面迸发的一个无声的咆哮使他自己底耳鼓鸣响，"我还要——再来！"

失去了惯常的镇定，他跨着蹒跚的步子走近了小屋子前面的土坪，但一个突然从土坪侧面升起来的长长的黑影使他惊愕地站住了。

"谁？"把拳头掣到胸前，他低厉地问。

黑影响着木棍静静地，骄傲地走近来，不回答。

"谁？"他把声音变得深沉，恢复了镇定。

黑影踱到离他一步的地方站住，弯下腰，怠慢地察看他。

"是张振山吗？"

"魏海清！"张振山残酷地喊。

"来找她吗——？"魏海清底手指着屋子。

"对！"

"你打算做什么呢，老哥？"

在灰色的微光里，可以看见张振山底眼睛底愤怒的闪光。

"那么，"魏海清依然骄傲地说，但声音有些颤抖了，"请去找罢！"

一瞬间，张振山无理性地跃上去，给魏海清底下颚以猛烈可怕的一击。木棍从手里飞落，它底主人无声地张开手，翻跌到枯树桩背后去了。在这使力的一击里，张振山全身震动，被盲目的毁坏欲望所鼓跃，向屋门冲去。

但是，他底猛扑过去的坚硬的大手落在更坚硬的黄铜锁上。

“魏海清，”停了好久，他凶恶地叫，但显然的，这声音里含有强烈而苦楚的失望。

回答的是从山坡上的杂木林里呼啸而来的寒凉的夜风。于是，他在烈风里倾斜着大身躯，向魏海清从那里倒下的枯树桩跨去。

“喂，魏海清！”他俯下腰，伸出手。

魏海清痛楚地呻吟着，用手在空中抓扑，抱住了他底粗腿。奇异的是，他除了向这被自己伤害的人更凑近身体以外，没有想到别的。

“说，魏海清，发生了什么事？”

魏海清咒骂着，用一种吮吸的声音在风里回答：

“她——完——了！”

“什么？”张振山失望地叫，同时弯下腰，把大手扶住了对方底战悸的肩膀。

在张振山底帮助下站起来的魏海清，突然在风里掀动着手，发出了儿童的，冲动的哭泣。

“她完了。……她怕再不会回到这里。十几年，一个女人……好难捱啊！”

张振山在这哭诉里战栗。他底大脸灼热，胸脯麻痹而寒冷。他开始抽烟，焦急地在土坪上徘徊。

“这有屌用！……”他责备地嚷，接着又以抚慰似的大声加上说：“你讲吧，怎么一回事？”

于是，魏海清制止了哭泣，坐到树桩上去，把跟邻人说过的话夹着咒骂重说了一遍。说完了之后，他感到疲劳和寒冷，逐渐胡涂，什么情感也没有遗留。当张振山抱着膝盖坐在门前石块上恶意地思索着的时候，他站起来，寻到了白木棍，预备走开。

“慢点。他们带她到哪里去了，你知道吗？”

“不知。”魏海清大声回答。“你去寻她吧。”他说，用白木棍指着山峡底下，"我作难些什么呢？我决不……告诉你，那些全是贱狗狼群，不讲人性！"

"他们有些什么把戏？"

"他们比你还贱毒！"

张振山跳了起来。

"什么，我贱毒？这是真的吗？"他嘶哑地叫，笨重地转动他底躯体，"看，我不是完全失败了！我失败，并不是我……"他底腮部可怕地战栗，"好，她会怎样？——会从不会？"

"她？不会的！"

"为什么？"

"她会死的！"

一阵风猛扑过来，将魏海清底痛苦而甜蜜的叫喊挟带到漆黑的山峡里去。这叫喊像一个胶质底实体似地碰在山壁上，发出强韧的，在中间被风击断的回声来。

张振山耸一下肩膀，走近来，递给魏海清一根香烟，但魏海清严正地拒绝了。

"我去了，老哥。……我想告诉你，你有很多地方是坏透了的。"

"你说得对！"张振山无表情地回答。当魏海清底身影艰难地摇晃着，隐没在土坡后面的黑暗里之后，他衔着烟，把手抱在胸前，在土坪上急剧地踱着。

"现在完了。狗肏的，你自以为行，你满意吧。你可以奔开去，没有责任，一个人炒辣椒吃。……你现在说你同情这个女人，又说她靠不住，你究竟说些什么？终归，她牺牲了！在你底笨手里……你无知狠毒，你胡为……为什么这样说？"他大步跨走，晃动拳头，"啊，活了二十五年的张振山，你底苦痛就在这里！……"他站住，向风眼厂那边的光晕凝视，发响地咬牙，"好！走吧，向前向前，……她葬身在那边了，为了自由的生活……你也要在机器底下灭亡吗？向前去吧，领受你应得的报酬！……再来一次，为什么不！"

他拉了一下鸭舌帽，转身向低矮的小屋子。一瞬间，像面对着仇敌似地，他底喉咙呜响，白色的大牙齿在卷缩的唇皮间突了出来。……

于是，向前面阴险地望了一望，他奋身跃近小屋，搬开屋门，进到里面去。

一刻钟以后，这阴湿，矮塌，破陋的小屋子在山风底煽炽里狂烈地燃烧起来了。火焰从树丛里涌出来，昂奋地舞踊着，火灾照亮了两个峡谷，以完全不同的感奋给予了两个峡谷里的居民。

十一

这是一个位置在房屋旧朽而麇集，人烟相当稠密的五里镇镇尾的张飞庙底积满灰尘的后殿。插在神座背后的墙壁缝里的一只红蜡烛，从仿佛溃烂的肌肉似的烛头里，流下胶沾的泪，在布满蜘蛛网和垂挂着乌黑的烟尘絮的顶板下，摇闪着昏晕的黄圈。正对着神座背的厚笨而腐朽的后门被大木柱牢牢地顶住了，但通到那黄毛底巢穴，一间阴森的房间的门却洞开着，里面浮动着诡秘的人语，不时从炉灶底被拉开的膛口里闪出熊熊的，腥红色的火光。

郭素娥躺倒在神座侧面临时搭的板床上，一只手蒙着眼睛，一只手则恐惧似地在胸前扭曲着。她底头发在木板底边沿披散，像是一大绺陈旧的干燥的黑纱。她底软软下垂的腿不时在轻微的抽搐里颤动；只有这颤动，表示生命尚未离开她。

从侧房里，送出来刘寿春底堂姐，一个阴鸷，猥小的老寡妇底像砂粒似的干燥的声音。

“不能再捶打她……我说些……好哪，”声音在这里变得决断，“你去再问一道！不要打！”

刘寿春底干瘦的身影在门框中出现了。他拖着烂布鞋，发出粗涩的声音，兴奋地用猛力佝偻着腰，慢慢向前移动，一面神秘似地向烛光窥察着。他底阴毒的，蕴蓄着陈旧的力量和新异的决心的面容使人家感觉到他现在已不再是一个无能的，好哭的鸦片鬼，而是一个替郭素娥底命运安排下的，一直都被掩蔽着，到现在才显露出本相来的最刮毒，最贪婪的幽灵。当这幽灵无思想地考虑着，走近女人，在她底脸上使劲地摇着他底手的时候，小眼睛里就爆射着一种在暑热里快要倒毙的人底昏狂而猩热的光芒。

“怎样，装不装?”他从齿缝里说。

在被小老人移开的手底下，郭素娥底憔悴可怕的脸在烛光下显露。浮肿的眼睑无知觉地半合着。

“瞧打二更以后，最后……说!”

“进来，老刘!”房里黄毛大声喊。

刘寿春狞笑了一声，走进房去了。这狞笑仿佛得意他现在竟然也发现了自己底权威和用途，发现了自己除了是一个渺小的鸦片鬼以外，还是一个有价值的，被自己的一群所重视的人，仿佛向这以前践踏他的人报复似的。

“你怪叫些啥!”堂姐严厉地责备，闪着残忍的呆钝的小眼睛，把干瘪的胸膛压在桌沿上，“朗个，她不肯? ……”

“哎哟哟，以我底见解，明天清早送她去，干干净净!”保长陆福生烦闷地说，摇着收拾得很干净的头，一面把左手掌抬到鼻孔上，狠狠地嗅了一下:“问呀，打呀不中用的;这个女人吃软不吃硬。”他又嗅了一下仿佛有女人的肉体底暖气的手掌，缩起短上唇，把金牙齿露出来，并且习惯地用舌尖舐一舐。显然的，现在即使他自己也明了他不是在办公事了。在办公事的时候，他是决不用这声音说话，这样的姿式表情的。他现在的确很坦率，敢于承认他所以参加在这里，是因为这里需要公家底力量，从而他可以得到够给他底美貌的女人扯一件绸衣料的酬劳。

虽然房间异常小，但四个人挤在里面，各人打着各人自己算盘的时候，还是显得空虚。默默地相对了一下之后，黄毛用发怒的大步一步跨到灶边，打起一盆热水，烫得嘘着气地洗起自己的手来。在这瞬间，老太婆底薄嘴皮被凶恶的决心所扭曲，鹰一样地耸起肩头，望定刘寿春说:

“我去!”

于是,她迅速地,像飞扑一般地闪晃着她底重重叠叠,长短不一的衣服,走出门去,坐到郭素娥旁边。有两分钟工夫,她眯起眼睛,在耸起的肩上侧着头,仔细地端详着毫无防御的郭素娥;最后,她用尖锐的小声开始说话了。

“你醒一醒,女人,听一听,是我这个老人对你说话。”她摇着郭素娥底肩膀,“往常老人底话是不能不听的,现在可好,把老人都丢开了,我说一说,看你听不听。我是再明白不过的人了,在我们刘家里头。你自己作歹,又有啥方法呢?”她微微仰起头,咳嗽着,“你自己触犯了菩萨,人不能做主。”

郭素娥底胸脯震颤着,像有一个疼痛的叹息在里面回旋;当她突然睁开眼睛来的时候,她就以一种绝望的愤怒的目光射向像玩偶一般在指划着空气的老女人。

“说,朗个主意?”收回干枯的手,老女人说。

郭素娥又闭上眼睛。她底嘴唇微弱地颤动,发出无声的诅咒。

“你算狠,你败坏门风的女人!”老妇人挺起胸膛,残酷地扬高了声音,“刘家自然不要你,哼,有吃有活你不去!……”

突然,一个恶魔出现了。这恶魔甩着头发,喷着口沫,张牙舞爪地扑在老妇人底颈子上,扼住她底脆弱的喉管。

“哎哟!……你们!”她窒息地喊,“这贱屄造反了。整她整……她!”当三个男人奔出来把她解救回来之后,她哭泣似地蒙住眼睛,跳着小脚怪叫:“不让她活;整死整死她!”

跃起来去夺蜡烛的郭素娥,被刘寿春一拳头击倒在门板上。

“现在?……”刘寿春急迫地问。

“不行的,她一定要闯大祸,先整她,隔几天再看风!……”老妇人呻吟,奔到房里去,一分钟不到,擎着预备好了的烧红的火铲奔了出来。火铲碰在门框上,迸出鲜红的火星。

这是他们底家族用来惩罚犯罪的女人的刑法中间的一种。它是在郭素娥一被推倒在床板上的时候就预备好了的;不过,在这一瞬间以前，他们除了把它当做恐吓的方法以外，并没有想到它有，而且也不希望它有实际的用途。但现在，那里是被捆起手脚的犯罪的女人，这里是不知多少年以来就擎在严酷的家长手里的火铲，在火铲底暗红的灼热的光焰里，族人们和不是族人的外人们都迷失了理性，甚至迷失了利欲打算底自身，变得疯狂了！

黄毛剥去郭素娥底衣服，用它包裹着她底头，塞住她的嘴。在她底赤裸的胸膛上，她底巨大的，丰满的乳房恐怖地颤抖着。

刘寿春平举着火铲，伏到木板上去，磨着牙齿；他底长长的从乱须间垂下来的唾液，落在女人身上。在火铲底灼烧的热力里，女人底陷凹的黝黑的腹部收缩，一直到胸口浸着汗液，显出黑色的纹路和棱角。

正当火铲晃动，将要落到郭素娥底胸膛上去的时候，老妇人磕响牙齿，残酷地叫了出来：

“不行，这里不行；大腿！”

黄毛带着难看的庄重与喜悦混合的神情，望了望矮得只到他胸部的老妇人，然后把呆钝的贪婪的眼光落到女人底乳房上去。刘寿春转侧了一下身躯，手臂在过度的紧张里神经衰弱地颤抖着，猛烈地从腹部下面拉下女人底裤子来。火铲在他手里起初慢慢降落，有些闪动，最后就迅速地贴到女人底大腿肌肉上去，使丰满的肌肉嘶嘶发响，变黑，冒出一股混着血的焦气。女人无声地痉挛着，每一块肌肉浸着汗，像石子一般可怕地突起。

保长陆福生嫌恶地吐着唾液，极端严厉地皱起短眉毛。

“呀，不要烧焦那地方！”歪着嘴的黄毛，在身侧勾曲起手指，以一种苦闷的声音说。

……刘寿春从短髭里喷着气，摔下火铲，奔进房去了，当陆福生摸着制服底纽扣冷冷地走进房来的时候，他正昏迷地扶着桌子耸起肩膀，向积着烟尘的屋顶张开小黑洞一般的口，接连吞下三颗烟泡。

“这事情……”沉默了好久之后保长说，声音缓慢而阴冷，含着不可思议的权威，“我看你们弄糟了，你们能养她一辈子吗？”

刘寿春崛出肮脏的尖须，忘记把吞烟的手收下来，用呆钝的眼睛望着他。但不一会，他底眼睛忽然直直地转动，他把手臂伸直，带着可怜的假装的兴奋叫：

“她伤不了。……死也算，我姓刘的在五里场不在乎……”当他把手收缩到扁平而多毛，给人以一种溃烂的印象的脸上来的时候，他就打了一个喷嚏似的，冲动地哭泣起来了，“我对不起祖宗，……我对不起姓刘的祖……你们看，你们看我……”

老妇人用手抵住桌角，险鸷地向他凝视着。

“你这狗肏不要脸的！”她突然跃起，凌乱地奋舞着手臂，“看你不要脸的怎么办！这样一大笔……”

“是你要我用火的呀……”半蹲下身体，跺着脚，刘寿春嚎啕大哭了。

“我是尽我老人底心。我走了。”

保长假装愤怒地望了刘寿春，转过身子，在殿堂口追上了老女人。

“不要紧，隔两天就成，她会答应的。”他在黑暗里大声向她说。

“陆保长，这门槛我看不见，你拉我。”

“讨厌！”保长用同样的大声回答，把手伸给她。

“保长，你借五块钱给我；我想扯……”走出张飞庙，老妇人用甜甜的小声要求保长，但保长没有回答，喷了一下鼻息，便向场口烦燥地走去了。

“这些雷劈火烧的！”她骂，酸毒地狞笑了一声。

人一走光，刘寿春在嘶哑地喊了两声之后，就不想再哭了。他望着打开的灶门里的熊熊的火焰，呻吟着，躺到黄毛底床上去。

“我们这家人……从此完了……”

而在房外，在神座背后，蜡烛已经熄灭了。郭素娥昏晕着，全身冰冷，在烧伤的地方淌着血水。但黄毛的大手却从血水中间，在她底赤裸的身体上摸索着。他带着一种胆怯的昏狂，注视着她底肌肉底白色，一面向自己说着暧昧的话，但当他突然想起什么一件东西来的时候，他就伏下身子悄悄爬到她底身体上去。

没有多久，刘寿春底瘦身影在门缝间出现，停留了一下，又移开去。但黄毛没有注意到。

十二

在农历一月初旬，强劲而潮湿的山风三昼夜地吹扑着，使天穹低沉，变得铅块一般阴郁。风止息了的时候，云底蠢笨的大帐幕覆盖了天空，峡谷里又灰茫茫地飘起冷雨来。在雨里嗅不到春天的尘埃底气息；土堰上的柳树摆着细弱的光枝，没有抽芽的意思；鸟雀也飞不高，只是在灰绿色的竹丛里凄苦地抖擞着稀湿的羽毛。它们招唤春天，但春天还得隔一些时候才会来！

人们在整个灰黯的，狡猾的山地底冬天里给弄得异常疲劳，生活变得更重，像装载了五吨煤的小车子；脸丑陋下去，青下去，憔悴下去了。即使那些顽健的，怠慢的机器工人，也沉闷地抖着肩膀，忧郁地咒诅着。酒和烟消耗得很多，因此，像郭素娥所摆的那种摊子现在繁衍起来了。矿工们几乎睡完了一个冬天；在做工的时候他们打盹睡，在不做工的时候他们就无论在什么地方都贪婪地睡眠。但他们底睡眠是惊悸的，发着谵语，就仿佛他们再得不着睡眠了，一只大手正立刻要把他们攫到另一个可怕的世界里去似的。到处生着火，在卸煤台上，筛煤机旁，矿洞口，煤火底小堆积冒着青烟，人们在冷风里偷偷地聚在一起，擦着鼻涕，拚命地抽烟。而在夜里，无枝可栖的临时工，那些异乡的或本地的流浪汉们，就把他们底从破裤子里露出来的屁股向着腥红的火苗，在岚炭炉边沿上睡觉。当女人底惨厉的哭泣突破劳动底颤音，突破死板板的天空从山坡上飞扬开来的时候，人们就彼此交换一下麻木的眼光，表示说："你知道吧，她底丈夫昨天在炉子里烧死了；一不小心，连蓑衣一起滚下去。但他是一个很老成，很能做的人啊！"

很老成，很能做的人底薄木棺材被抬到工人坟区，其实是乱葬坑去。

一到十二月底，人们就忙碌一些了，就仿佛在生活底怠惰的外表下，原来就存在着某种秘密的力量似的。穷人和单身汉用他们底眼睛忙碌着，从这个厂房卖力地踱到那个厂房，望望天空，嗅嗅鼻子又望望地面，似乎在等待奇迹发生。除夕的夜里，很多单身汉在酒醉之夜拥在一起不害羞地哭泣。哭泣也是用力的。这时候，厂区上笼罩着安详的烟云，鞭炮在每个山坡上轰响；这时候，异乡的蜡烛闪晃在祖先底旧画像面前，老祖母虔诚地跪拜，孙儿则扬起拳头向天空诅咒。最后，哭泣完毕的流浪汉们开始在破陋的屋子里豪兴地跳跃起来。他们唱着，变得悲伤——唱着生活底无穷的痛苦和希望底美丽；农村底荒凉、战争底创伤和姑娘底忧愁……

黄昏，天就开始落雪。初一黎明，雪止了，迎接戏班子底特派车，倾斜地、迅速地、喜悦地从覆雪的轨道上滚过去，喷出鲜丽的浓烟。天空是晴朗的，阳光闪耀着；人是喧嚣的，在融雪的辉煌的寒冷里，他们呼叫、歌唱，把雪踏成泥浆。彩娘船、化装高跷队、机电工人底武术班，它们拖着撒野的群众，红红绿绿地在雪地里流去，一面招展大衣袖，做媚眼尖声地叫：

“看哪，幺妹来了！”

“幺妹在家里想哪，明年回去！”杨福成吼。

“幺妹替日本人养儿子呀！”

最后，特派车载来了汉戏班。好几年来都是如此。好几年来都搭起松柏牌坊，挂起写着“春节劳军游艺大会”的红布裆，在装置得颇为华丽的芦席棚子里由高级职员领头敬太上老君，然后点戏谢神。但是在台子上唱起《苏三起解》，人们踮脚吼叫，批评着青衣的时候，太上老君，除了有两个矿警不耐烦地守卫着以外，就被所有的人遗忘了。虚伪、恐惧，最后，属于那些老矿工的微微的一点虔诚，落在泥泞里，踩得稀烂。

公司当局是庄严的。他们底脸每每变得那样严峻，像窑子里着了火或是发了水的时候一样。但工人们晓得，他们是等候大老板底来临。……

以后是工人演高脚狮子给大老板看。以后是每个大职员和本地大地主住宅底欢迎，让工人演员们在雪地里翻滚，流汗。但最后，终于来了狂妄的风和悄然的冷雨。

冷雨继续了一星期了。过年的情热扫兴地完结了。人们把手抄在裤袋里，懒懒地向工作走去，偶然地把今年和去年比一比，想起去年的事，想起放火的张振山和摆摊子的好看的女人来。

曾经被刘寿春底邻人疑为放火者的魏海清，在整整的一个冬天，衰老了十年，落在自愿的寂寞和孤伶里，仿佛负荷着什么重大的隐密的痛苦似的。在他底长方形的脸上，黄色的疲倦的皱纹向呆钝的眼睛聚拢，胡须从下颚暴燥地突出。他说话很少，声调每每阴沉得像一个怀疑一切的人。从特异的温柔变得神经衰弱地愤怒和从卖力的劳动突然变得疲懒的次数一天一天地增多了。他也偶然跟伙伴们一起喝酒，也笑闹；但他底笑声是被扼住的，令人难堪的。在笑过之后，他底眼睛里就流露出悔恨和盲目的愤怒来。

当人们看到这个刻板而又贫穷的人怎样宽纵他底横暴、狡猾的儿子的时候，他们是多么地惊奇！他时常望着他温和地笑，不再责骂一句。在过年的时候，他化去一个月工资底伙食以外的剩余，八块四角，替他买了糖糕和鸡蛋；当他在煤场上打伤了鼻子回来的时候，他用颤抖的手替他揩擦，不说一句话，仅仅自己在事后捶胸，悄然地叹息。

“日子是他自己的。”他说明他底理由。

有一个晚上，孩子探索地望着他，晃动自己底包在破棉袄里的脏手臂向他大声说：

“爹，你变种了！”

“你说什么话？”父亲尖细地回答，瞪大眼睛。

“你不是不想做工？”孩子在腰上叉起手。

"小冲!"

小冲霎了一下突出的眼睛,严肃地,像大人一样地跨到桌子旁边,把手举到肩膀高,搁在桌沿上。

"你钱不够用,我来下井!"

做父亲的沉默着,眯起眼睛。他底胸膛痛苦地收缩起来了。

"少说胡话,下年我……"但他没有说下去。他歪过颈子,从渍湿的冒烟的眼睛里望着黑暗的窗洞外。

"我不在乎!"小冲敏捷地翻身,用颈项抵住桌角,一面抡着拳头,"他们骂你哩。我要逞强!"

魏海清看着他底头顶,严肃地命令:

"过来!"

小冲走近两步,叉开腿停住。

"你想做什么?"

"做工。"

"答得好。"魏海清站直,在手里敲着烟杆。"答得好,儿子。"父亲底嘴唇颤栗,眼睛变细,里面藏着病态的狂喜。"我们也是无家无地的人,你懂不?你懂的!你要争气,你要替人家敲石头,替人家挖地,替人家……折断筋骨!"在他底瞪大的眼睛里浮上了热烈的、忿怒的泪,"你答得好。你走你底路,我过我底桥!"他底声音突然猛力地扬高,转成激越,"老子吃亏一生,有你这个儿子算……好,你说你记着我底话!"

儿子被他底暴烈的状态所惊吓,长久地抱手站着,带着单纯的敬畏望向他。最后,他使劲地挥了一下手臂,跃起来,向他迅奋地叫:

"爹,有便宜油你买不买?"(谁也不知道他怎么会叫出这句话来的,但随后他就用同样的声音加上叫:"你说的对!……你说的不差池,你说的……"

过年以后,杨福成曾来访问过他底木屋子一次,说及张振山,主要的是探问郭素娥底结果。

"他托我告诉你,"杨福成庄重地说,面孔拉长,坐到床沿上去，把鸭舌帽（他也学张振山，戴起愈油污便愈好的鸭舌帽来了）在手里微微挥了一下，“他讲，‘告诉魏海清，我问候他；那个女人，他帮点忙吧，我不管了。’他在失火以后就走了，背一包东西，我一直送他到江边；他不叫我送，我说不送不行，就是这样。”他停住，把鸭舌帽摔在桌子上，凝想着。“他说他并不曾对不住人，打了你老哥一拳，也是一时气急。打职员倒顶乐意。”他放低声音说，直视魏海清，眼睛变亮，“不过他认为他有时候也不挺对，像流氓……这可不容易呀！”杨福成气喘，在鼻子前面摆着手，“他，承认一个人向一个人里面钻，做不出事来，反而碍大家。……以后大家穷朋友要互相帮忙。”他结束他底话，像卸脱一个过重的负荷似地，站起来，抖着肩胛。

“他怎么样了呢？”魏海清搓着手，困惑地问。

“他？无消息。走了。”杨福成失望地说，又坐下。“他这个家伙是有些火。”隔了一下他说，用粗涩的、兴奋的喉音，在“家伙”两个字那里拉长，并且点缀着一个贴切的微笑。这两个字把他和张振山拉得很近，因此使他底年青的，因为过年刚刚修饰过的脸上闪耀着神经质的鲜明的快乐。“但是他是一个很能行的人，”他挺直腰，严峻起来了，“有知识，敢做敢为，不责朋友！”

“请烟。”魏海清递过烟杆来。不知为什么，他底脸上牵动着一个虚伪的微笑。

“女人怎样了？”

魏海清在半途缩回烟杆，皱起脸，变得难看。

“她遭惨死，死了！”他大声说，竖起耳朵听自己底声音。

“瘟天气，看你下到哪一天！”在临走的时候，杨福成望着门外的浸在雨里的峡谷说；并不是真的诅咒天，只是为了说一说。“这个年过得好呀！肉是人家吃的，戏是人家看的。老哥，我跌伤了腿。”他急遽地笑，牵起裤管来让魏海清看他底腿。以后，他就蹒跚在泥泞里，用拳头威胁着天空，向坡下走去了。在坡底下，不知遇到了什么事，使他发出了假装的惊呼和一串冲动的大笑。

魏海清知道郭素娥是怎么死的。在张飞庙那个可怕的晚上底第三天，她苏醒，向殿门外摸索走去。她走，因为她觉得张振山在等她；因为她觉得自己还可以活，最后，因为她饥饿。但她刚摸到院子里，便惨叫了一声，腹部以下淌着脓水倒下去了。魏海清也知道刘寿春是怎么活着的。他失去了一笔横财，招惹了祸患，被所有的人摒弃，弄得连栖身的洞穴也没有。当他被黄毛从小房子里驱走，到别的什么地方游荡了几天又在五里场上出现的时候，他就提着篾篮，哭哭啼啼，开始沿街讨饭。

魏海清所不知道，也不想知道的，是张振山。他对他底态度是暧昧的。他嫉妒他，痛恨他，惧怕他，也乐意他，钦佩他。前者，因为他截断他底路，无情地夺去他底希望；后者，因为他明白自己只会一味地守着自己底褊狭和软弱，永不能在郭素娥周围扮一个严重的角色。但不管是嫉妒，痛恨，或是钦佩，都带着无比强烈的热力。不像他过去所经历的那么迟缓；相反的，却像在夜风里被点燃的不幸的小屋子底鲜明的火焰那样蓬勃。

杨福成为了探知郭素娥所带来的话，他是竭力使自己不相信的。机器工人，外省人底话，他认为是没有可信的理由的。但这些话却给他以极深刻极难忘的印象，竟至于到最后他自己都不能辨别他究竟相信了没有。但无论如何——虽然女人已经死去，再不能帮什么忙，他觉得他应该回五里场去转一趟了。

正月十五底早晨，天气放晴。新剃了头，穿着干净蓝布衫和新草帽的魏海清，黯然地越过山巅上的陈旧的瓦砾场，回到五里场去。他奔走得很急剧，很匆忙；越过田坝中间的水沟的时候，他扭动腰，忿怒似地高扬起手臂。

镇上正当场。在镇口底土坡上，一条破旧的龙在锣鼓底疲乏的喧闹里懒惰地胡乱地翻舞着，人们密密地围住它成为一个大圈。

魏海清心情紧张地站住，向人群，和人群两侧的他所熟悉的水田凝视，把手掌展开在短眉毛上。随后，他怀着秘密的不安，跃过被阳光暖暖地照着的石桥，挤到人群里去。

两分钟后，他底长长的躯体暴露在人群中间底空场上。曲着长腿，在额上喜悦地闪耀着滋润的阳光，他向龙头走去，抓住了偶然被他发现的他的朋友底肩头。

“你不行。”他底眼睛微笑着说。

“那么看你行。”这朋友兴奋地嘲弄地回答，把木杆高高地在手里举了起来，一面睐着单薄的，汗湿的眼皮。但是当他从濡湿的眼皮底下看见了对方是魏海清的时候，他就跳着脚，痛切地欢呼：“啊哈，你鬼儿子呀，你过另外一种日子了！你怎么，……喂，你们看，”这兴奋的朋友用儿童的尖音向街坊叫：“这就是魏海清。他是崭新的呀！看他的，他顶会耍花门的！”

“呜呜——呀！”人丛里有人尖声无意义地叫。

魏海清佝偻着腰，长脸上充血，浮着一个歉疚的，自觉有罪的微笑，但却毫无犹豫地把长衫解了开来，向舞龙的伙伴和人群确信地鞠了一个躬之后，他把龙头底把柄接过来，高擎在手里。

“来，敲起来！”朋友拍手，带着无邪的欢乐嘶声叫。

魏海清向太阳霎了一下眼睛，仿佛决意牺牲似地绷紧脸，咬着嘴唇，转动了强有力的，习于做苦工的手臂。于是，在锣鼓底喧嚣里，破旧得成为黑色，而且失去了一只蛋壳做成的眼睛的穷苦的龙昂起头，忍耐地，奋迅地翻舞起来了。它逐渐迅速地缠绕着舞着它的汗流浃背的汉子们，冲上炫耀着阳光的天空又滚在地下，掮起春天底醉人的尘埃，从远方望去，仿佛在骚乱的斑烂的群众上奔腾着一团紫黑色的，风暴的，狂响的浓云。

“着力呀，魏海清！”

“晚上等你斗空柳。呀花呀！”

“嗬嗬，这就是我们底魏海清！”

使平静的明亮的阳光颤抖，喝采的春雷轰滚过人群。

十三

魏海清红着脸，坦率地幸福地微笑着，用长衫底襟幅揩擦额上的汗珠，从人群里，从众人底闪灼的目光里挤了出来。从这他从它凄苦地，带着孤儿亡命出去的乡镇，他意外地得到份内的迎迓了。他又被淹没在他的同袍，他的朋友们底热烈的欢呼里了。没有什么比这更使他幸福的。他底三十几岁的胸膛为了欢喜而像少年人一样慌张地颤抖着。

带着深深的热切的注意，他挤过沸腾喧闹的乡民们，在街上走着，向四面看望。似乎他所以要回到五里场来，只是为了受迎迓，然后再这样善意地向一切他所熟知的，所热爱的看望似的。那些低垂的蒙着烟尘的屋檐，那些闪耀着颜色的货摊，那些残破的石柱、石碑、烧焦的店家底门板，最后，那些叫嚷的，脸上愠怒或带着并无目的的昂奋的和他同一类的人们，对他是多么亲切呀！他们让路给他，像他让路给他们一样，彼此都满足，毫不妨碍；彼此都有着过多的精力，对极细微的事物都给予注意，彼此都互相从属，争吵仿佛是假装的，或者惟其争吵着细微的事物，所以就像家庭里一样。魏海清几乎想叫喊了，他想叫给山那边的那些异省工人听，现在，在五里场，所有的一切颜色，一切耀动、光彩，都是属于他贫穷的魏海清的。这一切不要一毛钱去买；什么人都买不到。

他在一个脏臭的毛厕巷口站住，让开挤到他胸膛上来的一个卖灯芯草的老妇人；所有的地方都可以去，因此他不晓得到底怎样处置自己才合适了。

最后，他带着异样和善的安静（面孔却是严肃的），走向壁角的皮匠摊。

"红瘤，近来生意好?"他低沉地问，狡猾地但善意地眯起眼睛，望着佝偻在膝盖上的老皮匠底眉峰中间的一个深红色的大肉瘤。

皮匠迟缓地抬头望他，像望着一个刚才还见面的人一样，用锁柄敲敲手里的鞋底算做回答，同时快意地，报复地歪了歪干枯的嘴唇。

魏海清仔细地掳起长衫蹲下去，摸着皮匠手里的鞋底，嘲弄地问他做好多钱。

“我底小鞋(孩)当壮丁去了。”皮匠对起眼珠,望着自己底肉瘤说,并不直接回答魏海清。“瘟气得很。这场上多背霉呀!”他咳嗽,把手背抖索地移到唇边。“你怎么混这多久还穿草鞋?”他用钻子指着魏海清底脚,嘲笑地诙谐地说,“你这草鞋倒不错;不比布鞋贵我不信。”他猛烈地咳嗽,喷出绿鼻涕。

“真的贵,你不姓红。”魏海清讥笑,用粗手指按着鼻子。“你做多少钱?”他认真起来。

“一角半,老弟。”皮匠懒惰地回答,随后便艰难地仰起脸,让满脸的黑皱纹迎着光变得明亮,从肉瘤底两侧庄严地望着毛厕巷上面的狭窄的天空。“唉唉,太阳不在这边,人不能知道时辰——几点钟了呀!”他动着嘴,慢慢地说。

“有十大十点。”

“这巷子真臭。”

魏海清突然也觉得真臭。他转头向侧面,发现一个穿破制服的小学教师在不远的地方丑陋地小便。

“我要骂绝五里场!”皮匠说,“杀人谋财,包庇壮丁。不给地方老子,说老子不缴捐,赶到臭巷里头来!”

“要缴多少捐?”

“还是你们轻一些啊!”皮匠摇头,同时迅速地回到他底工作上去,在鞋底上锤,恨恨地磨着钻尖,仿佛突然觉得时间已经不早,他还一味偷懒,连一件活都没有完成似地。但不久,他又不赞成地眏着狡猾的眼睛,伸直瘦手臂,放下了工作。“那个女人,听说你知道得详细,有些关系。”他诡秘地说,叹息,浮上一个枯燥无味的笑。“她死得惨,大十五连烧香上坟的都没有。”

凝了一下神之后,他又俯下脸上的肉瘤,工作起来,不再理魏海清。

魏海清痛恨地望着老皮匠。嘴里变得苦涩。当他悄然地离开对方,往臭巷底腹部走去的时候,他的脸拉长,成为难看的,不幸的,呈显着黑绿色的斑点。

啊,五里场的确是可憎恶的,无望的,他不该回来!

似乎为了证实他底悔恨似的，当他走到菜场前端的土坡上的时候，他看见了一件令他痛苦得颤抖的事。

保长陆福生和另外一个穿着短得只到胸口的黄制服的，像壮丁一样的人，凶横地、猥琐地从菜摊底排列中间走过，向每一个菜箩伸手，像取自己底东西似地，攫取里面的蔬菜。他们每一个人手里提着一个大篾篮，在篮子里，绿色的菜叶和从去年冬天贮藏下来的红萝卜闪耀着潮湿的光泽，像在淌汗。

“你不能拿，你不要拿，保长，我捐你别的，捐你六把莴苣，”一个矮小，丑陋的农妇叫，招唤着陆福生手里的五个鸡蛋，“鸡蛋，它们一冬天才四十，你打捐打多了，保长，保长，它们八块钱十，它们……”她急剧地挥手，跨过蛋箩，绝望地跺脚，“保长，菩萨看见好保长，今天大十五，我捐莴苣添一把。……五个……我男人要打死我呀，保长……捐……呜呜呜……”她哭，用手盖住已经哭枯了的脸。

整个菜场寂静。保长和他底伙计走近一个在阴沉地等待着的强壮的老头子。

“你这里好多豆?”保长用自己也料不到的焦急的声音问，仿佛他正处在极危险的境地中。

老人在石块上盘起腿，阴鸷地，安闲地望了他一眼。

“七斤一两三钱差一点点吧。”他嘶哑地说，望着篮里的黄豆；他应该报几升几合的，但他装做蠢笨，故意报一个下江人（他以为）的量法。

“打半合。”保长愠怒地命令，挥手。他底伙计弯下腰来。

“保长，十斤才打半斤，你算多了!”老人向左右睐眼，仍然说斤。

“胡说，你有十斤。量一量。”保长吩咐伙计。

“没带合子。”

“那就称一称。”

“也没秤呀!”伙计说，四面张望。

“不带秤，保长，”老人说，半阖起眼皮，在健康的折皱的脸上露出强有力的，明亮的讥刺，“你可用手抓不准。你们手大，一抓就八两。……”

“借一个合子，借一个秤来！”陆福生咆吼，单薄的脸胀红了。

所有的农妇底合子和秤都藏到菜箩底下去了。

陆福生奔向捐鸡蛋的女人，因为他曾经见到她底放在莴苣堆上的秤。但她低着头，凄苦地，仔细地，丑陋地数鸡蛋，没有看见他。

“嗤……太婆，收起秤！”邻摊底姑娘捣她底背脊，压抑地叫。

但保长的手已经伸向莴苣堆了。女人恐怖地从鸡蛋上抬起头来，对陆福生底白手发出了尖利的叫喊。于是，开始争夺秤。

“我底秤，我底……”

保长说不清楚话，脸战栗。这时候，魏海清乖戾地，愤恨地，违反本意地走进菜场，掏出钞票，向邻摊的姑娘大声喊：

“买两个鸡蛋！”

活泼的姑娘代接了钱。魏海清捡了蛋，拦到保长和已经夺回了秤的女人中间去。

“陆保长，我请你吃蛋。”他阴惨地笑，说。但保长愤怒地喘气，不回答。

“回镇公所找一杆秤来！”最后，他跃了一步，向他底伙计叫。

但在这争秤、叫骂、回去拿秤的一段时间里，那卖黄豆的老人，却不知道以哪一种奇异的方法，把黄豆藏起了一半而在篮子里的另一半里面搀进了足够的砂土。眼睛闪得更狡猾，更明亮，他伸直腿抽烟，愉快地等待着愚蠢可怜的保长。……

魏海清，像有什么紧要的事似地，伸直腰，大步跨出菜场。他在场外草坡顶上的一块石碑上坐下，把两个鸡蛋放在被踏平的黄绿色的草上，开始抽烟，收缩面颊，向鲜明地闪耀着颜色，浮漂着烟雾的菜场痛恨地凝视。在他不远的后面，破烂的龙拥簇在人流上，响着疲乏的锣鼓，隐到一个富裕的庄院底竹篱里去。

“我跑来做什么？吓，看看老人底坟！死了早就算了，死去……”他在心里大叫，使他底起皱的扁额冒汗，想起了郭素娥。

"呀呀，造孽呀！这叫做什么，这些混蛋！"

他站起，望着在紧紧编织起来的草上互相可爱地挨着的两个圆润的，干净的鸡蛋。

"她擦它多洁净呀！她哭，那样丑！一冬天，有两只咯咯母鸡。"他歪着嘴，眼睛皱起，变得深沉而湿润。"狗肏的，老子走！"他突然叫，咬牙切齿。

但狗底恶叫使他止住。一个瘦小、衰老、狼狈的形体从菜场中间被狗逐了出来。他跌蹶地在石板路上旋舞，摇闪着他身上底布片，在地上急促地敲着一根下端破裂的竹杆，等到这也无效的时候，他就用膝盖爬跑着逃上草坡，在地上抓了一大把草根和泥砂向狗们摔去。他在草坡上昂奋地，仇恨地旋舞，最后仰首向天，唱着破败的歌，号哭了起来。

"啊呜……狗肏陆福生，我底篮子，我底肺呀……"他狂叫。显然的，丢失在菜场里的他底破篮，尤其是刚偷到的猪肺使他痛苦。

魏海清拾起鸡蛋，严峻得可怕地从他底侧面走过。但乞丐忽然在眼睛里露出迟钝的喜悦，拦住了他。

"走开！"他气急地叫，望着对方底垂挂在肮脏的胸前的一块鲜艳的，奇特的三角形红布。

乞丐则贪婪地望着他手里的鸡蛋。

"鸡蛋……鸡蛋……老哥！"他仰头向他。

"滚开！"魏海清大叫，忘记了自己也能够走动。

"哎呀呀，我今日是落在冤府里了……"乞丐微弱地，模糊地说，抽搐着肩头，装得更可怜，"我刘寿春活不得，做了坏事，做了坏事。……"

魏海清不看他，退了一步，预备绕开。

"不看僧面看佛面，小哥，"刘寿春一只手按着胸前的红布，一只手按着赤裸的肚皮，弯下腰，吃力地转动着狡猾的，凄苦的眼球，"看我可怜的女人面上，给……鸡蛋！"

魏海清站住，带着安静的愤怒望向他，随后跨向前，脸色发白，向他底胸上阴鸷地击了一拳。但同时，刘寿春向前冲跌，挥落他底鸡蛋。

当他痛恶地，失望地走到草坡下去的时候，他听见刘寿春欢乐地骂：

"鸡蛋，鸡蛋……你们这些狗肏的鸡蛋呀！"

他告诉自己今天不吉利，应该迅速走开，不要掉头，但还是掉了头。刘寿春在太阳下崛起屁股，用手在地上抓爬，舐吃鸡蛋。

他又进到场里，而且又走到毛厕巷口来了。老皮匠还坐在那里，在膝盖上异常严肃，异常勤奋地忙碌。发觉他走近，他微微抬头，发出一种无意义的鼻音招呼他。

"我就收摊了。"以后，他庄重地说，用老年人底声音。"老弟，我们好些年不在一起了，"他说，一面在手里熟稔地工作。"今天大年，我们等下喝一杯，稍午后我得去还债，看女儿。"他说，缓缓地揩擦发红的鼻子，停止了工作。

"大妹过得还好？有包谷……"魏海清向巷口张望，声音晦涩，脸胀红。

"她男人脾气倒好！"老人简要地说，咂嘴，带着看透一切的人底表情嘲弄地摇头。"喂，你看什么呀！"他望着不安的魏海清，从胸膛里喊出强壮的，讥讽的声音，似乎突然间把对五里场，对整个世界的讥讽和对魏海清的讥讽混淆在一起了。

魏海清在追瞧一个闪过布摊的漂亮的女人。脸色狼狈。

"我看到一个朋友。"他向老人懒懒地说。

"一个朋友，那是万成宏，对吗？"红瘤快活地说，用响朗的声音笑，仿佛所提到的名字要求他这样。"旁边还有一个，那是谁？"他突然把手指间挟着钻子的手举到小耳朵上，歪嘴，做了一个丑陋的歪脸，"你底鼻子掉在场口，你快检回来！"

"红瘤，我今天请你！"魏海清走近摊子，艰难地说。

老皮匠俯下头，又锤了两下。"我早知道你要请我。"他用古怪的声调说，拧一拧自己底耳朵，仿佛这声音是从耳朵里出来的。“你现在好了，不一钱如命了。”红瘤叹息，声音又转成老年人底，“做工究竟哪些好，我说……”但他没有说下去。把鞋面摔在篓子里，他开始用一种假声唱起歌来。

“天圆地方，五里场的皮匠啊——儿子呀——”他佝偻着老年的腰，一件一件地仔细收拾东西，但为了不妨碍唱歌，他又不时把脖子鹅一般地伸直，“儿子呀，泪汪汪——”他嘶哑地快乐地叫了出来，“他娘走进尼姑庵……”

望着他底滑稽的，多精力的姿态，魏海清想起二十年前的那个闹事，酗酒，嫖女人，被外省的军队抓到一千里外又勇敢地逃回家乡，一个人能做十个人的事，但常常不去做事的红瘤来。

“红瘤红瘤，”他大步跨上去，牵动脸颊和眼角，甜蜜地笑，像十岁的魏海清奔近二十六岁的红瘤向他报告好消息一样，“郑毛说会来看你。他记挂老朋友。”

“哈哈哈，我们穿联裆裤的老朋友！老朋友，他偷媳妇不带我，让我老子光屁股。哈哈哈！”

十四

下午一点钟以后。场上停滞着温暖、昏倦，烟尘在从互相垂头拉拢的屋宇中间直射下来的耀眼的阳光里迟钝地回旋，有小苍蝇在中间盲目地飞舞，发出可嫌的，黏腻的小声。魏海清在红瘤之后不久从小酒铺里昏晕地撞了出来，经过疲劳的、无期待的人群，走向菜场所在的场口，在那里犹豫地站定。他底两颊发红，松弛，下颚战栗，眼睛眯细，朦胧地闪着贪求的野光。

他摸索着裤腰，带着朦胧的屈辱感，懊恼他花去了借来的钱里的最后的十块。懊恼红瘤，红瘤底女婿蔡金贵比他生活得好。他现在特别地感到自己底生活胡涂，特别地感到自己无依归，是没得家的人。他原想去看看家坟，看看几个亲戚，但现在因为买不起香烛，因为不必要，所有的亲戚都不欢迎他底穷苦，立意不去了。但他也不想回转，仿佛在这块土地，这些人里面，他还有某些徒然的期待，或者，还有什么细小的东西遗留着似的。他在午后沉寂的菜场里走，绕过几株蒸发着暖香的槐树，无力地爬上草坡底土路。遇到几个熟识的人的时候，他和他们慌乱地，昂奋地打招呼，那样子，就仿佛他企图掩藏他袖子里的什么东西似的。

他为自己底胡涂、迷醉而恼怒。

“今天十五，有龙吗？你妈底屄，我为什么要来呀！”

在草坡后面，他看见一条向张飞庙走去的，破烂但却快乐的龙。快乐，因为今天是大节日，因为舞龙的都是心胸赤裸的少年人。这条老龙魏海清是认识的。十年前，他在龙头底下欢乐地打滚，烫焦皮肤，搏得全街坊底喝采；十年前，他修饰它，望着它笑，敬它三杯老曲酒。但他突然觉得，这一切隔得并不远，像昨天和今天。舞龙的不都还是少年人么？龙也并没有旧。

他被吸引，向张飞庙走去。在半途，他不断地提醒自己，郭素娥是在那里死去的。

龙在庙前的大黄桷树下歇息，等待最后的装饰，少年们快乐地吼叫着。当魏海清怀着戒备和异样苦涩的心绪走近的时候，一个披着短衫，包着蓝头巾的青年起先显得犹豫，最后便带着坦率的欢乐跃近他。他认得他是刘寿春底堂侄，那长工。

“魏叔，有空来！”

魏海清变得阴沉。

“今天晚上不走吧。”长工说，歉疚地望着他底眼睛。他想拉倒，但因为现在谁都快乐，又变得不相称地活泼。“我们刚才在讲你，这条龙……”他叉着腿，做手势，“今天晚上斗空柳，有五条，三百朵花。”

魏海清被抬举，望望倚在庙墙上的龙，嘴部不动，在眼睛里闪着一个迷惑的微笑。

“太少。”他摇头，故意叹息，“那年子有一千。”

“什么时份啊！”长工快乐地感慨，“一朵花五块钱，那年子就几个铜元……”

魏海清和善地向少年们点头，迅速地跨进庙门，企图在不知忧愁的人们面前表现出他有多么急迫的，繁重的事。

但他有什么事呢？经过几个月前郭素娥在那里惨死的院子，他有昏狂的兴奋；经过烟雾迷朦，人影杂踏的殿堂，望着粗暴的神像，望着磕拜下去的女人底鲜艳的腰，他有迷惘和锋锐的痛恶。他笨拙地跨过殿堂，在侧门底旧朽的门框上倚着肩膀阴沉地站住，向面前的摇摆的人影注视。似乎他所以要到这里来，并没有别的事，除了用这样的姿势看一看。

他微微张嘴，口边上留着黯澹的表情，半闭起变绿的眼睛，显得苦闷、焦灼。那个肥胖，在苍白的脸上抹着黄胭脂，穿着红色的新颖的绸旗袍的女人从蒲垫上爬了起来，在肩上偏着洁白的颈子，向两边虚荣地看望。他认识她是保长陆福生的女人。

通过女人底肩膀，他望了一下布满阳光的院落，嘴唇颤抖，似乎在喃喃说了些什么。

“放他妈火……”他底脸歪曲，露出凶横，“一样……一样……”

女人转身，扭着腰走出，但这时候，从魏海清背后，一个兴奋的大声叫了出来：

“陆太太，走了么，嘻嘻……”

女人回头，骄傲地诱惑地微笑，仿佛回答：“他在等我！”

黄毛露出腥红的牙花，手里捧着一大堆花爆，出现在魏海清面前了。迎着魏海清底恶意的视线，他底脸怪异地歪曲了一下，肩膀耸起。

“喂喂，老哥，这叫做有缘才相逢。有空过来耍的？”他跨过门槛，站住，声音含着压倒的轻蔑，“这一阵子好？”

魏海清想和他敷衍一下，但立刻又改变了主意，在长而尖削的脸上难看地浮上一个艰难的冷笑。

“你好！”他威胁地说，忘记把眼睛从对方底大鼻子上收回来。

“听说你在厂上加了钱了！”

魏海清突然离开门柱，站直身躯。

“你今天来得巧，大十五。”黄毛响朗地说，让殿堂里的人都听见，露出所以还要和这不值价的人说话，只是为了逗弄他一下的样子，“你来烧香吧。……我近来……”

“你近来肥。”魏海清替他说。显然的，在他底热烈的声音里，鼓跃着不可抑止的冲动，虽然在他底脸上还僵凝着同样难看的冷笑。

黄毛向香桌走了一步，放下花爆。魏海清底容颜改变，露出可怕的决心。

“我说过我要请你一杯。你太不懂礼。你……”黄毛高叫，一面搒衣袖。

魏海清伸出战栗的手去，指着院落。

“就是，在那里……死了一个人！”

两个中年妇人屏息，从香桌的另一端向这边看望。

“今天大正月十五！”黄毛叫。

殿堂紧张。魏海清一瞬间冷却，明白了自己现在所处的可怕的绝望。但迅速地，复仇的烈火在他里面燃烧了起来，毁去了他底恐惧。

“你怕鬼！”他吼，声音极端昂奋与冷酷。

“你上坟去罢。”黄毛甩着头，走上一步。说底下的话的时候，他每个字中断一下，同时节奏地在左手心里敲着右手底食指：“她、葬、在、草、场、坝！”

魏海清底脸转成青灰。他闭起眼睛，仿佛凝想了一下他底生活，仿佛下了一个艰巨的决心向缠绕着他的什么东西辞别。他遇到在世界上他所最怕的东西了。这就是黄毛，这就是殿堂里的这种兽性的紧张。但他底本能鼓跃他向前。

“你们害死一个女人……卖她！我看着你底下场！”他用闷住的声音回答。

“看着，对！我该你妈十块钱你要不要！”黄毛愤怒地颤抖，狂妄地张开手臂，“十块钱一个老屄，她也葬在草场坝。……”他在脸前拍手，像拍倒一个蚊子似地。他底声音波动，失去了它底强旺和平稳。“你上坟去，有油舐。……”

魏海清立意先下手，破裂这根难堪地紧张着的弦。但他不能从站立的地方移动。他向四面张望，眼睛里闪出困苦的，绝望的黑光。他吼叫了一声。黄毛扑上来了。

殿堂里的妇人们奔近来又恐惧地逃开去，发出难于理解的尖叫。一个老妇人在供桌被翻倒的时候给打伤了脚，在地上爬滚哭喊，好久不知道怎样才能逃开去。竹凳跳过空中，蜡烛和烛叉横飞，生锈的铁香炉猛烈地颤抖，最后从香板上跌下来，摔在地上。在火辣的烟雾里，两匹野兽互相追逐，挥着拳头，闪着流血的，青灰色的脸。

当舞龙的青年们和别的一些男人涌进院落来的时候，殴斗已处于绝望的境地，无法接近，无法排解了。起初，两个人还互相咒骂，希望用咒骂来占去殴打的工夫，但现在已完全沉默。只彼此用眼睛里的血腥的光相望，渴望着对方底生命。他们奔突、旋转、冲击，撕破脸上的皮肉，彼此努力不让对方抓住，而渴想抓住对方。

咆哮又起来。一瞬间，两个人各抓住一片从对方衣服上撕下来的破片，躬着身躯，隔着被推倒的桌子互相交换了疯狂的一瞥。

四只眼睛移开去的时候，同时发现了殿角的那曾用来灼死郭素娥的火铲，于是，它们突然在血污的额下明亮，爆射出黑色的、狞恶的、欢乐的光焰。

“不要给他抢到，魏海清！”殿门口人涌进来，努力迫近，一个壮年的声音叫。

“嗤……拉开他们，狗黄毛！”老郑毛在人丛中间挤着，挥着手臂。他喘气，向周围所有的人发怒。显然，他刚刚偶然走到这里。

“哎呀……好惨。”一个农妇尖叫，“他们——打——死——了呀……”她啼哭，掩住脸。

但正在这些吆喝发出来的时候，两个人已经同时向火铲奔去。在中途，魏海清因为急迫，在一张四脚朝天的凳子上绊倒了。黄毛夺到了武器。

三个青年，那长工也在内，在这之间绕着圈子奔了过去。人群里滚过一阵失望的、恐惧的、痛苦的呼喊。火铲发出沉闷的残忍的声音，击在正在挣扎爬起的魏海清底脑门上，同时也从黄毛手里震落；在殿门这里，一个小竹凳从郑毛手里猛力地摔了过去，击中了黄毛底脸。踉跄欲倒的黄毛被一个阔肩的青年从背后抱住。

“捆他起来！”老郑毛吼叫，敏捷地解下了有四尺长的布裤带，把裤腰卷好。在他底发绿的左腮上，那一丛微褐的长毛映成黑色战栗着。人围拢去，察看着血泊里的软软的魏海清。青年底猛烈的拳头落在黄毛底从灰色破衣下赤裸出来的，生着稀疏的黄毛的胸膛上。

“他作恶为歹，占镇公所底势。你们见死不救！”郑毛发怒，磕响着结实的大黄牙。

沉默。

“他强奸了十几个女人！”

“天哪天哪！”女人底惨厉的声音，她舞手，跺脚，“整死他！”

黄毛迷胡地睁开黏血的眼皮；一种眩晕的、无人性的笑哭一般地在他脸上爬过。他向人吐口沫，痛恶地用含血的嘶声叫：

“黄毛生来吃人，从来不怕！你们打死——他？”

“陆保长，人命案子！”一个青年从人丛中伸直脖子，眼睛奇特地放亮，向走进殿门来的陆福生压迫地嚷。人群底骚扰低抑了下去。

“什么……什么？”保长问，用一种微弱的大声，一面向四面窥探，仿佛他另有目的，为了这个在这里达不到的目的，他底装出失望的神情来的眼睛表示，他即将走开。

“打死人了！”

“黄毛……”

陆福生底脸收缩，左腮不住地发颤。他走近，骇异地观看。

“陆保长，你，陆保长……”黄毛抬头望他，声音突然颤抖，无力，含着失望，“你看这事，我要声明……”他在青年底手臂里挣扎。

“你要声明……”保长转开脸，不看他，露出恐惧的神情，“人命案子，要县里才办得了！”

“要县里？……公所不行么？”黄毛说，怯弱地战栗着嘴唇，眼睛里涌出了大粒的泪珠，“我……”

“诸位，我去报告镇公所！”保长用空洞的声音叫，低下眉毛，不看人群。

“镇公所有花头，我们自己报县！”郑毛坚决地抗议。

“陆福生是混蛋！”人丛里吼。

“他们要串通！”

走向殿门去的陆福生突然转身，下了决心似地向火辣的群众凝视，用闷住的，难堪而残忍的尖声叫，指划着手：

“我陆福生决不如此，各位。”（他底眼睛里含着卑微的乞求，）“这是冤仇，我知道底细。”他努力说，“黄毛要除掉！”

“狗肏陆福生，你变种！”黄毛重新恶叫，“老子帮你弄那个女人……他那个女人是骗来的呀，人家底老婆呀！”

陆福生张嘴，想叫喊，但是终于转身逃开去了。

“你们全是混蛋！你们霸占庙产，骗兵捐，卖女人……”

“打扁他底嘴！”

“你们亲眼看见！”黄毛仇恶地顽抗。

“我看见……”从殿角传来已经恶意地观望了好久的刘寿春底哭泣一般的叫号。他躬着破烂的小身躯，舞着手臂，昏迷地，急剧地冲过来，挤进人丛，瞪大眼睛望着在血泊里抽搐的魏海清。

“鸡蛋……魏海清，你要死了呀！”他叫，眼睛里迟钝地闪过疯狂的恐怖。“我看你这个狗黄毛。”他奔向黄毛，揪住他底衣服，“我看见，你奸死我那女人，我那可怜的……”他裂开嘴，大声嚎哭，击打着黄毛底脸颊。黄毛徒然地躲闪着，吐口沫。

“我，我担当！”黄毛凶横地霎眼，发出破碎的声音，“起先你们要卖她，卖给那个大鸡巴……你们烧死……有陆福生！”他喘息，多量混血的唾液从嘴角垂了下来。

人群严肃地沉默，为这意外的供述所骇异，做着兴奋的思索。但一瞬间之后，又爆发了愤怒的、深沉的、痛苦的呼喊。

“揍死他！”

老郑毛鹰一般地张开手臂。粗大的拳头击在黄毛底鼻子上。这时候，魏海清苏醒，撕去了包在他破碎的头颅上的血布，在地上痉挛，用胛肘和膝盖爬行。

“包好他底头，不能叫他动！”一个妇人急叫，四面找寻帮手。

魏海清垂下头，向地上流注着深红的热血。从齿缝里，他喷着灼热的呼吸，无声地，痛苦地哭泣着。最后，手断折了似地向外撇开，发出骨头碎裂的声音，他又倒到地上。郑毛轻轻跨向他，屏住呼吸。两个妇人，一个年老的，一个年少的——尤其在那年少的底丰满的苍白的脸上呈显着不可侵犯的、有教养的庄严，弯腰向他，接了一个青年抛过来的白帕子，重新替他包裹头颅。

“魏海清。”老郑毛喊，声音深沉，“魏海清！”

魏海清在妇人底手底下睁开昏狂的，染血的眼睛。老郑毛俯腰，眉毛和手指战栗。

“魏海清！”

“你底女人死得早，好苦啊！”年老的妇人说，揩眼睛。年少的一个可怕地严峻起来，脸变得尖削。

“魏海清！”老郑毛吹气，喷着鼻涕。他底老眼充血，被泪水湿润了。

“哦……呜……郑毛！”魏海清微弱地回答，嘴唇作着狂喜的歪曲，“你来了。你看见了，郑毛……我悔……”他底手指在地上抓着泥污，“记挂小冲，让他去上工……”

“办得到！”

十五

穿中山服，眼睛烟黄而细小，两颊松弛的矮镇长带着四名壮丁走了进来，仔细地讯问了事情底始末，然后以不可侵犯的下了大决心的神情向人群声明，这事情非到县里去办不可。于是，捆走了黄毛，抬起了魏海清。魏海清被抬出庙门的时候就死去了。

以后的事情是，黄毛判了十年徒刑；因为没有亲人领尸，魏海清就以公款安葬。在举行简单的葬仪的那个明亮的春天下午，郑毛，长工，魏海清底儿子小冲，都到了场。

已经到了在西方不远的蓝紫色的五里山上闪耀着落日底金光的微寒的黄昏。人从张飞庙里散出来，向进行节日的场上去。青年们擎起了龙，起初严酷地沉默，接着开始叹息，谈魏海清，最后便恢复了正常的喧嚣。

乡民们从荒僻的山里来，沿着狭窄的田垅去，在水田底白色的，沉静的积水里，映着他们底兴奋的、愉快的、蓝色和红色的影子。在街上，人拥簇在一起，闪着烟火底红光，向亲戚致候，高声议论。女人们谈难解的郭素娥，男人们交换着对于魏海清的意见，在等待龙底行列出现的时候，有足够的时间让他们聚拢情绪，想起往昔的，他们曾在各种处境里度过的十几个或者几十个节日来。龙将要在焰火里飞舞，像往年一样；年青人将要被绅粮底火爆烧焦皮肤，愉快地高喊，然后喝完所有的酒，像往年一样；像往年一样，许多人死去了，流徙开去了，刚刚成长的年青人阔步加了进来；像往年一样，有的女人要触景生情，躲在破棚屋里啼哭，有的女人要打扮得异常妖冶，向年青的绅粮递眉眼。在固定的节日，人们有着不同的命运。

烟雾滚腾到屋檐上。火爆到处发响，被孩子们掷到空中，因为没有空隙落下去，便在人们底肩膀上爆炸，引起咒骂。三个女人在街角里谈论郭素娥，其中的有胖而皙白的脸庞的一个，因为把自己底对于节日的感动误认做完全属于郭素娥，便快乐地诉说着自己的同情，流下泪来。

“我们不谈这些不谈这些……今天打得那凶，怎么人不救呀！……”最后，她负疚地笑，抚摩着自己孩子底干净的头顶，向丈夫追去。

龙出现了。它在人群上颠簸，摇摆着它底已经被挤毁一半的巨大的头。在它前面，火灯笼引导着，上面写着暗红色的方体字：

“五里镇老黄龙。”

另外几条出现在街道底另一端。看不见灯笼上的番号。

“空柳的来了呀，后面那一条！”

“大家使劲，啊喝！”

龙旋舞了起来，火花嘶嘶发响，向街心美丽地迸射了过去，人群被冲击到屋檐下。那些手里高擎着火花筒的衣著堂皇的年青的绅粮，他们底面色严峻，仿佛并没有节日底欢乐；仿佛他们所以要向舞龙的赤膊的年青人喷射火花，只不过尽一尽与自己底地位相称的法官执刑似的义务而已。露出洁白的牙齿，眼睛在火花底强光里眯细，他们底整个的脸部有一种冷淡的、甚至残酷的表情，仿佛舞龙的人果真是他们底仇敌似的。但那些年青人，他们底心就像他们底赤裸的胸膛一样，却并不曾注意到这个。他们只是注意自己，逐渐陶醉。以一种昂奋的，不知疲劳的大力，他们使自己底龙迎着另一条在身边的空中疯狂地旋绕。他们高叫，善意地咒骂，在地上跳脚抖落灼人的火星。于是，在火花底狂乱交织的白色的壮丽的光焰里，龙底大破布条带着醉人的，令人抛掷自己的轰响急速地狂舞起来了。那残破的龙头奋迅地升上去，似乎带着一种巨大的焦渴，一种甜蜜的狂喜在沉默地发笑！哦，它似乎就要突然脱离木杆，脱离白色的焰火和群众底轰闹飞升到黑暗而深邃的高空里去，把自己舞得迸裂！

……一直到十二点，人们才逐渐散去。在凉风吹拂着的黑暗的田野里，人们疲劳地走着，又开始谈及每年过年都要发生的不幸，谈及郭素娥，小屋底火灾，和魏海清。但谈话兴奋不起来，它以叹息结束。郭素娥底事是去年的事，去年过去了。它将和前年的事，大前年的事放置在一起，传为以后训戒儿孙的故事或茶馆里的谈资；它将在夏天底多蚊蚋的夜晚，当人们苦重地劳动以后，由一个喜爱说话的女人增加一些装饰复述出来，使整个的院落充满情欲、咒骂，和感慨自己幸而没有堕落的叹息。

几朵火把底腥红的光焰在山峡底黑暗里摇闪，迟缓地隐没在林丛背后。

最后，两个青年底黑影从镇口底菜场出来，在草坡上的石碑旁站住。其中的一个向草坡下摔去烟蒂，用说服的大声叫：

“哪里，你喝醉了！”

“哪里。……你知道魏海清想那女人想了好几年么？”后一个用泄漏秘密的口气说，但违反本意，他的声音是响朗的。这是刘寿春底堂侄，今天舞老龙的长工。“我们坐一坐。老弟，我做了怎样倒霉的事啊！”他底声音朦胧而奋激，“我悔我上了当……”

“你喝醉了。回家去。”另一个说，但显然的，他也并不像自己底声音那样坚持。

“不。我今天臂膊烫破了。魏海清想那女人，所以怀恨。他是一个厚道人。……就是这样，打死了。黄毛是恶性的。”

“郑毛哪里去了？”

“跟到镇公所做证，闹了好久，转去了。说是要到县里去探底细。”

“郑毛偷媳妇。……”另一个说，怪异地笑，一面坐在草地上点烟。“你抽。”他笨拙地递烟给长工。

“今天真是想不到，魏海清就死了。”长工说，望着奔驰着黑云底队伍的天空，不变声调，“他少跟人家闹的。这半年变些，耐不住。”

“死了也痛快，这些日子，……好吧，我就要入队，当壮丁，到下江去打仗。……我今年二十一岁……明年我不得在家过年了。”他放低声音，努力地冷笑了一声。“吓吓，什么时候才回来！”他叫。

“在家里也没得好蹲头，一个人总要在外面跑。”

“对的。当兵我一些也不在乎。只要有的吃，有指望，哪些不好，强于在家里遭瘟。瘟呀！”他举起手臂，在变得潮湿起来的空中使力地划了一个大圈，“没田没地，没钱做生意，没得老婆没得……”

“我也要去。”长工性急地截断他。

“哪里去。”

“……我要去做工。”

“堂客也带上？”

“唳——过日子艰难，物价涨，米谷贵，你自然比我轻多了。”长工停顿叹息，“哪个问黎民疾苦呢？把人烧死、奸死、打死、卖掉……这一批狗种！……”他咬牙切齿，“我倒了多大的霉啊！魏海清怕还要怨我呢。”

“那女人也不好。”这一个说，突然下决心站起来。

“哪个又好些？”

“走吧。你喝多了。”

“没有。天怕要落雨。……”

“他要是死在战场……”这青年人说，指魏海清，“倒划算些。……唉，走吧。”他急燥地说，在黑暗里皱起脸。

“看不见星星。我们赶上那个火把。”长工突然站起，指着张飞庙侧面的一朵火把底迸射着火星底光焰，“赶上它。它一定也到弯里去。快些。”他向自己催促。

春天真的到来了。在农历二月初旬，有过一次持续了三天的气候底骤然的转变，意外的寒冷侵袭着峡谷，使人们重新翻出了脏污的冬衣，但随后天气便又突然辉煌、明亮、和煦了起来。太阳每天确切地从山谷左边升起，射出逐渐强烈的白光。在峡谷上空高远地行走过去的白云，是轻淡而透明的。鹞鹰在云片下停翅，傲慢地凝视峡谷，然后猛然高飞，没入云片里。从山谷底年青的怀抱里，槐花底幽暗而强烈的香气向工厂飘过来，充满引诱。地主底庄园里有橘柑花底暖香在蒸腾；桑树叶油绿。在工厂水池畔底土堰上，柳枝丰满了。芙蓉开始含苞。芙蓉丛后面的水田里，鸭子们成天吼叫，追逐伴侣。

工人底老婆在水浅的堰塘里用篾篓捕鱼。她们高卷衣袖，把手臂浸在水里，用赤裸的，强壮的腿在泥水中跃走，一面彼此愉快地泼水，尖叫。从山坡上，男人们底粗野的，放肆的笑声掷了下来。爬上坡顶的时候，他们唱着女人底歌。……

在机器房里，电灯一直亮到深夜，马达咆哮，油烟滚腾，人们在赶做又一次的火车头包工。

魏海清葬后，小冲，如他所渴求的，被送到窑子里上工，管理风门，拿三块半钱一天去了。因为父亲底死，他哭泣了一次。但这哭泣是凶横的，愤怒的，他捶打跑来安慰他的老郑毛，把凳子踢翻。此后，他便充满兴趣去上工，和小伙伴打架，晚上回来住在老郑毛床边的地上。他剃光了头，脸部长得浑圆。在脏肮的眼眶里，他的突出的小眼球闪着惊愕的、戒备的光。

在这孩子底早熟的容颜上，时常呈显出不正常的狂喜和难于理解的对一切的敌意。他酷爱窥探一切秘密，已经知道了很多工人男女间的猥亵的故事。……

在一天早晨，在一个太阳特别荣耀地升起，每一个人都用大声说着并无特别的意义的话，甚至想高喊的早晨，带着他底年青，丰腴，一向忧戚的面孔因新奇的环境而活泼，穿着起皱的蓝布衣的女人，那瘦长、面孔俊秀的年青的长工，刘寿春底堂侄，来到矿区里了。用乡里人赶路的方法，他们是二更的时候就离开五里场的。

年青的夫妇脸上淋着汗，男的卖力地担着篾箩，前面是一口旧锅，几只碗，后面是一床红花的沾着煤污的（这是在经过煤场的时候被弄脏的）刚刚洗过的旧被盖。在女的所艰难地背负着的箩兜里，放置着日常的农民衣服。当男的用兴奋而严峻的脸望向蹒跚行走的女的的时候，女的，回答他底“你背得动吗”的目光，摇一摇手，皱起淡黑的短眉，仿佛说：“我自己有数，不要管我！”

他到土木股里来当里工了。介绍的是老郑毛。老婆是从顺的、生命力强旺的女人，为了离开她底可留恋的五里场，她独自向她底妹妹哭了一次，但丈夫底暴燥的坚决，使她和眼泪一同充满了新的意向。她向她底和蔼的，未出嫁的妹妹说：

“那里也一样过生活。一种不同的生活……他说，我们每个月都可以拿到钱。不愁年岁……”

老郑毛从山坡上迎下来，身后跟着魏海清底儿子小冲。

“你……来了！”他低沉地说，站住，仿佛吃惊他真地会来。

长工严肃地笑，不自然地看一看脸颊红润，眼光乞求的女人。

“我来了！”他大声回答。

小冲跨到郑毛前面，望着年青的夫妇，像在考验他们是否合他底意。

“那就成，带他去报工！”他老练地说，挥动手臂。

郑毛底多皱纹的，憔悴的太阳穴在阳光下战栗着。战栗停止，他底脸变得洗练而坚决。腮上的黑毛异样地发亮。

“成。你们先把家伙，”他说，砸嘴，迅速地瞥了一眼他们底行李，“放在我那里。以后要分宿舍，得出一些租。”

“得租吗？”女人嘶哑地说，放下箩兜，望丈夫。

“你们是有家眷的。就是这个规矩。”小冲痛恨地叫，在这一点上，他像他父亲。

走进老郑毛所住的宿舍，观察了虽然给人的感觉全然两样，却也并不比自己底佃来的棚屋坏多少的房子，而且被丈夫底突然的温和所安慰，年青的女人又竭力在老人和小人面前做出活泼的面容来。她谈话，问老郑毛伙食怎样，夸赞小冲底结实，最后挥着手，脸红地宣说要老人和小人以后都在她家里搭伙食。

“你家里！”郑毛弯着阔腰，用老年人底低声说，脸上浮起愉快的，讽刺的笑。

“你今年好大？”长工问小冲。

“哼哼，不比你们吃的盐巴少！”小冲减叫。

“你想爹？”

“不想。”思索了一下之后，小冲回答。

"他一点也不像他爹,一点也不像……只有一丁点像,……不,小冲,他不像,是不是?"妇人转向丈夫,又望望自己底堆在郑毛床上的行李,眼睛里浮上了晶亮的泪珠,"哦,他要行些呀!"

他们就要和面前的这顽健的老人与结实的小人一同开始他们底新生活了。他们就要投入这不可思议的,庞大的劳动世界里去了。在她底含泪的单纯的眼睛里,他看见死去的魏海清和郭素娥,她丈夫底强壮的手臂和坚持、冷淡的面容,她自己底善良的心地和污黑的窗洞外的辉煌的天空。"我们会好些的。"她想。

第二天,年青人开始上工了。

四二年,四月。

蜗牛在荆棘上

《蜗牛在荆棘上》，上海新新出版社 1946 年 3 月初版，据此排校。

蜗牛在荆棘上

上帝在天堂

——白朗宁·彼巴底歌

一

黄述泰，由于各种原因，离开家庭，走入捍卫祖国的、穷苦的队伍后，他底女人秀姑底处境便明显地恶劣起来。由于嫂嫂的虐待，由于昧于世故，或如乡场底说法，由于年轻，想男人——她为什么要这样年轻呢？——秀姑便落在忧郁中。黄述泰，虽然驻扎得离村庄很近，也从不带一个信回来：好像这个年青的家伙是有着那种飘泊者底壮烈的对于孤独的抱负似的。但据人们知道，他们夫妇原是很怕羞的；他们结婚还不到半年。

黄述泰是种田的，哥哥则做棉花生意：大家和年老的母亲住在一起。秀姑懒惰而且沉默；丈夫离去后，就更懒惰，更沉默。在这种穷苦的家庭里，人们有一个原则，就是不生产者不得食；援用这个原则，嫂嫂便打击秀姑，断绝了她底粮食。于是秀姑逃亡了。她永远记得，在她离家的那天早晨，黄述泰买来的那口母猪生产了十二口小猪；黎明时她走过猪棚，走进去，在灰暗中蹲下来，照料，并爱抚那些小猪。

秀姑在乡间流浪、挨饿，想念着小猪们。对于她底流浪，她底对小猪们的遗弃，她怕黄述泰知道，又怕他不知道。总之，她不敢去找高傲的黄述泰。她娘家无人，无处可去，终于，在好多天之后——她自己也不知道是怎样生活过来的——她被介绍到三十里外的某个工程师家里来当女仆。

于是秀姑改称黄嫂，在异乡人底家庭里开始了她底新生活。工程师夫妇都是忧郁而又潇洒的年青人，境遇很好，因此秀姑依然可以偷懒。秀姑，像多半年青的男女们一样，是不知道，也没有能力知道这个世界对她底逃亡——她被遗弃，因此她遗弃了小猪们——以及对她底新的职业的议论和批评的。秀姑是蠢笨得可惊，是像一个软弱的生物。在她底新的生活里，她能够安然，像在一切种类的生活里一样。秀姑是玩弄着小小的狡猾，小小的愚蠢，小小的懒惰，在心里沉睡着可怜的，畏怯的爱情，而生活着。

秀姑在离开家乡三十里的“异乡”生活着。对于故乡，她是有怅然的思念；对于丈夫，她是有恐惧的思念。她很悲痛，觉得她是被遗弃了——但她还是很糊涂的；如人们常常看见的，秀姑是很糊涂的。人们认为秀姑决不会从悲痛得到经验。她是很多年，蒙受了大的羞辱，还不能认识方向，甚至不知道本乡的某些地名。她是很多年，蒙受了大的羞辱，还不能数清八双筷子。她是不知道离开故乡的人们是到哪里去了的；她以为任何别的地方，都是和她所生活的这个场合一模一样，她是不相信别的地方，别样的生活，别样的情感会存在的——即在今天，她也不以为工程师夫妇的生活是存在的：她以为它是好玩的，马上便会不见了。总之，假如人们深深地走到山野里去，随便地走进一个场镇，不寻找什么，而在白天的烟雾和夜晚的灯光下坐下来，那么便会经历到这个古国底某种深邃的情感，而理解纯洁的秀姑了。

冬日底晴朗的早晨。秀姑坐在台阶旁的石凳上，抄着手，并且闭着眼睛，在晒太阳。在她底闭着眼睛的神情上，在她底面部的轻微的颤动上，以及在她底呼吸上，这样地晒太阳，是完全像一头猫。女主人送工程师走出时，秀姑睁开眼睛：看见女主人伏在工程师肩膀上，而工程师在阳光里忧郁地，温柔地微笑着。显然工程师夫妇，在荒凉的山中相爱，有某种感伤。秀姑赶快又闭上眼睛，假装未看见。秀姑在心里替工程师夫妇担忧，轻轻地叹息着。年青的工程师理好围巾，轻轻地走下了台阶。工程师夫人走了进去。在寂静中听见雄鸡的啼鸣。秀姑动弹了一下，睁开眼睛站起来。

秀姑听见房内有风琴声。她觉得这是一种奇怪的声音。接着她听见女主人底低低的歌声。

秀姑走至门边，看见长发的，纤弱的女主人垂头在琴键上，低声唱歌。阳光照进窗户，在花瓶和穿衣镜上辉耀着。女主人是在那样深沉的，痴迷的情感里，未注意秀姑；她底长发披在琴键上。这是现代人最爱好的图景之一;这种图景,在现代,是最迷人的。这是漂流到荒凉的山中来的不知世故的小雏们底感伤的痴迷。秀姑在门前呆站着,直到这个天仙——秀姑觉得她是天仙——走进后房。

工程师夫人毅然抬头,起立,走进后房,好像对于这种感伤的恋情她已获得了结论。在寂静中,冬日底阳光在崭新的穿衣镜上辉耀着。秀姑被引诱,好像在伊甸园中夏娃被引诱,走到风琴前,按了一下。踏着风板,又按了一下。被奇异的声音迷惑,秀姑用力踏风板,把两个粗大的巴掌压到琴键上去。秀姑笑着,听着骇人的声音。

工程师夫人换了水绿色的睡衣,拖着拖鞋,在腋下挟着书本,显然准备睡觉的,走出来,以明亮的眼睛凝视着秀姑。

秀姑放了手。但即刻又用食指按最高音。

"太太,我轻轻地。"秀姑谄媚地笑着说,以为自己会博得女主人底欢心。

"我看你轻轻……"纤弱的工程师夫人恼怒地说,嘴唇战栗着,"放手!我看你轻轻地!"

秀姑脸红了——红到耳根,尴尬地笑着走出门。

"太太,要烧火不要?"在门外她突然停住了,叫,狡猾而又忠实。

秀姑叹息着,走下了台阶,走到门前的树下。她站住,凝望阳光中的山野。秀姑,这个爱情和生活中的无知的小雏,在站在这里的现在,心中有一种忧郁的感情:这种忧郁的感情,是另一个小雏,工程师夫人,在那种优美的布置中所表现的。

但秀姑很快便复元了。她在树下坐下来,抱着腿,看着蚂蚁打仗。在她的精神完全集中起来的时候,她便以奇特的资格参加到蚂蚁底战争里去了。

蚂蚁底队伍从荆棘丛中出来。太阳照在含露的草叶上,并照在蚂蚁们身上,使那些乌黑的小身体发亮。蚂蚁们在荆棘旁边交锋,秀姑看见有一个大的蚂蚁在愤怒地颤抖着。另一个则在笑——秀姑觉得是如此。秀姑突然觉得荆棘丛是大森林,阳光照进这个森林。并觉得蚂蚁是巨大而有力的动物。秀姑脸发红,笑着,伸手播弄着那个她觉得在愤怒的负伤了的蚂蚁。秀姑感到敬畏与欢喜。

“嘘,你看哪!生气,是没得用的哪!呀,呀,你!你,好吧,你瞧!”她说。于是秀姑自己突然变成了蚂蚁。

当这个大的蚂蚁在荆棘丛中沉醉于战争的时候;当这个秀姑糊涂地忘记了一切,在阳光下做着小儿的嬉戏的时候,当伟大的世界照耀着阳光赐给这个痴呆的年青女子以幸福的时候——当战争和幸福都最浓烈的时候,有一个穿旧军服的,神情顽强的年青的家伙走上土坡,环顾了一下,向这边的房屋走来,而在看见秀姑的时候站住了,脱下了军帽。

这就是英雄黄述泰。

黄述泰听到了人们对于秀姑的议论——这些议论是很可怕的——昨天请假回家。在家里证实了这些议论,今天早晨便动身来找秀姑。像大半的年青人一样,因为要做英雄,黄述泰是对这些议论丝毫也不怀疑的。他底奇怪的坚决的表情显示了他底动机和目的都相当可怕;它们显然不是他底力量所能承担得起的。

黄述泰倚着槐树站下了,他底光头冒热气,在手里提着军帽,愤怒地凝视着秀姑。

“喂!”终于他喊。

秀姑打寒战,转身,认出了黄述泰。面部有轻微的战栗,眼睛发亮,蹲在荆棘上,没有站起来。

“喂!”黄述泰,克服那种在女人面前惯有的生怯的感情,喊,并露出冷酷的笑容。

秀姑突然站起,但又向下看,奇怪地担心踩着蚂蚁。

她低下头来。但她失去了蚂蚁。她非常地犹豫起来。突然黄述泰奔向她,一拳击在她脸上。她底犹豫使黄述泰底激情找到了理由:黄述泰奔向她,把她击倒了。

秀姑迷茫，糊涂，倒在荆棘上。依然想着蚂蚁。

“蚂蚁呀！蚂蚁虫子呀！”她突然高声喊。

听见这样奇怪的叫喊，黄述泰以为秀姑在玩弄狡猾，于是揪住秀姑底头发拼命捶打。这是一场残酷的，无声的捶打；这是乡下小夫妇底一场恋爱；人类对于他们自己是惯于无知。黄述泰是狂热而蛮横，扬起了农人和兵士底大拳头。秀姑衣服被撕破，脸都青肿了；不理解自己为什么挨打，但觉得一切都不会错：阳光、蚂蚁、丈夫、荆棘，都不会错。在黄述泰底拳头底闪耀下，秀姑看见了淡蓝色的辉煌的天空，并看见一只云雀轻盈地翔过天空。秀姑看见，于是凝视，觉得神圣。秀姑咬着牙打颤，挣扎着，企图使丈夫注意阳光和天空，而领受她心中的严肃和怜惜。在她底痛苦中，她是得到了虔敬的感情。

她停止了挣扎。黄述泰放开她的时候，她闭上眼睛，躺在荆棘上，觉得为了她所受的苦，那个温柔、辉煌、严肃的天空是突然降低，轻轻地覆盖了她了。她觉得云雀翔过低空，发出歌声来。

在她嘴边出现了不可觉察的笑纹。

“起来！”大兵叉着腰，喊。这个大兵，在依照祖先底法律，惩罚了他底有罪的女人之后，喊。

秀姑坐起来，眩晕着，痛苦而悲伤地向丈夫微笑了，不知道自己犯了什么罪，但希望丈夫饶恕她。而突然地，不管被饶恕与否，她在疲劳中感到那个温柔的、辉煌的天空，觉得异常的满足。她叹息了一声。

黄述泰希望她抗议，或者质问。冷酷的、敌意的笑容留在黄述泰的大脸上。

“你干啥子……走，找媒人去！”黄述泰大声喊。

秀姑看着他。

“找张学文！走，替我走！”黄述泰向前走了一步，喊，“不要脸的！不要说……你看吧，我叫你有本领！一刀两断，我当我底兵，干脆！”他站住，咬着牙，捋起了衣袖。

秀姑是突然明白了什么了。她明白了她底孤苦无依，明白了丈夫底感情,于是小孩般啼哭了起来。她带着流血的手臂和青肿的脸,哭着向丈夫走来。

“我哪些错!哪些错……哪些错……呀……我没得吃呀……”

“没得吃就偷人!”大兵吼着。

秀姑看着他,沉默,不敢再哭了。秀姑堕入黑暗,失去了刚才的阳光、天空、荆棘和云雀。那种由糊涂而来的虔敬和严肃,是被糊涂的恐惧和顺从代替了。

“叫你跟我走!”黄述泰冷酷地说。

“你说究竟……”

“走了就晓得!”

“我问太太……”秀姑可怜地说,用眼光征求丈夫底同意。

黄述泰冷笑着,做出蛮横的大兵底态度来,表示什么都不怕,走进门,站在台阶下。

“你家主人干什么?”他轻蔑地问。

“我不晓得……”

“快点滚出来!”大兵吼,叉着腰。

邻人们,伸头观看着。邻家底肥胖的张嫂快步从厨房跑出。工程师夫人走出内房,贴脸在玻璃窗上。

“太太!”秀姑喊。

“哎呀,你……”工程师夫人惊骇地叫,“那个兵是谁?”她问。

“我……男人,我底男子,太太。”

“他打你?”

秀姑不答,看着美丽的、惊骇而恼怒的女主人。

“他为什么打你?”

“不晓得。”

夫人严厉地皱着眉。

“那么他来干什么?”她抛开腋下的小说书,“说呀!做什么?不会说话吗?——我又没有听你说过你有个丈夫,啊!”

秀姑,在女主人走动的时候,想到了一个计谋。她突然跪下来,抓住了女主人睡衣底边沿,哭起来了。

“太太，救我，太太！”

工程师夫人皱眉看着她。显然地她是不惯这种崇拜的。

“到底怎样呢？说呀！”

“救我！他打死我，打死我……”

“他还要打你？他是什么队伍？”夫人愤怒地说。

“不是……太太呀，他是要我回去！他不要我了呀！不要我了呀！”秀姑大哭了。“我跟你磕一万个头，太太呀！”

工程师夫人，突然发觉自己没有叫秀姑起来，脸红了。

“起来，不像样，——他不要你，为什么？”

“我不晓得。”

“多么糊涂！你去问问他！”

秀姑走出来，迟疑地，恳求地看黄述泰，他叉腰站在阳光下。

“太太问你为什么要找媒人不要我？”她怯弱地，但确信地问。

“叫你太太出来！”黄述泰高声喊。

工程师夫人皱着眉头走出来，红着小脸，愤怒地看他们。

“你这个人怎么这样没有礼貌！”她高声说。

黄述泰看了她一眼，即刻看着旁边，冷笑着。

“你为什么打你女人？她完全不错！她在我这里安份守己，邻居都知道！”工程师夫人站在台阶上严厉地说。

“是的，太太！”邻居张嫂大声说。“你打错了人！”她向大兵说。

工程师夫人走下台阶。太阳灿烂地照在她底优美的身体上。秀姑感激而不安。黄述泰皱眉，生怯地盼顾——大兵怕女人。

黄述泰退下台阶，除下了军帽。

“太太，不是我这个样子！太太你有所不知！”他说，帮助表白，他幌动身体，“……我是抽去当兵的！我哥哥……就是这样，我是不怕的！但是我一去，我这个女人就不规矩！她跑出来了，她又为何不在家里呢？”黄述泰，用乡场上说理的态度大声说——这种雄辩，是几千年的生活所放射的光华，“这都有证明。”黄述泰摇摆头颅，说：“我黄述泰为人刚直！我请了假——请假不容易啊！”他说，以为工程师夫人认为请假容易。黄述泰，在入伍训练里是过着极其艰苦的生活的，现在，获得了一点成绩，感到得意了。“我是回来解决这件事的！然后我去前方杀敌，一无牵挂。这都有证明。”

“太太，他们是信仰我，才让我请假的！我们就要开拔到万县去了！”他加上说，满意自己底军队生活，满意自己能够忍受那种艰苦，动着嘴唇看了工程师夫人一眼。

“那么，秀姑？”工程师夫人说。“他瞎说！”秀姑以为被女主人支持，突然大声说，“你信不过我，我自信不过你！我出来，嫂嫂要整死我啦！亏你是个男人！”

黄述泰战栗而苍白。

“你闭嘴！”他痛苦地叫，“跟我走！”

“我不走！”秀姑回答，哀求地看着女主人。

“既然这样，去弄清楚好了。”工程师夫人低声说。

秀姑猛然绝望了，恐惧地看牢女主人。她明白黄述泰底可怕的蛮横，明白她底故乡底险恶，并明白自己底软弱。……

“我不……去！”她痛苦地说。

黄述泰以发火的眼睛看着她。他记得她凭着女主人所做的反抗的。在她底恐惧里，他看出了乡场上所传闻的她底不洁。仇恨燃烧起来，他尖锐地冷笑了一声。

“那么，你们去吧。”工程师夫人淡漠地说。

黄述泰吼叫了一声。秀姑灰白了，沉默地站着。

“好，去吧。”忽然她简单地说，张开了嘴，伸出舌头，昏迷地笑着，跳下了台阶。她再未说什么。在她底这个简单的态度里，是露出了乡下女儿对于命运的顺从和认识——人们常常在山野中看到的那种顺从和认识。人们常常要为这种态度苦恼，因为在这种态度里，生灭于荒凉的草野中的生命和它底附属的一切是显得特别的简单。

二

黄述泰是傲岸而艰辛地疾视着他底故乡的，这种疾视，是这个时代的大半的年青人所经历到的，黄述泰熟悉故乡底一切丑行和黑暗，在故乡蒙受着羞辱和损害，因此，在离开了以后便决未想到回来。因为在故乡，不能像一个男子一样地站起来，并因为好多朋友都蒙冤而离开了，所以在抽丁的阴谋落在他身上的时候，他便豪爽地承担了；多年的动乱生活使他相信一个男子底事业是在宽阔的天地中，并使他相信，以他的年青，他将在异乡获得他在故乡决不能获得的壮烈的生涯。这种壮烈的生涯，飘泊者底凄凉而英勇的歌，在他是成了无上的光明。于是他离开，诅咒故乡毁灭；期待多年后以飘泊者底身份回来，凭吊故乡底毁灭。

假若他心中还有对于亲人的爱情，假若他还有依恋，他便觉得可羞：这是在他底蛰伏在山野中的祖先们便如此的。黄述泰认为，一个男子，一个兵士，是应该疾视女人的，于是他便这样做了。在兵营中，黄述泰受着各种痛苦，但在未来的光明的慰藉下轻易地忍受了。经过几个月的内心的训练，他便确信自己是一个飘泊者了。

在现在这件事里，他底飘泊的抱负是要经受试验了——这是他自己很明白的。听到镇上所传闻的秀姑底不洁，他是愤怒而满意；于是冷酷，并满意这冷酷，确信自己是一个飘泊者。人们知道，山野中的英雄的青年们，是依照祖先底立法，把女人视为奴隶，把爱情视为羞辱的：经过严格的训练，黄述泰是更信仰这个；而乐于相信谣言，相信秀姑底堕落了。

黄述泰是要回来当着故乡底面——这个故乡侮辱他——做一件豪壮的行动的。他相信，在他底豪壮的行动里，故乡要战栗。他要先尝漂泊者底醉人的滋味。他底心中是燃烧着恶毒的激情。

走进场镇的时候，他是完全浸在对这个故乡的仇恨中，想到要杀死秀姑。黄述泰觉得，一个兵——他相信自己是一个兵——是可以杀人的，因为他是要被杀的。

黄述泰，为了对故乡的刻毒的仇恨，企图做一件豪壮的行动，杀死他底亲人和奴隶。年青的激情是惯于向自己底心复仇的；黄述泰以为，他对自己底心愈残酷，故乡便愈要战栗。

黄述泰，计算着怎样才能惊动乡场，领着他底奴隶走近媒人张学文家。

张学文这种人，在乡场上，虽然贫穷，却有着奇特的位置。这个张学文现在是坐在门槛上抽烟。他伸长了颈子，眯起眼睛看着走近来的黄述泰和秀姑，然后站起来，忧愁地摇着头。他细瘦、病弱，长衫没有扣，露出干瘪的颈子。显然他还未洗脸。门槛上放着一副旧污的纸牌：他刚才在研究纸牌。这个人底半生的决心，便是要在赌博上胜利：他是常常失败的。他拾起纸牌，数出两张，眯起眼睛来喷出了烟子。他这样对待黄述泰，好像刚才还见过面；好像黄述泰并不是兵士和漂泊者。

张学文，很迅速地，用他底气味和声音，拖黄述泰跌进昏沉的，无聊的故乡，而暂时地磨去了黄述泰底英雄的锋芒了。

“我来找你，张学文。”黄述泰振作了一下，大声说。

张学文的小眼讥刺地发闪着。

“啊，你逃出来的？”他秘密地小声问，希望博得黄述泰底欢心。他才想起来，黄述泰是一个兵。

“我请假。”大兵冷冷地说。

“啊，对了，听说过！”张学文说，看秀姑，然后，显然希望活泼——他底锐利的眼睛已看出了一切，但对于他，世界上的任何事情都是无所谓的——他摸着纸牌，“我开了三张门，今天早上，不容易啊！一、二、三！”他挑出三张牌，“你看这个牌如何？”他踮着脚，用大指头按紧了牌，白眼看牌。忽然他大声叹息：“好，就是这叫好！”他摇摆头颅，说，同时看了面目青肿的秀姑一眼。

黄述泰明白他在装假——向严重的大兵讲牌——阴沉地看着他。

“我女人出街去了!”张学文忽然沮丧地说,看着黄述泰。“我近来时运不佳,……喂,你们两个说话呀!”他说,露出了活泼的,嘲讽的微笑。

黄述泰手抄在裤袋里,皱眉看看草鞋;为了娱乐自己底眼睛,他扭动着冻红了的大足指。

秀姑机械地看着他底扭动着的大足指。好像他们可以从这里找出关于他们底命运的解答来似的。

“张学文,你做的这个媒!”黄述泰抬头,说,嘴唇打抖。

“怎样?”张学文假装吃惊说——他惯于如此,“我看你们两个是发生了关系啰!”他大声说,非常得意这句话。

“张学文,由你结的由你解!她不规矩,我要整她!”黄述泰严厉地说,看了秀姑一眼。

“怎样?说清醒点。”张学文拢起袖来,保留着假装吃惊的表情,简单地说。

黄述泰动怒了。

“张学文,我说你装佯!你这个人就是这点虚伪,不漂亮!”黄述泰以激越的高声说,“我看出来你装佯!你岂有不知道!现在我请你做证,我要整死她!我当我底兵,我当兵遭死,由我自愿!”

张学文——这个乡下的老滑头,是明了黄述泰的,浮上安闲的,生动的微笑,磕去了烟灰。

但在磕了烟灰之后,他放下了面孔。

“我不知道。我张学文做媒,讲的是义气。”

“张学文,你有人心没有?”

张学文不答,专心吸烟。

黄述泰看着秀姑,不理解自己,但下了决心。

“张学文,你要有人心!要不是地方上的面子家乡底情谊,我才不求你。”黄述泰动情地大声说,眼圈发红;他脱下军帽,豪迈地抱着手向猪栏走了两步;这种动作使他心里有奇特的欢乐,于是他追求这个欢乐,“我当兵的人就是死了一半!我要终生漂流，那么我决不甘心让人侮辱！我当兵的人还有哪一点不想，家乡欺凌我，我是什么都丢掉，所以我要在家乡面前站出来，洗刷清白，张学文，你听好！”他停顿。他倚着猪栏站立，垂下光头。那种奇特的欢乐，是逐渐增强，在他心中歌唱着。在这种突如其来的安命的，牺牲的欢乐下，先前所怀的恶毒的激情是被冲淡了，而对秀姑的某种深沉的感情抬起头来——这是他决未想到的，“我不管这一切是不是真的，我是漂泊的人，我不要她。”他说，迅速地瞥了秀姑一眼，“我从来就不欢喜她，从来就不欢喜她！”黄述泰，回答自己心中的对秀姑的深沉的感情，欢乐地，顽强地大声说。

如人们所知道，在爱情里面，说着不欢喜，就是欢喜。但同时，因为这种欢喜或不欢喜，那些关于秀姑底不洁的谣言在他心里真正地刺痛起来了：在先前，这些谣言是不曾刺痛他的；如大家所看到的，它们只是满足了他底激情。

“我不要她！我要整死——她！”黄述泰咬牙，颤抖，眼圈发红，大声说。

秀姑是非常地胡涂，在想着女主人唱歌。但突然听明白了这句话，失声啼哭起来了。

“哭也不中用，全是你自己，女子！”黄述泰兴奋地大声说。

黄述泰，倚在猪栏上，抬头望着明亮的天空；在他心里，唱起了漂泊者底悲壮的歌。

张学文不停地抽烟，无表情地看着地面，不停地从齿缝里吐着痰。

“我说两句你们小夫妻参考参考。”他忽然用安静的细声说，搔着颈子，浮上冷冷的，讥讽的微笑，“这一切，依我看来，全是误会！人心里面有恶气！你黄述泰穿上这件老虎皮，心中有恶气！黄述泰，你听人家播了是非，苦苦害得夫妻分离！啊！”他摇头，“人生不长久，黄述泰，夫妇间要心心相印，闲言最最听不得！否则在这个场上，我张学文也活不上三十岁！啊，要不然，心心相印，这是什么意义，老弟？”他笑着止住。

“我不问闲言不闲言,我就是如此!我总要一个水落石出!我要在这个场上洗刷清白!”黄述泰梦幻地大声说。“何苦辜负她底青春呢?”他妒嫉地大声说。

张学文沉思着,微笑了。

“水落石出很容易啊!我现在不便说,你要后悔。”

“当兵的黄述泰决不后悔!”

张学文看他很久,嘲讽地笑着点头。

“好吧,那么你站开些——我不听一面之词。我问你,啊!”他向秀姑说。

秀姑哭着。

“黄述泰!”张学文抱歉地说。

黄述泰愤怒地看着他们,豪爽地转身走过了猪栏。

“好,女子,我们还沾亲,一定帮忙的——你这两个月赚的有钱么?”张学文诚恳地问,同时放任了脸上的狡猾的表情,如大人们在骗小孩的时候所做的。

秀姑含泪怀疑地看他,点了一下头。

“拿三十元给我。”张学文说。

“我……我只有二十元,张,张学文……”秀姑哭着,说。

“就是二十元,快些。唉,女子!”

秀姑明白张学文需要贿赂。她甘心贿赂,取出钱来——打开一层又一层的纸包——同时装出不懂事的模样。

“唉,女子!”张学文笑着说,迅速地抢过钱来藏起了。

“二天弄到钱,我再补你十元。”秀姑诚实地说。

“笑话,女子!我们还沾亲,我岂要你底钱!”张学文说,冷笑了一声。“我拿这二十元,是替你买个帖子到镇公所告状!说黄述泰行凶打人,又要遗弃你,懂吗,就是不要你。等会在镇公所你要说话,我再帮你说!你没有做错,一定打得赢!那要得,我去买帖子,还做文章!今天是我身上没得钱,不然我替你垫了!我和你老人是知交……”他发出笑声,走到旁边去,拢起衣袖来。

秀姑觉得上镇公所是可怕的,想说什么。但黄述泰已从猪棚后面走出。黄述泰躲在猪棚旁边听见了他们底话,暴怒地走出,狞笑着。

"怎样,要打官司吗?"他恶毒地大声说。打官司这件事重新煽起了他底恶劣的激情;并助长了他底对全场复仇的愿望。

秀姑死白。但张学文静静地微笑着。

"老弟,公说公有理,婆说婆有理,还是上镇公所的好!"张学文指手划脚,"而且,你把她打成这个样子呀!"他说,异常满意地指秀姑。

"放屁! 你骗她底血汗钱!"黄述泰叫。

张学文威胁地笑着,不答。沉默来临,冬日底阳光在破瓦屋和草地上辉耀着。黄述泰露出牙齿如野兽。

"好吧。"他冷酷地说。"你怎样,狗东西!"他大步跨向秀姑,妬嫉地叫。

秀姑嘴唇打抖。黄述泰挥拳把她击到土墙上。

"老子杀死你! ——辜负你底青春!"

秀姑贴在土墙上,垂头啼哭起来……

三

黄述泰气势凶猛地进入乡场。他回来,为了复仇和破坏,为了在复仇和破坏之后成为一个真正的士兵。如人们所看到了的,这个傻瓜,以年青的盛气酷爱豪迈的人生;忠实地当兵,预感到漂泊的长途底一切辛辣悲壮,认为此刻的刻毒的创痛将在回忆里给予哀矜的慰籍。

如常有的情形一样,他此刻已经领有了这种哀矜的慰籍。喧哗的,肮脏狭小的,旧破的乡场使他激动而又阴沉。他满意自己从此永远是这个乡场底毒辣的敌人;他满意他驱除了对秀姑的某种感情——他是异常骄傲,浸在对光荣的英雄的自觉中。他确定他要对以秀姑的残酷手段使镇公所战栗。他走在街上,蔑视任何人:他是曾在这条街上被这些人侮辱的,就在半年前,他还挨过镇公所底流氓底毒打,他走在街上,如那些带着英雄的生涯回来的，在心中感觉着怜悯和骄傲的孤独，在身边藏着金钱或刀枪的悍厉的傢伙。

这个乡场是不留余地地教育了他，黄述泰，如喧嚣的城市，不留余地地教育了另外的一些年青人。但因为他是第一次做这种英雄的举动，他是显得太激烈，太不留余地了；从他底态度中，老练的人们是看出一种怯懦来，显然黄述泰从自己底生涯和人世底各种经营还不能获得那种哲学，如悍厉的漂泊者所获得的。

黄述泰走进茶馆，被熟人们招呼——大家都知道他回来干什么——骄傲地坐下。黄述泰皱着眉，冷淡地注视着熟人们。

于是，带着乡下人们底愉快的、好奇的态度，大家询问起来了。黄述泰底一个朋友，叫做刘应成的，瘦小的，卖针线的傢伙走了进来，带着那种小的禽类底顽强的表情，在黄述泰左边坐下。他笑了一笑，但即刻严肃地，强硬地，僵直地歪歪头，如听到声音的母鸡。显然他是和他底光荣的朋友一同有着敌意；他是异常傲慢，不停地在嗅着鼻子。

但大家不注意他。大家为当兵的事发议论，又询问黄述泰。

“各位，休要替我伤心！”黄述泰皱眉，大声说，手腕战栗，“我杀——杀给你们看！”他发出僵冷的，虚伪的笑声。

“黄述泰，我以为你是过于操切！”刘应成说，即刻又侧头，嗅鼻子。他觉得，这句话，是只有他才有资格说的。

“一点都不！”黄述泰看着大家辛辣地回答。“我已经有很多证据！我是人，我什么都知道！我黄述泰已经在这个太阳底下生活了二十四年，兵荒马乱的年头，谈何容易！各位知道我也曾经种得有一点薄地，也有家庭老母！各位知道这个乡场上尽是畜牲，我要生剥他们底皮！”他翘起嘴皮，笑着，脸灰白。他底手在抖动，撕破一块橘子皮。“这些畜牲吞吃我们底谷子，又包庇兵役！但是我黄述泰并不在乎！我黄述泰自有抱负！现在是战火连天，各位，没有谁能保的住，发财的不会长久，死了的也不过是先一步！各位，我们亲眼看见什么都被别人吃光，那么今天办完了这件事，我黄述泰不带刀枪是决不回来！”他突然起立，抛下橘子皮，“吓，我黄述泰……”他冷笑，走出茶馆。

黄述泰，顺从着自己底激烈的情绪，战颤着走出茶馆。他满意自己底演讲，不愿留给别人以平凡的结尾，豪壮地走出茶馆。刘应成悄悄地跟随着他。

黄述泰走出街道，走到菜花地旁边。稠密的菜花在太阳下散发着气息。菜花地后面，是赤裸的土坡。远处则是淡紫色的、重叠的山峰。黄述泰凝视山峰很久，然后轻轻地走过菜花地，在土坡前的一颗树前坐下。黄述泰，以忧郁的眼光重新凝视山峰。峰顶上，因为太阳底照耀焕发着金光。

黄述泰，在爆发之后，面对着——突然地面对着山峰和菜花地，有了忧郁的，凄凉的感情。坐在树下，他抱着膝盖，脸上露出一种迷惑的表情来。忽然他轻轻地叹息。

刘应成拢着衣袖站在他旁边，听见他叹息，注意地侧头。好像听到声音的小麻雀。

“多好的黄花哟！多香！”黄述泰，忽然用忧郁的，感伤的低声说，带着那种迷惑的表情——这片土地，这些菜花，那些山峰，和周围的，散布在田野中的村落，是否也同意他底漂泊的雄心呢？——凝视着远处。

“黄述泰，你要再三想想。”

“你年轻。”

“总要再三想想呀！”刘应成委屈地叫。

“你年轻。”

刘应成叹息，笑了，兴奋而恍惚的笑，嗅鼻子，走进菜花地。于是突然地，这个尖脸的，影子一般轻悄的小东西，在菜花地中，因为浓烈的香气，活泼了起来。他跳跃，展开破衣，并激动地叫出声音。在村中，刘应成是以讨厌和神经病闻名的。如人们所看到，刘应成是时常有那种轻悄的，鸟雀的，神圣而猥琐的表情；人们觉得，这个小东西，是无重量，并且没有体积的，他底从一个声音或一种气味得来的神圣的感触，是无益而可怜的。人们觉得，这种小东西，是最好去当警察，因为他可以神圣地守卫一个木桶或一张纸达一整天之久，而在被长官痛骂了之后并不灰心；永远带着顽强的，鸟雀的表情，认为自己在尽最重要的职务。但他有时却会突然脱离这种强硬和痴呆，而活泼起来，不可收拾。在菜花田里，这个小东西底某种被压抑的心灵底渴望，是暴发了出来；他因黄述泰在观看自己而快乐，于是尽量地表现自己：人们是有着在亲切的人们底注视下表现一切的欲望的。

他跳跃，叫喊，打拳，学兵士操练，蹂躏了一大片菜花。他底这种骚动是完全不像年青人底调皮；它们宁是由于一个被压抑的孤独者底心灵底病症。这个年青的家伙，是带着一种神秘的，严肃的，古怪的表情来从事他底跳跃和叫喊的。因此他底身体总像是僵硬的。

他叉腰，在菜花上学兵士正步走，并在嘴里做出军号底声音。他底可怜的小脸发红，流汗了。黄述泰含着忧郁的笑容看着他。黄述泰接近这个人，因为这个人崇拜他，时常给出真诚的奉献。

“我要开拔了！”黄述泰大声说，使他停止。于是他停住，站在菜花中。随即他露出鸟雀底注意的表情来。

“我替你……伤心！是呀，伤心，黄述泰！”他说。突然他尖叫了一声，然后笑着，走近黄述泰。“黄述泰啊！”于是他动情地，带着做作出来的媚态，低声说：“你底女人的事我不大清楚，不过又何苦呢？黄述泰啊，你难道不晓得你家里向来不和吗？黄述泰啊。我是伤了心啊！”

黄述泰高兴他这里谈论自己，讽刺地笑着，凝视着菜花田。太阳迅速地沉没了，一种寒冷的，灰白的光明舒展在田野上。

“你懂什么！”

“我不懂，那么黄述泰啊！”刘应成弯腰，说。

“一个人当了兵，自然就不要家，也不要女人！”黄述泰说，回答自己心里的深深的忧郁。

“你不总要回来，黄述泰啊！”

“决定不回来！辜负一个女人底青春呀，老弟！”

听到这句话，刘应成突然严肃了，嗅鼻子，鸟雀般侧头。

“那么，黄述泰，我是猜着了：你放不下心呀！”他细声说。“你还是和我一般死了心吧？”他用更细的声音说。大家都知道，由于各种缘因，他是没有希望要一个女人的。

“菜子花春天要黄，心不能死！”黄述泰，违背他自己底漂泊者底教条，以痴幻的大声说。因为周围的一切：菜花，幽暗了的山岳，以及田野上的寒冷的，灰白的光明要求他如此。

刘应成严肃地坐下来。他们沉默很久。

“在外边，要常常想念故乡啊！”

“当然，祖坟么。”

“这个地带，是也不能说不好！”刘应成用风水家或教书先生底口吻说，做作地笑着——他高兴能和黄述泰这样自由地说话；“你看这山，这土地，何其可爱！唯是人不齐心！我最爱下雨的时候去喝酒！你记得那次在山沟里喝酒回来么？”说完，他向空中吹了一口气，然后又伸手去捕捉这个气。但即刻他警觉了，恭敬地笑着。

“记得。”黄述泰说。

刘应成神圣地沉默很久。

“下雨了，我们……”他继续说起来。

黄述泰点头。

“我们跑到王家的田里放水沟，那是夏季。”刘应成注意地说，神异地凝视着远处的水田。

于是黄述泰被这个刘应成安静的，神奇的力量拖到回忆里去了。黄述泰眼睛发光，凝视着远处。

“我们放水沟。下的好大的雨，你说：苍天哪，我们无罪的小民哪！”刘应成把下巴抵在膝上，说，又向空中吹了一口气，但黄述泰未注意。

“身上全是泥巴。”黄述泰以苍凉的声音说。

“衣服又撕烂了！”

“那个宝贝寡妇骂我们，我们在雨里骂上点大点钟。”黄述泰痴幻地笑着，说。

“有趣呀！”

“这一片土地——百年的生活，百年的人啊！”黄述泰凄凉地大声说，站起来，看着幽暗的田野。

刘应成明白这个谈话已经结束，感到恐惧。他鸟雀般僵硬地侧头嗅鼻子，好像他很愤怒。

“黄述泰呀！”

“兄弟，各人有各人底路子！我是决了心了！”

想到秀姑，想到刚才的情感，想到往昔的徒劳的生活，黄述泰大脸打抖。于是刚才的回忆给他证明了他底决心，他底壮烈的抱负和毒辣的复仇是对的。但面对着故乡底惨澹的黄昏，黄述泰心中再无慰籍；特别刚才的谈话使他心中再无慰籍——他即将永远抛弃刚才所回忆的一切。他感到刺心的痛苦，站住不动，看着远处。

他急于完成一切，把自己交给命运。于是他迅速地越过菜花田走去。

“我到底要怎样办呢？”他，这个英雄，痛苦地想。

“黄述泰呀！”刘应成喊，接着是一声尖利的，好像是痛心的叫声。在黄昏的空气里留下了惨澹的印象。

但黄述泰未回答，并且未回头。黄述泰发出毒辣的，干燥的，飘泊者底笑声，大步越过菜田走去。乡场蒙着烟雾。场内有了灯火。

四

晚上到来，场内就笼罩着安详的空气，好像是一个家庭，室内有炉火和灯光，而把凄凉的冬夜关在门外：这是任何乡民都深深地感觉到的，所以他们爱他们底穷苦的故乡；这并且是一切旅客和漂泊者都感觉到的，所以他们爱这个旧朴的小镇。这些旅客和漂泊者，偶然地停留在这里，望着这些藏在烟雾中的朦胧的灯火，望着移动着的人影，就会怀念什么；在心里藏着他们祖国底冬夜的黑暗和凄凉，而有深邃的感情，好像在恋爱，希望在任何一家这种油污的，嚣闹的小酒馆里醉一次。白天里，人们是惦念着头痛的事务，并且瞥见场外的广漠的田野，觉着不安的；但夜晚，人们就没有这种不安了。好像是，这个家庭虽然穷苦而濒于破灭，但总保留着那种古朴的风习；这是周围的田野，和散布在那上面的劳动所造成的。在这种小镇里，人们只要晚上有一碗面吃，是总会喊叫着："管他娘！"而使陌生的旅客浮上那种忧愁而文雅的苦笑……

完全像一个漂泊者，黄述泰是醉倒了。他是坐在熟人们中间，头颅沉重地靠在墙壁上，好久好久地凝视着对街，含着那种辛辣的微笑。在酒馆里，从水锅和菜锅里，腾出肥胖的热气来；这些热气蒙胧了油灯底光明，蒙胧了人声和人影，并且漂浮到街上去，和别家底热气相溶合，蒙胧了街道。这种热气是蒙胧了，并且陶醉了整个的场镇。人们觉得，好多嘴巴都在咀嚼着，好多身体都沉重地躺倒；好多梦幻，凝成一个简单的，可以叫做梦之精髓的梦幻，随着这种热气在村镇里面飘荡。黄述泰是觉得自己在做梦，心里有难以言说的忧伤——他觉得，离开这一切，是不可能的——不知怎样就走到白天所坐的那家茶馆里来了。在茶馆里他看见了秀姑、嫂嫂、张学文，以及乡场底要人们。因为黄述泰明天要离开，镇公所是决定晚上就审判的。这个案件是轰动了全场的人们。

看见这些人，黄述泰就兴奋起来了。镇长揽着衣袖，向他笑着问了什么，他不答，倚在茶馆底木柱上，眼里射出愤怒的光芒。漂泊者底哀歌是又在他心中唱起来了。那个刘应成，带着禽类底表情，严肃地站在他旁边。

一个老头子，衣着臃肿，带着愤怒而焦灼的表情大声质问黄述泰。黄述泰冷笑，看着张学文。这个张学文在谦虚地笑着。

"请茶呀！"张学文叫。

黄述泰，被众人所注意，兴奋地瞥了垂着头的秀姑一眼。于是有人发笑。

"各位,这不是什么笑话!"黄述泰愤怒地大声叫。野兽般环顾,寻找发笑的人。

有人发笑,嫂嫂做出轻蔑的表情。

"各位! ……"黄述泰,觉得被开了玩笑,狼狈地顿住。

黄述泰皱眉。看着门外,——黄述泰,在众人底笑语中长久地凝视门外。于是他明白:这个故乡是他底仇敌。

流浪者有无穷的天地,万倍于乡场穷人的生涯,有大的痛苦和憎恶,流浪者心灵寂寞而丰富,他在异乡唱家乡底歌,哀顽地荡过风雨平原,黄述泰敞开领口,轻蔑地微笑,凝视门外。

黄述泰,这个易于激动的傢伙,是有着特殊的懦弱的。刚才,在酒馆里,他是凄凉地依恋着他底故乡,他底土地:他觉得他要哭出来。横在前面的血与死,对于他,像对于一切人一样,是可怕的。但一走进敌人们底集团,他便高举这血与死,轻蔑一切人生了。

因为那种对家乡,对秀姑,对自己底过去的顽强可怕的执着,他才回来的:只有他自己知道家乡、田地、秀姑对他有何意义。他是为了这些回来,演一个农人底儿子,一个妬嫉的,恋爱着的丈夫底角色的。他是只能演这个角色,但为了对抗仇敌们,他却迅速地变成了漂泊者。像大半年青人一样,他是只明白他所希望的:成为一个漂泊的英雄;而不能明白那等待着他的痛苦和爱情。

突然有人在茶馆门口大声唱歌。这是一个秃头鹰眼的,豪迈的家伙;他叉腰站立着。黄述泰看着他。

"可怜我呀,恩爱夫妻不到头!"这个家伙以讽刺的,优美的大声唱。

于是黄述泰,为了报复走进茶馆时的狼狈,大步走向这个家伙;难看地笑着。

"发财么?"他愤怒地尖声说,脸打抖。

唱歌的家伙闭紧嘴唇,讽刺地摇头。他知道怎样对付黄述泰,给大家寻开心的。

"你这个地痞流氓!"黄述泰愤怒地叫,举起拳头。

背后有声音叫:"算了吧。"

唱歌的家伙闪开,同样地摇头,然后抱着手臂向街心走去。

"可怜我呀,恩爱夫妻不到头!"他以欢乐的,洪亮的声音唱。

黄述泰转身。站住凝视大家。于是人们看到了一个疯狂的、绝望的、凶手的黄述泰。他是,由了天意,到了悬崖边沿上了。

镇长不看黄述泰,拍灰,庄严地走了出去。秀姑垂着头,跟随着笑着的张学文走出。黄述泰以燃烧的眼睛看着秀姑,这眼光是充满凶杀,但也充满绝望的爱情底呼唤。

黄述泰站着不动。大家走过他身边。

"不要紧,有我!"嫂嫂走过他身边时小声说。

"放你底屁! ……你要负责!"黄述泰疯狂地说。

"在这片茫茫的大地上,我黄述泰岂能有别的路走!"黄述泰想,愤怒地转身,脸上有疯狂的微笑,随大家向镇公所走去。他看见,在一扇敞开的门里,一个女人在静静地纺线。他以后永远记得,在蒙胧的灯光下,一个女人在静静地纺线。

镇公所里灯光暗澹。长木凳上坐满了人,壁前站着人。镇长坐在桌后静静地吸烟:在桌子上,燃着两支半截的蜡烛。绅粮们没精打采地坐在镇长两边,坐在暗红色的,蒙着灰尘的对联下面。一个胖子在打呵欠,好几次伸懒腰,使对联在墙壁上摩出索索的声音来。

秀姑坐在前排,呆看着镇长桌端的蜡烛:假如她此刻心里有感情,那便是她在离开工程师夫人时所表现的那种简单的东西。张学文站在桌前,有礼地笑着,在镇长说话时走了回来。

人们低声议论,在镇长发言时静定。

黄述泰叉腰站着,脸上有疯人的微笑,看定灰白色的,高颧骨的,安静的镇长。

"各位乡亲,这件公案公有公断……"镇长翻纸张,咳嗽,不看大家,好像不大愿意,懒惰地说。于是开始了审判,像人类底祖先曾经做过的那样。“本来这是家事，不过我们底意思，”镇长看两旁的绅粮们，“我们是尊重出征军人。好，大家都风闻了一点，本镇长闲言少赘。这里是女人底状子！……是你底状子么？”他问秀姑。

在张学文底眼光下，秀姑点头。

“状子是媒人张学文书写的。为禀告事，”镇长突然咳嗽，以抑扬顿挫的高声念起来，“窃乡女秀姑，年二十一岁，父母双亡，于大中华民国三十一年春由乡亲张学文做媒许配于本场黄述泰。秋季，黄述泰被征出征，秀姑虽不学无德，然深知国者人之积，在家操劳诸事，未敢有怨。家佃薄田数亩，聊可糊口。惟自儿夫去后，嫂嫂霸占田地家务，百般虐待秀姑。秀姑以齐家为治国之本，事事忍耐，以全大计；惟有空床饮泣而已。”（镇长快乐，摇摆头颅，高声歌唱起来）“后嫂嫂竟无端停止秀姑饭食达三日之久，秀姑以儿夫在外，深惧非言，不敢相抗，乃只身出走。于复合场告贷于乡亲王氏处，饥饿苦寒，几至绝命。后承王氏介绍于复合场外中央政府机关工程人员朱先生处为仆，乃得安身。虽如此，仍念念不忘儿夫，因一夜夫妻百日恩也。惟无处寻觅耳。不料儿夫黄述泰听信谣言，今日突寻至复合场，不交半语，拳脚相加，有伤遍体为证。后即声言遗弃秀姑，盖听信谗谤，以为秀姑有不贞之行为也。嗟夫，我中华礼义之邦，秀姑深明礼义，岂敢有不德之念耶，秀姑深爱儿夫，痛心已极，唯有拜托媒人张学文申诉于吾乡乡座暨显要诸公之前。秀姑平日为人乡里皆知，此种谣言显出于嫂嫂之口，断不可信！秀姑痛心泣血，唯求湔雪耻辱，还得清白之身，与儿夫和好如初，然后儿夫出征杀敌，秀姑死亦瞑目，幸乡座暨诸公明察焉！……幸乡座暨诸公明察焉！好。”镇长摇头，咂嘴，像喝了一口好酒：然后看着黄述泰。

秀姑恐惧着，嘴唇下垂如女孩。黄述泰狞笑。但嫂嫂起立。

“乡长，里面全是瞎说！张学文捣鬼！”嫂嫂比手势，愤怒地，然而伶俐地说。

张学文精神抖擞，向镇长和黄述泰甜蜜地笑着。然后向这个做嫂嫂的女人甜蜜地笑着。

“拿出证据来吧！”他说。

“秀姑不规矩，不然她哪里有钱使？她在家里偷懒，外头勤快！她在复合场认得张家火房，就是他介绍她去做事的！”

“嫂嫂！”秀姑叫，嘴唇战栗着。

“张家火房吴小烟，他那回跟秀姑偷着送东西……”

“好了，定了！”黄述泰疯狂地大声叫，为了打击周围的使他发狂的一切，猛力把秀姑击倒。

黄述泰，被包围在这些人们中间，想着往昔在这个镇公所所受的凌辱，是发狂起来，孤注一掷了。镇长用来念呈文的得意的，唱歌般的声音是使黄述泰愤怒得打颤，所以他一时说不出话来。这就是说，这个激烈的家伙，是一定要用一个可怕的声音或动作来开场的。在秀姑向凳子中间倒下去的时候，黄述泰狞恶地冲到镇长底桌前，以至于那个打呵欠的肥胖的绅粮吃惊地站起来，伸出了双手。

秀姑，挨了可怕的一击，倒到凳子底间隙中去，于是所有的人全站起来，发出了沉重的呼吸。秀姑感到完全的黑暗，小孩般垂着嘴唇，恐怖地凝视着黄述泰，迅速地爬起来，仍然凝视着她底黄述泰。

但镇长却显得很冷静，抬起苍白的脸，看着喘息着的黄述泰。

人们觉得，有很多人将要说话。沉重的呼吸声继续着。于是发出了那个做嫂嫂的女人底冷酷的声音。

“就是吴小烟，吴小烟！”这个女人说。

人们更觉得将有人要说话。于是在紧张的空气中，传出了一个强大的叫声。

“吴小烟在这里，黄述泰！”

那个叫做吴小烟的强壮的家伙挤着站立的人从门边向内走；他是激烈，愤怒，带着沉痛的友情，理直气壮。他走向黄述泰，愤怒地笑着。

"黄述泰……"他颤抖,咽口沫,"黄述泰认得我么? 从小的朋友,认得兄弟么?"

黄述泰,在众人底注视下,浮着疯狂的,狼狈的微笑,看着他。

"兄弟,好兄弟!"吴小烟悲愤地大声说;他底高大的身躯,在暗澹的灯光和所有的眼睛底照耀下,露出一种尊严:这是正直的,准备为正直牺牲性命的人所有的。"黄述泰,你底媳妇受人欺侮,你底朋友不讲义气么?"

"你什么时候来的?"黄述泰以异样的声调问。想到吴小烟是被张学文找来的。

"刚来,来看你,黄述泰!"吴小烟骄傲地笑着说,"你底嫂嫂是什么东西! 你自己没有心么!"

黄述泰是有心的,但掩藏了这个心;黄述泰,因为朋友底骄傲的微笑,浮上骄傲的微笑。这个笑容表示,漂泊者,是有权敌视平凡的真理的。

"黄述泰,去年子过年我到你家来过! 我欠你二十块钱,交给大嫂的! 黄述泰,你难道不知道这个场么? 你难道不知道你底女人过着怎样的生活么? 黄述泰!"吴小烟大声说,这种大声使所有的观众都愉快。

"你要装腔做势哪,吴小烟!"那个做嫂嫂的女人叫。

吴小烟回头,咬着牙。但黄述泰对他感到敌意,拦住了他。这种敌意显然是因为吴小烟所持的态度,黄述泰此刻是非常疾视这种正直的尊严的态度的。

"不相干!"黄述泰冷冷地说,"与你不相干,吴小烟!"

吴小烟愤怒地看着他。

"与你不相涉,吴小烟。我不要证据,我也不说朋友,我不说别的,"黄述泰严厉地顿住了。于是,带着豪壮与冷酷,他说了下面的于他自己是可怕的话:"我凭自己底意思不要我底女人! 请镇长听好!"

"好了!"他想,看着镇长。

吴小烟冷笑，走到墙边去，靠着墙站定了。

张学文笑着看大家。

“这是出题了，出题了！”他向镇长鞠躬——他有鞠躬的嗜好——甜蜜地说。

“对了，这又是一回事。”镇长说。

“我看是算了吧，老弟！”张学文向黄述泰愉快地说，并发出笑声来。

“你胡说！”黄述泰吼。

于是张学文静止了一下。然后，这个张学文露出了严肃的，不可亲的表情。

“那么，张学文代表女子，告你的是这件案子，除非你拿出证据来！”

“我不要证据！”黄述泰凶恶地说。

“吴小烟在这里，决不干休，吴小烟名誉要紧！”吴小烟大声说，使大家愉快。

黄述泰，如大家所看到的，是澈底地走到仇敌底地位上去了。不管他自己愿意不愿意，他是一步又一步地下来，不能回头了。于是，在他底面前，是只有漂泊者底那条可哀的道路了，于是，这个多少有点不真的漂泊者，就在众人中间变成真的漂泊者了。于是，他底复仇，就并不如他所想像的那样；他底复仇，就变成被众人所遗弃的孤独者底那种复仇了：这个孤独者，是不甘心被遗弃的。于是黄述泰心里就有了那种特殊的懦弱；但他是非常地骄傲，将为骄傲而死。

黄述泰，在吴小烟喊叫的时候，愤怒地盼顾，随即他向张学文冲去，准备着他底猛烈的一击，但吴小烟大步跨上前，架住他。

黄述泰，如失败的野兽，闪开吴小烟，向他底秀姑冲去：携带着他底猛烈的一击。但吴小烟猛力拖住他，愤怒地向他笑着。

“朋友！”吴小烟说。

“她家无人，我做的媒，现在我做主！”张学文向镇长打躬，高声说，“现在我是原告，我告了你，黄述泰！现在国家讲民主，你无端打了她，侮辱她，我先告你一个遗弃罪！我要告到县里去，告到省政府那里去！”他严肃地停顿，“假如你黄述泰不愿意，我当然不叫你们团圆，——秀姑自己也不要你这种男人！她宁可守寡一生！说，如何？否则就先告你一个罪，马上就拆开！”

“马上拆开你们！赔偿损失，拿出证据来！”张学文愤怒地大声说。

黄述泰，明白自己上了嫂嫂底当，明白自己无理可说，含着疯人的笑容看着蜡烛。

“我是遭了骗了！狗肏的！”他想，站住不动。

“马上拆开！”那个做嫂嫂的女人愤怒地叫。

黄述泰凶恶地看嫂嫂，看张学文，看一切人，然后站住不动。

“我要杀死她！”突然黄述泰吼，跳上前。

“慢点慢点！”镇长大声说，使黄述泰站住——黄述泰，在迷失的痛苦中本能地服从了这个环境底权力——“拆开很容易，先说证据来！先说来！诸位意下如何？”他笑着问绅粮们。

绅粮们，是显得漠不关心地坐在壁前的。现在，高兴有发言的机会，笑着欠腰。他们，由于老练于人生，是已经看出了黄述泰底心，虽然未看出这颗心里的被漂泊的壮志所支持着的最严重的一部份。

“小夫小妻的，由他们去吧。”他们，幌动各样的头颅，一致地笑着说，好像谦让酒席底座位。

“他们要拆开呀！”那个串通了大家，并串通了小夫妇们底害羞的爱情的张学文叫，发出了响亮的笑声。

“没有这容易拆开！我要打死！打死！”黄述泰叫。“我怎么这样不成，怎么这样！”他想。

“听我说两句！”那个在茶馆里训斥过黄述泰的，总是愤怒而焦燥的老头子，从众人中间起立，愤怒而焦燥地说，“我知道这都是谣言，不管是那里的谣言！女子是好人！吴小烟更是正直！黄述泰迷了心！现在我请镇长不问证据，我是证据！现在请镇长问他们夫妻底心！我说的是实在话！”

"诸位以为如何?"老人坐下,镇长问绅粮们。

绅粮们欠腰。

"那么,我做镇长的负责证明,都是谣言。"镇长,不自主地露出那种嘲讽的,为揭破可喜的秘密的人所有的微笑,说。这个微笑表示,那个他们大家都知道的善良的欺骗或愚弄已经完结,现在有趣的收场就要到来了。"我郑重声明,"镇长继续说,"女子是清白女子,黄述泰还是上前方杀敌! 那么,你们郑重回答我,"(镇长郑重地向烛光伸头)"是不是要拆开,然后我判决。"

"黄述泰!"镇长翻白眼,喊。

但黄述泰,在这个要紧的关头,却突然坐下来了。他是显然有些沮丧,因为他无论怎样努力,总不能达到他底使镇公所战栗的英雄的目的;为了达到这个目的,在那种英雄的豪壮中,他是愿意牺牲纵然是无罪的秀姑的。所以他现在不知应该怎样做了:他底悲剧的心愿,是被别人当做喜剧娱乐了。这些人所精心造成的嘲弄的,安静的气氛,是把他困住了。

黄述泰,在沮丧中瞥了秀姑一眼:大家都满意地看到了这个。

"我说拆开!"嫂嫂大声叫。

有人发出嗤声。黄述泰,好像很安静,垂下眼睑。

"黄述泰,啊!"吴小烟说。

黄述泰起立,好像大家要求他如此。于是黄述泰听见了背后的乡人们底沉重的呼吸声。

"镇长,我说:拆开!"黄述泰灰白,以战栗的声音说。黄述泰,感到是什么别的东西在自己体内发声,同时瞥见了漂泊者底,在黑夜中显现的惨白的道路。同时,黄述泰绝望地听见背后底庞大的,沉重的呼吸声。

张学文发出干燥的笑声。这笑声令他痛苦。他坐了瞥了秀姑一眼。于是他暴怒地跳起来。

"完了吧! 我去了!"他,这个失败者,做了豪壮的姿势,但站住不动。显然他还在等待什么。

“慢点。”镇长皱眉，“女的说。”

秀姑站起来，胆怯地看镇长，看张学文，然后看丈夫。她明白她底绝望，但听见背后的沉重的呼吸声。她含着痛苦和爱情凝视黄述泰，企图使黄述泰明白她背后的沉重的呼吸声，企图使黄述泰明白，正是因为这沉重的呼吸声，她敢于当着全世界有痛苦的爱情。

黄述泰麻木地向她动着下颚。

“不要，不要拆开啊，我底亲人！”在大的寂静中，秀姑以尖锐的声音说，“我从不做坏事，我心中有你！你要这样，我马上就去死，亲人啊！”她说，凄凉地微笑着，眼里有晶莹的光辉，“不管怎样，我不怪你！吴小烟那次送钱来，是二十元钱，我没有告诉嫂嫂，嫂嫂恨我！我没有饭吃！你在家的时候我还有饭吃！本来不该你当兵，你去当兵，你着了迷，我们好命苦啊！”

沉寂了一下。于是秀姑失声啼哭。

“我们一直到死，一直到死，亲人啊！”秀姑举手蒙脸，抽搐着，说。

在所有的脸孔上，出现了严肃的，悲哀的，满足的笑容。在黄述泰底大脸上，出现了严肃的悲哀的笑容。

“够了……”黄述泰以极低的声音说，垂着头。

于是黄述泰心中的火热的熔岩爆发了。他是在绕了一个可怕的圈子之后，成为他所渴望的英雄了。

“当兵，你们！”黄述泰忽然抬头，指着镇长，以激怒的大声说，“你们包庇兵役！你们私贩鸦片！你们土豪劣绅！你们欺凌穷人！”

在寂静中，乡人们底沉重的呼吸波浪般起伏着。

“你骂哪个！”镇长小声问。他底灰白的脸上，和所有的人脸上一样，因秀姑底动人的胜利而有严肃而悲哀的笑容。很奇怪的，黄述泰底叫骂增强了他们这个笑容。

张学文笑着拍手。

“我是家破人亡，哪个敢碰我！”黄述泰叉腰，踏脚在凳子上，大声叫。

“不要吵，不要吵，怎样，拆开么？”镇长笑着问。并笑着盼顾绅粮们。

黄述泰走向吴小烟。吴小烟抱手倚在墙上，正在等待这个，以一个坚定的冷笑迎接了黄述泰。

“吴小烟，等下我请你喝一杯！”

“谢谢你。”吴小烟说，离开了墙。“各位看清白了，我吴小烟对得起朋友！”他大声说，不看黄述泰，笑着走了出去。同时，那个做嫂嫂的女人大声讥诂着，走了出去。

“吴小烟！……”黄述泰喊，有些狼狈。“你们这些剥皮吃肉的混蛋！”他突然转身，指骂绅粮们。“你这个为虎作伥的臭东西！”他骂张学文。

张学文抚摩手掌，大笑了；像旧戏里面的军师。

“如何？如何？镇长你看如何？啊，黄述泰！”张学文说，咂着嘴。

乡民们发出笑声，又沉默，挤到两边的墙壁前，给黄述泰让出位置来。镇长讥刺地微笑着，在快要点完的蜡烛后面凝视着黄述泰。绅粮们，坐在他们底位子里，抬着各样的头颅，带着严肃的，希奇的表情凝视着黄述泰。

黄述泰在大家所让出的位置里蹦跳，慷慨地指骂这些包庇兵役，私贩鸦片，强奸妇女，欺凌穷人，侵吞公款的绅粮们。但这些绅粮们，仿佛和秀姑一同做了那种可惊的爱情表白，仿佛在恋爱，仿佛有些羞怯，对待黄述泰是非常的温和。在先前，他们是懒散，不振作的，但和秀姑底表白里他们却活泼起来了；好像一种清醒的，善良的感情是在他们底蠢笨的躯体里苏醒了。因为这种感情被乡民们底善意的笑声刺激得更强大，他们就乐于被骂，乐于依照乡民们底期望，演起滑稽的，善良的角色来了。

乡民们，从这样的收场里，是得到了一种幸福的感觉。他们不时发出善良的笑声，赞美黄述泰底可笑和英勇；并赞美绅粮们底可笑和英勇。乡民们是沉浸在秀姑所启示的爱情里；绅粮们则是沉浸在乡民们底赞美的笑声中。他们之中，是没有一个人想到黄述泰所骂的话底严重的意义的；仿佛包庇兵役和私贩鸦片都是很有趣的事情。

而在这些动作和笑声中，包庇兵役和私贩鸦片的确就变成很有趣的事情。——从这些动作和笑声中，人们就看出来，中国，是以怎样的力量生活下来的了。

但黄述泰却是愤怒而严肃的，没有注意到在周围是这样的笑声。被乡民们底笑声所鼓舞，黄述泰是得志，豪宕而自信。他叉腰站在桌前，愤怒地指名叫骂；他觉得他是胜利了。

“你是混蛋！……”黄述泰骂镇长旁边的胖子，兴奋得打抖。

胖子拢着衣袖，笑着点头，似乎承认自己是混蛋。

“黄述泰，你底媳妇……嘻嘻，嘻嘻，”胖子小孩般说。

“你私贩鸦片，侵吞公产！”黄述泰骂瘦子。

瘦子，像一切瘦子一样，烦恼地皱着眉。

“你太开心了，黄述泰，啊！”瘦子烦恼地笑着，说。然后有趣地看着乡民们，好像说：“看哪！他骂我哩！”

乡民们发出善意的笑声。于是黄述泰突然站住不动，有了一种感觉：觉得自己是击在什么空虚的，无形体的，柔软的东西上面；觉得自己底敌手是什么一种有吸力的，不可见的东西。他顿然发觉，他是被吸尽了一切，从骨髓到血液，而站在嘻嘻的笑声中。于是那种在乡民们是善意的，温暖的笑声，对于怀着悲愤的，辛辣的黄述泰，是成为冰冷而可怕的了。

好像发怒而击打空气的小孩一般，黄述泰是击打了什么一种东西，突然觉得自己并未打到什么，感到沮丧和烦恼。但他，这个小孩，因为不理解这种东西，所以还要试验一下：他跳起来，做了最后的一击。

他撞桌子，使蜡烛倒到地上去：于是镇公所便黑暗了。他高声吼叫，渴望得到敌意的反应；他底嘴唇因渴望流血而颤抖着。

这使得乡民们肃静了：大家都从兴奋中理解到一种必要，站到黄述泰一边去，期望绅粮们给出敌意的表现来。绅粮们全体都站了起来。

“嗬，黄述泰，算了吧，你多么高兴啊！”那个瘦子嘲笑地说。

“黄述泰，算是新婚，要请客呢！”镇长开玩笑，说，盼顾绅粮们。

绅粮们点头，笑着，适宜地开始撤退。于是，在他们底这种狼狈而又天真的表现下，乡民们恶意地笑了起来。黄述泰安静了，在黑暗中站着。

“要请客呢！”墙边有人恶意地叫。这恶意，是针对绅粮们，而用来提示黄述泰的。但黄述泰沉默着。

“黄述泰，时间不多啦！”张学文大声说，在黑暗中笑出了嘹亮的声音。

那个刘应成，是一直站在墙边的，现在，走向黄述泰，拉他。他底秘密的小声和黄述泰底沉默使大家又笑了起来。大家觉得黄述泰是在害羞。大家在黑暗中兴奋地移动，碰响凳子。

绅粮们退走以后，在黑暗中，大家有一种兴奋：这是在黑暗中聚合的人群常有的。

“大家抓住他，把媳妇儿留了！”张学文，满意自己底功绩，有些依恋，在门口喊。

“把媳妇儿留了！”那个在街上唱歌的男子激昂地喊。

“留下！留下！”乡民们，确认黄述泰是在害羞，杂乱地喊。

乡民们，是一直在兴奋的情绪中。最初是幸灾乐祸，其次是为秀姑的表白而喜悦；而在喜悦中，是用笑声赞美了黄述泰和绅粮们。最后，有一部份人，在绅粮们退出时，是有了恶意：希望这个精疲力竭的黄述泰行凶。而在绅粮们走后，他们是确认黄述泰害羞，把他们底兴奋集中到黄述泰身上来了。他们是把空气弄得欢乐而单纯，围着他们底黄述泰吼叫起来了。

但黄述泰却并不害羞。和沉默一同，黄述泰是感到刺心的悲伤，在黑暗中淌起眼泪来。他自己是不知道有哭泣底可能的：他在黑暗中，在众人底兴奋中沉默，低下了头，于是多量的眼泪涌了出来，滚过发烧的面颊，落到地上去。他长久地无声地哭着。不再感到周围的人们，而在眼泪中凄凉地安慰了自己。

“把媳妇儿留下！留下！”大家喊。

“不要开玩笑！”刘应成以胆怯的小声说。一面触黄述泰。

黄述泰抬头，看了秀姑一眼，往外走。秀姑和刘应成跟随着他。

大家发出欢呼，拥到腾满烟雾的，灯火朦胧的街上。大家底兴奋是那样强大，他们底呼喊号召了各处的人们：这些人，从酒馆或店铺中，快乐地跑了出来。于是大家拥着秀姑和黄述泰，组成了奇怪的乌合队伍，纯粹地为了欢乐。这些妇女和男子，是完全不知道，在镇公所的泥地上，是留下了英雄黄述泰底悲伤的眼泪的。

那个唱歌的家伙，摇摆着手臂，叫喊着，走在大家前面。小孩们跑在更前面。

“宣一个布，宣一个布！黄述泰讨新媳妇！”

橘皮和纸团，从各种向黄述泰夫妇抛来。

“戴起花花来，当兵的！”

“天温地厚出情人呀！”张学文，被自己底功绩惊吓，站在酒馆门口喊。

一个肥胖的女子从半开的店门里拼命挤出来——她是过于肥胖——跑到街边，不知何故，兴奋到发狂，蹲下又站起，拼命地拍手，然后以粗哑的大声唱歌。

“班登儿，菜子花儿黄！……”

“花儿黄，花儿黄！”那个唱歌的流氓叫，“如今是，恩爱夫妻又团圆，花儿，登儿，黄！”

人群发出喊声，挤过乡场底街道，挤过被朦胧的灯光所照耀的街道，拥过黄述泰底故乡底街道。黄述泰，是从未想到会在故乡，为了失望的爱情和失败了的英雄心愿，得到这种酬劳的。

黄述泰夫妇被人群拥着前进，以至于真的有些害羞起来。黄述泰，觉得秀姑在身边，觉得她是被播弄得太痛苦，然后突然想到，他即将离开秀姑和故乡，去蒙受血与死。“这些人与我有什么相干?”他想,站住了。

这个飘泊者,在他底家乡给他造成的喜剧里面,站住了。

“各位,不许开玩笑!”他愤怒地喊。

周围发出笑声……

“各位,这是悲伤,非常悲伤!(被叫声和笑声淹没)各位!家破夫妻离散,谁不痛苦!各位全是那些畜牲……你们没有人心!”他悲痛地大声喊。

静寂笼罩了人群。但即刻又有笑声出来。他愤怒得发抖,看了秀姑一眼,突然推开面前的人,向空旷的,黑暗的街道奔去。

黄述泰大步奔跑,看见镇长和那个胖子站在路边,跑过去,猛力地把镇长击倒,跑入黑暗,跑出了镇口,初升的月光,在绝对的宁静中,寒冷地照着田野。

看见镇长被击倒,人群发出了快乐的喊声。在这个喊声中,秀姑惶急地盼顾,露出被困的小猫的神情,秀姑偷偷地溜出人群,然后沿黑暗了的路边跑起来,刘应成追随着她。

秀姑在镇口的月光下发出凄惨的喊叫。

“你在哪——里呀!”

没有回答,秀姑跑上石板路,跑过菜花田。

“你在哪里,在哪里呀!”

“在这里。”黄述泰,从土地庙后面出来,阴沉地回答。他望了望场口,放下手里的两块大石头。

刘应成奔了过来,极其严重地站下,鸟雀般侧头。

“你发疯!黄述泰,你发疯!”他愤怒地责备着。这种愤怒,如黄述泰常在刘应成身上发见的,是一种谄媚。显然这个小家伙是经历了非常的印象,异常激动了。

黄述泰冷笑,看着场口。一个高大的身影在宁静的月光下沿菜花田走来。黄述泰迅速地迎上去。

“吴小烟!”黄述泰大声说,“吴小烟……”他悲痛地顿住,不知应该说什么。

吴小烟安静地吸着烟,带着健康的男子所有的爽朗的微笑凝视着黄述泰。在月光下,他底强壮的笑脸苍白动人。

"吴小烟,对这个场,老子要斩尽杀绝!"黄述泰激动地,悲愤地大声说。

吴小烟点头,看了秀姑一眼。

"多好的月色啊!——你明天走吗?"

黄述泰激动地向吴小烟底手臂伸手,但又缩回来,因为他底错失,这个深沉的吴小烟令他畏惧。他一瞬间显得扰乱。

"兄弟此去关山万里,怕难得回来……"黄述泰以强有力的低声说,眼睛看地,怕显得不诚恳,"兄弟,别无挂念,就只这个女人,她年轻无知啊!"

吴小烟了解地微笑着,安静地抓住了黄述泰底手臂。黄述泰抬头,感到花香,月光、友情和人世底凄凉,含泪凝视着吴小烟。

笑容从吴小烟脸上消失:吴小烟皱眉,痛苦地向着田野。

"兄弟!"他微弱地说,笑了一笑。

刘应成神奇地看着他们。

"你回家么?不早了。"吴小烟恢复了,忧郁地问。

"回家。"

"送你一程。"

"不必了。"

刘应成无故地发笑。于是他们向山坡走去。他们在月光下沿菜花田走去。田野寂静,有冷风吹来。侧面的山上有林木底涛声。

"黄述泰,我以为你的事总要安心细想,不要上别人的当!"吴小烟大声说。

黄述泰,短促地笑了一声。刘应成也笑了一声。冷风吹过菜花田,发出轻微的声响。……

五

辞别了吴小烟和刘应成后,黄述泰领着秀姑继续地沉默着向前走。但走到山坡转弯的地方，黄述泰表现出一种意志，在冷风里忧郁地站了下来。

"我们这里歇歇吧。"他简单地说，看看村镇，看了秀姑一眼，跳到石块上去。

他踏着杂草和干枯的包谷，并在石块上跳跃，爬到山坡上面去。秀姑沉默地跟随着他。他在一棵柏树前面站下，转身，以一个长的凝视投向村镇。村镇蒙着烟雾，安静地蹲伏在月光下。

在村镇左边，黄述泰看见一条弯曲的小河，这条小河从山丛里出来，在地势低落的地方形成瀑布，在此刻的寂静里，黄述泰可以听见水流底激响。在村镇底右边和后面，是布满林木的高大的山峰和峭壁，一些奇怪的树木从峭壁上伸出来，覆盖了村镇底一排低矮的房屋，在冷风吹动的时候，他可以听见一种悠远的，深沉的，浪潮般的声响。月亮是升在左边的山峰上，照耀着这一片洼地，使小河和瀑布闪出晶莹的光芒。那两种声响，瀑布底声响和风吹林木底声响，是结合起来，成了这一片土地底忧郁的歌声。村镇，被小河围绕，蹲伏在山下，蒙着烟雾——在山里，是终年有着烟雾的——宁静地安息了。

黄述泰，看不见任何灯光，站在冷风里，感到一种渺茫。但他忽然觉察到秀姑在身边。

"你看那边的河水，我总在那边洗澡的！"他说，在石块上坐下来。

"你坐坐。你冷吗？"他问。

"不冷。"秀姑坐下了，冷风吹起了她底头发。

"脸上的伤好些吗？"黄述泰问。

"好些。……早都好了，真的。"秀姑诚恳地回答。

黄述泰，在秀姑底这种回答下，浮上一个了解的，嘲讽的微笑。于是他乘机把秀姑揽到怀里来。

"我真不忍……"他顿住，笑了一声。

"真的，早都好了！好了一阵子了！"

黄述泰搂抱秀姑，轻轻摇摆，含着凄恻的微笑凝视着他即将离开的故乡底土地。

他凝视着月亮。在满月下面，从山峰上，升起了大片的黑云。

“伤心的很，要走了！”

“不要……不要伤心！”秀姑小声说。

“怎得不伤心呀！被人欺骗，丢下了你，你一个人，在这个世上……说不定，”他沉默，沉思，“我早就说过，辜负你底青春啊！怎样办是好呢，我们是走投无路……啊，你看那黑云遮住了月亮。”

“它遮住了月亮。”

“田地暗起来了。风轻轻地吹。山上的树在响。嘘——你冷？”

“你底军服单。”

“我不冷。我心里是发烫啊！是像那山上的树一样在响啊！”

黄述泰搂抱秀姑——他是从这个世界和他内心底各种险恶里把她抢了回来——轻轻地摇摆着。秀姑眼睛发光，显得幸福而安静。

镶边的云，浓黑的云漂过了月亮。田野明朗了，冷风吹下山坡。

“我这个家糟得很，辜负了你了！你还是出去做事——活着，我就记挂你。”

秀姑在他怀中抬头，严肃地看了他很久，想从他底脸证明他是否会记挂她。

“我想你。”她严肃地说，看入他底眼睛。

“有屁用！”黄述泰苦笑，说，亲她。然后带着爱情底力量苦恼而奋激地看着她。

“你底青春啊！我们这些人就是这样苦酸！”他说，沉默，看着月亮。“……我们两个好比天上的云，”他低声说，“本来聚在一起是要下雨的，但是风把云吹散了！又好比……好比那星星发光，但是黑云遮住它，很无情，于是天地间就黑暗！”他皱眉看着远处。“再好比那田地里的菜子花，去年下了种子，本来要发芽，芽长成菜，开花的，但是让别人踩坏了，就没有花，就很空虚，很荒凉。破坏它的人就是那些绅粮，懂吗？我们底心里很痛苦，互相怨恨不能有爱情。爱情要长远，天地一样长远，四季一样长远，树结果子，就是人底老年，有了儿孙，树不结果子有什么意思呢？而在外面漂流的人，就像是被秋风吹落了的树叶子。”他严厉地长久看着远处。黑云飘至天顶。风吹下山坡，野草发响。在他们后面有森林底深沉悲厉的，浪潮般的啸声。

“这就是我们农人底生活啊！痛苦啊！下了种而不能收获，田地荒凉，心儿黑暗了！”他大声说，浮上了苍白的，轻蔑的微笑。

秀姑严肃地看着他。突然觉得可怕——黄述泰要离去，忘记她，而这个世界要更凶地虐待她——哭了起来。

黄述泰抱紧啼哭的秀姑愤怒地看着远方。

“他们准我的假回来，我是讲信义的，我有前途！”回答秀姑底哭声，他说。

“我喜欢，我喜欢呀！”秀姑哭着，说。

黄述泰沉默了很久。

“天高地远啊！那云儿漂过山顶！”他说，声音微弱而打抖。

“我等你，到死……”

黄述泰痛苦地笑出了声音。

“能等，你就等！能等，你就等！……”他激烈地颤抖了起来，“啊，可怜啊，你底心跳得这样快，这样快！我底心在这里，在这里，它在这里啊！”

于是黄述泰抓着秀姑底手按在自己底胸上，冲动地哭了起来。

嘉陵江畔的传奇

《嘉陵江畔的传奇》，上海《联合日报晚刊》“夕拾”专栏1946年9月8日至11月11日连载，据此排校。

一

春天到来了。在蔚蓝色的群山、黑色的土坡、田野，以及洁渌的细瘦的河流上，太阳稳定地、温和而坚强地照耀着，空气中充满了芳香，一切是光明，在一切里面有着神妙的颤动。菜花在各处的柔和的麦田中间崛起着，它们底明亮的黄色强烈地反射着阳光……一个戴着宽边的草帽的、半老的、满脸皱纹的乡下人出现在土坡上面的一个高大的断崖上了。他用两手在嘴边做成号筒尖锐地向着远处的树丛喊叫了起来；立刻一个女子底嘹亮的声音回答着他。这两个声音愉快地划破空气，然后寂静。那个乡下人仍然站在断崖上，在一种不可思议的印象里，忽然听见了四面都是鸟雀底啼鸣，这是他先前绝不曾听到的；各处都是轻悄的、活泼的、柔和的啼鸣，虽然他看不见任何一只鸟雀。他对着这些声音惆怅地沉思了一下，然后就向大路那边转过脸去。这时，单调的锣声冲破着寂静，一群抬着菩萨，扛着红色的绸伞的人们慢慢地向着这边走来了。站在断崖上的这半老的乡下人恰好向着阳光，以至于他不得不举起手来遮住了眼睛。人群近来了，红色的绸伞从树荫中出来，在阳光中夺目地闪耀着。一个披着假老虎皮的男子在敲着锣，另外的两个，同样地披着假老虎皮的，在抬着神器，第四个在扛着绸伞，他们底后面则跟着四五个老女人，但其中最引人注目的却是一个瘦弱、苍白的、将近中年的女子和一个苗条的、穿着新的蓝布短袴褂的、打着两根辫子的年轻的姑娘，因为天气和走路的缘故，她底两颊显得特别的红润，她底眼睛显得特别的明亮和潮湿。走在这个集团底最前面的，是一个披散着长发，背着木鱼和化缘的口袋的、瘦弱的阴沉的人。他就是我们这篇故事底主角，这一带的乡场上有名的罗云汉。

“罗二爸，你们动身了？”站在高峰上的乡下人客气地，冷淡地说。

“唔。”罗二爸回答，翻着眼睛轻视地看了他一下，走了过去。

“黄太婆，菩萨跟前替我点一根香啊！”

“童均贵，菩萨要保佑你的！”一个穿得比别人都好的，戴着银镯子的老女人，抬起头来说。

童均贵沿着乱草中间的小路跑下去了。他站在水沟边上喊着那扎着辫子的年轻的姑娘，她是他底外甥女，曾经在他家里生活过一些时候的。

“刘秀兰，我跟你说句话，你过来！”

刘秀兰有点迟疑地走了过来，她底舅父就跨过水沟去迎着她。这姑娘是长得很美丽的，脸上有一种稚弱的、诚实的、信赖一切的神情。她底做生意的父亲已经在好几年前带着另外一个女人远远地跑开，她底母亲因忧愁和失望而死掉了。去年她底唯一的一个姐姐也死掉了，是因了丈夫底毒打和婆婆底陷害而自杀的。于是，女性底生活底这种不幸，就变成了她底一切思想和行动的主要的动机，虽然她仍是稚弱、诚实、并信赖人世。她这次是跟着她底表姐，就是那个瘦弱的、中年的女人，预备到五百里外的观音寺里去拜神、许愿的。守寡的、放高利贷的、性情乖张的表姐整个地控制了她底心，一面因为表姐这两年来帮助了她底生活，一面因为她是没有经验，她底生命到现在为止还只是由各样的情绪组成的。她想她将独身，她将到观音寺里去做尼姑。但主要的，她是从没有走出周围的这些山过，对长远的、新奇的旅程的预期，使她心里觉得很是兴奋。她现在站在这个舅舅底面前，心里是有一点感伤和骄傲的，五年以前，当她底母亲奔出去追赶她底不义的父亲的时候，她曾在这舅舅家里住了半年。舅母苛待她，但舅舅很慈爱，常常偷着给她一块糕吃。

“我听说你要去。”舅舅童均贵说，“她们说你要跟二姑去当尼姑，我怕是瞎说。我说：二姑是个寡妇，你未必跟她学样——究竟有没得这回事？”他说，紧张地看着她，忽然地他底干枯、破裂的嘴唇颤抖了起来，这乡下人底一生，人们可以看出来是一团被闷窒住了的火焰。刘秀兰没有回答他，却走到旁边去拔了一根麦子，把它折断，做成了一个叫叫，咬在嘴里，这就使得他底情感更为汹涌了，他开始说一些伤心的话，自言自语地叽咕着。刘秀兰仍然不做声，这时那个朝香的集团已经走得颇远了。

“你底舅妈是心眼窄的女子，你可不要怪我，这些年我连死都找不到地方去死！”舅舅童均贵说。

“舅舅，要是天下的男子都像你就好了。”刘秀兰说，带着一种虽然稚弱，却是激烈的神情，整个的脸兴奋得发白了，但又羞愧自己底兴奋，含着两颗委屈的眼泪。那个麦杆做成的小叫叫，在说话的时候被拿下来的，又被放到嘴里去咬着了。

“我说，”舅舅童均贵说，“你看我那麦田，前天来了他妈一队狗日的兵，在麦田里放马，都糟塌光了！这些狗日的！”舅舅咬着牙齿，颤抖着，说。然后他叽叽咕咕地连骂带讲地自言自语了起来，像一般失望的人或老年人一样，显然地只要面前有一个对象，哪怕是石头，他都会这样地诉说的。但他忽然停住了，撩起衣服来摸着裤腰，像捉一个虫似地，捉了一次之后就看看手指，然后又去捉，这才捉出一张五百元的票子来。

“娃儿，路上零用，舅舅只要手里头有，昨天一千元保长又收去打捐了。”他说，客气地笑着，有了泪的团块涌上了他底喉头，突然地眼睛里一阵热辣，眼泪就雨水一般地流下来了，但他仍然客气地笑着。

“舅舅！”刘秀兰说。

“你舅母来了，你走吧！”舅舅童均贵说。

“舅舅！唉，舅舅呀！”女孩说，捏紧了票子，看着他。然后愤怒地转身，朝她底集团追去了。忽然地她心里很是快乐，吹起她嘴里的麦杆做的叫叫来。

在舅母没有走到以前，舅舅童均贵重新走上高崖，用草帽扇着发烫的脸，向这边望着。刘秀兰在麦田和菜花田之间向前飞跑，忽然地举起两臂来挥舞着。舅舅含着眼泪，笑了。

二

这队伍在山野里穿行着。它是要到五百里外的那伟大的古刹里去敬香的。它底领袖是罗云汉，那四个抬着神器的乡下人，是由罗云汉经手雇来，披着假老虎皮，化了装，算做“童子”的。那几个褴褛的老女人，大半是曾经走过这条路，因此都显得刚愎而自信。她们每个人捧着一个木盘，盘子上放着一个茶杯，里面或者装着米谷、豆子，或者装着盐和水。这些东西都是全世界所祈求的——米谷、豆子、盐和水，她们祈求了好多年了。

黄昏的时候，在明净、柔和的空气中，他们走进了一个山边的村镇了。“童子”黄清云，一个瘦小、严肃的家伙，开始敲起锣来，于是阴沉的罗云汉就忽然地显出了疲乏的、虔敬的、受不了的表情，敲着木鱼，半闭着眼睛唱道：

> 人生在世行大孝呀
> 观音渡他上白莲哟！

然后那些信女们就接着唱：

“南无阿弥陀！”

这样地唱着，重复又重复，队伍缓缓地、庄严地前进着，空气中就布满了神圣的虔敬。人们围了拢来，队伍停止，罗云汉停止了他底歌唱，从化缘的口袋里取出一个簿子来，然后用牙齿咬开了一只破烂的毛笔，并且在舌头上刮着笔尖。他底神情是庄严的。

“有结个善缘的没得？”他用冷淡的小声说，他显得烦厌，他憎恨围在他底四周的人们。但老太婆们感动地歌唱起来了，有一个敲着木鱼，唱着“观音渡他上白莲”。这样地就使得周围的一切人们都变得肃静，一瞬间这小镇底各种活动都仿佛停止了，都仿佛是受了神的默化而静立着。

“有结个善缘的没得？”罗云汉用非常轻微的声音问，人群底静默和他自己底声音底神秘使他底下颚在发着抖了。“观音渡他上白莲”的苍凉的歌声继续着，有年轻的女子含着泪而摸出钱来；有一个矮小，脸相凶暴的老人伸头向信女们杯中的米谷、豆子之类望了一望，嘲弄而兴奋地笑出了声音，但确实他是哭了：他拿出钱来，装做他这样做是很看不起、很随便的样子。……这些善缘，罗云汉问了姓氏，都写在簿子上了。大家都尊敬这个簿子，并且戒备着自己底卑劣，没有人看它一眼，但天晓得罗云汉底那只无墨的破笔在那上面写了一些什么——他是写得如飞毛腿一般的快。

“嗳！”罗云汉在大家底静默和童男信女们底歌声中向一个瘦弱的女人说，并且倒过他底笔来向她指了一指，“你给个善缘罢！”

他底轻微的声音简直是一种权威，那女人立刻就过不去，脸红了，困难地开始摸钱。

“好多？”他握着笔问。他底声音，使那女人在原来拿着的一百元之上，又加上了一百元。他轻蔑地接住了票子，好像它是什么极其可厌的东西似的。“姓啥子？”他问。

但那女人，听着信女们底歌声，含着泪水了，没有听见他。

“问你姓啥子，别个好写起来！”旁边有义愤的人用雷鸣似的大声说，同时自己也红了脸——这个义愤的人很矮小，穿着一件黄色的破军衣。“别个这个簿子二天拿到菩萨跟前去的！”他加上说，愤怒地笑着环顾，希望人们证实他的话。

“姓王。”那女人慌乱地回答。

“叫啥子？”那义愤的人的雷鸣似的声音问。

但罗云汉却没有再听，他已经记在簿子上了。“再有结个善缘的没得？”罗云汉，他已经不是用着感动的微弱的声音，而是用着权威的尖锐的声音在问了。

“我拿二百元。”义愤的人愤怒地说。

“这里。”一个褴褛的小女孩挤上来了，高举着两张票子，用她底平稳、清脆的声音说：“我妈叫我拿跟你的！”

“你妈是大善人!”罗云汉嘉奖地回答。小女孩抬着活泼的脸看了他很久,很满意这个“伯伯”底夸奖,挤出去了。

“啊,南无阿弥陀!”在寂静中,信女们底庄严的声音唱。那个刘秀兰,站在最后面,毫不觉得自己正被别人注意,沉思地望着前面大声地唱着:她底愉悦的声音突出在老太婆们底声音之上。

“嗳,求菩萨多下点儿雨啊!”人群中有人说。

“要求的!啥子都要求的!”罗云汉回答。

三

这集团在一家客店里住了下来——如果这里有寺庙,他们当住寺庙的——罗云汉把那些信女们赶进了一个房间,吩咐客店里给她们端豆花饭去,就和那几个“童男子”去喝起酒来了。那四个“童男子”,都原是在码头上干杂活和学徒弟的。他们卸下了他们身上的假老虎皮和奇怪的花帽子,立刻就重新是杂工和徒弟,好像刚刚从囚禁中被释放出来一样,大声地快活地喧嚷着,不久就都喝醉了。

“罗二爸!”小孩董老么快活地问,“我们怕还要走半个月吧!”

“何止半个月!你跟这些老太婆去,一天顶多走二十里路。”黄清云说,虽然在平常他是很严肃的,但现在,因为多喝了一点酒,他底舌头发着颤,他底声音变得异常的模糊、亲爱了——这亲爱的声音好像要一直冲到你底心里去似的。“她们,老太婆,我的妈,还没有,苍蝇走的快,哈哈哈哈!”

“喂,黄清云,你究竟相不相信这个观音菩萨啊!”面孔红红的何国富同样亲爱地说,“我跟我自己在心里说:果然不错,我何国富是相信菩萨的!不过呀,我心里再一想,究竟不大了然!”他用力地摇头。

“那你就糟了啊!”黄清云说,“菩萨是神变的!”

“瞎说,菩萨是修行修得好的人变的!”何国富叫,“观音菩萨，是隋炀皇帝老子底女儿，你不信问罗二爸是不是?”于是他亲切地向着罗二爸，但罗二爸默默地喝着酒，不愿回答他。“菩萨自己就是神，哪个是神变的呢？我就是批评你瞎说。”碰了钉子的何国富愤激地向黄清云说。

前面说过，黄清云原是很严肃的青年。现在他底这严肃的性质重又支配着他了。他不屑和何国富争论，他对于自己刚才的亲爱的感情和面红耳赤的态度都觉得嫌恶，于是他就更为面红耳赤了。

“你才瞎说！——嘴里放清白点儿——老子不跟你谈!”他喊。

“哎哟！你哥子倒了不起呢!”何国富痛苦地，冷冷地说。

“菩萨明明是神变的!”黄清云叫，“你不信菩萨，当心天雷!”

这两个热血的青年全身都战抖着了。他们真是不幸，落到这种他们从未想过的论争里来。何国富觉得自己说不过对方，痛苦地思索着，希望能想到一句最残酷，最恶毒的话。

“哈!”终于他笑着说，“哪个做了坏事哪个遭天雷！我就没有检过别人底一个零钱!”

“你说啥子，告诉你何国富!”于是生活底苦痛和对于这旅途的失望的感觉一齐爆发了，黄清云跳了起来向何国富捶去——这些简单的青年，在他们底论争里是比大人先生们底清谈要激烈得多的，一说到尽头，他们就用拳头来相见了。黄清云一直扑了上去，因为他绝对相信菩萨是神变的，那个坚信着菩萨是隋炀帝的女儿变的何国富眼看着只能为他底信念而舍身了——客店里突然地布满了战争底气氛。但正在这时，大汉王朝清跳了起来，轻轻地一下就把他们两个分开，使他们一个跌在墙壁上，一个跌回到凳子上去。

“见你妈的鬼！你们这些狗日的!”高大的王朝清说，“菩萨又不是神变的，又不是人变的！——哪个来跟老子打嘛!”

“嘻嘻!”小孩董老么笑了起来，于是大汉自己也笑了，看热闹的人们也笑了。末后连何国富也笑了起来，只有那个对人生非常之认真的黄清云还是严肃着，坐在那里好像一尊石像一样。

还有那个罗云汉也是非常的严肃，他不屑地对“童子”们和看客们看了几眼，喝完了他底酒，显出忍受不住这种卑俗的样子来，往里面走去了。他推开了信女们底房门，立刻有了愤怒。房里点着两盏油灯。豆花饭已经吃完了，碗筷摆在地上。有两个老女人坐在一边低声地讲着话，另外的几个，则各各盘着腿坐在地上，在数着佛珠。在黯淡的灯光下，老太婆们底干枯的、凶恶无情的脸显得很可怕。那个刘秀兰，则是和她的二表姐张芝英一道，在几张拼凑起来的桌子旁边为她们大家整理着床铺。

罗云汉无名地憎恶着老太婆们，觉得她们都是残酷、自私、幼稚而又软弱的东西。

“喂！大家好睡咯！”他说，“明天还是要爬大山的呢。”

“我们爬得起！”那个戴着银镯子的老女人愤怒地回答说。

“呀，黄太婆，你六十几岁了，不要别个拿两根杆杆来抬就算不错，你还是爬得起的呢。”罗云汉讥嘲地说。在一切时候，在一切之中，支配着这个人底生命的，是那种相信自己底一生是非常的不幸的感觉，那种对于过去的错误的意识，以及对现在的怨恨的、狠恶的决心。他有一个愿望，和他底其他的愿望一样的强烈，他要压迫、讥嘲、攻打这些自私而软弱的生物，这些老太婆们。

“观音菩萨晓得我爬不爬得动的！”黄老太婆尖锐地叫。她是她们中间最强的了。

“那到是呢，菩萨底事情哪个又晓得！”罗云汉冷酷地说，“不过我要言明，好多钱，又用了好多钱，我都是有账的！你们嫌吃的不好，那真是菩萨晓得，还是在家里享福的好！我怕在家里也连这个都吃不到吧！”他轻轻地冷笑着，“黄老太婆，对不起，你白天里说的我都听见了，你还是不如趁早回去！哪个要回去，菩萨是不留他的！”

“你逼我是咯！”黄老太婆拿着念佛珠站了起来。

“哼！”罗云汉说，好久地可怕地看着她们，而后向年轻的女人们那边看了一眼，走出去了，愤怒地带上了门。

其次，他就找到了客店老板，和他谈了起来。他底心不知为什么特别的亢奋，以至于他底话好像喷泉一般地奔涌了出来，使他自己也不免觉得吃惊。对于他自己的献身，牺牲，以及对于这旅途的艰难困苦，他是做了一个痛快淋漓的演述，虽然这些话他先前从不曾想到的。他底心情是这般的严重，原来他是绅粮家里的一个败子，他已经倾家荡产，再无希望，但现在，随着这敬香底途程的开始，一个美丽而又艰辛的，伟大的计划在他底胸中成熟了。他向客店老板说，他是无家小，无牵挂，所有的钱财都捐给庙里了，一生只知道为菩萨做事。他描述他底求神的道路的凄凉，并劝客店老板也去敬神。他底口才原是非常好的，他又恰巧遇到了这个虔诚的信神的老板。老板吴春林，是一个胖大的，看来是非常懒惰的人，他时而皱着左脸，时而皱着右脸，时而皱着眉毛，时而左脸、右脸、眉毛一起皱了起来，显得很是感动，听着罗云汉底话。

"是啊，不然哪里有吃的——人非要信菩萨才对！"他皱着左脸说。

"何止要信！人简直要菩萨当做自己的亲爷爷、亲爸爸！"罗云汉回答说，兴奋地用手指左边戳一下，右边戳一下，"你想想，码头上只拿出了两三万块钱，我就带她们来了，多的钱还不是我贴！哦，吴大老板，我记起来了。我跑这条路跑了多年，我记得有好多回都是宿在贵码头贵客店里的，你总该记得吧。"

"那你记错了，"老板吴春林说，皱着眉毛，"敝店原是舍侄的，我的那个侄儿媳妇，她守了寡……"

老板吴春林，像一切人一样，总要说出自己底生活及创业的历史来才觉得痛快，但罗云汉欢喜地叫了一声，打断了他，使得他底整个的脸都皱了起来。

"那你错了！"罗云汉亲爱地说，轻轻地摸着老板吴春林底多肉的肩膀，"比方你底这一身肉，你自己总记得上头有几个疤的，我也总归记得大善人的！你终归是开客店，哪怕是另外一家，终归我在你那边歇过，我记得你还蛮不好意思地对我说：大师父，敬神的事情，房钱饭钱算是我一点儿小意思吧！对不对！”

“那倒不是，我那侄儿他……”老板吴春林不满地回答。

“啊，对啦！是你那侄儿，你那侄儿他瘦是瘦一点，但是多像你啊！我想他亲爸爸都没有你像！所以你福气多好啊，把这店又开大起来了！我呢，”他说，“我是不计较这些福气的，我一老，我就上山。你不相信你看吧！”他用神秘、温柔的小声说，拿下他底蹬在台上的左脚来，表示谈话结束了。

这位罗云汉，原是从不曾看见过老板吴春林自己或他底侄儿的，因此老板立刻就明白这是一个圈套了。但虽然如此，老板底心还是被他赞美得痒痒的，他简直不好意思不做一回善人了。他心里觉得很是着急。

“大师父，你不再吃碗面？这碗面算是我格外报待你。”他说，好像是在和罗云汉讨论价钱。

罗云汉是已经靠在桌子上坐了下来，他底清瘦的脸和披散着的长发，显得冷淡而庄严。

“用不着！”他生气地说，但接着他用感动的、颤抖的声音说：“多吃了糟塌粮食，菩萨要怪的！”

“那到是的！”老板生气地说。于是他们就相对地坐着，用他们底沉默来战斗了。“这个孤儿硬是要搞我一笔呢！”老板吴春林想。“我今儿非搞到他一笔不可！”罗云汉想。罗云汉愈发庄严，老板渐渐地不安了。“这个样子吧！”终于他眯着眼睛说，“这个样子，”他说，坐到外面来，用胛肘捣着罗云汉，用机密的口气说，“我这个人太俗了，今晚住店的账算我的——不过你，大师父，要在菩萨面前替我带一笔！”

“那到无所谓！”罗云汉不感兴趣地回答。

于是老板有点焦灼，叹息了一声。他明知道他是上了当了，但奇怪得很，他底上当的感觉愈强，他愈是没有力气反抗。他并不指望“在菩萨面前带一笔”之类，他这么说，只是不觉地替自己底上当的感觉辩护一下，他却是颇为敬畏罗云汉的。恰巧这时老板娘拖着他们底跌得满身泥污的、哭着的孩子走进来了，这种情形他觉得他底尊严被损害了，他就向着她们粗暴地吼了一声。特别因了老板娘身上的短袖子的花衣服和脸上的两块胭脂，他觉得在他底面前的是一幅世俗的图画，他再也不能忍受这种俗气了，他简直就要上山当和尚去。于是他又想到，他是欺骗了他底寡妇的侄儿媳妇，才把这家店子弄到手的。一瞬间他觉得他是太俗恶，太没有心肝了。于是他，站在悔恨和出世底小山丘上，又向他面前的世俗的图画吼了一声。——显然的，这一切都是被罗云汉底神秘的神情引起来的，在他向着世俗吼叫的时候，他心里是以罗云汉为荣，对他有一股热烈的亲爱了。

但脸上有两块胭脂的老板娘并不是弱者，她是烦恼而又厌恶，这厌恶有一座山那么大，她愤怒他竟敢对她如此，于是一脚把孩子踢翻，两手一甩，向他叫骂了起来。

要是在平常的时候，老板吴春林是会呆呆地吃惊地望着她，而后笑着忍受下来的。但现在他简直就是有了一种热烈的理想，他要叫罗云汉看看他是怎样地因这理想而庄严，大叫一声向老板娘跑去了。他只是想吓退他底女人而已，他已经在无比的痛苦中忍受了这么多年，这回是非把她吓退不可的。他咬着牙齿，握着拳头，向前奔去。“老子要出家当和尚!”但那女人敏捷地给了他两下耳光，说:“你去当和尚么!”而后嗳哟一声哭了起来，向里面奔去了。他吃惊地呆站了有两秒钟，追了上去，向里面说:“你这是何苦哟!”而后苦笑着走了回来。但这是很短的时间，当他忽然地重又意识到理想底庄严的时候，他就向那个在柜台边哭着的孩子跑去，把他毒打了起来。

“算了吧!”罗云汉了解地笑着说。

“大师父，你不晓得啊！这些年我吃了啷十年的冤枉苦！我是全街背骂名，替别人做牛做马!”老板说，歪着头倒抽了一口气，有两大颗眼泪从他底眼睛里涌了出来，在他底多肉而发红的眼皮上闪耀着。罗云汉这时才注意到，这位老板底肥胖、松软的脸上是密密地生满了黑麻子的。

"这也是!"罗云汉点着头说,"不过世上任哪一个人都是在做马做牛。我就想,"他感动地小声说,"一个人是要安安生生地做马做牛才对。"

"师父,你这是见道之言啊!"老板说,他已经平静了下来。"敢请听大师父底法号?"他恭敬地问。

大师父回答说,他底法号是云汉,是在八年前拜给大山上的宏运法师做徒弟的。于是老板吴春林沉思了起来,他忽然想到,几年前曾经有一位算命先生说过,他在这两年会遇到一个奇人,莫非眼前的这家伙就是那位奇人吧?

"大师父,跟我们俗人还是拿点儿真相啊!"他苦笑着说。

"好说!"罗云汉说,用神秘的脸色向着他。

"那就这样子,云汉大法师,这样,我请。"老板说,听见老板娘仍然在里面哭骂着,就偷偷地凑到罗云汉底耳朵上去,"今晚呢,都算是我俗人底招待了,只望大法师莫忘记在菩萨跟前带一笔!"

这样罗云汉就完成了他底第一件功业,纵然这功业是微小的。不过老板吴春林睡到半夜里又突然地后悔,发觉自己是上了圈套,狠狠地咒骂着他,决心明天早上还是要向他拿钱,至少拿一半的钱。但第二天早晨,走出店门的时候,罗云汉是冷淡、庄严而不可侵犯,他只得呆呆地看着他。

"不过我还是不上当的!"他想,于是退了出来,红着脸,紧张地喊着。在伟大而光辉的早晨的太阳之下,撩起了他底宽大的长袍,转过脸来庄严地看着他。

"喂,云汉法师,我钱都没有要!你莫忘记在菩萨跟前替我带一笔啊!"他威胁地说。

之后,那一群年老的信女们,准备了她们底受难的、悲苦的、虔敬的脸色,走到这同一的伟大而辉煌的早晨的阳光里来了。洁净无尘的阳光照耀在她们底灰白的头发上,照耀在她们底半闭着的眼睛和细长、打皱的可怜的颈子上,并照亮了她们底粗布衣裳,她们沉默地,慢慢地走了出来,她们现在对于尘俗的争纷是全不过问，在昨天晚上她们曾显得颓衰、凶恶而自私，现在她们却浸在庄严的神光中了，她们和太阳一同起来，她们底生命每天重新苏醒，年青，成熟，用着永不疲竭的热情，向着圣地进发。在一切世纪、一切国家里都有过，并且有着这样的人们。忽然地老太婆们变得美丽，雅娴，洁白，她们全都好像是孩子，这些孩子撼动着一个伟大的东西，他们很是热情地撼动着，完全不知道这东西底巨大之可畏。终于他们撼动了，架子翻倒了，杯子和盆子打在他们底头上，并且滚热的水从他们底脸上淋了下来——但他们终于撼动了。那四个“童子”，抬着神器，悄悄地走到前面去了。末后，两个年轻的女人出现在阳光中，兴奋的、充满着生气的刘秀兰惊异地睁大着眼睛看着前面。

“走啊！”罗云汉走到街对面的暗影中去，喊。

“天啦！这些老婆婆哪里爬得动呀！”客店老板悄悄地自言自语着。

这时昨天的那个被义愤的人吼叫了一顿的姓王的女人忽然地从街对面跑过来了。她在背上背着她底孩子，在手里拿着一把香烛。

“各位善人，我拜求各位！”她慌忙地叫，这时老婆婆们正开始走动，“我这里几枝香烛，我拜求各位帮我带到大菩萨跟前去，各位在菩萨跟前点，我就在家里磕头！这是我底个娃儿，叫做王积材，属狗的，我求各位在菩萨跟前提一声，我底娃儿他倒还乖！”——她一面摇着她背上的孩子——“我底当家人叫做王同福，他是做庄稼的，前年子出去打国仗了，镇长说，是末一批壮丁，都还没有回来，又没得一个来信，我也求各位在菩萨跟前提一声……我真不晓得他是死是活，他是属鼠的。”一口气说到这里，她一面喘息着，一面摇着背上的孩子，一面哭起来了。

“要在菩萨跟前提！”老太婆们说。

“菩萨会保佑的！”

“不哭，啊，可怜！你底男子王同福，是属鼠？”衣裳破烂的王老太婆，看着她，张开没有牙齿的嘴，哭了起来。

周围好多女人在流着泪了。男子们则露出一种忍受的、倔强的神情来，默默地站着。突然地一个圆润的呜咽声飞翔在一切声音之上——刘秀兰哭着，用一块白布的手巾蒙着脸。她底带着激烈的神情的二表姐捣了她一下。

"走啊！"罗云汉突然用轻蔑、烦厌的大声叫。于是锣声一响，连阳光都好像战抖了一下，他们前进了。

四

罗云汉，如前面所说的，原是一个败家子、酒徒和恶棍。但他也曾聪明，也曾慷慨，也曾勇敢，在人生底各种严重的打击下曾是屹立不动，算得上是一个真正的英雄的。像一切人在悲痛的人生底中途喜欢拿来形容自己的一样，他是有过一个多么美丽的童年时代，有过一个多么像样的青春呀！回忆起来总是如此的：最初是父母底身边的天国一般的温暖，后来是立志，奋发，理想，再后来就是说不清的奇奇怪怪的一大堆东西了。在十三四岁的时候，春天里，罗云汉和他底朋友们从私塾里溜到远远的小河里去钓鱼，夏天里又是爬上山去乘凉放鸽子，在池塘里脱得精光地洗澡。冬天到来了，则是躲到一家茶馆后面去赌牌九。有时候是不免要被父亲或母亲提着耳朵捉回来的，但现在想起来，即使是那些打骂，也是十分的温暖。到了十六岁，罗云汉自己动手搞生意了，对于金钱，燃烧蓬勃的野心了。他是去做牛皮的生意，向他底父亲闹了一阵之后，弄出一些钱来，挖了一个腌制皮革的池子，又雇了一个工匠，于是自己到各处去收买牛皮。这种少年的立志，当时一般人觉得是非常了不起的，他也自尊自大起来，觉得可以娶一个女人了，虽然牛皮厂还没有赚到一个钱，仗着当过一任镇长的父亲底力量，娶了颇为漂亮的姑娘，一切都布置就绪了以后，他就大大地高兴起来，十天有八天蹲在牛皮厂里和他底朋友们一道大吃大喝，庆贺他底牛皮厂的成功，虽然这时候才只卖出了三张牛皮。那时候是何等的雄心壮志呀！那黄金一般的日子！如果他能知道后来的凄凉困苦的一切啊！

先是母亲死掉，第二年，在他十八岁的时候，父亲也死掉了。悲痛之余，他继承了一笔产业：田地和房屋。他是独子。这时他底眼前突然一亮，对于他底牛皮厂和他底女人都觉得厌倦了。他决心到县里去开银楼，但不知怎么一来，银楼没有开成，他父亲留下来的罪恶的产业却让他化掉一大半了。然后，看上了街上的一个在县里进初级学校的女学生，他就拼命地追逐起来，以至于化了几百块钱到县里去买下了那初级学校底一个教员的位置。教员得到了学生之后，他就回来毒打他底女人，把她赶走，他带着他底时髦的女学生回到街上来了。

但这个女学生不久就病死了。他忽然地抽上了鸦片，默默地过活着。几年之后，他戒掉鸦片，上城里去了。不久人们传说他做了官了。又是几年，他回来了，显得并不如传说的那般得意，虽然买下了一家菜馆。他带回来了一个妖娆的女人，这菜馆是他底最后的资财。这时他已经三十五岁，热烈的生命，青春的神话，以及其他的一切，都已经过去了。他身上满是创伤，正如他加给别人的那么多。如诗人所说的，他是希望安静地生活着，达到彼岸。但命运竟有这样乖张的，不到一年，他底那妖娆的女人拐去了他底一切钱财。于是，这时候啊，他就忽然地想起那女学生来，到她底坟上去悲哭了。人们说荒野里面的生命是凄凉的，这是确实的吧！但这荒野的生命也有他底荒野的力量！他怎么办呢？他随便地指着穷人们底田地说：这是我的！然后就到法院里面去一告，于是有的田地果然就变成了他的了！

不过他总归是败落了。他信起佛来，虽然他和任何菩萨都不免要开一下玩笑。他说他是带发修行的，不但信和尚，也信道士。这就是他底长发、道袍，以及这一次的朝山底由来。

但他底朝山，除了受了地方上的拜托之外，还有一个原因。刘秀兰底二表姐张芝英，是一个有产业的、有钱的寡妇，她底产业使他眼红。此外，他也希望得到她本人。但她是利害的，所有的契纸都带在身上，不放松一步，并且对他非常苛酷。他几乎是绝望了。

在失望和怨恨中，他特别憎恨那些老婆婆，故意要激怒她们。这天晚上，在一个颇为漂亮的山王庙里住下来了，当老婆婆们坐在正殿下念佛的时候，他坐在正殿底门边，带着阴沉的、轻蔑的脸色，一面喝酒，一面啃着一大块牛肉。他底这种行为，不久就把老太婆们激怒了。老太婆们仇恨他，主要的是因为她们估计地方上是捐了差不多十万块钱的，他却让她们吃最坏的，并且一个零用钱都不给她们。

"你们看呀!"黄老太婆跳了过来尖锐地说，"他不但吃酒，还在菩萨跟前吃牛肉!"于是她愤怒地夺过他手里的那块牛肉来，举在空中，让大家看见。大家发出了一个惊愕的、罪过的呼声。

"黄二娘，你拿手去拿，你也不怕菩萨见怪呀!"在黑暗中的一个老太婆底模糊、空洞的声音说。黄老太婆愤怒地朝着那角落里看了一眼。

"没得你底话!"她叫，然后猛力地把那块罪恶的牛肉砸到罗云汉底身上来，"罗云汉，我们还是要跟你算帐……"

罗云汉站起来了。他检起了落在桌上的牛肉，又啃了一大口，并且端起杯子来把酒喝光。于是他突然地大叫了一声，伸直了两臂，全身都发起抖来。

他发着抖，伸直着手臂，跨出了一步，又跨出了一步，终于摇着长发喷着口沫，来到点着阴暗的长明灯的大殿底中央了。于是他又大吼了一声，然后轻轻地念念有词，舞蹈了起来。

大家惊骇而沉寂，这大法师动着两臂，摇着长发，踢着两腿，舞蹈着，他底苍白的脸上有一种疯狂的、可怕的神色。他舞蹈着而且歌唱不停，他着了魔了。

殿堂里面，阴暗而森严的空气突然地更为浓厚，更为沉重，紧压着人们底心。大家，连那四个在角落里的"童子"在内，都敬畏地站了起来；刚才和他吵架的黄老太婆，也只能畏怯地站住不动了。但只有那个张芝英，她是颇为知道罗云汉底底细的，抱着手靠着一根柱子站着，带着一种怀疑的、恶意的脸色。

"观音如今下尘世呀，借得凡身传金旨呀!"从舞蹈着的罗云汉嘴里,一个尖锐的、女性的、怪戾的声音唱:“各位信女要听明呀,不得猜疑好人心!他罗云汉前生本是金童身呀,我观音派他行大事,他黄太婆前生本是玉猫精呀,此番朝山犯大凶呀,赶快收拾回家转!她王太婆前生本是作孽人呀,此生务必苦修行!她吴太婆原本富贵命呀,无赖前生不敬神,香烛三千纸三千呀,到我座下求大千!……”

除了黄太婆以外,被喊到名字的,都跪下去了。罗云汉继续舞蹈着。

“她刘秀兰前生本是玉女身呀,原与金童分两边呀,她张芝英前生本是苦难人呀,此生若需免灾难,须要细听金童言呀,舍得信念从金童,我观音渡她上白莲呀!”

刘秀兰,在被喊到的时候,跪下去了,但张芝英迅速地拖着她底手臂,使她重又站了起来。

“赶快点香赶快拜呀,送我观音回南海呀!”罗云汉唱,在跪着的老太婆们底连珠似的“阿弥陀佛”声中,大叫了一声,口吐白沫,倒在地上了。老太婆们更高、更快地念着佛,连那个顽拗的黄老太婆也跪了下去,念了起来。

“啊呀,我的亲娘呀!”罗云汉叫,从菩萨那里醒过来了。“啊呀,我恐怕是死了吧,我在哪里啊!”

“快找杯开水来替他安安魂!”王老太婆说。

“童子”黄清云和王朝清走了过来,把罗云汉扶到一张椅子上去:他是不胜其柔弱,轻轻地呻吟着。老太婆们围着他问话,但忽然地他露出了一种恐惧的脸色,呆呆地望着前面。

“哦!”他说,“我心里害怕,各位老伯妈,你们不要走开我啊!”他用温柔的、颤抖的声音说。

“可怜,”老太婆们说,“我们不走开的,罗二爸!”

“罗二爸,你先喝点水。”黄老太婆恭敬地说,端着一杯水,乞求着罗云汉底宽恕了。

“黄二娘,菩萨刚才说要你转去呢……”王老太婆说。

“二爸,”黄二娘不安地问,“我是要转去吗?”

"那我不晓得!"

"我转去好了!不过你要给我路费呀,二爸!转去就转去,还舒服点儿,你们还有哪个转去的?"黄老太婆生气地说,环顾着。

"你这样说,你不怕得罪菩萨啊,二娘!"

"少废话!"二娘叫,"二爸?"

"我不晓得!"罗云汉说,"刘秀兰那娃儿她在哪里啊?"

"秀兰,二爸喊你。"

刘秀兰走了过来,罗云汉立刻就大胆地抓住了她底手。刚才张芝英对她做的一切他是看到了的,所以他觉得必需再试验一下他底威力。"秀兰,好好地敬神啊!"他仁慈地笑着,轻轻地捏着女孩底手。女孩感动地看着他。

"唉,秀兰,有些人面子上装倒信菩萨,心里却不信,你不能学他们啊!你是个好乖的姑娘,要听我的话,是不是?"他弯下头来,于是一阵酒气喷在刘秀兰底脸上,使她退缩了一下。

"二爸这话就对了,秀兰你听好!"老太婆们说:她们多半欠着张芝英底债,是仇恨着张芝英的。

"刘秀兰,出来!"突然地张芝英叫,从后面猛力地拖开了刘秀兰,露出她底苍白的、愤怒的脸来。"你是混蛋!告诉你罗云汉,别个你骗得过,老子是早就看穿你了!"

"二姑,你这么是干啥子啊!"老太婆们不安地说。

"我干啥子?你问他自己,哼!"

"菩萨在上!"罗云汉站了起来,说。

"再说菩萨在上我打你!"

"菩萨在上!"

于是二姑跳了起来就给他两个耳光。这是完全出于他底意料之外的,他躲闪着,用两手蒙着脸,吃惊地看着她。

"真的菩萨在上呀!"他叫。

"我打你!"

"二姑,你这是干啥子?你莫犯了神啊!"老太婆们说。她们动手把二姑拉开去，但二姑愤怒地挣脱了她们，跳着脚叫起来了。

“该死呀！选上了这种无恶不做的败家光棍来敬神，该死呀！”她叫，疯疯癫癫地在殿堂里面乱跑，并且举起两手来拍着巴掌。

大家觉得张芝英底“毛病”又发作了。大家知道，这是不会很快地或简单地就平复下来的。大家害怕着会有攻击的冰雹落在自己底头上，于是都沉默了。好几个老婆婆都欠着她底债。果然她即刻就提到这个了。

她坐在椅子上，拍着巴掌，叫着。她说她受了一生的欺，好意地帮助别人，借钱给人家，哪知道这些人全是忘恩负义的，完全不同情她底痛苦。她说她自己也是要用钱的，她已经那么穷，何必拿钱给别人花呢？她底这些话首先激怒了黄太婆，黄太婆这时才完全决定明天独自回去了，于是向罗云汉索钱。罗云汉是亟于要把她除去的，摸了两千块钱给她。她把这个钱拿来往张芝英底膝上一丢，冷冷地说：账清了，然后走了出去。张芝英这一下子是整个地被伤害了，她极度地伤心，更为愤怒地叫了起来。

“二姑，等回到家里我那媳妇把包谷卖了，我就还你底钱！”穷苦的王太婆说。

“是嘛！你那媳妇呀，哼！”

二姑向弱者开火。这弱者呆呆地坐着不动。二姑疯狂地擂下她的冰雹去，一个无力的抽咽声传出来了。老人哭着她底当兵死去的儿，她底白发披散在膝上。

“你那个儿未必也怪我！”二姑说，看到刘秀兰走到老人身边去扶着老人底肩膀，她就感到一阵嫉妒和一阵良心底剧痛，这两样混合在一起，她重新跳着脚伤心地大叫了起来。她是痛苦，绝望，嫌恶自己，得不到同情，但又决不甘心屈服。末后她大叫了一声：“你们救救我啊！”在这悲惨的、希求同情的呼号之后就昏厥过去了。

刘秀兰向她跑过去，但突然地罗云汉大叫着不要动，使刘秀兰站住了。

“菩萨应验了！”罗云汉神秘地说。于是他向张芝英走去。他向刘秀兰严厉地吼了一声，要她站开一点，然后弯下身子来，在昏黑中向着张芝英念念有词。他迅速地动手在她身上摸着，他底目的是房契、田契，以及其他的什么。他摸到一包东西，迅速地把它取出来塞在自己底衣袖中。她开始呻吟了，他更高、更快地念念有词，并且舞蹈了两下。

“好了！”他小声说，退了开去。

黄清云们是在二姑开始叫骂的时候就出去，到街上玩去了。唯一能够监视罗云汉的黄太婆被二姑骂出去了。剩下来的是几个毫无思虑的老人和一个稚弱的姑娘。罗云汉劫取了不幸的寡妇底钱财，没有被任何人发觉！老太婆们倒反而以为是罗云汉念咒把张芝英念好的。

五

黄老太婆，实在是因了不能和张芝英及罗云汉共处才决心走的。虽然在稍一迷惑之后就否认了罗云汉底着魔，她仍然决定去河边赶船回家了。她是戴着一付银手镯，穿得很好，有钱，并且有两个儿子，她不甘心和她底穷苦的同伴们一道过这种生活，虽然她原是为了大儿子去年的病来还愿的。但在第二天早晨和同伴们分手的时候，她又有了短促的难受和不安。她交给王老太婆两千块钱，托她代她还愿，又问她们可有什么话带回去。于是她们托她带了些零碎的话，要她转告她们底儿子、女儿、媳妇。王老太婆要她带信问她媳妇，过年的时候留下来的两百个鸡蛋卖掉了没有，如果还没有卖，就非要卖五十五块一个不可。“我那媳妇是糊涂人呀！”她一直把黄老太婆送到河边。

张芝英一直到第二天晚上才发觉她底东西失去了。她即刻就相信这是罗云汉弄去了，去和他大闹了起来。罗云汉绝不承认这个，但漏了一句话说，她底有一两处田地，本来就是他的。

如果她再要闹，他就宁愿和她打官司。于是张芝英叫，她不怕的，她有一个叔叔在城里干公事，他可以证明产业是她的，而且佃户、邻人，以及镇上的一切人都可以证明这些产业是她的。

罗云汉，在外面跑过几年，知道中国底伟大的政府是很喜爱证据、文件、手续、条文的。他背得出六法大全里面的两三条，以为这是莫大的学问，所以他热中于这一堆契纸，不顾一切地把它们弄到了。但听了张芝英底话，忽然觉得她底理由非常对，于是一下子全部的黄金梦都破灭，他沮丧起来了。但他仍然是凶狠的，想了一想他回答说："我陪你打十年官司！——告诉你。我认得一个名律师，他是我底徒弟！不过要是你答应嫁跟我呢，我们就和好！"

他们之间的第一次的争执便是如此。张芝英在临睡的时候重又昏过去了。

第二天晚上他们是借住在一家院子里。院子里照着宁静而皎洁的月光，并充满了广柑花底甜蜜的香气。愈到夜里，这香气愈浓，它神异地浸透了一切了。从破窗户里看得见月亮在树叶间闪耀着，杜鹃开始啼叫，最初是一只，后来是两只。最初是遥遥地呼应，后来是愈叫愈近，并且愈叫愈密，拿它们底嘹亮、柔和的歌声充满了这美丽的夜。这时张芝英长叹一声醒来了。

她发觉刘秀兰是在大大地睁着眼睛望着外面。

"没有睡？"她问，没有等到回答她就愁苦地说："唉，秀兰，我怎样是好啊！"

"我想一定是罗云汉昨天偷去的！"刘秀兰说。

"这我倒不怕他！未必世界上的人都瞎了眼睛，不晓得产业是我的？我想马上就回去先托人在法院里告他！不过，"她说，"事情究竟也难说，我究竟是个无依无靠的女子家，我唧个是好啊！我想产业也不要，去出家算了！"

"世界上唧个会有这么坏的人呀！唉！"

"你哪里知道啊！"

"二表姐，你听，叫得好听哩！"

杜鹃底啼声更密，但忽然地两只都沉默。

“二表姐，这是柑子花香。”刘秀兰嗅嗅鼻子说，然后她就沉默下来，当她底二表姐再看她时，她已经沉沉地睡去了。她底呼吸是异常的甜蜜，在月光底映照下，紧傍着王老太婆底白发，她底脸是异常的恬静和纯洁。张芝英心里一阵暖热，轻轻地伸出手来摸着她底歪在肩上的一根柔软的辫子。她恍惚地想到，当自己是这样的年龄的时候！……当人在年轻的时候，是能够充分地感觉到这个世界底美丽的！有一些夜，和有一些白昼一样，简直是神奇的！何止是月光，何止是花香，何止是杜鹃？

在破烂的窗格上，一个影子闪了一下。张芝英正预备喊叫，她听见罗云汉底温和的声音说：

“二姑，出来谈一下。”

她最初没有动，简直没有考虑这话。但忽然地她下了决心，坐起来穿上了衣服，然后悄悄地走出去了。她下决心去和他谈一谈，但她底心理并不就这么简单，因为，光只是为了谈一谈，她，一个寡妇，是决不会在这样的深夜里跑出去的。显然的，特别因为这月夜，特别因为这夜里的一些凄伤的思想，她底心里是充满了模糊的梦境。

“我以为你不会来的！”罗云汉迎着她说，温和地笑着。

“你说吧！”她回答。

“老实跟你说吧！”他从容地笑着说，“你底东西是我拿了的！你要是闹呢，我底手段你是知道的，我们就拚打十年官司，不过……我心里倒不会这样想！我也不是出身微贱的人，你不要见怪，你何必苦苦守寡呢？我是说，要是你嫁跟我！”

“罗云汉，当心我……你不要欺侮人！”张芝英回答，但她底声音是在发着颤，她感觉到一切都是奇异的，迷胡的，梦境一般的，她底心里的最强的东西，多少年来被压迫着的，是恰恰在渴望着，这一切它燃烧起来了。罗云汉继续说下去，她全身都觉得烧热，她不大听得清楚他是在说着什么，但她渴望他说得更多，她觉得他底声音是甜蜜，悦耳，迷人的，她希望一切能迅速地发生，实现，完成。

“二姑啊，我说这些，我跟你说：难道我这个人竟没有良心，不晓得你这些年的苦吗？”罗云汉热情地说，同样地是在大的迷惑中，向她走了一步，脸上时而有着很温柔的、悲伤的神情，时而有着强烈的、不能忍受的神情，“我扪心自问，”他双手按着他底胸口，说，“难道我这个人真是不叫人，真是一个混蛋，一个大骗子，真是想骗你的产业吗？要是我有这样的想头，唉，唉，”他在自己底左脸上打了一下，又在右脸上打了一下，他底整个的脸在发着抖，“我底爹妈生下来就该淹死！我，世界上的人骂我，没得人晓得我，我是不管的，难道你也不晓得我吗？你打我，骂我，我都说对，我晓得你心里苦，我一个人偷着哭啊！”于是他耸起肩来，用手蒙着脸，发出了一阵哭声。

“罗云汉，你何必呢？”张芝英微弱地、凄凉地说，她底心里的那个火焰一般的，不顾一切的烈情，已经寻到了这样的一个目标了：她觉得罗云汉是可怜，是不幸，不被理解，是凄楚的。这种女子，和人世孤独地作战，已经感到绝对的疲乏，原来虽然是以道德和向着神明的路而自傲，现在却是急切地渴望着对活的爱情投身了。她憎恶一切人，因此一切人将没有权利批评她。正因为这件事是人们所不允许的，她就偏要做出来让人们看看，她简直就以为这是为了攻击别人才做的了；她是忘了，她自己底理智是一直到现在为止都不允许这样的事的。她是不知道，她所谓别的人们，其实只是她自己底内心底各面的投影。她是从不知道她是弱者，她以罗云汉对她的屈服和衷诉为最大的欢快。她叫罗云汉不要伤心，并叫他不要怕，她说她自己是什么都不怕的。

听到这样的话，罗云汉沉默下来，心里出现了对于自己的怀疑。他为什么要这样呢？真的他是需要这个难看的、乖张的女子吗？奇怪得很，他刚才的那一阵无上的悲痛是从哪里来的呢？他用两手蒙着脸在柑子树底阴影下站着不动。

“罗云汉，你究竟是真心吗？”

“对天赌咒！不过我心里难过啊！”说着他又哭了两声，“怎么办呢？我还是去当和尚，把产业都给你吧！”他说，好像这产业原是他的一样。

“那么这样子，我们明天一道转去。”

但罗云汉突然地放开蒙在脸上的手，抬起头来看着她：“我不相信你呢！我……我要今天！”他说，拉住了她底手。

这时张芝英变得非常慌乱了，她猛力地打开了他底手。

“不行！”她说，转身穿过两棵柑子树走开去。

罗云汉哀痛地喊了一声。她底恐怖更大，她更快地向前走。但突然地她停下，抱着一棵树，并拿她底头抵在上面，站着不动了。于是罗云汉迅速地向她奔来。

六

当那不幸的寡妇在第二天清醒过来，感觉到自己已经被骗的时候，罗云汉同样地清醒了过来，觉得自己原是被她所欺骗。她昨天曾经向他索取那些文契，并要求他第二天就和她一路回去。他答应她隔几天再回去，至于文契之类，他回答说，既然他们两人已经决定一道生活了，他要不要都是无所谓的。结果，作为相互的抵押和保证，他还了她一部份。

于是他们两人都受骗了。奇怪得很，罗云汉忽然觉得自己是清白之身，是这个放荡的女人把他引诱了的，既然引诱了他，就一定是为了要在他底身上得到利益。更奇怪的是，他已经把那些文契所表明的财产确认为是他自己的了，因此，给了她一部份，他非常之悔恨。再就是，他落在一种莫明其妙的失望和悔恨里面，他对于张芝英发生了一种强烈的反感，一种强烈的恐惧和厌恶。他觉得她将来一定会连累，甚至陷害他，他觉得她整个的是丑恶的。

罗云汉是这样地恐惧女人们，虽然他在别的一切方面都几乎是无畏的。在这个深夜里，落着雨，罗云汉在她们所住的那座庙子底屋檐下长久地坐着，然后站起来徘徊着；又坐着，又徘徊着。雨水在颓败的院里流动着而发出一种轻微的啜吸声来,并发着清脆的的答声从朽烂的屋檐上滴下。可以听见左边不远传来的一种时而轰隆轰隆,时而呼呼花花的声音,这两种声音交替连续不绝。这是摇面机底声音。罗云汉,想到,他底一生和事业。

他忽然想到,他底一生已经剩下不多了。他忽然想到,他是一个罪恶的人,将要在死去以后落到地狱底烈火之中。他底一生是荒唐的,奇奇怪怪的,现在他是孤独的,如果他死掉了,人们不会记得失去了什么。他应该被什么所爱,主要的,他应该爱人们,然而,这都没有。他曾是那样的年青,纯洁。他又曾是那样的恶劣而大胆,一切神圣的他都踏践,一切柔弱的和善良的他都迫害,一切真诚的人生他都要用虚伪来对待,一切感激和虔诚他都要从中骗取。然而,时间是不留情的。到了现在他仍然是一无所有,并且地狱的烈火和刀山在前面恫吓着了。

"我罗云汉一生是个造孽人啊!唉,我罗云汉一生是罪恶的啊!"他喊。不久之后他就向着神殿那边跪下来了,他希望得到可怖的神灵饶恕。他底心是极度的不安,他相信立刻就会有雷和电从黑暗的天边出现,只是迅速的一瞬,就会把他劈死在这台阶上。于是他就竭力地念佛,祈祷。但忽然他想到既然这祈祷是重要的,他就必须庄重,并且要让别人看见,好做他底善良的证明。于是他就站起来向左厢跑去,去喊那四个"童男子"了。

几天以前,为了征服这四个愚劣的乡下人,罗云汉曾经单独地对他们显过一次神通。罗云汉阴森森地从半夜里醒来,告诉他们说:黄清云,你只能活三十岁!何国富,你过不得河!把他们整个地弄胡涂了。现在,他们四个是躺在破烂的暖席或钻在稻草堆中,在那里甜蜜地打着鼾。罗云汉慌张地把他们弄醒了。

"啥子事情呀,罗二爸!"

大汉王朝清怨怒地问。

"莫多话,跟我来!"

他底这紧张的神情,使得他们四个也紧张了起来,在夜的凉气中发着颤，一面走一面束着腰带和头上的帕子。罗云汉吩咐小孩董老么去拿些香烛，于是走进了这庙宇底潮湿、破烂的殿堂，女人们住在左边的小楼上，黑暗中充满了她们底鼾声和梦呓声。董老么赤脚拍响着地面，取了香烛来到了他底面前。

“罗二爸，又是啥子事情呀?”王朝清问。

“莫多话，菩萨显圣!”

“二爸，是又来了嘛?”董老么底尖锐的声音问。“又来了”，意思是指他又要着魔了。

但罗云汉不再回答。他是神秘而紧张，原来他是要忏悔他底罪恶的，现在他却变得充满着权威了。他点燃了香烛，在地上对着上面的断了一只手臂的什么一个凶恶的菩萨跪下去了。四个乡下人紧张地站在他底后面。

罗云汉，披散着长发，合着手，阴着眼睛，灰白有如一块石头，僵硬也有如一块石头，跪在地上。蜡烛插在满布着蜘蛛网的香烛架上，迅速地淌着烛泪，大片的模糊的光和影在那断手、瞪眼的菩萨的身上摇闪着。

“大慈大悲救苦救难观世音菩萨呀，”罗云汉祷告着，“弟子罗云汉，茅塞不开，是个凡身愚人，一生冥顽不灵，受尽了欺侮，今天晚上才晓得菩萨底用心，大慈大悲观世音菩萨呀!”于是他深深地磕下一个头去，一直触到地。“蒙大菩萨指点弟子是金童转世，人生如梦，弟子啊，此身何用?”他改变了声调了：他用唱歌似的、颤抖的声音唱，“当此妖魔显形，男女不分，八德沦亡之际，弟子是别无顾念，从此要苦修行善，于水火中救吾国吾民登于衽席之上，深望大菩萨体验弟子一片苦心，保佑我大中华一国从此风调雨顺，国泰啊民安!”他又磕下一个头去，又大声祈祷，这次他是替他身边的四个乡下人祈祷好运。

瘦小的黄清云突然在他身边蹲下来了。

“二爸，”黄清云恭敬地说，“你能不能跟菩萨说替代我翻下梢? 还有，”他的声音发起抖来，“你前天夜是说我活三十几，我今年二十一……”

罗云汉慢慢地转过脸来看着他。

“跪倒!”他说。黄清云跪倒,他大声地念念有词起来。

“二爸,”大汉说,困难地笑着,好像总觉得这事有点滑稽似的,“和王朝清可有啥子解?”于是他兴奋地笑出了声音。

“不许笑,”罗云汉严厉地说,“再隔一个月我替你解!”

“是了!”大汉说,盼顾他底伙伴们。

“二爸,我呢?”小孩好奇地问。

“你呀!”罗云汉轻蔑地说,“再隔三年来找我吧! 还有你,”他转向何国富,后者正预备开口,“心里不敬神,是不行的,我跟你说!”

“是了。”何国富不安地说。

罗云汉,总结了他的过去,对付了未来的地狱的恐怖,这样地做完了他底祈祷之后,在殿堂里面睡下来了,这边,四个乡下人带着兴奋的印象回到他们底稻草铺上去。

“你想,恐怕他这个人有点儿神经! 不过我这话菩萨怕要怪他有点神经吧!”大汉王朝清,坐了下来,说,然后开始抽起烟来。

“那倒不见得!”黄清云反对着,说,“去年子我看到一个道士,嘴里说得灵的很,就跟他一样! 我说,要是没得菩萨,哪里来这些人!”

他是因罗云汉对他的优厚而非常热情。这里又触到他和何国富先前因而打架的题目了。他们两个是昨天才重新讲起话来的。何国富底沉默使他谨慎了起来。

“罗云汉他本来又不是道士,”何国富说,看着在抽烟的王朝清,“他本来就是一个俗人!”

“哪里有生下来就是道士的啊!”黄清云耐心地说,同样地只是看着大汉,但热情使他底声音在发抖,“比方你我,”他转向何国富严肃地说,“要去做道士,还不是一样!”

“不过,罗云汉说我过不得河,我明天偏要过过河看!”何国富朝着王朝清说。他和黄清云原是希望互相和解的,但这种矜持的空气使他们都不快了。他们沉默着。

“我明天打屁股上背你过河吓！”忽然小孩董老么快乐地说，他是因长期的旅行而快乐，毫不关心什么命运。他尖锐地笑了起来。何国富没有理他，他有点不甘心，拔了一根草爬过去搔他底耳朵了，何国富刚一转身，他就狂热地大叫了起来，抱着何国富一同滚到稻草里去。于是他们各各快乐地咒骂着对方底妈，打做一团。

黄清云，露出一个庄严的微笑来；但又忽然地发生了对于何国富的亲爱，决心去捶小孩底背脊了，这时大汉吼了一声。

“睡了，睡了，”王朝清说，“有点冷哪！”他说，踢了小孩一脚，睡下了。“那孤儿怕真的有点儿神经！”他说，不久就睡着了。

七

因为道路还没有干，他们停留在这个叫做油草沟的小镇上了。张芝英用种种方法追逼着罗云汉，要他实践他底诺言。他告诉她说，他现在已经得到了菩萨底指点，要去行医，行善。他果然开始行医，行善。于是，在一个早晨，茶馆里的人们和街上各处的人们都惊奇着这所谓云汉法师底神通了。他在茶馆里和街边上不停地闹着，时而抓住一个挑米的乡下人，告诉他他有这样的病，或者灾，需要解脱，时而拉住一个小伙计，告诉他他面色不好，“不是四肢发软，又头昏吗？”这所谓云汉法师说。于是这乡下人或小伙计就呆呆地看着他，真的觉得自己是四肢软了。“这是一种阴病，菩萨散来试这些人的！”罗云汉瞪着眼睛说，“呀，你腿上的这个疮，非用灵药才得好呀！”诸如此类。于是就喊他底两个徒弟拿出神药、香灰之类来，不管那乡下人同意与否，按住了他底腿，替他用一根小竹片刮疮了。他底徒弟，就是王朝清和黄清云，他称他们大娃和小娃，这大娃和小娃，披着假老虎皮，各各带着他们底奇怪的神情，增加了他底威力。

罗云汉，最初医治了两个，是不要钱的，但那第二个，一个小伙计，仍然恭恭敬敬地送了他五百元。不久之后，他就站在一家门廊下，让那些乡下人站在泥泞和细雨里，对他们宣讲起来了。

他高举着两手，又摇着他底长发，大声说，今年人民要死去一半，有的要死在田坝上，有的要死在屋檐下，有的要死在荒山里，有的要死在灶门前。灶里的火还燃着，忽然地人就死了。田里的谷子半青半黄，忽然地人就死了。有的饿死，有的得瘟病而死，有的吃刀枪而死。然后，他就开始出卖他底符咒，神药，和香灰。

这种行动，就是昨夜祈祷底结果。他觉得这是受了神灵底感应的。确实的，他恐惧张芝英，并且心里有着罪恶的感觉，他希望逃避，并救赎这个罪恶。他又看到，张芝英将不能饶恕他，他将争不到财产；这种破灭，使他一时地渴望着逃开他底虚幻的人生。他因自己底行为而自觉神圣，他要在张芝英面前显得是不可侵犯的。

于是，在无数的盲目而荒唐的时日之后，他底心里充满对于自己的怜恤，并且奇怪地充满了对于悲苦的世上底人们的同情了。他站在众人底面前，忽然觉得，在这个世界上，一切都是苦难，古旧的伟大的道德已经沦亡。于是他底脸上就满布着疲倦的悲苦的神情。虚幻的感觉——这正是他所渴望的——愈来愈强，他飘忽而沉醉，觉得自己并不是活在痛苦的、可怕的今天，而是活在荒凉、美丽的古代，觉得女人、财产，一切一切都原是虚假，觉得他自己已经有着不可思议的力量了。

对于规规矩矩地生活着的，善良、单纯的人们，这些诡谲的东西总是很难理解的。人们大约不相信罗云汉底这种痛苦，软弱，和对于人生的盲目的恐怖的。他不是一个坏蛋？是的，他是一个坏蛋，但是，他是在生活着，不管结果是如何，他总是也震撼于生命底重大的。他自己是确切地感觉到他底渺小的：如果他底四周一掀起波浪来，他便会立刻被淹没。他做着这种种诡谲的挣扎，抵抗，斗争，目的也不过是和一切人一样，在于保存自己，并且向高处爬上去。

正在他热闹地卖着符咒、香灰的时候，一个提着篮子的憔悴女人挤过来了。她说她的男子叫做邓运平，害着重病，什么法子都想过了，求大师父去帮他看看。回答这种急切和虔诚，罗云汉轻轻地点了一下头，继续地卖着符咒。

“老子请一张！”一个高大的，脸上有一大块疤疮的人大声说，一面嘲弄地笑着。这是非常的不敬了，但罗云汉接了钱，默默地给了他一张。

“是不是烧了加清水吃啊！”这人大声叫。

“加清水，调和七七四十九下，一口气吃。”黄清云代替着罗云汉说，立刻就因荣耀和羞愧而红了脸。

罗云汉低着眼睛走出了人群，向那个乡下女人看了一眼，跟着她前进了。在他们底后面，跟着七八个好奇的乡下人。这中国的耶稣基督去行医了。在中国，这种事情恐怕是很容易做的，这些耶稣基督，他们无需什么冶炼，理想，和苦行，就一跃而在民众之上。

他能够医治垂亡的病人么？他真的相信自己么？但怀疑的时间是没有的，他不是已经跨进了那破烂的棚子，毫不犹豫地就走到那垂亡的男子底床前，并且伸出手去把他身上的破烂的棉絮掀开来了么？

如果光只是这骗子，或者这中国底耶稣基督，光是他一个人面对着这病人，而不是在身后跟着那些作为他底生活和精神的泉源的乡下人的话，他会不会觉得自己底生涯是非常的滑稽，因而觉得恐怖呢？如果光只是他一个人，他是会觉得这一切的离奇和可怖，因而大叫起来逃开去的吧！但现在他是站在旧朽的中国底愚蠢的群众之前！

他掀开了那病人底破烂的被子，叫他坐起来。病人坐起来了，扭屈着两腿，并且痛苦地呻吟着。他命令姓邓的女人点蜡烛，然后他取出符咒来烧了两张，把纸灰放在一个碗里，加上了清水，捧着这碗念念有词了起来。

怀着好奇心和敬畏心的人们拥在门前或挤在墙壁前。大家用难受的目光看着那扭屈着身子而坐在床上呻吟着的病人，又疑问地看着舞蹈着的罗云汉。

“哎哟！”病人忽然可怖地大声地叫了起来，“要吃啥子就快些拿来吃……我受不住了哟!”

“运平,不要呻唤!”邓么嫂跑了过去,含着悲切的泪,好像要把她底男子一下子拖在胸前似的,“大法师灵的很,你不要着急!”说着她自己哭起来了,并且慌乱得全身发抖。但罗云汉叫了一声,把纸灰递了过来。邓运平伸出颤抖的手来,急切地一口就喝干了,弄得满嘴都涂着灰黑。大家寂静着。忽然的他叫了一声,抽搐着而倒下去了。邓么嫂拖着他大哭了起来。然后跳起来扑向罗云汉,叫着要他赔命。

“菩萨在上,救救弟子啊!”罗云汉心里祈告着,灰白的脸上淋着汗水。他鼓起全部的勇气向那扑来的女人大叫了一声:“这是菩萨在他心里发了! 站住!”他凶恶地、可怕地叫,在胸前握紧了拳头,并且瞪大了眼睛。

邓么嫂茫然地站住了。忽然地罗云汉跑向病人,在他底胸口上摸了一下,重新腾跃、舞蹈了起来。“菩萨在上,救救弟子啊!”——他在地上对着门外跪拜了下去。

“心到,神知!”他跳了起来,叫,兴奋地伸出了两臂。恰好这时那病人开始呻吟,苏醒了过来了。病人连续地大声呻吟着,大家寂静,罗云汉这才发觉他刚才的处境是多么可怕,露出了轻蔑的脸色。

“要不是我,他今儿早完了!”他说。“好些了吧!”他问病人。

病人点了一下头,迫切地看着他。

“我刚才说不要怕吧! 你这个女人!”罗云汉,温存地摸了一下病人底发汗的头之后,笑着对邓么嫂说。张开了缺着一颗门牙的嘴来——他笑得那样的和善而天真,好像他是爱着自己也爱着人们的,于是那一股阴森之气就从他底身上消失了。

“我说的吧!”他快活地,亲切地向围在门前的人们说,使得好几个男子都赞成地、快乐地笑了,罗云汉是多么动情! 他简直是发疯一般地爱着他面前的这些老实人了。谁能说他不是在这里行善呢? 谁能说神明底神圣的付托不在他底身上呢?

“请教大师父底法号?”病人叹着气说。

"我说的吧,大法师灵哩!"邓么嫂,端着一杯茶走了过来,兴奋地说。但她接着就痛苦地犹豫了起来,因为她没有能力留这大法师和他底徒弟们吃一餐饭。

"敝法号是云汉……这个样子吧",罗云汉向着邓么嫂说,"我是替菩萨行善,你就拿两千元钱吧!"

邓么嫂脸红了,她没有这么多的钱的。大家寂静着,邓么嫂底服从的、困苦的态度,使大家都觉得难受。她走出去了。大家听到了她在外面向邻家的女人借钱的声音。她底可怜的声音说,她还有几斗青豆,下一场卖了就还的。

但罗云汉,从说出了"替菩萨行善"那句话,看到了大家底难受的态度时起,已经变得轻蔑而冷淡,那种阴森的,仇恨的气氛又出现在他身上了。他接了邓么嫂底钱,又递给她一包香灰,告诉她给病人夜里吃,然后走了出来。

"谢了,法师,不吃了饭走嘛!"邓么嫂红着脸小声说,泪水在她底眼睛里闪耀着。

他们刚走出门,那病人又可怕地呻唤起来了。走得很远之后都还可以听见这不幸的男子底牛一般的叫声。大汉王朝清不时地回顾,因为他觉得很可怜:他不能忘记那女人底希望的,又是失望的眼泪。但罗云汉却是阴森而冷酷,感觉着他底使命,在泥泞中一直往前走。

"我怕那家伙还是活不到明天早上的!"大汉说。

"不过菩萨底事情又有哪个晓得呢!"黄清云困恼地回答;他困恼了,他不知道罗云汉,既然是行善,为什么又要这么狠心地要钱。

"人生在世,总是受苦受难啊!"罗云汉轻蔑地说,"我还不是受苦受难!我是行善,别人反要陷害我,简直是笑话!要是菩萨一定要叫他死,未必我还赔命!这般人,没得哪个懂得善心的!"

在他底话里,鼓动着强烈的憎恨,两个伙计感到了一种不快的压迫,默默不语了。他们都因刚才的那病人底不幸而有了忧郁的,迷胡的感情,在这种忧郁里,渺茫地感觉着生命底起伏和消逝，对于受苦和寻乐、生和死，都抱着淡淡的怀疑。

但罗云汉，既已开了口，就难得停止了。他底盲目的对人们的憎恶是无边、无底的，因此他底话也就无边、无底。他底一大堆的理论，都是在这种迫使别人相信的过程中，也就是实践的过程中，确定了起来的。他首先要欺瞒自己底良知，这良知愈是难得欺瞒，他愈是要憎恨别人。他是站在他底人生底紧要的关头，他害怕着张芝英底报复，害怕着过去的罪恶和未来的地狱，所以他忏悔，并遁逃于这行善之中。这是虚幻的行善。他问自己：他将要怎么办呢？但他是对于自己有着十足的狂热的，他不让自己回答这个问题，他所需要的只是满足自己底热情。

他必需觉得自己是比别人高超，有力，如果拿金钱来比较，比别人更有钱；如果拿受苦的激动来比较，比别人更受苦；如果拿骗术来比较，比别人更会骗；如果拿悲天悯人来比较，比别人更悲天悯人——这是在儿童的时候就是如此的，他不顾一切，只是为了必需要出人头地。你说他是为了骗钱么？他所能骗到的也只是一百、两百、一千、两千而已。不的，他要从芸芸众生之中，骗取自己底优越的生存，这生存乃是一个罪恶的大竞赛。

这罪恶的大竞赛将没有底止，如果上帝，就是人民，是沉默的话，良心起来了，害怕罪恶和报复了，忏悔而赎罪，行善了，等等等等，只是引导着向更大的罪恶走去而已。而且，这中间，也是常常需要用生命来赌博的，那么，那种保卫自己的本能，是可以给一切罪恶以解释的了。

"人生在世，就是受苦受难！"罗云汉说，"我是定了的！至于你们呢？"他愉快地说，跨过一个水塘：他希望略略缓和他底两个伙计一下了，"虽然有些机密是前生注定，天机不可泄漏，不过我还是可以跟你们说一点！我一看到某人的脸，吓，我马上就晓得他底前生来世了！"

"罗二爸！你这话怕说对了呢。"黄清云忧郁地说，"不过，有的时候，还是怕看不顶清楚！我不是说你罗二爸没得这些本领，我是说，有些人，一时是看不出前生来世的。去年子一个算命先生说，我四十岁才得翻梢，我就不信！”他用力地摇头。他是在反抗着罗云汉加在他底头上的三十岁就死掉的命运，虽然罗云汉昨天夜里已经替他解了一下，他仍然很不放心。

罗云汉冷笑了一声；但愤激得发起抖来。

“哪个算命先生！那简直是，”他青着脸叫，“你叫他来，我先铲他两耳光你看！”

“唔！”年青人说。

“你站好，念三声阿弥陀，我再替你看看！”

生和死，究竟并非儿戏，这年青人底赤脚在泥水里站定了，依照罗云汉底指示，面向南方，低低地念了三声阿弥陀。于是，神和鬼在他底四周缭绕，他底前生来世在罗云汉底眼前出现。这是确实的，这是想像力的奇迹。

“哈，好了！”罗云汉叫，“你底命我替你解了，你看你一个钱都不花！我包你二十八岁就要翻大梢！那时候，哈哈哈，恭喜你呀！”于是他友爱地拍拍这青年底肩膀。

“我怕是翻不了梢的吧！”王朝清失望地说。

依照着罗云汉底指示，大汉同样地站在泥水中，面向南方，念了三声阿弥陀。

“你交错了一回运！”罗云汉说，“隔半年来请教我，我有一个法子包你翻大梢！”

“我今年三十二了呢。不过这也是，”大汉说，“我这个人本来不在乎这些！喂，黄清云，”他忽然快乐地说，眼里射出了嘲弄的光芒，“你今儿非请客吃杯酒才对呢！”

“请就请嘛，一两百元的事情，未必你我兄弟……”黄清云红了脸，快乐地、羞怯地说。

这年青的黄清云，是这样地日夜悬念着他底未来；大汉却毫不在乎，他几乎是从不失望，虽然他没有家，没有结婚，并且没有结婚的希望。“这家伙怕真有点儿神经哩！”到了酒店里他就无比地快乐起来了。

这时又落起雨来了，然而是细细的，随着干燥的风飞旋着。

"天啊！你就畅畅快快地下一点儿吧！"大汉忽然地朝着外面愤怒地叫。

"今年子雨水怕是缺得很吧！"罗云汉想起来了似地问，一面瞥着那个伏在柜台上朝外面看着的老板娘。

"缺得很啊，"胖胖的老板娘忧虑地说，"麦子，干死了八九成！"

"这是瘟天！"大汉说。

"菩萨在收人呢！"罗云汉深思地说。

忽然他们听见了呻吟声和叫喊声。接着，一个留着胡子的老人背着一个强壮的青年走进来了。这年青人在呻吟着，他底左腿在滴着血。老人把他放到凳子上去，然后自己要了一碗酒。

"老太爷，苟银山是啷个搞的呀！"老板娘惊异地问，望着那年青人底受伤的腿。

"叫他不要凿那块石头，他偏要凿！"这衣裳破烂的老太爷愤怒地说，站在柜台边，用发颤的手端起碗来，猛烈的一口喝下了半碗，"苟银山，你这个人，我说你是命苦嘛！一个空钱没有拿，你就偏要包这个工，啊，哼！"老太爷说，全身都发抖，弯着腰奔到苟银山底面前去。

"大伯，你又何必怪我哟！"苟银山呻吟着说，"哎！哎！"他恨恨地喊，"要不是操他祖宗的那笔债，老子不晓得在家里享福？"

"你这就说对咯！"苟老太爷说，发着火，又冲到他底侄儿底面前去，"我看你啷个办，下力的人少了一条腿！"

苟银山愤怒地摇着手，发白了；突然地他不能忍耐了，向着他底伯伯大吼了一声。

"那有啥子办的，大不了死毬，用不到你管！"

"好嘛，我不管！"老人绝望地、悲痛地说，摇着双手。"还不快请医生看呀！"老板娘怜恤地说。

"老子不要看！"苟银山叫。

在这里罗云汉忽然地用他底尖锐的声音说话了。

"老太爷，他这条腿呀！哼！"

"唧个的?"老人生气地说,"哦,是你,大师父!"他说,认出了罗云汉,变得谦恭了。

罗云汉轻轻地点了一下头。

"要是我真是金童转世——我就要医好他这条腿!"他狂暴地说,一拳击在桌子上,"他这条腿,眼看是石头打的,其实不然!那是雷神菩萨走天上过,前生注定,轰隆一声!你是不是听见轰隆一声?"

"那怕是罢!"苟银山冷淡地问答。

"对!就是如此。"

沉默了一下。

"大师父,你替我这个侄儿看看,这个样子,要得?"老头子说,一面做了一个手势,意思是给五百块钱。他是信神的,因为信神,不好明说,所以做手势。

罗云汉摇了一下头。

"这个样子!"老头子又说,揸开了左手底姆指和食指,意思是八百元。

"菩萨底事情——两千元。"罗云汉回答。

"一千!"老头子发火地叫了出来了,"算就算了,我去找医生!"

"要得。算了。一千就一千。"黄清云插嘴说,显然地,是为了讨好罗云汉。

罗云汉,因为有点疲倦,并且意外地心情恶劣,没有说什么,取出香灰和符咒来。默默地走上去动手了。他打开了裹在苟银山的烂腿上的破布,叫苟老太爷扶着苟银山底腰,叫王朝清捧着那条烂腿。伤口是可怕的,差不多一直吃到骨头上面;破布刚一打开,鲜血就一量地涌流了出来。老板娘走到后面来看了一眼,悲痛地惊呼了一声。王朝清,捧着那条流血的腿,脸上显得是忍受不住了,但眼睛里却又闪耀着一种好奇的满足的光辉。他忽然地摸了一下自己底腿,意识到自己的腿底完好,整个的脸都发抖了,但谁也没有注意到这个。他底精神忽然涣散,他蹲在地上，捧着烂腿，想到了好久没有下雨，想到了干枯的田地，逐渐毒辣的太阳，码头上的熟人，以及生活底艰难，于是又想到这只烂腿，想到苟银山从此很难生活了，哭了起来。这哭泣没有声音。他迅速地揩去了眼泪，谁也没有注意到。他看看苟银山，发觉到苟银山虽然在呻吟着，却是轻蔑而坚强的，于是替他觉得欢喜。他突然地瞥见了罗云汉底阴沉的脸，于是对他发生了猛烈的憎恶。

罗云汉如此这般地念念有词起来，用香灰、咒语在医治着这条腿。不久之后他就医好了。

“我是周济贫苦——不痛了吧?”他说，匆促地笑了一笑。不知为什么，他底心里是非常慌乱，他好像觉得他底一切已经到了不可收拾的地步了。他忽然想到：他为什么要这样呢？主要的，他将怎样对张芝英呢?

苟银山呻吟着，轻蔑地看着自己底腿。

“我看你倒还是拿手，大师父!”苟老太爷佩服地说，“你哪个学会这些的呀?”

“不要动。……”罗云汉以柔弱的、可怜的声音对苟银山说，“老太爷，你是知心人，说来话长!”他回答苟老太爷说；他底可怜的，震动不宁的心是被苟老太爷底这样的一句赞美击中了；他颓唐地坐了下来，“有一回，那是二十年前了，菩萨对我显了圣！你不信问问他们，”他指着黄清云，“我底上千担的谷子，几十间房子，都拿来敬了神了！我是一生忠心不渝，不过别人总是不相信，”他摇摇头，“唉，菩萨呀！菩萨呀！我过去是个造孽人，菩萨呀!”于是眼泪突然地涌了出来，接着他激动地抽咽了起来，并且哭出了声音。

这意外的眼泪是人生底椒盐。这些泪，这无限的伤心，引导着他走进了一个无上的境界。确确实实的，他是四十几岁了，胡里胡涂地扮演着各样的角色，这一出戏是离收场不远了。可怜的人，他是希望伟大与崇高，但直到现在还是只能和这些愚蠢的乡下人纠缠不清，他是多么渺小，他底一生是多么荒凉！在这陌生的旷野间，究竟是为了什么，你要忍受这些辛苦、欺凌和可怕的梦境！这些冷酷而可怕的人们，他们是随时都可以把你吞没！永远没有休息，你永远要提防着忽然杀来的刀枪！如果你死掉了，一定没有人可怜你，没有人为你悲哭；他们要诅咒你，憎恶你，践踏你底骨尸，索取赔偿，并且说你是一个混蛋，一个蟊贼，一个天大的骗子！这一切是为了什么？什么地方是你的家？什么地方你有温暖的眠床和亲人们底笑语？什么地方又是你底永远的归宿！你底娇嫩的、脆弱可怜的心哪，怎么忍受得了这么多的冷酷？你没有了财产，没有了面子，没有了你所不可缺少的一切一切，你今天在这里简直是和讨饭一样，别人还要这样的攻击你！

“菩萨呀，菩萨呀，唉，玉皇大帝呀！”罗云汉哭着喃喃地说，他是悲痛得失却了他底雄辩，除了这么重复地喊着以外，什么都说不出来了。

“师父，你老人家不要这样伤心，这个世界上，好人总是有的。”老板娘安慰着他，从柜台里面说。

“我们不伤心啊！”罗云汉闷闷地说：他底鼻管，是被一大块痰堵住了。“我心里就是想，这个世界上，芸芸众生如何得了啊……这位老板娘，我看你倒是一个善心人，你贵姓呀？”

“我姓陈。”老板娘高兴地说，“师父你贵姓呀？”

“在下是姓罗。”他回答——忽然地就完全平静了，那一阵意外的悲伤，虽然他非常地希望留住它，却不知怎么一来就飞得无影无踪了。他突然地拉住了那胖胖的陈老板娘，心里想——心里忽然地有了一团如火的甜甜的感情。“唉，芸芸众生如何得了啊！”——“嗳，你这位女善人，我还没有看到，你生得蛮漂亮哩！”他恍惚地说。

老板娘吃惊地看着他，于是发火了。

“你这个人，你这是啥子话！”

“我是说，”罗云汉毫不为难地说，“你本是一个官太太底命。唉，我这个人总是爱说真话，你不信就算了！”

"官太太，哼！"老板娘讥嘲地回答。

"你不信吧！我一看你底眉心我就晓得，"罗云汉说，对于自己底神通已经确信不疑，在一团如火的热情下站起来走了过去。"我一看就晓得你命里是注定了穿绸戴玉的，我又一看你底下巴，"他伸手去摸老板娘底下巴，然而在一击之下被打了回来了。

"你这个人！"老板娘愤怒地叫。

罗云汉，显出一种怪相来，冷酷地、讥刺地笑着，有如一个恶魔，在柜台面前站了很久。

"你要后悔的！天——降——灾！"他狠毒地说，"走！"他向黄清云喊。

于是他一直地走了出去。雨已经停止，地面复归于干燥；大量的灰白的云迅速地飘过田野。他走着，对于地面，天空，房屋，人们，都毫无感觉，心里存着那种要报复一切的狠毒的欲望。他底两个伙计沉默地跟随着他。

"陈二嫂，去叫陈二哥来打他；大伯，我说你又遭了瘟了，一千块钱！"苟银山愤恨地叫，"他会淌猫尿，我看他狗日的就是一个骗子！"

"那个狗日的！"老板娘咬牙切齿地说。

"算我倒楣！"苟老太爷气愤地说，"这包药，还是回去吃吃看！哪个又晓得他是不是骗子！"

"老子不吃，"苟银山说，把罗云汉底神药砸到地上去。但苟老太爷却觉得这是可惜的，把它检了起来揣在怀里了。接着他就把他底侄儿又背了起来。

苟银山，被碰痛了，大声地呻哽着，但却紧紧地盯着罗云汉底背影；他底眼睛里射出了残忍的光芒。

"喂，你站倒，老子揍你！"他在他底伯伯背上大声叫，"你个狗日的是个骗子，我说，你个狗日的是个骗子！骗子！"

罗云汉一直往前走去，好像没有听见。

"二爸，"黄清云不安地说，他虽然很苦恼，但对罗云汉还是非常忠心的，"二爸，那狗日的在骂你了。"

罗云汉不回答，一直往前走；他碰了钉子，也就沉默了。但王朝清露出了一个冷笑，忽然地心里有了毒辣的嘲弄的感情。

“喂，你听，他倒还会骂！”他说。

“告诉你我晓得！”罗云汉跳了起来吼叫着，“老子用天雷劈死你！”

“你……你劈嘛！”王朝清回答，发白了，愤怒地笑着。他忽然觉得他已经不能忍受了，虽然他心里仍然是颇为畏惧罗云汉的；他跳了起来大叫着，要打死罗云汉。黄清云走过来阻拦他，被他推到泥田里去，但这时罗云汉已经吓得一句话都不敢说，沿着石板路向前飞逃了。

八

“喂，王朝清，你这个人哪里来这大的气呀！”

当他们走到镇上的时候，罗云汉站在路边上陪着笑脸说，“要是我没得点耐心，你恐怕要爬到菩萨头上去……”

但王朝清不回答，走进了一家茶馆。罗云汉和黄清云跟着走了进去。王朝清开始抽烟，仍然一句话都不说。天色已经昏暗，茶馆里坐着很多的人。大家本来在说着什么的，见到罗云汉进来就忽然沉默了。

罗云汉感觉到周围的阴暗和沉默是带刺的。于是咳嗽了一声，教训起黄清云来。黄清云，不知为什么，总是感觉着罗云汉底权威，被他感动。常常地，当罗云汉友爱地对他说话的时候，他一句都听不清楚，却感激得要落下泪来。这或者是由于他底心地是过于简单，或者是由于他底本性底欺诈，总之，罗云汉是统治着他底精神，像一切主子统治着他们底奴仆一样。他虽然有时也不满罗云汉，但罗云汉在他底眼里终归是高超而不可企及的。在他从前在烟馆里当学徒的时候，他对他底那个凶恶的师父就有这样的心情；他是过于胆小又非常严肃，死心塌地尊奉着这一类的统治者，成为出色的奴才了。但他同时也畏惧着王朝清，觉得王朝清底冷淡而闪耀的目光是看透了他底心。他是也如他底主子一样，憎恨着那些窥探了他底内心的秘密的人。

当罗云汉不停地说着，黄清云不停地点着头的时候，一个留着长发的憔悴的老道士走过来了，在他底后面跟着白天里的那个姓邓的女人。老道士拍拍罗云汉底肩头，指着邓么嫂，叫他看看这是谁。

邓么嫂开始哭起来：她底男子死掉了。罗云汉在一阵恐怖里觉得非常的痛心，他想，人们是用多么毒辣的手段在对付他；他，罗云汉，不过是一个渺小的，受着伤的，可怜的人而已，人们怎么能够这么残酷？

“你赔我男子底命！”邓么嫂叫。

“老兄，你也未免太过分了！”老道士狰狞地笑着，说，“饭嘛，是大家吃的！”

“没得你底话，老子叫人把你抓起来！”罗云汉跳了起来叫，俨然一个小官僚。忽然地他高举着两手发疯一般地叫了起来：“打他！打他！王朝清替我打他！”

王朝清看了他一眼，坐着不动。

“打啊，黄清云，上去，打死他！”罗云汉狂暴地叫，跳着脚。

邓么嫂底哭声停止了。茶馆里大家寂静着，只听见罗云汉底叫打的声音。这是确实有一种力量的：老道士畏怯了。老道士，犹豫了一下之后，碰了一下黄清云，要他出去跟他谈。黄清云，带着胜利者的威风，走了出去。

“打啊！”罗云汉喊。

“唉，你兄弟，”走到外面，老道士感动地说，碰了一下黄清云底肩膀；为了庄严的缘故，黄清云把他推开了。“我底道号是怪鹤——这些地方哪个都晓得我！我跟你师父是没得仇的，不过你晓得那女人实在可怜！都是出门人，我们不必揭哪个的底，你跟你师父说，他拿五千块钱，我们了事！”老道士说。

“这个，我怕做不到。”黄清云骄傲地说。

“打啊！”罗云汉从里面喊着出来了。他的发狂的喊声，强大的声势，使黄清云在胜利中整个的陶醉了。于是，在这学徒的心里，光荣和勇敢的英雄的热情燃烧了起来，这种热情，是比那最神圣的恋火还要有力，它总是驱使着无数的热血的青年向前奔去，不管前面是什么，一直向前奔去……罗云汉在昏暗的街上张开了两臂，狂热地喊着："打啊！"黄清云就举起手来一个耳光打在那老道士底脸上。他又喊着，又是一个耳光打了下去。老道士稍一反抗，便被这年青的家伙掀倒在地上了。

"打，打呀！"罗云汉陶醉地喊着，高举着两臂，一直走到昏暗的街心去。老道士是整个的失败了，发出一种可怜的、哀求的声音来。

"跟老子磕个响头！"罗云汉叫。

老道士蹲在地上不动，黄清云一只脚踏在他底身上。人群寂静着。罗云汉威风无比，一定要老道士磕一个头。在寂静中显得毫无救助，老道士跪下来了。但突然的几个声音齐发，震动了街道。

"黄清云你跟我过来！"王朝清吼叫着。和他底声音同时，是老道士底失望的悲哭声和邓么嫂底惨痛的号叫声，人群里掀起了狂暴的波浪，大声喊打。

"你还我底男子底命呀！"邓么嫂叫着，人群向前挤动，一片混乱，罗云汉迅速地从黑暗中溜出，向前逃奔了。大家喊着捉住他，有十几个男子后面跟着狂叫着的妇女和小孩追了上去。但罗云汉正跳过了一道矮篱，消失在黑暗的田野里了。

这边，十几个人开始捶打黄清云了。王朝清挤过去预备劝说一下，他还没有开口，就挨了从背后击来的一拳。他大叫着打错人了，但大家认得他是罗云汉底"徒弟"，大叫着没有打错。并且继续喊打。他挣扎了一下就无力挣扎了，同时他也不希望挣扎，奇怪的是，这一场毒打在他底心里唤醒了强烈的快乐。他听见黄清云底喊救命的声音，他底快乐更强，他倒在地上，他尽力地招架着那些拳头。这些狂怒的人，有几个是在白天里曾经买了罗云汉底符咒的。他们终于歇下来了的时候，躺在地上的王朝清就看清了其中两个的愤怒的脸，这两张脸对于他似乎是熟悉的，他觉得他曾在哪里见过，他觉得它们是美丽的；他又听见那不幸的女人底哭声，他觉得沉醉、温柔，黑暗的空中有星宿闪耀，星宿降低，好像他伸手就可以捉到，他想哭，于是他长叹一声而哭起来了。

“弟兄伙们，我姓王，叫做王朝清，我是一个推船的人，推船推了半生！”他说，坐了起来，心里有幸福、亲爱、凄凉，哭着。

在离他不远的地方，黄清云抱着头坐在地上。黄清云不时动一下，揩着从嘴上流出来的血。

“这是教训你！”王朝清大声说，站了起来。黄清云不动，于是他可怜他，走过去拉他。他几乎是抱着把他从地上拉了起来。接触到王朝清底温暖的、亲切的身体，黄清云大哭了。

“对不起各位！”王朝清对大家说，又要哭。

“到里面来歇歇吧！”人们说。

“不了，谢谢！”

九

罗云汉向前逃奔，跌到一个干枯的水沟里去，就在这水沟里藏了起来。他听见人们走近这水沟，向各处叫骂着，然后回去了。他爬了出来……他决定明天清早不管天气如何都要出发。但他在走进庙门的时候发现一个黑影坐在门槛上。听见脚步声，这个黑影迅速地站了起来。他认出它是刘秀兰。

“你蹲门口干啥子？”他问。

“二表姐不见了！”她焦灼地回答。

罗云汉好像受了一击，站住不动，好久不能开口。终于他问：她是不是回去了？但刘秀兰回答说：张芝英没有提起要回去的事，不过在下午的时候曾经一个人哭了一场。他又问：她是不是曾经说过什么。刘秀兰说没有说什么。

“我跟你讲：你要听我底话啊！”忽然地罗云汉温和地说。他底声音使刘秀兰恐怖，然而她不敢动弹。

“你这娃儿是好的！”他拍拍她底头，说。

她退缩了一下。

“二爸,你拿二表姐底东西你还跟她吧!”刘秀兰,忽然地相信着罗云汉底善良,亲切地说。

“你不懂的!”罗云汉说,犹豫了一下,终于决定了什么似地,走了进去。

刘秀兰继续地站在星光下。她因和罗云汉的谈话而非常激动,刚才的亲切的、讨好的感情没有了。她突然强烈地仇恨着这个不可测的、阴险的人,并且感觉到自己底前途的可怕。她是因了这一切而落在孤单、绝望中了,但像一切少年一样,在她底这绝望的恐慌中是有着对不知什么伟大的东西的感激的、虔敬的感情。她原是以为张芝英是出去找罗云汉闹事的,现在罗云汉已经回来,她就决定自己去寻找她了。

她迅速地沿着小路向镇上走去。她祈祷着神明底护佑。她听见了迎面而来的呻吟的声音,当她认出来这是黄清云底声音时,她站下了。王朝清牵着黄清云走了过来,黄清云在呻吟底中间痛苦地喊着:“我没得办法啊! 我难过啊!”

“王朝清,”她喊,忽然地觉得非常亲切,好像在陌生的地方遇到了亲爱的人一样,虽然她从来没有和王朝清们说过一句话。“你们哪个了?”她问。

“刘秀兰,是你?”王朝清底亲爱的声音在黑暗中说,“说不得,姑娘! 你到哪里去?”

于是刘秀兰告诉了他已经发生的一切。他听着,叹息了一声。

“你一个人去找?”他问。

“我一个人。”

“黄清云,你自己回去吧”他想了一下说。黄清云没有说什么,并且没有再呻吟,独自向前走。于是王朝清领着刘秀兰向镇上走去。最初他们拘谨地沉默着,后来王朝清开始说话了。他用和同样年轻、同样身份的人说话的声音对这年轻的姑娘说着,不管他是在说什么……他在说刚才挨打的事情——总之他是使刘秀兰觉得自己已经是一个成人，要担负一切重大的东西了。刘秀兰是严肃而感激，她刚才还是一个小孩子，因为这个世界把她当作小孩子；现在她有了自己底意志、感情和理智了。

"罗云汉把我们这些人骗了。"王朝清说。

"我也是这样想的。"她用轻微的声音回答着，涌出了感激的、幸福的眼泪。

他们找遍了全镇都没有能找到张芝英。但刘秀兰觉得，她从不曾走过一条街，有如现在所走的这条街这样的美丽；她从不曾遇到过比今晚所遇到的更和善、更可爱的人们；并且从不曾这样地赞美自己。她想，她，刘秀兰，为了二表姐，为了敬神，是可以丢掉自己底性命的；她忽然想，人死了，不再活着了，到别的什么地方去了，是一件多好的事情。她忽然发觉王朝清很像她底舅舅童均贵。

"王朝清，你认不认得我底舅舅？"她问。

"是住在石子湾的？我听说过。"

"那天我们走过石子湾，他站在石头上喊我们，你没有看见？"

"对，我看见。他是你舅舅？"

"舅舅！"

"他怕过得还好吧！"

"他人多么好啊！"刘秀兰说。

"嗯，他是个好人。"王朝清说，不知为什么非常地感动，叹息着看着刘秀兰。刘秀兰笑了一下，于是叹息。"王朝清底心多好啊！"她想，迅速地走到暗影中，转身看着街口的昏暗的灯光。"我表姐她多可怜的啊！"她带着沉醉的、怜恤的神情说。

王朝清默默地站在黑暗中。他底生活里是从来不曾有过女性的。他是充满了甜蜜的感激和尊敬，看着刘秀兰底瘦弱的手臂，苍白的、出神的脸，以及垂在肩上的那两根细小的辫子。他觉得这一切是神圣的，她底整个的生命是一件奇迹，她是高超得不可企及，而他自己，不过是一个微贱的、下力的人。他再看着她底瘦弱的手臂和出神的、发光的脸，于是大的迷惘开始袭击着他底平静的生命了。

“你看那不是她来了！”刘秀兰说，于是突然地发出了一个尖锐的、狂喜的声音，向前奔去了。张芝英从一个巷口出现，听见这叫声就站住了，刘秀兰一直扑到她底身上去。看着刘秀兰底在暗影和微光中向前奔去的娇小的身体，王朝清叹了一口气，他底眼睛一阵热辣，于是远处的灯光变得晶莹而模糊。他又叹息了一声，好像他底生命已经非常的满足了。

“算了吧，我都要死了！”张芝英说，把刘秀兰推开去。刘秀兰默默地看着她底阴沉的脸，伤心而且屈辱，哭起来了。张芝英显得是非常的冷酷，看了她一眼，向前走去。

“二表姐，你是啷个了啊！”刘秀兰哭着跟在后面说。

“回去吧！”张芝英冷淡地说。

“你刚才在哪里啊！”

“我在街上耍。”

于是她不再说什么。刘秀兰恐惧地沉默了下来，跟着她走着。刘秀兰是已经把王朝清忘记了，但他是悄悄地跟在后面。

当她们走近庙门的时候，一个黑影从路边闪了出来。这是焦燥而失望的罗云汉。张芝英，好像没有看见他们的，向里面走去。但罗云汉喊了一声，她站下了。

“喊啥子？”

“跟你说话！”

“我们没得好说的！”她回答。但她仍然吩咐刘秀兰和王朝清先进去。他们进去了，然而是藏在门廊里偷听着。

罗云汉好久地在黑暗中站着不动。然后他突然地向张芝英走来。抓住了她底手。

“你是跑到哪里去了啊，把我急死了！”他喊。她摔开了他底手，没有回答。“哎，二姑，我是万箭钻心！”

“你说要啷个办？”

“我没得别的好说的，我底东西都还你那么多了，你饶了我啊!”

张芝英在嫌恶和愤怒中发着抖。一阵狂热在她底心里起来,她突然地取出了文契,预备把它们撕去。但突然的犹豫又使她把它们紧紧地揉在手中。

这是这样的:她和罗云汉的事情已经让吴老太婆知道,她觉得她底声名已经败裂。最初她想,事情既然已经如此,她只好跟着罗云汉去了。她底狂热是渴望着一个英雄的罗云汉,这狂热清醒,并且发觉了罗云汉对她的躲避时,她是完全绝望了。她刚才是到镇上去买了鸦片回来,决心自杀的。

她已经在绝境里活了这么多年,在她底心理上,她所能依持的只是她自己底贞节,虔敬,与洁白。那晚上的事情是在命运底恐吓之下,在迷胡中发生的,她底理智在当时所能允许的,只是这样的一个解释:她是希望挽救自己底财产。但这可怖事一经发生,财产对于她就变得毫不相干了。她已经失却了活下去的主要的依据了,她底生活已经从根底上被毁了。

她的确曾是贞节,虔敬,洁白,在很多年间,她是拿这个来作为武器,抵抗并攻击人们的。这个使她憎恨人们,这个使她高傲地倾向神明,这个使她神经变态,并且使她心里有可怕的热狂。但正是这可怕的热狂,也促使了那件不幸的事的成功。

在这个世界上,希望孤独地一个人去走理想之路,是不可能的。正如那些全不允许看见自己底弱点的理想家突然地完全被这弱点所占有的时候一样,到了终于明白自己是在疯狂地渴望着罗云汉的时候,张芝英,就完全绝望了。

当她揉搓着那几张破烂的东西,不能决定是否要把它们撕毁的时候,罗云汉对准它们扑过来了。她一个巴掌就把罗云汉打了开去——她自己都吃惊于她怎么会有这么大的力量。就在这迅速的一瞬间一切都决定了,那几张破旧的纸头被她撕得粉碎:她战胜了罗云汉了。

“好!”她想;面前的田野突然地在她底眼前变得明亮,好像全世界都在赞成她,一个孤零的女子底这种高贵的行为似的。

这是给了罗云汉一个可怕的打击，当他觉得她是不可轻侮的这个时候，他就被他底全部的罪恶所刺痛，在一种强大的压力之下，奔到她底脚前来跪下了。

"你饶了我啊!"他绝望地喊着，并且发出一阵唏嘘声来。但这只是很短的时间。张芝英静静地站着不动。于是他突然地站了起来，并且发出了一声冷笑。

"你吓不倒我的!"他说。

但张芝英仍然沉默着，在星光下可以看见她底脸上有柔弱、疲倦的神情，她举着她底眼睛向田野底朦胧的远处，好像她已经和她身边的一切，和罗云汉，并且和她自己底生命，隔离得很远了。不过后来她又感觉到身边的罗云汉，她想，这个人是多么可怜，卑劣，她一向还以为他总有一点诚实和正直的。她想着这个，她心里觉得甜蜜，她显得更柔弱和更疲倦，仍然半闭着眼睛眺望着远处：她就要和一切分别了。

她想到她从前也曾有过一个家，有过被自己渴望的人，虽然那一切并不怎么适意。此后她就是一个人了。她是一个孤零的女子，人们批评她恶毒。她背着这骂名一直到现在，但她即将用最重大的东西来证明她底良善和对于人们的爱了。她不久就要脱离人世，连同着它底微末的快乐和微茫的希望。她将去到神灵底座下，去到慈祥而光明的世界，而不是去到可怖的地狱中，这一点她是确信不疑的，因为她自觉是无罪的。

她觉得星光下的田野已经变得更明亮，她几乎可以看到，或者说，她几乎伸手就可以触摸到它里面的一切。有一阵凉爽的风吹起来了，但她忽然打了一个寒噤，觉得在这个世界上还有什么是她所不清楚的，她又看见了罗云汉底苍白的脸。

"我饶了你了!"她说，转身迅速地走了进去。她没有发觉躲在门廊里的刘秀兰。她迅速地走上了左厢的阁楼，不看老太婆们，坐了下来。她忽然不明了一切，不明了自己究竟有什么痛苦和不幸，她只是觉得昏乱。她站起来又走了出去，遇见了悲痛的刘秀兰，在她底询问的眼光下站住了。

"她年青……她不知道这些的。"她想,一阵昏晕使她靠在门边上。

"二表姐,"刘秀兰哀求地说,"去睡吧,明天要走路的!"

"秀兰,你要记着,我不过是一个心肠很坏的女子,我对不起多少人,对不起……他们……"她哭了起来,并且激动地想到自己底一生是多么丑恶,不洁,可怕,虽然她刚才还在坚决地相信着自己的无罪。但她在激动地哭了几声之后便停止了,这时她就明了她要做什么,也明了了她是怎样的不幸,她底心坚定有如铁石。她请刘秀兰去替她倒一杯水来。刘秀兰刚刚一走开,她就吞下了她买来的所有的鸦片,并吞下了手上的一个金戒指,这是她底死去的丈夫留下来的。

刘秀兰端着水回来的时候,她是伏在桌上。刘秀兰推着她,她抬起头来,喝下了杯里的水。然后她叫刘秀兰扶她到上面去睡。……

她默默地洗净了身体,换上了干净的衣服——这个女人就是这样地终结了她底一生了。对于她,似乎是只有这死亡的痛苦和热情才能把那个夜里的恐怖、沦落的印象挽救过来。在这个世界上,有多少人已经在物质的生活里得到了地盘,他们并不怎么为这种内心的沦落而痛苦的,他们倒常常是在恶毒地打击异己的时候取得了安慰——至少在所谓上流社会里这是如此。但张芝英是生活狭窄的乡下女人,在她底身上是存在着古旧的生活底强大的压力,并且她是虔信者,是神明促使了她底死亡,也是神明缓和了她底死亡的痛苦。神明在她底头顶上飞翔,她迫近了神明了,她底死亡是高贵的。

当老太婆们和刘秀兰被惊醒而围在她底身边,当她在痛苦地挣扎的时候,她底神情表示她已经获得了安慰。人们唤了罗云汉来,他立刻便明白一切了,迅速地在地上跪了下来,开始念佛。于是老太婆们开始念佛,但刘秀兰爬在她底身边,不停地哭着。

她挣扎着,但她告诉她底死去的丈夫,并告诉神明说,她已经因她底犯罪而付出代价,她已经赎了罪了,希望他们饶恕她,不要使她看见可怖的地狱。于是他们饶恕了她，地狱在升起来的一片慈祥的云里消失，她飞进了一片奇异的光明。但她忽然觉得她应该告诉人们以虔敬、纯洁地生活的真理，她害怕她在没有能说出这个之前便死去，于是她坐了起来。放在蒙着灰尘的高台上的微弱灯光照见了她底灰白的、抽搐的、坚毅的脸。

“求求菩萨保佑啊！”老太婆们跪在地上向墙壁碰着头喃喃地说；在她们底身上是堆积着如此之多的不幸，她们显得是苍老，无力，不能了解事实了；但正因此她们底祷告也就成了这个地面上的最强的呼声：“求求菩萨保佑啊！求求啊！”

“让我替她死了啦，菩萨，我今年六十一了。”吴老太婆祷告着说。“她是好人，她从来都对我们好，菩萨知道啊！”她们祷告着说。在她们底声音里面，夹着罗云汉底含糊不清的声音。

“求求菩萨保佑啊！”忽然地刘秀兰悲哭着说，跪在壁前迅速地磕着。她底年轻的、嘹亮的声音使得沉重的空气震动了一下。

“求求菩萨——我不做坏事啊！”恐怖的罗云汉忽然高声说，“我是有良心的啊！”

显然是，在这一瞬间，罗云汉恐怖地感觉到神明底压力了。他高声说着，发着抖，希望替自己辩护。但奇怪的是，老太婆们都不注意他，虽然她们约略知道他是张芝英致死的原因。她们丝毫都不注意，在她们里面，是有着怎样的一个犹大，这个犹大是只要一个钱就可以出卖神圣的人之子的。她们只是沉醉在她们底大悲苦之中，因祈祷而感觉到依稀的光明。

“我们都是瞎子，罪人，菩萨引导我们啊！”

“菩萨引导我们……”刘秀兰说，爬过去扶住了坐了起来的张芝英。

看见张芝英已经坐了起来，老太婆们寂静了。但仍然跪着。张芝英带着坚毅的、灰白的脸色注视着她们，忽然感觉到她是这样地爱着她们，但先前对她们却是多么的苛刻和罪恶，哭起来了。她知道她们每一个底痛苦的历史，知道她们底一切，但先前她居然不曾注意到这些。她们欠她底债吗？是她，张芝英，欠她们底债的。一阵内部的剧痛使她发抖而昏迷，但她底眼泪仍然如雨水一般地落了下来。她挣扎着向跪在角落里的罗云汉看了一眼，她突然用所有的力量站了起来，但即刻又跌下去了。

“罗云汉……走开！”她说。

“菩萨知道啊！”罗云汉磕着头说。

“走开！”

大家都望着罗云汉，于是他站起来走出去了。

“伯妈，你们……菩萨保佑你们！”张芝英用力大声说，“秀兰啊！”她喊，于是有一个沉重的打击落在她底脑门上，她仿佛看见了一片灿烂四射的光辉，她倒下去了。

首先是刘秀兰底声音，其次，老太婆们都喊着菩萨，大哭了起来。突然地罗云汉出魂一般地进来了，含着一个恶毒的冷笑，注视着悲哭着的无助的女人们。

十

大家因张芝英底死而耽搁了一天。罗云汉去找有钱的人们化缘，到处告诉人们说，有一个可怜的信女死了。草草地埋葬了死人以后，他心里觉得轻松，觉得再没有人可以阻碍他，对他报复，他可以慢慢地把那一份产业弄到手；但不久他就变得非常的沮丧。一种逐渐增加的压力来到了他底身上。每当他走过他们底面前，希望说什么的时候，黄清云们和老太婆们便沉默了下来，用憎恨的眼光看着他。他发怒了，于是老太婆们用神的名义向他叫嚣，并且威吓他，他于是感觉到了自己底孤单，觉得空虚，无味，可怕。他忽然觉得他会突然地就死掉，当他走过殿堂的时候，他想到张芝英底鬼魂是在黑暗的角落里监视着他，于是他不敢看这黑暗的角落，并且恐怖着死亡会马上降临。“菩萨救救弟子啊，我是一个罪人啊！”他在心里说，并且许着无数的愿，说他就要去行善，拜佛，做好事。“弟子明年就出家，菩萨啊！”他恐怖地说着，不久他就精疲力竭了，陷入一种昏迷的、麻木的状态。晚上的时候，两个乡丁来把他抓去了。镇长是当兵出身的，一个强壮的人，告诉他说，据装殓张芝英的小甲说，张芝英的死非常可疑，并说他是妖言惑众。这个镇长，因为出身行伍，是非常痛恨罗云汉这一类的法师或道士的，罗云汉老是回答着："我不敢啊，镇长！我哪里敢啊！"激起了他底愤怒，他开始打他了。在他底一股蛮劲之下，罗云汉吃了十几个耳光，但他仍然只是说："我不敢啊！"

"你昨天要打别个呢！"镇长说，又是十几个耳光。罗云汉现在是比任何时候都恐怖，跪下来磕着头了。但当他忽然想到他也是一个绅士，是上等人家的子弟，并且从前曾经那么有势力——当他想到这些的时候，他就伤心地大哭了起来。于是他恢复了他底胆量，站起来说，他不过是替地方上做事，他底父亲曾经当过镇长的。他又说，他是社会上的人，他们码头上的张大爷给他有名片带在身上的。他取出这名片来。

他底这一番话，和这一张名片似乎是发生了效力了。镇长好久地沉思着。

"既是自家人，何不早说呢？"镇长讥刺地笑着说。

"我哪里来得及说啊！"罗云汉回答，快乐地，得意地笑着，对镇长发生了强烈的爱情了。

"好吧！你看怎么说吧！"

于是镇长转过身去，收拾着桌上的什么。罗云汉开始数票子了，他原是在那种对这个镇长的亲爱的激动里决定给两万元钱的，但一数起票子来，就颇为痛心，并觉得这个家伙大概可以马虎了，他数了五千元钱放在桌上。

"镇长……"

"好，没得你底事！"镇长说。

他刚一走出门，镇长就大叫了起来。于是他走转去。镇长站在门边，抓着那五千块钱，对他轻蔑地笑着。

"你是还要挨打吧！五千块钱！你狗日的以为我是生萝卜呢！"

"不是的，镇长，我们是七八个人底伙食钱呀，镇长，我改天孝敬！”

“不行！”镇长爽快地说，“你以为老子这几个钱就要！老子再给你两耳光！”

“镇长！”

“给你两耳光！”

于是罗云汉又开始数票子了，在身上这里那里一张一张地摸着。镇长看着他，末后不耐烦了，说是要叫乡丁来搜。罗云汉这才恐慌起来，并且又涌起了对这个有势力的爽快人的亲爱之情，数足了一万五千。

但这亲爱的爽快人毫不感激，接了钱，骂了一声狗日的，并且在他底腿上狠狠地踢了一脚，叫他走开。

但是，说也奇怪，罗云汉觉得自己又有了生机了，那恐怖和绝望离去了。他简直不能抑止那对这镇长的亲爱的激动。他走了出来，在黑暗的街上，他底血液是因这亲爱的激动而奔腾着。他又可以在街上毫无畏惧地走着了！这是因为，那镇长对他是多么好，曾经那么甜蜜地踢了他一脚——至于那些耳光呢，那却是全然因为误会，不相干的。

他愈爱这镇长，就愈得意，快乐，觉得自己毕竟是上等人，于是他唱起一支什么歌来。于是，那些无助的女人们，就又整个地落在他底恶毒的统治之中。

第二天黎明，他们又出发了。

他们首先走进了一条宽阔的山沟，道路的两边的灰绿色的麦田。道路渐渐地窄起来，野草和干枯的胡豆藤伸在路上；两边的山渐渐高大，道路更窄，末后便看不到什么耕作的痕迹，他们走入荒山了。他们沿着堰堤的高陂慢慢地爬着，在太阳变得十分毒辣的中午，他们又饥又渴，升上了一个荒凉的峡口。他们忽然地看见了山下的大片辽阔的、笼罩着蓝色的薄雾的景色，这景色使得他们有一阵眩晕，他们好像是已经升上了大地底峰顶而与壮丽的青天相接。

在那漂渺而遥远的下面，在似乎是那无穷的辽阔之中，从左到右斜斜地贯穿着一条看来是异常细瘦的江流——这就是那条从秦岭中出来的有名的嘉陵江了。它时而夺目地在阳光中一闪，时而流入一片阴凉的暗影，时而消失在灰色的村落底后面，时而又从一片绿色的树丛中流了出来。在蔚蓝的薄雾之中，在辉煌的天空之下，它愈流向右边愈是闪耀得夺目，最后便在一片明亮的晕光中消失在淡淡的山群中了。

白色的、明亮的云群从群山底后面缓缓地上升，从这云群是迅速地浮出了一个白色的泡沫，又浮出了一个白色的泡沫，它们忽然地奇异地伸展，变成了大片的云。它们迅速地向太阳飞升，在无比的欢快中遮没了太阳，于是在大地底中央投下了一个圆形的、美丽的暗影。这暗影忽然地就落在峡口上，罩住了人们，于是空气透明而安静。但不久这暗影便消失，白云欢快地飞向天边，赤热的光明又复统治了大地。

人们疲倦了！人们失望，人们沮丧了，这途程是多么艰苦，究竟在何处才是它底终点？究竟何处有神明？究竟什么地方才是一切罪恶，无耻，不义底终结！伟大辉煌的苍天和厚黑暗的地步[①]啊，有谁能回答这个问题？那些死者他们都到哪里去了？无数代的人们走过这条路，从不知什么时候起人们就如此地捧着杯子沿这条路走来，祈求着米谷，豆子，盐和水，他们都到哪里去了？在遥远而又遥远的从前，你也曾有过幸福、美丽、轻快的时光，至少是也曾想像过这样的时光！那时候你底心头有欢喜，伟大的期待弥满了你底整个的生命，你底心里是跳跃着对于一切一切的亲爱，这一切现在是到哪里去了？

当老人们这样地感觉着，默默地坐在地上的时候，刘秀兰想到她底死去的二表姐而哭起来了。老人们，听着这年轻的哭声觉得安慰，没有阻拦她。她哭着说，她原是预备跟二表姐去修行的，没有了二表姐，她不知怎样是好了。

大家仍然肃静着，听得见风在干枯的山柴林里呻吟的声音。

---

① “厚黑暗的地步”，或为借自鲁迅作品的词句“仁厚黑暗的地母”之误植。

听着这哭声，罗云汉重又觉得自己底生命是无味，空虚，可怕。他快要老了，他也许就要死了，那么他在这里跑着闹着究竟是为了什么呢？他身边的这些人们究竟与他有什么关系呢？但正在他这样苦闷地想着，感到强大的恐惧的时候，他注视着那年轻的姑娘，一个疯狂的欲念在他底心里发生了：这些人是都在他底掌握之中，他不是很容易把这漂亮的姑娘弄到手么？于是他受了一击似地站了起来。

“走了！有啥好哭的？”

“她哭她的，跟你有啥子关系？”王老太婆愤怒地叫。

“没有你底话！”罗云汉叫。

“那你这个人！”

“你看！”罗云汉狠毒地说，“要是你再开半句腔，你就替我滚回去！”

“我……我是要滚回去的，我敬菩萨，”王老太婆叫，站了起来；突然的不知道要说什么，像受欺的小孩一般地哭起来了。“我们都死了，你就高兴……哎哟我那个儿你娘底命好苦哇！”

“我怕还没得这么多工夫来高兴哩！”罗云汉冷笑着说，但他还没有说完，另外的三个老女人一齐叫起来了。她们从他底四面八方尖锐地、愤怒地叫了起来，并且都站了起来了。同时，王朝清们也都站起来了。

罗云汉气得一句话都说不出来，终于他叫着说，他再不管事了，冷笑了一声向坡下奔去，老太婆们大叫着要他拿出钱来，可是他不回头。这样，吴老太婆就追下去了。他突然地转过身子来等着，吴老太婆刚刚走近他，他就狂暴地把她推到荒草里去，并且抬起头来。

正当老太婆们犹豫而害怕的时候，刘秀兰突然站了起来，跑下了两级台阶，对罗云汉抛出了一块石头。他一点都没有提防这个，因此这石头击中了他底胸口，使他几乎滚下山去。他刚要吼叫，第二块石头落在他底左肩上了。

于是无数的石头、泥块飞了下来。他跳到荒草中去，还击着，并向上面恶毒地咒骂着。因为他有了防备，女人们都不能击中他了，他就叫骂得更激昂。

但这时飞来了一大块硬泥，击中了他底顶门，同时发出了董老么底狂喜的叫好的声音。

“好，王朝清，老子没得工钱给你！”罗云汉叫。

“你敢！”王朝清叫，狂暴而发抖，突然地举起了一块有一个小孩那么大的可怕的石头。

罗云汉呆呆地，恐怖地看着上面，沉默了。罗云汉，现在是恰如那些终于遇到了震撼帝国的造反的暴君一样，快要从他底王座上滚下来了。他，这个虽然渺小却是可怕的统治者，更是指望一下子就能够吓退这个野蛮的反叛，现在是濒临绝境了。但他还有一套法宝，这就是撒娇的本领：他是本能地相信他底生命底贵重的，于是他觉得非常的伤心，忽然地用痛哭的声音大叫着说：“菩萨有眼睛，你们打死我好了，你们打死我呀！”这样地哭叫着向上面冲来了。他真的相信那可怕的大石头就要飞起来，他就要死去了。这果然是非常有效的：老太婆们吓得站住不动了，王朝清也轻轻地放下了那块大石头，他平安无事地一直冲到上面，毕竟没有死掉，然而却不能抑制那悲伤的感情，跳着脚大哭了起来。

“菩萨在上，要是你们把我打死了啊，你们这些人啊！我罗云汉辛辛苦苦地跑路是为哪个？是为你们好啊！我这个人就是表面上看起来狠，其实我心里多体贴你们啊，你们不晓得你们是可怜人啊！啊啊，还有你，秀兰啊！”

大家默默地望着他，唯有刘秀兰不看他，她向着山下，她底脸色是阴沉的。

从这时候起，这年轻的姑娘便开始对罗云汉做着殊死的斗争。

十一

最初是黄太婆底负气的走，其次是张芝英底死，这集团是变得无力而可怜了。剩下来的四个老太婆全是孤苦无依，但也更为虔信，因此是无力抗拒罗云汉的。不过，在张芝英死后，王朝清们开始帮助女人们。她们底孤单、沉默、可怜的神情，以及她们底坚贞不渝的虔信，感动了他们，并使他们在可能的范围之内变得虔信了。他们也决心到观音寺里去做一次朝拜，并愿意对她们捐出他们底一部份的钱。打架的当天晚上，他们强硬地向罗云汉索取了工钱，给了女人们每个人两千。

只有罗云汉是孤零的。自从那一次挨打之后，黄清云不曾和他说过一句话。这孤零的景况逼迫着他底心，使他时时地憎恨而渴望报复。但因了张芝英底死，他底心不能平安了。他底生命里从不曾有过美丽、和谐、轻快的东西，他的确也渴望这样的东西，但几十年来的悲惨的挣扎，好像落在泥溏里一样，他只能愈落愈深，他现在比从前更为渴望平安、平静的生活，但每个深夜里他都要恐怖地醒来。他信不信神呢？这是很难说的，但在这种时候，神明是以千钧的力量压迫着他底呼吸。于是他觉得他就要死去了。于是他会忽然地听到张芝英底冷笑的声音。有的时候，他会恐怖地大叫着醒来。有的时候，他想到了那个月夜里他引诱张芝英的景况，他会非常悔恨，他会觉得他原是真的爱她，他原是可以使她和他一道生活，使她代为他底亲人的。他不是多少时候以来就渴望着亲爱的家庭的么？为什么在那一夜之后他会那样的害怕，胡涂，以至于反复无常，败坏了一切？

但是仍然是反复无常，他底生命不是他自己能够做主的。当他又一次地决心行善的时候，他底目光是在注视着那可怜孤女了。

他们重又行走在荒山之中，一直没有雨，没有阴云，天气更炎热。道路的两旁是凌乱的、巨大的、白色的岩石，各处是不毛的山丘，这一切增加了热度。这一带的山群看来是在逐渐地崩解，各处都是光秃的，并且呈显着巨大的裂痕。显然的，只要来一次暴雨，无数的岩石就会从裂痕上脱下，狰狞地竖立在道路底两旁了。人们走在这岩石之间，时常要从它们底上面爬过去，并且时常好几里遇不到人烟，人们觉得是已经离开了人间的一切。老太婆们底衣服都被撕破，挂着褴褛的布片；汗水混合着泥污涂满了她们底面孔，最后，她们是连怨恨的气力都没有，似乎就要完全倒下了。

可是，对于刘秀兰，这可怕的路途本身倒是能够忍受的。不但是能够忍受，并且它还是必须的——它在她底满布着原始的幻梦的心中变成了一种宗教的试验。她底二表姐底死，罗云汉底可怕，老人们底可怜，在这一瞬间，是增加了她底勇气了。这原始的幻梦是用神灵和鬼怪所构成。现在，她是已经如她所渴望地远离了家乡和人们，迫近了那个神圣的殿堂了。这个神圣的殿堂是在群峰底最高的地方，它矗立在阴沉的天穹下，缭绕着迷蒙的云雾，超脱了人间底一切悲苦。

这一幅图画，是在她还是小孩的时候就构成了。那些日子，人们说着观音寺底伟大的钟，它有几万斤重，它在一个奇异的早晨发着巨响从天外飞来，降落在一棵一直伸入云雾的古树上。人们说着，在这宏亮而神奇的钟声之下，无数的年青的、纯洁的信女们曾经得道飞升。人们说着，在静寂的深夜里神钟自己响起来了，于是一片夺目的光华照耀在群山之间，一个可畏的大声之后，几个一直在神座前跪到这深夜的悲苦的女子忽然地消失了，仅在地面上留着她们底尘世的衣裳。人们又说道，有一个年轻的女子，被她底公婆打骂又被她底男子抛弃，黎明的时候跪着一步一步地爬上了观音寺。忽然地一个提着篮子的、白发的老太婆出现了，她跟着这老太婆一直走进深山，从此不再回来，于是人们替她在山脚下修了一个庙宇。这老太婆就是神圣的观音自己。

虔信的人，悲苦的人，感激着神明，逃避着可怖的人世的处女们，她们随时都会遇见神圣的观音自己。虔信的人，悲苦的人，被侮辱与被损害的处女们，她们随时被观音自己接去了，于是一直到永远永远，生活在莲座底四周，在那一片奇异的光华之中。她，刘秀兰，将要为死者，为生者，为自己，为青春，为悲伤，为一切一切，跪着而爬上观音寺，然后她就去了，在地面上留着她底尘世的衣裳。

于是她想，她应该弄一点钱在身上，好在必要的时候独自逃开罗云汉。不久她就决心这么干了，她要独自一个人向观音寺飞奔。因此，在遇到村落，罗云汉又开始为赎罪而行善，出卖神药、香灰的时候，她就单独地跑开去，背着一个口袋，化起缘来。

她简直不相信她会化到钱的。但她意外地遇到了一个背着孩子的女人，在问了她之后，非常热烈地把她带到她底家里去，给她钱，给她东西吃，并且为她喊来了所有的邻人们。人们问着她底家世，姓名，并且告诉她说，今年的旱象已经确定了，小春全部被摧残了，希望她为他们到观音寺上去祈祷。

她自己觉得她不过是一个幼稚的孩子，因此人们对她的态度使她感动而惊异。人们不仅把她当作知道一切的成人，并且把她当作一种神圣的存在。即使是老人们，也用着一种恭敬的声调对她说话。大家向她诉苦，请她转告菩萨，拯救他们。

她非常的不安了，觉得自己对不起这些人，于是告诉他们说，她不晓得她能不能求得动菩萨。

“姑娘，你是干净的，菩萨会听你说的！”一个瞎了一只眼睛的老头子说，“我们这些人……”他指着大家说，“一生是造孽的，我们祈求姑娘说一声，不要叫我们都饿死。”

“我要求。”刘秀兰用忍受不住的、窒息的声音说。

“姑娘，你想必晓得，是这个样子的，”独眼的老人用颤抖的声音说，“观音菩萨在四十年前显过一次真身，那是我们场上一个姑娘去求的，她当时就晕过去，后来就不见了。那一年子我们就是丰收……观音菩萨是听年轻的姑娘底话的，要是你一哭，菩萨就心软了。”

刘秀兰激动得说不出话来了。她想说，她愿意死，要是菩萨真能心软的话；但她觉得她一开口就会哭出来。

“姑娘，我们记得你的，救救我们啊！”一个女人说。

“姑娘，我们这些罪人都是走不开的！”

"几十年遇不到一个这样年轻的姑娘求神了!"一个黑胡子的、瘦小的老人说,坐在门槛上,严肃地看着她,"我说天道坏了,姑娘,你前生来世都是神!"

"这里是刘二嫂的两百元,"抱孩子的女人走进来说,"你转来的时候拢我们这里啊!"

刘秀兰,一时发红,一时苍白,她底眼睛燃烧一般地注视着前面。在众人底注视和赞美之下,她底脑后似乎是有了圣洁的晕光了。有的人甚至就以为她是神圣的观音自己了。很快地门口就围住了几十个人,大家静默着,似乎是在期待着发生奇迹。

刘秀兰突然站了起来,垂下她底瘦弱的两手,看着大家。

"我要求的……谢谢你们!"她说,快乐地、疯狂地哭了起来,"我宁愿死,伯伯妈妈们,我要求的!"

她走了出来,人们静静地站开,给她让路。她走到街上,后面尾随着大群的人,并且有好几个女人追上来和她说话。她宁愿立刻就死,为了这些人们!

忽然地远远的地方有一个年轻的男子挥着手臂叫着:"来看观音菩萨显灵呀!"于是从各个角落里人们出现在赤热的阳光下,向她跑来。没有多久,成百的人围着她了。她,刘秀兰,无知的乡下姑娘,穿着肮脏而汗湿的蓝布短衫,在单薄的肩上垂着两根用黑线扎着的瘦小的辫子,成为显圣的观音菩萨了。她垂着两手站着,环顾着人们,然后低下头来。她现在是觉得恐怖了,她又觉得难过,她觉得她是虚伪,欺骗了这些人。

"菩萨啊!"一个老太婆喃喃地说,紧张地看着她。

"菩萨,求菩萨救救我们啊!"

"可怜我们这些苦人啊!"

"啥子事啥子菩萨呀!"一个瘦长的女人大声叫着跑了过来,但立刻沉默。

这是这地面上的一个奇迹。这奇迹是这样简单地就发生了。刘秀兰恐慌地低着头。

"我不是,"她抬起头来说,"我叫刘秀兰,我不是!"

“菩萨啊!”人们说。

刘秀兰底否认使人们更确信。刘秀兰沉默着,于是紧张的沉默统治了围着她而站在赤热的阳光下的人们。忽然地人们沉默地,悄悄地耳语,忽然地又沉默了。

“开玩笑啊,一个小娃娃!”一个担着水桶的汉子大声说,但他也忽然沉默。

罗云汉向这边跑来了。他从人们底肩上伸头看了一下,就发怒地、骄傲地叫了起来,并且向里面挤去。刘秀兰迅速地看了他一眼,忽然地萌生了对他报复的念头,于是空空地看着他。

“打他! 撵他走!”她狂怒地叫,指着罗云汉;她不曾料到自己会有这样的勇气的。

罗云汉冷笑了一声。人们憎恶他,对于他们底神圣的对象的侵犯,并且他刚才所要的神通也使大家嫉恨,于是有好几个乡下人一涌而上,把他推了出来,并且把他掀在地上了。他发疯一般地叫着,爬了起来就向前逃奔。

“各位,我要求菩萨的——我宁愿死!”刘秀兰大声说,重新激动地哭了出来,向前走去,于是人们给她让路。

十二

在他们离开这乡场又上路的时候,罗云汉显得非常阴沉,他不时从鼻子里轻轻地哼着。威胁地看着刘秀兰。刘秀兰,由于一时的得意和愤激,利用着人们对他作了那种报复之后,便落在恐惧里面了。她这时才觉悟到,她,一个年轻的姑娘,要单独地去走剩下来的一百多里路,并且单独地走几百里的长途回转去,是不可能的。她抵抗着罗云汉,但后来她不能忍受内心底这种紧张的状态,希望着和罗云汉妥协了。罗云汉嘲笑着她底“菩萨显圣”,这种嘲笑是刻毒的,因为他相信显圣之类是必须由他来干的。在他底冷言冷语之下,她傍着王老太婆慢慢地走着,显得稚弱,可怜,快要哭出来了。她想说并不是她自己要“显圣”的,但她不知道怎样说法。而忽然地她完全软弱了,对罗云汉发生了一阵热切的冲动。

“罗二爸，这里是我化到的三千块钱!”她说，从荷包里摸出钱来，递给罗云汉，含着眼泪，觉得他也是和自己一样的善良易感，希望他饶恕她。

她底明亮的、含泪的、哀求的眼睛向着他。她希望，在这条艰难的道路上，能够依赖着他；她希望他不再恫吓她。他接了钱，沉默了，轻蔑地笑了一笑，向前走去。

“罗二爸，又不是我自己要做菩萨的……”她望着他说，“是他们说生活苦……”

“嗯，那是的!”罗云汉说。他忽然地也有了一阵亲热的感动，感激着这纯洁的姑娘，软下来了。他想，他已经做错了事，害了张芝英了；他自己既是一个不能对自己做主的可怜的人，他不应该再害刘秀兰的。忽然地又是对死亡的强烈的恐怖，他觉得他底内脏在腐烂、流血，他觉得胸前有强大的苦闷，他觉得他是被这长期的辛苦所折磨，就要死掉，再不能回到场上去了。他觉得他是一个真正的可怜人，他是有罪的，但其实他何尝愿意去犯罪：他是无罪的。这种对死亡的恐怖的感觉使他软弱无力，全身都浸在冷汗里，并且四肢发冷。在他的眼前天地变得阴暗可怕，它们似乎正在合拢来；似乎一切都干枯、腐朽，一切都可憎痛苦，一切都流着脓和血，遍地都是腥臭。他不能再忍受，他觉得远处的高山正飞起向他压来。

他有了一阵强烈的昏迷，他突然觉得更窒息，简直不能呼吸了，于是他在心里拼命地大叫着，恳求神的饶恕，说他就要去行善。他渴望倒到地上去休息，永远地，永远地休息，但他又觉得一倒下去一切就会更痛苦而可怕。他要休息，永远地休息，不过，那会不是休息，而是——死。腥臭，浓血，寂静。

他大叫了一声从这昏迷和恐怖里冲出来了。

“秀兰，”他无力地说，他底嘴唇灰白而发抖，“凭你底心说，我是不是一个坏人？——哎，我好难受啊!”

他底渴望的、燃烧的目光向着刘秀兰。刘秀兰，不熟悉这种闪耀着死的恐怖和求生的痛苦的眼光，虽然这眼光里是有着强烈的对于人们的渴望。她觉得害怕，低下头来了。在这一瞬间，罗云汉是无辜的。他只是简单地渴求着纯洁的人们底安慰，他也渴望能真的爱人们。在他底一生里，这是几乎不曾有过的。

他用发抖的枯瘦的手慌乱地揩着头上的汗水。他底脸上仍然有着那种精疲力竭的、昏迷的神情。

“姑娘，你说吧，我是不是一个坏人？我这个人，该不该活？”他急切地、慌乱地问。

刘秀兰惊异地看着他，他匆促地、恍惚地、惭愧地笑了一笑。

“菩萨总是会指点可怜人的，”他底发抖的声音说，“我这个人一生是可怜的，我从前被别个害惨了！……要是我这个人死了，你怕是不会流一滴眼泪的吧！”他喘息着说。

“罗二爸，我们晓得你，不要说这些难过的话吧！”王老太婆说，她艰难地走着，全身都汗湿了。

“我还是要说的！”罗云汉紧张地说，扯起衣服来揩着脸上的汗，“秀兰，你是好人，你心里干净，菩萨会答应你的。不过菩萨不会答应我，”他喘息着，“你也不会可怜我的吧，我要死了！”

他底脸上又出现了一阵灰白的、猛烈的神情。刘秀兰被震动了。

“二爸，我不怪你的，你是好人！”她说。

“谢谢你，姑娘……”罗云汉说，突然地他拉起衣服来蒙着脸，站住不动了。大家站下来，看见他在不住地摇着头。突然地他发出了一个猛烈的哭声，在发烫的沙地上坐跌下去了。

大家迅速地扶着他，并且从一个瓶里灌水给他喝。他开始安静。然而又非常伤心，哭起来了。他现在——多么意外的——是多么爱着这几个老太婆啊！就好像她们是他底母亲一样！他已经好多年不曾知道这种慈爱，这种关切了；这是多么可怕的一串光阴！啊，但愿他底白发的亲娘仍然活在人世！但愿她轻轻地抱起他来，在凄凉的暮色中向温暖的家屋走去——但愿人间底一切神圣的憧憬能够实现！

可是他是念念不忘刘秀兰的，他哭着转向了她。

“唉，秀兰，你看我是多么难过啊！”

“不要难过吧！”刘秀兰安慰着他，不觉地打了一个寒战，觉得一切是很可怕的。

就在这个晚上，刘秀兰就落在这“可怜的人”或骗子、恶棍底手中了。

十三

晚上，他们到了一个较大的县城，在一座破烂的文庙里住了下来。王朝清们到街上玩去了。老太婆们遇见了从别处来的敬香的人们和求雨的人们，会到了熟人，去她们那里谈天去了。刘秀兰最初是和她们一道的，后来，觉得心里很难受，独自回到文庙里来。

她们是宿在文庙里面的一座戏台上。戏台底两边垂着几大条破烂的布幔，并且有好几根绳索从顶上一直垂到台面；晚上有干燥的风，布幔在风里飘扬着。风吹在戏台前面的荒凉的院落里，发出一种嘘嘘的声音来。而院落两边的黑暗的座厢里，耗子们奔窜着，有时带着它们底骚闹一直奔到戏台底后面，使得整个的座厢都发着可怕的轰响。街市底声音渐渐地沉寂下去了，风声和耗子声时而单调地此起彼落，时而喧闹地搅在一起。

刘秀兰点了一支蜡烛，用绳索系好右边的破布幔，坐在她底铺上。熟悉了周围的这些声音之后，她就不觉得害怕了，并且她惯于孤独，从小就是颇为胆大的。慢慢地她底疲劳和心里的难以说明的难受都消失了，她平静了下来，开始想到她底一切，从张芝英、罗云汉，一直想到久远的从前。她更确定地想到，一个女子，她底全生命都是不幸的；人世上充满了迫害，女子总是弱者。虽然她对她底不知在何方的父亲现在并没有怨恨，她却坚决地肯定了他是不义的。她想，她虽然很可怜他，却无论如何不想再见到他——除非他能使她底妈妈活转来。她接着就想到，她现在是孤单的，再没有可以依靠的人了。

想着这些的时候，她不时抬起手来弄一弄她底凌乱的辫子。这个动作她自己是不曾觉察到的。这个动作使她心里有温甜的情感，使她充分地感觉到自己底年轻，健康，美丽。她底思想沿着弯曲的道路向它底固定的终结走去，这个终结是：观音寺，受苦，修行。她底整个的生命却向另一个地方走去，这是爱情，生活，工作。她决不曾意识到这种分歧，但也就因此，观音寺等等变成了她底青春的理想了。

她刚才和老太婆们在一起很难受。她对她们感到倦厌，没有耐心：她们底那个观音寺不是她底观音寺。她并不是为了祈求米谷，豆子，盐和水而来的。她受苦是为了一个更为崇高的目标。她想，张芝英死了，她如果回到场上去，是没有依靠，不能够生活的，那么她现在是决不回去了。

她想到白天里人们包围着她而对她祈求的情景，一阵兴奋使她站了起来。这些人多么爱她啊，她能够对得起这些人吗？的确的，人们到处说着天旱的事，从冬天以来雨水便很稀少，那么她能够是独眼的老人所说的四十年前的那个倒在观音底脚下的女子吗？现在距离观音寺是只有两天的路程了，她宁愿死！

接着她又盘着腿坐在铺上。忽然地大风使布幔张开，蜡烛熄灭了。风在朽老的庙宇里吹出的声音和耗子们底轰轰的奔驰声交杂在一起，她紧张地望着前面。

“观音菩萨啊，我是一个孤苦的女子！我从来没有做过坏事，他们说四十年前有一个女子求动过你，我现在也是求你！”她用清晰的小声在黑暗中说，“菩萨啊，你总是很慈悲，你不会不晓得我们这些人底日子是这样难过，菩萨啊，你低下眼睛来看看，你看田地都枯焦了，各家的人当兵去没有回来，老人们没得吃的，他们还要上捐交税！菩萨啊，把我拿去，拿雨水给他们！把我拿去，拿谷子给他们！把我拿去……”

她叫菩萨把她拿去，她流泪，在黑暗中作揖弯腰一直到地面。

这时，罗云汉悄悄地从左厢向戏台走来。他站下来，听见了刘秀兰底祷告。这祷告现在对于他没有意义。他一直走进了戏台。于是刘秀兰恐怖地尖叫了一声。

"秀兰!"他喊。刘秀兰在黑暗中站了起来,问他干什么来。

"菩萨叫我来的!"罗云汉回答,不在乎地笑着。

刘秀兰沉默着。他突然地扑过来用什么东西塞住了她底嘴。

"我给你十万块钱。"在她拼命地挣扎着的时候他说,"要么你跟我上城里去。"

当这野兽在侮辱这年轻的姑娘的时候,他心里是觉得非常的恐怖的。他觉得不是他自己要做这事的;他在这世界上所做的一切事都不是他自己要做的,他是服从着某种可怕的东西,他明白地觉得这种可怕的东西终于要毁灭他底生命。在风声之后是突然的寂静,他突然抬头看见张芝英披着长发站在他底面前,他恐怖地大叫了一声逃进了黑暗的座厢。

他忽然又看见张芝英站在座厢中,在漆黑一团中发出淡白的微光来。于是他转身向左边奔去。枯朽的楼板突然地陷落,他跌了下去,落在后台下面底木柱当中,昏迷过去了。

这边,刘秀兰尖叫起来了。于是传来了撞着庙门的声音——这庙门是被罗云汉闩起来的——刘秀兰奔过去开了门闩,奔进来的,是那四个喝得半醉的"童男子"。

刘秀兰没有哭,并且忘记了痛苦,她是有着一切仇恨中的最强的仇恨,她大声地告诉人们说:罗云汉把她强奸了。然后她指给大家说,罗云汉就藏在戏台底后面。

于是四个愤怒的乡下人闩上了门,跟着她上了戏台,点燃了蜡烛,开始寻找罗云汉。

但他们好久不能寻着他。老太婆们回来了,不久之后,很多人听到了这件事而涌进了文庙。大家散在院落里和戏台上,有人高举着火把。人们时而嘈杂,时而寂静,但大家仍然没有找到罗云汉。

更多,更多的人涌进了文庙,各处亮着灯笼火把。那个被污辱的年轻的姑娘，对着大家底好奇的目光，在火把底照明下，静静地站在台上。她底表情不是悲苦，不是恐惧，而是冰冷的坚决。她大声地向人们说，罗云汉一定没有能逃走。

忽然的王朝清底声音在戏台底下叫："死了！——跌死了！"于是大家寂静。

"死的也拖出来！"一个举着火把的强壮的人在院落里回答。

传来了人身碰在木柱上的沉闷的声音。

"没有死！"王朝清又叫。

"拖出来！"七八个声音喊。

软弱的、昏迷的罗云汉被从戏台下面抬了出来。人们立刻向前涌去。但又立刻寂静，大家看见刘秀兰迅速地走下了戏台。

人们放下了罗云汉，他就坐在地上，开始发出呻吟来。看见刘秀兰对他走来，他就立刻向她跪下。刘秀兰在离他两步的地方站定。

刘秀兰是冰冷，安静，她是复仇的女神，虽然她不过是一个稚弱的姑娘。

"哪个有刀子的？"她环顾着人们，用轻微的声音问。

"我对不起你——我是一个可怜人啊！"罗云汉磕下头去，说，于是不停地磕着头。

"有……有刀子没得？"刘秀兰说，忽然地全身都震动；她不能再迟延一秒钟了。

但在大家底寂静中——大家都惊异着这个年轻的女子——罗云汉忽然地跳起来就逃。他居然冲开了人们——他向门外逃去。

人群发出了强大的喊声。罗云汉刚刚逃进门廊，就倒在拳头、棍子、扁担、火把之下——那个强壮的汉子，用火把痛击着他，一直到火把熄灭而折断。王老太婆挤了上来，跌在他底身上，在他的肩膀上咬了一口。刘秀兰发出了狂喜的叫声奔过来了，她扑了下去，在他的脸上，手臂上，咬着……

到了这个时候，人们恐惧着会闹出人命来，胆怯而松弛了。

趁着这个机会，罗云汉推倒了刘秀兰而跳了起来。天晓得这毒蛇是有着怎样的生命力，他现在没有死亡的恐怖了，他觉得他是和一切权力紧紧地联在一起的，他毫不害怕围在周围的人们，他恶毒地笑着。

“你们去叫县长来吧！”他说。

人们静默着。突然地罗云汉大吼了一声：

“哪个敢来我跟他拼了！”

人们仍然静默着。刘秀兰向他冲来，又被他推倒了。她又爬了起来，这次她没有冲过来，她抬起眼睛来看着人们。忽然地她看见了王朝清，她注视着他。王朝清，在这注视下，觉得自己卑劣，可耻，于是猛力地冲了出来，把罗云汉击倒了。

人们散开又合拢，喊着打。但罗云汉也还是有些力气的，他居然能够爬起来把王朝清推倒。于是他们扭在一起，互相挣扎着。突然地黄清云奔了出来在罗云汉底脸上击了一拳，人们叫好的时候，王朝清脱开了罗云汉，可怕地环视着四周，好像对什么都不明了。

罗云汉泼刺地叫着向他奔来，他退了一步，拿起了董老么手中的一根扁担。罗云汉不觉得他敢做什么，人们也不觉得他会做什么，但事情发生了。刘秀兰发出了一声狂喜的喊叫，王朝清战栗了一下，为了对这年轻的姑娘的神圣的憧憬，对准着罗云汉底脑门，一扁担击了下去。

人们不再叫好了。但刘秀兰底疯狂的尖锐的声音又飞扬了起来，她叫着：“打死他呀！打死他！”于是王朝清不停地对着罗云汉猛击着，带着一种疯狂的、迷醉的神情，刘秀兰底叫声对于他是最大的安慰，虽然他心里很清楚，知道他打死了人，要因此而失去一切了。

但他觉得他非打死罗云汉不可。他不是在奇异的沉醉中，他猛力地不停地击着，感觉到手中的痛快的震动，于是有一连串面孔跳跃在他底心中。他击了下去，感觉到震动，想到了那个悲苦的邓么嫂；他又击了下去，想到了苟银山和他底流着血的可怕的腿。他想到张芝英，不幸的女人们，以及那个老道士，他想到一切人，因而忘却了他自己。“我跟你们报了仇了！”他想。他底全身充满了活泼的力量，他底手臂感觉到愉快的震动，但突然地扁担折断了。

他看着躺在血泊中的罗云汉，又向折断了的扁担看了一眼，突然地难受而又快乐，心里充满了强烈的爱情。他奇异地笑着环顾人们，并且看了刘秀兰一眼，他突然无比地快乐又无比地难受，忍不住地大哭了起来，冲出人群走到黑暗中去了。

刘秀兰奔了过去，叫着抓住了他，对他跪了下来。

“王朝清，我替你抵命！”

“姑娘，我不是为你啊！”他说，冲动地、甜蜜地哭着。

“菩萨会保佑你的！”

“我晓得。你起来。姑娘……”他哭着说，轻轻地摩着刘秀兰底头发，“我是……我是快活啊！”他说，哭出了强大的、欢乐的声音，在这声音里，他底爱情、希望、痛苦，全部地得到了表现，这声音震动了整个的庙宇。

“菩萨会保佑你的！”刘秀兰跪在地上静静地说。

十四

第二天他们耽搁了一天。王朝清被带进了县政府；刘秀兰病着，昏迷着。她不时醒来，问着王朝清怎样了。黄昏的时候她爬了起来，说是一定要到县政府去替王朝清辩白。老太婆们无论如何不能劝住她，只好全体陪她去了。她们走过热闹的街道，各处的人们都注意着刘秀兰；她底这件事情是轰动了整个的县城。她走在老太婆们底中间，差不多不感觉到人们在注意她，用她的出神的、无所视的目光望着前面。不久之后，她们底后面就跟随着一大群人了。她们在县政府门前停下来看见了坐在县政府左边的石块上的黄清云们，他们因失去了伙伴而非常伤心，但又得不着任何消息，只好默默地等待着。

看见了女人们，他们站起来了。于是刘秀兰走在前面，大家一齐向里面走去。但卫兵拦住了他们。刘秀兰抬起眼睛来用那样的眼光看着年青的、肮脏的卫兵，好像觉得这卫兵底动作是完全不可能的。

卫兵不许他们进去。

"我求求你准我进去。"刘秀兰突然用哀求的、带哭的声音说，那样地看着这卫兵，觉得他一定会放她进去。她不知道这里面究竟是怎样的一个世界，但她从不去想这个，她只是要进去——她觉得她一定能够使这个世界同情她的。

卫兵告诉她说，王朝清不要紧的，于是坚决地不让她进去。她突然顺从了，默默地走到旁边去，向里面看着。人们沉默着。卫兵驱赶着人们的时候，大家忽然看见了王朝清，被一个兵士用绳子绑着，出现在正面的台阶上。

"王朝清！"黄清云举起手来喊。

王朝清盼顾了一下，在台阶上停下了，向外面望着。他在绳索里面动了一下，似乎是想举起手来。

"王朝清！"刘秀兰喊。

"我不要紧的！我不要紧！"王朝清大声喊。

"菩萨保佑你啊！"刘秀兰叫，同时跪了下来："菩萨你保佑他啊！"她哭着叫。

王朝清在绳索里面挣扎了一下，但后面的那个兵士立刻推了他一下，使他向左边走去了。

"我不要紧的！"他痛灼的大声喊，然后他和那个兵士一道消失了。

刘秀兰站了起来，沉默地、迅速地走出了人群。

第二天，他们又上了路了。……在离观音寺只有十里的地方，下午的时候，他们赶上了求雨的人们。一些老头子和老女人，也有年轻的妇女和戴着树叶编成的帽子的年青人，在炎热的太阳下敲着锣，呼喊，歌唱而前进着。他们显得是庄严而迟缓，整个的人群用一个拖长的，忧郁的声音不断地呼唤着，显得是没有什么可以动摇他们。走在最前面的，是一个有着浓厚的白发的，像貌严峻的，打着赤膊的老人，他高举着几根带着衰态的绿叶的树枝。他底赤裸着的上身浸在汗水里发着光，各处都隆起着坚强的肌肉，特别是肩头上，肌肉可怕地隆起，遍布着创痕和黑毛。他底暴着青筋的两腿是盘屈的。显然的，他是每天都在几百斤的重量之下，他是压在可怕的重量下活过了他底一生。他略略弯着背，蹒跚笨重，然而坚决，高举着带着绿叶的树枝，向前走着。

王老太婆们加入在这求雨的人群里了。直到这时，刘秀兰都是在疲惫、冰冷、怨恨的状态下。现在，她走在人群中，不被大家注意，看着走在前面的那个坚强的老人，被他底奇迹一般的身体所惊动，脸上开始出现了恬静的感激的光辉。人群呼唤着，高举着绿叶红旗而慢慢地前进着。

现在刘秀兰开始注意到老太婆们和那些年轻的妇女们了。她们都流着汗，喘息着，用燃烧的，饥渴的眼睛望着前面。她们显得是精疲力竭，就要倒下了，然而她们高举着绿叶，不放过每一个呼喊声，好像她们底全部的希望都放在紧接着而来那一个呼唤里似的。刘秀兰，在第一个拖长的声音之后的静默里，紧张地等待着第二个呼声底来到。它就要来到了——这里是她底全部的希望——女人们在喘息中张开嘴来：它来到了。然后又是寂静，她用更高的热情等待第三个声音。她立刻加入呼喊，像一切人一样。她同样的喘息，流汗，发红，精疲力竭，也同样地充满了含着怨恨的甜蜜的感激，充满了激烈的、奔腾的渴望。她决没有其他的念头，决没有想到要休息，她希望能够马上就死去，她突然全身都充满了力量，她突然想狂叫起来，于是她唱出了第四、第五个声音。

这举着绿叶的人群向观音寺前进着。两边是黄色的土坡。她们不觉得时间有多么长久，她们突然地，在黄昏底灿烂的光明里，看见了观音寺山脚下的繁华的小镇了。

救救百姓
求求苍天
百姓可怜

他们高声唱着而跪了下来。最初是走在最前面的那个强壮的老人跪了下来，然后全体跪下，高声歌唱。于是他们磕着头而在地上爬着，向观音山前进。

“雨落东田，活我秧苗，求求苍天，百姓可怜！”刘秀兰唱，跪着爬过了一块石头。

“百姓遭殃，百姓可怜！”在她底身边，黄清云用哀哭的声音唱，磕着头一直到地面。

她底裤子在膝盖上磨破了，接着，膝盖流血了。但她的心里有一阵狂欢，她不知道痛苦。在她底前面，王老太婆底膝盖磨破了，血迹留在沙土上。她心里的狂欢更强烈，她高声地唱着，觉得一切声音融成一片，一切东西都在她底眼前带着鲜明的色彩跳跃着；她想她毕竟到了观音寺了，她看见那强壮的老人底生着黑毛的肩头在她底面前一闪——末后她便失去了知觉。

当她醒来的时候，她发现她是在一间房里，睡在王老太婆们底中间，糊着破纸的窗上有微光——已经接近黎明了。她浑身发着高热。躺着不动，她最初想到的不是张芝英，不是舅舅童均贵，不是罗云汉和王朝清，而是那个在肩上生着黑毛的老人。她想她终于来到这里了，这童年以来所梦想的，这神圣的世界。但是她底一切是已经破碎了：即使是神圣的观音自己也不能帮助她的。

这时她才感到她底生命的渺茫，感到重大的不幸，强烈的失望和悲伤。她已经不再是稚弱的姑娘，这一条可怕的长途已经使她底心思成熟，她已经不再想到对于观音寺的那些美丽的幻梦了。不过这些幻梦现在是凝成了一个力量，使她在哭了几声之后就坐了起来。

她坐了起来，开始穿衣服，忽然听见远远的空中有雷声。窗上的白光已经明显，雷声又响着，好像是什么巨大的东西在空中滚动。她心里忽然有一阵热烈的颤抖，她挣扎着站了起来，但又觉得昏晕，全身发痛，于是在板壁上靠了一下。

然后她便轻轻地摸下了客店底楼梯，开了门，走到街上，辨认了一下方向之后，急急地向观音山走去了。

这果然是一个竖立在群山之间的伟大的高山，它底顶端伸在云雾里。天色是暗淡的，灰白的云块在天空迅速地运动，自东向西。雷声仍然不断地响着，时而在山顶上，时而在村镇底上空。刘秀兰走上石级，觉得完全无力，呆呆地坐了下来。但忽然地她又站了起来，向上面望了一眼，狂奔起来了。

她再不觉得身体底痛苦和疲乏了，她狂奔起来，好像有什么神奇的力量附在她底身上似的。她奔上屈折的小路又奔上宽阔的石级，末后她奔跑在迷蒙的云雾中，雷声已经停止，一切都寂静，她就看见了观音寺，这幼年以来所梦想的、伟大的殿堂了。

寺门已经大开，它底前面是两排高大的松树。她没有看见，并且没有注意这建筑究竟是不是符合她底幻想，她只是觉得一切是当然的，她向前奔去。她没有遇到一个人。忽然地她想：也许神圣的观音自己会突然出现吧！于是她奔进了寺门，一直奔过了阴凉、新鲜、宽大的院落。昏暗的、森严的大殿底深处，有无数的微弱的烛光在闪耀着，构成了一片奇异的光明。

她在一阵惊怖里停了一下，这一切并不适合于她底幻想，这阴森的殿堂，带着幽冥的权力，带着征服一切的气氛，是颇为可怕的。但忽然地钟声响了一下，又是一下；深沉，宏亮，强大的钟声在寂静的空气里震动了开来，最后就连成了一片巨大的轰响。这多时以来所梦想的，这一切悲苦所寄托的，这神圣的钟声啊！于是她奔进去扑在寂静无人的大殿上了。

在无数的微弱而摇闪的烛所构成的那一片奇异的光明里面，巨大的、白色的观音，捧着她底柳枝瓶，安详地盘坐在她底雄伟的白莲座上。钟声连续不断。

“观音，我来了——你是也可怜我吗？”刘秀兰，伏在蒲团上，小声说。然后她昏迷过去了。

钟声停止的时候，一片死一般的寂静统治着这座殿堂。但忽然地从遥远的下面传来了人群底微弱的歌唱声。这声音逐渐清晰，强大，最后有成百的男女跪着出现在寺门前了。这就是昨天的那个求雨的集团，为首的仍然是那个坚强的老人。黄清云和董老么也在他们底中间。他们跪在寺门前呼唤，歌唱着，最后又开始前进，歌唱着来到大殿前了。

钟声突然地重新轰响了，于是一切声响连成一片。刘秀兰在昏迷中感觉到了这些音响，她迷胡地觉得这是神圣的观音自己出现了，于是发出了一个高亢的、欢乐的哭声而在蒲团上扭动了一下。她觉得是被什么强有力的东西所拥抱，感到窒闷，但她看到白衣的观音从莲座上下来……人们寂静，然后围拢去，这年轻的姑娘死在蒲团上。

一九四六年五月四日

离开神圣的四川以前

燃烧的荒地

《燃烧的荒地》,上海作家书屋 1950 年 9 月初版,据此排校。

一

兴隆场,是位置在嘉陵江北岸的高坡上的一个中等的村镇。它底一条从码头一直通到山边的笔直的石板路,是两年前才由当地最大的地主吴顺广经手翻修的,但已经被乡人们和苦力们底笨重的脚踏得高低不平了。靠近码头的一段,是一些肮脏的小饭店和客栈,各个门前的屋檐下挂着破烂了的红红绿绿的纸灯,经常地在大风里摇曳着,这些大风是从江面上和一里以外的一座峡谷里吹来的。普通的店铺、人家,那些因经常的潮湿而发黑的破旧的门窗,那些变黄了的红纸门神,以及那些从人家底低矮的屋檐下显露出来的无数的杂乱的东西,例如挂在墙上的成串的干萝卜,绕成很多圈的粗壮的绳索,穿成了一个圆球的枯烂的菜叶之类,构成了街道底后半段。但在石板路底尽头,小路向左边转弯而通向山野去的地方,紧靠着一座颓废了的贞节坊,却建筑着一座西式的两层楼的楼房:这是看来和街市底守旧的,愁苦的外貌完全不相称的。这是地主吴顺广底办事处,门上面挂着玻璃厂和煤矿底办公室的牌子。这座房子,是乡人们在七年前亲手替他们底地主盖成的,那时候吴顺广兼着兴隆场底乡长,用乡公所底名义经营着玻璃厂和煤矿。乡人们不仅要出钱出力来替他造房子,还要替他底煤矿和玻璃厂纳税,所以,即使在兴隆场底最穷的人家里面,也能找得出几张吴顺广所发行的股票和"代谷租"的收据来。所谓代谷租,是用现钞来折合未来的田粮的意思,因为多少年来,兴隆场底田粮,以至于屠宰税码头捐之类都是由吴顺广家包去了的。因此人们不能想像一个没有吴顺广家的兴隆场,不能想像一个没有吴顺广家底力量在内的事件,不能想像一件没有向吴顺广家伸诉的冤仇,正如不能想像一个没有得到吴顺广家赞同的希望一样。在看来还是单纯的风习里面,所有的人们,从流氓、小店主、小地主一直到船夫和苦力们，对吴顺广家的尊敬都是从感恩似的忠诚开始的——自然，这所谓尊敬原来也正是人们底自卫的方法。人们特别崇敬吴顺广底死去的父亲，觉得他是乐善好施的慈善的老人。地主少爷们底恶行，是被老头子底慈善的容貌挽救了，虽然这两者原来是一样的东西。

吴顺广现在四十几岁了，慢慢地从他底野蛮与锐利变得肥胖而和善，就是说，他已经懂得了他底父亲，感激着他，而对着年青的时候的那些愉快的恶行做出悔恨的样子来了。他捐了大批的钱给街后面的地藏庙，替所有的菩萨塑了金身。他拿稀粥布施给服从他的穷人们，他并且施舍棺材。除了是煤矿和玻璃厂主人以外，他还是县参议员，地方自治委员会底主席，以及水利委员会和农田改进委员会底委员……他是这一片土地底确实的统治者。

一九四二年四月间的一天，一个瘦长、宽肩、姿态粗暴的四十岁左右的男子提着一个很小的铺盖卷从码头上来，走进一家比较整齐的小客栈里去了，在他恶声恶气地要了洗脸水之后，就有码头上的两个闲荡的年青流氓走到他面前来呆看着。他们注意地看着他脚上的一双满涂着烂泥的皮靴，看着他底半新的黄呢马裤，他底上身的一件磨损了的皮甲克，他底多骨的有力的大手——一直看到他底生着乱须的下巴和那一对有些朦胧的男性的刚强的眼睛。这种注意是由于小的地方所有的那种好奇心和排外的心理，这些小的社会，如果它们不能一下子就打倒外来的事物，它们就会吸收它，而使它成为于自己有利的存在。但正当这两个年青流氓这样呆看着的时候，这奇特的客人从腰下解下一把左轮手枪来，轻轻地抛在床上。

“茶房，”他喊，“叫老板来！”

站在房门口的那两年青人显得很紧张了。老板是一个很肥胖的老人，样子很痴呆很老实，显然他就是靠着这痴呆和老实的样子支持着这个客栈的。

“你是刘老板吧？”客人说，“我问你话。”

"是的,大爷!"

"你们场上的吴顺广,他这几年怎样?"

"他老人家还是那个样子啊!"

"吴大爷刚才还在码头上的。"两个青年中间的穿长衫的一个,带着集中的注意,说。

客人对着他轻蔑地望着,使他羞恼得脸红起来。随即,这客人显出了一个讥嘲的笑容。

"小娃娃少开口,"他用着这乡土上的腔调说,"喂,老板,你认得郭子龙吧?"

"不认得啊!"老板不假思索地说。

"真的不认得,郭子龙?后山坡上郭福泰底儿子,船老板郭元洪底堂兄?"

"郭福泰——他老人家过去好些年咯!"老板说,然后注意地看着这客人,在一阵突然的兴奋里沉默了。

"哈!"客人说。

"这些年……是做官,回来了吧?"老板谦卑地小声说。

短时间的寂静。客人冷笑着并且兴奋地扭响着他底多骨节的大手。

"刘老板,"终于他说,"你去跟吴顺广说,我底房钱、饭钱,都去跟他算!"

他命令老板出来,然后对那两个吃惊着的青年看了一眼,关上了门。那两个青年流氓立刻就飞跑着,向吴顺广报告这一切去了。

郭子龙是他底父亲郭福泰底独生子,他们是兴隆场底中等的地主。

他是一个狂妄、放荡、聪明而大胆的角色,这种角色,是由山地里面的强悍的风习,袍哥的英雄主义,以及几十年来的社会动荡培植起来的。在郭子龙年轻的时候,二十多年以前,在全国的规模上不断地进行着军阀底内战,崛起着现代的生活或趋向现代生活的要求,爆发着样式复杂的革命斗争。这些战争和斗争,在急进的地主少爷们眼里是以人事变化的样式而显现着的，唤醒了他们底投机而前进的欲望。直接地被郭子龙们感觉着的，是物质生活上面的变化，他们不再像前一代的好汉们似的用着恶狗的姿态守着家乡了，他们要求发展和出人头地，因为看起来在大动荡中发财、升官、带兵的机会是这样的多。在重庆念了几年新式的学校，年青的郭子龙梦想着新的生活和享受，就彻底地厌恶了乡场上的单调的生活。他把他底这一切欲望叫做理想，心里是也鼓动着庄严而热烈的感情。他底母亲对他不能做主，他底父亲又是以流氓手段起家的袍哥领袖，除了要求儿子成为和他一样的英雄好汉以外完全不知道别的；不给他一个钱，毒打他而且对他叫骂，要他“自己去想办法”。后来，母亲死后的一些年，老头子病了，衰颓了，变得虔敬起来，装做善良的地主的模样，整天躺着抽鸦片，却要求儿子改变一切不规矩的习气；不准他到新学堂里和社会上去，要他“知书达礼”，蹲在家里尽孝道。这如何可能呢？郭子龙早就自己想了办法了。父子之间的感情变得非常冷酷，而郭子龙也毫不惧怕。他拿出老头子底田契来抵押掉了，先是想做生意，结果却交结朋友，一起吃喝掉。后来又用他老头子底名字去借贷，这也吃喝掉了。没有办法的时候，他就弄了几个佃户工人去砍伐山上的木材，想把它们偷到重庆去卖掉。这批木材已经运到江边上，被吴顺广家手下的人知道了。虽然兴隆场底人们是害怕而容忍着年轻的“郭大少爷”的，但他太狂妄了，何况他底父亲和吴顺广家本来就有着仇隙；而他自己又和年青的吴顺广成了对立的两派。吴顺广家底手下人，叫做狗腿的，当时就对他不客气，问他要小钱，他没有给，并且打了这狗腿，于是事情闹了开来，从吴顺广家一直闹到了镇公所。吴顺广父亲在镇公所里大发脾气，叫人找了郭子龙父亲来，当着他底面打了郭子龙几下耳光，并且宣布没收这一批木材。郭子龙一声都不响。他底父亲把他领回去捆起来毒打他，他也一声不响，他孤零了，他底吃喝的朋友没有一个来慰问他的：一点义气也没有，他决定要复仇。深夜里他溜了出来，在码头左近一直彷徨到天亮，终于他遇着了吴顺广家底狗腿，把他刺杀了。这样他就算是报复了他所受到的屈辱。他逃到他家底佃户张老二家里去，从张老二父亲那里借了一点钱，离开了兴隆场。

这是二十年以前的事情了。这以后的事情是无须细说的，总之，他没有能实现他底理想。他底屈辱并不曾被狗腿底鲜血洗刷掉，它倒是增加了起来，而重压着他。他底父亲因他而吃了官司和社会上的大败仗，田地大部分落到吴顺广家里去了。父亲后来是死在堂弟郭元洪家里的，剩下来的一点产业也就都给了郭元洪。……这些变化是他在外面陆续地听到的，虽然他没有给他父亲写过一封信。好些年来简直没有人知道他底下落，偶尔有一次人们传说他已经死去了，后来人们就遗忘了他。他现在回来了，在他底奇特的、狰狞的外表之下是藏着深的辛辣的感伤。

他底出现激动了兴隆场底上层社会，从这个人物底出现，人们就突然地回想起二十年前的情况来，感叹着那些逝去的时间。当地主吴顺广从两个青年那里听到郭子龙底回来的时候，他底表现是很静默的。

他现在已经发红、肥胖、迟钝了。他乐于记得，他底青春里面是如何地充满了罪恶和愉快。他觉得他对郭子龙并没有仇恨，相反的，他对他感到异常的亲爱。

“福狗子，你说，他是怎样的一个样子？”静默了一下之后，他小声地问，一面很快地在桌上搓着一根火柴棒。他底肥胖而发红的手搓着火柴棒的这个急速的动作，坐在他底茶桌周围所有的人都尊敬地注意到了。他底脸上有悲戚的笑容。

“他呀，”福狗子，那穿长衫的青年兴奋地说，“穿马靴，马裤，腰带[①]，皮甲克，带一把左轮枪！——看样子怕是当了军官的！”

“他说住店吃饭都记我底帐吗？”

“他说的，吴大爷！——刘水娃，是吗？”

瘦小的刘水娃点点头。

---

① 此处原作“腰带皮”，据再版本末尾正误表改。下简注为“据正误表”。

"各位,这是一个人材!"地主对茶桌上面的人们说,仍然在搓着火柴棒。"这的的确确是一个人材!"然后他对两个青年说:"小弟兄们,带我去找郭子龙!"

他底声音是兴奋的。如果不是非常的感动,他不会称那两个青年为"小弟兄们"的,他是温和而尊严,笑着,拉起他底长袍来走出了茶馆。

"吴大爷!"这时一个干瘦的,满嘴黑牙齿的烟棍站了起来大声叫着。他底名字叫做金福兆,是吴顺广底左右手。"吴大爷,"他叫,"行客拜坐客,他姓郭的,我们一不知他底身份,二不明他底打算……吴大爷派人去叫他来就是!"

"不啊,我去!"吴顺广柔声说,点了一下头,走开去了,好久好久才放下了在跨出门槛时提在手里的衣服。

这时候,郭子龙已经钻在被窝里了,他预备睡一整天来恢复旅途的疲劳。他脱得只穿一件汗衫,他底衣服胡乱地摔了一地,显然是要摔到床对面的一张椅子上去没有摔到而落下来的,但他底左轮枪,却是非常慎重地被藏在枕头下面。事实上这一把旧枪就是他底一切。他快要睡着了,除了刚才在店老板说他做了官的时候受了一点刺激以外,他底心是冷而坚硬的,他完全没有已经回到了故乡,已经睡在故乡底土地之上的感觉。对于他回来要做的事,以及他回来时应该显露的姿态,他已经不止思考过一千遍了。看起来,他是这样的一个懂得打仗的老谋深算的角色。

"总算老子活到今天还没有死!"他望着满是灰尘的芦席屋顶对自己说,然后闭上了眼睛。

这时候传来了店老板底讨好的,欢悦的声音。然后有了敲门声。这种骚扰使他愤怒了。

"喂,他妈的,"他叫,"老子不是说过了,不叫你不要来!"

"是啊……吴大爷来了。"

"哪一个?"

"吴大爷他老人家!"

“我不晓得啥子吴大爷，我只晓得一个吴顺广！”郭子龙说，已经坐了起来。

“就是吴顺广。”吴顺广很温和地说。郭子龙底这种态度已经叫他有些恼怒了，虽然他还没有明显地意识到。传来了赤脚跳在楼板上的声音，然后门开了。吴顺广第一眼所看到的，是这个人底两条赤裸着的瘦长、弯屈、而生满着黑毛的腿。郭子龙跳回到床上，重新坐到被子里去了。

“对不住，失迎了。”吴顺广走进来说。

“我也是对不住。”郭子龙说，但当他侧过脸来看着吴顺广的时候，他就张着嘴而呆住了。他没有想到站在他面前的会是这样的一个和善地笑着的，肥胖而深沉的人，他不禁有了一种他也说不出所以然来的软弱的情绪。从这肥胖然而并不安详的躯体上，实在很难找出过去的聪明而漂亮的地主少爷底痕迹来，也实在很难找出他郭子龙先前的同学和朋友，以及后来的仇敌底傲慢而虚荣的姿态来。在吴顺广走过去坐下来的时候，郭子龙发觉他底左脚有一点跛。他就固执地看着他底左脚。发觉了他底注意，吴顺广淡淡地笑了一笑。他底感伤的美丽的心境迅速地被目前的景象冲淡了。

“做了官了吧？”他说。

“你呢？发了财了罢？”郭子龙冷笑着说。

“是要跟我谈点什么，是不是？”

“那就要看你——吴大爷了。”郭子龙讥刺地说。

“记得吧，从前你我是要好的同学呢。”

“当然！你也记得吧，你底那个公产庙产！”

吴顺广紧闭着嘴，面色略略灰白沉默了一下。

“我看，我们也都不是小孩子了。”他沉思着说，“过去的事情顶好是不提。你要是在家乡住下去呢，我兄弟就尽一份责任；要是不呢，你我就再结个朋友！你看怎么样？宝眷在哪里？是要接回来么？”

“我是个光棍。”

“本来也很难说，”地主说，“不过你我不是外人……要是你手里头不大方便的话，我兄弟这里是不成问题的。”

吴顺广底锐利的眼光，是已经看出郭子龙底大略的现状来了。他并不曾像他底小弟兄似地被马靴和左轮枪之类吓住，从这个流浪者的房间里的空气，从那简陋的行装，以及从郭子龙身上的破烂而发黑的汗衫上面，他就看出来，他底对手是穷迫而潦倒的。因此他就更对他装着同情了。但另一面，他却有了明确的戒惧。总之，他虽然是抱着恢复友情的美丽的感情来的，但事实已经证明，他是没有可能再成为郭子龙底朋友了。

而郭子龙，是早在回来的路上就料到吴顺广底这一手的，就是，借给他几个钱而从此塞住他底嘴。他没有这么老实。

“那倒是不敢当，”他说，“倒是有一桩：在事情没有办妥之前，兄弟底住店钱跟伙食费要由你吴大爷拿出来。”于是他就用他底狞恶的，男性的大眼睛看着吴顺广。

吴顺广底细长的眼睛低垂着，丰满的肥肉在他底嘴边紧张地隆起着。这就是乡人们所害怕的这地主底有名的威严的相貌，据人们说，这是和他底父亲完全一模一样的。

“如何?”郭子龙说。

“好说。”地主说，站了起来，用了意外的快捷，走了出去。在他带着他底使店主惊骇的威严的相貌慢慢地走下狭窄的扶梯的时候，从房内传来了郭子龙底一阵尖锐刺耳的干笑声，随后发出了一声大响，使得楼板都震动了起来。

郭子龙用他底皮靴砸翻了一张椅子，然后钻到被子里去了。

二

落着雨的一个温暖的下午，这复仇者躺在码头左边的临江的茶馆的一张椅子里，寂寞地打着瞌睡。他回到兴隆场来已经十天了，但他底精力无处施展，兴隆场对他显露的冷静而不可动摇的面貌叫他对自己底一切计划都怀疑了起来，而负担着沉重苦恼的踌躇。从吴顺广的那个不快的访问之后，兴隆场就对他再无动作了，除了客店、茶馆、酒馆一律都不问他收钱以外。这个也叫他觉得突然无味。他既不能激怒他底仇敌，也不能和他和平相处。无论是在酒馆或是茶馆里，人们都只好奇地望望他，所有的伙计和店主都平淡而寡言地对待他。他发怒，他们就很简单地陪不是；即使他敲碎了饭碗，他们也并不要他赔偿或和他理论——一切都索然无味。

他底目的是使吴顺广对他屈服，而把他底父亲底田地都还给他，他指望在他底这第一个姿态里吴顺广就被骇倒，可是实际上看来，这只能是一个胡涂的梦想。然而他又必须使吴顺广屈服并且索回财产来，因为，在这个世界上，他已无事可做并且无处可去了。

郭子龙对吴顺广的仇恨，并不简单的就是由于过去的那一件事情以及后来的财产纠纷，他底仇恨、他底复仇的渴望是还要广大得多，因此，在吴顺广身上，他不仅要清算他底财产，他还要清算他底一生底失意；要从目前的可怖的状况里解脱出来，不仅需要在物质上夺回财产，还需要在精神上从他底敌人取得胜利。因为，如果不是吴顺广家，他不会落到现在这种地步的；他不会遇到这些年来的那么多的痛苦，以至于一文钱也不能带回故乡来的。

离开家乡的最初几年，他是非常奋发地追求着，到了湖北，考进了一个军事学校底特种训练班。后来他加入了广西的部队，当了两年的排长和半年的连长，又开到湖南，在那里姘居了一个下流的女人。终于受到突然的改编，调到江西去打那时候的红军去了。他从那里大大地掳了一笔，腰里缠着三十几个金戒指，开小差到了上海；花光了钱，不能立足，就回到四川来投进了刘湘的队伍。那时候他离兴隆场很近了，但他发誓不发财不做大官决不回来。他用出众的机智和毒辣的手腕博得了一个师长底赏识，当了师长底副官——这就是他底一生的最煊赫的时期。但不幸那师长在抗战的前一年突然地被调出川去，并且被枪毙了。他，郭子龙，那时有一百两黄金的财产，害怕遭到不幸，于是跑到川边而投进了刘文辉的部队，当一名连长。在军阀底队伍里搞了六七年，这抱着大志的青年，这勇敢的孩子就整个地腐化了。他贩卖鸦片发了大财，实现了十几年前的他底美丽的希望，不过这时候他已经不知道发了财有什么用——他就弄了三个女人，其中有一个才十七岁，是用一排兵去抢来的。他继续着他底这雄伟的罪恶，除了鸦片以外又贩卖军火。不久他升成了营长，但一个月之后就和另一营因分赃不匀而开起火来。他打了大胜仗。于是他底师长再不能容忍，下命令捕捉他了。自然的，他率部叛变。两天之后，他受到了两个旅底围剿，被俘掳了。然而在枪毙他的前夕他却从监里逃了出来。他又去投军，但这时候，他已经是一个精疲力竭的凄凉的角色，在邓锡侯底部队是当了两个月的连长，因喝醉了酒而杀伤了营长，逃亡了出来。

像这样，他回到了他日夜渴慕着的故乡来了。他已经衰弱、懒惰、胡涂，他自己知道他在外面再也干不出什么来了。他渴望着怎样的一个归宿。他轻视他底故乡，轻视他过去的仇人，他觉得那渺小的地主吴顺广是一击就倒的，他却忘记，他现在已经不再是营长或数百两烟土黄金的拥有者了。从命运底战场里败亡了下来，他是如乞丐一样的狼狈和饥渴，也如乞丐一般的卑鄙和下贱。但在这些的里面，却又屹立着怎样的一个英雄，握着他底左轮手枪。

这十天之内，他已经走遍了他底乡土。他含着冷笑走过他家底祖坟，田地，老宅。老宅里现在是住着轮船公司底一个职员底家眷，因为逃避空袭去年从重庆迁来的。郭子龙站在大门前看了一看，又绕到后面的山坡上去从全景中眺望了它。它底后院里的一棵黄桷树，在他离家时才有半尺多粗的，现在是已经高大得盖住了两间正房底屋顶了。从黄桷树底密叶中间有烟子升上来，并且透过枝叶响出了婴儿底强烈的啼哭声。他说不出来他所经历的感情是怎样的，他忽然觉得那啼哭着的婴儿就是他，郭子龙。他，郭子龙，刚刚来到世界上，在母亲底慈爱而温柔的怀中，生命对于他是朦胧，强烈，而不可知的，在他底前面有整个的世界。……

带着这样的感情，他走下高坡来，闯进他底老宅去。他渴望看一看什么。在前院里的两棵小树之间晾着衣服的，一个穿着旧的绸旗袍的外省女人惊奇地看着他。他不说话，低着头从她底晾衣服的绳索下面穿过去，各处地看着。前院里的两棵小的嫩绿的橘子树，是先前所没有的。木板和墙壁都熏黑、破裂了。在黄桷树底阴影下，凌乱而潮湿的屋顶上长着瓦松。正堂里放着简陋的家具，先前的老旧的东西里面只剩下一块大匾。一切都不像，特别是所有的东西都比回忆里的要难看，窄小，没有什么可以唤回儿时的景象来，他不过觉得一阵莫名其妙的惊慌和苦恼。要一个军阀底烂兵，一个强盗和恶徒去向往什么纯洁的生活，是不可能的。但郭子龙这时都觉得惊慌，觉得他错了，觉得他应该重新开始生活。那个婴儿底哭声给了他强烈的印象。他看见那婴儿了，他睡在竹制的摇床里，在它底旁边坐着一个很老的，弯着腰的女人。

这老女人惊奇地看着他。他走过去，弯着腰来看着那已经不哭了，在睁着眼睛呆看着的婴儿。

“他几岁了?”他问。

“五个月!”老女人说，对于这男子汉底没有常识，笑了起来，“你先生未必没有养过孩子吗?”

“唔，”郭子龙说，对那摇床中的小孩底红而发皱的脸忽然觉得一种厌恶，茫然地走出来了。

现在，躺在这临江的茶馆里面，他可以不断地听见汽轮底鸣叫声和马达声，先是下水船的，然后是上水船的。他不必费力就可以从窗户里看见一只在绿色的水波中激起浪花前进着的红色的、矮烟通的、漂亮的轮船。二十多年前，一切都不是这个样子的。不过他现在一点也不重视这些，并且也不感伤，他只是觉得非常无聊，下贱。他听着外面的雨声，渐渐地瞌睡起来了。在他左边的一张桌子上，坐着两个乡人，一个年纪较大，一个才二十几岁，郭子龙从他底躺椅里迷胡地呆看着他们底破烂的裤管和满沾着泥浆的赤脚，机械地听着他们底谈话。他们大约在谈着债务的事情，大约那中年的欠着谁的债，希望那年青的去替他做中说情。后来他们叹息着，谈起雨水和小麦底收获来，那中年的说，收了小麦，他就可以还债了。终于那中年的站起来走了，似乎很激动，忘记了放在桌边上的一双新草鞋，那年青的就喊着他。郭子龙渴睡而嘲笑地看着这他觉得是愚昧的人生，忽然听见那年青人是喊着张老二底名字。同时他就认了出来：确实是的，他们家从前的佃户张少清，大家叫他做张老二的。他在杀了狗腿逃亡之前曾经到他家里去躲了一夜的。

"张少清老二。"他喊。

那中年的乡人站下了。他是光头，黄而且瘦，有着一双大的温良而冷静的眼睛。他茫然地看着站起来了的郭子龙。郭子龙笑着向他走过来。

"认不得了吧？我是郭子龙！"

张老二呆看着。

"哦！"好久之后他说，枯涩地笑了一笑。"是郭大少爷啊！……你老人家好吧？"

这乡人谦恭地站着。他底声音和神情，都叫郭子龙觉得苦恼。郭子龙，是保留着对这个人底青年时代的感情，在自身底这奇特的狼狈的状况中，希望得到这个乡人底友情的。他不在乎什么少爷老爷，他和任何人都能做朋友。而在他底记忆里，张老二是一个比他小两岁的，活泼而聪明的青年，在那些暑天伴着他一道在江里游水的。他觉得很悲哀了：在故乡的所有的人们中间，他是只怀念这个人。他好久沉默着。

"你老人家好吧！"发觉到郭子龙没有开口，张老二就重复地，小声地说着。

"好！"郭子龙讥讽地笑着说。他看着这枯涩的乡人，他从前的朋友，他底故乡底亲切的象征。后来他底这讥讽的微笑扩大了，在他底眼睛里明亮地闪耀着，同时他点着头，这种表现，使张老二红了脸，而惶惑地叹息了一声。郭子龙底多骨的大手有力地拍在这乡人底肩上，使得他底脸更红了。

“老朋友，总有几句话说的吧？”郭子龙说。

“话倒是有的，”张老二善良地笑着，说，这笑容使他底脸上闪耀着天真而亲切的光辉。“这么多年了啊！”

“那我就到你家里喝几两酒去？”郭子龙愉快地说。

张少清沉默着。他从来就感激他底吝啬的老东家底这个慷慨的少爷，他记得，那一年他底祖父死了，在他底父亲被债务逼得正要卖掉自己家里的田地的时候，郭子龙从城里的学校里回来，知道了并且来了，从他底母亲那里骗了一大笔钱来给他们。他高兴请郭子龙到他家里去玩玩，然而他又顾忌着，这会屈辱了郭子龙底身份。同时他惶惑着，觉得一个从前的东家少爷，一个在外面当了官回来的人，是不应该这样地不顾身份来和他谈话，称他为老朋友的。

但对于郭子龙这样的一个人，一切都是无所谓的。他底对于生活的渴望是这样强，他底失望是这样的深刻，他就欢喜再遇到在慷慨的青春里曾经和他一道游玩，曾经受过他的恩惠的质朴的乡人了。他并不看重他曾经做过的那些善行，正如他并不看重他底一切恶行一样。但是他现在是有着对于故乡的饥渴，他不能忍受兴隆场对他的冷淡和他心里的沉重的踌躇。

张老二还来不及说什么，郭子龙已经决然地拖着他走到雨中来了。张少清又遗忘了他的草鞋，四面地找着：原来它是被他在慌张中系在腰带上而掉落在地上了。他拾了起来，很爱惜地用他底粗厚的手捏着它，用他底衣裳揩去它上面的泥污。那个先前和他谈话的年青人仍然站在茶馆的屋檐下看着，这时就很疲乏地笑了一笑，招呼了一声而走开去了。

雨下得并不小，他们在雨中淋着。张老二红着脸笑着，他底神情比先前更为惶惑和激动。走过一家酒馆的时候，他四面看了一下，走了进去，借了一个瓶子而打了一点酒；同样的，他买了一点生猪肉和熟切的牛肉。做这些的时候他底神情是严肃的。郭子龙注意到他怎样地从腰里的一个破烂的小皮包里摸着钱，那些烂得不成样子的，叠得异常整齐的钞票，而紧紧地捏在手中。他身上的那种气息，以及他底这种神情，都叫郭子龙觉得不舒服，但他是希望快乐的，所以就想和他开玩笑。人们是不作兴对这样的一个正直的乡人开玩笑的，但郭子龙，在他底强烈的暴乱中，不觉得这个世界上有什么东西是值得敬重的。所有的大兵和暴徒底快乐，都是建筑在对别人的恶意上面的——或者他们也并无什么恶意，这不过是一种从毁灭性的生活里养成的习惯罢了。

“张老二，我看你这个皮夹子倒漂亮——你是有了几个儿子了？”

张少清红着脸说了什么，好像是说，他还没有结婚。

“发财了没有呢？”郭子龙说。

“哪里啊！”

“你猜我发财了没有呢？”

“不要开玩笑了吧，郭大爷！”张老二笨拙地说。

“告诉你，我发过大财呢：三百两黄金！”郭子龙说，在长久的郁闷和紧张的敌忾之后，他特别需要快乐和胡说。他们在雨中走过吴顺广底办公室，穿过那颓圮了的贞节坊，走过一些肮脏而嘈杂的低矮的棚户，看见了浴在春雨中的，布满了绿色的麦田的乡野了。郭子龙发觉他和张老二除了这样胡说以外没有什么话谈。他不要听关于过去，关于他底家庭底破灭的种种事情，他也不要听这乡人底对于生活的怨诉，这一切他都想象得到，对于他是一点兴趣都没有。他们又走过一群沿着斜坡而搭着的茅棚，饱含着雨水底茅棚底参差不齐的屋檐低[1]垂着，远远看去好像一直垂到地面。人家底门窗里喷出来的煤烟就在泥泞的地面上久久地回旋。这里那里有湿淋淋的母猪跑着或躺着……走过了这些，走过了那些坐在门槛里瞪着迟钝的眼睛对他呆看着的褴褛的女人们和孩子们，郭子龙就闻见了，或者说，全身感觉到了一

---

① 据《正误表》。

阵潮湿而芳甜的胡豆和麦田底气息。这就是他底故乡了——他虽然回来了十天，虽然到处都观看过，却还没有感觉到的。这就是他，不幸的流浪者，永不安宁的人，咀嚼着刻毒的悔恨的灵魂底乡土和归宿了，这种感伤使他说了更多的胡话，把那个怀着尊敬和感激的乡人丢在惶惑和寂寞中。

“这里真美丽呀，这种麦田，这种山上的一大片松林！”他兴奋地说，“我做梦，我就梦见了这些，我说啊，我底故乡，我底故乡，我终久是要回来，我底这一副骸骨要埋在你底地里！我就要在这里休息了！我要娶一个干净、贤惠的乡下姑娘，躺在椅子里，没得事的时候听她唱唱小调，我说，我底贤妻呀……哈哈哈哈！”他酒醉了一般地笑着。“喂，老兄，跟我做个媒吧？”

张老二提着酒瓶和两个纸包壳，在泥泞里，惶惑地笑着而看了一看这个粗野的放浪的人。他对他已经有些习惯了，已经不再留恋他从前的东家少爷底爽直而漂亮的形象了，觉得“他们这些人总是这样的”。

“我底贤妻呀！我底心肝呀，哈！哈！我郭子龙一生一世是一个什么都不怕的人！”郭子龙大声说，“没有哪一个，”他在泥浆中跨着说，“能够打倒我的！我无论什么事情都见过！我都看穿了，什么名利，金钱，酒色，就是把皇帝给我做我也不要！我心里多苦啊！不过，老子又非常的快乐！”

他又发出他底干燥的笑声来。他故意地说得这样粗野。他实在是很激动，需要谈话，然而找不到谈话的对手，更不用说能够崇拜他和了解他的知己了。这些话，这些笑声，都是一种哀哭——一个颓废、疲倦，而惨痛的灵魂底哀哭。这些灵魂哀歌着：“哪里是我们底路啊！”他们什么都不能得到，而这又实在并非由于命运底偶然的作弄。郭子龙是受过教育的，他生长在各方面都占便宜的上层社会的。他应该有着——依照一般的说法——对于人生的认识和理性。然而他却变成了一个完全没有教养的人，一个破烂的大兵。在人世上，有什么娇弱的智识，教养，和学问的小手艺，能够抵抗得了那粗鄙而贪欲的生活底折磨呢？从学校里出来，不管他品行如何，他总是一个不懂得生活的，怀着美梦的青年。他出发了，向一切可能的地方追逐着他底财宝，通过了复杂的社会底各阶层，学习了奋斗的技能并且养育了现实的魄力，同时也就败坏了他原来所有的什么理想和道德观念。他不满足，他总没有达到峰顶或至少赶过别人，他总觉得他所要求的并不是已经到手的这个。他不能建立任何一种生活。他在社会底各阶层里都站不下来，他对于一切人都是强盗。他不能走一条充满着精神上的艰苦的伟大而高卓的路，他就腐化了。酒精和情欲毒害了他。他渴望粗野，渴望用肉体去生活。于是他底思想只是一个愚蠢的兵士的思想，他相信命运，相信流年，相信恶兆，相信着，“如果我手里抓着的这一把火柴是双数的呢，明年我就要升官了。”这几十年来的中国社会底动荡，它底烈火和洪流，养育了多少伟大的青年和坚强的战士，也养育了这样的一群彻底的亡命者。武装着他们的，是虚无和怯懦，嫉妒和傲慢，而这是由于他们在毫无目的的混战中所造成的罪恶，所负担的绝望。

正在郭子龙兴奋地说着的时候，前面传来了踏在稀烂的泥地上的马蹄声，和在细柔的春雨里显得特别清脆的铜铃声，接着，骑在灰白色的，健壮的马匹上的吴顺广绕过一个小的，生满了绿色的杂树的土堆而出现在他们底面前了。这大地主穿着布袍子，束着淡灰色的夹裤管，面色红润，因春雨和办理事务而愉快地闪耀着眼睛，坐在马上，在他底后面奔跑着一个短装的，光头的小孩马夫。他鞭打着他底马匹而使它奔跑，显然的，他底生活底充满着威力的活动性，他底克己和这样舒适的气候叫他特别的快乐。一直跑到很近的前面他都不曾注意到郭子龙和张老二，但忽然地马蹄溅着泥水而停住了。他在脚蹬上站了一站，和善地，甚至是亲切地微笑着，看着郭子龙。

“你好，将军！”他说。

郭子龙顿时就觉得羞耻，让吴顺广看见他居然和这样的一个下贱的乡人在一起，虽然这是他自己没有料到的。同时他对吴顺广也感到一种含着敬畏的亲切的情绪。这是这样的：比较起张老二底一切来，吴顺广底姿态和声音，以及他底内心，对于他是更要有魅力，更要亲切和容易了解。他苦涩地笑着。

"你好，大爷！"

吴顺广继续笑着，跃马向前。但同时他转过头来，看见了站在另一边的严肃的微微发白的张老二——显然地他是早就看见了他的——他又拉住了马。

"吴大爷，你老人家好！"张老二恭敬地，苦痛地笑着说。

"你好！"吴顺广说，快活地笑着，"我看你该不要再骂我了吧？如何？"于是他静默着，他底笑容消失了。

张老二面色灰白，激动地站着。郭子龙发现他底手在颤抖。他现在的这种激动，和刚才在茶馆里的那种激动联在一起，给了郭子龙强烈的印象。这种激动是苦痛的，窒息的，好像那种不能燃烧出来的火焰。他底那一双大的，深陷的眼睛，可以说是正在因这种燃烧而冒着辛辣的烟。这乡人底这种静默，他底不能自主的激动，他底尖瘪的嘴边的干枯而尖锐的纹路，对于吴顺广是一个不愉快的反抗。于是，在吴顺广唇边，就也出现了一个有力的纹路。

"要是你真是一个老实人的话，"地主说，"你就不要再串别个底女人！"

他再向张老二看了一下，就策动他底马匹慢步地向前跑去了。他不再理会郭子龙，不再向他看一眼，使郭子龙觉得非常的屈辱。

"他妈的他是什么东西！"郭子龙骂着。

他问张老二，吴顺广和他，张老二之间究竟有着什么事情，可是张老二没有回答。他无力回答，只是用着他底苦痛的眼睛对他看了一下。

张老二家里，在他底祖父年青的时候，是还有着四十多石谷子的田地。这些田地，连同着一些杂粮地，让他底一个抽鸦片的伯父败掉了大部分。祖父死前的五六年，他们就只剩下三十多石了，他们家里却有着六口人，他底哥哥、嫂嫂，他底祖父和父母。于是他们就租佃了郭子龙父亲底四十石水田。郭子龙家底产业落到吴顺广家去以后，他们还租到了三十石；是他底父亲用高的抵押哀求来的。祖父母都去世，嫂嫂也死去了，哥哥是软弱的人，在颓衰中染上了喝酒的习惯，渐渐地完全不能照料事务，欠着吴顺广家底租。吴顺广家在仁慈的姿态中沉默着。哥哥去借钱，一次一次地也总是借得到。于是这软弱的农人就非常的感激，相信吴顺广父子好像相信神灵；养成了一种无可救药的对于地主底仁慈的依赖。荒年的时候去借，年节的时候去借，为了缴捐和出会钱之类也去借，邻人们那时候对于这家人家底幸运简直艳羡得了不得。可是忽然地在一次丰收之后仁慈的地主收回了田地，将所有的押金折了债务和利息，此外还拿走了他家底二十石谷子的祖产。这是一个来不及准备的，可怕的打击，简单而善良的农人父子，怎么能理解这个世界所以在运动的最基本的力量呢？他们而且是无告的，所有的邻人都不同情，都觉得他们是活该的。这样父亲就气死了。同时，张老二底好容易谈妥的一门亲事也被人家退掉了。剩下了两弟兄和他们底母亲。那个哥哥是再也不能从噩梦中清醒了，彷徨了很多天之后，他底心里就酝酿了一个一直到现在都还使人们警惕着的复仇。这乡人可悲地仍然信赖着这个社会，他挟着一本状子到县城里去喊冤告状。他跪着一直爬进县城府，被人家用枪刺赶了出来。他又到重庆去……一个月以后他精疲力尽地回来了。他不敢再出门。吴顺广对这件事沉默着，一直到抗战发生以后的第二个月——张老二底哥哥张吉元成了兴隆场底第一批中签的壮丁。他被拉去四个月，就在一个黑夜里逃回来，然而已经不行了，他整个地是被吓死了。这一切是强烈地打击了张老二，使这个曾经是活泼的青年的乡人迅速地变得衰老，沉默起来。他也似乎变得和他底哥哥同样的胆小，没有能够结婚，就害怕着家累：总是在预感着自己底不幸的未来。他还和他底哥哥一样有着一种内在的激烈。现在他们家里只剩下十石不到的田地了，他渴望在这十石田地上重新建立他底家庭;但经过了这些年的劳苦和饥饿,他底这个简单的梦也被粉碎了。

受了那样的打击的六十几岁的母亲已经变成了病态的老人,张老二现在底唯一的目的就是好好地孝顺她而送她入土。但不幸他却结识了王合平底寡妇何秀英。这件事情他自己也不知道是怎样发生的,他只晓得,那时候,去年冬天,他很可怜她。他为了她偷偷地哭;因为她,一个孤寡的女人,在冬天的刺骨的冷风和细雨里独自地犁田。所有的田地里都没有人工作,天色阴沉如铁,吹着狂风——这个年青的女人一个人在田地中,迎着狂风而跟着她底租来的水牛前进着。张老二当时也并不觉得什么,但夜里突然醒来,立刻就想到这个犁着田的女人而哭了。第二天他就奋勇地去帮助她,后来他常常到她屋子里去坐坐,他们就结合了。然而他底母亲反对这个。何秀英底男子王合平病死才半年,他是吴顺广底佃户,她还继续着这个关系——她去哀求过了,吴顺广答应不收回——因此张老二就又卷进了和吴顺广家的关系里面。他很想劝何秀英退了佃和他另想办法,但他实在又没有别的什么办法,而且,他又是太渴望田地了。

郭子龙完全认不得张老二底母亲了——当他走上坡来,走过一些猪栏、毛坑和被参差的破烂的竹篱笆间隔着的矮屋,看见这个站在门前活动的老妇人的时候。她在活动着:两条腿颤栗着,破烂的大裤管拖到地上而沾满了泥,挥着手而尖声喊叫着,湿淋淋的小鸡们在她的周围聚拢又四散跑开。她底那种尖声是无感情的,所有的人都怕听一个负荷着一生的不幸的老妇人底这种叫声,她们是急躁的、慌乱的,并且不再懂得现实的。她底裤子快要落下来了,但她仍然在追着小鸡们尖叫而奔跑,她是觉得如果没有她小鸡们便会活不下去。但谁都看得出来,她底行为对于小鸡们是完全没有意义的,它们正要进窝,她去骇散了它们,她骇散了它们又以为它们不想进窝。她底一生的劳苦和不幸使她底四肢软弱而枯干了,她显然已经不能照料她自己了,但是她要活动,她不仅不以为她是无力的,她还决然地相信,如果没有她，她底家庭就无法继续生活。她照料一切细琐的事情，她烧饭、洗衣、干涉她底儿子底言谈和行为，顽强地防卫着她家底财产：一块木头或是一条破布。并不是她以为别人不能像她一样的烧饭洗衣，而是她以为，除了她以外没有人能为她底儿子烧饭、洗衣。因此，她底儿子不仅要孝顺她，而且要真正地不可缺少她。然而不幸的是，张老二孝顺她，但并非不能缺少她——他自己也不能抵抗这个事实。他底烦闷的脸色好像总是对她说："没有你，也会有别人做的！"这就使得老人底性情更为乖张，并且更为顽强地痛恨着张老二所结识的何秀英了。

"妈，你认得吧，这是郭大少爷！"张老二说。

老人呆望地对这个客人看了一下。

"不认得。"她说，摇摇头。

"郭福泰老太爷底……"

"我不晓得！"她回答，"你们这些瘟畜生啊！"她突然大叫着，向那一群跑到路边去的小鸡们奔去了。

郭子龙厌恶一切老人——这是自私心底一种最明显的征候。他连老人底样子都不想看清楚，随着张老二钻进矮而黑暗的屋子里去了。他拖了一张板凳坐下来，托着下巴等待着。他底兴致消失了，很后悔居然跑到这里来。这屋子里的，在昏暗中呈显着的一切都使他感到局促和不快。贫贱的乡下人家底那种忧愁而纯朴的气息，那些农具，绳索，挂在墙上的干肉皮、干菜叶和屋角里放置着的一些木片，一些煤渣，两副箩筐，这一切，只能唤起他底对于劳苦而下贱的生活的厌恶来；而他是无论在过去和现在都和这种劳苦的生活是无缘的，他所经历的劳苦只是社会斗争的劳苦，那种一向被看做高贵的内心的艰苦；他从来都讨厌他面前的这种他觉得是无益而卑贱的生活。因此，刚一走进来，他就觉得异常的不自在。他四面看了一下，摇摇头。

"喂，张老二，天黑了，拿个灯来！"他说。

"是了。"张老二在里面，在灶房后面说。

"喂，你来呀，张老二。"隔了一下他又说。

张老二掌着油灯出来了——另一只手里端着一杯茶。这苦味的，浑浊的茶在这人家是一种高贵的饮料，是他，张老二，刚才从后门出去向隔壁人家倒来的。他把它恭敬地搁在郭子龙底面前。郭子龙端起它来看了一下，然后就皱着眉头一口气喝光了。

“你坐，老弟，忙些什么呀！——再给我弄点开水来吧，这个茶我不喝！”

张老二拿着茶杯走进去，郭子龙对着他看着，没有注意到张老二底母亲一点声音都没有地扶住门而走了进来，她走到他背后来了，她底突然的说话声惊骇了他。

“官长，”她用高声说，“你是官长，你就劝劝我那个儿吧……叫他莫到那个女人那里去！”她焦灼地说。

郭子龙看了她一会儿。她摇摇头也不再要求回答，拖着她底落在地上的长裤管走进去了。

张老二端了茶杯出来，然后端出了他刚才买来的菜，把酒杯放在桌子底上手，斟了酒。

“郭大少爷，你请上坐。”他笑着，恭敬地说。

“还不是一样的啊！”郭子龙说，坐到上面去了。张老二客气地，诚恳地笑着，在下边坐了下来，拿起筷子来点了一下菜。

郭子龙底冷淡而粗野的态度并不曾破坏这乡人底侍候尊贵的亲爱的客人的感动而善良的心境。他不能了解郭子龙，也不希望去了解他。他尊敬，并且因这尊敬而心地温柔——他怀念过去的他父亲底东家，并怀念那可亲而慷慨的东家少爷，这东家少爷曾经很多次地坐过他家底上席，现在又坐在这个坐位上，其中相隔着二十年的时间。这乡人继续着他底祖先的事业，他不觉得这个世界上能有什么严重的改变。由于这样的心，他所看到的这个郭子龙始终是绝美的，也由于这样的心，他用假的，温和的声音说着有礼节的，尊敬的，文雅的话，并不是他是虚伪的，而是，只有在这种礼节，这种文雅的尊敬的声调里，这劳苦而迟钝的乡人才能表白他底内心。

“郭大少爷，你请喝一点，吃这一点，我们穷贱人家，办不出好招待来，”他用假的，文雅的声音说，“你郭大少爷莫要客气……就像老太爷在世，我家老人还活着的时候一个样子，虽然我们家里穷贱了，但是这颗心还在的！你请干这一杯！你请！”

“请。”郭子龙说，亮了一下酒杯底——他其实已经干了三杯了。他底眼睛逐渐地发红起来。

“你老人家请，”张老二，自己喝了一点，声音更温柔，更文雅，并且有些颤抖，“这些年的日子，从老太爷过世起，这些年的日子就不是人过的，你，郭大少爷在外头做官，不晓得！你，郭大少爷，不晓得我多少回想过：唉，要是郭大少爷是我底东家就好了，他对下人多好啊！……你请。”他端起酒杯来，注视着郭子龙，“看起来，不见怪我说的话，你，郭大少爷也上了年纪了！不晓得太太、少爷、小姐们在哪里？”

在张老二底这种充满着庄严的纯洁的亲切的调子里，郭子龙就迅速地陶醉了，他心里有了一股逐渐增强的暖热。他有过多少朋友，也有过不少的崇敬他的人，但从来没有一个人使他这样感动；也从来没有什么更能使他这么迅速地就走近一个纯洁的，至少是渴望纯洁的境地。

“请！”他说。他底逐渐发红而明亮的眼睛向前凝望着，他真愿意他先前有过，现在也还有着，如张老二所尊敬地称呼的，太太、少爷、小姐。他觉得这是真的：他也上了年纪了。

这乡下的贫苦的人家底一切，他底周围的，在摇闪的昏暗的光和影之间显露出来的一切，就对他告白了纯洁的生活和正直的劳苦底高贵的慰藉，而使他觉得亲切起来，张老二端正地坐着，热诚地看着他。

“请！”他怜恤地说，“看起来，你我都是上了年纪了！”

“你这话是，”张老二凄凉地说，但仍然保持着他底文雅的，愉快的，温柔的声调，“年纪是不饶人的，不管是贵人贱人，都要年老，天是公平的！”他底粗糙的脸上出现了一阵甜蜜的苦恼，他陷入了一阵沉思里面，但后来他加上说：“不过是比不得贵人的；人上了年纪，要是贫贱的，就要更加苦。要是他看见他底后辈不管他筋骨累断了还是一样苦，一样吃不饱，他心里就更加难过。”显然地，说着这些话的时候，他是在想着他底母亲，她现在正在后面灶房里劳碌着。

这乡人在礼节，尊敬的感情和甜美的回忆里开放了的心灵——显然只有在这礼节和对于过去的高的尊敬之中，他底心才能这样地开放——不觉地，有力地控制了郭子龙，这暴乱的流浪者底心。张老二并没有明说，但他底话却使他想到了他底父母，而觉得辛酸。无论那暴乱的流浪者底感情有多么强，无原则的人生和毁灭了的道德感情总是屈服在鲜明地坚持着的人生和道德原则，和它底对于实际生活的观点之下了。微贱的张老二底从卑屈中显露出来的庄严是凛然不可侵犯的，虽然他，郭子龙并没有意识到这个，但他被这庄严压倒了。他不能否认张老二底任何意见。

“年纪轻的时候倒不觉得，”这流浪者叹息着说——他不觉得他说这些话是虚伪的——“现在呢，想起来要侍奉老人家都来不及了。”

“是这样的。”张老二小声说，“郭大少爷如今是叶落归根了，人要行善，凡是行善，都来得及的。”他说，他底眼里有了泪水——他用他底含着泪水的，庄严的眼睛看着郭子龙，他本能地感觉到，在郭子龙身上，是存在着很多可怕的罪恶的，但他仍然爱他，尊敬他。

郭子龙，由于屈服在别人底人生感情之下，不能展露自己而苦恼，甚至颓衰。但他自己对这个一点也不觉得。他以为他是因了他底沉重的罪恶而苦恼，颓衰。他侧着头靠在桌子上，瞇着眼睛，疲乏地苦笑着。

“善行，兄弟，没有那么容易啊！”终于他说。他底那个自己，开始要展露出来了。

“是的，人心总是很苦的。”乡下人说，带着一种承认了事实的有力的表现，一面端起酒杯来，说着，“请！”他们两个都仰起头来，为了他们底苦痛，把杯里的酒喝干了。

短时间地寂静着。首先他们听见落在外面的广阔的坡上的细密的春雨声。从开着的门里，看得见江边的一朵灯火——在那里住着修理木船的工人们。雨声继续着，接着传来了母猪底尖利的嚎叫：附近的人家在杀猪。母猪底叫声开始微弱下去，就传来了一些很隐约的人声，但仍旧可以听出来人们是在说笑着。其中有一个女人底泼辣的，快活的声音。坡底下的什么看不见的地方，有着很清晰的锣鼓的声音。郭子龙很鲜明地想起了他在逃亡之前来到这叫做梅花关的坡上的十九年前的那个晚上了。他很强烈地相信着，并且在心里为这个而哭，那时候他还是纯洁的青年，即使那一次的杀人，也是因了替自己报仇和他现在已经搞不清楚了的一种高贵的激动。

他现在已经搞不清楚了——那是怎样的激动！替兴隆场底一切不幸的人向卑污的权力宣战，告白革命的朦胧而强烈的要求，宣布个人的生命与自由——那时候他自己觉得是如此——这样的激动他现在搞不清楚了，因为多少年来他已经把这件行为看成和别的行为毫无分别，并且已经习惯拿它来当作他底英雄主义的证明。他搞不清楚了，还因为他早已忘记了年青的时候的那个他所信奉的超于一切的自由，和那个向着什么献身的悲凉的决心，而武装着现在的这种赤裸的利己主义了。他搞不清楚了，像中国底各个城市和乡村里的老爷们一样，他们吃喝着，躺卧着，嫖着，唱着，或者仍然搏斗着——真是不幸啊——搞不清楚他们年轻时代的什么鬼玩意了。

“唉——这就是我底故乡啊！”郭子龙忽然大声叹息着，“他妈的说不定隔两个月老子就又要干一手滚蛋了！请。”他端起酒杯来，向张老二举了一举，喝光了。“酒，是个好东西！你呢，老老实实地过日子，也是个好东西，哈哈！”他说，忽然地他底脸上出现了一个酒醉的，野性的，狰狞的笑容。

张老二母亲端出一盆腊肉来——这是他底家里仅留着的一点高贵的东西——放在桌上，扯起衣服来擦着手，忽然地认出郭子龙来了。

“哦——是郭大少爷啊！”她惊喜地说，“怪不得老二说什么老太爷，我想了又想！你看哇，要不是你这个样子地挤着眼睛，”她活泼地挤着眼睛说，“都一点认不得了！”

“对了！”郭子龙说。

“老了啊！”老人说，马上就哭起来，“也是吴顺广家害的，不然不得离乡背井，连老太爷落土都回不来啊！这个屋里头。”老人哭着说，“打大少爷走后，就剩下老二跟我娘儿两人了！这也都是吴顺广家害的啊！”

“妈，你不要再提吴顺广了吧！”张老二焦急地说。

“怕什么？”郭子龙说，“有我！”

“郭大少爷伸冤啊！”老人说，于是就冗长地叙述了起来。吴顺广家怎样地侵占了张老二家底田地，这件事情，郭子龙是已经知道了一些的；但他还不晓得其中有着这样的悲惨，特别是张老二刚才一句都没有对他提到这个。在说到她底大儿子如何进城去告状的时候，老人就又哭出来了。

郭子龙这才想到了刚才在田地间吴顺广和张老二之间的对话，并且对张老二底对他不提这件事希奇了起来。显然张老二是在招待旧主人的感动的，柔和的心情里面，不愿意想到这苦痛的事和目前的他底苦痛的处境。同时他也看得很清楚，他不希望郭子龙能够给他什么帮助。母亲底叙述和激动使他焦躁，因为仅仅这叙述本身就暴露了他底苦痛的弱点。

“妈，有什么说的啊，你不说了好不好！”他叫着。

“说，”郭子龙说，虽然实际上他并没有注意听，“来，张老二张少清，干这一杯，我替你报仇！”

他站起来喝光了。他扒到桌子上去大口大口地吃了很多腊肉，又斟了一杯喝掉了。张老二已经不再替他斟酒，已经失去了那仁慈，柔和，庄严的美丽的心境，迷惑而苦痛地看着他。

“大妈！”郭子龙醉醺醺地对老人说，她仍然在夹缠不清地说着，“包在我身上！老二，告吴顺广一状，有我！”

张老二呆看着他。

“你怕了是不是?”

“怕倒不怕的。”这乡人小声说,“我是想,那又有哪些意思呢?”

“意思才多哩!”郭子龙说,然后又坐了下去,支着头,呆望着仍然在说述着的老人。于是这冗长的叙述使他困顿,昏沉。他在想着什么,后来他弄不清楚究竟在想着什么了,但他竭力地去想:他刚才在想什么。他底眼光板滞了起来。忽然地他对一切都没有兴趣,疲劳,失望而又舒适,微微觉得凄凉——他靠在手上睡着了。即刻他打起鼾来。

“妈,人家睡了。”张老二对母亲说,于是老人突然停止,呆立在那里。

“啊啊!啊!我晓得都晓得的,”郭子龙醒来并且大声说,茫然地两边看了一下,“我发过大财娶过老婆,这些都没得啦!”他朦胧地说,然后他皱着眉头沉默着,“有一回刘主席要枪毙我……”他接着说,但立刻又瞪着眼睛,沉默了,好像仍然在梦境中似的。

张老二不安地看着他。他兴奋地笑了一笑,想起来他先前所想的那个思想了。

“啊,张老二,不错不错!你带我去看看你底那个相好的……啊,哈哈哈哈?”

他笑着,摇着头,忽然地觉得这么醉心的孤独和悲伤,哭起来了。后来他又睡着了,打翻了酒杯,伏在桌上。

三

兴隆场底背后,是满布着矮小的松柏林的高山。左边的山坡下面是石灰窑和砖瓦窑地区,而在这些石灰窑、砖瓦窑底后面紧靠着一条通往山里去的满是杂乱的岩石的浅谷底边缘,建立着吴顺广底玻璃厂,那是两栋很低的瓦房,有着三座矮而难看的烟通。兴隆场和它底周围的贫苦的,破落了的乡人们,如果不是到码头上和江面上去的话,就都到这里来谋生。他们从山里给玻璃厂挑来他们称做玻璃土的岩石，每一百斤可以得到十块钱；此外他们就替砖瓦窑造砖坯，替石灰窑下力，而他们之间的有一些就成了这个地区底居民了。沿着山坡，一直绵延到荒谷底边沿上，愈来愈多地搭起了茅棚，出现了小的店铺和小的，寒酸的手艺场。七八年之间，这荒凉的，俗称做乱石沟的山坡下面已经布满了居民，形成了一个特殊的区域，呈显着一种带着特别尖锐的凄惨的性质的繁荣。一般地说，兴隆场底人们，特别是安分守己的乡人们，是害怕而厌恶这个地区的，因为它是流氓光棍们最活跃的处所，道德和感情最混乱的地方，经常地发生着抢劫、凶杀、强奸一类的事情。在山底右边的坡下，俗称做梅花溪和干河沿的广大的杂粮坡和田地之间，是居住着如张老二家这样的还在和他们底生活挣扎着的乡人们，一切就显得和乱石沟那边的情形完全相反——至少看起来是如此。在乱石沟，砖瓦窑和玻璃厂底周围生活是昏暗地沸腾着的，差不多没有一分钟没有打架、酗酒之类的事情。随处都可以听到凶狠而尖锐的声音，随处都可以看见围在摊子面前赌博着的人们。但在梅花溪这边，则一切都是静静的，忧愁的。即使最破烂的茅棚也收拾得很干净，它底门前的土路和它底周围的猪圈，菜地也扫得很清洁，在路边上和屋子底里面，人们用很低的声音说着话，叹息着，或者呆坐着。因为，有时候，特别是在田地里的工作紧张着的上午，周围的寂静太深了，空间好像太阔大了，人们就害怕惊破这种寂静。中午和黄昏的热闹是也含着这种一致地尊重着什么，爱着什么的单纯的意味……但它渐渐地更苦恼了，因为更穷苦了，因为它并不能超于乱石沟那边的混乱的生活而存在。它底挨着打骂的褴褛的青年们底思想就倾向着乱石沟、码头，和从合川到重庆的两百里的嘉陵江。还有一点是重要的，就是，兴隆场本身就倾向着乱石沟，因为它渴望着增大税收，而它底商业和手工业渴望繁荣。乱石沟的流氓们，吴顺广玻璃厂里的工人们，他底矿区干线上的工人们，矿工们，以及加入了运输业公会的人们，习惯地享有着不当壮丁的特权。就凭着这个，吴顺广付给他们以极低的工资。两三年来，梅花溪和干河沿底人口逐渐地减少，似乎即使小孩也出生得很少。使安分守己的乡人们恐惧的移民，是在梅花溪和乱石沟之间进行着……但这一切对于郭子龙底意义只是：吴顺广家在兴隆场底势力更为深固了，他底希望更为暗淡了。

他怂恿张老二去对吴顺广报复。后来就想到了——主要地是因为他无事可做——他可以怎样地来支配这个忠实的乡人，使他成为他底良好的工具。

第二天晚上，他同样地喝醉了，找寻张老二一直找到何秀英那里。他听开煤坪的老人王华卿说，吴顺广已经答应了一个乡人底要求，预备收回何秀英——在何秀英丈夫王合平名下的十石田地了。他就决定要用这十石田地的纠纷来打一仗。完全不知道怎样处理自己底事务，却充满着虚荣心地来插足于别人的纠纷，这就是这样的已经在这个社会里飘流得毫无目的了的人们底特色之一。他们看来是特别豪侠的。

郭子龙底相貌和装束引起了何秀英底邻人们底尖锐的注意。当他沿着各个人家一路问过去，询问何秀英底住址的时候，人家都很冷淡地回答说不知道。他在那些猪栏和毛厕之间茫然地转了几个圈子，终于有些觉悟了，就走到一家正在烧饭，弥漫着烟子的屋子前面去询问——不是何秀英，而是王合平底女人底住址。听话的是一个老女人，非常轻蔑地哼了一声，对左边指了一指，大声地叫着说："王三嫂住在转弯的第三家！"

隔壁和对面都有肮脏的妇人探出头来，看着郭子龙——他底穿着破旧的皮甲克的，瘦长的身影，和两边摇摆的、疲倦而又凶横的姿态，消失在昏暗里面了。妇人们立刻聚在一起，讨论着这个人为什么来找何秀英。有几个小孩一直跟着郭子龙跑到何秀英门前去。其中的一个畏怯而热心地给他指路，另外的三个则惊奇地看着他。郭子龙在敲门之前转过头来，发现了他们，对他们凶恶地看着，然后，向他们威胁地走近来。他们往墙边上退避着。

“看什么?”郭子龙说。

孩子们恐惧地沉默着。郭子龙明显地感觉到了这一切对他的侮辱,就走上去对那最大的孩子底脸上打了一下。孩子们哭叫起来跑开去,但在不远的地方又站了下来,对他叫骂着;附近人家的人们全跑出来了,加进了女人们底尖锐的叫骂声。郭子龙愤怒地笑着而看着昏暗中的这一群人,突然他拾起一块石头来对着他们投了过去,好像陌生的旅客投击他所路过的村庄上的那些对他吠叫着的狗似的。然后他就毫不介意地转过身去,敲了何秀英底门。

虽然所有的人都知道何秀英和张少清底关系了,但张少清还是害怕着人们会看见他,他总是偷偷地来。不管他底内心在如何地感觉着自己底行为,在意识里面他总觉得自己是罪恶的,因为这个社会,这个梅花溪觉得这是罪恶的。他没有勇气抗拒人们底眼光,他羞耻、屈辱、沉默,怀着怨痛。但何秀英却坦然地接受着自己底命运,因为她需要生活而不思索生活。张老二逐渐地更不安,作为一个安分守己的乡人,他觉得他不但不能抵抗乱石沟的那一切的侵入,而且乱石沟的那一切已经占领了他底心,他觉得这是可怕的。除了简单而沉重的田地劳动以外,他不能解决任何问题,他害怕这些问题,渴望着它们会自己消失。每一次他都坐在何秀英屋里的那一张小凳子上,小声地,慢吞吞地,思虑地说着最近几天来他所遭遇的事情,时间在他底这些微弱的,慢吞吞的声音里流过去了,于是他才开始觉得一种安宁。

这个晚上他同样地坐在那里,两只大手搁在膝盖上。两天以前,何秀英曾经为了她底租谷的事情要他到吴顺广那里去说情,但他一直没有去,并且害怕提到这个。何秀英底婆家有两个哥哥,先前都是做长工或佃田种的,现在已经成了乱石沟底居民了。一个是砖瓦工人,一个是吴顺广底玻璃厂底工人。王合平病死以后,两个哥哥对何秀英倒不觉得什么,但两个嫂嫂,特别是大嫂,却想到了王合平留下来的这一点财产了。她们在去年秋天曾经想办法逼迫何秀英改嫁,这没有成功,因为那时候何秀英曾经大哭着向邻人们诉说了她底守节的心。然而不久就发生了和张老二的事情。于是从嫂嫂们那里,来了致命的打击。她们说,如果何秀英仍然是王家的人,那就没有话说,如果她已经姓张了呢,那她们就要收回王家底这间草房,一块菜地和吴顺广那里的十石租谷底押金。就在三天之前她们还来闹过,何秀英和她们打架了,后来她向张老二哭诉,要他到吴顺广家去说话。她不知道张老二对吴顺广所抱的见解和情绪,张老二也从来不曾对她说过。现在,当她对他问到了这件事情的时候,他就很模糊地说了两句,然后把话转到郭子龙底回来,以及他从前的老爷和少爷的种种事情上面去了。虽然他本来是不曾想到过去信赖郭子龙的,但在何秀英底追问下,在对于她的羞愧的感觉中,他就想到了郭子龙底话,而在他底身上依附了一个朦胧的希望,他说现在他从前的少东家做了官回来了,这个人好,总可以帮他想点法子的。

"你跟他说过没有呀?他答应了没有呢?"何秀英问。

"你不要急呀。"张老二说,然后不安地沉默了很久,想着郭子龙要他去打官司的话。"郭大少爷说的……他说他有法子。"他模糊地加上说。

这时候他们听见了外面的吵叫声和敲门声,张老二听着,显得有点紧张,因为他觉得不幸的事情是随时都可以发生的。

"哪个呀?"何秀英问着。

"我!"郭子龙粗暴地回答。

"是他——郭大少爷。"张老二惊异地说,"他怎么会来的呢?"

门开了,郭子龙挤了进来,随即转过脸去对外面的人们吼叫了一声,猛力地关上了门。他底态度,就像他是这个屋子底主人似的。

"坐,请坐,郭大少爷。"张老二说。

"怎么样,我找到了吧,唔,不错——就是的吗?"郭子龙说,于是闪耀着他底朦胧的,男性的眼睛对着何秀英凝望着,使得她不觉地红了脸。但虽然是红了脸，她却仍然挺直地站着，并且笔直地看着他：她底激动的眼睛潮湿而发亮。显然的她是充满着自信和活力的女人。于是郭子龙自己倒反而有点狼狈了，装出了正经的样子而坐了下来。

“我来是有点事情的。”他说，“你底这个女人租了吴顺广十石田地，是吧？”

“那是的。”张老二回答。

“吴顺广说是要拿回去了，对不对？”

“是有这样说……”

“什么是有这样说的！”郭子龙皱着眉头说，“告诉你，用不着怕。你告诉我，押金是多少？租了几年？那么押金将来由我还你，这个田就算是你租我的……我立个约给你，算是你租我的，这是我的田，懂吗？”

张老二惶惑地沉默着，他一点也弄不清楚这是怎样的事情。但是，何秀英却因这突然的希望而激动，热情地看着郭子龙——她仍然站在原来的地方，这使得郭子龙觉得一阵兴奋。

“不懂？”郭子龙嘲笑地问，“那就太蠢了！听见了吗？凡是有要收回田地什么的，就都叫来跟我谈！”

“话是这样的，不过那……恐怕人家未必肯啊。”张老二说。

“不肯？哈！”郭子龙说，于是转过脸去对着何秀英热烈地笑了一笑，好像说：“你看，我们都懂得的他却不懂得！”他点燃了一支香烟抽着，又对何秀英笑着，对她觉得奇特的亲切，好像她和他是已经站在一起了。

何秀英突然地从他底野性的亲热的目光里觉察到什么了，她底脸立刻发白，并且有了一阵轻微的颤抖。她坐了下去，但仍然抑制不住地又看了他一眼。对于她，他已经不是别的，而只是一个贪婪的、强力的男子。但张老二对这些却没有感觉，他只是不满于她的胡涂，不会招待客人。

“喂，跟郭大爷倒一杯茶啊！”他说。

“不，不必的！”郭子龙说，向何秀英摇了一下手。已经站了起来的何秀英竟然服从了他，觉得不好违抗他，又坐了下去。

望着这种情形，张老二叹息了一声，他们都沉默了，窄小而低矮的屋子里摇闪着昏弱的灯光。何秀英不再看他，而在张老二身上，是已经没有了昨天的那种庄严的、激动的光辉了。郭子龙开始觉得苦恼。他开始有些憎恨着张老二，并且想到，他在这里的地位是不相称，奇怪，令人嫌恶的——而且他在任何地方都没有一个位置。他觉得心灰意懒，预备走开去，这时却有了敲门的声音。

何秀英去开了门，走进来了一个衣裳破烂，瞎了一只眼睛的，弯着腰而发着寒颤的肮脏的人。这就是兴隆场有名的瞎子，继狗腿以后的吴顺广底跑腿，"办公室"底"传达"——流氓们里面的最简单的一个。他弯着腰，发着颤，显然是鸦片没有吃好。跟着他底后面，在开着的门前的昏暗中站着一大群邻人。

张老二站了起来。

"郑瞎子请安了！"他弯着腰，快活似地大声叫着。他底这句话是有名的——所有的乡人都害怕这个郑瞎子请安。"各位，张二哥，王三嫂……都请安了。"

他迅速地对着郭子龙看了一眼，郭子龙又点燃了一支香烟。

"有言在先，"郑瞎子高声叫着，"小人瞎子奉差说话，不妥的地方请莫见怪，王三嫂你听好，今早上你两个嫂嫂到办公室来会吴大爷，求吴大爷替她们公断！她们说租谷，草房跟山梗梗菜地是王家的，王三嫂要是还守着王合平那就无话说，王三嫂要是姓了别的姓呢，那她们就要拿回这些家业去，喂鸡养狗听其自便！吴大爷叫我传话，看王三嫂怎个说，十石谷子租了七年，押金一百元抵的欠租，这个账是跟三嫂算呢，还是跟王合平哥嫂算？顶迟打到十月，吴大爷就要收回！他说，家庭事情他不过问……"

大家沉默着。何秀英突然站起来走到郑瞎子面前去。

"田地是我的！"她愤怒地叫着，"哪个来说话，我就跟哪个拚了！"

"不管怎个说都是我的，这多年是我种的，租谷颗粒不少！

不论别个怎样说，我何秀英都不怕！”她高声叫着，全身都颤抖了，因为觉得乡人们底眼光在讽刺着她，她就对他们叫着。“我何秀英自己管自己的事，没有哪一样是见不得人的！”

“还要说见得人呢。”郑瞎子翻着眼睛说，看着大家而高兴地笑了起来。

郭子龙走了过来，冷冷地打了郑瞎子一记耳光，使他沉默了。他蒙着他底左脸，当他再要喊叫的时候，郭子龙就对他举起拳头来。

“告诉吴顺广！”郭子龙说——英雄的郭子龙在这里开始和公众相见了。“告诉他，你说，我，郭子龙说的，王合平女人何秀英底田地是我的，我租给她的，要是他吴顺广不甘心，就亲自来找我谈……听见了没有？滚开！”

他底吼声里面含着逼人的威严。郑瞎子站了一下，一句话都不说就从人群中钻出去了。郭子龙用他底明亮的、冷酷的眼睛对着门前的人群看着，使得人们悄悄地、陆续地走了开去。然后他冷笑了一声。

“有什么叫他们来找我谈！”他说，不看张老二和那个呆立在门边的何秀英，走了出去了。

很明显的，郭子龙底行为并不曾给张老二和何秀英带来希望，它倒是给他们带来了更大的艰苦。但他们都没有再谈论它，因为在他们看来，这一切是过于奇突了。他们也许感激这个人底侠义心肠，相信并且崇拜他底力量，可是仍然不相信他能替他们做什么。仅仅由于郭子龙底行为增加了他们在邻人们中间的困难，仅仅由于这一点，他们就不能相信郭子龙能够为他们底生活而做成什么。他们关上了门，坐下来，好久沉默着。

“我还是要到乱石沟去走一趟。”终于何秀英打破了静默说。

张老二没有回答她，他不愿意，不能够，他害怕谈论这个问题。何秀英对着他忧愁地长久地看着。为了逃避这个目光，他就在凳子腿上划了一根火柴，点燃了他底烟杆而咬在嘴里。当他底布满了纹路的辛苦的脸在烟雾中朦胧起来的时候，何秀英就轻轻地叹息了一声，走过去捡出一大块棉花来，坐下来去摇她底纺车了。

纺车发出息索的声音，同时外面传来了凄清的雨声。张老二底愁苦底脸在烟雾里变得更朦胧了。何秀英悄悄地工作着，不时地转过头来看他一眼。他们两个人都痛苦着，并且两个人都彼此明了。渐渐地在何秀英心里，那僵硬的痛苦化为凄凉的柔情了。她知道张老二在想些什么，她知道他是在想着，在对于老年的母亲的孝顺和对于她的爱情之间，他究竟应该选择什么。她愿意他选择孝顺，去侍奉那不幸的老人，她愿意为他牺牲，一个人默默地苦痛而死。她底眼睛里充满了泪水。

外面的雨声更清晰，纺车的声音更安静。何秀英在想着她底死去的丈夫王合平，那个虐待了她十几年的人。她今年才二十七岁，可是她却十四岁就离开了山里的家，到王合平家里来当童养媳了。王合平不能安于命运，老是想着要丢掉田地跟着他底朋友们到嘉陵江上去试试。他拼命地，成天成夜地赌博着，输了钱回来就打骂她，认为他底恶运都是由她带来的。他去年春天害热病死去了，她明白他，可怜他，想到现在是和张老二在一起，她就觉得对不起他。可是这个回忆又使她心里充满了温柔的凄凉的感情。她爱着，她就无罪，并且这样的事情在目前的兴隆场也很平常，她已经习惯了邻人们底眼色了。

在她独自地挣扎着的时候，她是那样的空虚和苦恼，现在，在张老二身边，她觉得安静。无论他有多少弱点，她在他身边觉得实在，安静，不害怕。

在她底身边，张老二觉得同样的安静——那种从他底祖先一直留下来的古旧的安静。听着她底纺车的息索声，他底苦痛就慢慢地过去了，他仍然觉得烦恼，不过他已经悄悄离开了尖锐而冷酷的事实，能够用他底方法来思索了。他抽了很久的烟，吐着口水，后来对她呆看着。

“又落雨了。”他说。

她回过头来看了他一眼，表示同意他底话。

他慢慢地震动着他底下颚，张看她底头上的蓬乱地向上面倒结着头发。她底注视着纺车的眼睛反映着她旁边桌上的灯光而安静地闪耀着。

“这是不错的。”他静静地开始说，含着他底温和的，忧郁的微笑。“天地间万物都有个道理……比方说，我们两个人底事情，也还是上天规定好的！”

只有在这种方式里，这乡人才敢于肯定他底觉得是有罪的爱情。何秀英没有回答他。纺车急速地转动着，在幽暗的灯光下闪耀着。她注视着她手里的棉花，似乎不曾听见他。这是最好的——他也并不要求她底回答。

悄悄地到来的，是怎样的温情和安静啊！一切，周围的一切都熟悉，亲切，古旧，懒散而太平。一切都宽仁而慈爱。

“这个世道坏了，人心坏了。”张老二说，凝望着何秀英头上的空中，“人底一生，没有啥意思。我们都累倒了，太苦了，不能求个温饱，也不晓得哪一天才有太平时年。我是没有什么的，可怜的，是你；我这个人，有时又对不住你。”他痴幻地说。他几乎不曾注意到，纺车转动着而停止了，何秀英平放着手而对着它呆坐着。——“你，太苦了。别人骂你，欺你，都是为我，我也不晓得……怎个才能报答！真心话，秀英，”他说，庄严地笔直地坐着，“直到我们这一生过完了，我们就算是苦够了！没有人管我们，我们就好比没得父母的小孩子一般，我们两个人，只要我们不分散地过到顶顶末了的那一天！……”

他惊奇地瞪大着他底含着眼泪的眼睛沉默了，因为他听到了一阵颤抖着的，急迫的啜泣的声音。一直到何秀英忍不住地伏到膝上哭出声来的时候，他才发觉到这声音底来源。他站了起来，而走了过去，好像是要去抚慰她，但即刻又站住了，对着她看着，用着不是爱人，而是父亲的仁慈的，愁苦的眼光。

“不要哭！”他庄严地说，“不管世道怎个变了，我们不变——上天是要照应这些人苦完他底一生的！”

四

这贫苦的茅屋里的梦境，是不断地受着狂风暴雨底吹打，因此它也就带着这狂风暴雨底气息。张少清因心灵底正直而觉得的庄严的欢畅，是时常要陷到怀疑甚至绝望的泥污里去的。在现实底打击和道德底苦恼之中，这乡人底庄严的呼声就显得微弱了，它只能用它底悲苦的感情来逼迫何秀英底眼泪。但他就因为这个，他说这一类的话的时候才这样热中，好像他即使对自己底命运也是非常淡漠的，好像在现世底欲望和要求之上，他还有着一个非现世的，心灵的要求。因此何秀英无论怎样都不免觉得他底里面含有一种冷酷的东西，她是为这个而伤心悲哭。

在他底这庄严的激动中，他觉得他面前的一切都不算什么，它们都是苦痛，罪恶，无益的，他要脱离它们。无论怎样的痛苦——那是上天底试炼——他要脱离它们，并且他将得到最高的欢畅。于是这看来是充满着爱情的流露就变成了对何秀英的打击了。这种态度对她来说，她底生活，她底恐惧和实际生活的要求，都是无聊而渺小的。这种态度暗示着，他，张少清不满意她底对于安乐的向往——虽然事实上她并没有向往什么安乐。

何秀英早就感觉到了，无论他怎样爱惜她，他总是把他和她底关系看成不道德的，因此也就把她看成罪恶的。他底心就在这内心的苦痛中向着母亲，或者说，向着孝顺，因为母亲，孝顺，是和他底对于现在的生活的苦恼的淡漠，在根本上联系在一起的。

她却执著地要求着实际的生活。她可怜自己，她没有办法表白她所觉得的冤屈，她就想到了自己来解决田地的事情，而不依靠他——并且也不怪他。他对这田地底事情也不再提到，第二天早晨他从她屋子里悄悄地出来，带着那种对自己不忠实的人们所有的苦痛的感觉，在凉风里打战，看着坡下的田地，而想到了被他丢弃在空虚的家里的衰老的，可怜的母亲。他觉得已经没有多少时间可以孝顺她了，他底行为简直不是一个人应有的行为。差不多每一次都是如此。从何秀英那里回来，他就觉得是对自己不忠实。他用田里的凉水擦了脸，就往家里走去，他不知道，并且不曾想到，这时何秀英已经出门，到乱石沟去找她底哥嫂们，为她底田地去做孤独的奋斗了。

他可怜他底母亲，这是真的，然而他并不真的有着那种为和谐地生活着而互相并无距离的两代人之间所有的孝顺和友爱的感情，他只是被孝顺这个观念束缚着。这观念已经缺乏血肉，因此他就不得不认为现实的血肉的生活是罪恶的。他充满着痛苦，而不是愉快，向这个孝顺走去，而他底那些观念就给他以报酬，它们使他觉得他现在的行为是高贵的。

太阳还没有照射到田地上来。新鲜的凉风在丰满的麦田上面吹着。水田里的浅浅的积水上面浮着泡沫，凉风吹动着这些泡沫——田地上笼罩着灰蓝色的，新鲜而美妙的阴凉的空气，从两边的山坡上传来愉快的人声和鸡啼。这一切都使他觉得庄严，觉得迫切的愿望。在田里的凉水中洗了脸，一面想着，水里有这些泡沫，应该快到插秧的时候了，他就觉得他已经摆脱了从那个女人那里带来的一切苦痛的东西了。

坡上的人家都醒来了，他们底活动向田地中间扩散开来，同时太阳底金黄色的光带从后面的山峰上照耀了过来，投射在土坡上，然后，用着急速而又不可觉察的运动形成巨大而宽阔的一长条，投落在麦田上。一阵带着清醒的呼啸的有力的风，吹得闪着光的麦田狂乱地舞蹈着。这时太阳又伸入河坡，照射着碧绿而急湍的嘉陵江上了。

张老二母亲已经起来，在屋旁喂着小猪。虔敬而害怕罪恶的乡人悄悄地走过去，站在她底背后看了一下。周围的寂静还是很深沉的，老人很低，很快地一面喂着小猪一面对它说着话。她底衣服上泼满了猪食。

“妈，我来吧！”张老二说。

沉默了一下，然后老人仍然对小猪叽咕着，可是忽然地她大叫了。

“还用得着管我呀！……”

她不曾回过头来。她愈来愈激动。很明显的，她太苦痛，太绝望了；她正在等待他回来。周围的老人们都在她面前来议论她底儿子，并且替她伤心，说她太好欺侮了。

“别个还来问我一声，我养儿是白养的！”她叫着。她挥动着她手里的拌猪食的木棍，颤抖着，跳着脚。她愈来愈激动，后来她瞪着眼睛喘着气说不出话来了。

“妈。”张老二喊。

她不再作声，并且她站住不动了。她底满沾着猪食的破裤管拖在地上，她底瘦弱的肩膀弯曲着。张老二动手去拿过木桶来预备替她喂猪，她却突然地举起棍子来向小猪打去。她哼着，疯狂地打着，小猪就在猪栏里乱窜而蹦跳着。

“妈，你不要这个样子……”张老二苦痛地说。

“我打死它，我们也没得这个家！”她叫，然后她继续打着小猪。张老二呆看着她，他忍不住了，他憎恶她；他颤抖着而对她大叫了一声。

然后，他奔进屋子，拿了他底锄头奔下田去了。可是，半个钟点之后，他又格外地后悔，想着孝顺，重新走上坡来。老人坐在门槛上剥豆子，阳光照着她底半秃的、白发的头和那一双可怕的灰白的老年的手。显然无论怎样她都不能忘却劳作，为家庭，为不可见的后代，为他，张少清的劳作。

张老二拖着锄头走到她面前，看着她。她不抬起头来。

“妈！”他喊，立刻充满了眼泪。但这不是那个孝顺，这是，他可怜她，她底孤独、凄凉，并且此后还要更孤独更凄凉。

他再想到孝顺——要孝顺她。

“妈，”他说，“我再不上那女子那里去了。”

“我不信你的！”她大声说。

他又站了一下。他觉得异常苦痛，没有了那样的亲爱的感情了。他于是不能再说什么，又回到麦田[①]去，劳作着一直到

---

① 据《正误表》。

中午。

何秀英穿上了干净的衣服，锁上门，充满着决心往乱石沟去了。这决心是被对于自己的执著武装着的，她自然是一点都没有想到实际的情形。

她不走兴隆场，而沿着山边走过去，经过了大片的矮松林和桑树林。松树林里面和四周布满了乱石，这些奇形怪状的，巨大的乱石绵延过砖瓦场上面，一直和那一条通往山里的石谷联接起来。这石谷和它底羊肠小路从前是丛生着乱草的荒地，现在已经被吴顺广煤矿底挑运夫们踩得很平坦了。几十里都没有人烟的地方现在慢慢地繁荣起来。穿过那些野生的桑树，何秀英就看见了砖瓦场和玻璃厂底居民们沿山坡结着的棚屋和简陋的瓦屋了。这肮脏的地区却在阳光下呈显出一片灿烂的景象。到处都冒着烟，这些烟在阳光下是美丽的。砖瓦场上笼罩着大片的黑烟，石灰窑上面则飘浮着白色的烟气，而一条蓝色的烟带在江边的坡上孤独地上升着。宽阔的工作场上有成百的男子在沉默而紧张地劳动着，但在他们旁边，一座闲着的砖窑前面，却有拉着胡琴大声唱戏的声音。这唱戏声使工作着的人们显得特别的沉默。玻璃厂底窗户在它四周的破烂的一切之中强烈地闪耀着，它底周围充满了捡煤渣的赤身露体的孩子们。破烂和可怕的贫穷赤裸地显露出来了。何秀英看到了一个棚子面前一个穿着露出背脊来的破衣裳的生病的女人在地上蹲着，看到了一个脚上捆着染血的污布的生着黑胡子的老人仰面睡在地上，对着灿烂的天空睁着他底迟钝的眼睛。然后她走过乱石沟底街市，就是几家饭铺子、酒店和客栈，还没有到中午，这“街市”是颇冷静的，芦席或木板搭成的酒店饭铺的[1]伙计在伸着懒腰。然而，在一家酒店面前，却站着一个穿着皮鞋和花布衫、涂着很红的胭脂的睡眼惺忪的姑娘。另一处，一家客栈底门槛里面，坐着一个苍白、妖艳的妇人，衣襟散开，无耻地袒露着她底胸膛。

---

① 据《正误表》。

接着她看见，在一间草棚面前，一个戴着破礼帽的年青的男子在对一个穿着花衣服、编着两条辫子的姑娘说着话。那男子懒声懒气地说着，那年轻的红着脸的姑娘就拍着巴掌不住地大笑着。特别使何秀英注意的是，她穿得这样整齐，人不能猜到她究竟是做什么的，以及为什么这样快活。她穿着蓝色的短袖子的衣衫，绣花的布鞋和粉红的袜子，她显然时时刻刻都在意识着她底这些穿着，然而她底快活又不是假的，她底脸上充满了单纯的高兴的神情。

这一切都使何秀英不安。这一切激烈地扰乱了她，使她在想着自己也不知道的什么，而在路中间撞倒一个小孩子，使他哭了起来。旁边的棚子里有女人底声音叫骂着她，于是她就更不安地往前走着。她到了王合平哥嫂王合银夫妇底门前而失去了走进去的勇气了。

王合平底大哥王合银是安分守己的烧窑工人，没有什么能力，然而温和地生活着，他底女人却是强旺而富于心机的，所以事实上他是在她底支配下，靠着她而生活。关于何秀英底田地的事，就是这胖大的女人主动的。二哥王合清先前是玻璃厂底小工，从去年冬天起就病倒了，一直没有能起床。他是和死去的王合平一样暴躁的。他底女人是温顺的，胆小而可怜的妇人。但她却特别的痛恨何秀英，觉得她是罪恶的——正如何秀英觉得乱石沟是罪恶的一样。她瞒着她底丈夫暗暗地希望着能够得到何秀英底房子，她渴望到梅花溪那边去住，去种地。他们底住所和他们底穿着事实上都要比何秀英底可怜得多，因此从他们看来，何秀英是没有理由再继续占有那一份产业的。

何秀英站在王合银夫妇底棚屋门口，正在犹豫的时候，胖大的王合银女人已经看见了她，冲出来对她叫骂起来了。她们争吵了起来。而这时候，在斜对门的王合清底矮棚里，王合清女人正坐在她底病重的丈夫底床边，激动地说着话，安慰着他。

这低矮而黑暗的棚子里堆满了破烂的东西，差不多不能有第三个人插脚的地方，王合清女人就坐在这凌乱肮脏的一切之间，激动地和她底丈夫说着话。她希望能安慰他。最初是假装着欢喜的神情，后来却真的充满了欢喜，她底干瘦的脸就由苍白而泛红，闪耀着坚决的信仰的，欢乐的光芒了。

先前他们是在十里大道后面种着吴顺广家底田地的。欠租过多，一切都抵押给地主家里了。到了再不能从这人家榨出什么油水来的时候，吴顺广就收回了田地。王合清是暴躁而倔强的，不管他底女人怎样哀求，他都决心不再种地；吴顺广家愿意留他做长年他也拒绝了。他要争一口气不吃这地主底饭，他决心到嘉陵江上去试试命运。可是他不能进到码头上的帮会里去，在一条船上做了两个月，得的钱只有别人底一半。没有办法生活，他只好投到乱石沟来了。他底失意和坏脾气——他难过他仍然屈辱在吴顺广底权力下面——玻璃厂里每天十二个钟点的苦工，以及酗酒的混乱的生活把他底年青的健康败坏掉了。他愈是觉得错了，就愈是暴躁，因此他底女人在平常不敢对他流露任何悔恨。她可怜地总是装着对这种生活她是很适意的，并且常常做假地说，这种生活总比种地要好得多了。她觉得是自己累倒了她底丈夫的，因为如果没有她，他一个人尽可以不必在这里做苦工的。她又难过自己没有替他生一个孩子，她觉得这是她底很大的罪恶。

邻人们常常要看到这女人底假装高兴的神情，常常要听见她说："不管怎个说，我们这总比种地好啊。"可是她愈是这样，王合清就愈是阴沉地憎恨她。她太简单了，人们可以一眼就看出来她究竟在想着什么。王合清禁止她参与对何秀英的纠纷，因为他不高兴主动着这纠纷的王合银女人，因为他觉得何秀英同样地是在吴顺广底压迫下面，去求助于吴顺广来打击她是可耻的。其次，他同情着何秀英和张老二的结合，认为这是平常的，应当的；为什么这个世界这样的不公平，一个男人可以娶几个女人或者再娶，而一个女子不能够再嫁呢？但是他底女人仍然瞒着他偷偷地参与这件事情，指望着得到何秀英底房子。

现在，她就在安慰着他，而暗暗地指望着他能够赞同她底回到田地上去的梦想。这梦想现在就是以何秀英底房子和菜地支持着的。

“合清我们不急，你不要急，慢慢地就要好起来了。”她带着假装的快乐的神情说，“我晓得你底心思，譬如说吧，要是你不是在玻璃房底火炉子跟前烧病了，我们就会好好地过下来，这种生活，到月拿钱，总比种人家的地有意思啊。那些人是没有良心，你一病了他们就不要你了。不过说起来，你只要再休养几时，一到好起来，我们就好再想法子了。这种苦工不干也没得关系的，所以我说你不要急，我们会好的呀！”她俯向[①]他，柔弱地、有罪地说，然而充满了愉悦的鼓动的神情。

“少说废话吧。”王合清呻吟着说。

“我说废话？”她带着受惊的神情小声说，“我哪样不说的实在啊。你心里头究竟有哪些不舒服呢？你怕啥子呢？我们有啥子怕的呢？他们大家都说你底病就要好的，吃了烂红洋芋煮山药根要好了，就不吐血，你好了我们就不做这个苦工，对不对？”她欢喜而坚信地说。“我心里就不怕，老实说呀，合清，我心里是高高兴兴的，你好起来了我就高高兴兴，我听见菩萨跟我说：合清底这个磨难是一道关，到时候就过去了。”她仰着脸，流着感激的眼泪，“我说，我们都不过是三十几的人，后来长呢。我们总要生个娃儿，把他养得好好的……”

“鬼话！”王合清说，然后叹息了一声。

“真的呀！真的你就要好了呀。”她说，脸上闪耀着光辉，充满了狂热的确信。“你好了，比方说，要是你不想干这苦工了，我们也好想办法回十里大道去，佃点地种种。真是呀，就算我们是走错了一回路吧，我们也还好回到庄稼上头去的，就是你躺倒了养息，我也好种地的呀！”

然而痛苦的王合清咆哮了起来。

“老子从来就没有走错路！”

---

① 据《正误表》。

她有罪地，痛苦地笑着沉默了。王合清不愿意回头——虽然他已经病成这样了。对于他，他底生活上面的变化并不仅仅是由于简单的谋生要求，而是由于对于孤单的田地上的劳苦的厌恶，由于对于人群、发展、和热烈的生活的渴望，想成为独立的人的渴望：少年的时候他就梦想着乘着白木船投奔到都市里去当工人了。他不承认他已经失败了，因为虽然玻璃厂已经驱逐了他，他底伙伴们却并没有忘记他，他底几个月来的生活全是由他们维持的。

他闭着眼睛，好像已经睡去了。他底女人在床边上呆坐着。那热烈的，坚信的神情已经逝去，变成了疲惫的，愁苦而衰老的脸色。

一个高大的，头发和胡须乱蓬蓬，神色凝重的工人低着头走进来，走到床前来摸了一摸王合清的前额。女人立刻勉强地笑着，做出了先前的欢悦的表情站起来了。王合清睁开眼睛来，对着这关切的手，无力地、善良地笑着，这种笑容是他底女人从来没有从他得到过的。

"好些吗?"

"好些——总要好的吧。"

王合清女人站在那里，呆看着她底丈夫脸上所流露出来的快乐的、自信的神气，心里有了说不出来的痛苦。那高大的工人坐在床边上，没有再说什么，而王合清却对着他亲切地笑着，并且他推开被子撑着坐起来了。

"睡睡吧。"

"睡够了，好得多了。"王合清回答。

"刘顺子在炉子上烫伤了。"

"伤在哪里?"

"右边大腿——玻璃厂里我不干了，明天上砖瓦窑去。"

他们继续地谈着这简单的，对于他们是充满着意义的话。他底女人继续呆站在那里，开始不注意这些谈话，并且开始听见了外面的王合银女人和何秀英的叫骂声。她走出去了，但王合清却没有觉察到。

何秀英和王合银底胖大的女人都失去了理智了，她们凶恶地互相叫骂着，后来就扑在一起而揪打了起来。他们周围已经围满了人。

这种情形使得王合清女人非常的激动，忘记了刚才的一切。她憎恨何秀英这种罪恶的女人，心里于是充满着神圣的愤怒。她大叫着挤到人们里面去，拖开了王合银底女人。

“大嫂！”她颤抖着说，“你不必跟她吵的，跟她这种女子没得吵的，什么事情天都晓得！大嫂，你不要吵！”她说，“你，王三嫂，你自己想想，凭良心想想，我们哪个都没得冤仇。你我都是女子家，一点妇道总是晓得的！我替你难过，真是难过，”她兴奋而甜蜜地说，“看看吧，我们是吃喝都没得了，你还有吃有穿，要是我就是饿死都不得失节的！”她停顿了下来，含着眼泪——王合银女人已经不再吵叫；大家都寂静着了。在她底可怜的一生里，她从来不曾得到过这种胜利。“古话说，好女不配二夫，”她说，“我们王家不是那些人家，你也该晓得。我们也晓得你是个不坏的女子，不过你太不能守节了。想想看，你还要来吵啥子田地底事，该不该呢？要是你跟那个姓张的坏人断绝了，那就还是王家底人，田地底事我们就不提！大嫂你说是不是？”她又向着王合银女人说。

“你跟她说这些话做啥子呀！”王合银女人轻蔑地说。

“天啊，想想看，哪个不可怜你！”她又向着何秀英叫，哭了出来了，“我也晓得你守不住的，我早就想，可怜一个女子家啊……”

周围的旁观的人们寂静着，连何秀英也寂静着，似乎是受着王合清女人底感染而迷胡起来了。从这个衣裳上满是补钉的瘦弱的妇人身上，发生了这种奇特的力量。大家在迷胡中同情而又嫌恶着她。但这只是很短的时间，因为何秀英立刻就对她扑过去了。何秀英，是已经不能用言语来表达对她的憎恶了。她渴望撕碎这个妇人。王合清女人，显然地不是她底敌手，倒到地上去了。但这种情形却改变了旁观的人们底情绪，大家开始觉得何秀英完全是无理的，于是，就有人吼叫了起来。……

但这时那个病人，那先前的玻璃厂工人从他底棚子里出来了。他底那个伙伴拉着他，但被他挣脱了，他完全听见了他底女人的那一篇话，他底脸色是铁青的。他底女人的那种自以为圣洁的态度在他看来是特别可憎的，他，王合清，就希望踏碎这一切虚伪的圣洁。他清楚地看见这个世界是怎样的，他不能忍受在他底生活里有这种事情发生。

何秀英已经在和王合银女人厮打着了。他跑过来揪住了他底仍然在激动地诉说着的女人，可怕地颤抖着，对着她底脸打了过去。

"合清，你病着呀！"他底女人恐怖地哀求地叫着，"你打死我是不要紧的，你自己呀！……你打吧你打吧！"

"我打死你！"王合清吼叫了起来，接着他愤怒地看着人们，而松开了她。"各位，我请各位做个见证！"他残酷地说，"要是我明天死了，我就叫我这个女人后天就嫁人！我不懂得啥子守节，看不惯这些假腔调！"

他底伙伴拖着他，他不理会。他底女人恐怖地大哭了。

"她——这个女子，何秀英是对的！"王合清继续愤怒地说。

已经呆站在那里的何秀英，像是受到了猛烈的一击一般，从恶毒和麻木里苏醒了过来，哭出了忍不住的、高亢的声音。她看见这一切是太残酷了。

王合清蹒跚着向棚子里走去。但他支持不住了，撞在门柱上，而吐出了大口的鲜血。人们向他跑过去，他底女人哀哭着追了过去。一直在冷笑着的高大的王合银女人猛烈地踢开了拦在她面前的一个破铁桶，走进自己棚子里去了。……何秀英独自站在路中间，阳光照射着她。她继续激烈地悲哭着，因为她看见这一切是太残酷了。

"你要学学人家女子！"一个弯着背的老太婆走到她面前来，指着王合清底棚子对她说。

五

“要是她底菜地收得好，就有三四百元，”在劳作里，张老二想着，“要是她这个月多做一点外活，下个月就凑得起千把块钱来，那就好先在她那块地里插秧……”

他对母亲说过，再不上她那里去。可是他即刻就忘记了这个话，而把她底生活和自己想在一起。下午的时候他精神好了起来，决心今天就开始在自己底水田里翻土。于是他离开麦地，到熟人家去租借了耕牛，扛着犁头往水田里去。周围的水田里已经有人耕作着了。这都是吴顺广家底田地——但其中大部分在先前是张老二家的。吴顺广家底长工在左边的地里做着，看见张老二牵着耕牛下来了，就离开了田地，走到小路上来。接着他对张老二大叫起来，说吴大爷早上说的，任何人家底耕牛都不许打他底田地上走过。不许从他底田地上走过，这就等于说，不许张老二到自己底地里去，因为张老二田地底周围的所有的土地都是吴顺广的。张老二受不住了，觉得这简直是开玩笑，大声吵叫着一定要过去。人家不许他过去。他换了一个方向走，还是不许他过去。吴顺广底长工说，这事是没有办法的，除非他自己去向吴大爷求情。

张老二在怒气底鼓动下向街上来了，他要向人们伸诉这种奇异之极的胁迫，他要质问吴顺广。但在走到刘顺泰茶馆门前，看见坐在里面的吴顺广和他底下手们的时候，他又迟疑了起来，觉得事情应该想一想。应该弄清楚，吴顺广为什么要对他如此，是为了何秀英田地底事情呢，还是为了郭子龙昨天晚上对郑瞎子所说的话？他终于决定先去找郭子龙。

他在观音殿底破烂的大门前面看见了郭子龙：他正站在那里，背向着街道，抽着烟，很疲惫地在想着什么。当张少清把事情告诉了他以后，他就露出得意的，高兴的神情来了。他于是引着张老二走进了刘顺泰茶馆。

好像衰惫的战马听见战争底声音，郭子龙从他底疲惫里醒来，率领着这个受屈的质朴的乡人去攻取地主底堡垒了。他走进茶馆的姿势唤起了所有人底注意，他喊叫着来两杯茶，然后择了吴顺广和他底下手们旁边的一张桌子坐了下来。伙计端来了茶，然而忘了把潮湿的桌子抹干净，郭子龙就一个巴掌把他手边的那一碗热茶打落到地上去。

大家没有做声。全体都肃静了，看着吴顺广。苍白的吴顺广笑着，他底下手，鸦片鬼金福兆对着郭子龙摇了摇头，露出非常惋惜的神情来。

“郭大哥，”金福兆说，“你这就未免太过分了！”

郭子龙因他底苦痛的生活而充满了怒气，对着这个人看着，同时碰碎了第二个茶碗。

这里就显出地主吴顺广底涵养来，他虽然稍稍有点苍白，但一直在微笑着。

“郭子龙，你发哪个底脾气啊？”他说。

“你自己知道！”

“那就请你谈一谈。”

郭子龙向着他身边的那个像一座石像一般呆定着的张老二看了一眼。他于是说，何秀英是他底佃户，张老二也是的，他不能答应人家不许他佃户底耕牛到自己田里去。

“张老二，你说是不是的呢？”吴顺广问。

张老二仍然呆定着，后来，由于兴奋和恐惧，稍稍有点颤抖。他不曾料到郭子龙会把他带到这种境地上来，因此什么都说不出来了。

“张老二，大爷问你话！”金福兆说。

“那是的！”张老二突然大声说，变得更为灰白了，“我底地是我底地！不许耕牛过去呀，天理王法都还是有的！”

“那么郭大哥，”吴顺广说，“是他底地不是你底地了，这怎么讲？”

“他是我家老佃客！”郭子龙说。

“天理王法是还有的！”张老二喃喃地说，显然地还在无意识地继续着刚才的话。

吴顺广沉默着，半闭着眼睛，在他底绿玉嘴子的长烟杆上，装上了一袋烟；金福兆就赶忙地跨下来替他点上了火。在鸦片鬼脸上，有愉快的，奴顺的表情，点了火以后他还继续在他底主子底膝头旁边偎了一下，显然地他很乐意让大家看见他对吴顺广底这种亲昵。人们都感觉到了他心里的那种发自衷心的奴顺的柔情，于是人们都觉得这是应该的，自然如此的，但郭子龙底眼睛因讥嘲而明亮了。

"老朋友，"他向吴顺广说，"你倒是吃得太饱了，喂了这几匹好狗呢。"

"唔，"吴顺广说，轻轻地笑了一笑。"你呢却是饿瘦了，依我看，你倒是个人才，可惜走错了路。"

"那听你底指点吧。"

"安分守己一点，兄弟。"

"漂亮啊，说得真漂亮!"郭子龙快活地大叫着，耸动着肩膀，充满了活力。"你吴顺广就是安分守己搞到今天的，又不陷害这一批可怜人，又不盗用公产，又不败坏人家底女子！所以到了四十岁，老兄，你就信佛了！吃得饱，养得胖，生儿养女，等着和尚道士来送上山去！我们这些从来不安分守己的呢，没得家，没得吃的，一生就不晓得搞了些什么，只好等着大慈善家你吴顺广来施舍一口棺材了！怎么样?"

"有道理!"吴顺广说，于是继续地抽着烟。

郭子龙不能满足。他思索着，想要找出一句最毒辣最挖苦的话来。但这时吴顺广已经站起来了。

"少陪了。"他说，于是望着张老二，"你听好！王三嫂底地我明天就收回，还有就是，这一个礼拜以内，耕牛不许打我地上走!"

他就往外走。金福兆跟着也站了起来。

"慢一点，"郭子龙大叫着站起来，"还我底田地来!"

"法律解决就是。"地主站下来说。

“对了，法律解决。”金福兆欢喜地、醉心地说。

“法律？”郭子龙拍着桌子喊，“老子没得法律，刀枪都随便！”

他于是对着桌子摔出了他底手枪。吴顺广对着他看了一眼，迅速地走出去了。

他是用着目空一切的军人底办法挣回了他底面子，然而却走上了一条艰险的路。他并不如大家所看见的那样勇敢，他也没有什么精明的心智，他不过是充满了暴乱和虚荣。他是从来都没有替张少清设想过，把他拖到这条艰险的路上来了。

这个英雄，是带着这样的人们底一切理想之中的最后的一个理想回来的，这就是，弄到一点钱，舒舒服服地在家乡打发以后的日子，他也想到吴顺广不容易战胜，但他总以为他可以战胜。他还必须战胜：除了在家乡过活以外，他实在是无路可走了。他相信吴顺广在兴隆场是什么都不怕，但却害怕从背后来的一刀。他于是就在激怒中给了这样的暗示。

他真的想要这样干吗？不的！因为这样他就会不能在他底家乡舒服地过活了。所以他底复仇，只不过是一种姿态，因为他并没有别的武器的缘故，他就把这个“老子要打背后给你一刀”拿来挂在脸上，希望从它赢来大的赌注了。他身上的一切都本能地加强了他底这种姿态，他底瘦长的身躯，粗野、硬大、挺直的头，两条浓黑的眉毛，发乌的厚大的肉欲的嘴唇，以及他底那一双刚强的、逼人的眼睛，都帮助着造成了凶杀的印象。这是这个时代这个社会里的这样的人们底相貌：亡命军官、走私者、特务、保镖，以及刽子手。他们是粗暴、肉欲、冷酷、不道德，极端卑劣和凶险的人们底典型——但是没有人知道他们心里面的可怜的软弱和感伤主义，也没有人想要知道。

刘顺泰茶馆里的吵闹以后，他所住的姓刘的客栈里，老板不断地跑来恳求他，说是吴顺广已经不再替他付房钱了。他知道这是假的，因为吴顺广从来就不曾真的为他付过钱。他明白这是吴顺广接受了他底攻击的表示。为了潜心于他底斗争，他就搬出了这码头边上的客栈，而住到街道中段的观音殿底阁楼里来。他立刻就很喜欢这孤独的洞穴。他欢喜只看见自己，意识自己，嗅着自己底强烈的气息而躺卧在寂寞中。这时候他底头脑里就充满了对于过去的一切的默想，而他底心就享受着自由，对于自己的尊崇，和带着慰藉的温甜的性质的哀愁。此外，他还提防别人会来暗算他，而住在这里他是便于防御的。用着准备打仗的军人底眼光估量了他的满是吊尘的破烂的小阁楼底形势和构造之后，他就预备了一些防守的武器，预备了石块、棍子、石灰之类，而带着严谨的、坚决的神气重又出现在大街上了。

“看样子怕是要动手了。”当他敞开着他底暗绿的皮衣阴沉地走过去的时候，煤坪老板王华卿说。

“他们这些人总是这个样子的！”香烛店老板赞赏地肯定地说。

从郭子龙回来的消息传开来的那一天起，船主郭元洪一直生活在惊慌里面。他密切地注意着事情底发展，希望吴顺广能打击他底堂哥。终于发生了刘顺泰茶馆里的争斗，看来郭子龙已经迫近了他底目的，而吴顺广已经引避了。于是这安分守己的船主就觉得，吴顺广是可能拿他来作为牺牲，把他奉献给郭子龙的。他对吴顺广所做的一次拜访更证实了他底这个感觉，吴顺广对他底话不耐烦，并且责骂他贪心，说他也应该想想，他底那六十石谷子和一栋房子是从哪里来的。吴顺广底害怕郭子龙是被证实了。受了这个打击，郭元洪更惊慌，竟至于异想天开地去找了张老二，希望从张少清那里知道郭子龙底意向和条件。那乡人是什么也不知道，并且正当在消沉的状况里，愤懑地表示说，他不过问别人底一切事情。这样郭元洪就只好等待着他底危险的堂哥底来临了。

这船主是安分守己，恐惧恶运的。他极想秘密地积一点钱，即使他底女人他也不愿意让她知道。她是跛腿的，干瘦的年青的妇人，非常害怕他。他底父母，就是郭子龙底叔父婶母，都还活着；在他底势力下过着可怕的生活。郭子龙父亲是在他家底照护下死去的，剩下的财产落在他手中，那时候，狂喜地看到自己可能发达起来，他就想占有一切，而和他底父亲发生了争吵。父子两人打了一场，儿子叫着要去跳河，父亲便退让了。于是订了口头上的条约，房租归老人们收来做零用，此外的一切则归儿子全权料理。但这产业并没有给他带来多大的发达，几年来，吴顺广和镇公所总是逼迫他拿出比别人家多一倍的租来。最近更不顺利：他底唯一的一只中等的木船在江里打破了。就在昨天晚上，他打了他底女人，对他底父母咆哮，并且拿郭子龙来恫吓他们。他想逼迫他底父母拿出钱来修船。老夫妇两人，近两年来完全是装聋作痴地过活的，无论怎样都不肯拿出钱来。他叫他们只吃白饭，他们也就一声不响地吃了。这天他索性不准烧饭了，他说他自己不吃，大家饿死。一早晨老夫妻两人坐在灶房里，老太婆念着佛，老头子沉默着。后来，郭元洪自己饿得难过了，买了大饼来坐在正堂边上吞吃着。从这个人底姿态看来，人类底吃饭是一件可怖的事情。他本来也想叫他底父母和女人都吃一点的，但后来又想，这大可不必，他既然吃他自己底钱，他们也应该吃自己底钱。中午了，这家人家没有冒烟，儿子在吞吃着大饼，老太婆在念着佛。不久老头子也念了起来。后来，媳妇从内房出来，坐在门槛上，拿两只手蒙着脸，发出了哀哭般的高亢的声音，加入了进来。

郭元洪急急地吞吃着大饼，皱着眉头听着他底家庭底这惨恸的合唱。他去到灶房间门口来望着他们，他底父母和他底女人都闭着眼睛。他最初气极了，后来很难过，觉得像这样子菩萨就要遗弃他了。

“你们就以为，”他喊着，“菩萨就保佑了么？菩萨是有眼睛的！”

可是他底喊声不能惊动他们，他们更为激昂地合唱着，呆想了一下，忽然地也闭上了眼睛，高声地唱了起来——他也来念阿弥陀佛，请求神灵底护佑。他要用他底声音来盖过他底父母们。

他底洪亮愤怒的声音，他底女人底悲切、尖锐的声音，他底父亲底嘶哑的激昂起来了的声音，以及他底母亲底仍然虔信着、安静着的声音，互相起伏着搏斗着，一直传到屋子外面去。这时候郭子龙推门进来了。

“有人在家吗?”

这声音是这样粗野，所有的念诵都停止了，郭元洪跑了出来。

“欢迎堂兄!”郭元洪嘹亮地叫着。

但无论他怎样显得快活，他还是过于激动了。他好久不能说出有次序的话来，不知怎样地就说起了郭子龙父亲：原来他是决定不提这个的。发觉了疏忽之后，他就把话急速地拿开去了。郭子龙继续地含着冷笑沉默着。

“本来是的，本来是的，”郭元洪活泼地说，“俗话说，出门方知在家好！多少时候啊，我时时刻刻、时时刻刻想，我底那个又能干又大方的堂兄不晓得在外头怎个了？不晓得他是发了财了还是在外头吃苦？我总不放心，时时刻刻，我心头难过，”他流了眼泪，“堂哥啊，外头是风险大的，就是发不了财，我时刻想，也该回来的吧！见一见临死的老父，想一想家业的吧！你要晓得，我们姓郭的没得你就伸不起腰，我们受过多少欺侮哟！你只要看一看就晓得，我们这样破破烂烂，老人家吃不饱，天天哭！好堂哥哟!”郭元洪前仰后合地悲痛地叫着，“要是你再要走，你也带我走，在外头跟我谋个差事吧！小勤务兵我都干的!”

接着他说了很多关于当勤务兵倒痰盂擦皮鞋的话，一面淌着眼泪。现在他底情绪完全解放了。郭子龙阴沉地坐着，不变他底冰冷的笑容，可是事实上已经被郭元洪拦住了。他觉得困顿，无聊，心思纷乱，觉得和这个家伙纠缠是不值得的。同时郭元洪也确实地刺激了他底慷慨的感情。他终于站了起来，决定下一次再说。

“堂哥，见见老人家吧，老人家日夜想你哟!”郭元洪说。这时候，异常地恐惧着郭子龙的老人们是蹲在灶房里，一点声音都不敢发出来。

“不必了。”郭子龙说。

他走到门口。郭元洪非常恳切地叫着留他吃饭，又要他晚上或明天再来。他觉得再不说出自己底意思就未免要叫郭元洪好笑了，于是对他看着等他说完。

“限你一个月的期限，”他说，“把田地房子交出来——就是这个！”

他底脸上布满了狰狞的怒气，走了开去。可是他又很懊恼说了这样的话，觉得自己做得不够漂亮，心里面空虚得很……他很悔恨他底回到兴隆场来，他很悔恨他底作为了，他很强烈地意识到，即使争到了一点田产，对于他也还是没有什么意思的。他这样的人，并不是田产之类能够养活得了的。

这样的动摇的感情初次从他底心里出现。

六

兴隆场乡保队队长向赓云，是一个特殊的大胖子，一个庸碌的人。在任三年以来，他都希望能够和吴顺广并肩地站在兴隆场上，但吴顺广始终不允许他如此。受着吴顺广底指挥的镇长高鸿年牵制着他，使他不能自在地行动。因此，别的场上的乡保队队长都发了大财，“盖了洋楼了”，他却还是“没有搞到几个”。即使乡保队底人数和枪支也受着限制，因为吴顺广相信，有他在兴隆场，土匪就不敢来。……于是这庸碌的乡保队队长底苦恼，就给了郭子龙一个施展他底本领的空隙。

郭子龙对这个人注意了好久，后来就去拜访他，并且和他在一起喝酒了。敢于和吴顺广底敌人一道喝酒，对于向赓云底自尊心是一种安慰；何况郭子龙迅速地就赢得了他底钦佩。郭子龙始终保持着优越的姿态，他底作恶和弄钱的知识是太丰富了。他底身上的那种粗野的权力的味道，他底豪爽和善于作乐的天性（它并不是快乐的），是使向赓云羡慕极了。几天之后他建议给向赓云一件事情，他底意思是，如果兴隆场仍旧是平安的，那就没有办法使吴顺广屈服，并且搞到很多钱。因此，必须使兴隆场大大地骚乱起来。“那有什么法子呢?”迷惑的向赓云问。“我隔两天告诉你。”郭子龙确信地回答。

事实上他当时也没有想到什么法子,但是他确信他能够掌握向赓云,而迅速地造成一个漂亮的局面。对于这个斗争他是太有兴趣了。置身于这个斗争中,而不去和那个渺小的船主纠缠,他就不再觉得动摇,而充满了令人迷惑的勇武的活力。他变得是快活而毫不在乎的,到处挑战,并且大叫大笑,希望造成一个机会。这天早晨他拦在路上大骂吴顺广,揭发他底家庭底隐秘,并且豪叫着而极端地嘲弄他。吴顺广不得不和他对骂,受了侮辱而狂怒了。当天晚上,就有从砖瓦场来的三个流氓闯进了观音殿,希望把郭子龙从他底阁楼里轰出来,但他们刚走到楼梯上,就淋满了从上面下来的一桶大粪,而滚跌了下来。在黑暗中传出了郭子龙底无畏的,发狂的笑声。当他们浑身脏臭地又向上冲的时候,就来了砖头、石灰、冷水和棍棒。他们于是跑出去,喊来了十几个人。但在这一群人正挤在黑暗的院落里计议着的时候,郭子龙却毫不在乎地靠在他底窗洞口吸着烟,对着他们快乐地看着。这孤零的角色这才又尝到了他底勇壮的人生底滋味,他是像感觉着恋爱的青年一样的狂喜。人们叫骂起来,抛来了石子,而开始攻击了,郭子龙关上了窗洞。人们挤上了楼梯,上面没有动静,但在快要上到楼口的时候,就又来了一桶大粪,于是一齐都滚跌了下来。

最后窗洞打开了,郭子龙向人群中抛下了他底烟尾巴,用他底坚决、冷酷的声音宣告说,大家都是本乡人,又都是在外头混事的人,但如果有谁不够朋友的话,他是决不会客气的——兴隆场也决不会永远是吴顺广家底天下。这是一篇极漂亮的江湖演说,下面的人们静默着,终于走散了。

郭子龙快活而得意。他想象得到被那些奴才们称做圣人的吴顺广底暴跳的样子。随即他迅速地奔下阁楼,从观音殿底后门溜到场后的山边去,对着空中打了一枪。跑到另一边,又打了一枪。并且狂吼了一声,说是土匪来了,然后再沿着人家底墙根溜回到阁楼里来，他底估计是不错的：这时候吴顺广正在镇公所，逼迫着向赓云带兵来抓他。这意外的，从镇后来的枪声惊动了地主老爷和醉了的乡保队队长。已经有人沿街道狂喊着，报告土匪来了。向赓云于是抓着他底盒子炮奔出来，呼啸着招集了他底部下，向街上凌乱地奔去，并且即刻就对空中开枪。街上顿时没有了人，店铺都关门了，灯火也都熄灭了。枪声紧密了起来。

二十分钟以后枪声才停止。这一场虚构的战争底结局是非常出色的。胖脸上涂满了汗污、仍然昏醉着的向赓云走进了镇公所，走进了镇长高鸿年底房间，在他底背后跟着带着淡漠的神色的郭子龙，和一个折断了手臂而流着血的、不断地呻吟着的乡保队兵士，一个穿着便衣、挂着盒子炮的青年。

“打走了！”向赓云粗暴地说。他底神色里忽然地显露了一种笨拙的犹豫，但郭子龙给了他一道冰冷的眼色。

在房子里，坐着紧张的镇长高鸿年，惊惶得紧捏着佛球的吴顺广，吴顺广底下手们，以及另外的两个地主。正在这时候，一个乡保队底兵士带着一个男子出现在门口，报告说开绳子店的廖华贵底妈给子弹打伤而快要死了。大家都说不出什么来，于是向赓云移动着他底粗暴的身体走到门口去，望着那个报信的男子。

“明天再来报告！”他叫着。

随后，他走了过来，把他底盒子炮放在桌上，对着地主老爷看着。

“这个乡保队兄弟干不下去了！”他喘了一口气说，“枪没有枪，人没有人，今天要不是郭子龙帮忙，老实说土匪就进了兴隆场底镇公所！三个人，王华卿家里抢了，抬走了一口皮箱！”

这时候开煤坪、放高利贷的老人王华卿刚好走了进来，听见说到他，就带着昏迷的神色站在那里，向赓云一停止，他就冲到郭子龙面前来，对他作揖一直到地。

“救命恩人啊！”他大喊着，“要不是郭大爷来得快，皮箱、命都没得了!”

他于是继续叫喊着,跳着脚,描述着三个土匪底样子。吴顺广带着紧张的注意问着他,可是他却不能回答,只是重复地说着自己底恐怖的印象。

一个乡保队兵士提着皮箱进来了,报告说,在山上找到的,里面只有几件衣服。于是王华卿向他底箱子扑去,打开来翻着,叹息了一声,又奔向郭子龙,叫着救命恩人。

“这个队长干个屁!”向赓云爆炸地叫,“这条命丢了还不晓得为了哪个!”

镇长和地主老爷都静默着。那个受伤的青年躺在门后面惨痛地呻吟着。这个场面是用郭子龙底这一句话来结束的:

“吴大爷,你老兄要积积德啊!”

然后这角色就走出去了。

这是一个彻底的胜利。那三个“土匪”,是二十里以外雇来的流氓,他们已经埋伏了两天了,一等到郭子龙底枪响就冲进了场边上的王华卿底家里。那乡保队兵士是在混乱中被郭子龙打伤的,他自己自然相信是被土匪打伤的。郭子龙还拖过一只步枪来向着镇公所和街道中央射击了几枪,那结果就是打伤了廖华贵底母亲,受伤的老女人第二天早晨死去了。

他自然没有想到要打死这么一个不相干的女人,可是事情既然发生了,他也无所谓:战争总得像战争。

向赓云不住地发脾气,看见吴顺广果然心虚了,他简直就咆哮着。这一夜街上是死寂的,连梅花溪和乱石沟都没有人声和灯火,只有廖华贵妹妹底悲哭声从深夜一直继续到黎明。郭子龙回到他底阁楼上去,厌恶着这弱者底哭声,并且像一个思想家一样愉快地想到,这些可怜的人们,他们底生命完全被偶然所支配,是不值得生存的,然后带着强者底安宁入睡了。

“像我,才是这个世界底主人,”他在入睡前想,“我必定要做主人,不然生命有什么价值?”

可是快要天亮的时候他忽然醒来了。因胜利而有的热望和满足都平静下去了。外面在落着春天底温暖的欢畅的雨，那女人底哭声仍然在激荡着。郭子龙不久就清楚地听见了她所喊叫的字句，她一声又一声地喊着："娘哟，我底苦命的娘啊！"

"她底苦命的娘？"郭子龙反省地对自己说，好像才懂得这句话似的。

在这个人世上，有什么是他，郭子龙所尊敬的吗？有什么对于他是庄严而神圣的，有什么能唤起他底献身的忠诚和深大的感激来？现在他觉着一阵冰冷的畏惧，躺在坚硬而不平的地板上，凝望着黑暗中，在他底面前发现了无限寂廖的空间。在这空间里，有一些人影移引着，从少年到中年，从热望的如花的青春到愁苦而孤独的日暮途穷；这是他底过去的生命在移引着。这里面没有一件事是值得留恋，没有一个图景是值得感激的。一切都被败坏了。要是他真的当成了师长也好！然而，支配着他底生命的，同样的是那个偶然。

"我这么多年没有睡过一觉舒服的，连一匹狗都不如。"他想，就在他面前看见了一匹浑身潮湿的老狗，怎样地蜷伏在干草堆里；他于是流下了一些酸苦的眼泪，而用他底舌头慢慢地舐着。忽然地他心里凄凉而明亮了。"我死也要死在我自己底屋子里！我不再奔波了，不再冒险，我老了！我要省吃俭用地过活，我要生儿育女，我要行善来补救我过去的罪过！我还要到爹妈底坟上去，说：饶了你们底儿子啊！"

舐着他腮边的酸苦的泪，郭子龙就想象着他如何地穿着宽敞的布袍而躺在自己底老屋里，从此不再和人世冲突。这个想象是一种至高无上的宽慰，他不再注意到那女人底哭声，又睡着了。

第二天，向赓云叫了镇公所底老书记来，要他写了关于土匪袭击兴隆场，和乡保队奋勇剿匪的呈文。后来他就到刘顺泰茶馆里来坐着，来享受人们底热烈的慰问和敬意了。这一整天吴顺广都不在他眼里，他大声地骚闹着，说他只带着五个兵打土匪，说每年上面指定的经费和地方上征集的钱不知道到哪里去了，说他也看开了，哪个想干这个队长的他就让他，他实在再犯不着为别人家底家财担心，以至于送掉性命。

这些话倒不是郭子龙教给他的，不过后来他却不得不再来征求他底导演底意见了。两天之内吴顺广一直不曾对这件事情说一句话，并且也不和他说话，这使他开始动摇了起来，他害怕吴顺广已经猜到了这个故事，用什么方法撇掉他。事实上，和吴顺广和好，博得吴顺广底欢心，是他底真正目的。他并没有太大的野心和魄力，他不过希望吴顺广能因此而器重他，把他当做心腹，和他平分一切因乡保队而来的利益罢了。和兴隆场上层社会底一切人们一样，吴顺广底地位在他眼里是不可动摇的，他也极不希望动摇它。第二天，当他仍旧在茶馆里叫喊着的时候，吴顺广进来了。他底音调软弱下来了。接着他惶惑地红了脸，好像一匹忠顺的狗似地望着吴顺广，但吴顺广一句话都不说。

"吴大爷受惊了吧。"他走过去，柔和地说。

"唔。"地主老爷回答，把手里的佛球搁在桌子上。

这好汉于是看到了，他底面前是横着怎样的不可超越的仇恨……郭子龙猛烈地讥嘲了他底这种软弱，对他指示了两件事，并且警告他说，如果他没有胆量去做，那他，郭子龙，从此就不要再见他。

"无论怎样都不能歇一下手，而且一开始就要攻击，不断地攻击，这就是战争底规矩。"郭子龙说，"去吧！你用不着管你这个队长是哪个保荐你的，他吴顺广怎样？我将来保你做镇长！"

于是兴隆场底人们就看见，每天早晨和黄昏，向赓云操练着他底军队，一共二十个人，从镇公所底场子里喊叫着开到山上，又喊叫着开回来。向赓云艰苦地紧缩着脸走在旁边。有时候还有作战演习和实弹射击。整个的兴隆场落在紧张的气氛中。这果然使吴顺广动摇了，他自己跑来找向赓云说，乡保队穿得太坏了，他愿意捐出他们底制服来，用着非常的努力，向赓云才做出了庄严的态度。他接受了地主老爷的贡献。

"呜的一枪，呜——哧！子弹打老子耳朵边上擦过去了！"当他卸脱了这庄严的重担，快活地喝醉了，他就抓着一个耳聋的老头子，而亲密地，活泼地描述着，“呜——哧！老子一想，这一下子命就完了！不过又想，我这是为了我们吴大爷底家财拚命的啊，值得！值得！土匪好凶哟！呜——呜哧——”后来他孤独地走着，在大街上摇摆着，他底眼睛里充满了眼泪。

“郭子龙，”他看见了郭子龙呻吟一般地欢叫着，蛇一般地缠到他身上去了，“你龟儿好有本事哟！将来当师长，带兄弟去当个把团营连排长吧！”

“滚开！”郭子龙庄严地说，于是推开这醉汉，像一个将军一样地走了开去。这醉汉看着他底漂亮的背影，笑了一笑，挺出了肚子，也像将军一样地走了起来。

这就是乡野间底亲狎的，充满着怠惰的柔情的人生，无论怎样这些人们都不能忍受认真的紧张的生活，这是叫郭子龙觉得非常苦恼的。

七

半个月以后，正在大半的水田里开始插秧的时候，吴顺广叫郑瞎子送来两千块钱，退了契约，收回了何秀英底田地。这个时候张老二正在着手为它插秧，因此他们受了极大的打击。显然地，暂时无法打击郭子龙，愤恨的地主老爷就对郭子龙底这个联盟者下手了。郭子龙热中于他底英雄的战斗，已经忘了这个乡下人了。

他总不相信事情真会实现的，他避免谈论它，他觉得人们总还不至于这样狠毒。但田地毕竟被拿去了。从刘顺泰茶馆里的吵闹之后，他就处在惊惶不安的状况中，后悔着自己底一时的冲动；他始终不曾把这个告诉何秀英。同样的，何秀英也不曾把她在乱石沟所遭遇的事情告诉他。他们两人都开始觉得是在为对方而做着牺牲。——这种感情以前是不曾出现过的。张老二觉得，要是没有她，就好了，他就可以和以前几年一样安心地孝顺母亲：那时候那孝顺、亲爱的感情完全是真实的。何秀英觉得，他对她太冷淡了，从来不曾真的对她好，从来不曾为她底苦痛和事务而操过心。他看她底田地如同他自己的，但却流露着对她的暧昧的不满。他底热情表现在艰苦的思索和谈论中，其中就含着对于她的责备，甚至于冷酷的攻击。何秀英开始说出她底感想来，她说，她觉得他并不真的关心她，这就惊骇了他了。

何秀英想，人家总是亲密地关切他们底女人们的，或者就打骂女人们，但他却不对她亲密也不打骂她，他不像一个男子。她忍不住地说出这个来；把他惊骇了。

她说，她觉得人底一生太苦了，总该是为了什么的，但究竟为了什么呢？人家不辛苦不是也吃得很饱穿得很好么？这也把他惊骇了。

这女人开始泄露她底思想，她也在想着什么，这是他以前不曾想到的。他恼怒了，这天晚上对她说，她应该规矩一点。她被激怒了。

“我才不规矩呢！我反正是……偷人！这连你自己都这样想的！”她叫着，“我晓得，你不说，你却这样想！我还有什么规矩呀！”

她哭了起来，继续叫嚷着。张老二害怕她底这叫声让别人听见，叫她小声一点，可是她却叫得更高声。她太失望了，猛烈地侮辱着自己。于是张老二不再作声。后来他站起来走掉了，就像一个自私的父亲那样的严厉。他不屑和她谈论。他底脸色是庄严而不可侵犯的。

第二天他没有来，他不饶恕她，但她软弱、悔恨了。正在这时候郑瞎子敲门进来，丢下了钱和契约，宣布了吴顺广底意旨。她无力和他说什么，瞪着她底空虚而苦痛的眼睛看着他走了出去。随后她在温暖的黑暗中半昏迷地走下坡来，来到她底田地边上，蹲了下去，伸手到微温的水中去挖起一把潮湿的泥土来放在鼻子下面嗅着，她丢了这把泥土，又抓了一把，连带着一些草根。她重复着这个动作。黑暗的水里映着天上的星光，微风轻快地吹着，这里那里传出了蛙鸣。

“王合平，我把它丢了。”何秀英喃喃地说，接着她又抓起了一把泥土。她不再感觉到什么悲痛，她是在感觉着超脱的快乐。映在水里的星光在她底眼前颤动着。“我把它丢了，保不住它，你底一生的指望，不过，其实你也不指望，王合平。”她说。

这时候左边的田边上有泼着水的声音。慢慢的一个人走近来了。这是张老二。他不放心这片田地，因此来看看，它明天是否可以插秧。

何秀英迎着他站了起来，对着他冷酷地看着。

“你在这里？”张老二惶惑地说。

“老二！这个地不是你底，也不是我底——人家拿回去了！”何秀英以空洞的愤怒大声说，“不过，我不哭。”她加上说。她底手里仍然抓着一把潮湿的泥土。她向着田地站着不动了。

张老二沉默着。在他底心里即刻出现的，已经不是失去田地的悲痛，而是对于自己底无力的憎恨，并且这憎恨立刻就粉碎了他底理智，将他底对象转向了何秀英。他觉得何秀英不该责怪他。

“我早就说过了！”他愤怒地说。

何秀英不作声。紧握着那一把泥土。

“我们这些人只配死的！”张老二愤怒地喊。

何秀英仍然不作声，不久，有人沿着田坡走过来，张老二焦灼了，他害怕熟人们看见他和她在一起。虽然那路过的不是熟人，但那向着他们的好奇的眼光仍然使他异常难堪。

“走吧！”他说。

何秀英沉默着。

张老二向旁边走开了几步又走了回来。

“走吧！”他说，“明天我去找郭子龙去。”

何秀英的脸色是呆定的。她弯下腰来，脱下了鞋子，并且卷起了裤管，当张老二明白了她底意向的时候，她已经走到泥田里去了，她一直向泥田中央走去，用贪婪的、苦痛的眼睛看着，找寻着这田地里面多少年来的王合平底脚迹和她自己底脚迹。后来她在田地中央站下了，仍然不发一点声音。

张老二向着她追了过来，拉着了她。她没有反抗，似乎仍然保有着她底理智，随着他走上田坡来，然后随着他向着家里去了。

这种情形比任何责备都要厉害地打击了张老二了，他发现了摆在桌上的两千块钱和一张破旧的田契。他坐了下来，什么都不能说。

"我把它丢了，好得很！好极啦！"何秀英突然地喊叫了起来。

"你又何必这样难过哟！"张老二说。

"好极啦！"她喊着。

"一个人，凡事，总是命中注定……"他迷乱地说，立刻就害怕着这个话，沉默了。

这屋子里很久很久地寂静着。一盏可怜的卑微的油灯在摇闪着，它是在感应着田野间和山坡上的欢畅的微风。物件底阴影在泥墙上扩大而又缩小，作着无声的舞蹈。在这些的中间，显露着这一对乡下男女底塑像一般的，静止而灰白的脸。

夜很深了。微风的吹拂声可以听得很清楚。

"算了，女子！"张老二忽然地站了起来。在他底含着泪水的眼睛里，闪耀着一个慈爱而悲怆的微笑：他恢复了！他站了起来，他底影子布满了整个的一片泥墙。"我们是苦命的人，女子，我们忍受就是了！只有能够忍受的人，将来在地狱里才不受罪！阎王问我：'你有罪吗？'——'我在世界上受过罪了！'"于是那个微笑跳跃到他底嘴边上，并且带着一种辛辣的力量。在这个时候，这个乡人底神情是异常庄严而光辉的。

何秀英不能被安慰，但她却屈服了。张老二底这个强烈的说法在她底苦难中打动了她，她似乎默认了，她要放弃、沉默、受苦，抵偿她底罪过，和张老二共同达到他们底最后的时间，特别因为他是无力和现实抗争的缘故，此后的几天里张老二对着他们底各种不幸与困难显出一种乐观的、欢愉的态度来。他表示他对这些全不在乎，心里有安慰，良心平和；他希望何秀英也能这样，但何秀英却是消沉而冷淡的。她仍然计较着田地底得失，她没有被安慰，并且她底良心不平安，那劳苦的乡下人底欢愉渐渐地达到了可惊的程度。在何秀英底阴暗的脸色之前，总找得到他底快乐的动作，听得见他底含着庄严的力量的愉快的声音。何秀英有整整半个月不做工，也不收拾屋子和整理用具。他就在这屋子里来来去去地忙着，一时找出一根绳子来把败散了的干菜叶捆好，一时找出破了的水桶来敲打着，一时又剥豆子，甚至于还去替她纺棉花。在这些时候他总有话说，快活的音调不住地从他底心里发出来，似乎他年青了许多，并且已经把所有的苦痛和困难都忘却了。“你看这个水桶。乖儿子，这是个水桶呢！”——“你这个烂锄头我看你是饿了啊，对不对?”或者：“豆子一颗又一颗，白菜一把又一把，小鸡来吃，不给小狗吃！”以及一些充满着天真的感情的笑声。

何秀英会偶然地被他逗得笑起来。这个时候一切苦痛都似乎不能接近他，因为他决定牺牲了。在静默下来，在工作过度的疲困的时间里，他就坐在一张小板凳上抽抽烟，含着一种忧郁的安静望着前面，望着只有他自己才能看得见的什么。于是他就会说：

“天啊，我是再也不得指望什么了！我不指望那些人会帮你的忙，也不跟别个寻仇。上天底意思是明明白白的，上天是仁慈，有好生之德，叫人忠实跟诚心，上天是这样的。”

他底音调是静默而深沉的。

“要是明天早上一起来，”有一天何秀英愤怒地说，“就有镇公所底兵站在门口等着你，叫你像你哥哥一样呢?”

这庄重的乡下人苦恼地沉默了一下。

“我就跟他们说，作恶的人是天所不容的我就说，”他突然用充沛的欢愉和感激的声音说，“我说：走吧！我跟你们走吧！随便到哪里去！”

这些话都给何秀英一种尖锐的打击，但它们是这样的庄严和确信，她不能公然反对。痛楚的憎恨在她底心里滋长着。她显然地感觉到，张少清并不看重她，甚至渴望丢开她。

在这些时间里，他也不再觉得对他底母亲有什么罪过了。他有了一种力量，能够非常自然地对她亲爱，并且非常忍耐地听着她底咒骂。他心里充满了对于她的同情。但何秀英痛恨这个，觉得他是无用而虚伪的人，因为一切男人都不会如此。

他底这平和而庄严的心境达到了一个完整的程度。不幸以及不幸的可能使他底心灵坚强了。但这一天却发生了早就要发生的事情：他底母亲在晚上追了来，寻找何秀英吵闹。她敲着门而大声喊叫着，惊动了周围的邻居们，但何秀英不开门，并且坚决地不许张少清开门。

张老二现在也不害怕邻人们，在平常他还有点羞怯，但现在却不。他希望能说服他底母亲，并且叫邻人们知道他是对的。他终于把门打开了。

"妈！"他迎着他底母亲大声说，"你老人家不要这样吵闹，你底儿子没有做错事，从来没有做错事！"

老人和邻人们站在明朗的月光下。她不理会她儿子底话，她叫喊着要找何秀英，憎恨极了，用最恶毒的话骂着她。何秀英在里面回答了。感觉着不对的张老二就拦住了向里面冲来的老人，于是老人在狂怒中打了他一记耳光。

"打的好！"静默着的人群中有一个男子粗野地吼着。

于是老人又打了他一下。他却站着不动，对着人们忧郁地望着。

"是的，不错的，打的好！"他说，"一个做母亲的打她底儿子，不会错的，别个却没得开口的权利！只有天晓得一个做儿子底心！妈！"张老二对他母亲叫："你总有一天要晓得，你底儿没有做错事，他不错的！"

老人继续地冲击，叫骂着。何秀英从里面冲出来了。

"我在这里！"她叫。

老人扑过去拖住了她底头发。在先前的那个男子底狂暴的喊好声里，用着可惊的力气拚命地拖着她。张老二战抖着被这种苦痛所兴奋，满含着眼泪。

“妈，你不能这样的！”他喊着，但是并不做什么。

何秀英并没有挣扎，她沉默地忍受着。但是忽然地她叫了起来了，像一切稚气的妇女一样，可怕地喊叫着。

“我要打你了！你再不放手我就打！”

“妈，你不能这样的，”张老二喊着，“我们不错，没有错！妈！”

“我要打了！”何秀英叫着，发出喘息声来，同时把老人推倒了。老人爬起来又冲上去，但立刻明白自己无力，哭了起来。

“我说我要打的！”何秀英冷酷地大声说。

“妈，你错了，不能这样的！”张老二带着愤怒的欢快重复地说。

这实在已经是一个强烈的反抗的声音。这乡下人害怕、厌恶一切暴行，信仰每一个人底生命的自由和上天底惩罚。他敢于和敌对的邻人们抗争，而叫出这个来了。

“张老二，你真有本事啊！”那个恶意的汉子叫着。

“妈，我们是不错的！”张老二大声说，“你呢，妈，你也不错，就是你不能这样！”

后来他走过去，扶住了他底号哭着的母亲，拖着她往坡下走去。老人只是号叫着，她再没有什么力量了。何秀英对着这母亲和儿子冷酷地看着；她愤恨张老二刚才的那种超然的态度，现在她又嫉妒地从他们底姿态上看出来的他们相依为命的感情。她听见弯着腰的张老二像一个小孩子一般地喊着他底母亲。她觉得他是完全虚伪的。她于是冷笑了一声奔了进去，关上了门。邻人们静默地站着，后来有了叹息、嫌弃的声音。于是那个憎恨着的汉子拾起一块大石头来，向着何秀英门上碰去。

旧朽的门板发出破裂的声音倒下去了。但何秀英并不出来收拾它或回答什么，里面是漆黑的。人们走散了，何秀英底门就这样整夜地洞开着，饱吸着从坡下吹来的有力的风。

她失去把持了。她不能忍受这一切，不能忍受她自己底罪恶，她想到死去，并且即刻下了决心。她就处在一个稚弱的女人在这种时候所有的可怜自己的冲动的状况中，从而抵抗了她底那种被别人加在她身上的罪恶的感觉。她底心在悲愤中澄净了。她毫无目的地检点她底几件破烂的衣裳，把它们捆做一包；她抹干净了她房里的一张断了一只腿的、用木棍支撑着的桌子，并且把上面的零碎的物件摆好。然后她就从贴肉的衣袋里摸出一个纸包来，仔细地数着那里面的各色的钞票：一共还有八千块钱。她长久地抚摩着这些钞票，回忆着她底过去，小时候在山里的家中的生活，后来的养媳妇的生活，以及王合平死后这一段时间里的经历。她是单纯地生活下来的，那时候她独自下田工作，以为这样就可以活下去，她不曾料到这一切，也不曾思索自己和人们。她不知道自己底行为原来会招致这样可怕的结果。在这暖热、干燥、愉快的夜里，她想去结束她底生活了。

她在黑暗中坐了很久，机械地抚摩着那些钞票，后来她就不再想什么，完全地空虚，于是那痛苦的一切都远去了。她甚至要睡下了，如果不是重又想起了刚才的一切的话。她不知道她心里究竟是怎样的，她重新包好了钞票，走了出来，经过邻家底紧闭着的门，走下坡来。她很安静地想着去投江。月色仍然明朗，兴隆场在田地边上横着它底巨大的黑影，各处都是静悄悄的。这里那里都有大块的黑影，黑影中间偶尔有闪耀着的灯火。

"我真傻，我真傻啊！"这女人沿着山坡走着，一边慢慢地重复地对自己说。她不觉地走上山坡，走到矮松林中间去，在那里的乱石中间，有着王合平底坟墓。她全心地同情他。松林中间的奇形怪状的乱石在月光下发白，山坡上暖风吹荡着，充满了甘美而怠惰的香气。她爬过一些乱石，找到了那个小小的坟墓，在地上坐了下来。她一动不动地坐了很久很久。

这里离乱石沟底桑林坡很近，她可以从树枝间看得见那边的平野上的一些在月光下发亮的棚屋。这些棚屋都是静静的，只有其中一家还透出灯光来。她呆看着，想着睡在她身边的泥土中的王合平，并且想到了王合清，他对她喊着："她是对的啊。"随后她想到了她自己家里到现在还活着的唯一的一个亲人，她底老婶娘。前年冬天婶娘还来看过她，带来了山里的米糕，对她哭泣并且爱抚她。去年春天山里有远房的表弟来，告诉说婶娘还活着，记挂她。她记得那时候她怎样地一直送那挑担子的青年到山路边上，并且羞愧地对他再三地叫着："告诉婶娘我记挂她老人家啊！"她是难过她一点东西都不能带给婶娘。

这时候有两个人影从乱石沟底桑林坡那边走了过来，接着她听到了女人底凄楚而无力的哭声，她看出来那走在前面的是一个男子，肋下挟着什么；那个哭着的女人跟在后面。她们在何秀英下面不远的斜坡上停下来了，那个男子很慎重地放下了他挟的东西，就拿着一柄锄头锄起地来，同时那个女子就哀哭着伏到他们旁边的那件东西上面去。何秀英立刻就明白了，他们是一对不幸的夫妇，在埋葬着他们底死去的小孩。

那女人伏在小棺材上，她的哭声凄凉而微弱，显然她哭得太多了。那男子则一声不响地用力地挖着地。锄头碰击着石块，在静夜中发出猛烈而单调的声音来，他底脚前的洞穴渐渐地扩大了。他脱去了上衣，继续地锄着，在月光下可以清晰地看见他底强壮的、然而有些弯屈的胸膛。显然他劳苦得太多了。

随着那锄头底每一敲击，何秀英觉得地面在她底脚下震动着，并且整个的山坡，整个的松林在震动着。她想象着她面前的这一对男女是怎样穷苦的夫妻，他们如何的相依为命，如何地宝爱他们底孩子，然而他却吃不饱，生了病没有钱医，死掉了。那男子底挥着锄头的动作显然地是愤怒的。何秀英害怕他底这种愤怒。但她终于从乱草中站起来，走下来了。她自己也不明白她何以要走下来，她走过去站在旁边。

他们都不注意她。她看见那男子有三十岁，很高大，头发和胡须乱蓬蓬的，像一切下苦力的人一样，赤裸着的肩上有两块奇怪地隆起着的肌肉。他抬起头来用他底阴沉而火热的眼睛看了何秀英一眼，即刻又低下头去锄地了。显然地在他底情况里没有什么事是奇怪的,他完全不曾想到这个女人为什么会出现在这里。但这时何秀英已经辨认了出来,他就是那天在吵架当中跟着王合清从棚子里出来并且拉劝着王合清的那个工人。她立刻冲动地想要喊叫他,但是他已经掘好了,对着前面看了一下,就去抱那口小棺材。这时他底女人疯狂起来了,紧紧地压在那棺材上嘶哑地大叫着,和他抗拒着,并且打他和咬他。他略略迟疑了一下,猛力地一下把她推开去了,抱起了那小棺材,放进坑里,而掩进泥土去。他底女人爬起来走了过来,但突然不哭了,只是痴呆地望着。

他掩满了泥土,用锄头敲实。

他蹲下来烧了一点纸钱,然后扶着锄头静默着。

"你认得王合清吧?"何秀英激动地走过去说。"这个钱,我也不要用,我给你们。"她说,摸出了她底那一包钱来。她想着她就要去死了……可是那高大的男子只是毫无感觉地对她看了一眼,好像没有听见她底话似的。这以后他就对着坟堆边的燃烧着纸钱望着。

"对不起你,儿。"他对着小小的坟堆很低沉地说,然后拖着他底痴呆的、幽灵一般的女人转过身去了。何秀英立刻觉得孤单,害怕着孤单,对于生活充满了狂热的感情,哭了出来。

那披着衣裳的男人站了下来回头望着,这才想起了什么似的,在乱草中走了回来。

"你就是何秀英吧?哭什么呢?"他问。

何秀英更高声地哭了。

"我不要死啊!"

"哪个叫你死呢?"

"我不要死——我要活,要见人,要做活啊!我不晓得我怎个搞的,人家都恨我啊。"她喊着。

"他们恨你吗?"王合清底伙伴说,眼睛里开始闪耀着一个明亮的微笑,"恨就让他们恨吧!死做什么呢,笑话,当然不死的!"

"我不晓得……请你跟我带个信说,我谢谢王合清,我也再不跟他女人吵了。"她说，重又呜咽了起来。

"回家去吧。"那工人说。

"就是。"她顺从地回答。

于是那工人走回去了。他底女人呆坐在荒草里，他把她拉了起来，搀扶着她，走下坡去了。何秀英望着他们一直到他们消失在乱石沟底棚屋的黑影中。她继续呆站了一下。她不再恐怖了。月光下的坡下的秧田底甜美的景象展开在她底眼前，芳香的空气一直渗透到她心里，大地上一切在安息，静静的饱含着生活的期待和热望。

那工人底掘着地的愤怒的姿态在她底眼前闪耀着，她并且听见王合清底残酷的喊声，他喊着："这个女子，何秀英是对的啊！"

"看吧，不管是怎样苦，我要活下去的！"她说，"没得田了，我种菜地！没得屋了，我自己搭草棚子！他要丢掉我就丢掉我好啦！别人说就说好啦！就是他不丢我我也要跟他断了，我一个人，我种菜，纺棉花，插火炮心子，做杂活洗衣服，我还要喂两匹小猪——多好的小猪仔哟。"

她继续站了一下，心里非常的甜畅。

"小儿子哟。"她向着那小小的新坟说，"你安安静静地躺下吧；明天我来跟你烧纸钱，叫你在阴间穿花衣服！"

八

第二天晚上张老二来了，他希望对她解释昨天的事情，但是她不理他，并且请他从此不要再来。如果张老二是热烈地跑来的，那么她或者会放弃这个决定。然而他是很犹豫地进来的，说着话，不时不安地思索着，好象很希望走掉。她告诉他，没有什么说的，他此后不必再来了。他愤懑地坐了一下，冷冷地站起来走出去了。这个使她心痛并且仇恨。

张老二觉得自己是对的，并且开始觉得他母亲是对的。他想，昨天他完全是为了她，为了她他才伤害了自己底母亲，然而她却不知道感激。他走掉了，他底态度表示，她底过分的要求他不能办理，他底尊严不能委屈，他对她并无顾惜。于是好几天来的他底那种因抵抗不幸而有的快乐的柔情，那种乐观的、欢愉的心境，消逝了。

他对昨天的事情的看法也改变了。他觉得他对她并没有责任。他重又觉得他们底关系是不道德的，而她是自私而凶戾的，居然打了他底母亲。他怨恨她还由于这一点：几个月来，他曾经给了她不少钱，她自己也有着一点钱，但前次他缺钱的时候她却不肯拿出来。他对她提示过，希望她能拿自己底钱买一点东西去送给他底母亲——他觉得这样就可以使他母亲高兴她——然而她却显得是从来不曾听见这个话似的。

她并不是不愿意这样做，她是太爱惜金钱了。在她底单纯的心里，是也不能给悔罪的思想或罪恶的观念留一个地位的，除了她自己底感情以外她很难看到别的。然而，张老二对这些都不能了解。她是年青、丰满、无邪，这些，在张老二底痛苦的心里，是都变成了罪恶。而且她底拒绝他，是用着小孩似的负气的样子说出来的，这是伤害了张老二底尊严，也觉得她太不懂世故了。

这年轻、稚弱的女子，天性快活而单纯，并且有着一种莽撞的力量，她实在是和这负着社会底重担的庄严而痛苦的乡人不相称的。她虽然不能说出她对他的不满来，她虽然敬畏他，但她已经在朦胧的形式里表现了她底反抗了。张老二在愤怒中仇恨她，回到母亲底身边来。然而他底心仍然在她身上盘旋，这个问题使他痛苦不堪。最初几天，和老人家谈谈温暖的废话，挽回了母亲底心，并且看着她健旺了起来，心里倒还觉得安慰。但后来，那对何秀英的仇恨消磨掉了，和老人的谈话就变成了痛苦的事情。他沉默下来，沉到猛烈的劳作里去——他寻求着这样的劳作。

和老人家的闲谈是短促地带来了温暖而和平的情境。谈论着过世了的人们底亲爱的琐事，以及这只小鸡那只小鸡底特点——谈论着这些古旧的话，心里是也充满了安宁。可是这些迅速地消逝了。有好些天他严峻地沉默着，除非发怒就不说话。有一天早晨，他砍柴弄破了手指。他发狂地看着他底流着血的手指，老人家叫着来替他包扎的时候，他却一声不响地拿他底破手往墙上猛烈地敲击着，然后走下坡去了。

保长来收保安费，他和人家吵了。几天之内他和别人吵了好几场，以至于隔壁的年青人赵子昌声明要打他。他不停地想着他和何秀英的事情，在他底心里，何秀英开始发出光辉来，变成了神圣的存在了。他开始觉得了，任何罪恶都不能和她相联，在他们底事情上她完全无罪，责任是全在他底身上。他觉得了，她是那样简单、无知、善良、敬畏别人，那样的胡涂而莽撞，好像初生的小野兽。他应该保护她，爱她，不使她受太多的苦。于是他不住地问着自己：在这样大的打击之后，她现在在怎样生活呢？白天里他常常朝她那边的坡上望着，希望能看见她底影子，后来他希望能在路上遇到她，但这是徒然的。好些天了，关于她，他仍旧是什么都不知道。夜里面他也辨别不出她底草屋的灯光来，它是被遮没在一棵大树后面了。他底父亲似的自尊妨碍着他，使他不能再到她那里去。他和他自己猛烈地斗争着。半个月以后，田地里的劳作告了段落，他闲了下来，更不能忍受了。他看见别人在先前的何秀英底地里工作着，看见吴顺广骑在马匹上在田野间愉快地奔驰着，看见他底母亲因他在身边而健旺，快活不停地劳碌着，他觉得他要发狂了。

燥热的晚上，山坡上烟气逐渐地散去，空气甜净下来了。附近充满着愉快的人声，有一处一个老人在吼叫似地大笑着。母亲坐在小凳子上，开始说：

“从前你底大伯娶你大婶婶的时候，我还在家里做姑娘，在那边看见你爹……”

“是啦。”张老二说。

“你爹是戴一顶大草帽走地里一直爬上来吃喜酒的！”

“是啦——妈，我有下事去，今晚不回了。”

他于是跑下坡去。他坦然地告诉他母亲不回来，这还是第一次。他母亲底话，“你爹是戴一顶大草帽走地里一直爬上来吃喜酒的，”长久地留在他耳边，他也重复地说着它，可是不知道它底意义。他害怕他身上的野蛮的情欲底力量，可是他总归不能再压制它了。这种力量渴望粉碎它面前的一切。他什么都不畏惧，一直来到何秀英门前。在周围的噪杂之间，她底门静静地关着，从门缝里照出微弱的灯火来。他敲了门。门开了，但在认出了是他之后，迅速地又关上了。在昏暗中，她的愤怒的脸在他眼前闪耀了一下就消失了。他又敲门，并且呼唤着。

这时邻家的媳妇抱着孩子走了过来，怜恤而又快活地告诉张老二，说乱石沟今天早上来过人了，限何秀英三天之内搬出这间草房。显然地这年轻的女子高兴何秀英底不幸。但后来，她又显得非常关切和同情，温和地呼唤着，帮助张老二敲门。

“何秀英呀！”她说，“张老二来看你了。你开开门吧！一天躲在屋里不出来。”她愉快地闪耀着眼睛对张老二说，然后又弯着腰，朝门内温和地唤着，“嫂子，开开门吧！开开！是张老二，他呀！”

门开了，张老二走了进去就把它关上。那抱着孩子的女人从门缝里张望了一下，然后擦着感动的眼睛笑着走开去了。

“喂，”她走过去对一个在收着衣裳的女人说，“他，张老二又来了！”

人家不懂得她何以这样紧张，望着她。

“他来了，张老二！他！”她喜悦地说，然后她一直说了开去。

何秀英是阴沉的。她底稚气的眼睛里闪着光芒，在张老二走进来之后，她猛烈地推开了一张凳子而走到桌子边上去，然后转过脸来对他看着。张老二呆站了一下，他好久不知道要说什么。

“他们来要房子了？”他问，但显然这并不是他想说的。她不回答。

“让他们就是，这批狗，”他暴怒地说，“你搬到我那里去再没得哪个来撵你的，你嫁给我！我要跟大家说，叫大家晓得，你是我的女人！”他大声说。

何秀英轻蔑地笑了一声。

"你以为我办不到么?"张老二狂暴地说,颤抖着,"我办得到的,我是人,我要你!你可怜,不懂事,没得世故,你自己不晓得你把你自己关在屋头有什么用?这些天你吃的什么?告诉你,我要你……"

他逼近她而猛烈地抓住了她底肩膀,并且死力地按着,他底神情是这样强烈,使何秀英觉得恐惧。但即刻她就明白她正在等待他来拯救她——正在等候这样的一个张老二,而不是先前那样的。她就伏在他底怀里了。

"我们不怕!你关倒门躲在屋头干什么?把门打开!我们两个出去吃夜饭!叫大家都晓得我们——我们是夫妻!"

他用力地搂了她一下,跑过去把门打开了。这是一件空前的事情。

"出去,跟我来!"他说。

何秀英依从了他,坚决地走了过来。他们走出来了,两个人并肩地走着。并且他们还朝着人声噪杂的地方走去。在一块较大的空地上,坐着和站着十几个人,有一些在吃着饭;先前的那个抱着孩子的女人站在那里兴奋地述说着,张老二和何秀英走了过来,从人们底身边和膝盖中间走过,那女人沉默了。所有的人一齐对着张老二和何秀英看着。张老二奋激而庄严,何秀英则是含着轻蔑的,稚气的挑战神气。

"请让让路。"张老二说。

他们走了过去了。张老二跳过了一个小沟,转过来预备扶何秀英过去,但她摇摇头,张开两手奋力地自己跳了过去。她好像要使她底丰满的身体飞起来似的。她跌倒了,发出了抱怨的笑声。她幸福了。他们走进兴隆场,进到一家面馆里去,叫了两碗面。这是一个庄严而华美的筵席。

九

从燥热、昏沉的面馆底角落里,郭子龙站了起来,向着这边走来。郭子龙穿着灰色的旧西装;打着红色的领带,但下身仍然是那条绿色的马裤。他在从人们中间走过的时候安闲地盼顾着,脸上是疲惫的、愉快而安适的神情。他走到张老二底桌边来,并且不打招呼就坐了下来,对着张老二和何秀英讥嘲地看着,使他们吃了一惊。

“郭大少爷啊——喂,来一碗面?”张老二叫着。

“不! 我吃过了。”郭子龙优美地做着手势说,“不能有你请客的道理,况且你们两口子难得出来吃,得算我的! ——喂,炒个猪肝来!”

“是了,郭大爷!”灶上大声地答应着。

郭子龙愉快地优越地笑着,看着因幸福而显得柔美的何秀英。

“大嫂,不生我底气吧?”

“你怎个能叫她大嫂啊,折死她!”张老二红着脸说。

“那还不是怪他自己! 哪个叫他叫的!”何秀英突然愤怒地说,但后来她又有趣地笑起来了。显然地她现在对郭子龙觉得亲切而有趣。从她底笨拙的羞怯里,冲出这种不觉的风情来,叫郭子龙高兴了。何秀英全身都颤动着柔情和幸福,她底发红的快乐的脸显得特别坦白,它甚至是赤裸的。

“那你就答应我:大嫂!”

“我不得答应你!”何秀英红着脸说,“你拿我们贱人开玩笑呀。”

“我开玩笑?”郭子龙说,忽然地显得很认真,“我这个人是这种人吗? 你问张老二就是了。”

“那是的。”张老二说。

“我出生入死多少次,”他悲苦地说,“什么都看开了! 我现在心里什么都不想,不瞒你们说,我就想有一天能像你们一样过活! 我要种田了,我再不奔波了!”

他底脸上忽然地又闪耀着一个讥刺的、狞恶的微笑。他自己也不明白他何以会对这不相干的乡下人谈这个。后来他就凝望着前面，沉思起来了。

他底斗争被浸在平庸里面，他底紧张的意力松弛下来了。对吴顺广的仇恨已经失去了它底刺激力，他底一切努力和恶行的结果不过是：向赓云搞了一大笔钱，送了他一点。他就拿这笔钱来整天地吃喝。他不仅忘记了他对张老二的诺言，也忘记了自己底事情。他渐渐地不能明白自己底情况，他底疲倦的心渴望着休息了。

他沉思着，他底活泼的轻佻的样子消失了；在他底眼睛里出现了一种悲苦而不安的神情，这是那些渴望着为了什么而献身的人们底神情。他，郭子龙，那样地生活了过来，但不知道究竟是为了什么。

何秀英偷偷地对他看着，于是全心地感觉到了他刚才说话时的那种悲苦的声调，而可怜着他了。

后来她不觉地对他长久地呆望着。她常常地这样同情、可怜一切而忘却了自己；虽然她一点也不明白郭子龙底生活，但她可怜他，觉得他一定很苦，没有家，没有亲人，常常有被人杀死的危险。郭子龙就这样茫然地沉思了很久，后来叹息了一声，没有再看他们一眼，站起来到柜上付了钱，走了开去。

"他这个人，还是蛮可怜的!"想了一下，何秀英说，用她底兴奋的，甜蜜的眼睛看着张老二。

"人人都是苦的。"张老二不安地回答。他底和谐的心境被郭子龙底出现破坏掉了，虽然他也说不出来这是怎样一回事。他看见了那横在他和何秀英的关系面前的现实的苦难……

在郭子龙底眼前不住地浮显着何秀英底丰满、愚蠢、而生动的形象。当他苦闷地沿着街边走过去的时候，虽然他是在想着和这全然不相干的事情，他仍然固执地感觉着她，她底明亮的、含笑的、无邪的眼睛，以及她底身上发出来的那种温暖而刺鼻的浓浊的气息，汗味和低劣的发油气味；乡下女人底愚蠢的气味。他厌恶这个，可是仍然固执地感觉着；他觉得这是很可笑的，可是他笑不出来。

细致而柔弱的贵妇人，和放荡粗野的娼妓，这两种女性是他底一生的渴望的象征。他的灵魂要求那细致而柔弱的，可是他底肉体却渴望粗野放荡。实际上他底灵魂就是由这两种元素奇妙地构成的。他始终是颓废的少爷，然而他又始终是强盗和大兵。这两样的冲突造成了他底不幸。他现在觉得他应该和过去断绝了，应该死心塌地地来过平常的生活，得到他底休息和归宿，不再用从前的傲慢凶险的眼光来看事物，不再降服在华贵的幻想底裙下，不再作恶也不再找寻仇敌。他觉得他疲乏了。于是，何秀英底丰满而活泼的形体，刺鼻的浓浊的气息，就成了他底这个渴望的象征。虽然那个少爷的郭子龙厌恶它，觉得它可笑，但那个厌世者底郭子龙已经在拿它来作为养料了。

他竭力地使自己来信奉这种他觉得是平安、愚笨、麻木的生活，信奉归宿以及对于祖先的最后的皈依，但他底心却在反对着它，作为英雄或暴徒的郭子龙仍然在渴望为自己开拓新的疆土，足以使他底虚荣心去安睡的。但不幸他真的倦怠了，并且不能克服这种倦怠。他表演他底角色并不彻底，他觉得马马虎虎地也就算了。他朦胧起来了，虽然能够意识到在他底身边所发生的事情，但懒得去对付它们。他几乎是睁着眼睛看着人家把他抛在一个屈辱的陷阱中。

他要弄几个钱或是吵吵架那是可以的，但假如他想要破坏吴顺广们底生活秩序，一切就两样了。他抱着很大的气魄想来粉碎这秩序，结果却是徒然的。向赓云可以随着他跑一段路，但等到想要他去粉碎吴顺广底秩序，他便退了回去。因为他是依靠着这秩序而生存的。在吴顺广给他捐了制服费，并且允许他在地方上征收一笔保安捐以后，他就不仅感激吴顺广，而且对他害怕了起来。乡保队底操练不久就停止了。吴顺广底沉默显出他底涵养来，向赓云在过端午节之前给他抬去了一大堆贵重的礼物。

郭子龙失却了先前的嚣张，整天地躺在茶馆里，在闷热的空气中昏沉地打着瞌睡。由于精力散漫，他底外形也没有了先前的威风。他底马裤油污得发亮，皱缩在他底长腿上，并且膝盖上面磨破了。他的头发和胡须凌乱地联结着，上面时常沾着稻草和他那可怜的阁楼里的吊尘，狼狈的生活条件使他觉得极不舒适，他底眼睛总是焦灼而发红的。多少天以来，他躺在刘顺泰茶馆里，吴顺广和他底下手们就坐在他旁边，他却不再说一句话或表示什么，他表示彻底的轻蔑，但这表示是否有力是很成问题的，因为吴顺广倒反而同情着，甚至可怜着他了。

吴顺广总不忘掉郭子龙底出身是和他相等的，于是他能够很优越地感觉到郭子龙底凄苦的状况，相反的，他却非常地憎恨那个曾经和郭子龙一度共同对付他的张老二，他不仅不能感到张老二底凄苦状况，反而觉得张老二是贪婪可怕的。他不断地渴望着给张老二一点苦头吃，正如他不断地渴望着抚慰郭子龙一下一样。郭子龙骂他，和他吵架，对他使用阴谋，声言要杀他，时间一久了，他就不觉得什么威胁。相反的，张老二仅仅和他吵了一句，他却觉得受了威胁而发狂似地愤怒了。这种敏感是真正的社会阶级底敏感。

吴顺广记得两个月前最初会见郭子龙时的情形，把那时的郭子龙和现在的这个狼狈的、露出马脚来的郭子龙比较一下，他觉得很有趣，他觉得郭子龙很天真，他已经领教了他底英雄手腕了。这天下午，他坐在他底位子上喝着茶，办理着乡场上的各样的事情。来请示他的人们都走了之后，他就看见了躺在竹椅子上睡着了的郭子龙。太阳斜照进来，正好照在这渴求着人生的飘泊者底肮脏的脸上，使得他底眉头苦痛地紧皱着。这脸在现在看来是粗鄙、愚蠢而平庸的，一条发亮的口水顺着他底嘴角淌着。这苦恼的睡相惊动了吴顺广，他对它看了很久。

这之间郭子龙底嘴因呼吸阻塞而张开来了。后来他打起呼来。突然地从他底胸膛里冲出了一个凄凉而尖锐的叹息——显然的他底梦境是很不安宁的。

“从前他是那样漂亮的一个小伙子，”吴顺广想，“奔波了这多年，他也该为了什么呀！”

地主老爷于是庄重地站了起来，从他底大皮夹里取出了一卷钞票，向郭子龙走去，弯下腰来塞在他底衣袋里。人们惊动地看见了这伟大的动作，茶馆里几十个茶客所造成的喧嚷声一下子静默了。地主老爷凄然地，文雅地笑着，站在那里看着郭子龙。

郭子龙突然惊醒，即刻就跳了起来，同时抓出了衣袋里的那一卷钞票。他可怕地瞪着眼睛。

“拿去用吧，子龙。”地主老爷温柔地说。

郭子龙这才看清了钞票，清醒了。他心里的斗争虽然尖锐，但并不长久。

“也好，”他说，把钞票重新塞进衣袋，端起茶来一口气喝光。“不过这几个钱是买不到我的！”兴奋地沉默了一下，他又讥刺地加上说：“不赶我出兴隆场了吧？这倒是你大爷漂亮的地方！”

然而他底这讥刺是无力的。人们静寂着而崇敬地看吴顺广，他慢慢地走回他底坐位去，温和地笑着。

“我看你也不必了，子龙。”他说，“在外头你当过营长，在兴隆场你就不必再当营长了，那是没得多少意思的！顶多你不过拿大粪来浇人，不过是个大粪营长！”于是他发出了柔软、圆活、快乐的笑声，显然高兴自己能说得这样适当和有力。

对于郭子龙，虽然这里面是颇有一点甜味的，但这毕竟是一个刻毒的挖苦。然而他却回答不出来。他喝干了碗里的茶，装做没有听见的样子，走出去了。

他刚一走开，茶馆里就爆发了一阵快活的轰声。

“对啊，这个名字对：大粪营长！”

一个青年叫着，人们大笑着。

十

在抚摩了这个肮脏而血腥的天鹅之后，地主老爷就给了那田地上的奴隶一个致命的打击。吴顺广想把张老二底田地弄过来或收买过来已经很久了，因为张老二底田地是横在他底产业的中间，又是这一带最好的。地主老爷总高兴看见他底家业是整整齐齐的，但那乡下人底一长条田地却整个地破坏了这地图底美观，在实际上这也不断地发生着麻烦，扰乱着地主老爷底感情。去年冬天张老二底耕牛踏坏了他底田埂，这次的事情也是这一类的。他底长工来报告说，田地里快要枯干了，因为张老二底田地低些，水沟里的水都流到那边去了。地主老爷就命令说：把张老二底水沟堵起来。

于是一夜之间张老二底田地枯干起来了。早晨他发现了这个，在盛怒中掘开了堵死了的水沟，并且把泥土掀到对面的田里去。整个的白天里吴顺广底田地里没有什么动静，但黄昏的时候，郑瞎子来了，带来了吴顺广底命令和质问。在怀着复杂的情绪的邻人们底包围中，张老二脸色铁青地沉默着，听着郑瞎子底话。吴顺广命令说，限张老二在今天晚上替他把水沟掘好，还原，如果明天早上还不能掘好，还原，那就要给他利害看。在寂静中郑瞎子走开去了。人们看着张老二。他底忍耐已经达到了最大的限度，他突然地冲上前去。

“告诉吴顺广，告诉他，我不得替他掘回去——我们这些人要活命是不犯法的！”

“那就有你的了，张老二！”郑瞎子在坡下的温暖的黑暗中愉快地说。

他底母亲这时从屋子后面慌张地跑了出来。

“妈！”他冲着她而狂喊着，“你说说看，我们爹，我那个哥哥，是怎个死的！”

“说呀！”立刻他用更高的声音叫着，“怕哪个？老子就是死都不得再把水沟掘回去！讲定了，生死有命，都不怕！他吴顺广是个什么东西？他家头是靠哪些人底血汗发起来的？各位，大家都不敢哼一声，大家都说他吴顺广两代是好人，各位，我兄弟今天要对大家说一说！我兄弟这条命就是押在这上头，也是要说一说！”

他颤抖着，流着奋激的、悲苦的眼泪，对着越聚越多的人们大叫着。他开始叙述他底家庭被吴顺广家侵凌以至于衰败的历史，他底描述是这样地充满着悲愤的力量，并且这样的清楚、新鲜，人们寂静下来了。他说，这些事情大家都知道，大家也都受过吴顺广家底欺凌，他本来是不必说的，但是现在他一定要说出来。他说，他是一个安分守己的庄稼人，从来没有存过非分的思想，自己固然有不对的地方，但是却从来没有害过别人。他现在已经把这条命看得很淡了。在这里他提到何秀英底田地和房屋的事情。他心里的那种猛烈的、因绝望而来的孤注一掷的感情，使他怀着这样的勇气提到了她，以至于人们不觉得这是不对或有什么特别的。

"她是一个可怜的女子家，她还是个小孩子，"他喊叫着，"她不晓得人家对她有什么坏心事！这都是我不对：我这个人，不该给吴顺广家低头的！这下子好！她连一间破房子都没得了！我倒要问问，各位：吴大爷他家未必还吃得不够饱吗？为啥子他要来榨我们穷人底血？我们上一代人死在他们手上，我们还是要死在他们手上吗？各位，有哪个能跟我说出这个道理来，我到死……都感恩的！"

人们沉默着。他底母亲，被这种不幸的情况骇住了，开始的时候虽然对他叫着要他停止，然而他底声音淹没了她，使她沉默了。直到最后，一个邻人拖她过去，警告她说她应该叫张老二依照着吴顺广意思去做才是，她才从她底受惊的糊涂状况里醒来，大叫着去拖张老二，但张老二把她推开了。

"各位，兄弟说了，"张老二庄严地说，含着感激的眼泪，"我兄弟不能侍奉我这个苦命的老人，是个罪人，不过，就是把刀架在我脖子上，把排枪比到我心口来，我都是不得替他吴顺广把水沟掘回去的！"

说了这个，他就转过身来，慢慢地安静地向着屋子里面走去，虽然他底全身都在火热地颤抖着。他走进去在黑暗中坐下来，呆望着门外的在纷纷地议论着的人群。在星光下，这熟悉的人群是这么可亲的，觉得他们都是受着地主底欺凌压迫的，觉得自己底反抗是为了他们，觉得因此更了解他们并且对他们更感到亲切，这乡下人心里就有了无畏的力量。而且他底行为还给他带来了对于爱情的新的感激和信念，他觉得他真的能够爱何秀英了，觉得，对于她，他并不是没有价值的。

凡是明白吴顺广在兴隆场底深沉而强固的统治的人们，就能够了解这老实的乡下人底谈话是一篇怎样壮烈而惊人的宣言。他使得多数的人们哭了，好心肠的敏感的妇女们已经看见，张老二是跌进了怎样的一个不幸的深渊里面。在她们看来，张老二刚才说的话是宣告了他底平安的生活底结束。她们底感觉是不错的。

女人们劝告着张老二底母亲，她受了过分的惊骇，甚至都说不出话来。她们拥着她向屋子里走来，老人家哭了，她们开始劝告着张老二。后来几个男子也来劝告他。有的甚至自告奋勇地说，他愿意替他去把吴顺广底水沟掘好。但张老二不回答他们。

“我看呀，为了那个女人你跟吴家这样闹不值得的！”隔壁的老婶娘说。

“婶妈，跟你老人家说，”张老二忽然用温柔、凄凉、颤抖的声音说，“值得的！”

第二天早晨——所有的人都注视着这件事情底进展——他底水沟重新被掘断，并且四面八方地被堵塞了。大量的稀烂的污泥一直掀到他田里来，毁坏了一大片稻子。此外人家还在他底地里倾倒了两大桶热开水。

热开水烫死了嫩绿的稻子，这种谋杀是使所有的庄稼人战栗的。张老二站在坡上看着，他底母亲哭号着拖着他。吴顺广底人刚一走开，张老二就拿了锄头下田去了。他底母亲和大群的男女跟在他后面。

张老二一声不响地走到田边上，埋着头工作起来！掘开了水沟，并且把污泥掀到吴顺广田里去。他急速地做着，在炎热的阳光下，无数的汗珠盖满了他底死白的脸。好几个人帮着他掘开水沟。他走到被开水烫死的稻子边上停下来了。他底母亲蹲在那里望着它们哭着。

“拿开水来……”他小声地狠恶而昏迷地说。这时他底锄头倒到左边的田里去，并且打坏了两棵稻子，他去拾锄头，看见了这个，就先把它们扶好。它们长得太可爱了。但忽然他意识到了，这是吴顺广家底稻子。

他举起锄头来就要对那些稻子掘下去，但立刻又对它们呆望着，它们是青翠、挺秀、丰满，在凉风中轻轻地摇动着。

“五谷无罪。”他想。于是把锄头丢在地上，笔直地往大路上走去了。他底母亲惊骇的叫喊使他转过头来摇了一下手。站在田埂上的男子们犹豫地望着他们底这邻人底瘦长而微驼的身影，它整个地曝晒在五月的阳光下，破旧的衣裳在微风里飘动着，在人类之中，再没有比这更质朴更不幸的影子了。

张老二来找寻郭子龙。他走进观音殿里，好久都找不着，后来，听见了他底嘶哑的唱戏的声音，但仍然不知道他究竟在哪里。那唱戏声好象是从神座下面发出来的。炎热的殿堂里没有人。张老二喊了一声，那愉快、嘶哑的唱戏声停止了。

“哪一个呀！”郭子龙在什么角落里用着京戏道白的声音说。

张老二很忧愁地寻到神座后面去，看见了一堆腐朽了的木材，然后看见了一个小门。走小门进去，里面非常潮湿、阴暗，他最初什么都看不见。郭子龙对他叫了起来了。

在大殿后面的观音海岛下面，在一堆烂木头中间摆着一口棺材。一头靠着棺材，一头靠着地面搭着一块门板，上面铺着草席，郭子龙就睡在那上面。他是在这里歇凉。从天窗上通过无数的吊尘而照进来的苍白的阳光，显出了他底半赤裸的强壮的身体，和烦闷的，倦怠的漂亮的脸。

“什么事呀，乡亲？”郭子龙在门板上温柔地喊着，喊张老二乡亲，觉得张老二很可笑，很有趣，他完全不曾注意到张老二底脸色，并且也不想注意到。

“是你呀！”张老二还没有说话，他又说了，显然他非常地需要说话，“我还以为是王八哥来了呢，你认得王八哥吧，我正等他个鬼种来拉胡琴，他是一个怪人，不吃，不睡，三年不洗澡，从来不跟老婆睡觉……胡琴拉的真好呀，这一句：里格龙，里格龙，兵部王大人相送——与咱！没有哪个有他拉得好的！还有甘露寺流水快板……”

于是他又唱起来了。他有时候是很精致、上流、出色的，但有一些时间却忍不住地会这样的倦怠、玩世、粗野。这种时候他底灵魂昏睡着，倒不险恶，然而粗暴、肉欲、挖苦、贪吃——完全像一个无指望的老兵。这种时候，那种内心的刻骨的痛苦、狡诈的计算，和对于人世的贪婪的欲望都消失或者隐藏了，他极自然地用这一套言词说话，显得快活可亲，然而又是整个地混蛋。经过了那一段时间的刻苦奋发和其后的苦闷彷徨，他松弛了。

张老二冷淡地看着他，等他说完。

“说啊，老兄，你有什么事情呢？”郭子龙忽然地说。

“跟吴顺广闹了。”张老二说，但即刻觉得他不必说下去。

“闹了？好！好！怎闹的呢？”

“他掘了我底水沟，拿开水浇我底谷子！”

“你怎个呢？”

张老二失望地看着他底快活的相貌，没有想到要回答他。站了一下，转身往外走。但郭子龙大声地喊住了他。

“究竟怎样啊！”

“你说的：报仇啊！”张老二悲愤地喊。

“报仇？好！好极了！不要怕他！你想，他真敢打死人么？”郭子龙快活地说，“倒是有人要打死他！喂，你想打死他吧？”

张老二呆看着他。

“要打死他，有一个办法。有一个人要打死他，这个人是个英雄，不轻易动手的。”郭子龙得意地说，“但是要是时机到了，这个人就会出来救你们这些人，不过现刻时机还没有到。喂，懂了吗？”

张老二呆站了一下，转身出去了。于是郭子龙重又大声地唱起戏来。

"那个人",就是他,郭子龙自己。"那个英雄"现在还没有动手,不但没有动手,反而已经接受了仇敌底布施。但这是有原因的,"因为时机还没有到。"对于这个解释,他底昏睡着的理智觉得很满意。

张老二从观音庙里出来,笔直地走进了吴顺广底办公室。这是他从来都畏惧着、厌恶着,不敢进去的地方。他一直上楼,没有遇到阻拦,推开了一间房门,看见里面没有人,带了起来,又去推另一间。一个老头子在这间房里算着账,抬起头来厌恶地望着他。但他刚一转过身来,就看见了穿着洁白的绸衣、胸前挂着表链的矮胖的地主老爷正在走过楼道。他叫了一声,吴顺广站下来了。

"吴大爷,你说就是了,我们这些人也还是要活命的!"

"你跟我来。"吴顺广说,推开了那第一个房间,张老二跟着走了进去。吴顺广在一张高背的藤椅上坐了下来,指了一个地点,张老二就走过来站在那里,离他有三步远。

这漂亮的、挂着字画、陈列着花盆和华贵的家具的房间使张老二觉得些微的不安。但立刻他想:"他吃得这样好呀!"于是激动地喊叫了起来,他始终在重复着他底第一句话。吴顺广做手势叫他停止,但他立刻又喊叫了起来。

"你要杀人是不是?"吴顺广突然愤怒地叫着,"再叫我就关起你来!"

张老二沉默了,迷胡着,流着汗。

"你是不是要进镇公所?"吴顺广迅速地说。

"吴大爷,我说,我们是要活命的……"

"那就好说!"吴顺广说,"事情我都晓得了。你底地老是跟我找麻烦,要是你肯拿你那块地卖给我的话,今后我们就没得事情,是不是?那么你说要好多钱?"

张老二不相信他底耳朵,沉默了一下。

"吴大爷,那怎个行啊!"他可怕地大叫起来,"那除非是我死!"

“再有就是，何秀英那女人底房子到期了，王家底人要收回，她是我底佃客，那块地原本就是我的，你告诉她，限她三天搬出去！”

“吴大爷，你要留个后步啊！”但他忽然地沉默下来，呆望着毫不动心的地主老爷。当他意识到自己底这种哀求的姿态的时候，他恨透了自己了。他忽然想到就这样冲上去和吴顺广拚掉。他犹豫起来。在昏迷的苦痛中喃喃自语着，后来他又看定了吴顺广。他底神情是很可怕的，吴顺广站起来了。

“没得别的话了，出去！”

张老二仍然在犹豫着。后来他可怕地向前走了一步，大叫着：“吴大爷，你还是个行善的人啊！”

吴顺广走到一边去对外面叫唤了一声。于是进来了一个大个子的工人。同时吴顺广擦着脸上的汗迅速地走出去了。张老二继续地吼叫着，他底声音苦痛而癫狂；来了好几个人推着和拉着他，把他赶出了地主老爷底办公室。他到了空地上的阳光下就沉默了下来，好像他已经从那痛苦而绝望的癫狂里清醒了。对着办公室呆看了一下，他默默地往田野中走去。

在他底身上出现了奇异的安静：他不再觉得激情性质的苦痛和对于命运的恐惧。他也不觉得仇恨。他底心寂静下来，倾听着什么一种遥远的、温柔的声音，而开始充满着对恶运献身、听凭命运摆布的渴望。他很厌恶他自己从昨晚以来的那种横暴的状况，现在他从这种状况里解脱了。他宣布他不愿再和命运斗争——他实在没有什么好斗争的了。

这炎热的接近中午的时间，人们大半歇息了，干河沿的田地里仅有的一个劳动的影子就是他底母亲。老人家在田地里掘着泥土，希望使那一片被开水浇伤的稻子能够苏活转来。邻人们帮她做了很久，最后大家都觉得再没有别的办法了，把她拖了转去，但立刻她又跑了下来。她蹲伏在泥田中间，浑身都是泥污，用两只手在那些稻根上扒着。她使它们都站立了起来，以为它们是活了，可是不久它们重又倒了下去。于是她小孩般呜咽着再开始工作。张老二走到她旁边站了下来。他听见她对那些稻子说:“可怜啊,你们又没有得罪哪个!”并且看见了她底涂满了泥土的脸。污泥被热风吹干了,紧紧地结在她底脸上。

“妈,你不弄了。”张老二安静地说。

但老人叫骂了起来,她说,六十几岁的人了,见不得这种罪孽。

张老二不再作声,他走下田去,拉着她使她爬了上来。她继续叫骂着。他沉默地扶着她,她底一直到腰部都沾满了田泥的样子,以及她在走路时无力的摇摆,使他哭着。

下午,张老二到何秀英那里去,用着特别冷静的声音,把所发生的事情叙述了一遍。然后他沉默了,显得衰老,困惫,坐在门后面的阴影里吸着烟。

他底良心十分的安静。

沉默了很久之后,他微笑着对何秀英说,如果王家底人真的要这间房子的话,就让给他们好了。他们自己可以在别的地方租一间房子的,甚至自己找块空地搭一间,也不是什么困难的事情。

何秀英觉得,如果他不是虚伪的,那他就是发疯了,因为看起来他是连日常生活底常识都丧失了。即使他要她住到他家里去,她也不愿意丢掉她自己底这一间房子的。几天之前她为这个还和王家的人们吵过,拚过,为什么她不能拚到底呢?

对这个,张老二忧愁而怜恤地回答说:“那是不值得的!”

第二天王合银女人就带了人来了,和何秀英凶恶地吵闹了之后,扛走了她从去年冬天留下来的两斗包谷。

十一

接了吴顺广底那几个钱之后,郭子龙就背上了大粪营长的诨名。吴顺广和向赓云在各个场合都这样地喊叫着他,小孩子们追在他背后这样地喊叫着他。他一直用着轻蔑的微笑来对付这个,但后来,当吴顺广并非不带着善意呼喊着他的时候,他脸上的微笑逐渐扩大了，和仇敌之间的这种奇妙的友爱，使他觉得很有趣，而且他是疲倦了。这个名称对于他逐渐地就很悦耳，他开始伸手向吴顺广借钱。吴顺广十块五块地借给他，把他推进了一个倦怠、苦恼的泥坑。他躺卧着，寂寞地唱着戏，叹息、呻吟着，脸上挂着无赖的神情。“大粪营长”的生活并不见怎么愉快的。他已经急于要舒适，休息，他已经失却了忍受艰苦萧条的生活的毅力了。从前他是一个军阀的烂兵，一个逃走的杂牌军官，贩卖鸦片，强奸女人，劫掠村庄，是一头粗野而痛苦的野兽。但在这野兽底里面，又有着一个少爷、梦想家底纤弱的灵魂。这少爷、梦想家总在给自己描绘一个美满而安适的将来，或者，受着挫伤，诗人似地企望着一个凄凉而悒郁的归宿。所以这野兽有时候又特别地厌恶粗俗，沉默寡言，冷酷地凝望着人间。和地主老爷英勇地奋斗了一场之后，他就忽然地觉得吴顺广算不得是他底敌手，这一切是无聊的；就是弄到了几亩田，又能怎样呢？经营田地——这是多么卑鄙的生活啊！归根结底，生活是多么虚伪可憎啊！这样，没有什么来鼓舞大粪营长底灵魂，他觉得非常的、非常的厌倦。粗野的放荡继续了半个多月，他酗酒，到乱石沟去找私娼，在饭馆里大吃大闹，请一切认识的人喝酒。后来他对这粗野也厌恶了。

“我是一个混蛋！一只癞皮狗！”他对自己说，走回到闷热的观音殿底阁楼里来躺下，开始溺游到无益的幻想里去，给自己描绘着一个高雅、愉快、华美的生活。

西式的花园楼房、名贵的地毯、自来水、绿罩的台灯、沙发、明净的玻璃窗上的树影、高深的书籍，以及最后——特别重要的——懂得人生和爱情的女人。

“这个时候我就不再做任何不干净的事情了！这个时候，”他带着幸福的微笑说，“我就不再跟这一切卑鄙的人来往，什么张老二呀，吴顺广呀，向赓云呀，这是一些多叫人难受的人啊！”

这种渴望越发顽强起来，就越发憎恶着目前的一切：生活就越发无聊和痛苦，他底恶毒的憎恶发泄到观音殿里的两个和尚身上来了。两个和尚已经多少次地请求镇长，希望能使大粪营长走开，但是没有结果。时常地，在他们跪在神座前念经的时候，会从阁楼的窗子里飞出一只烂草鞋或别的什么来。草鞋之类如果正好击中了和尚底身子，大粪营长就会发狂地、恶意地哗笑起来。和尚们刚要从愤恨和恐惧里恢复，又来了一大块碎玻璃或者一只破杯子，发出刺耳的大响而破裂在台阶上。他们只有高声地念着阿弥陀佛了，然而这时却又袭来了大粪营长底一声恶毒的大叫。

这两个和尚，年轻的一个郭子龙听说他有家，不时地要回家去住几天。然而，他底表情，却要比那老头子和尚还要显得虔敬，他底枯疲的脸上有着一对发闪的小眼睛，遇着的时候，总是从眼角里轻轻地瞥着郭子龙。因此郭子龙特别的憎恨他，这种憎恨在空虚的生活中变成了肉体的痛苦，使得他一听见这和尚底正经的念诵的声音就想大叫。一个夜里老和尚病了，这和尚在独自念经，偶然地走开了一下，郭子龙就跳出了他底阁楼，把架子上燃着的两只蜡烛偷掉，而且吹熄了长明灯，爬到神座后面的灰尘里面去藏了起来。那和尚回来了，惊异地站下了。郭子龙从神像顶上摔下了一只破皮鞋，接着又摔下了一只。然后他尖利地大叫了一声。那和尚抱着头狂喊着奔出去了，第二天就没有再出现。他是骇得躲回家去了。郭子龙准备了更为新奇的花样在等着他，但好几天他一直没有来，这使得郭子龙非常失望，觉得加倍的空虚和痛苦。好几天来，只有那干瘦而迟缓的老和尚一个人跪在大殿里念诵着了，在郭子龙眼前是透出了一副凄凉的景象，他再也没有了开玩笑的力气。

这天黄昏的时候，老和尚似乎念诵得特别久，害着厌世病并且留连着他底幻想的郭子龙，吃了晚饭就回来躺下，当他底痛苦的情绪开始伸展开去，并且从这中间透露出回忆和幻想的图景来的时候，他就一面感觉到了老和尚底孤单、缓慢、低沉的念诵声。他特别感觉到这声音的孤单和寂寞的性质。周围昏暗下来了，蚊虫们在阁楼底残破的楼梯口怒鸣着。在那里，这英雄所建筑的防御工事，那些石灰、木棍和砖块，都已经被弃置了，在一个破烂的水桶上面却搁着一只烂草鞋和两只破碗，这是从码头边上收集拢来准备对那可恶的和尚——郭子龙称他为秃贼——进行袭击的。他躺了一下又爬起来，坐在他底破椅子上面，再不能想什么，只是呆呆地听着老和尚底悲凉的声音。他心里有了和人们——不管是怎样的人们——接近的愿望。他于是走下阁楼来，走过昏暗的、被星光映照着的院子，走到大殿里去，只穿着一件旧破的汗背心，站在那跪在神像前的老和尚背后。他听着外面的远远传来的街市底人声，觉得非常无聊，想跟老和尚谈谈话，于是他说：

“喂，师父，你一天要念好几遍吧？”

但老和尚不回答他，也不回头看他。这老年的、瘦小的和尚跪在那里，合着修长而干枯的手掌，闭着他底陷凹的眼睛，专诚地念着。郭子龙在无聊和扰不清楚的悲哀里觉得他很可笑。

“师父——究竟有没有菩萨呢？”

老和尚仍然不回答他，但他显然被扰乱了，敲起木鱼来，并且提高了他底无力的声音。他底颤抖、悲哀的声音弥漫在昏暗和寂寞中。郭子龙看着他，猜想着他年青的时候底样子，想到他也曾经历过快乐的青春和充满着渴望与精力的日子，可怜着他了。从这干瘦、卑微、孤独的老和尚身上找不出过去的生活底痕迹来，但他那颤抖的悲沉的声音中间却仍然含着对于什么东西的渴望。郭子龙一下子变得非常单纯了。

“跟他一样，我也并不是生来就是这样的！”他想。

老和尚站了起来，像是不觉得他在身边似的，进去了。郭子龙忽然想到地追着他问：“你靠啥子过活啊？”他也没有回答。于是郭子龙有一点失措，并且红了脸：这种情形在他是少有的，他仍然觉得无聊——觉得特别的无聊，在老和尚先前跪着的蒲团上坐了下来，呆望着黑暗的院子，一面机械地拍打着他底光赤的手臂驱赶蚊虫。

“我这个人究竟是为了什么啊！”他想，“一不为名，二不为利，年轻的时候想做大事业，后来呢，却是到处赶热闹！现在热闹赶完了，场子也散了，吓！”他想，“现在就是一匹丧家狗，他们喊：‘大粪营长！’我就笑！我但愿能回到老窝里头去，在几百年的烂草堆里躺下来啊！完结这空虚的人生吧！”他想——他底受着紧迫的心在吼叫着。在这个社会上——在这个破灭和新生交替的时代有无数的飘泊者，不仅是到处有他们底脚印，到处的祭坛上也都有他们底香火的；所有的善和所有的恶里面都有着他们底紧挝的痕迹。他们寻求物质的和精神的财富，和粗厉冷酷的环境相厮磨，结果所完成的大抵是一个没有名称的卑污而鲜血淋漓的人生。郭子龙无聊而虚空，没有朋友，没有工作，没有目的，他底场子散了。依着他底冲动的、迅速行动的习惯，他站起来向大殿后面走去，去找那老和尚，要去出家了。

他穿过一段漆黑的走廊，推开了掩着的破格子门，走到那正在吃饭的年老的和尚面前来了。这孤独的和尚底简陋的房间和他底晚餐特别叫郭子龙感觉到人生底无谓。这房间里面，仅有一张铺着一条破席子的凉榻，一张桌子和一张椅子，此外再没有什么了。特别微弱的灯光在它们上面照耀而摇闪着。板壁和桌椅都发亮，很洁净，郭子龙从来没有看见过这种洁净。那晚餐也同样的洁净，一片萝卜和一小碗冷饭，那老和尚坐在那里虔敬地吃着。

郭子龙顿时觉得自己是非常的渺小。纯洁、受苦、孤独的老和尚，是比他这个浑身血腥的人要神圣得多了。

“师父！”他喊，漂亮的唇边含着一个惶惑的甚至是稚气、害羞的微笑。

“阿弥陀佛！”老和尚说，合了一下掌，放下了筷子站了起来，惊骇地看着他。

他这才觉得太不像样了，只穿着一件破汗衫和一条短裤。于是他更加惶惑地笑着，红了脸。

“师父，对不起，我穿这种衣服，我说，收我做徒弟吧！”他说，生怕人家觉得他虚伪，做了一个恳求的手势。

"阿弥陀佛!"和尚说,呆看着这半赤裸、肋下和胸前生着黑毛、苍白的肌肉上蒸发着难闻的体气的好汉。

"师父,你老人家以为我是开玩笑吧?"郭子龙庄重地说,"过去,我的确开过玩笑,过去我太无聊了,这回我是绝对不开玩笑,我用……人格担保!"

他愤懑地红着脸,尴尬地笑着而闪出他底洁白的牙齿来。和尚沉默着。他在郭子龙眼里现在不仅是神圣的,而且是亲爱的——郭子龙渴望向他倾诉一切。

"师父,你听的懂我底话吧?我想你师父也许晓得我,是不是?"

"晓得的,郭福泰的儿子啊!"老和尚肯定地说。

"所以你是能够明了我的!你不以为我是一个坏人吧!譬如一个人落水了,师父,你是要救救他的吧?我从前年轻,不知道,不晓得利害,"他含着眼泪说,"老实跟你说,师父,我底良心跟我过不去!我做的坏事太多了!我看破了,一不为名,二不为利,我总是受人利用,其实我自己底心像小孩子一般的!真的,师父。"他用力地说,并且温柔地笑了,而他底眼睛是闪耀着欢喜的眼泪。这是他这么多年以来唯一的一个纯洁的时间。"一个人要看破人生,过一种干净的、受苦的生活!在我年轻的时候,我以为我会做大事业,打倒一切腐败的东西!我简直发疯了!可是呢,中国还是这个样子,我自己倒腐败了!倒是吴顺广做了那么多的恶反而享福!他还是大善人,大施主!靠穷人的血养肥起来——我倒不想过那种猪样的生活!"

郭子龙又愤激了起来。在他骂着吴顺广的时候,老和尚念了两声佛,显然觉得这是罪过的。但那意思又很暧昧,好像是,吴顺广固然有些罪过,然而骂他也是罪过的:大殿里的长明灯是因了他底施舍而点燃的。郭子龙停了下来,看着老和尚。他忽然觉得,他刚才要拜他为师父的人原来也是这样的卑贱而渺小。于是他冷笑着,闪烁着他底灵活而聪明的眼睛,叉着腰对着老和尚。

“师父，你收我吧？”

“阿弥陀佛，世事难说得很啊！”老和尚不安地说。

“那倒真是难说！”郭子龙说。“就是菩萨的事情，我看也是难说得很——怎样，收不收我这个徒弟？”他恶意地说。

“郭大少爷，你真是会开玩笑，嘻嘻。”

“我倒不开玩笑呢。我说菩萨的事也难说得很！姑娘婆婆信观音菩萨，这个观音菩萨我倒喜欢他一点点；不过你们左边那个大的、头上挂两块红布的男菩萨是啥子菩萨呢？”

“罪过罪过。那是地藏，地藏是救母的目莲。”

“我不喜欢它，肥头大耳的，恐怕还是吃多了。”

这样恶劣的玩笑，恐怕也只有郭子龙能够开得出来，而且他底态度还是一本正经的。老和尚惶惑地望着他：这个刚才非常动情地说着要出家的人。

郭子龙在这种恶劣的活动里，不再烦闷了，感到一股强旺的内心的活力。他继续着：

“你们那个年轻的秃子——他是你师弟吧？他有几个老婆？我看他天天要回家跟老婆睡觉呢。”

老和尚发出了一个恐惧的喊声，不断地摇着头。郭子龙底恶意的嬉笑的神情突然地转变为愤怒——露出了他底那一副漂亮的狞恶的相貌，从鼻孔里哼了一声，走出去了，并且猛烈地冲击着破烂的格子门。

他带着高扬的邪恶的心情走到街上来了。对于过去、现在和未来，他都不再感到哀痛，并且也不悲悔。他欢快而凶恶地投进了杂乱的人群。在这夏天的炎热的晚上，靠近码头的一段特别的热闹。从江里吹来的风摇荡着那些小客栈屋檐下的破灯笼，码头上下，零食摊子底灯光结成了朦胧而明亮的一片。敞开着胸膛，披着衣裳的兴隆场底人们懒懒地走着。有一处围着一大群人，里面在敲着锣鼓。郭子龙走到一个摊子上去买了两块钱的花生糖——却抓了人家一大把。他贪婪地吃着，在人们中间漫游，注意而又轻视地看着那些站在人家底门边的年轻女人们，想从她们里面找出一个姣好的相貌来，终于他觉得，这些小康的街市人家底女人们虽然也有好看的，但他对她们却是厌倦了。他渴望乡野里面的那个更原始、更愚蠢然而却更鲜活的女子，他渴望着何秀英。他憎恶一切市井生活，一切有知识或有经验的女子，他觉得，只有那从贫苦而愚笨的生活里出来的女子才会是一个完全柔顺的动物，这是他正在给自己准备的将来的生活里所需要的。在他底幻想里出现过一个懂得人生的、高雅的女性，但他自己也明白这是不能实现的，于是他就企望一个完全不懂得什么的愚昧的动物了。他觉得他应该死心塌地地去筹备将来的生活，在那种生活里，他将再不过问世事，再不爱好虚荣和受人利用，并且再不出门，也不做什么，只是恹恹地睡着，在那个愚昧的、除了爱他以外不知道别的的女性的动物底身边。

这个时候他已经走到了比较冷静的地方，看见十几个男女紧紧地围在一家门边。他走过去伸头望了一望，然后挤进去了。他首先看到了门里面点在屋子上首的一对蜡烛，接着他从屋子里的一簇人中间分辨出来：一个年轻的打扮得很整齐的姑娘端正地坐在桌子下端，背向着外面；上端坐着同样地穿得端庄的一对老人，两边则坐着几个其他的姑娘，但其中夹着一个十岁左右的男孩，郭子龙听见了哀哭的声音，不过后来他分辨出来了，这并不是哭声，而是歌唱，他马上就明白这是怎样一回事了。

他看不见那唱着的姑娘的脸，但是看见她底两只手在桌子边上不安地抓搔着。她底歌声是勉强而嘶哑的。坐在两边的女孩子们都在闪耀着她们底兴奋而严肃的眼睛。这是，在出嫁前夕，唱着和父母邻人告别的话。从前，兴隆场底女孩子们在十一二岁就学会了这些辞句和这种音调了，但这些年来这种风习逐渐地衰落，这种歌唱是很少再听得到了。它也就失却了先前的隆重的意义。郭子龙底一个死去了的姐姐，就是这样地唱了而出嫁的，那时候他才九岁不到。但现在他仍然记得，那个晚上他们底屋子里怎样明亮，酒席和客人怎样多，以及他那姐姐哀歌得怎样动人。那时候，郭子龙是也像这里的坐在女孩子们中间的那小男孩一样，坐在桌子上，等着姐姐向他告别。郭子龙记得他曾经受惊而大哭起来。

他听清了，那背向门外在女儿是在唱着：

“亲娘呀，女儿不孝请你多包涵！”

“女儿，要记挂爹妈！”母亲说，因女儿能唱出来而高兴，眼睛里闪耀着欢喜的眼泪。

“爹爹呀，女儿苦；在家不曾多奉侍。”

“要孝敬公婆！”父亲哑着声音简短地说。

“弟弟呀，”那女儿带着呜咽的声音唱，“你不晓得……姐姐心头多难……过！”

郭子龙于是看见了二十几年前的那个被悲痛惊骇而大哭起来的男孩——但现在这个男孩却不曾哭，他一动都不动。他母亲推了他一下，并且代表着他答应了一声。

那女儿停顿了一下。烛光摇闪着，屋子里和门外面都寂静着。郭子龙希望——他希望这个女孩是嫁给他的。他哭了，他感觉到她底悲痛，并且想到他那二十六岁就死了的姐姐，他希望这个女孩是准备嫁给他。他这个时间里太爱她了，爱她底悲苦的心，娇弱的身体，短的披在耳朵边上的头发，和那在桌边上惶乱地抓搔着的小手。

“还有乡亲邻舍姊妹们呀。”那女孩在寂静之后，在父母底紧张的盼望中唱了起来，并且举起一只手来托着下巴，向上面仰着头。她底声音真实而嘹亮了，虽然开头的时候仍然有一点颤抖。“这一去，不再似从前；这一去，泪往肚里流，油往心中煎；这一去，生儿，育女，有谁啊怜！”

“妹妹不难过了，得一个好当家的！”坐在右边上首的一个年龄较大的女子回答说，显然她是准备好了的。

“说是不难过，逢人说欢喜，粗茶粗饭不容易，方知父母养育恩……”那女儿仰着头急速地唱，重又失去了她底真实的声音。

“女儿呀，不难过！”

“妹妹啊，你真贤惠！”

这两个声音是同时的，然后又寂静了。郭子龙这时已经被后面的人挤进门来站着了，一面他虽然很想看见这要出嫁的女儿底脸，一面他却厌恶那些挤在他背后的人们。他觉得和他们挤在一起看这种无聊的玩意是可耻的事情，有伤他底尊严的。他虽然刚才哭了，但他仍然觉得这是无聊的玩意，这就是他底值得骄傲的地方。虽然刚才他太爱这女子了，但他又禁不住要想到她将来一定会变得恶俗而卑鄙的，生一大堆小猪一样的孩子。

但如果不是和这些人挤在一起，使他觉得自己已经降低到和他们同一等级的话，他是不会觉得眼前的事情是无聊的吧。他憎恶这些人们，还因为他们居然和他同样地受了感动。于是，在他们低声地叹息着，议论起来的时候，他愤怒了。

“现在是没得这种懂人事的姑娘了哟！”一个穿长衫、含着烟管的人慢慢地说。郭子龙回过头来，认得他是街上的一个唱戏的。

“这种姑娘，吓！”杂货店老板说，他最近又结婚，原来的一个女人被他赶走了，在办脱离的时候他还放了一大串鞭炮。

郭子龙四面看看。对于他底颓废的心，这些人只是一些不必要的，空虚的影子。于是他讨厌那个就要出嫁的姑娘了。杂货店老板又说起话来，甜蜜蜜的声音在他底颈子后面响着，他就转过身子来，大声地吐了一口。

人们都望着他。

“装腔作势，活见鬼！”他说，冲开人群走了出来。

“是大粪营长呢。”有人悄悄地说。

“哪一个说的！”郭子龙愤怒地叫。

人们畏惧他，不做声。

“这些毛虫，只配拿机关枪来扫！”大粪营长说，于是大步往前走去。……

但是他仍然充满了失败的，屈辱的感觉，他不尊重他自己，他重新厌恶极了，苦恼极了。

没有什么目标，没有什么感情是长久的，没有由坚忍而来的宁静，也没有由安心立命而来的镇定。这飘泊者渴望毁灭一切，他渴望凶杀、火烧、地震，在这种厌世的憎恨的情绪里他去喝醉了，独自地苦思了很久，然后一直奔到他底堂弟郭元洪那里去。他刚开口说话就暴叫起来，把那小船主打伤了。

十二

张老二因痛苦而变得迟钝。他觉得大的不幸就要来了，他相信吴顺广决不会饶掉他。他底精力衰退了，做一点点事情就要全身发软，这使他非常的痛心。他为何秀英去开垦一小块土地。这天早上，当他发着狠独自搬动一块两百多斤重的大石头的时候，他底左肩膊被扭伤了。他不肯承认这一点：他已经衰败。他对何秀英隐瞒着扭伤了的肩膊，偷偷地呻吟了两声之后，又去搬那石头，他一定要搬动它。可是结果他只能呆望着它，对它流着伤心的热泪。他格外地沉默起来，被证实了的他底体力底衰退深刻地刺激了他。他为何秀英难过，懊悔着他们的关系，她愈是渴望生活和发展，他就愈悲伤。他终于和她住在一起来了。她底生活有了目的了，所以，即使她损失了那么多，她仍旧是安静的。她不要求他什么，在他沉默的时候不要求他说话，在他谈论的时候也不像先前似地表示相反的见解。她不惊扰他底苦痛的心，甚至也不想知道它。她觉得他无疑的是高超的。在她底心里，他是完美无缺的尊严的，然而却又是一个被折磨、存着苦痛的心思的需要看护的可怜的人。

张老二多少次地去恳求他底母亲，说他已经是一个快四十岁的人了，应该自己有一个家；他希望母亲答应他，让何秀英到他底家里来生活。然而老人性情非常的刚愎，她不答应。十几年以前她曾经替他说过一门亲事，后来女家退了，几年之后又说过一家，但张老二却又不愿意那个女子，说她不老实。家庭败落了下来，就少了娶亲的机会，张老二底性情有时候又很特别，于是造成了现在的局面。老人不能原谅这个。就在去年，她还去替儿子找过好几次媒人，但何秀英插到这中间来，破坏了她底最后的希望。她始终觉得儿子是可以马上和何秀英断绝，结起婚来的，她觉得这是很容易的。她始终这样想。张老二受了这种打击，终于去何秀英那边住下来，并且对邻人们宣布了他们底共同的存在之后，她底受伤的精神就明显地失常了。一面她爱着儿子，害怕太伤害了他，一面她又不能同意这件事情：邻人们底意见使她不同意，而后来，邻人们又来劝她，要她就答应了算了的时候，她又没有办法答应了。何秀英始终不来拜见她，这一点是她心里的主要的困难，虽然何秀英如果来了，她也不一定就能克制自己不对她报复。在何秀英门前的吵闹之后，她一面憎恨她，一面却又害怕她。实际上她是害怕她底儿子，觉得对不起他，使他受了太多的苦。她负气地不理张老二，并且不许他再回来，一个人过活着，然而她心里又多么盼待他啊！她要听见他底声音和看见他底姿态！

“儿啊，你回来啊！”这些个早晨和黄昏，她呆站在门前眺望着田野，总是这样不觉地喃喃地说着。无论别人怎样地议论她底儿子，她总觉得他是好心，诚实，并且终究对她好的。

半个月之内，张老二回来过一次，但看了看屋内的东西，丢下了几个钱就走掉了。什么也没有说。他底脸上流露着他底顽强的要求和坚持。她当时是在战抖着，渴望抱他，但看见他居然这样，她又忍不住地对他大骂起来了。她和他同样的顽强。

突然的，这天上午，张老二和何秀英一道来了。这是在张老二扭伤了臂膀以后的第三天。何秀英，在占有了张老二之后，希望能解除他底痛苦，同时在可怜着这个失去了儿子的老人，她自己提议要来。

对她底这个行动里面，张老二看见了自己底痛苦的生活底生机。他觉得母亲这一次是决不能再拒绝了。

他欢悦地猜想着何秀英要怎样办，怎样对待他母亲，可是却没有猜想到他母亲会怎样办。老人正在喂猪。她转身出来，看见他们，呆站着。后来她忽然有些慌张，对着何秀英客气地，非常客气地笑了起来。

“哎哟，请屋头坐呀，”她说，慌张地向里面走去，又转过身来招呼了一下,“你看,第一次上门,连一口茶都没得!”她兴奋地红着脸说,并且挪动着她底小脚,无意义地从桌子这边跑到那边。在她底这意外的情绪里,她底儿子也变成了她底客人,她对这客人觉得抱歉、羞怯、不安。显然的,她忘却了她自己和她底那些看法了,她屈服了,并且因儿子和何秀英底行为而觉得受宠：和一个小孩子完全一样。在生活底进行中,冰冷的观念,外来的影响和阴沉的情感都一起解体了。

“妈,你对我太好了!”何秀英说,伏倒在桌子上,哭了起来。

张老二对着这奇迹一般的景象迷惑地笑着。当这种景象完成了的时候,他绕过桌子走了过去,嘴唇颤抖着,用他底闪着光的张大着的眼睛对上面的“天地君亲师”的牌位看了一眼,在泥地上跪了下来磕了一个头。

邻人们默默地围在门口。这乡下人感觉到,他已经回来了。他,是他们中间的一个;是他底辛苦的祖先底继承者。他站了起来,仍旧对着上面的牌位呆看着。

“我底好儿子啊!”母亲哭着叫。

“妈。”张老二喊,大声地抽泣着,发出了嘶哑、沉痛而甜蜜的哭声。

何秀英住到张老二家来的第三天,乱石沟的王合银女人追来吵闹了。他是想逼迫张老二拿出一笔钱来,因为,依照规矩,何秀英是王家的人。这事情一直闹到茶馆、闹到镇公所里去。王家底人不承认这婚姻,他们觉得对不起死去的王合平。闹了好几天之后,经过年老的族人们底调解,张老二答应了请客。他很痛苦,他觉得别人底理由是对的。

这纠纷使张老二母亲动摇了,她重新觉得何秀英是一个很坏的女人。这纠纷使她受了大的侮辱：王合银夫妇在茶馆里坚持着他们底道义,把何秀英说成一个无耻的女子,她也就觉得她是无耻的。他们底道义的立场也就是她底。第二天从茶馆里回来之后她拉着她底儿子谈了很久,问他说,他自己觉得何秀英是怎样的女人,这件事情是不是将会使得人家看不起他家,并且劝他依照规矩。后来她说，如果不照规矩做，她将不能答应这件事。

邻人们来探听这件事底结果，替她叹息，她们都说，她早就应该叫她底儿子结婚，或者至少依规矩做的。她们说，像那样跑回来住下，说几句话，并不能算做正式的：她对何秀英太好了。

邻家的女人们不高兴何秀英，她底莽撞和强横的态度首先冒犯了她们。其次，何秀英不曾对她们低头，更不拜访她们。这是老旧的规矩，即使正当的婚姻也是如此的。这也是一种沟通互相的感情的必要的行为。人们觉得何秀英太高傲了。“一个养媳妇出来的东西，有啥子了不起呢？”

王合平哥嫂，王合银夫妇底立场获得了广大的同情。他们底目的只是打击、压迫何秀英和张老二，他们被这种感情，被对于死了的王合平底同情激动着。这种行为底具体目的是怎样，他们自己现在也并不去想。主要的，他们是过着痛苦的生活，他们不能让何秀英太自由了。如果他们放开这件事不管，这个社会会把他们当做无用的，没有良心的人的。他们得到普遍的同情，他们底条件就越苛刻了。他们说，光是请酒是不行的，必须拿钱给王合平家，必须拜祖坟，替王合平放焰口，等等。

张老二沉默了。但何秀英做着强烈的反抗，她在茶馆里大声喊叫，她说她一样都不做。第三天早上王合银夫妇请了吴顺广出来裁判，张老二和他底母亲都被压倒了，但是她，何秀英反抗着，大叫着，哭闹着，因为她简单地觉得她是对的。

她底行为引起了旁观的人们底大不满意。

烧窑工人王合银，矮瘦而庄重的人，和他底肥胖、粗野、骚动的女人坐在一起，脸上含着感动的悲苦的神色，看着吴顺广。脸色铁青的张老二呆坐着，他只好等着人家来判决他，只有王合银女人和何秀英在说着话，她们两人都在大声吵叫着，她们相骂起来了。

吴顺广听了一下，终于叹息了一声。王合银女人静下了，但何秀英仍然在叫着。

“这个女人！吴大爷要说话了！”一个旁观的男子说。

“吴大爷说话管我屁事！我又没有请他吴大爷！”何秀英向着他愤怒地喊，“我未必连自己底事都管不住！我说，吴大爷，”发觉到吴顺广底脸色不怎么好看，她慌忙地向着他说，“我何秀英又没得哪点对他王家不起！打十四岁进门起，哪一件不是我做苦力做下来的，不说别的，一年有半年田地都是我种的，他王合平就是在外边闲耍！动不动还要打我！孝敬公婆，管家，哪一件都是！”

“女人，你少说一点好不好！”王合银严厉地说。

“我要说！”何秀英大声叫，但随后沉默了。吴顺广轻轻地笑了一声。

“这事是不合规矩的！”他冷冷地说，“女子是王家的人，该听王家底支配！”

“吴大爷，”烧窑工人感激地说，“我本来不想管这事的，这事有哪些好处呢？不过我看不过，我受不了人家把我那可怜的王合平摔在一边。吴大爷，国有国法，家有家法，是吧？”

“那是。”地主说。周围的人们里面发出了一声宽慰的叹息。

何秀英在兴奋和骚乱中不曾听清楚王合银底话，但觉得这是极厉害的话。

“哪个都管不倒我，我说的！”她大声说。

“张大妈，听见了吧？”一个年青的女人，高兴地向张老二母亲说。

“你们都是结成一伙的！”何秀英说，觉得这话很说中了什么，就又重复了一句。

“张老二，你底意思怎样呢？”吴顺广冷冷地问。

“听吴大爷底好了。”张老二冷酷地说。

“放屁！”何秀英大叫着，“一件都不答应，一件都不，我们不怕！”

“不要脸！要是我才不好意思。”王合银女人说。

“你才不要脸，想发洋财！”何秀英叫。

"我是说,"张老二颤颤地说,两只手在桌上乱动着,"规矩,是要依个规矩的,我总要……对得起他王家!我说请酒了,这样又不是……我是说的!"他困难地说。

"这就对得起王合平了?我怕王合平底死鬼要来找死你们!"王合银女人说。

"找死你!"何秀英说。

张老二母亲,在这种场合里,显得孤零、痛苦、害怕。她底烂的破长衫拖在凳子后面,一直拖到地上。好几次她说什么,但谁也没有听清楚,而且也不要听她。这次她又忽然地奋激起来,叫喊了什么,同时张老二焦急地开始说话,但吴顺广底动作把他们都压下去了。

吴顺广严厉地对张老二看着。他从这乡下人底痛苦、战栗的神情里看出了曾经骚扰过他底办公室的那一团仇恨的火焰。

"张老二,你要说什么呢?"他问。

"吴大爷,这是不公平的!"张老二说。

"不公平?那怎样才公平呢?说了,"吴顺广严厉地说,而且违反了他底本意,愤怒地颤抖了起来,"不拜祖坟,不放焰口,不请酒,女子就不是张家的人,就是通奸、私奔、拐带人口,依法论罪!"

他站起来了。在张老二说话之先,何秀英叫了起来。

"就是通奸,就是私奔,就是拐带人口,关你吴大爷屁事!"

"好!"走进茶馆来的郭子龙叫喊着,使得人们都回过头去了。

"我自己管——我们自己管我们自己,死也我们,活也我们,用不到别人猫哭耗子!办得到的是个人情,办不到的是我们自由,我对得起王家,不论哪一点,我对得起王合平,他打我,骂我,我忍气吞声……"

由于突然的恐惧和悲痛,觉得自己孤单,可怜,她哭了起来了。她大叫着冤屈,一面感激着郭子龙底同情的注视,对他看着。

郭子龙走了过来，讥讽地笑着。

"我看不必再欺侮一个女子了吧！"

"郭大少爷，他们都欺侮我啊！"何秀英大叫着。

"郭子龙，"吴顺广严厉地说，"这不是你底场合呢。"

"不过你吴大爷心肠慈悲，"郭子龙说，"就成全了别人吧！"

对于郭子龙底这种讥讽的、优越的态度，吴顺广觉得很苦恼。他觉得郭子龙，这聪明而厉害的角色已经看破了他底企图：他想从这件事上面夺取张老二底田地。因此他颇有点失措了，奇特地红了脸。

"哪个要你多管闲事的！"他说。

"吴大爷慈悲呢。"

"少胡说！"地主老爷说，皱着眉头看了大家一眼，走出去了。

"张老二，你们跟我走！"郭子龙简单地说，变了脸色，凶恶地向着王合银夫妇看了一眼，于是张老二、他底母亲和何秀英，在静了一下之后，就服从了他，站起来跟着他出去了。他很得意他拯救了这一对不幸的男女，而且在侠义的感觉之外还有一种浪漫的念头。王合银夫妇不敢作声，只在他们走出去了之后，王合银女人才叫骂了起来。

郭子龙一直送张老二他们到田野里面。可是显然的，他并不真的关心他们，他也不能把他们从苦痛的地位上救出来。相反的，他底行为加深了他们底不幸。不仅王合银夫妇仍然不断地来吵闹，并且邻人们一致地和这个家庭断绝了。他们觉得这是一个肮脏、堕落的人家。再没有爱好闲谈的女人们到他们家里来坐坐了，并且大人们禁止着他们底孩子往这边来。这使得张老二母亲非常绝望。

张老二明显地有点挑不动这个担子了。何秀英却变得格外凶恶。她始终不懂得别人为什么要仇视她。

在平常的生活中，除了这些勇往直前的、充满着强烈的活力的女人们以外，很少人能抵抗得了社会底仇视。一般的男子们都不能抵抗这个，他们底负担看来是太重，他们底心情太复杂，在他们底看来是坚强的双肩下面，多半是藏着一个软弱、暧昧的灵魂，在苦痛中他们变成了麻木的和冷酷的。张老二开始害怕何秀英，害怕她底毫不害臊的嘹亮的声音、敏捷的动作、吵叫、大笑和大哭。当他底母亲用冰冷的脸色表示了她对何秀英的憎恶和对于这件事情的悔恨的时候，他同意了她。

冲突还发生在对于权力的争夺上面。何秀英喂猪，洗衣，做饭，操劳一切杂事，把老人迅速地扔到一边去了。本来老人希望有这样的一个媳妇，这是很明显的，但现在情形却不同。张老二母亲觉得何秀英在她底家庭里的存在是罪恶的，她不能让自己顺从她底统治，并且邻人们底眼光也讥笑着这个。开始的时候何秀英完全是出于习惯和热心，她要"婆婆"好好地歇一下，欢欢喜喜地过她底日子。所以，当"婆婆"忽然地冲出来打击她的时候，她觉得非常的意外。

张老二母亲没有事情做了，也没有脸到别人家里去谈天，整天地枯坐在那里。这违反她多年以来的习惯的，所以她简直觉得自己是病了。她明显地觉得这种状况比先前的还要可怕：她更是孤独，更是失去了她底儿子了。这也是多少年来张老二不曾结婚的一个原因：他明了他母亲底这种固执的性格。现在事情到了这个地步，他觉得他完全是被她牺牲的，于是对她不再隐瞒他底恶劣的感情。他觉得他已经为了她而做了一切了，再要怎样，他就无能为力了。他憎恨这种处境，对于何秀英底无知的吵闹和母亲底阴沉的沉默他同样的憎恶。

只有何秀英看不见这一切。她也不想看见它们。她顽强地把持着这个家庭。

这天上午，张老二挑了两斗米上场去了，他去缴租。这是三天前才颁布的法令，上半年的租每家限五天内补缴两斗。别的人家都还没有去缴，但张老二害怕人家找他底麻烦，因为管理田粮的是吴顺广家里的人。他拿出这两斗米来是很不容易的，事实上，他底家庭已经到了绝望的境地。床肚下面总共只有五斗多米了，还要两个多月才是秋收。而秋收底景况又是可以预见的，已经欠了几千元的债，欠了王华卿家两担谷子，从大前年以来就一直没有还清。好几年，他只有开煤坪的王华卿家可借了，虽然这简直是割自己底肉来吃。王华卿家放债甚至比吴顺广家还要毒辣些，比方他所欠的两担谷子吧，一年以前借进来的时候不过是三斗多米。多少年来，这穿着破衣、吞着糠谷的乡下人梦想着偿清债务，买一头牛，独立地耕着自己底田地的美景。这美景愈来愈远了。半年来他指望过何秀英底田地，指望过她底独立的劳力，还指望过上天和地主老爷底宽仁，现在迷迷胡胡地达到了这一个结果。他明白地主老爷再不会对他宽仁了，他明白向邻人们告借或者向王华卿借贷都再不可能了，他底心里阴郁而焦躁。好些天没有落雨，被吴顺广家糟蹋掉的一片田地一直在光秃着，别的一些也长得很坏。在这稀落地生着稻子的愁惨的田地边上，吴顺广底眼睛四面八方地瞪视着。没有一刻不在惊惧中生活，害怕着镇公所底绳索：这就是他底生活。听到了保长底加租的通知，这诚实的乡人一整夜没有睡着。他憎恨他底身边的何秀英底香甜的鼾声，一面他听着他母亲在外面的破竹床上的翻来覆去的声音和急剧的咳嗽声。这乡下人想到他底土地和家庭而哭了。半夜里他披着衣裳起来，检视床下的米桶里的米粮，并且计算着他身边的钱币：所有的破烂的钞票不到两百块钱。他可怜那咳嗽着的老人：她不知道她在过怎样的生活，长年地穿着破衣，奔忙而操劳，不知道那在等待着她的是怎样的命运。从天窗里照进来的星光描出了何秀英底丰满的、平静的脸：她什么也不想，完全确信她自己，在这破床上安息了。张老二打开门走出来，到坡下去察看他底田地，在黑暗中呆站了很久。

一早晨他就去缴粮。吴顺广手下的人，一个穿绸衫子的青年告诉他说，吴大爷吩咐的，张老二底粮暂时不收。他于是一声不响地挑了回来了。

而他底家里正在暴发着争吵。沉默了很多天的老人，当何秀英在外面因一只小鸡而和邻家争闹了回来的时候，从灶间里冲出来对她大叫着，要她检点一点，要她晓得她是一个不规矩的女人。

“婆婆”实在忍不住了。儿子在夜里的苦痛她完全知道。她冲着何秀英的脸大叫着，像发狂了似的。何秀英站着呆看着她。当她懂得了这个打击的时候——她所怀抱的那些念头是多么稚气啊——她就无助地哭起来了。后来她大叫起来，说她自己倒并不想到这个家里来的，她可以走掉。

这时候从围着的邻人们里面挤进了疲劳的张老二。他站了一下就向何秀英走去，什么都不说，并且什么表情也没有，打了她两下耳光，然后抓着她底头发把她往墙上撞去。

何秀英短时间停止了她底叫骂。在这时间里她想着一件事情：张老二终于打了她了，从前她以为他不会的。她是这样爱他，所以她决定不反抗，让他自己去后悔，痛苦，并且她也非常害怕他。

张老二继续毒打她，她跌在地上又爬起来，她底含着泪的眼睛里充满了怨痛的悲苦的神情。她心里还充满了感激，觉得自己生来是挨打的，有错的，罪恶的，应该承受。

张老二静下来了，扶着桌子站着。

“你打死我就是啦。”何秀英用低弱，凄凉的声音说，落下眼泪来，但没有哭出声。

张老二觉得自己错了。何秀英底声音使他明白自己错了。可是他不但不能承认这个，他还希望当着邻人们底面表示他底正当：他要表示，原来他就不爱这个“坏女人”的。他于是又向她挥拳。他明显地感觉到邻人们对他底行为的赞赏，在邻人们面前，他重新是一个孝顺的儿子和正当的男子了，这正是他所希望的。

“我是说你打的。”何秀英凄凉地说，仍然那样安静，从地上爬起来，甚至还凄怆地笑了一笑。

张老二突然地转向邻人们。

“走开，没得好看的！”他愤怒地叫。他自己不懂得他底这个行为底动机，他只是觉得憎恨人们。

人们散了开去。这家庭，在正午的明朗的阳光下，统治着静寂、阴沉的空气。只是何秀英底唇边仍然挂着那个混合着凄凉和讥刺的笑容，她满脸青肿，头发凌乱，呆坐在门槛上望着坡下的田野。

十三

当郭子龙那么嚣张地来到兴隆场的时候，吴顺广是有些戒惧的。后来郭子龙整个地暴露出来了，吴顺广就施用着中国底老战术，冷了他一下，慢慢地销磨掉了他底激动的热情，给了他一个半明半暗的地位，把他变成大粪营长，然后就把他俘虏过来。郭子龙是这个社会里的一件颇为漂亮的烂货色，他从来都缺乏持久的感情。变成大粪营长以后，他就不断地向地主老爷伸手借钱。吴顺广总给他，并且对他显得很友爱。这一天，吴顺广忽然地来拜访了他，很亲密地和他谈起他对乡保队长向赓云底不满来，并且赞赏地说，他，郭子龙，正是乡保队长的好人材，如果不太委屈了他的话。

郭子龙很矜持地沉默着，他就没有再提了。接着他表示，他很希望郭子龙能替他帮忙做一两件事情。他说，最近他底煤矿和同在刘家坪的另一家由外省工程师经营的煤矿发生了冲突，对方用新方法经营，此外还出高工资吸引工人，以致他底煤矿受了很大的损失。有一部分工人本来是工会的力量压制得住的，但最近向赓云和那外省人煤矿勾结起来了，而且向赓云还做了那煤矿底股东。地主老爷最后说，他希望他，郭子龙，能替他想一个法子。

郭子龙仍然很矜持，但吴顺广对他这样亲密，他实在是非常感动的。他也渴望有一个机会，能使他从疲倦中站起来，去施展他底英雄的才干。

吴顺广接着又说，他很希望把张老二底田地买过来，希望他，郭子龙想一点办法。

郭子龙沉默着，可是他并不觉得意外。在他底感情上，对于张老二的同情已经被对于自己底新的地位的渴望扫除掉了。在这种孤立而盲目的人生里,人只因自己底利益而感动,人只赞赏或同情自己。并且,是吴顺广在支配着他,而张老二却是在他底生活之外的。那愚蠢的乡人底可怜的道德观点,不能适应他底上流人物的英雄行为。他所难过的,是张老二曾经那样的崇拜他,把他当做过去的慷慨而善良的地主底象征。在这个时候,他听见张老二举着酒杯对他说的话:“你请一杯,请!要是你郭大少爷是我东家就好了,你对下人多好的啊!”他底脸上有一种古怪的、感伤的神情。

“这件事难办吧!”他说。

“那你自己看着办吧,子龙,”吴顺广亲密地说,“办不到的就不勉强,我不过是说一说!”

地主老爷发出虚伪的嘹亮的笑声来,走下了这英雄底洞穴底破旧的扶梯,整个的楼板都震动着。在从前,年轻的时候,郭子龙讨厌这种笑声,不能忍受它底虚伪,可是到了现在,他就很满意这种笑声了,因为掩藏着的总比揭露出来的要好些。他已经没有那样的精力来感觉生活,并且给自己选择道路。他是湮没在这浑沌一团中,而爱好着懒惰者底柔情,迟笨的乡下的这种实际的昏沉的生活。如果他还有对于急剧运动的需要的话,那是因为他还不曾找到一个安稳的眠床,使得虚荣心得到休眠和长睡的缘故。地主老爷底亲密使他高兴,他也无法抵制这高兴,但他所处的明显的微贱的地位可使他觉得恼恨,不过地主老爷很小心地在替他遮盖着这个罢了。吴顺广走了以后,他就在他底阁楼上长久徘徊着,苦恼地沉思着。他底沉重的步子使得阁楼简直要倒塌,他愤怒地用他底大拳头捶击着墙壁。他想,无论如何,他总要比这庸俗的地主、饭桶、伪善家要高得多,无论如何,他是有灵魂的,并且他是高超的,难道他真的就要来听这些家伙底支配吗?难道他真的到了穷途末路了吗?

他到兴隆场来究竟是要干什么的呢?现在他不能回答这个问题了。那么,他就没有别的地方好去了吗?想到这个,顿时他就有一阵兴奋，一种海阔天空的坚强的感觉，但立刻，这种感觉消失了：他还可以到哪里去呢？

这种感情来了又去了，这种青春的感觉，这种年轻的英雄的抱负。他站在楼窗前，觉得非常之悲哀。他仿佛一个老人，这老人在凝望着过去的、再不能回来了的时间。不管过去有多么痛苦吧，他要找它回来，英雄郭子龙不甘心承认自己底衰颓，他想，如果他真的老了，不行了，他就自杀。

他同时对什么也不屈服，对什么也不低头，他是高超的，他底恶行都不是罪恶，他底慷慨也都不算善行，不能用庸俗的规范来束缚它们！

"我真的，真的想娶一个蠢货女子，在乡下一点声音也没有地躺下来吗？"他想，微笑着，一面在一种沉醉的感情里弄着他底手枪。"难道我底使命就是这个吗？难道我不能为国家民族立功了吗？难道我不能再掌握权力，享受一下人生吗？不啊！——这个就是生我养我的兴隆场呀！我要走这里再起来革命！发动一个革命，中国需要一个革命，革命啊！"他底心狂喊着。"把一切，把他们都杀光，千军万马开过去，扫荡一切！中国太弱，太愚笨，太黑暗了，中国必须这样的革命！"

他心里激荡着这样的热情，他发着冷战。这并不全然是空洞的。他决心去利用吴顺广，夺到乡保队，然后夺取这一片土地上的权力，这才是英雄底道路。

在这样的奋激之中，他就去找了吴顺广，告诉他说，他所要求的事情他都办得到！

这事情是发生在张老二和王合平哥嫂在茶馆里闹纠纷以前的几天。他底精神上的强大而优越的感觉使他在茶馆里援助了张老二，这样奇特的一种援助！但吴顺广却真的对他让步了。

他出现在刘家坪的矿山上了。刘家坪原来一共有四家小的和中等的矿场，但另外两家已经被吴顺广并吞了。这都是一些看起来毫不足道的小矿坑，不懂得经营的郭子龙对于这样破烂的矿坑能够产生那么多的财富，是觉得非常的惊异，他也非常轻视。那些在地面上和矿坑里爬着的赤身露体的矿工们，叫他觉得喜悦而又悲愤。他喜悦，因为人类果然是生活得这样卑贱；他悲愤，因为这些卑贱的人们都是吴顺广底奴隶。他在他们中间皱着眉头傲慢地穿行着，他喜悦，因为他是来决定他们底命运的。他随手拖住了一个爬过他身边的、拖着车子的矿工。

"你起来，我跟你讲话！"

这矿工是一个很瘦小的青年，全身都是煤屑和泥污。他抬起头来毫无感觉地看着郭子龙。那一对明亮的眼睛是冷酷的。然后，他又向前爬去了。

郭子龙看着他底光赤、黑而发亮的身体在泥地上挣扎而蠕动着。陆续有矿工们，年老的和年青的，在他底脚下爬过，所有的光赤、黑亮的身体沿着沟道连成了一条蠕动着的长线。

"原来是这样的！"郭子龙轻蔑地想，"我从来都以为只有当兵才能杀人，哪里知道这里杀了人还要发财，还要被人尊为慈善家哩！"

他带着快意而狞恶的心情来研究吴顺广交给他的任务。刘家坪矿坑底出口都在十里外的嘉陵江边，吴顺广底工会能统治大半的工人，但最近即使这大半的工人也在对方的高工资下动摇了。而另一部分挑煤的工人，都是山里的乡下人，偶然地来赚几个钱的，吴顺广底工会更没有办法。吴顺广既舍不得拿出钱来去和人家竞争，又不想改良自己底矿道，而人家则是由美国资本支持着，预备在三年之内建立现代化的规模的。最近一次政府举办的矿业贷款——吴顺广底主要的目的——就大部分落到人家手里去了。

吴顺广显然是没有什么办法。他，郭子龙，却必须利用这种情况一下，但他实在也想不出什么办法。他在刘家坪和附近的路上徘徊了一整天，呆看着那些从他底身边呼吼着而奔过去的成群的挑煤的苦力，他底心情由昂扬而变为沮丧。

在沮丧中他觉得替吴顺广当看门狗没有什么意思，而且一个乡队长底位置究竟也是非常渺小的。一切都是命运，过去不能成功的，现在、将来大概也不能成功。可是他底心不能被安慰，他觉得非常之焦躁，急迫地要求着使自己底处境明朗起来。

“说好了，”他向吴顺广坚决地说，“要是事情办了，你得还我田地！”

“何必这样说啊，子龙！”地主说。

“要说的，老兄！我不是你底看家狗，对不对？”

“试试看吧。”

“那你就叫人给我拿二十斤火药来！”

第三天早上，刘家坪底外省人的矿坑里发生了猛烈的爆炸，爆炸是从水闸边上发生的，炸死了拖着重载爬过这里的两个矿工，并且使得大半个矿坑被水淹没了。

这就是郭子龙底英雄行为。

十四

非常酷热的七月的一个中午，王华卿来向张老二要债。这乡人是到了连哀求的话都说不出口的地步了。为了避免看见这乡人底贫苦可怜的状况，老头子王华卿就在门口叫嚷了一大篇关于道义的话，可怜着自己，最后拖去了张老二底两只半大的猪。张老二母亲哭闹着，何秀英追赶上去拚命地吵闹着，弄得王华卿老头子非常狼狈。他本来就拖不动那两只猪，全身都汗湿了，那站在坡边上的烈日下的人们，特别是人们中间的几个强旺的青年，又都在拍着手大叫着，嘲笑着他。他愈恼怒，狼狈，青年们就愈是叫得高兴。这时候何秀英又大叫着向他扑来，他抗拒的暴跳的姿势引起了更大的哄笑。他觉得和一个女人打闹是有失尊严的，而且他实在也敌不过何秀英，于是他就红着脸大骂，跳脚，何秀英却从泥田里抓起一大块烂泥来，砸在他底肩上和脸上了。

满脸都沾着烂泥的王华卿老头子激怒了，跳了起来，希望用他底烟杆来打何秀英，但却又一脚踏在稀泥里，滑倒在地上。在人们底大笑和鼓舞中，何秀英拖回了那两只猪。但这一次老头子却拚命似地冲了上来，抓住了她底头发。他们打了起来。坡上的和乱草中的小孩们喊叫着，并且对王华卿投着石子。这时候张老二走出来了。

首先他害怕何秀英底这种狂暴的行为会给他惹出祸来，其次，他，诚实的乡人，觉得王华卿的要债并不错。主要的，他因何秀英底行为而痛苦，因为他觉得一个正经的女人不应该如此，因为何秀英毫不羞耻地做了青年们底调笑的对象，虽然这调笑是出于明显的同情。那些青年们投射在何秀英底身体上的贪婪而快活的眼光，叫他感到了他自己底生活底整个的不道德的性质——他觉得是这样。在和王华卿厮打中，她衣上底扣子脱开了，在阳光下，她底丰满而流汗的肉体闪耀着。她底红赤的、紧张的脸上，焕发着整个的青春底大胆而贪婪的力量。张老二忽然想到，如果不是由于一时的机遇，这个女人是不会跟他结合的；她也不爱他，她不过爱着他所能给予的生活罢了。

这个想法激动了他。他从乱草中走下去，对她大叫着，要她停止。他是带着严厉的家长底态度。

可是何秀英不理会他。她底那种斗争的热情把她整个地吞没了。

“好呀，何秀英，漂亮呀！——走他底肚子上打！”一个青年高声叫着。人们哄笑起来，张老二想到，好些时以来，就有一些无聊的青年到他底门前来唱那些淫荡的小调，于是他一直向她冲去了。

“叫你住手！”他大吼着。

“你管不着，我偏不住手！”何秀英对他大声叫，她在兴奋中被激怒了。

人们里面又叫着好。张老二发白了，眼睛闪烁着，野兽般地四面看了一下，向她扑去，拖着她底手臂把她扭了过来，开始捶打着她。

这一次她反抗了，因为她是这样的屈冤，并且，她已经不觉地依赖着那些对他喊好的青年了。她觉得张老二是一个可恶、无用的家伙,简直不配生活。她在沉默中还手,和张老二对打了起来。这时候,脸上被抓出血来的王华卿就拖着那两匹猪走掉了。

张老二母亲奔了过来,同样地忘记了猪,加入在他儿子底这一边。何秀英被打在地上又爬起来,可是她仍然不作声,她恨极了这个张老二,对他扑击着。

青年们吼叫着援助她,但女人们、老人们却都说这个女人该死。张老二拖着她底头发往上面走,走到坡上的时候她突然又反抗起来,于是张老二在她底左耳门上打了一拳。

人们看见何秀英,敞开着汗湿的衣裳,像一块石头一般倒下去了。

人们静默了一下。有一个年轻人走了出来,大叫着说,不应该欺侮人。接着又有两个人叫了起来。张老二对他们愤怒地看了一眼,走了进去,但不知道要做什么,呆坐在那里。

张老二母亲叫着说,她是装死的。这时何秀英正在苏醒过来,睁开了眼睛,望着刺眼的辉煌的天空。很久很久她这样望着,仿佛没有感觉。她是罪恶的女人,没有任何人出来扶助她或给她一点水喝。先前的那个青年,蛮横地披着衣裳,重新又叫了起来,但被他底母亲从背后捶了一拳拖开去了。

何秀英在酷烈的太阳下坐起来了。她拿两只手撑着地面,慢慢地站起来了。于是,她静静地向着坡下艰难地走去。她无力地蹲伏了一下,又站了起来,朝她底从前的家走去了。

张老二顿时被绝望吓昏了。他不能失去她,不能负担这个仇恨。虽然好些时来他简直希望她死掉,可是现在他明白,他完全是为她而生活的。他于是从屋子里冲出来,一直向她追了过去。

"回来!回来呀!站住!"他严厉地大叫着。最后他追上她,抓住了她。

"你到哪里去?"他可怕地问。

"我不得再回去的,告诉你。"她说。

然后她重新往前走去，显得是无可挽回的样子。因为人们在旁观着的缘故，张老二只好走了转来，但他在走进门时投给他母亲的那憎恨的一瞥是令人战栗的。晚上他到她那里去了，并且给她带去了她底一切东西，他哀哭着求她原谅，但是她回答，别的都可以，要她再去跟他母亲一道生活，那是办不到的。

于是这乡人落进了非常痛苦的境地。他不能丢下母亲，同时也难过着他没有为了何秀英而请过酒。王合银夫妇仍然不曾放松他，这件事情他觉得非办到不可。他不断地哀求何秀英，要她转来，并且对她担保以后再不许母亲干涉她。但是何秀英不答应。而这时候他又已经到了靠卖冬衣来过活的悲惨的景况，这乡下人再无力照护他底田地，也不再想到将来，他底心焦灼而昏热，他被这一团风暴撕裂了。

他不再能安静，充满了恶劣的感情，他仍然希望何秀英和他母亲一齐都死掉。“反正总有一天要完的！”他想，于是就喝酒，喝得那样疯狂。不久他就只剩下一个憔悴的人形了，失去了先前的尊严而凝固的姿态，眼里闪耀着狂热的，野兽般的光芒。

他奋斗了这么多年，什么都不曾得到，现在他失去了奋斗的意志了。“我想买一匹牛，”晚上，在露天下喝着酒，他说，不管是否有人听他，“我多少年想买一匹牛，天不叫我买，我就在想，有一天他们来拉我当壮丁，一看，我老了，爬不动了，不行了，他们就把我推在泥巴里头，不要我。”于是他悄悄地凄凉地笑了起来。

同样地，他说：“今上午我到地里去了，我想，要收谷子了，都黄了呢。再一想，收他妈的瘟，收起来还不够给别个！我不干了，从今以后，我不干了，我要去讨饭！”

有的田地已经收割了，但他还不动手。忽然的一天早晨，人家来告诉他说，吴顺广家正在割他底谷子。他跑去一看，果然田地光了一片，堆积着凌乱的谷秸；但吴顺广家的人已经不在了。他呆站了一下，走回来，跌倒在地上。

他简直想杀人。可是他却没有勇气再去找吴顺广吵闹：吴顺广手下的人通知了他一声，说所割的稻子是补缴上年的欠租的。那么，果然人家那时候不收他底租是有着阴谋的了。他一句话都不能说，活不下去，他就不断地喝酒：把小鸡、旧衣裳、农具都拿出去卖掉。

这天下午，他到何秀英那里去，非常动情地对她说："我对不起你。我总归要请个酒，重新为人。"他底眼睛里闪耀着凄凉的眼泪。后来他走回家来，坐在门槛上，长久地想着这请酒的事。而这时候，他底母亲却站在屋子里对着那破烂的冰冷的锅灶，望着家里没有米，这锅灶已经一整天没有冒烟了。她是几十年来，半个世纪以来都是在它们面前劳碌着的，她是只有在它们面前才觉得愉快和安宁的，所以这简直是斩绝了她底生机。张老二小时候是一个愉快的、贪吃的小孩，总是一到中午和黄昏就呆站到灶前来，她于是就瞒着人们让他先吃一点，一面痛惜地责骂他。那些时候——只要锅里还能有一点食物，站在刺鼻的柴烟里她是多么幸福！真是再没有比张老二还贪吃的孩子了，即在现在，三十多年以后，她也还能清晰地回忆起他底发胀的肚子，他底那一双贪婪的大眼睛和拖在嘴唇上的两条鼻涕！特别是冬天的黄昏，那些晚餐是如何的美丽啊。可是现在一切变成了这种样子！……

张老二听见了她在里面走动的声音。可是没有什么感觉。他差不多有一点疯狂——他决心弄钱来请酒！于是他走进屋去，抢起了床上的一床棉被和几件衣服。老人走过来，一声不响地看着他，他也感觉到，可是不回过头来。他抱起东西来往外走，被她叫着拦住了。他一定要冲过去！于是推开了她。她拖住他，他惨白地战栗着，突然地丢下了东西而狂叫着，推了她一巴掌。他自己不晓得这一击是多么有力，她倒到桌子上去，碰出大声，跌到地上了。她底头撞破了，即刻流出血来。开始的时候她显得非常惊骇，抓了满手的血，发呆地对着他看着。看见他疯人一般地继续抱着东西往外走，她就爬了起来追出来，并且狂叫了。

"我儿打我啊，救命呀！"她叫着。她底叫声使得张老二更为憎恨她，继续往坡下走，但是邻人们已经奔了过来了。他恐怖起来，想要逃掉，于是快跑着。这样，就有更多的人追着他，整个的山坡都震动了。他不知要往哪里逃，但直觉地往何秀英那边跑去。人们在她底门口追上了他，人们汇集成愤怒的人群，抓住了他，并且冲开了何秀英底门，把她也抓了出来。

那个流着血的母亲继续追在后面狂喊着，但是当看见人们抓住了张老二，看见了他底死白的脸色的时候，她就对这愤怒的人群觉得恐怖。但是她仍然奔上来，在她儿子脸上打着，并且往何秀英脸上打着，因为人群要求她如此。她仍然叫着上镇公所，因为人群要求她如此。她大哭大叫着，走在前面。虽然这大哭大叫中间包含着对于人群的抗议和对于儿子的怜恤。成百的人拥着这一对犯罪的男女向着镇公所走去。

何秀英凶暴地反抗着，咬着，抓着，踢着一切接近着她的人，但张老二却毫不反抗。他被人群所造成的那种严重性怔慑住了。他只是不了解他底行为何以会跟这么多的人发生关系，并且这样地激动他们，因为，这种行为在兴隆场是很平常的，而他和这些人又并没有什么仇恨。生活困苦起来，冲突总不可免，何以人们独独对他有这么大的愤怒呢？大家都是受着吴顺广和镇公所底压迫的，何以人们还要推着他朝镇公所去呢？——于是他愿意，他渴望人们就在这山坡上杀死他！他承认人们是对的，但是他不愿意上镇公所去。他开始挣扎起来了，他说他有话说。

“各位，大家听我说！”他叫着。“死在大家手里我张老二心里头了然，我是有罪，我甘心大家就杀死我！我是说我不上镇公所，叫他们那些人，叫吴顺广他们来说话！”他噙着泪猛烈地叫，“我们是弟兄，我们不要叫他们那些人说话！”

人群只是悄悄静了一静，但是仍然叫着上镇公所。他底母亲也这样叫着。这倔强的乡人终于一语不发了；他底心开始安宁下来，这时他们已经走到街上了。街上的赶场的人们都停了下来观看着，很多人拥了过来，并且即刻传说了开去。这激动了张老二母亲，使她更大声地狂喊着她底儿子底不孝；何秀英也仍然叫骂着，人群拥进了镇公所。

流血满面，衣裳破污，因受伤激动和长久的饥饿而软弱的老人颤抖着走在前面，一直走进了办公室。

“镇长，我儿打我！”她说，因为人群要求她如此；但立刻就倒在一张椅子里，头靠在板壁上，可怕地闭上了眼睛。

吴顺广赶来了，他和镇长一道从办公室里出来，审问着张老二。张老二一句话都不说。人群拥在镇公所底大院落里，一时肃静，一时又爆发着轰轰的声音。何秀英仍然在叫骂着，吴顺广一开始向张老二问话，她就叫骂着，于是人们看见吴顺广走过来，吩咐一个卫兵说，打她两下耳光。

那年青的卫兵显得有些犹豫，走上来手有些抖，打了她两下。

“好！打得好！”人们里面叫着。

“要杀头要枪毙都由你，吴大爷。”张老二突然大声说，使得人们静默了下来，并且这静默逐渐地深沉。“各位邻居街坊，”张老二转向人们说，“你们都对的，就是有一点不对——拿我送到镇公所里头来！”

人们底静默更深了。大家明白了他底意思，感觉到这一点了。

吴顺广和镇长，遇到了这种阻力，看到不能够像他们所想的公开地打击张老二，就不再继续审问，而吩咐卫兵把张老二和何秀英收押起来。但是从人群中传出了一个喊声，一个角色挤了出来，一直挤到台阶上——大家看见了，这个角色是郭子龙。

“请问吴大爷跟高镇长，张老二打他妈固然犯罪，这个女人犯的是什么罪？她打人的吗？她跟张老二同居是犯法的吗？哪个是原告，站出来回答我！”

他狰狞地望着人群。没有人回答他。

“我高兴押她起来！”吴顺广严厉地说。

英雄郭子龙马上就意识到了他底地位。他现在已经多少握在吴顺广手里，不能像先前似的理直气壮了。

“好吧!”他及时地撤退了,“我们就再谈!”他于是在寂静的人群中拥了出来。

但吴顺广也给了他一点面子:何秀英第二天一早就被释放了。

张老二母亲被人们扶回家来。她看来是不行了。她底生命受了极大的震动,而分裂为二了。一边是对于死去的和活着的儿子们的慈爱,一边就是沸腾的愤怒的人群,和冷酷的吴顺广。天啊,她亲自把她底儿子交到吴顺广底手里去了。

她倒在床上不能起来了。她哭着,咒骂着那几个自动地跑来照应她的苦心的女人们,要她们赔偿她底儿子。她想着田地、儿子,儿子、田地。她看见,田地里长满了金黄的稻子,收割了,堆成一大捆一大捆,张老二坐在上面吸烟,无数的小鸡在周围乱飞着。她看见,在她家客堂里,两条长凳子上坐满了穿着整洁的衣服的妇女们,她们,年轻的、光洁的头发上插着鲜花,年老的,也同样端庄而亲切……这是她底小儿子在过满月。她底男人在催促着她,她掀开了红布门帘,抱出了满月的张老二。小张老二穿着大红的棉袄,胸前挂着小银锁,手上系着小巧的银铃,穿戴着她底娘家送来的老虎鞋和元宝帽。客人们欢呼着他,轮流地抚抱着他,说着亲切的吉祥的话。她清楚地看见这些客人们底脸,恰如三十多年前看见他们一样;他们底声音,他们底笑貌!女人们底端庄的、不好意思的神情,以及满月的张老二怎样盲目地抓扑着,转动着,终于哭了出来,而使得他底父亲怎样的震动着全身,快活地大笑着——一切都好象是昨天才发生的一样……

她仿佛又搂抱着这甜蜜的婴儿了——她一定要搂抱这婴儿,要去救他。她爬起来,在黑夜和大风中跑出去,就跌倒在坡下的稻田里,死去了。

田地已经收割了,落着不断的细雨,道路泥泞,阴沉的云在山坡和田野底上空长久地停留着。兴隆场左边的嘉陵江底峡谷,和后面的两座高山,被云雾封闭着。有些时候云雾挨近着地面飘过来，整个地笼罩了兴隆场，它底密集的、参差不齐的、破烂的黑色的屋脊，它底那些被煤烟熏黑了的窗洞，它底半朽的木柱，和它底那些沉重而疲困地移动着的、赤脚而褴褛的饥饿的人们。这种时候人们有着一种孤单、无告、悲悒的感觉，说不出名目来的悲苦的感觉，和对于自己的失望。在这些阴雨的时间里，特别在下午，街道上和附近的山坡上都是奇异的寂静，总可以看见有衰老的女人呆坐在什么一个屋檐下或门洞里，仿佛年青力壮的人们都不存在了。一种逃避行动的昏倦统治着兴隆场全景，静悄悄地，可以感觉到那昏倦是怎样的强大。所有的老旧的习惯都变成机械的没有意义的了，人们麻木地重复着它们。迎亲的铜锣在田野上响着，铜喇叭激越地吹着，旧了的花轿上面贴着不知从哪里来的画着一个都市美女的香烟广告，因了雨水而变成了乌黑的。乡人们狂饮着，沙哑地咆哮着，讲着怠惰的亲密的话。新娘号哭着，新郎呆站着好像木头。一连四五天不断地有嫁娶的花轿抬过梅花溪，每一次，一听到那铜喇叭底号召似的呼叫，何秀英总要跑下坡来，一直奔到那花轿底面前，伸着头贪婪地看着。所有的人们都对这个热心，后来却一哄而散。独有她，会长久地站在几乎不可觉察的细雨中，对着那远去的斑斓的一团呆看着，含着迷惑的笑容，有时候还要流出眼泪。她多么爱那个藏在花轿里面的新娘啊，她而且多可怜她啊！她会不断地发出兴奋的呼喊来，有时候她还会被莫名其妙的快乐弄得跳起来，而闲荡的青年们，就在路边上直着嗓子喊叫着山歌，唱着“奴家和情郎”的故事。人们都说，这个坏女人已经忘记了张老二了。

她有什么办法能抑制她心里的生活的热望呢？张老二母亲死去的时候，她跑过来大哭了，悔恨着她底罪过。但不久她就闹嚷了起来，好像完全忘记了这个似的。郭子龙在老人底丧事中出现了，她兴奋的了不得，郭子龙简直就变成了她底，她向一切人夸耀说，郭大爷做大官，直爽、好心，会帮忙的。果然郭子龙给了两千块钱。兴奋的何秀英一直送他到山坡下面，然后还站在坡上弯着腰对他喊叫着感谢的话，显然她希望邻人们都能听见，显然她要叫人们知道，她不是孤单的。

不断地落着雨，云雾在田野上飘浮，发亮的石板路一直通到被云雾掩盖着的山上。她去看了张老二，告诉他郭子龙底慷慨的行为，然而呆坐在一张条凳上的张老二脸色铁青地沉默着。冷酷地看着她：她不曾意识到她底兴奋的情绪是怎样地打击了张老二。但终于她不安地沉默了。

“你走吧，不必再来了！”张老二说。

于是她回来，呆坐在死人身边，什么事情都不料理，冷淡地观望着周围的一切。

晚上，郭子龙又来了。她仍然呆坐着，在迷胡的兴奋中，她觉得她正在等待的就是他。她需要这个具有着无限的威力——她觉得是如此——的人来救她，给她更多的钱料理丧事和使她生活。郭子龙对着她坐了一下，一时很自在地对她询问各种情形，一时又显得非常不安。何秀英迟疑了好久之后说，她底钱都让流氓们抢光了。

“那没有关系的！”郭子龙说，仿佛没有听清楚她底话，又仿佛早就知道了似的。他底神情冷淡而古怪得叫何秀英害怕。他站起来去关上了门。

“跟我到后面来，我跟你讲话！”这漂亮的流氓冷淡而简单地说。

何秀英开始觉察到郭子龙底企图了，但还是不敢相信真的会如此。然而她现在是完全在郭子龙底控制下，她默默地站起来，跟着他走进后面的黑暗的小房。

她仅仅无力地呻吟了一声，被郭子龙狂暴地玷污了。

这第二天，郭子龙就去镇公所找张老二，对那绝望的乡下人说，他可以想办法叫他马上被释放，并且可以替他向吴顺广借一笔钱，只要他肯拿田地做抵押。为了死了的母亲的缘故，在冷酷的激昂的心情中，张老二简单地就答应了，并且毫不犹豫地在郭子龙给他预备好了的收条上盖了手印。

下午他就被释放，拿了钱回来，但是，屋子里面站满了神色愤激的邻人们，没有了何秀英。

这乡下人用着冷酷的姿态承担了这一切，埋葬了他底母亲。

十五

郭子龙是在一种狂暴的感情里做着这一切，每走一步都感觉到新的快意，向着他底那个深渊跑去。他再不能无所作为地留在兴隆场。刘家坪矿坑底爆炸以后，他就更狂暴起来，因为他总感觉到那两个被炸死的矿工站在他底面前，良心底谴责反而鼓舞了他底作恶的要求。他毫不动心地强占了何秀英，掠夺了张老二；并且开始了他底对于乡保队长位置的角逐。

他把何秀英带到她原来的房子里，决定改变她底姿态，给她不断地带来了香粉、胭脂、发油和衣料。他要把她变成一个城市女人，适合他底精神和身份的——虽然他原来梦想是一个愚笨的乡下女人。他现在有钱了。不到一个月，他底落在他堂弟手上的田地和房产一齐弄了回来了。每件事情他一点都没有再操心，是吴顺广指示郑瞎子去替他办的。原来那么困难的情况，在郑瞎子底简单的办法里面立刻得到了解决。郑瞎子替他驱逐了房客和一部分佃户，胁迫另一部分佃户立了新的契约，于是郭子龙竟获得了今天的秋收。

自然，吴顺广弄去的那一部分田地是弄不回来的，但对于这个，郭子龙已经很满足。他现在的心思完全不在财产上。他一直向乡保队底位置奔去，梦想把这一块土地上的武力抓在自己手中。

他使得何秀英变成了一个一切人唾弃的女人。对那些花衣料，那些发油和脂粉，她开始的时候显出了热情的兴奋，于是它们把她吞没了。她穿戴了起来，而且剪了头发，于是就完成了这一副一个简单的乡妇在这种情况里的可悲的图画。穿起花衣服来她不知道怎样走路，而邻家底孩子们用烂泥砸她。她底痛苦是不可言状的，然而她却继续地适应着郭子龙底要求，以为这样才适合他，并且努力地叫自己相信这样是好看的。

但不久她就觉得了痛苦和空虚，并且对一切花衣服失去了兴趣。她渴望劳作，渴望活动，主宰一些事情，操心和忙碌，但郭子龙却骂她这是下贱，他要她当太太。她不愿意上街去，不愿意到馆子里头去吃饭，要郭子龙给她钱由她自己来烧。郭子龙对着她发怒了，“叫老子吃你底猪食吗?”有一次，他一个巴掌把她打得几乎跌倒。郭子龙开始对她觉得厌倦了，很少到她这里来。但有时他在晚上到这里来喝酒，激怒地骂人，把手枪取出来放在桌子上，在泥地上狂走，撕破和打碎东西，叹息而吼叫。他要告诉她，并且证明给她看，他是比一切人都优越的。这使她痛苦而害怕，但后来就激起了她底顽强的反抗。

“你他妈的看你有多俗气——一点都不雅致!”他这样狂怒地说，于是就走过来掀翻了油灯。“简直没得灵魂！天啊，没得灵魂!”他咆哮着，在黑暗中继续狂走着，说着她不能懂得的，不联贯的话。

他是多么地渴望着“灵魂”!

“对于一个没得灵魂的女人，谈不上什么有意义的人生！狗屁！哪里是有意义的人生?”他即刻狂叫着，“我是一个智识分子，一个中国优秀人材，可是中国对不起我！我为革命奔走了这么多年，中国对不起我——今天我却来这个鬼地方搞这些鬼把戏！我底四周围都是烂泥、蠢猪、王八、混蛋……何秀英，你听好!”他叫着，“你说：你究竟要过什么生活?”

她沉默着。

“说呀！你究竟要过猪狗的生活呢，还是要过高级的文化生活?”

她仍然沉默着。

“我问你，”大粪营长叫着，“你究竟是要做别个底主人呢，还是要当奴隶?”

他于是沉默了很久，狂吸着纸烟。

“你嫁给我行不行?”忽然地他问。

何秀英恐惧着这一头野兽。这角色是达到这样的绝望的境地了，他不能安宁，一时瞥见着豪华放荡的都市生活，一时瞥见着被他炸死的那两个矿工：他们赤裸着身体，浑身都是鲜血和污泥，在他底面前站着，沉默地、冷酷地看着他。他是不容易得到他底归宿的。他开始狂暴地逼迫何秀英答应嫁给他，虽然他心里完全不是这回事。何秀英缩在角落里呆坐着，终于不能忍受了。

"你滚！你滚！你滚！"她冲着他站起来大叫着。

"你说什么？"他问。

"你——滚！"她可怕地吼叫起来，并且抓起桌上的空了的酒瓶向他投来了。他避了开去，但是却怯懦了起来——完全不像是一个好汉，转身逃出去了。

他会这样地害怕这个女子，这是他不曾想到过的。开始他有些懊丧，但后来却独自地笑了起来了，因为，他是正在渴望着能够摆脱她。

他于是把他底整个的暴乱的力量投到兴隆场去。

他迫切地希望用暴力来使得兴隆场承认他。他觉得他是天生的统治者。他曾经有过的那朦胧的田园的美梦消失了。然而，他做得太暴躁了。他底行为使得吴顺广重新和向赓云联合了起来。

就在半个月以前，矿坑爆炸以后的第三天，在一个宴会里吴顺广嘲笑了向赓云，称他为干面口袋。向赓云觉得受了大的侮辱，不仅因为干面口袋这个名称太刺激了他，还因为那外省人的煤矿因奇怪的爆炸而停工，使他丧失了很大一笔钱。他觉得吴顺广是在对他讥笑这个，而且他已经本能地猜到了这爆炸和吴顺广有些关系。他当时非常气愤地红着脸离了席。郭子龙就退了出来，暗示他再去和吴顺广斗一场：到山上去放枪。但是向赓云已经对郭子龙眼红，摇摇头拒绝了。

那外省人的煤矿，在爆炸之后，宣布了暂时停工。原来它并不像吴顺广所想的那样坚实，虽然它确实有钱，但几个股东却一直在闹着意见，最近就有一个股东抽了一笔钱到重庆做投机生意去了。但这结果直接地还是爆炸所促成的：矿坑爆炸引起了人事纠纷，使一部分本来就企图打击矿场经理的股东得到了借口。于是郭子龙底功绩就显得更了不起。吴顺广也没有想到郭子龙会使出这一手来，利用着这个机会。吴顺广和兴隆场底其他乡绅联合了起来，并且也挑拨了这煤矿的两个股东，对这煤矿发动了一个攻势：控告它过失杀人，说是“以本乡同胞性命为儿戏，此种行为断不可长”。

向赓云难过极了。他没有能力直接和吴顺广为敌，他害怕失去他底位置。可是不久这种情形又转变了。控告被搁置着，那外省煤矿又有了开工的消息，并且，吴顺广在对向赓云沉默了半个多月以后开始对他说话。郭子龙的功绩冲淡了下去。同时，吴顺广开始对郭子龙底暴徒行为害怕了起来，懊悔替他弄回了田产。郭子龙底行为引起了巨大的厌恶和猜疑。

吴顺广对他的疏远激怒了他。吴顺广不再对他提乡保队底事，他就希望用什么办法来夺取这个位置。虽然极端的苦闷，虽然他心里轻视这个小位置，但他仍然向它扑去。行动改变生活底性质，而且只有这行动，才能使他在苦闷中稍稍喘息一下。他希望挑拨离间的老办法可以使他得到成功，于是这一天下午在码头边上的酒馆里请向赓云喝酒。

向赓云不大愿意地和他应酬着，但又很难抵抗酒食底吸引；极自然的，他们底谈话进入了那种互相抚慰的亲密的阶段。当郭子龙赞美着他底本事，仪态，直爽以至于发红的酒糟鼻子的时候，向赓云就活泼而亲热起来，倾吐他底生平的交朋友的原则，以及为朋友而牺牲的故事了。这是一场融合无间的美满而动人的谈话，只有热诚的恋爱才能和它相比拟。当向赓云说到：“不瞒你老兄说，这个把月我是有些不了然你，我们两个要是早一点这样谈谈就好了啊。”他们两人都深刻地动容了，向赓云并且流出了眼泪和鼻涕。

只有在这乡下的沉滞、懒惰的生活里面，才能产生这种温柔的甜言蜜语，以及这些眼泪和鼻涕。所有的盲目的恶行就都在这里化为甜蜜的膏油了。当他说到“我这个人，这个人，子龙，总是在想着为朋友牺牲的。”——这时候，他是紧紧地抓着郭子龙底手，把它往面前拖着，好像要吻它一下似的，同时又流下了一些眼泪和鼻涕。

“就拿你老兄说，子龙，”向赓云温柔地说，“哪一桩你不比这些人高强？哪一桩你不配做一个军长，将军？不过你太直爽了，不晓得别人心肠坏。我们这些人都是这四个字：忠贞节义！不对的事情，就是一千两黄闪闪的金子摆在我们面前，我们还是不得干！告诉你，还是不得干！”他摇动着他底身子，红着脸，猛力地说，显然的，他是在和那“一千两黄闪闪的金子”奋斗着。“就拿你来说，子龙，”他重新温柔地开始，非常心醉地奏着这种调子，“你丢掉大官不做，到这兴隆场来，穿旧衣，吃粗饭，为的什么呢？为的：忠贞节义！为的田园生活！为的清高！老实说，中国要是没得我们这一批人，怕早就完了！”

郭子龙显得非常感动，只是不断地叹息着。人们可以想象得到，他是在怎样地玩赏着这乡下底沉滞的人生底这一场鲜活的表演；但确实他也受了感动了，向赓云一停止，他就劝酒。

“怎么样，我们两弟兄再到山上去放一排枪如何？”终于他很高兴地说。

向赓云，流着鼻涕，红着脸，发呆地瞪着他，好像不懂得他底话似的。

“不，子龙，这不好，”他激动地说，“凭良心说，吴大爷没得哪些对不起你我的：他是一个海量的人！”

那流了下来的一条鼻涕，被迅速而奋力地吸了上去，发出了一种刺耳的声音。郭子龙抚着手掌，仍然在笑着，可是已经失去了耐心了。

“我呢，我平生顶不高兴背着人耍花样的；人家耍我我不问，不过我不耍别人！有人要是以为我是呆子，那就错了啊！”向赓云高兴地说。

郭子龙这才明白，这懒虫、昏蛋的乡保队长，是怎样一个厉害的角色。他对于自己底失策和幼稚愤恨了起来，在他底漂亮的脸上，开始有了轻蔑的阴沉的表情。

“老兄，”他忽然恶毒地说，“你真是干面口袋：怕丢掉这两条烂枪吧？”

“唔，”向赓云粗野地说，“就是怕丢掉这两条烂枪的，别人抢还抢不来呢。”

郭子龙忽然地被一阵可怕的力量攫住，他站了起来，把桌子掀翻了。在向庚云还没有来得及明了的时候，他就扑了上去，打了他两下耳光。

从那温柔而深情的场景急转直下地变成了这种难看的局面——然而周围的人们并不觉得稀奇。这种情况是他们最熟悉的。人们高兴看见这战斗，都静默着。

不过后面却没有什么精彩的，并没有什么激烈的厮杀，就这样收场了。挨了打的向赓云呆站着，他非常地吃惊和害怕。他害怕郭子龙会拔出枪来杀死他，他自己觉得他不能是高强而勇敢的郭子龙底敌手。打了人的郭子龙同样地呆站着，他也觉得吃惊和害怕，觉得自己太冒失，如果真的打起来，将不能是这粗野如牛的向赓云底敌手。他们两人就这样站在翻倒了的桌子旁边互相看着，脸上都含着轻蔑的、苦痛的微笑。

“好，郭子龙，有你的！”向赓云突然说，于是摇摆着，大步走出去了——但有些颤抖。

郭子龙呆了一下，狂暴地大笑了起来。

但事后，郭子龙对于自己底一时的冲动，却愈想愈是悔恨。不过这是没有办法的了，只好继续地战斗下去。离那个乡保队的位置，是愈来愈远了。直到他底最后的一着也失败了，他底心境就更为疯狂起来。这最后的一着是把几个月以前的土匪袭击的内幕告诉吴顺广。但这个吴顺广却只是淡淡地笑了一笑。

郭子龙不了解，虽然吴顺广和向赓云互相冲突，但他们却更是互相需要着的。他们底生活扎根在这个兴隆场底社会里，而他，郭子龙，却是从外面飘来的。他底一半少爷一半流氓的英雄主义，是敌不过这个社会底冷静的生活，和其中的懒烂的感情的。向赓云在吴顺广面前腼腆了很久，终于向他微笑了，他们就均分他们底利益。郭子龙这才发现——像他在他底过去不断地发现的——他在这一切里面扮演的，原来只是一个傻瓜的角色，甚至是一个毫不足道的丑角。

他愤恨极了。他愈是没有力量和意志，愈是被混乱的欲望折磨得空虚了，就愈是需要行动和信任自己。然而他怎样做法呢？他继续地扮演着他自己所憎恶的那个角色。“复仇”的姿态重又出现了，然而却是拖着一颗卑鄙的、厌倦的、凶恶而又怯懦的心。

酒馆里挨了两个耳光以后，向庚云招集了他底乡保队，做了一次愤怒的演说，要他们随时地武装着，准备对付郭子龙。他自己自然是全副武装了起来，穿着黄呢的军装，挂着盒子枪。他是把郭子龙看成了一个可怕的敌人。然而郭子龙却是轻敌的，这些破烂的武装都全不在他底眼里。他同样地穿了军装，佩着不知从哪里新近弄来的上校的领章，在街上威严地走过。一个上校有着统治这个乡场的精神上的权力，乡保队长应该是他底部下。当他走过的时候，他底威武的眼光就要求着那些破烂的自卫兵向他敬礼。他要求他们敬重他们底祖国。就是这样的一种姿态。

不知从哪里弄来的上校领章——他自己觉得是多么有力和崇高啊！向庚云底那些破烂的自卫兵虽然不向他敬礼，却在用一种惶惑的眼光看着他，而在他和他们底队长之间持着精神上的中立了。他们实在是喜爱这个漂亮的人物，他们都是没有见过世面的青年。郭子龙底这一副姿态，他底细瘦的挺直的腰和端正的肩膀，他底修长而有力的腿，以及他底脸上的高傲而又灵活的神色，是多少年来的都市生活和军队生活锻炼出来的，这里面并且感染了多少在影响着他底性格的某种文化教养。这是那种心肠冷酷，懂得享乐，把玩牌和玩女人看成毫无分别的军官们底形象。但不幸这个漂亮的角色却堕到这样的污泥里来了——或者说，只有在这样的污泥里，他才能成为这样漂亮的角色。

上校在街上大踏步地走着，遇着地主老爷和他手下的年轻的镇长的时候，就非常轻捷而庄严地举手到帽沿，向他们致意。不甘示弱的乡保队长同样大踏步地在街上走着，挺着肚子，踏出沉重的声音来。和上校底轻飘飘的威风的脸色一比，他底黑胖的脸就完全是无光彩的，叫人害怕的。他们两人相对走来，互相注目，走过去了。上校适意地高挺着他底胸脯。

“看哪，又走来了，怕总要开火的。”旁观的悠闲的人们说。

郭子龙逐渐地充满了权力的感觉。他现在喜爱他自己了。他觉得他实在已经统治着这个乡场了。有一次，当向赓云愤怒地走近的时候，他站下来了。他底冷酷的眼睛向他看着。他底上校领章在秋天的阳光下闪着光辉。被注视着的向赓云窘迫、恼怒、红了脸。

“向队长，你应该跟我敬礼。”上校说。

向赓云简直诧异着自己底耳朵。可是郭子龙底冷酷的确信是这样有力地压住了他，他不知道要怎样对付才好，就假装着没有听见，皱着眉头继续往前走去。

“见了长官要敬礼的!”上校大声说。

“狗屁!”向赓云站下了，大吼着，“老子未必还跟你这些孙辈敬礼!”

“你是不是一个中国底军人?”郭子龙说，“你知道不知道有国家? 撤你底职，这种蠢头蠢脑的东西!”

“老子……”向赓云激动地说，但“上校”已经向前走去了。

几天之后的一个晚上，码头上的运输公会请客，郭子龙就以这上校底姿态高贵地来临了。人家请他坐首席，他毫不谦让地坐了上去。而且在很长的一段时间里，他底奇特的姿态统治着这个宴会。被侵犯了的吴顺广在他底下手坐着。显然吴顺广已经被他这几天来的这种姿态迷惑了。并不真的相信他就是“上校”，但害怕着他底暴徒的新花样。

他是这个场合底精神上的统治者，无论是谁，即使是吴顺广，都在畏惧着他——他自己觉得是如此。乡场底麻木的怠惰的人生，是已经被他踩在脚下了。他高兴自己在这最后的孤注一掷里终于成功了。他觉得他就应该下手，再不必像先前似的顾忌了。

但吴顺广却并不是那么简单的。郭子龙愈狂妄，吴顺广就愈是满面春风，不断地恭维着他，和他喝酒。地主老爷对大家说，自从他底老朋友郭子龙回来了以后，地方上和他自己都还没有好好地欢迎过，今天实在应该为他多喝几杯。

"我并不是回来玩的。"狂妄的郭子龙在这时插进来说，"也不是回来整理家务的，虽然这也是附带的事情。不瞒各位说，我兄弟回来，是有一点小小的任务，这个任务现在快要完成了。"

"子龙，你怎么早不说啊！"吴顺广亲热地说，"早点说，我还好帮点忙呀。"

"哪里。这是一点机密任务。不瞒各位说，我兄弟是回来调查本县的地方武装的。"

大半的人看起来似乎不大关心这句话底真假的，他们喝得昏昏的，郭子龙一说完他们就叫闹起来了，有的致贺，有的表示惋惜，有的询问完毕了这任务以后要怎样，唯有向赓云红着脸恼怒地呆坐着。郭子龙对着他举起酒杯来了。

"向队长，你还颇能尽职，喝一杯！"

"我就是不晓得什么任务。"向赓云愤怒地说，摇摇头，不肯喝酒。

"我兄弟现在有件事情奉托各位，"郭子龙装做毫不注意，带着胜利的欢快说，"一件是关于向队长这边的，就是以后各自卫兵要整齐些，见了长官要敬礼，要有固定的营房，不然太不像话了。另一件呢，"他停顿了一下说，"本人要找一个地点，打下个月一号起，正式成立一个办事处：我们那个师要在本县成立一个补充训练处。"

"贵师是在什么地方呢?"吴顺广锐利地瞥了他一眼，笑着问。

“目下是在湖南。”郭子龙同样锐利地瞥了他一眼，微笑着说。

这时地主们和老板们又叫了起来了，不过声音已经很疲乏，他们说，他们尽量帮忙，没有问题的。但他们忽然都沉默了。

“跟各位说，高镇长，吴大爷吴主席，”向赓云激怒地喊，“我兄弟明天辞职不干了！”

人们沉默着。吴顺广对这个没有作声，不久，他就把话题转到别的地方去，也没有再和郭子龙谈什么。宴会在不快的情绪中结束了。

十六

“上校”很自在地走出酒馆，在秋天的凄凉的街上慢慢地走着。他明白他底进一步的企图是很难成功的，不过他仍然很兴奋。他底心里在盘算着另一个问题。他决心变卖掉产业，再到外面去打一仗。

他心里很兴奋，人生底光明的大路仍然展开在他底面前，他想，小时候，这个兴隆场要比现在的小得多和荒凉得多，但那时候它对于他却是多么广大啊！现在几步就走完了的这条街，那时候他觉得是多么长啊！多少年来在外面流浪，家乡底屋顶，小街，和亲爱的嘉陵江，总是在疲倦和痛苦中照耀着。有时候，夜里走过一个村镇，看见月光照耀着的草堆，就想起母亲来，芬芳而纯洁的感情也不是不曾有过。也不是不曾渴望过脱离罪恶，去走正直而安静的人生的路，在疲倦的时候就去躺在那月光下的草堆上。也不是不曾有过一面呼唤着母亲底慈爱，一面想望着这世界底变革的伤感的青春。也不是不曾真诚地恋爱过，在他十七岁的时候，他底邻家姓王的地主家里有一个苗条而忧愁的姑娘，那姑娘在夏天的时候总是坐在树荫下，低着头，手里拿着针线。她似乎从来不曾看过他一眼，她不知道他底羞怯的爱情和他这个人底存在。那时候幼稚的郭子龙想：她底生活究竟是怎样的呢？她心里究竟藏着些什么呢？为什么她老是穿着这么素净的衣裳，老是不快活呢？多么久的时间郭子龙忘记了她啊！二十年的时间是多么恍惚啊！那姑娘现在重新在他眼前浮现，坐在树荫下，低着头，露出洁白的细致的后颈来。郭子龙重新觉得自己才十七岁，想着那些愚笨的问题。可是他想哭出来了。

他忽然想到——天呀，对于何秀英他是多么罪恶，他为什么要去败坏她呢？为什么也要她来过这种丑恶的生活呢？

"我要忏悔！是的，彻底的忏悔！"激动的"上校"说，"我们底姑娘们，唱着歌哭着就嫁出去了，她们是多么可怜啊！我底可怜的母亲！我底可怜的母亲！你们是多么悲哀哟！指望过你们底儿子，他们却向些什么地方走去哟！……是的，不管它。""上校"最后用坚定的声音说。

突然地他后面有一声暴厉的大叫。他急速地回过头来，看见了指着他的七八只枪口，和向赓云底粗野的、在朦胧的灯光下发亮的脸。

他不觉地举起手来了。向赓云和他底部下都紧张地静默着。这样地相持了有几秒钟。向赓云向他走来了。当这肥胖的躯体迫近他的时候，他就极其迅速地对他底脸上打了一拳，并且企图去拔出枪来。但是一个勇敢的自卫兵从后面拖住了他。他反过身来和这拖住他的青年搏斗着，自卫兵们就大半拥上来，把他抬起来而掀倒了。他们夺去了他底手枪，然后一哄而散。

他们实在仍然害怕他。他们又聚拢来，围在他底四周。他站着，冷笑着看着向赓云。

"郭子龙，要不是吴大爷底面子，今天就不得饶你！"向赓云说。

"好！"郭子龙说，于是转身走去，保持着他底强力的镇定。持着枪的自卫兵们给他让开了路。

但是他实在很激动。他明白，这是吴顺广在解除他底武装，他底失败是严重的。

接连下了很多天的雨，田地间的小路是稀烂的。他走了一点点就陷在泥里，没有办法前进了。黑暗是这样浓密，他简直不能分辨一步以外究竟还有没有路。他索性在稀泥里站住了，他底脸上仍然僵持着那个冷冰冰的、痛苦的笑容。他诅咒着，燃烧着狠辣的报复的愿望。但不久，在他底前面出现了一个明亮的火把，照亮了很长的一段泥路和周围的荒凉的田野。他趁着这火光赶快地往前走，机械地看着向着他走来的那个人底两条涂满了烂泥的光赤的腿。那拿着火把的人走近来了，看见前面有人，站下来让路。郭子龙走过他，忽然觉察到了他底盯在自己脸上的痛苦而冷酷的眼光，并且觉得这眼光很熟悉。像是被什么魔力抓住了一般，他回过头来并且站下了，发觉这站在路边举着火把默默地看着他的乡人，就是那个被他损害的张老二。

他底眼光一接触到张老二底痛苦而冷酷的眼光，就没有力量再移动了。他底脸上颤动着那个讥讽的、苦痛而无力的笑容。张老二底脸却是像石头雕成的一般，一动都不动，只是看着他，而这眼光是这样的有力，使得郭子龙从心里颤栗了起来。

“你看着我干什么?”郭子龙笑着说。

张老二不回答，继续看了他一下，就转过头去，向前走去了。郭子龙仍然站着，不能从张老二底眼光底奇异的力量下解脱出来，他看着这乡下人底瘦弱的、穿着单薄的衣裳的身影：火光在张老二底头上和肩膀上闪耀着。他已经走得很远，消失在一排矮棚里面了，郭子龙仍然在那里站着。

这聪明、勇敢、空虚的角色，这慷慨、卑劣、感伤而又冷酷的烂兵，在黑暗中站着。矗立在场口的吴顺广底办公室，有两扇向着田野的窗子里亮着很微弱的灯光，那旁边的密集的矮棚里则是完全黑暗的。但张老二底火把在棚屋间慢慢地移动着，它底熊熊的光焰轮流地照亮着那些低垂的屋檐了。田野里面，充满了冰冷的黑暗，沉重的秋季的阴云低垂着。不远的嘉陵江底险滩传来了咆哮的声音。在郭子龙心里逐渐强烈起来的，是走到了末路的荒凉的感觉。

他做过多少恶事，这并不叫他难受；叫他难受的，是这些恶事对人对己都并没有什么价值。它们像雨水落在海洋里一样落在这个社会底可怕的深坑里了。他底恶行并不曾超过这社会底其他的恶行，它们并不怎么杰出，它们也不能使他底灵魂和躯体显著起来，他无论怎样，无论在哪一方面，要做一个英雄，这是他一生的渴望，但现在，他自己也鲜明地看得见，这英雄被抛弃在荒凉的旷野中了。

“忏悔吧！”一个声音说。

郭子龙冷笑着。他多么难过地发现这一点：他已经失去了再去斗争、杀人和逃亡的勇气了。他害怕失去他已经获得了的一点田地和房产。这是那天在酒馆里打了向赓云之后就被他感觉到的，他那时的确害怕向赓云把他逐出兴隆场，而使他连渴望已久的这一点归宿都得不到。这一点田地和房子是有着怎样的重量啊！他精力颓衰了。他不必再欺骗自己，再扮演这英雄的角色了，应该退出这个舞台，把位置让给后来的演员。除了他底母亲，没有一个人曾经爱过他，没有一个人关心过他。他不为什么，没有目的，他底一生是白活的。

这时有一个生着灰白胡须的矮小而庄严的老人举着火把走了过来，在随便地看了他一眼之后走过了他，他就跟着向前走去。老头子走得很慢，衣裳卷在腰上，后面拖着一大块；左边的腰上挂着一双新草鞋。他底举得很高的火把照亮了两边的积着水的田地。并且照显了坡边上的一些草屋，从那边有模糊的人声传过来。郭子龙很近地挨着他走着，并且对他发生了一种孩子似的依赖的感情。这是他多少年来没有经历过的。忽然的老头子站下了，举着火把回过头来，仔细而温和地看着郭子龙。

“你先生在后边看不见吧？”他说。

“我看得见的。老伯伯，你贵姓呀？”郭子龙说，他希望谈谈话。

“我姓李，是德贵场人。”

“那你是要赶回德贵场去？七十多里呢。”

“半山沟上我有一个女儿在那边。说好了是在我女儿那边歇夜的，”老人带着显著的夸耀说，“说好了擦黑去的，这下怕有十点钟了吧！老了，走不动。我女儿有四个娃儿，大的十二岁，外公不来是不睡觉的。”于是他笑出了温和而宽阔的声音。

“你女儿她们过的还好吧？”

“苦啊，先生！我女婿去年春天让拉了壮丁去了。一家五口又吃不饱。”老人底声音里忽然失去了那种温和与甜蜜，变成了严峻的，并且他沉默下来了。他又回头看了郭子龙一眼，郭子龙明白，他在看他底军装。

“老伯伯，生活苦啊！”郭子龙伤心地说。

但老人仅仅嗯了一声，就放快了脚步，往前走去了。郭子龙想象着那可怜的女儿在山边上，在这黑夜里领着四个孩子等待着外公的情景，想着，无论是过去和现在，都没有人在这黑夜里这样地等待他，将来也不会有。他非常伤心，他又在黑暗里站下来了。

他渴望，在他老年的时候，也能像这个老人一样举着火把走过故乡的田野，去看他底亲爱的女儿和孩子们；而且因为激动着温暖的爱的缘故，希望向陌生的路人夸耀一下。他渴望从这个社会底舞台上退出来，用死寂的，向善的心去生活，不再和人们做无谓的吵闹，救赎他底一生的罪恶。于是他决定再去找何秀英，要她和他一道搬到他底老屋里去，而成为他底终生的伴侣和安慰者。这一瞬间，他觉得这个是完全可以做到，完全自然的。她不是在渴望着田地吗？那么，告诉她，他已经有了一块比她原来的大十倍的田地罢！

门掩着，郭子龙轻轻地推开了。他唤了一声，没有回答，于是走进了她底点着昏弱的油灯的小房。何秀英躺在床上，没有盖被子，但好像是睡着了。她底脸色异常的难看。

他不知道，张老二刚才来过这里。一个月以来第一次出现在这里，当着邻人们底面，举着火把走了进来，对着她看了一阵，一句话也没有说就又走开了。何秀英呼唤他，当时就晕倒了。

人们把她弄到床上来，她就像现在这样地躺着。

“怎样啦？”郭子龙说。

她突然地跳起来了。她看着郭子龙，然后，注意到了脚上的郭子龙买给她的新布鞋，于是带着奇特的冷静脱下了它们，把它们丢到桌子下面去。她赤着脚在地上走着，走到桌边去站了下来。

“喂，干什么啊？”郭子龙说。

她这时已经从桌子下面翻出了郭子龙买给她的那些花衣服，不动声色地开始撕碎它们。郭子龙对她厉声地大叫，她不停止。他和她抢夺，打她，并且把她推到地上去，她就坐在地上，冷酷地看着他。

“你走。”她说。

“放屁！我走？”郭子龙说，“告诉你，我是来跟你说的：明天就跟我搬回老屋去！”

刚刚说出来，他就发觉这样说是完全错了的：完全失去了刚才所想的那种意义了。他于是竭力地平静自己，想来说服她。他说，他已经决定从此自新为人了。要去过实实在在的，不问世事的生活。但立刻他又停止了。他说得很艰涩，完全感觉不到这些话底意义。

好久之后，他重新开始，然而不幸，仍然感觉不到这些话底意义。

“喂，难道不好么？跟我去吧。”他听着。“我一生都不离开你……”

他厌恶自己底虚伪，痛恨着她，愤怒地沉默着。她坐在地上，冷酷地望着前面，完全没有听见他似的。他想扑上去毒打她一顿，用恐惧来征服她——但是忽然地热情把他膨胀起来了。他所渴望的这甜美的、慷慨的热情降临了。

“原谅我吧，秀英——我真的这样说，真的爱你呀！”他叫着，“未必这是假的吗？这还能是假的吗？我什么都没有了，除了你！我只有你了啊，答应我吧。想想看，一个可怜的人，这样地哀求你。秀英啊，你好比是我底亲生的妈！我要你教导我，看护我，救我，救我呀！”他摇着她，“我对不起你，对不起张老二，我要送他田地，我要叫他过得舒舒服服的！我没得别人，我害张老二也不是有心的。哦！我这个走投无路的可怜的人啊！”

他发出洪亮的声音哭起来了，他从可怕的虚伪和痛苦中解脱了，似乎这个世界已经饶恕了他了，他吼叫着他底悲痛。但是何秀英仍然是冷酷、静默的，她连看都不看他一眼。他把她扶到椅子上去坐着，抚慰着她，她仍然不说话。

他跪倒在她面前了。

“你原谅我，救救我啊……”

可是他沉默了，那神奇的热情消逝了。他站了起来，看着她，重新觉得了厌恶和空虚底袭来。

“怎样？”他问。

她转过脸来看着他。他也对她呆看着。他已经不期待她答应他了。在他底眼前出现了那在等待着他的生活底死寂、灰白、可怕的图景。真的一切已经绝望了吗？真的他需要这个完全不相干的女人吗？

“怎样？”他仍旧这样问。

“你走！”何秀英大叫了起来，并且跳起来撕着扔在地上的那些花衣服。郭子龙狂暴地抓住了她，她就抓破了他底脸而尖利地叫了起来：她向邻人们求救。疯狂的郭子龙，为了解决他心里的那个可怕的苦恼的问题，猛烈地向她挥拳——打在她底脑门上和眼睛上，而后冲开了围着的邻人们跑出去了。

几天之后，何秀英被王合银女人从屋子里驱逐了出去，同时，郭子龙搬进了他在那里出生、生长的他们家底老屋。

十七

最初他觉得非常舒服，自在，但不久他就发觉了，喝酒是他底主要的工作，唯有喝酒才能安慰他。于是喝得醉昏昏的，心里有时狂喜，有时悲痛，躺在这空寂的屋子里。郭子龙无可避免地面对着他底鲜血淋漓的一生。

这房子所以这么容易就收回来，是因为那轮船公司职员底家眷本来就预备迁回重庆去。这人家才搬走半个月，所以到处都还存留着原来的细心生活的痕迹。院落里还搁着晒衣服的架子，墙壁上还钉着很多的钩子和钉子，并且厨房里还是颇干净的。但这些对郭子龙没有什么用途。他只是怀着胆怯的心情匆忙地把它们看了一遍，然后把一张竹床，一把椅子和一张桌子搬到左边的朝南的大房里去，从此不再看它们一眼了。第二天他就把院落里的晒衣服的架子送了他雇来替他打杂的邻家的鲁老太婆，并且对她说，凡是她所需要这屋子里的什么，她都可以拿去，不必征求他底同意。他不觉地在毁灭着原来的一切生活痕迹。

他还要毁掉一切足以唤起他底对儿时的回忆的东西，虽然这是已经很少了，门前的照墙早没有了；照墙左边的大树也不在了，在这大树下，有着二十年前的那个瘦弱的女儿底影子的。后院的六棵橘子树只剩下了枯萎的一棵，各处都是瓦砾。唯一存留着并且使他想起他底父亲来的，是挂在正堂上面的一块上面写着“德高望重”的金字的大匾，这是他底祖父五十岁生日的时候族人们送来的，金字早已模糊，并且木板已经开裂，看着好像就要掉下来的样子。郭子龙走进走出时总不免要对这块匾看一眼。好象有什么魅力在支配着他似的。半个月以后，他叫了人来把它取下来，并且自己动手，用一把斧头把它劈开，送给鲁老太婆家当柴烧了。

木匾在斧头下破裂的声音，他觉得是他底祖先底痛叫。他觉得特别的痛快。在这地主底旧家宅里，这归来的儿子布置了一种流放的兵营的生活。朴实的邻人们对他害怕得甚至不敢议论他。他们觉得他是不属于他们底范围，比他们要高得多的，他们底一切观点对于他都不适用。郭子龙也就满意地以这样的姿态生活在他们中间，或者说，生活在他们上面。

当他在凄凉寂寞的黄昏，重新渴望那被他怀念多年的他底渺茫的童年的什么一种温馨的气息的时候，他再也嗅不到它了。这时他就想，他底生活，是多么的奇怪。从前所梦想的那个将来，流浪者所渴望的那个归宿，究竟在哪里呢？他渴想这荣誉的归来，即所谓衣锦荣归，也梦想过实际的安静的微贱的生活，但现在，在这里，却仍然是流浪者底犷鄙的野营。多少年来的怀乡病把他引到这里来了，他原以为在这里他可以洗涤他身上的血污的！这样的人生，是多么沉重，多么辛苦啊！他已经失去了他底"故园"，他已经不是光辉的复仇的英雄，也不是上校大营长，也不是新兴的地主。他仍旧是一个烂兵，一个多余的人。他有时毒打那些闯到他底后院里来的孩子们，有时又无故地拿钱分给他们，他觉得无聊极了。

冬天迅速地到来了。他愈来愈少出门，每天只和送饭来的鲁老太婆说几句呆板的话，喝醉了，怀念着"故园"。他怀念着城市和兵营的生活，他渴望他底老同事们——他先前的朋友，或者说，仇人们，能够有一个出现在他底屋子里，为了这个他愿意卖掉所有的田地来请他喝酒。

"现在这算什么啊！"他自言自语，在空洞的屋子里来回地走着，"你睡不着，成天地躺得浑身酸痛都睡不着；你不论喝多少心里还是明白的！这叫做什么呢？这叫做命运。"于是他提高了他底嗓子，唱："可怜他，黄大郎，孤苦伶仃一个人！"

"人生一切全是命运，老兄你说是不是？"他说，好像在和一个朋友谈话似的，"并不是我们打不过这个毫不足道的兴隆场，更不是我们就这样对那些混蛋投降了，而是我们根本犯不着再和他们干！一个队附，一个地主，对于我们这些人算得什么呢？你说是不是？你，我，我们都是看透了人生的啊！"

可是他毕竟抵抗不住那袭来的更大的寂寞。这天下午，天气很冷，落着细雨。破旧的屋檐在冷风里发出颤抖的响声来。隔壁人家底烟子被吹过墙头，弥漫了整个的天井。他突然这样地不能忍受，先是想着马上丢开这屋子而跑开，到无论什么地方去，后来，想了很久，又决心写信找他底一个朋友来。立刻他写成了这样的一封信：

> 耀光连长吾兄：想近来安好发财。一别数载，渴念无已。弟已回故乡，然而衷心痛苦，一言难尽，望吾兄接信后速来，一切面叙。此地尽系愚昧落后之乡人，弟回顾过去半生，不胜唏嘘。但弟有钱有产业有酒有肉，管他妈的呀，有酒有肉！吾兄切切速来速来，接到信就来，不然老子就要揍你了。

在潦草的字迹旁边，打了很多的圈圈，而最后的那一句"老子就要揍你了"是在一种友情的狂喜下写出来的。人们也有看见过这样的信的吗？这样的信是要到广大的世界上去流浪，寻求一个收受者的，正如它底主人一样。郭子龙所写的地址是暧昧的，因为他记不得了，他写着：川康师管区。并且他还忘记了，一年以前他就听说过，他底这个好朋友已经病死了。他是到了这种地步，虽然还有着一个被强硬的姿态伪装着的精明的外表，但实在却是活在一团软弱的、迷胡的烟雾里面。过去曾经发生过的事情，和他曾经希望它发生的事情，以及他曾经希望它不发生的事情，在他底头脑里都纠混了起来了。

他淋着雨出去投了这封信，很是满意，但回来的时候，却忽然地心里亮了一下，想到自己忘记了重要的什么。他站下来想了一下，想不起来。然而却狐疑起来，担心这封信并没有投到邮局底信柜子里，而是投到地上去了；并且他非常不信任邮局里的那个坐在那里下棋的胖子。他于是又走转去，一直冲进邮局底昏暗的柜台里面，要找到这封信。他说他要把它改寄挂号信，吵闹着，把柜子里的一切信件都翻出来丢在地上。直到补足了邮资，拿到了收条，并且看着人家把信包在一个小纸包里，他才满意地走了回来。

"这是一封非常重要的信，告诉你们局长说，要是弄丢了，就是整个兴隆场都赔不起的！"他在邮局里这样地大叫着。

在懒惰的生活里面，到处布满着刺探人家底隐私和找寻笑料的人们的。这个英雄一走开，邮局里面的几个人就跑拢来，把这封信拆开，看着并且大笑了。于是不久所有的街上的人都知道郭子龙发出了一封“严重”的信，信里面说着“有产业有钱有酒有肉”等的话。邮局里的胖子，大半天的时间在茶馆里跟人们描述着这个。他还背出一些句子来，比方“我是一个可怜人”、“我底心肝朋友连长吾兄”、“兴隆场全是猪”等等，虽然郭子龙并没有写这些。所以有一天，郭子龙偶然地到茶馆里来坐了一阵，就听见一个青年很有趣地叫着：“我底心肝朋友吾兄，小弟有钱有酒又有肉呀。”但这时候，郭子龙已经忘记了这个句子其中的有一点曾经在哪里出现过的了。

他发了信回来，很忧郁地在床上躺着，想着怎样的生活才是最好的大问题，这是一切懒虫和疲倦的人底问题，这时候他底门被推开了，淋雨而潮湿的、肮脏的何秀英，带着狂怒的野蛮的神色，站在他底面前。

郭子龙不再愿意知道她底情况。她被王合银夫妇和她底邻人们从她屋子里逐出来，就有乱石沟的一个光棍，向赓云底堂哥叫做向大个子的，骗她说可以替她找工做，把她凌辱了。那光棍最近天天打骂她。在这种痛苦里，她就更不能忘记这一切是郭子龙所给予的。她觉得她决不能饶了郭子龙，在她和张老二都这么痛苦的时候，让他去过平安的生活，对于她和张老二，郭子龙是太过分，太心狠，太罪恶了。

“你在这里到舒服！你以为就没得事情了，你以为害了我们毒了我们就算了？告诉你，没得这么便宜的！”她大声说，冲了进来，立刻掀翻了郭子龙底唯一的一张桌子。

“不许你闹！”郭子龙从床上跳了起来大叫着。但即刻他就发觉这样是压不倒何秀英的；并且他实在无力，怕事，于是软弱了下来。当她继续地冲击着他房里的乱七八糟的一切的时候，他只是痛苦地冷笑着站在一边。

何秀英继续暴怒地冲击着。她所受到的苦痛太大了，而一切苦痛之中最叫她战栗的，就是张老二底眼光。她今天早上又在街上遇到他，她想要逃开去，但是他固执地盯着她，充满着悲苦的憎恨。这眼光像火焰一般地燃烧着她。流落到乱石沟来的最初，她是希望能找到活做的，她听说女人也有做活的，但是向大个子把她抓去了。她原也不曾想到这些人竟有这么恶毒。她好些天屈服在这流氓底威力下面，正如那些时候屈服在郭子龙底威力下面一样。可是今天，在街上遇见了张老二，他底眼光和可怕的脸色把她唤醒了，她就决心再不回到乱石沟去。她昏乱而烧灼地在梅花溪的田野间乱走，不知道要到哪里去，而长久地在她先前的屋子、菜地和田地的周围彷徨。她淋湿了而且饿昏了，这样地记起了对郭子龙的仇恨。因此这复仇是猛烈可怕的。她要和郭子龙一齐拚掉，她要拿她和她仇人的死来慰藉那个不幸的，惨痛的张老二，叫他觉得这个世界上也有好的，她原来也是好的……她原来是那样一个稚气的女子，可是在不幸中她底灵魂迅速地成熟了起来。

这种情形就叫那个怠惰下来了的郭子龙战栗。他悔恨了！他觉得他果然太对不住她了！可是已经来不及，她冲了东西之后就向他扑过来。他脸色惨白地推开了她，她重又扑过来，而立刻他底脸上就出现了血痕。

奇怪的是郭子龙一点也不能反抗，他完全害怕着她。害怕着因她而失去刚刚弄回来的田地房屋。当他脸上流出血来，沾满了他底手的时候，看着这手上的血，他就有了感伤的、悲苦的感动，觉得这种惩罚是他应该受到的，而且，几乎正是他所渴望的。他因自己底被打受伤而感动、幸福。

“你打好了，真的，你打好了。”他小声地说，并且闪耀着眼泪。他从来不曾如此的。“你打死我我都甘心的！”在他底脸上有了凄凉而柔弱的笑容。

这使得何秀英呆站下来了。

“我给你钱……你要多少都行。”郭子龙说。

“算了吧，郭大爷这样让你了，”站在窗边的鲁老太婆插进来说，“也莫太过分，他说他给你钱……你这个女子家，就拿倒吧。”

郭子龙在摸着衣袋，数出钱来。可是何秀英一句话都不说地往外走去了。

“这里呀。”郭子龙喊着。

何秀英已经走出了院落。郭子龙一直追到门口，可是她头也不回，走进田地中了。她已经精疲力竭！她因了不能达到报仇的目的、不能死去而无限悲苦。她不觉地走到王华卿家底院子后面来了。最近张老二已经在王华卿家帮工，这乡人在用苦工来偿还这几年来的债务。她站了一下，就推门进去，立刻看见了张老二正坐在院墙底台阶上发呆。已经是黄昏的时候。

张老二看见了她，立刻站起来了。他是变得这样的瘦弱、苍老了，背脊弯屈着。他底悲苦的眼睛里闪出了一道愤怒的活光。

何秀英立刻低下头，哭了起来。

“你来干啥子？”张老二问。“走开，女子，”他说，声音颤抖了起来，“我们各人认命的。”

“是了。”何秀英说。就低声啜泣着往外走。

“你也不要怪我。”张老二颤抖着追了上来，悲苦地说。

“是了。”何秀英站了下来回答，于是走了开去。

这会面就是这样的。他们都觉得已经说了很多。他们都明白他们已经别离，然而已经被饶恕了。何秀英在昏暗中走过兴隆场，虽然因了不能死去而悲苦，心里却已经安静了下来。她想到了曾经那样残酷地援助过她的王合清，就决心去找他，她于是又到乱石沟来了。

在乱石沟的这些日子里，她差不多每天都经过王合清底棚子门口，然而总没有勇气走进去；也没有想到要走进去。因为她觉得自己是毫无价值的卑贱的，所以总是不安地回避着。但现在她重新感觉到自己了，她不再羞愧了。

然而她却遇到了这个——病了很久的王合清正在死去。棚子里外站满了邻人们和王合清底伙伴们，王合清女人正在嚎哭着。她嚎哭着她底对于田地的梦想，她现在不想也不能隐瞒这个了。何秀英挤进来的时候，她在那个晚上遇到他埋葬孩子的工人正站在那里和另一个低声地说着话。何秀英后来知道，这工人叫做朱成志，是当兵出身的。

“要叫准备了。”朱成志低声说，“我这里还有几个钱。”

这时王合清女人寂静了，因为她底丈夫已经苏醒了过来。大家都看着他。

“老朱呀，我完了。”他很清晰地说，带着一个很艰难的微笑，瞪大眼睛看着大家。“这也好！……我是没得后悔的！……你们看他吴顺广还能作恶多久吧！”

大家静默着，不知道要回答他。何秀英往床面前挤过去了，她自己也不知道为什么，她觉得她必须对王合清说话。

“二哥，我来看你了！”她大声说，含住了眼泪。

“……我听说你到乱石沟来的。”王合清艰难地笑着说，“也好……”他住口了，呆看着他底女人……

“二哥——我记挂你呀！”何秀英最先哭了起来。王合清女人又开始大哭。

“我底合清呀！我总说，合清，心里不要急，心里不急，好起来，我们大家就有好日子过。”她哭喊着，“我说呀，合清，我们是种田人，不搞这行生活了，到哪个山边去租几亩地，我这个贱骨头也还是累得动的！哪晓得你就去了呀！我说合清，你累了，将后来我们就有个儿子养你呀……我底合清啊。”

干瘦得不成人形的、死了的王合清躺在板床上，灰白、安静、倔强地微微仰着头，好象说：“就是这样，有什么可哭的？”他底女人和何秀英大哭着。她们先前厮打过，但现在在这哭号中联结在一起了。

“秀英啊！我那时骂你，”王合清女人哭着说，“你……不要怪我啊！”

“二嫂，不哭。”何秀英喊着说道，并且拉着她底手而摇着她。但她自己即刻就更为激动地哭了出来。她想着王合清底这句话：“何秀英是对的！”她还想着死了的王合清，和那个在受着苦的张老二。她觉得她底心碎了。她底郁积着的痛苦一齐喷发出来，她完全不能控制自己了。她渴望能永远这样地大哭下去，爱着一切不幸的人，纯洁而诚实——她哭着离开了王合清底棚子，一直奔跑到砖瓦场上来。

但是她底这个悲伤而甜蜜的梦境立刻就被粉碎。正在找她的向大个子拦在她底面前，他底声音使她静默。他问她到哪里去了，哭什么，她不回答。他动手毒打她，于是她，这饥饿和激动了一天的女子，就昏厥了过去。

这以后，何秀英就处在向大个子底严密的监视下，他警告她说，如果她不经他同意而单独行动的话，他就打死她。说着的时候他指着嘉陵江，就在几天前，江边上还浮起过一个用麻袋装着的女子底尸体。这种恐吓并不能叫何秀英屈服，但是她总归是不再能有一点自由了。她想去找到王合清底伙伴们，但是向大个子每一分钟都在恶毒地瞅着她。这流氓需要一个女人来服侍；赌博，抽鸦片，吃饭，随时都有人使唤：他觉得这是一种出色的美满的生活。何秀英被他关在屋子里好些天不能出来。但是当他知道了她曾经到郭子龙那里去吵闹的时候，他就忽然地觉悟了，应该怎样地来利用她。

这角色是一个高瘦、弯背、秃头、麻脸的人，手下有一帮人，裹胁了一些工人——名义是砖瓦场底包工头。吴顺广在乱石沟的大部分行动，都是通过他的，正如在梅花溪那边的行动通过郑瞎子一样。乱石沟把他养肥了。当他听到了何秀英和郭子龙的纠纷之后，立刻就想到了，他要去获得郭子龙底财产。

"你替我去！未必就饶了他姓郭的吗?"他对她吼叫着，"去不去?"

何秀英去了。她希望向大个子能因此放松她，她希望减轻她底苦难。但这是很苦痛的：她不再能像上一次去的时候那样理直气壮了，而且她底乡下农妇的天性不能忍受这种行为。她没有任何力量，出现在郭子龙面前了，不知道要说什么好。

然而在郭子龙这边情形却是两样的。他甚至是在等待着，渴望着何秀英底到来。他觉得她一定会再来，而如果不再来，他便简直生活不下去了——他觉得是如此。这是这样的：在寂寞和空虚中，那种叫做悔恨的情绪渐渐被培养起来了，这是很必要的，悔恨，是这种人们这种生活底甜蜜的膏油。生活里面什么也没有，他就在渴望着何秀英给他带来的那种悲苦的激动。他要为了什么而生活，他底挨打的灵魂需要鞭挞，这鞭挞正是抚摩，他晚上才可以香甜地睡眠。何秀英上次从他这里出去之后，就在他心里成为痛苦而亲爱的存在，和什么一种浪漫的理想的象征了。他于是对自己说，他，郭子龙，因为无知而犯了罪恶，他底心原来是多么洁白，而他底一生原来是多么悲痛啊。

"你来啦？"当何秀英出现在他底面前的时候，他就显出了一种热切的温甜的神情。

"你以为我就算了吗？"何秀英脸色惨白，苦痛地小声说，向大个子教给她的话，她一齐都忘记了。

"什么事呢？"郭子龙有气无力地问。

何秀英呆着。于是这感伤的角色就取出一叠票子来递给她。她接了过去，面孔发抖，急忙走出去了。郭子龙于是流眼泪。啊，他是多么可怜这个愚昧的不幸的女人啊。他底赎罪是多么高贵，他是多么侠义啊。

感伤的郭子龙幸福极了。他所串演的悲剧是这么美丽！寂寞和空虚都远去了——原来他底一生是这么干干净净的！他就到田野间去散步，在冬季底冷风里洒着他底眼泪。

可是何秀英底这种做法完全不能叫向大个子满意。他并不是要她来郭子龙这里拿钱的，他是要她和他扭打，拖他上镇公所的。因此，当何秀英把拿来的钱递给他的时候，他就愤怒起来，毒打了她。几天之后他要她再来，她拼死地哭号，拒绝了。终于过了一个月，他又打她，要她来，而且自己监视着跟在她底后面……

而在这些天之间，郭子龙重新变得悲苦悒郁了。他既然已经"忏悔"过，何秀英又不再来，就没有什么事情好做了。他总在期待着发生突然的什么事情，无论那是悲惨的或者快乐的。他陆续地卖去田地。他计算着，每次卖五石，五十石谷子是可以卖十次的，就是说，他最少可以这样地活五年的。五年！他想了一下：五年的时间是多么难挨，多么悠久啊。能够活完这五年就很够了。那么，再多卖一点吧。但是，每次卖十石，也仍然可以活三年的，三年的时间仍然是多么悠久，未来的、空白的，可怖的三年是多么悠久啊。

他实现了他先前所想望的，长久地躺卧着，喝了酒就躺卧着。可是这先前想来那么甜美的躺卧却使他更疲劳，好像他底四肢已经四分五裂了。没有人来，没有事情发生；兴隆场并不地震，吴顺广并不突然病死，也没有什么军队忽然地开来迎接"上校"，一切是无聊极了，可怕极了！这一天下午，他凄凉地睡着了，被向大个子胁迫着的何秀英推门进来了。

这流浪者底睡觉的脸色是极难看的，面色死白，张着嘴，眼睛半闭着，一只拖着鞋子的脚挂在床边上。房间里空气浑浊，有一道阳光从天窗里照进来射在床前的地上，照耀着满地的破烂物件，和一摊带着血丝的浓痰。何秀英一瞬间害怕起来了，这一切使她害怕，她想要退出去——但是郭子龙突然醒来了。

"啊！"他惊怖地喊着，马上就去枕头下面找刀子，但即刻清醒了，认出了她，叹息了一声，露出了凄惨的笑容。

"我以为你不来了呢。"他说。然后就从枕头底下拿出准备好了的钱来递给她。但是她恐惧着，不敢接住。

"怎么？啊，拿住吧。"郭子龙笑着说，"近来好吗？你看，我自作自受，快要死啦。"

他说的是真话，说得这么坦白，善良，这是第一次。他把钱塞到她手里来，并且说："我正在想——下一回卖地，我多拿些给你，还有张老二。"

她无力地接住了，想说什么地动了一下嘴唇，终于往外面走去了。郭子龙从窗户里凝望着她底疲乏而苦痛的背影，她慢慢地走着，消失在大门外了。他痴坐着——奋力地抵抗着空虚底袭来。但突然地他听见了何秀英一声尖叫，她叫着："救命呀！"他竖起耳朵来。立刻他明白了，拿起枕头下面的刀子藏在袖子里，疾风一般地跑了出去。

向大个子正在揪打何秀英，要她再进来。他揪着她底头发往墙上碰，她抵着他底胸膛，抗拒着。郭子龙立刻热血沸腾了，他觉得了一阵强烈的欢快，空虚的生活是多么难忍啊，他正在渴望着战斗。他渴望为何秀英而战斗。

向大个子原来是害怕着这个著名的英雄的。但这英雄现在的体力是不大行了，因此不很容易把向大个子击倒；反而在第一着里吃了一点亏。于是他举起刀子来，对着向大个子刺去了。何秀英恐怖地狂叫了一声。向大个子栽倒了。

郭子龙狞笑着，提着刀子，冲开了围在周围的邻人们而走了转来。他心里鼓动着激昂的悲壮的感情：他杀了人了，他要再到广大的世界上去漂泊。"好极，完蛋了！"他说，走进了屋子。

但是阳光照耀在床边上，照耀着地上的凌乱的物件，并且把反光投射到这流浪者底野营底各处。这就是他底洞穴！这世界上除了这一个以外再没有他躺卧的地方了，再没有这样亲爱的地方了。

他握着刀子倒在椅子里——他再不能到广漠的荒野和城市里去流浪了。他心里抖动着凄苦无告的感情；他底眼睛噙着眼泪："我要到哪里去啊？"

传来了喧嚣的人声：乱石沟底流氓们走进了院落。郭子龙惊醒了，跳了起来，握着刀子站在门口去。他决定拚了。他底脸变成了岩石一般的，可怕的。流氓们站下了，没有人敢有所动作，沉默着。

但正在这时候，向赓云率领着自卫兵们走了进来。流氓们散开，自卫兵们就持着枪包围了窗口和房门。披着蓝绸的丝棉袍，束着大腰带，持着盒子枪的向赓云站在院落中间。局面显得是紧张的。

"老兄请安了。"向赓云叫着。

郭子龙仍然顽石一般沉默着，握着尖刀，眼睛里闪耀着可怕的光焰。他望着那些指着他的枪口，他轻蔑它们！他甚至渴望着它们底射击！但是没有一个人敢走近来。向赓云一再地大叫着冲上去，乡保队底兵士们都不动。于是向赓云对着郭子龙叫：

“我开枪啦！”

“开吧！”好汉说。

像闪电一般，好汉跳过窗口，扑向一个兵士，夺下了他底枪。他跳到一个木桶后面去，举起枪来向着向赓云了。那个失去了枪支的兵士想夺回枪来，但是向前动了下就被郭子龙喝住了。院落里重新死寂着。郭子龙，施展了他底英雄的好本领，这是以后一直在兴隆场传为美谈的。

但是相持了一下，他却忽然地厌倦了，他厌倦和这一批角色打仗了。他举起他底枪来向着向赓云投去。

“破干面口袋，老子投降了！”他欢快地喊着。

向大个子并没有死，仅仅被刺伤了肩膊。郭子龙被关了几天放出来了，失去了二十石的田地，他是像一个英雄一般凯旋出来了，甚至连吴顺广都不得不暗暗地赞叹他。他现在完全不在乎所丧失的二十石田地，然而，何秀英从此不再在他面前出现了。

十八

但仍然是空虚、厌倦，厌倦、空虚！噙着悲伤的悒郁的泪，哼着，躺卧着。他觉得末日快要来了，他凄凉地，渴望地凝望着它。他不断地想着过去的事情，变得奇怪地脆弱，动不动就要淌下眼泪来，像是一个孤独的老人了。他想着悔过和行善，想着最初来到兴隆场的时候张老二请他喝酒的事情，不断地记起那晚上张老二底声音和庄严的神色。张老二一直不曾有对他报复的举动，并且一直不曾对他底恶行说过一句话，这种情形，在他底寂寞中就象是毒蛇一般纠缠着他。终于，在二月间，他决定了去找到张老二，赔偿他底损失，接受他底无论怎样的报复，对他赎罪了。

这就是这个角色底行为。他冲动着要去找寻生机，冲动着想要花掉他底财产——他是觉得，他应该从尘世底苦痛的梦境里醒来。

张老二是在他母亲死后不久就来王华卿家帮工的，他底屋子被吴顺广家底族人占去了。他在王华卿家里已经做了一冬天的苦工，对这放高利的老头子偿还他所负的债务，他无疑地觉得这是应该的。一冬天他都沉默寡言，人们不能知道他究竟在想着什么，而且无论什么苦工他都不推辞。这引起了王华卿老头子底复杂的感情。他厌恶他又可怜他，同时还暗暗地有点害怕他。不是害怕他会败坏事情，也不是害怕他会对自己行凶。但总之，有点害怕他。王华卿老头子在家庭里面是著名地坏脾气，在他吃饭、睡觉、算账的时候，全家大小都不敢出声。他时常要大骂他底佃客和债户，把他们喊来站在台阶下，暴跳如雷地吼叫，拿着长烟杆狂烈地拍击着桌子，并且在吃醉了的时候还要打人。但对于张老二，他却从来不敢这样，这也说不清楚究竟是什么缘故，因为，如果说这乡人是天性庄严的吧，他却确实已经变得衣裳破烂衰弱无力了。有一次，王华卿老头子正在大骂一个佃户，张老二无意地走进来了，似乎什么也没有感觉到，在寻找着什么东西，但后来站住了，对着王华卿看着。就是这样什么表情也没有地看着，王华卿却不安、惶惑、沉默了下来。

"张老二，你出去。"他说。

张老二往外走去。但他仍然很不安，又喊住了他。

"你说说看，张老二，我骂他是不该的么？你说该不该？"

"主人家骂客户，有什么该不该的。"张老二回答，走出去了。

因此，郭子龙一说起他愿意出钱替张老二还债，王华卿就答应了。他宁愿不要这个良好的奴隶。他立刻找了张老二来。

这脸色枯黄，背脊弯屈的苍老的乡人出现在郭子龙面前了。他定定地望着郭子龙，嘴边上突起着一个几乎不可看见的痛苦的纹路，但与郭子龙所期待的完全相反，并不显得惊奇和意外。王华卿告诉了他郭子龙底意思，他仍然这样地看着。

"那倒不要的!"他回答说。

"那么你说你究竟怎样呢?"王华卿老头子着急地说。"我是无所谓的,真的我就要你那几个钱的债吗? 我是为你想呀。"

张老二沉默着,脸部有一点痉挛。

"你以为我骗你么?"郭子龙问。"你恨我吧?"

"那倒不。"他坚决地摇摇头,紧闭着嘴。

"我是说,我那里有田地,给你田地,也有房子,由你。"

"那也行的!"沉默了一下,张老二简单地说。

郭子龙要他下午的时候自己搬来。下午的时候他果然来了,挑着一床铺盖,一把锄头,和一些零碎的家私。这就是这奴隶的全部的财产了。他一声不响地走进来,对郭子龙冷冷地点了一个头,站在那里。郭子龙发觉自己没有什么和他说的,就告诉他说,对面房里有一张旧床,他可以去打扫一下,就住在那里。

张老二于是搬到郭子龙对面的破烂的小房里去。他不再出来。鲁老太婆送晚饭来的时候郭子龙喊他来吃,并且要他坐下来喝一点酒。但是他摇摇头,又进去了。郭子龙吃完了,才看见他走了出来,坐在那里悄悄地吃着,然后慢慢地吸着烟。

郭子龙陆续地在张老二身上发现了陌生的、奇特的、冷冰冰的东西。张老二完全不是从前那样,也完全不是他所想象的那样。他不感激郭子龙,也不表示什么意见,显然地他很明白,到这里来,他一样地是做奴隶。郭子龙底行善的心不能得到丝毫的满足,他很痛苦了。

第二天一早,张老二就起来把院落和堂屋的地面都扫干净了。郭子龙起来后他走到房门口来,问郭子龙说,他应该到哪一块地里去做活。郭子龙不能回答他,因为他,郭子龙,完全没有想到这个。

"我送你十石田地好不好?"郭子龙说。

张老二连眼皮都不动一下。他不相信这个。他继续问,他得怎样做活,郭子龙就回答,明天再说。

他觉得很无聊了。

然而张老二却是认真的。他是正直的，他觉得，他到这里来是为了做活；如果没有活做，他就不该蹲在这里。在他底重大的、无可思索的不幸里，他渴望做苦工。他对这个世界的仇恨是这样大，以至于对郭子龙的仇恨并不能给他以特出的感觉。他不曾想到报复，也不曾思索过他底苦难的性质，他底心是在冷酷的、冰封的状态中；在这种状态里，唯有肉体上的苦工才能使他保持着表面上的机械的安慰而生活下去。一切希望都失去了，他不再想到将来，而过去的事情，也只像是蒙在一层烟雾里似的朦胧而中断地在他底心里闪现着，他对它们也没有确定的知觉。在这种时候，甚至连宿命的思想都没有，因为他底不幸已经远远地超过它了，这就是说，在那冰封着的心底深处，有着什么在颤动、抽动着，他自己还不敢意识到。他孤独而又衰弱，然而却用着可怕的沉默的爱情依恋着他底苦工，他底锄头下面的土地。

他望着一切东西的那种眼光是静默而无知觉的，仿佛有什么遮在他和一切事物底中间。他用这种眼光看着他底主人们和仇人们，看着郭子龙和吴顺广，并且也用这种眼光凝望着何秀英。他憎恨她，但又同情她和可怜她。同样的，他被郭子龙对她的侠义的行为感动，却又极端地轻蔑着他底恩惠。他把一切感情都压抑下去了。他以可怕的坚韧忍受着人们底凌辱，而乡人们和邻人们对他的同情因此也不能达到他心里。正如站在王华卿老头子底面前一样，这个冰冷的奴隶站在郭子龙底面前了。

一连好几天，张老二站在郭子龙底面前，询问他关于做活的事情。这就把郭子龙弄得很焦急。半个月以后，经过郑瞎子底帮助，十石田地收回来了。郭子龙很高兴地把这个消息告诉了张老二，并且说，这个田地随他去支配。然而张老二仍然冰冷地站在他底面前。

“这样的：要春耕了，要耕牛，要灰，要种籽，要买料。”

“耕牛？耕牛我是不买的！”郭子龙说。

张老二看看他，走出去了。不久，又走了进来，说：

“要是没得活做，我就走了。”

“你走就走吧!”郭子龙愤怒地说。

但立刻他觉得悔恨,大声地把他叫了过来。

“耕牛好不好租一匹呢?你看吧,我这个院子不是养牛的,”他指着院子说,“租一匹好不好呢?”

“那太花费了。”

“不要紧。你说,一起总共要好多钱吧?”

“我是不经手的。”

“你经手吧,我叫你经手。一切都由你做去。”郭子龙热情地说,并且掏出钱来,“还有,今后要做什么,你就说要多少钱就是了!不必详详细细地这个呀那个呀……”

张老二拿了钱出去了。郭子龙因终于解决了这件累人的事情而觉得爽快,在屋子里走来走去,还唱了两句歌。他觉得他是很高尚的。

这样就开始了这个地主底旧家庭里的新的、奇怪的、颓废的生活。张老二无论办了什么都要来向他报告,带着不变的冷酷的神情。郭子龙底想要感化他的心愿是受了挫折了,而不久,他就发觉了他是把一个永远不可和解的敌人摆在身边。他底感伤主义破灭了。然而,这感伤主义却又在更大的规模上暴发了出来。

“什么种籽啦!料啦!耕牛啦!我听不得!”有一天他痛苦而愤慨地向张老二说,“我这个人一生是潇洒惯了的!你在我这里,不是做一个下人,你是一个主人!懂得吗?人跟人之间。是平等的,懂得吗?要是你不愿做主,那我就照别人一样给你钱,不过你仍旧不要以为你是下人!我不提从前的事情,提起来也难过,你我就算是在这茫茫的人海里偶然相遇的两根水草——懂吗,朋友?”

对这一番话,张老二是什么也没有回答。他不是茫茫的人海里的什么水草,他是这土地上的一棵不屈不挠的树木,它底根深入到地心里。并且,这悲愤的树木已经在迎着大风而呼号了。

在张老二来到以前,郭子龙底日常生活是受着鲁老太婆底统治的。张老二底出现极其简单地就阻碍了这个统治，一方面郭子龙底心思花在对付张老二上面去了，一方面张老二底顽强的神色打击了鲁老太婆。鲁老太婆女儿女婿在街上开豆腐店，她是一个精明的女人。本来是同情着张老二的，因了张老二底在郭子龙的生活上的逐渐加深的控制，开始仇恨他。首先是伙食的问题。本来郭子龙虽然向她包饭，却是不吃什么的，几乎经常地上馆子，但张老二底到来却改变了这种局面。他吃得很多。当她向郭子龙诉苦，要求加钱的时候，张老二就告诉她说，她应该明白，自己已经赚到了多少。

本来张老二是没有过问郭子龙底这些事情的心绪的，但由于郭子龙底生活底特殊性质，由于郭子龙底颓唐和慷慨，他底感情逐渐地被唤醒，他不能忍受这种违反了他底一生的习惯的浪费和胡涂了。他高兴看见一个严刻的地主，而憎恶郭子龙底这种无聊的浪费。这里面还包含着一种因长久的共同生活而发生的对于郭子龙的同情，和那种维护主人的不觉的本能。在他底心里，那个善良而慷慨的地主的形象又稍稍觉醒了。好像他底心软化了，并且看起来，他已经得到了安慰，他底仇恨消失了。郭子龙似乎是感动了他了。

于是渐渐地，每当鲁老太婆带着那种虚假的笑容走进了郭子龙这杀人犯底房间，他就抑制不住地要走到门口来站着，监视着里面所发生的一切。鲁老太婆恨透了他，在郭子龙面前攻击他，后来终于就和他吵闹了起来。

“你要晓得你底身份，张老二！”有一次，当他同样地站在门口的时候，鲁老太婆转过身来狂怒地对着他叫。他脸红了，愤怒了。

“你是一个骗子！老太婆！”他说。

“你才是……”

“你骗了多少钱呀，摸摸良心看看！”

“那倒是的！”老太婆说，“人家大爷慷慨，人家大爷连那个女人都出钱的！”

张老二顿时惨白了。郭子龙对鲁老太婆大吼着，叫她停止。张老二一句话也不说地就走开去了。晚上，他走到郭子龙底房里来，郭子龙正在捧着一本《三国演义》看着，一面喝着酒。

“郭大少爷，那个女子的事情，我有点话说，”这乡人冷冷地说，“我是说，我还是不得忘记的！”

“那我晓得！”子龙回答。

“未必我是忘恩负义的人么？未必我们这些人底心里，有哪一点比你们贱的么？未必我对不起你郭大少爷么？从前，”张老二愤怒地说，“我们是捧出一颗心来的！我们指望一个有德性的人！我们是不指望一个强盗、流氓的！”

这乡下人在颤抖着。郭子龙，带着痛苦而讥刺的笑容，看着他。

“那你要怎样办呢？”

这个问题使张老二沉默了一阵。在他底心里，仇恨和软弱的情绪搏斗着。他开始觉得他到郭子龙这里来做活是卑鄙的，因为他已经失却了原先的冷酷的心情了。他没有再说什么，走了开去。

郭子龙却在想着这个。他觉得这乡下人可笑得很。可是他终究觉得不安了，他想念着何秀英并且觉得伤心，鲁老太婆今天早上曾经告诉他，何秀英被向大个子打破了头，昨天下午曾经一直闹到镇上来。

“张老二！”他走到张老二底小房里去，对黑暗中叫着。“我们不提从前的事好不好？”

好久没有反响。忽然地黑暗中冲出了一个激昂的声音，像是野兽底嚎叫——张老二哭了。他大哭着，过去的一切冲破了那酷烈的冰封，全盘地在他底心里觉醒了。

然而他继续地为郭子龙耕种田地。

这是春天的欢畅的天气了，逐渐热辣的阳光曝晒着张老二脚下的土地。他开始有了一种强烈的感觉，觉得这土地是属于他的：终究是会属于他的，他现在在期待着郭子龙再说一句：“这个地我送你!”——他觉得这是完全可能的,然而现在郭子龙已经失去了原来的那种激动了,他底田地已经不多,他要留着它们来慢慢地卖掉。他想,等田地卖完了,他就再到外面去干一场,而现在,他却要好好地休息休息。然而他底所谓休息是什么呢?那是酗酒、回忆、对于色情的印象和无聊的英雄故事的沉溺,这就是这个刽子手底精神生活。他不仅不再注意张老二,并且已经忘记了何秀英。温暖起来了的气候和晴朗的天气,远远地传来的兴隆场底赶场的热闹的人声,从门外的坡上可以看得见的乱石沟的浓厚的烟雾,以及门前的坡下的麦田和金黄的菜花地,那些从菜花地里走过去的山里来的健壮的贫苦的妇女们,这一切,使得他更为不安和烦闷。有时候他觉得他底生命空幻得像一团烟雾一般,有时候他又觉得它像一块大石头,把他累死了。他渴望人生和社会活动,他渴望,住在大都市里面,名片上印着漂亮的头衔,穿着笔挺的西装,带着时髦的女人进出饭店和舞场,到处都是活动,到处都是掌声、歌唱、亲密的言谈和人们底艳羡的注视——他觉得这才是真正的生活。他底先前的同学和朋友们大半都在过着这种华美的生活,这是叫他不能忘记并且仇恨的。这个社会里的这一群人有着非常出色的特点,他们简直就是为了跑江湖和打烂仗而生的。多少年来这是一个向外发展的社会,它底中层阶级的青年们不断向外面跑去,经历着各样的碰击和冲激,少数的成为这个时代的杰出的战士,一部分牺牲了,但大多数却是非常圆滑地掺进了中国社会底各个机构,发起财来,成为出色的投机家和市侩,虽然一般的都是非常庸俗的人,但他们确实是能干而充满着精力的。他们不是以教养和德性来取胜的,他们都是粗陋的感伤主义者,但又都是实际的人;他们是以他们底特出的机巧和小聪明来取胜的。这个城市里有他们底一家酒馆,那个城市里有他们底一个书店;这里一个百货公司,那里一家钱庄……一律地都带着活泼的江湖气和善变的机伶的色彩,所以有时候,这家百货公司底小开要办一种专谈经济问题的刊物,那家饭店的老板要组织一个政党——他们蛇一般地活动着。这种活动表明了他们底政治的渴望，这些庸俗的精力强壮的市侩里面很少有安分守己的，他们底渴望总是以最尖锐最露骨的方式来表现出来。继续地盲目地往各方面爬着，一旦摔下来了，他们就会成为非常出色的感伤家和恶徒，整天地做一些痛哭流涕的诗，对这个致命地打击了他的社会狂吠着；一时要号召一群土匪，一时要发动公开叛乱。当郭子龙在悲痛的迷茫中凝望着兴隆场的时候，这一切就在他底心里蠢动着。他于是觉得，这外面看来是很安静的蠢笨的兴隆场，这吴顺广底粗野的王国里面，是埋葬着一些就要爆裂的火种。年青的时候他搞过一些粗野的政治玩意，曾经沾沾自喜地把自己当做兴隆场底未来的主人。不幸的是，他终于没有去走那条商业社会的路，而滚到军队里去了。他觉得他不是没有伟大的抱负的，军队的生活把他毒害了。他觉得，他底性格、才气，都是不适合军队生活的。对于他底这种看法，看见了这个恶徒的行径的人自然很难同意。然而，他还觉得他是天性文雅，倾向着文学和诗歌的哩。事实上，他底性格里的刽子手的英雄主义和他底这种感伤主义是同一的一个东西。他总是要走错路的。资产阶级底生活精神和规模，对于一个渴望着人生的、落后地方的江湖少年的影响，总是含着什么样的一种悲剧性的。一方面渴望着精神上的新生，一方面又从根底里是一个江湖小政客和小流氓，这两样奇妙地冲突着和混合着，它是很难抵抗它所不知道、不了解的这个历史命运底打击的。他，郭子龙，真的到了现在还渴望着漂亮的什么生活吗？然而他是疲惫欲死了。什么样的生活都不能引起他底注意，他要求活动——那不过是生理上的机械的反拨而已。

这个晴朗的上午他站在门前有一点多钟，凝望着赶场的人群和闪着光芒的嘉陵江。各样的印象在他底心里闪耀着。兴奋了一阵之后，他就空虚起来了，觉得有点发晕，恹恹地站着。他想将来他终归还要出去再干一场的，然而这个思想没有什么滋味，他却同时想到了：要是他死掉了，怎样办呢？这个思想，好像一柄铁锤似地在他底空洞的神经上捶了一下。他近来常常想起这个。

"老子非要再出山,再杀他千把个人,掳一笔金子带几个美女回来不可!"回答这个思想,这著名的英雄说。

他走回去,闷闷地喝起酒来。他觉得特别的不适。下午他就发着高热而病倒了。

他实在是一个可怜虫。没有谁像他这样不知道自己底身体的衰弱的了。荒淫凶暴的生活摧毁了这个精力强旺的角色,他徒有一个英俊的外表。他所以还能够那样勇敢地和人家打架,无非是由于他底那种盲目的自信而已。要描述这一切,要描述这好汉底荒淫凶暴的生活,是需要一种特别残酷的语言的。

"老子要几十个美女!"发着高热躺在床上的郭子龙狠辣地说,"老子要杀他一个精光! 老子要引起燎原大火,老子要发动一个空前绝后的革命! 组织一个革命党,一百万人马,弟兄们!"

到了晚上,这种凶悍的呓语就变成了悲伤的喃喃了。他说着关于"寂寞的人生"的话,断断续续地,流着眼泪。

"是不是呢,你老兄说说看? ……人生寂寞而空虚……人生好比一场春梦……你我都是的,梦醒了,再往哪里走呢?"

深夜里,张老二被他底一声狂喊惊起来了。他喊着:"我不要死啊!"这是一声燃烧似的喊叫,同时传出了什么东西倒在地上的沉重的声音。

张老二跳下床来跑过去了。微弱的春夜的星光照耀着乱七八糟的英雄的房间,这英雄跪在地上,上身伏在床上,头埋在被子里,两只手紧抓着床沿。

"醒醒! 醒醒!"张老二推着他说。

"我说,钱是不要紧的,黄金难买人心!"郭子龙昂起头来,狂暴地叫着,"而不管怎样,我郭子龙总是顶天立地的——朋友,拿你底机关枪打吧!"

还有比这更悲痛的声音吗? 张老二被震动了,他可怜这个人,并且想到,这个人底一切恶行都是无辜的。

"我走了,我又走了!"郭子龙继续大声叫着,"春天又来了,我又走了,我底亲爱的家乡啊! 我底祖坟啊!"

“郭大少爷!”张老二喊。

郭子龙突然站起来了,瞪着他。

“你干什么的?”他向着张老二严厉地叫,“不叫你不准进来;蠢奴才,中国就亡在你们手里,滚开!”

张老二出去了。他靠在床上,不觉地悬念着郭子龙。听着对面房里的声音,不能睡去。他现在觉得郭子龙是一个可怜的人;他觉得,照护郭子龙,照护他先前的东家少爷是他底义务,除了他以外再不会有别人来照护他了。于是他悄悄地又爬起来,走到郭子龙底门边去听着。他听见沉重的呼吸和呻吟的声音。站了一下,他走转来,但不久又走了过去,他非常的不安。这个时候他完全忘记了他自己。他觉得郭子龙需要喝一点水,他觉得需要弄点药水来给他吃,需要请医生。第三次走到郭子龙门边,听着里面的火辣的呻吟声,他走进去了。

“哪一个?”郭子龙用衰弱的乞求援助的声音问。

“我。”

“张老二,你来。”郭子龙凄惨地说,“我心里难过极了,怎样才好啊?”当张老二走到床边的时候,他迫切地问,他底眼睛在幽暗中发着燃烧的光亮。“张老二呀,你看我会不会死? ……”他喘息着,“怎样才好呀?”

“歇歇就好了。”张老二说。

“屁! 我这难道不是在歇着么? 几十年来都没有这样歇过,几十年来都没来这样累过。你告诉我吧,”他热切地说,“你是晓得一个人该怎样活的,你说吧,张老二,我该怎样活呢? 你说说看,一个人怎样有那么大的耐心,不管自己怎样苦痛都还在做工呢? 我觉得那真是幸福的人! 张老二啊,我的一生是非常不幸的! 我太坏了呀! 我是怎样坏起来的呢! 我也不晓得!”

郭子龙底声调是甜蜜而吃力的。他心里显然因这种倾吐而安适了,这种倾吐叫他觉得自己是一个特别善良可爱的人。张老二感觉到了他底脸上的热切的神情——这不幸的乡下人被这个著名的恶徒感动了。

“想起来，我是非常对不起你的，我也对不起何秀英。你不会以为我是一个存心作恶的坏人吧？你心里，你心里是还在恨我吧？”

他沉默着，等待回答。

“那倒不是的！”张老二说。

“可怜啊，张老二！你底一生是多可怜啊，跟我一样；你是做了一生的牛马！”郭子龙含着微笑说，“我不懂，为什么你还不厌倦？看你在修理锄头呀，拌草呀，筛谷子呀，打草鞋呀，我心里就觉得奇怪之至！你要晓得，在这个社会上，你们这些人是永远爬不起来的！到处你都要受压迫！除非你们有一天起来革命，杀死那些地主老爷，把他们底地拿过来。你们是休想有田地的！可是那时候人家会用十倍的力量来打死你们，说你们是土匪！何况像你这样的人，什么仁义，什么忠厚，天哪，老实说吧，仁义忠厚，是为了我们这些人打算的。只有你们仁义，人家才好来吃你，在我们这些人里面，我敢说，没有一个人是仁义的，都是一些畜生！”郭子龙说，“你从来都不晓得，你们这些人要是联在一起的话，会有多么骇人！我带过兵，晓得的！仗是哪个打的？兵打的！兵是哪个？兵就是你们这些人！我打他们，骇他们，叫他们仁义，我统治他们，可是我怕他们！张老二啊，你们未必世世代代要过这种苦日子么？人家欧美各国的人民已经觉醒，我们中国还是多黑暗啊！我希望我自己能成一个革命家——打倒一切官僚地主！”

张老二像触了电似地在黑暗中站着。郭子龙底话他不能完全懂得，可是那意思却正是他心里的东西。他觉得这话很可怕，并且觉得自己很可怕——他害怕在自己心里激荡着的感情，害怕这些思想，害怕它将要鼓动着他去做的事情。他不再为郭子龙而感动了，呆站在那里。

“你歇歇[①]吧！”好久之后他冷淡地说。

---

① 据《正误表》。

这种冷淡的反响给了郭子龙一个打击。于是他觉得再没有什么好说的了，他觉得浑身痛楚，重新呻吟了起来。

“我要死了！”他忽然愤怒地说。

“死！死有什么好怕呢？真是没有道理！”张老二冷淡地想，走了出来，躺到自己底床上去。在他底眼前出现了他底亲人们底褴褛、苦痛，但是倔强的群像。出现了他们底忠贞、仁慈、宽阔的姿态。在他们底中间站着那个顽强而热烈地要求生活的何秀英。他于是明白他现在再不怕什么了。

但是，同时，在郭子龙底迷胡的幻境里，出现了那些聪明、卑劣、软弱而颓唐的人们，他们混做一团，哭闹着，叫骂着，厮打着，使他战栗。他觉得两只有力的手紧紧地扼住了他底咽喉，他觉得他正在死亡下去。

十九

郭子龙病了差不多一个月，一直到快要插秧的时候，才慢慢恢复了过来。下床以后的第三天早上，他吩咐张老二给他叫了一乘滑杆来。他坐着这滑杆往他家底祖坟去了。滑杆一直抬着他到坟地里面，停在一边等着他。他就踏着乱草在他底父母底毁坏了的坟墓周围走了一圈。好像他是要来找寻新的忏悔的养料，要来修整一下这荒芜的墓地似的，当时他也的确充满着这个愿望，但一回到家里来，他底心思一变迁，就把这个念头完全丢开了，并且毫不歉疚。他觉得钱不够用。没有几天，他就又着手卖田。

在他病得自以为快死的时候，他底心里发生了向他底父母忏悔并且去修整祖坟的愿望。他并且想着，如果一旦病好了，他就要去信神拜佛。这个愿望，像他底一切愿望一样，在当时是非常的强烈。他不要做什么英雄或“革命家”了，他要做一个遁世的、虔信的人。可是病一好起来，他就又在渴望着生活，并且怀着邪恶的意念了。

他叫了张老二来，告诉了他，他要卖一点地，并且要他替他去街上找人。

张老二，听了这个，沉默了很久。这时候的张老二，是已经成了这个“家庭”的一切事务底主人了。他底不觉的顽强的习惯统治着这两间屋子里的一切。他不能忍受郭子龙底浪费而胡涂的生活；他爱惜田地就像爱惜自己底亲人一般。这一次他真的不能忍受了。

“我怕，”终于他苦痛地笑着说，“就是卖地，也没得哪个要的！”

“那，要卖的。”郭子龙说。

“那我……不得去替你做……我不干卖地！”忽然他红了脸叫着。

“你这是干什么？”

“干什么？”张老二叫着。“卖地？叫人家品品看，人家多少人一生想一点地，还有卖地来喝酒的？……那不行，你还欠我底地，我底地！”他激动地喊。

郭子龙抱着手臂，讥嘲地看着他。

“要是不卖呢，也行的，只要你到王华卿老头子那里去一趟，”他说，“跟我借一笔钱来！告诉他，多大的利钱我都出！”

“你这简直是胡涂！”张老二愤怒地说，“你想想看，人家会拿钱借给你吗？人家放利也要看人的，天底下怕没得那种傻子！一个人活在世上，第一要信实，是要为儿孙后代立家业的，没得哪个败家业！从来都没得这种胡涂人，你想想从前老太爷吧……”

他激动地说着，红着脸，喷着口沫。他实在气愤极了，他想：居然要卖地！到郭子龙这里来以后，他还不曾这样激动过，也不曾这样胡涂过，因了同情，爱护，憎恶浪费，和对于田地的渴望，而对郭子龙说出这些完全不相干的话来。他提到“老太爷”怎样地爱惜家业，这恰恰刺痛了郭子龙。于是冷笑着的郭子龙突然变了脸色而对他大叫起来了。

“有身份没得？闭嘴！”

张老二沉默了，颤抖着，愤怒地笑着。他对他自己愤怒，因为他确实忘记了自己底身份，郭子龙是他底仇人。

“你一辈子都想不到半块地，奴才！”郭子龙叫着，“滚出去！”

张老二走出去了。一直走到院落里，又折回来走进了他底小房间，坐在床上。他翻着他床上的破烂的东西，而后在床上躺下来了。他想离开这里，可是又没有决心。他是牵念着他所耕种的田地：他舍不得它们。这环境对他的影响是并不简单的。他底冷酷的仇恨的感情在郭子龙面前溶解了；当他开始同情郭子龙，开始憎恨着郭子龙底生活态度，开始把他底心伸展到田地底事务以及和郭子龙所共有的利益上去，并且开始希望将来能从郭子龙得到一点田地——这个时候，他底那个冷酷的仇恨便溶解了。同时他心里混乱而痛苦起来，他觉得自己是卑鄙的。

郭子龙对他也是气极了。好久以来，他就憎恨着张老二对他底生活所持的异议，但在混乱、内心软弱和对于实际生活无力的状况里总是退避着。他要张老二去干关于田地的一切事情，就是为了避免和他纠缠不清。这种日常生活的琐碎的夹缠于他是特别痛苦的。他有他的那个精神世界。这一次他实在不能忍受了，他简直就要驱逐掉张老二，叫他马上滚蛋，如果不是害怕着失去了张老二以后他底生活会发生许多不便的话。他仇视这个乡下人底意见，他一定要去卖掉田地！于是他找了鲁老太婆来。非常简单地，鲁老太婆答应了去办这件事情。

看见鲁老太婆带着精明而欢喜的神情从郭子龙房里出来，张老二就明白了。于是他底憎恨就转到鲁老太婆身上去；因为他不能脱离和郭子龙底共同生活，他就很高兴给自己证明，郭子龙是个胡涂人，他是受了鲁老太婆底欺骗。

黄昏的时候，郭子龙向着他走来，对着他轻蔑地看了好久——他正坐在台阶上吸烟。

“晓得吗，我是你底主人！”这不久之前还宣扬过革命的英雄这样说。

张老二从嘴里取下烟杆来，紧闭着他底嘴唇。然后站起来，在郭子龙底嘲弄似的注视下，一声不响地走开去了。

晚上，郭子龙喝醉了。在房里唱着歌，仰靠在竹椅子上，两只脚搁在桌上。他唱着“好男儿，好男儿奋起报国”和“你是那天上的月，我是水中的浮萍”。他底声音是疲弱、嘶哑而灼烧的。有时候歌声停止了，他呻吟着，咳嗽着，发出一种悲哭的声音来，有时候他又狂暴地哈哈大笑着。这些声音一直继续到深夜。第二天白天里是静静的，但到了晚上，这些声音准确地又起来了。第三天仍然如此。

他觉得一种愉快的恐怖。这就是他在里面出生的那间房子吗？这就是他底父母在里面度过他们底一生，他在里面挨打、哭号、煎熬、凄凉而热烈地养育过他底青春的美梦和英雄的幻想的房间吗？这就是那间房子，他曾经渴望烧掉它，在流浪的岁月里又向往着它里面的永恒的安息的？这是他底“家园”——这真的不是流放者底野营吗？可是这一切痕迹在哪里呢？它曾是显得那么不可动摇的，然而现在却叫人觉得它随时都会毁灭、倒塌、消失。它曾是充满着生活的，可是现在却叫人觉得它只是无数的坟墓中间的一个。生活离开了它，如果没有张老二，那这里，即使连这一点点生活气氛都要消失了。从黯淡的阳光照耀着的满是斑渍的墙壁上，从窗外的堆放着农作的器械而被张老二打扫得很干净的院子里，郭子龙找不到他底过去的痕迹。他憎恨张老二底整洁和对于他底梦想的侵犯。在深夜里，他对他底死去的父母，对张老二底这种微小劳碌的生活，对整个的世界，发出他底狂妄而悲痛的大笑声来，似乎感觉到什么样的一种胜利的满足，但随后他就会不觉地沉湎到无限的空虚的悲哀里去了。在一切声音都消失，田野里和兴隆场底周围仅有犬吠的深夜里，过去的遭遇，他底熟人们底形态以及他底父母亲戚们底面貌，就会不意地静静地在他底心里浮了上来。他就会长久地想着某一个死去了的人，想着他底一切小事情，想着他过去的得意的快乐的时光，想着他底姐姐底出嫁，他底母亲在堂屋里忙碌着年节的情景，想着，当他第一次到县里去念书，放暑假回来的时候，他底母亲如何迎到台阶上来看着他而淌着眼泪。这个时候，过去才复活了，他才逃开了空虚和恐惧，享受着充满着深切的感情的时光。可是即在这种时候，即在这种逃避空虚的努力里，他底心里也藏着一个冷冰的东西。忽然地一切全消失了，于是他就重新惊骇地看到了他底真实的情况：他是多么狼狈，多么孤独！

“妈妈呀！”他虔诚地小声呼唤着，“来救你底儿子吧！除了你以外什么人都不爱他，你，妈，来救他吧！”

呆定了一下之后，他就失望地摇摇头。随即觉得自己刚才简直就像在演戏，愤恨了起来。于是他猛烈地狂吼了一声而大笑了。

他唱起歌来，敲着桌子，唱着：

“浮云掩住了明月……”

他底声音完全沙哑了，唱不出一点点调子来。但是他念着这些句子，觉得自己唱得绝美。他站起来，在房里走着，踢着脚下的各样的凌乱的东西，唱着。他唱着而哭起来了。后来他叉着腰跳舞，哭着，嘴里念着拍子。

这是对于空虚的一种绝望的格斗。他还只看到这空虚底一小部分！一天一天地，这感伤的恶徒底这种格斗猛烈了起来。白天里他到兴隆场去，在刘顺泰茶馆里坐着，希望恢复他从前的地位，即使不是“上校”的地位，也是“复仇者”的地位，希望和吴顺广吵闹起来。可是人家不理他。他也没有勇气去真的挑战了，他害怕连现有的生活也失去。他喝了酒，就坐在茶馆里拉着别的人谈——吹牛。他狂热地说着他所遭遇的各样的惊险的故事，告诉人家说，有一次，他怎样地在一个村子里住下来，怎样的村上的人们暗算他，他又怎样地带了兵来把村长杀了。最初人们还有趣地听着他，可是当他把一个故事说了三遍，并且把不久之前别人说的一件了不起的事情也拿来当做自己底故事的时候，他底听众里面就出现了古怪的脸色，并且逐渐地走散了。显然的，他是连“大粪营长”的地位也不能恢复了，他底热狂的吹牛成了全兴隆场底笑柄，人家把他看成一只破草鞋。本来他是不屑和这些人们说话的，本来他是高傲的，并且他也确实比他们高超，可是他现在却是热狂地需要着人们。这是一个出色的场面：当他热情地说着他底故事的时候，突然地全茶馆里除了几个不相干的乡下人以外，所有的人都没有了，而那几个乡下人是在惊奇地瞪着他。他底说话的热情仍然在高涨着，以致他一时不能明白他底处境，他底手兴奋地在桌子上抓动着。

“郭子龙，这个故事我们好像在哪里听过呢。”他想起来，当他开始说的时候，有一个年青人曾经这么说。

他望着坐在角落里的那几个乡下人。他们中间一个年纪大的，非常同情地看着他。

“你看这些混蛋!”郭子龙说，似乎是在对这老人说——他仍然不能压下自己底谈话的需要。

“郭大爷，我认得你们老太爷呢，”老人笑着说，“我是刘得根，在你们家做过活的!”

“我晓得!”郭子龙肯定地说，其实他一点也不晓得，他根本没有听进去。

“那时候郭大少爷才七岁。”

“唔。”郭子龙冷淡地说，他是极不愿意人家提起他底小时候的。“你看看，老头子，兴隆场这批东西多混蛋呀！老子总有一天要整死他们!”

他于是站起来走出去了。老头子刘得根皱着眼睛看着他走过满是阳光的街道，看着他底瘦长的、穿着破旧的绸衬衫和打皱的绿色军裤的影子，叹息了一声。

郭子龙谴责着自己底卑鄙，觉得不该去找那些人谈话的，他心里非常难过。这样，他底在兴隆场底社会生活就结束了。他底这一生的社会生活，和对于活动的渴望，也就结束了。他难过地看见自己变成了一个十足无聊的人，他从来不曾想到过自己会有这么无聊的。他想：像这样坐在茶馆里吹牛，你和兴隆场底那些可憎的人们有什么不同呢？他本来是和他们不同的。他必须和他们不同，他应该比他们优越、伟大。究竟怎样搞的，他会落到这种卑鄙的境地里来?

对啦,他要优越,伟大!

晚上,那些声音又从他房里传出来了。他不是在唱歌,而是在说话,好像是在和什么一个对象辩论着。他要证明他底优越和伟大。他要压倒兴隆场底庸俗的人们。

“你听着就是了!不管是什么事情我都是经历过的,不管哪种生活我都享受过,我未必还有心思来对你们看一眼吗?我不过是高兴玩玩的。我现在对于人生已经看得很清楚了,我并没有向哪个低头,我自己高兴这样。只要我底巴掌翻一翻,我就会叫兴隆场翻一个身;我还会叫全中国翻一个身!火已经烧起来了!遍地都是大火!”他用着先知者底口吻大声说,“你们这种奴隶的生活保不久了!不管是忠孝仁义还是男盗女娼都要一扫而光,连我自己都要一扫而光,看吧,朋友,那时候我就要大笑了!我粉身碎骨都是快活的!说真话,我讨厌我自己有时候有些卑鄙,我就是在想着粉身碎骨!我心里的血一滴一滴地淌出来,一滴一滴地流出来,那时候我才快活,兄弟。”他咬牙切齿地说,“我要看着你们死——如果我不能统治你们,我就要一滴一滴地流出我心里的血……”

他底狞恶的面孔仰向着空中。他正是这样的:他心里的血一滴一滴地流了出来。

寂静了很久,他坐在桌前,支着头凝望着窗外的温暖的夜。他无疑地已经对全世界证明了他底优越和伟大了——可是这些思想和情绪一下子完全消失掉了。渐渐地他底憔悴的脸颤抖着。

“可怜啊,郭子龙。”他突然噙着泪狂喊着,一拳捶在桌上,然后拿起一个茶杯来在地上砸碎了。

“快了!”这时,站在门外听着的张老二对自己忿怒地说。

二十

这天早晨,愤怒地沉默了好些天的张老二突然地冲进了郭子龙底房间，对着郭子龙底脸叫着：

“我看你怎个得了哟！”

当郭子龙嘲弄地望着他的时候，他愤怒得发白，颤抖着。终于他转身冲出去了。他去找鲁老太婆。

鲁老太婆替郭子龙押掉了在佃户手里的一半的田地，他，张老二，知道这个已经两天了。两天来他在煎熬着。他想，他不应该这样卑贱，去管这些无耻的事情。他觉得，他居然还同情郭子龙，这是卑贱的。这强盗底生活不应该感动他。但是这些思想不能克服他心里的激动的感情，他觉得郭子龙受了欺骗，觉得押掉这些田地太可惜了，觉得自己应该凭着良心去揭发这种欺骗。他一生渴望着田地，现在也因了田地，因了耕作的苦工而对他底仇人妥协着。无论什么感情都不能强迫他对于田地的渴望。于是到了今天早晨，他觉得再也受不住了。

事实上就也显出了他对郭子龙，对他底这个仇敌的忠心。他和这忠心格斗着而失败了。两天来他反复地想着郭子龙所加在他身上的不幸和报复底需要，可是在这种境遇里他倒是更能够觉得，因了郭子龙底某些确实的胡涂，良善和宽大，他底不幸已经减轻了。比方在田地的事情上，郭子龙就是良善而无辜的——他想——那么就可以证明，他底一切罪行都是无辜的。他自己还不能确实地知道，在这几个月的时间里，在对这个恶徒的愤恨、怜恤而恐惧的斗争里，同情和爱护已经代替了先前的仇恨的位置了。因而，对于何秀英的感情也就起了变化。最初他恨她，后来他明白她而同情她，渴望为她而报复，但现在，在对于郭子龙的同情里，他就反而觉得她是一个堕落而卑下的女子了。他想到她就觉得厌恶，他觉得是厌恶她，他不知道，这是由于这个题目是太痛苦了的缘故。无论怎样，他渴望生活，各样的深沉的感情都在他底那曾经濒于死灭的心里苏生了。似乎是，郭子龙所加给他的打击，在他底承受了无数的打击的生命里，是算不了什么的。他从这些打击里又站了起来，而且像火焰一般地向前了。他身上的这种力量是惊人的。他仍然有这样多的对于生活的兴味和力量，仍然感觉着，承担着这样多的东西！不仅这样，他还不再像先前似的怯懦了。他底那个大的不幸锻炼了他。

另一面，郭子龙却完全不知道他底这种矛盾的猛烈的感情：这猛烈的乡人是要在这种生活里觅取一条出路。统治者和他底奴隶的关系，常常在这样的方式上表现出来。这个奴隶爱护他底统治者，赞叹着他底统治者底良善和宽大。这是因为，一切的社会力量都指示着、强制着这种感觉；这个社会随处都强制着奴隶们去感觉统治者底漂亮的面貌，并且要人们把他们底罪行当做无辜的弱点去怜恤，而奴隶们则是生活在黑暗中，被强制着不能感觉到他们自己底地位。但这种忠心并不是不包含着危险的，郭子龙就已经感觉到张老二底对他的干涉后面的那种顽强不屈的性质了。他明白，被他所轻蔑的这乡下人底生活习惯和感伤，是不会屈服的。张老二底这种对于他的生活的扑击，是已经叫他觉得痛楚和无望了。这劳苦而不幸的乡下人底顽强的生活，对于他，明显地是一种冷酷的东西。

张老二奔到鲁老太婆那里去，骂她是骗子，欺侮一个好心肠的人——他现在确实觉得郭子龙是一个好心肠的人。这好心肠，在这个社会上，是一件最奇特的东西。因为没有一个刽子手不是好心肠的……张老二和鲁老太婆吵闹着，一同跑到郭子龙面前来了。

他们底这种争吵，郭子龙觉得是卑鄙而无耻的。他很高兴自己能够用很冷的心情看见，人们是在怎样卑污地互相争夺，而他自己，看破了一切，超然于这个争夺之上，是已经好久了。

“真是欺侮人啊！”张老二叫着。

鲁老太婆带着怜恤的、忍耐的神情看了他一下。

“我真是不得跟你说，你要晓得你是一个可怜人啊！”她大叫着，“郭大爷，我赌咒就是了，要是我存半点坏心思我就不得好死！田地押了三十万元——我是为了郭大爷的！”

“那就为的好，”张老二说了出来了——这特别激动着他的一点，“把人家祖坟都拿去押了！”

“那不管你底事，又不是你底……”鲁老太婆突然沉默。

“说呀！”有些发白的郭子龙忿怒地说。

“祖坟！祖坟押了呀！姓郭的！”张老二冲着他底脸大叫着。

“不许开口！”郭子龙突然狂吼起来。

于是寂静了。

郭子龙抱着手臂走了两步，拉开他底竹椅子坐了下来。他一点都不晓得祖坟也押了出去的这回事的。他底祖坟底周围，是一块很好的杂粮地。所有的契约他都没有详细看过。可是他却仇恨着揭露了这个的张老二。

“老子高兴押！又不是你底祖坟！”他吼叫着。

张老二颤抖着奔出去了。有短时间的寂静。鲁老太婆失措地呆站在那里。郭子龙从抽屉里慢慢地翻出押田的契约来看着，他这才想到，这田地底受押人王顺宁，是吴顺广家底总管事。那么这田地是落到魔掌中去了。上面写着：吴家坡水田并隶属于水田之土地——那么祖坟确实是押出去了。

“鲁老太婆，”他阴沉地说，“未必我姓郭的连一块祖坟都保不住是不是？”

“郭大爷自己做主的呀，我们不懂事的乡下人，又不晓得地是哪块地，我们不识字的孤老婆婆呀！……”

“住嘴！”郭子龙说。

他回过头来，看见张老二站在门口。张老二，手里拿着在激动中顺手抓来的一根木棍，悲愤地看着他。他们这样互相看着。突然张老二把手里的木棍猛力地折成了两段，丢在地上。

“姓郭的！你是一个可怜人，你哭吧！”这乡人庄严地说。到了现在，郭子龙在他底心里只是一个渺小的东西了。

郭子龙冷笑地看着他。

“看不下去了，”张老二说，“我走！”

“那就走吧！”郭子龙简单地回答说。

鲁老太婆继续地诉说了一阵走开了。郭子龙把房门关了起来，躲在房里。张老二激动地走到院落里又走回来，拾起那折断了的木棍来看看又把它丢开。他希望能唤起仇恨来，巩固他底离开的决心。然而，他仍然舍不得那就要收割的田地。他觉得绝望的痛苦。后来他在台阶上呆坐了很久，他底心逐渐地平静。对于田地的悬念逐渐地完全控制了他，他看见太阳已经很高了，他嗅到了从外面飘来的稻田底暖香；他注意到，他底锄头靠在墙边，明亮的锄锋在阳光下闪耀着。

他站起来下田去了，下午的时候才回来，显得安静、平和、忧郁。

郭子龙从窗户里看见张老二满身泥浆，提着锄头走了进来。他原来以为他走了的，他觉得很奇怪，他不理解张老二为什么还要到田地里去。他为了谁在耕作呢？他，郭子龙，就要把一切都卖光的！于是他就格外地憎恨着张老二，觉得他是像猪一样的愚蠢、卑贱，并且拦在他底路上。

郭子龙现在已经想开了：卖了祖坟又有什么关系呢？未必他就真的让一个愚蠢的乡下人控制么？他太疏忽，太宽大了，他难道不是张老二底主人么？

“张老二，来！”他打开了门，喊着。

张老二走了过来，冷静地看着他。他拿出几个钱来放在桌上，然后指了一下墙边的地上的酒瓶。

“打点酒去！”

张老二默默地冷静地拿了酒瓶和钱，出去了。郭子龙看着他底褴褛的背影在大门外消失。郭子龙知道，这乡下人一定很疲劳，还没有吃午饭，一定很饿——他要使他继续做苦工，施展他底主人的权力。他难道不能统治一个乡下人么？笑话！

张老二疲困地拿着酒瓶和小菜回来了。

“把地扫一扫，把房间整一整，桌子抹一抹！”郭子龙说，“这成什么话，房间都不兴收拾的！从今以后，地上有一点肮脏就唯你是问！等下这双皮鞋拿去刷一刷！”

他摔出一双满是泥污的皮鞋来，张老二对他冷冷地看了一眼，就动手扫起地来了。郭子龙站在一边，拿着酒瓶，开始喝起来了。

“从今以后主人家底事情不许管，听见了吗？”

张老二沉默着。

“听见了吗？”郭子龙严厉地问。

“听见！”

“这声气不对，再说一遍！听见没有？”

“听见了！”

“站直了回答我！”郭子龙大声说。

张老二站直了。然而他是可怕的！他看着郭子龙，紧闭着嘴。他已经不能控制他心里的憎恨了！

“我不晓得！”他说，丢下扫帚，走出去了。

“来！”郭子龙叫着。

可是他不回答，坐在台阶上。他对郭子龙仇恨极了！虽然现在又确实非常害怕他。

郭子龙愤怒地看着他，一面站在那里喝着酒。张老二所给他的打击是重大的，那押掉了祖坟的打击是重大的！他心里充满了他所熟悉的邪恶的感情了。对于生活的可怕的失望，使这种邪恶的感情愈发强烈了。

“来。”他大叫着。

张老二仍然不回答。他大口地喝完了酒，摇摆着走到床边，取出枕头下的一根皮带来。他是谁？他就是人们所习见的那种残暴的军官。

他不是要对张老二忏悔的吗？他不是要送他田地的吗？他摇摆着，走了过去，举起皮带来，对着张老二底后脑抽击了一下。

“你想造反吗？”他喊。

张老二叫了一声奔开去了。郭子龙追了上去。张老二贴着墙站着，脸色惨白，他底左颊已经被抽击得发紫了，郭子龙继续抽击着。

在皮鞭底闪耀下，张老二就想到了他底悲惨的何秀英，他底父母和他所失去的田地！他含着泪颤抖着。他突然狂叫一声，冲过来扑倒了郭子龙，奔进房去了。

“我不许你走！你走老子就叫镇公所把你关起来！”郭子龙追上来叫着，“告诉你，从今以后有一点不对的，老子就打——枪毙！”

郭子龙一面也确实是醉了。打人的残酷的快感并不能丝毫地减轻他底绝望的痛苦。他已经是一头无路可走的野兽，拿着皮带走回来，他就觉得失望，难过，站在门边，觉得一切空虚，落下泪来。

他嘴里突然涌出了一团东西，他把它吐在手掌上，证明了那是血。他捧着它，对它看着，他底脸上有了恐惧，迷茫而冷嘲的笑容。

“他害得我吐血，这匹猪！”他说。

他继续地捧着那血，不肯丢掉它，他对它仔细地看着。对它吹了两下，然后突然把它吃进去，咽下去了。他害怕自己会死掉。他昏迷地站着。

这时候黄昏降临了。院落里充满了露照底红色的反光，并且飘浮着不知从哪里来的轻薄的烟气。后来这烟气和红光一道消失了，明净的空气中传来了兴隆场底人声，传来了蛙鸣，传来了远处的隐约的雷声。愉快的生活底气息弥漫着。

屋子里已经昏暗了，蚊虫在郭子龙底周围鸣响着。郭子龙看着逐渐昏暗下来的院落和大门外的一片空地，听着人声、蛙鸣和雷声，觉得焦灼，并且非常地恐怖。他害怕这间屋子，他渴望柔和、爱、宁静和自由。柔和、爱、宁静和自由，和什么样子的庄严的人生，他渴念了多么久了啊！他现在竟是这样的衰弱、悲惨，没有意志！他不能忍受了——他突然地带上房门跑出去，跑下坡，往兴隆场跑去了。他在阴暗的天色里急速地穿过田地。这时候大群的乌云挟着雷声已经飞越过嘉陵江底峡谷而来了，凉爽的大风吹动着稻田，并吹皱着池塘里面的澄清的水。郭子龙开始跑步。他一直穿过充满了歇凉的人们的兴隆场，向邮局跑去。邮局已经关上了门了。

“喂！开门！开门！”他叫着，“有我的信没有？开门！”

门开了，那个乐天的，赤着膊的胖子伸出头来，故作惊奇地看着他。郭子龙推开他冲了进去。

“有我的信没有？”

“没有！……哦，有的呢！有的！”年青的赤膊的胖子忽然高兴地说，爬上柜台，像一个肉球一样地滚到里面去了。

“有怎么不早送呀，混蛋！”

“刚到的！”胖子快活地说。

郭子龙狂喜地接住了信，跑了出来，在亮光下动手拆开它。但立刻停住了。他发现，这正是他自己好久以前所写的那一封，上面贴着无法投递的条子，被退了回来。他绝望得简直发抖了。但他仍然打开了它，把自己大半年以前所写的那一段出色的话，再念了一遍。

邮局底胖子走到他旁边来，向那信看了一眼，很有意思地点着头。

“郭大爷，这是升官的信吧！”

“我去你妈的！”郭子龙跳着脚狂吼着。邮局的胖子大笑起来，披着衣裳跑开去了。郭子龙站着。天色黑暗了，雷声已经在他底头顶上响着。他于是慢慢地，一步一步地往回走着：他简直没有力气提起他底脚步了。这时候雨开始降落。

街上的所有的人都在大雨中狂奔，很快地街心空旷了。从茶馆里射出来的微弱的灯光照耀着奔流着的大雨。在这空旷的街心里，现在仅剩下郭子龙一个人，他慢慢地走着，呆定地望着前面，两只手插在裤袋里。即使没有大风底吹扑，他底步子也是摇摆的。雨水淋湿了他底头发，并且沿着他底脸往下流，但他仍然呆望着前面，仿佛已经失去了一切知觉。酒店里发出人声来，一家茶馆里挤满了人，在幽暗的灯光下响着说书人底嘶哑的大声和惊堂木底辟辟拍拍的声音。什么地方一个女人疯狂地号哭着。郭子龙不注意这一切，继续慢慢地往前走着。

“爱我啊，我底亲人，爱我！”他心里说，并且在他底眼前闪耀着女性底慈祥而温婉的面孔,“我有什么法子呢?我没有一点法子呀!我不会说话!我心里难过!爱我啊!喊我底名字啊,我底亲人!”他说,往镇外走去。

二十一

张老二躺了有半个钟点。在这个静寂而窒闷的黄昏的时间里,他想到了去寻死。他想到,他底一生太悲惨了。他太退缩,太胆小了,对不起一切爱过他和希望过他的人。他觉得现在一切都很明白了,如果他还能称做一个人的话,他就再不能在郭子龙底这罪恶无耻的房子里蹲下去。即使郭子龙底父亲也不曾对他好过,从来没有什么东家真的对他这样的人好过,那一切不过是由于他底忠厚的梦想而已。他为什么要感激这些人呢?他为什么要留恋别人底血腥的田地呢?他敌不过郭子龙和吴顺广这些人,但是他可以去死,正直而光明地去死……他于是丢下了他底一切,走出门来,在狂风中越过阴暗的田野向着江边走去了。

他沿着河滩上的斜坡滑下去,一直冲向荒凉的水边。大风中传来兴隆场底锣鼓声和田野中人们底喊叫声,这些声音好像是在痛烈地鞭挞着他。他在对于自己和人们的狂暴的愤怒中冲到水里去了。大风激起黄浊的浪头来,在他底前面呼号着,好像是在警告着他。他于是在没膝的水中站着。大风在阴沉的江面上继续增强着。它底力量,使整个江面沸腾了。他看得清楚远处的一群向着险恶的礁石滩奔去的雪白的浪头。忽然地他看见了一只小船在狂浪中从上游下来,船尾上站着一个弯着腰凝视着前面的掌舵的老人,船舱里闪耀着一朵血红的烧饭的火光。这只小船那样迅速地飘过了张老二底面前,无声地一直向着险滩迫近了,闪耀着它底那一朵血红的火光。它好像是被一种巨大的坚决的力量推动着,它简直是在飞着,它在临近险滩的时候斜了过来,狂暴的波浪遮没了它底全身,仅仅显现出了那个弯着脊背的舵手:这老头子舵手就好像是站在浪头上一般。后来整个的船又在浪群上面了,倾斜着好像就要翻倒了,并且在旋涡中停住了。但突然地它飞快,飞快地一直冲过那些礁石,闪着它底火光,消失在昏暗的峡谷中。

张老二好久地望着那昏暗的峡谷。他心里已经冷静了下来,而且充满了愤激的力量。他底嘴边显浮了一个凄凉的、痛烈的笑容。

“不行的！我不得饶了他们的！我要活!”他大声说。

他从水中走出来,在沙岸上站着。

“难道是我错了？就是我没得生路了,我未必就不能杀死他们来报仇？我未必就不能到乱石沟去做苦工？对的!”

他笑了一声,这笑声是可怕的。他嘲笑了他一生对于田地和平安的劳苦生活的渴望,嘲笑了自己底卑怯。他心里充满了去做最后的可怕的什么事情的欢乐的热望,迅速地朝着乱石沟走去了。

他在大雨中朝着乱石沟走来。这个所在原来是被他那么恐惧着和厌恶着的,可是现在他却渴望着它。何秀英在这里生活着——他要去会见她,和她说热烈的话,并且拯救她。他现在和这个世界最后地决裂了！他终于完全清醒了！他再不留恋田地,再不留恋过去的黯淡的影子了！他底心是奋激而欢快的。

“我们一步一步地走过来了,好啊！这才好啊!”他底心愤怒地欢叫着,他在狂暴的大雨中走着,“几十年来,走一步倒下一个,走一步一摊鲜血,我就是在这些血里头走着！我们同年的乡亲兄弟们只有我一个活在世上了,这是吴顺广他们底世界！我们同年的弟兄们都是忠厚的,这些人,乱石沟的这些人也一样,都是这个世界上的苦主,牛马一样的,一生就在想着一点点田地,想着一个温饱,想着不晓得哪一天能翻身,想着就被打死了,害死了,只剩下我一个人——还有这些棚子里的这些人,他们在替吴顺广底洋楼做苦工,要一直做到死了才能解脱,就埋在这松林坡上。好啊,一步一步地走过来了,这才好啊。”

在狂暴的雷雨下乱石沟喧腾着,工人们成群地奔过大路向着各自底棚子里跑去。在嘉陵江边的空旷的野地中,闪耀着刚刚发火的砖瓦窑底血红的火光。有一个敞棚里拉着胡琴，工人们大声地吼叫而歌唱着。张老二滴着泪看着这些人们，对他们觉得无比地亲爱，而走了过去。

在向大个子被郭子龙刺伤以后，何秀英所遭遇的情形就更恶劣。她没有地方可逃，而无论逃到哪里——有一次一直逃到山里的她底婶娘那里去——都要被向大个子抓回来。最后她和向大个子拚死，被打伤了一直闹到镇公所来。整个的乱石沟都知道她了，因此，王合清底伙伴朱成志们就常常地替她想一点办法。向大个子没有想到她有这么倔强，也只得让了步，答应她去做工，去做挑玻璃土和捶石子的工作。朱志成们介绍她到一个孤老太婆棚子里去住。这孤老太婆是一个死了的工人底母亲，七十多岁了，靠捡煤渣过活的。她常常地替单身的工人们缝缝衣服，大家喊她做袁大婶。她不久就对何秀英非常好，拿她当亲生的女儿，何秀英也充满着周密的柔情照护着她。于是这不幸的女子重新获得一个家庭了，恢复了健壮，常常要大说大笑了。但是向大个子并不曾放松她。

这流氓头常常来向她要钱，把她下苦力的所得一齐都夺去。她如果拒绝的话，就会立刻失去工作。四月间一个晚上他曾经来叫她，想要重新强奸她。自然，他以为她仍然是属于他的，不过是换了一个方式而已。何秀英被拖到山坡边上狂叫起来了，她拚死地抵抗，砖瓦场的工人们奔过来了，大家吼叫着。这打击了向大个子，他狂暴地打了她而走开去，第二天她便失去了工作。此后的两个月，她就靠着捡煤渣来过活，但是这捡来的煤渣也常常要被流氓们踢翻。最近，王合清底伙伴们重新给她弄到了砖瓦厂上挑黄泥的工作，这工作是由工人们自己经营着的，因此向大个子没有办法下手。在这些工人和向大个子中间，因了何秀英的缘故，情形紧张了起来。大家明白向大个子是不会甘心的，所以严密地防范着，并且进一步地包下了两个砖瓦窑，把向大个子底势力完全驱逐了出去。

这些工人们，朱成志是当过兵的，另一个是在大矿山上干过几年的，其他的则都是穷苦的乡人们。这些乡人们，对于吴顺广底势力要比较的畏怯，他们一般地是愁苦的，如果干过别的营生或长期做过工的人们，是觉得到处都可以谋生的话，他们则是觉得离不开兴隆场。他们底劳动，仍然带着对兴隆场底土地的依恋的性质。因此，当朱成志和当过矿工的张长春要求对大窑主包下两座破瓦窑来的时候，这些人就有些退缩。首先朱成志和张长春是承担了大窑主底苛刻的条件才成功了这件事情的：大窑主觉得比别的包工更可以图利，才答应了。因而工人们底工资不得不比一般的要低。自然，通过向大个子们底盘剥，一般的也不见得就会多，但那是钱拿到手以后再被向大个子们剥去的，这却是拿到手的时候就不多。从田地上来的乡人们，很难有眼光计算这中间的真正的得失，于是有几个就退出去了。而退出去以后，向大个子们又对他们表示了特别的优待，立刻给了他们工作，并且不向他们拿佣钱。甚至还说，可以免去地皮租——乱石沟底正面的棚户，都要缴这种地皮租。这使得另外的一些人动摇了。朱成志和矿工张长春刚刚开始这一个战斗，就不得不尝到孤单的苦味了。他们勇敢地抵抗着，甚至捐出自己的一半工钱来分给还站在一起的伙伴。但是向大个子们底攻击就像狂风一般地扫了过来，对他们封锁了下力的工人，又封锁了黄泥底来源。掘黄泥的山坡本来是公共的，但现在流氓们不许他们掘。其次，他们就在地皮租上找麻烦，而最后就声言要打死任何在这两个砖瓦窑上做工的人。他们底英雄的行动就这样失败了。虽然这两天仍然在苦撑着，却已经不得不盘算着离开乱石沟的办法了。

这一切事情都与何秀英密切相联。虽然人们底不幸的处境并不完全是因为她，她却觉得人们完全是为了她的。看着高大的朱成志底沉郁的脸色，她难过极了。她知道，为了挽救这件事情，朱成志一个月来贴出了大半的工钱，而因此他底女人和一个八岁的女孩在挨着饿。她知道，朱成志在平时对他底女人是沉默而温和的，前天晚上却打了她。这些都使她非常难过。这两天砖瓦窑底黄泥的来源已经断绝了，她为这事特别着急，跑遍了乱石沟底附近，终于让她在后山坡上找到了一处袒露着的黄土坡。这里离砖瓦场太远，平常没有人去挑运的，但这女人却大叫着鼓动工人们，并且第一个挑着箩筐飞跑而去了。别的两个工人才只挑了两担，她已经在跑第三次了，而下午的时候她把这一切激动地告诉了和她同居的袁大婶，竟使得这七十岁的老女人也参加了运黄泥。她提着一个篮子十几斤十几斤地搬运着，遇着何秀英的时候就和她快活地互相叫喊。她们都流了满身汗，面孔发红，但眼睛里闪耀着欢乐的光芒。

"你跑得怎个这样快哟，娃儿！"袁大婶笑着大声叫，艰难地挪动着她底颤抖的腿。

"要跑快的，大婶娘！"何秀英说，"不过你好歇歇啦！别个多弄一点就在里头了。"

"没得那回事，我还是要搬的！"老人叫着。

"喂！你们看别个七十岁老人呀！"何秀英对着慢慢地挑着的工人们泼辣地叫，"你们要是还怕丢人就跑快一点呀！瘟神，快呀！"

她连饭都不愿意吃。黄昏的时候，朱成志走窑里浑身泥污地爬了出来，招呼大家说已经领到了工钱。于是就站着发工钱了。何秀英退到一块石头上去坐着。朱成志最后喊到她，她拒绝接受，僵持了一下就哭出来了。朱成志把工钱给了她，走了开去……

她捏着这几张票子，往朱成志棚子里去。她一走进去就看见朱成志左额上包着一条血布。原来他在昏暗中回来被流氓们用石头砸了。他坐在桌边，吸着烟。在他底对面，坐着瘦小而结实，眼睛特别陷凹的矿工张长春。

"歇手吧。"何秀英进去的时候听见张长春这样说。朱成志没有回答。他迅速地瞥了走进来的何秀英一眼。

"怎么样？"张长春问。

"唔，歇手吧。"又沉默了一下，朱成志回答。然后他们两个就苦恼地长久沉默着。

朱成志女人在墙边上烧着饭，这时站直了对他们看着。何秀英向她走去，抓住了她底手，把那几张票子塞在她手里。但是朱成志已经看见了。这工人脸色铁青。捶着桌子叫了起来——他真的愤怒了。

“何秀英你干什么的?”他叫，接着他对他女人叫：“还她!还她!”

何秀英觉得自己是错了。她很害怕，接住了钱，呆站着。朱成志什么也没有再说，显得是无比的冷酷。显然他底心境拒绝任何同情。何秀英有些觉得这个人是太过分了，但她仍然觉得自己是错了，丧魂落魄地往外走。

“何秀英，站下。”朱成志说。

她看着他。

“我们要分手了，”他说，突然地面孔颤抖起来，“想办法自己做工吧。再不要，死都不要到那个郭子龙那边去，晓得吗?”

“晓得。”

这一切是张老二到来的前一天晚上发生的。

现在这个下着暴雨的晚上，正当张老二来到乱石沟的时候，向大个子又出现在袁大婶子底棚子里：他要再把何秀英带走。他威吓袁大婶子说，如果她再跟何秀英住在她这里，他就要把她撵出乱石沟。袁大婶子完全不理会这威吓，叫骂起来了。立刻向大个子就和这两个女人打闹起来了，冲进来了两个流氓，拖走了何秀英，把她拖到雨里来。袁大婶子追在后面疯狂地喊叫着。

也正在这个时候，朱成志在敞棚里和别的工人们唱戏，矿工张长春在拉着胡琴。他们在大雨中跑到敞棚里来，看见一个工人在拉胡琴，就接过去拉起来了。最初是因为愁闷，拉着玩玩的，后来——朱成志突然地扬起粗嗓子唱了起来，张长春惊奇地看看他，就充满着激动的力量重新拉了起来。朱成志唱得更高，他拉得更紧凑，生动。别的工人们附和了进来，于是造成了一种奇特的欢乐的气氛。这欢乐显然是从忧郁和愤怒中喷发出来的——它是对于乱石沟底统治者的一个反抗。

这声音，就是张老二走进乱石沟的时候所听见的。现在雨下得更急，除了这一带的棚子里有灯光，乱石沟底旷野完全漆黑了，张老二没有办法找到何秀英底地点，就折转来，想要问问人。他走进这充满着吼叫似的歌声的敞棚，不觉地被吸引，站下来了。

歌声震动着他。朱成志脸上的鲜明的忿怒的笑容迷惑着他……突然地大家停止了，腾起了乱哄哄的声音。

“弟兄们，再来一个！”朱成志挥着手叫，“秦琼卖马！”

“好！”人们拍着手大叫着。

但是这时何秀英和袁大婶底叫骂声从雨里传来了。这两个女人和流氓们猛烈地搏击着，好几次揪着他们一起倒到地上的泥水里。何秀英底脸已经被向大个子打肿了。她们底呼叫惊动了整个的乱石沟，人们都从棚子里出来，跑到雨中……敞棚里唱戏的人们静默了。大家立刻拥出来。

张老二已经认出了那在微光中和流氓们挣扎着的何秀英。他底心紧缩了起来，他一直走了过去。但工人们更挤过了他。人群现在拦在流氓们底进路上了。

“救命啊！打死人了呀！向大个子要害死何秀英呀！”袁大婶狂叫着，在泥水中扑跳着。“这样可怜的一个女子家啊，他们吃人呀！”

何秀英沉默地和向大个子厮打着，在她底眼前出现的人群鼓舞了她。从敞棚里射出来的灯光照显了她底青肿而流着血的脸。三个流氓围着她毒打，但是她毫不屈服，不住地朝着向大个子扑去。向大个子显然地觉得有点棘手了。

“拚了吧！”何秀英喘着气叫，向前扑击着，她只有这一句简单的话。这时袁大婶子被一个流氓推倒在泥水里了。工人们拥上来扶起了她。

“不要打人！”工人们里面喊。

向大个子和他底帮手们停下来了。何秀英也停下来了。

“是哪个叫的，站出来！”向大个人凶横地喊，并且拔出了一把刀子。

工人们里面暂时寂静着。但是张老二挤了上去了。

“我叫的！”他大声说，虽然事实上刚才的那一句并不是他叫的。他兴奋得几乎控制不住自己，他笑着，轻蔑地望着向大个子手里的刀子。他感觉到何秀英在看着他。他底一生的愿望满足了——他现在是比任何人都要幸福。

“不要欺侮人！”工人们里面另一个锐利的声音喊。接着有几十个声音在喊。

向大个子显然地软弱了。

“告诉你们，跟老子让开！”

“打他！”人们喊着。同时飞来一块石头，正好击中了向大个子底脸。向大个子朝着张老二扑来，何秀英发出了尖利的叫喊，但这个时候朱成志奔上来踢在向大个子肚子上，把他击倒了。

人群轰叫着。另外两个流氓逃去了。何秀英朝着张老二奔来……立刻一切声音都寂静，在雨声中只有何秀英底尖利的声音震动着。

她是受了伤，同时过于激动，抓住了他的时候就滑跌在泥水里了。她紧拖着他底两腿。

“张老二你到底来了啊！你到底来了，你又看见我了！我晓得你底心，老二，你要报仇啊！”她大声喊，“你要替你底爹妈，替你底何秀英，替你底田地报仇！你不能饶了他们的！我底人，我日夜地等你——报仇啊！”

这个顽强的不幸的女子，在拼命地喊叫了这些话之后，就被过度的喜悦和激动所窒息，昏厥在泥水中了，但她两手还紧紧地抓着张老二底衣裳。这忠厚的庄严的乡人，当一年多以前，在吹着冷风的田地里结识这个女子的时候，是不曾想到会有今天的这一切的，可是，这一切又正是他所期待的……

向大个子呻吟着从地上爬起来，向黑暗中走去了。人群里面高声地喊着打他，但也没有人去追他。雨已经很稀落了，活泼的新鲜的风，饱含着泥土和树木底香气的风，在人群中吹着。大家静默地看着张老二。他和朱成志两个人把何秀英扶了起来。他紧紧地抱着她，让她伏在自己底手臂上，而凝望着前面。他略略有点弯曲的背脊在昏暗中显得是巨大的。这时前面的黑暗中发出了喊声，大群的流氓们奔跑过来了。

“弟兄们——打死他们！打！”朱成志跳起来狂吼着，于是群众发出轰声，人们从敞棚里和附近的人家里取出扁担、棍子来，向着流氓群迎过去了。流氓们立刻就畏怯了，向着各个方向四散地奔去，投着石子。有一个工人穷追他们中间的一个，被那家伙反扑过来用刀子刺伤了。他倒在地上大声地呻吟。张老二和别的工人们奔上去扑倒了这个流氓——张老二狂暴地把他按在地上，对着他底脸打着。但是突然地传来了枪声：兴隆场底乡保队来了。

工人们立刻向旷野和山坡上散开去，何秀英被人们拉走了。但是剩下了张老二，他似乎不曾听见枪声，他仍然在敲打着那个流氓，显得异常的沉醉。矿工张长春奔上来拖起了他，拉着他向砖瓦场的江边奔去。向赓云们已经到了，他们先是向天上开枪，后来就对着砖瓦场上射击着……

张长春把张老二拉在一个水沟里蹲伏着。枪声止歇下来以后，他就指点他怎样逃开去。这乡人是奇特地兴奋，一点也不畏惧，但是他仍然沿着水沟越过玻璃厂后面，上到山坡上来了。他向着兴隆场背后的山边走去。雨已经完全止歇了——但是他一直不曾感觉到——天色明朗起来，地面上照耀着宁静的微光。

在烂泥和潮湿的乱草中间爬着，有时落在水沟里，有时陷在稀泥中。他完全湿透，身上发着他自己也闻得到的汗臭味和血腥味。他底衣服被撕破了，分成两大半挂在他底身上。他还继续有壮快而刺痛的兴奋，他底牙齿不时地因战栗而磕响着。他不觉地在走到兴隆场正背后的时候，向山上的矮松林里爬去，那里有他父母底坟墓。在明朗的星光下，松林中的坟堆、乱草和岩石可以看得很清楚。岩石在发着亮。各处都有滴水的声音。峻急的溪流鸣响着，一块险陡的岩石上有瀑布在奔流着，山底高处，有什么野兽底愉快的、圆滑而拖长的叫声。走到半山，这乡人转过身来，从树林底缝隙间对着山下的安静而发亮的田地，对着兴隆场底黑压压的一堆房屋看了很久。松散的轻捷的云团在这黑暗的天国，在这大地主底悲惨的庄园上飘浮着。在这充满着家人们底哭号的天国里，在那高耸着的几代以前遗留下来的碉堡旁边，在"办公室"底左右，在这壮丽的土地上，用着仁爱、宽恕、迷胡，也用着对于自己和自己底亲爱的人的冷酷，这农人度过了他底渴求安静和田地的，充满着可怕的劳苦的一生。现在这些都过去了。他坚决而欢快地感觉到，这些，都过去了。那靠近江边的一大片丰满而发着亮的，曾经是他底田地：他底父母用血汗经营，他用鲜血来耕种的田地！现在它们上面生长着别人底稻子。它们好像是一个亲人似地在回答着他底凝望！

他走到他底父母底坟前，跪下来磕了一个头，对着它们说：

"爹妈，先人们！你们底儿子看你们来了！"

他底庄严而安静的大声震动着寂静的深沉的松林。他站起来，走下坡去了。

兴隆场底人们在乱石沟底惊扰以后刚刚睡去，各处人家底门刚刚掩上。还有贪凉的人们躺在门口，还有酒馆里的灯光照耀着流着水的、洁净的街道。一种安静而又猛烈的呼声传了过来，震动了他们。

"报仇啊！报仇啊！"

这呼声中断了一下，重新又响了起来，并且近来了。人们激动而惊骇地听着。这声音发生在兴隆场底东北角，它不再近来了。它激越而充满了力量，后来它消失了。

"报仇啊！报仇啊！"张老二喊叫着何秀英所告诉他的这句话，提着一把斧子，在黑暗的小巷子中，从人家底紧闭的门前走过。被惊动了的人们在他们底门后面听着和张望着，他们不敢出来。没有一个人敢出来，这声音震动了整个的兴隆场。

吴顺广家里的酒席刚散，汽油灯还在亮着。地主老爷今天招待了省城里下来视察的官员，虽然因了乱石沟底骚扰而发了一阵脾气，却终于很愉快地喝醉了，躺在院落里的一张藤椅上歇着凉。两个佣人在收拾着堂屋和小客厅，在张老二进来的时候，他们正一个站在地上，一个爬在桌子上，动手把一盏汽油灯取下来。张老二来到吴顺广门前就停止了他底喊叫。他没有想到他能否实现他底愿望，也没有考虑到各样的实际的问题，因为，在现在，他是无畏的。他觉得他一定能够成功。果然没有人来阻拦他，果然吴顺广家底大门没有关，廊道里和小花园里没有人。他一直走了进去，立刻看见了穿着白绸衣而躺在藤椅上的吴顺广。

他奔上去并且大叫了：

“报仇啊！”

这可怕的喊声使吴顺广跳起来了，但立刻他就倒在张老二底斧头底一击之下。两个工人骇呆了，汽油灯从上面落了下来跌碎在地上。发出了恐怖的狂喊声。但这时张老二已经迅速地走了出去，并且还保持着他底镇定。

“报仇啊！”他跨出吴顺广家底大门就重新大喊着，向街上走去。从吴顺广底院落里有人狂喊着追出来了，但是张老二并不逃，他只是大步地走着，提着那染着血的斧头，仰着头喊叫着。整个的兴隆场骚动了。从镇公所那边，枪声起来了，乡保队们沿着人家底屋檐向前跑着。张老二大声喊叫着，迎着他们走去。他们叫他站下，他不站下，一直往镇公所里面走。人家底门陆续地打开了，人们立刻挤满了街道。奇怪的是——或者这是一点都不奇怪——没有一个人敢动手抓张老二，兵士们甚至让路给他，他大喊着，提着斧头，走进了镇公所。

二十二

郭子龙在雨中艰难地走回来，极度地疲惫，就倒在床上了；他底手里紧抓着那一封被退了回来的信。他忽然回想起来，他底这个所谓朋友，是几年前就已经死去了。这是一点问题都没有的。一年前，他偶然遇到了一个朋友，两个人在重庆底一家酒馆里喝酒，人家告诉过他，并且为死者说了很多悲伤的话。那时候他是听得很明白的，但心思却不在这些上面，因为他自己底境地正非常苦痛，心里盘旋着是否要回乡的问题，喝醉了，别人底话一点也听不进去，只是不住地要求对方来听自己底激动的话。那时候他究竟说了一些什么，现在他是记不清楚了。然而这一点是显然的，他所以不在意并且随后就忘记了，是因为他对他底这连长朋友并没有丝毫的感情，正如对一切人一样，除了一时的、随即就过去的冲动以外，没有丝毫感情。在他底多少年的流浪里，他认识很多的人，但他们之中能使他在离开了几年以后还保持着鲜明完整的感情和印象的，是一个也没有。他底混乱的冷淡的心，是常常要把这个人底行为或事件弄成了另一个人的，而且还会把别人的事情当做他自己的。他对一切事情都不曾真正地关心过。譬如这封信吧，发出去以后没有两天他就把它忘记了。如果不是它被退了回来的话，他是很可能永远不再想到它的。而且认真地说起来，这对他有什么关系呢？那个连长朋友，在一起喝过几回酒的，和别的在一起喝过酒的朋友一样，和他有什么关系呢？他底一生底失败就是由于他完全不注意别人，在任何场合，他底声音或者会最大，但是实在他只是一个不发生丝毫作用的悲惨而滑稽的角色，如此而已。是的，他底一生底失败！现在他分明地看到这一点了。

但是，更进一步，他却感觉到了这一点并不是由于他不善于利用环境，也不是由于他太自私而缺乏持久的力量，也不是由于他没有掌握一切现实的条件的才能，他才达到这种地步。使他达到这种地步的，是命运，那个不可知、不可抗拒的盲目的力量。如果人自己不能做主，人自己不是他底行动的主人，那么再有什么理由谴责他呢？他只是值得同情的呀！是的，是命运，宿命！只要对这个宿命屈服，宣告挣扎底终结，人就会觉得甜蜜的安慰了。

所以那连长朋友底死与他有什么关系呢？他为什么要做假地悲哀，觉得自己对不起他呢？究竟，这个世界底一切一切，与他，郭子龙有什么关系呢？为什么要争权夺利呢？反过来说，为什么要关心什么良心呢？为什么要做恶呢？对谁作恶呢？为什么要忏悔呢？对谁？

他撕去了他底信，躺在黑暗中，听着外面的强暴的雷雨。

“张老二，来替我打酒去！”他喊。

没有回答。他再喊了一声，然后走了过去，这才发觉，张老二已经不在了。

他跑回来点燃了灯拿着灯再过去，检查着这乡下人没有拿走的东西。他不知道自己为什么要这么做。他底心里逐渐增加着的不安的恐惧的情绪使他停住了。他恐惧地觉得，现在这两间屋子里只有他一个人了。他底这种感觉，是和失去了大人底照护的小孩的感觉相仿佛的。他觉得他被遗弃了。他痛烈地想到，那样地拿皮带抽打张老二，是错了。

这是确实的，多少时候以来，这暴徒是依赖着张老二底力量而生活的，虽然他先前一直不曾觉得，现在也还不愿承认。主人们是依赖着他们底奴隶的力量而生活的。这个社会上的所有的富人们和统治者们，都是依赖着他们底奴隶和仆役而生活的！一旦失去了这些奴隶们，他们就会张慌失措起来。除了享乐和作恶以外，他们没有一点点生活底力量。因了张老二在这两间屋子里劳动着，走动着，安排着，郭子龙才能继续着他底这种感伤而暴乱的生活，这种生活才不至于显出它底完全空虚的本相，并且这种生活才能得到一个感觉自己并且发泄自己的对象。现在郭子龙就陷在完全的空虚和动摇中了。

“他会回来的吧？也许他一时气了，会回来的！”郭子龙躺在床上，想着。除了这个他不能想别的了。他迷胡地听着外面的声音，悲伤地渴望着他底奴隶的归来。

正在这个时候，张老二站在他底门前。张老二是从后面院墙里翻过来取斧头的！他被什么力量吸引着，悄悄地走到郭子龙底门前来，听着郭子龙底叹息的声音，想着，要不要杀死他。他决定不杀死他。

“让他活去！”这乡下人冷酷地想，悄悄地退出去了，翻出了院墙。

但郭子龙却迷胡地躺着，后来他就痛恨张老二，觉得他底逃走是万分可恶的。他太不尊重主人了！如果能抓他回来，他，郭子龙就一定还要毒打他。

“他就以为他这样自由么？看他能逃得出我底手掌心吧？明天，”郭子龙愤怒地想，“我叫镇公所抓他。把他关起来！”

可是第二天早上他就不能起床，他又发烧，病倒了，而且他不断地痫着血。在恐怖中他更希望张老二回来，他记得，在上一次的病里，是全靠了张老二底照顾的。于是他更觉得张老二侮辱了他，他发誓，病一好，他就要去找这个没有心肝的乡下人，把他抓起来。但是在和病痛与恐怖挣扎的中间，当混乱的夸张的热望在他底心里奔腾着的时候，他是在绝望地渴望着一种他从来不曾过过的干净的生活。他明白，这是不可能的了。正因为它是不可能的，他就更渴望它，并且带着更大的敌意想着他所遭遇到的一切。

他觉得他底景况多么悲惨啊！没有人来给他一杯水，没有人来看他一眼！鲁老太婆平常是一早晨就送稀饭来的，今天却到了中午还没有出现。院子里空空洞洞的，轻快的风吹响着堂屋后面没有关好的门，麻雀们在院落里鸣叫着。

“我要斩尽杀绝！”郭子龙说。

终于地他听到了敲门声。他想这或者是张老二回来了，于是兴奋地跳下床来，向外面走去。他实在走不动了，走过短短的院落的时候都要站下来歇息两次，过分明亮的太阳使他觉得昏晕。他挨到了门边，愤怒地打开了它。

站在门外的，是鲁老太婆。她两手是空的，没有提着往日所提的那个送饭的篮子。她底满是皱纹的精明的脸上，有着一种郭子龙所不曾见过的冰冷的神色。

“你干什么？”郭子龙不觉充满了敌意，问。

“郭大爷，”鲁老太婆冷冷地说：“你请另找别人吧，你底这个伙食我不包了，这几天的钱我也不要了。”

“你这是干什么呢?”

“我有人心的。”老太婆说,就用锐利的、轻蔑的眼睛看着他。

郭子龙茫然地沉默了一阵。

“放你底狗屁! 你骗了我底钱!”他吼叫着。

老太婆用力地看了他一眼,转身走掉了。

“抓起来!”郭子龙叫着,“抓起来,强盗,混蛋,畜生! 抓起……”

他想要追出去,可是他底腿太软弱,在门槛上绊倒了。他倒在地上呻吟着,慢慢地爬着坐了起来。他刚刚走了回来,吴顺广底传达,那个替他弄回田地来的,有名的郑瞎子出现了。郑瞎子对着他大声喊叫着,他扶住门柱站了下来。

“郭子龙! 镇公所叫你去,你底张老二杀了吴大爷了!”

郭子龙像木头一般地站着。

“郭子龙,请快!”

“你配叫我郭子龙么?”郭子龙流出冷汗来,颤抖着,但是他底声音是微弱的。他还没有能听清楚郑瞎子在叫些什么,他怀疑他底耳朵。但是郑瞎子直喊他底名字,却刺痛了他。

“你底张老二杀了吴大爷了!”郑瞎子凶恶地大叫着。这时候,两个乡保队兵士从郑瞎子底后面走了进来,站在两边。

“啊!”郭子龙惊呼着,“他? 真的吗?”

他惨白了,几乎就要栽倒了。他底嘴唇颤抖着,似乎在说话,但人家不能听清楚他究竟在说些什么。明白了他底病状之后,郑瞎子就出去,跑下坡去叫了一乘滑杆来,这样把他抬到了镇公所。

街上的人们立刻就跑拢来,跟在他底滑杆的周围跑着。大家都来看这个奇怪的人,并且带着一种惊奇和钦佩。人们都相信他是这个惊人的谋杀底鼓动者或主使者。孩子们对他投着石子。他似乎清醒起来了,从滑杆上昂起头来看着周围的人们,这兴隆场底人们,他底故乡的人们。对于这些人们的愤恨使他恢复了力量了。他这才明白了张老二杀死吴顺广这个行为的意义。这个时候，这乡下人底沉默而辛苦的形象出现在他底面前，带着不可侵犯的庄严，压迫着他底心，打击着他底灵魂。他于是痛苦地看见了，在张老二底面前，他原来是怎样的卑鄙和渺小。

吴顺广底被杀应该是叫他觉得痛快的，但是这种情绪却被对于张老二的畏惧掩住了。张老二显得是这样强大而庄严的一个存在。这叫他底心整个的迷乱了。但是他忽然举起拳头来，对着跟在滑杆周围的人们挥着，并且叫着：

"杀得好！杀得好呀！"

人们在他底声嘶力竭的喊声下突然静寂了。在这个喊叫之后，他觉得他还不至于完全卑劣，并且觉得他对张老二并不怎么惭愧，就恢复了自信。于是他接连地喊叫着，怒骂着，直到人们把他抬到镇公所办公室底台阶面前。

这个好汉是不甘示弱的。他自己走进了办公室，推开了拖着他的兵士，走进了镇长底房间。那年青的衰弱的镇长，蓬着头发，神情非常颓衰，坐在那里。另外有一个穿西装的青年躺在床上。郭子龙认出来，这是吴顺广底在重庆念大学的儿子。他是刚放了暑假，昨天才回来的。

听见有人进来，吴顺广底儿子就坐了起来了。他是一个看不出性格来的，很苍白，很精致，又很叫人难耐的角色。他在怔了一怔之后跑了上来，抓住了郭子龙，喊着"你害死了我爸爸呀！"然后就红了眼睛，吹吸着鼻子，然而毕竟没有能哭出来。郭子龙很冷静地看着他，但是在看见他想要哭出来而终于哭不出来之后，就冷笑了一声。

"高镇长，枪毙他！"这青年叫着，但是在郭子龙看来，这简直是一种撒娇似的表现。

"郭子龙，你说实话：是你主使的吧？"镇长忧郁地说。

"我也想干的！想不到让张老二占了先了。"郭子龙笑着说。

这时人们推了张老二进来。这乡下人样子非常疲困，但是安静到了极点。

"镇长，我都说过了。"他说。

“那么，再说一遍：是不是郭子龙他指示你的呢？”

“他？我没有杀他就是好的了！我饶了他，让他去活去，他是可怜人！”

“我是可怜人？”郭子龙惊奇地问。

“是。我杀吴顺广是报我家两三代的仇，我自己做主的！”“我不杀郭子龙也是我自己做主的。你是一个可怜人。”他再转向郭子龙，说，充满着优越的力量。他底眼睛发亮，他底疲困的样子消失了。说完了，他就紧闭着他底嘴。

“我怎样可怜呢？”受了这严重的一击的郭子龙，带着迷胡的痛苦的笑容，问。

“你底一生是为了什么？你一生做了些什么？”张老二问。

“我做……我做的事你不配懂得的！”

“我懂：那就是害人害己。”张老二说，“镇长，我底话完了。”

郭子龙觉得自己又要昏倒了。张老二不曾杀他是因为可怜他，是因为他不值得杀，这叫他太不能忍受了，然而他又觉得这是实在的。他渴望压倒张老二。他渴望证明给自己看，他不是可怜的。他，如他终生所渴望的，是一个英雄。

“说穿了吧，”他兴奋地说，“是我叫他杀死吴顺广的！我说，杀了，我就送他二十石谷子！”

“你侮辱我！”张老二猛然大叫着，使得镇长都吓了一跳。

“我侮辱你吗？你要明白你底地位！”郭子龙，振作着所有的力量，严厉地说。

镇长迷惑地笑着。张老二底愤怒是这样的猛烈和真实，他对郭子龙是这样的轻视，这是无论谁都感觉得到的。

“郭子龙，你说话要负责任的！”镇长说。

郭子龙于是不响了。

“镇长，”忽然他用微弱的、寒战的声音说，“我早就说过，张老二不是个好东西。他……根本就不是好东西。”他吃力地说，流着汗，“我是早就看出来，他要作恶的，他有好几次想要杀我，抢我底钱……”

他底声音愈发虚弱。他害怕着自己底这些话。他没有能够说完，就被张老二在脸上打了一掌，他恐怖地痛叫了一声，靠在墙上，畏缩地四面看着。这种姿态，是这个英雄从来不曾有过的。他忽然非常可怜自己，失去了一切矜持，忍不住地哭起来了。这是一种乞丐一般的啜泣，一种失去了一切力量和信念的，软弱的生物底悲嚎。

跟着郭子龙底这种哀哭，那个坐在镇长底床边上，两手紧抓着头发而抱着头的地主少爷也哭起来了。他幽幽地喊着他底爸爸，他底亲爱的好爸爸，哭得异常的悲切。他原是希望杀死他底父亲的不是张老二，而是郭子龙的，因为他本能地觉得，如果郭子龙是谋杀者，他底父亲就似乎死得较有价值些，他底报复也比较有意义些。至少，除了人命以外，郭子龙是还有产业可以做为抵偿的。但显然的这谋杀与郭子龙无关，一切都是由于那个无价值的，卑贱的乡下人——那个没有产业，性命一点都不值钱的光棍。那么，他底父亲就死得太冤枉了。这乡下人显然对于无论怎样的报复都不在乎，无论怎样的报复都将是无聊、空虚的。这个感觉使他觉得太悲哀了。他哭得满脸都是眼泪，后来便撕着他底漂亮的花衬衫，在床上翻滚着。

"你怎么一点人性都没有啊!"他跳了起来，冲到张老二面前，悲痛地大叫着。

张老二，像看着一条蛇似地，厌恶地看着他。

"哎哟我底爸爸哟！你是那样的好心肠，哪个不说你是大善人，你被这种没有灵魂的野蛮人害了啊!"这青年号叫着，冲动地跪在地上面拍着巴掌，但当他站起来的时候，他就不觉地拉了拉他底白哔叽裤子，看看弄脏了没有，虽然他仍旧在哭着。

郭子龙已经不哭了，他无力地靠在墙上，闭着眼睛，发着继续的悲痛的呻吟。他想要恢复他底力量，可是他却仍然依赖着他底悲惨的软弱。后来他支持着自己站直了，向着镇长哀求地说：

"我病了，我好走了吧?"

镇长还没有回答，向赓云走了进来，大声地报告说，所有郭子龙名下底佃客都通知了，郭子龙底房子也查封了。郭子龙在这个打击下呆站着。向赓云转向他，恶意地笑着。

“上校，这个收场漂亮吧！”

郭子龙继续呆站了一下。

“那么我可以走了？”他终于更微弱地向镇长说。

“你走好了！”

“向赓云再见！”郭子龙小声说，昏迷地冷笑着走了出来。但突然一股绝望的力气支持了他，他几乎不再觉得自己是病着的了。他走到街上来，一直走到一家馆子里去。

他拣了靠着街边的一张桌子坐下，数了数身上剩下来的钱，就叫了四个菜，并且吩咐伙计拿酒来。他现在心里很激烈，对于刚才的哀哭觉得羞恶。他底头脑是昏晕的，但是他仍然能够记得他刚才和张老二的一切谈话。他想，张老二说他一生只是害人害己，这是确实的。“不过现在无所谓了。”他想。“现在好极，一切都完了，我也没有什么仇要报，也没有什么东西要记挂，这正是我所希望的！我刚才哭了吗？我哭了吗？对了，我哭，不过，我现在不哭！我总要比别人漂亮一点，我也慷慨一点！——我要再去和命运奋斗。那才是真的人生呀！”

他吃完了伙计最先送上来的一个菜，填饱了他底肚子，就开始喝酒。他奇怪地饥渴，好像从来不曾吃过似的。他又叫了两个菜来。他底脸可怕地抽搐着，逐渐地变成了铁青的。他底眼睛里强烈地闪耀着饥饿的火光，而且这显然地不是由于肉体底饥饿。他浑身都在颤抖，发冷，他觉得痛——但不能弄明白究竟是哪里痛。酒馆里的人们一直都在注意着他，现在，他底颤抖、呻吟、和死白的脸色叫他们屏息了。但他心里却是很壮烈，好些他底一直不曾被满足的需要现在一齐都得到满足了。他不曾注意周围的人们。他不曾注意到，已经有好一些人站在街边，站在屋檐底阴影下，在紧张地看着他。当他再一次地叫唤打酒的时候，他把酒壶弄掉在地下了。茶房把它抢了起来，看着他，显得很犹豫。他于是凶暴地叫了一声。

“拿酒来，混蛋！”他叫着，带着一种奇特的幼稚的激动。“他妈的，你不拿来，老子一枪打死你！”

这时他看见了他面前的人们。他看着他们，他底那种眼光和脸色使得凑近来的人们不觉害怕地后退了。他又想起了他刚才的软弱和哀哭，于是对自己非常愤怒。

“我是这种人吗？”他突然对人们叫着说，“老实说，我郭某人是对得起中华民国，为国家，为领袖流过血的！国家民族对不起老子！我郭某人敢说一句，不出几年，这个黑暗的中国非亡不可！”他狂吼着。

“兴隆场！我底故乡！你们这些卑鄙的人啊！”他叫，“将来总会有一种……一些外国人来征服你们，杀掉你们！我那个时候就高兴了：征服你们，杀掉你们！奴才！我说：你们是奴才！你们中间有哪个敢出来回我底话的？”

人们屏息着。这静寂中间，也含着一种惊奇和怜恤的。然而这个英雄却在继续地膨胀，确信着自己底伟大，满足了他底毕生的热望了。

“杀死吴顺广吗，那不过给你们一点颜色看看！”他说，突然地昏迷而摇晃着，可是立刻又紧张着所有的力量，继续说下去了。他本来还没有这样的幼稚。这种幼稚，是由于这样的人生底实在的悲惨。“我手下不止一个张老二！我手下有的是千千万万的人！”他说，逐渐地语无伦次了。“我是不肯出山！我是回来休息的！要是我出山的话，告诉你们，一个师长起码不成问题！我郭某人平生从不说大话……你们要是跟我走的话，我给你们每个人一个团长！你们跟不跟我走？”

“要跟你走，郭师长，”一个年青的流氓滑稽地说，然而没有收到什么效果，只有两三个人稍稍笑了一下。但悲惨的郭子龙现在却把这话当成真的了。他底理智完全丧失了。

“对，跟我走！铲除人间底黑暗，打出光明的前途来！”他挥着拳头喊叫着。“铲除人间底黑暗，打出光明的前途！弟兄们！”他喊，站了起来，流着眼泪。“前进啊，杀啊，革命来啦！革命来啦！”

不绝的狂暴的喊声差不多惊动了整个的兴隆场，人们挤满了街道，在酷烈的阳光下紧张地看着。“革命来啦!”郭子龙爬上桌子，举起手来，狂喊着，心里沸腾着要向人群狂扑过去的热望，就在这样的姿势里停住了。一瞬间一切声音都没有。然后是这个英雄倒下来，滚跌到地上的沉重的声音。……他底嘴里喷着血，死掉了。

张老二在镇公所底名册上叫做张吉阳。是在这以后的第四天，在乱石沟边上的山坡上被枪毙的。这件事情底重大的意义不仅反映在乡人们和工人们底情绪上面，也表现在统治者的各级机构底紧张的态度上面：行刑的前一天早上，县政府派了专差送来了公文，说是奉省主席手令，这个暴徒应该即刻就地隆重执行；随后，已经到夜里十一点钟了，又派来了一个监刑的科长和四个武装整齐的兵士。这一晚上，兴隆场底人家没有到八点钟就一齐紧闭着门户了。

第二天一大早，街道上就挤满了褴褛的、沉默的乡人们，和乱石沟来的阴沉的工人们。

在面对着死亡的时候，张老二显得异常的明澈和冷静。他要求穿好衣服，扣好最末的一颗扣子，并且要求人家给他洗脸水，但是他拒绝了吃东西。他无畏地走在兵士们中间，昂着他底头。他底焦黑的，布满了皱纹的脸整个地干枯了，好像不再是肉体的存在了——它焕发着庄严的光辉。

这是一个阴沉而燥热的天气，当张老二被捆绑着从镇公所出来的时候，挤满了街道的乡人们和工人们肃静着，堵在那里，好像不准备给行刑的人们让路似的。人们渴望看见张老二，悄悄地挤动着，他们中间开始有人落泪。地主们，吴顺广底族人们，和流氓们底叫喊、喝采的声音，刚一起来就被一种强大的力量震慑下去了。兵士们紧张地向前跑去，驱赶着乡人们和工人们，他们就拥在行列底两旁静静地走着。一个戴着破草帽的老头子，穿着一件在胸前打着一大块补丁的干净的衣裳，扶着一根木杖，站在吴顺广办公室巷口底墙壁下，用他底老乡人的鹰似的眼睛，紧紧地凝视着这枪杀张老二的行列。张老二经过的时候，他底左手颤抖地举了起来，眼睛里开始充满了泪水。张老二尊敬地向他看着。流氓们又开始喝采，并且叫："唱一个戏呀，二十年又是一条好汉！"但立刻被遏止了。人群发出了轰轰的声音，何秀英，肮脏的、蓬着头发、披着破衣的何秀英，从一条窄巷子里奔出来了，大叫着冲进人群，投到张老二底身上去而哭泣了起来。兵士们用枪托打她。人群里面的轰轰声更强大，但随后又寂静了。

"不怕的，秀英！报仇啊！"张老二挣脱了何秀英而大喊着，所有的人都屏息着。

张老二开始变得激动而苍白，不过不久就又安静了下来，望着前面笔直地走去。人群过去了，何秀英倒在街心，愤怒地哭骂着。几个工人跑过来照护她，但是她却又爬了起来，向前奔去，高举着两手向前扑去了。

何秀英冲开兵士们底刺刀而扑进刑场，狂暴地哭骂着。只有她底这哭骂声打破寂静。她不住地企图接近张老二，她和兵士们扭打着。酷热的阳光照耀出来了，投射在静默的人群上，同时开始吹着饱含着灰砂的、干燥的大风。枪响之后，发出了吴顺广家族底哭叫和流氓们底喝采，然而这些声音是孤单的。乡人们和工人们沉默地站了很久，然后沉默地向着田野中和乱石沟散去，充满了灰砂的大风吹动着他们底破烂的衣裳。

兴隆场底旷野长久地寂静着，好像凝结起来了。好像那个悲壮的声音仍然在它底上空震荡着，它喊着："报仇啊！"

县政府和乡公所规定要把张老二底尸体示众三天，但是第二天早晨它就失踪了。它被乱石沟的工人们帮同着何秀英在深夜里抬走，埋掉了。

接连很多天，从早晨一直到深夜，吴顺广底庄院里响着做佛事的锣鼓声，然后是三天三夜的流水酒席，然后是大出丧。

一九四八年五月一日

图书在版编目(CIP)数据

路翎全集. 第四卷,中长篇小说:1943—1948/路翎著;张业松主编. --上海:复旦大学出版社,2025.2. -- ISBN 978-7-309-17726-8

Ⅰ. I217.2

中国国家版本馆 CIP 数据核字第 20248E2K80 号

路翎全集. 第四卷,中长篇小说:1943—1948
路　翎　著
张业松　主编
责任编辑/方尚芩

复旦大学出版社有限公司出版发行
上海市国权路 579 号　邮编:200433
网址:fupnet@fudanpress.com　http://www.fudanpress.com
门市零售:86-21-65102580　团体订购:86-21-65104505
出版部电话:86-21-65642845
上海盛通时代印刷有限公司

开本 890 毫米×1240 毫米　1/32　印张 13.375　字数 346 千字
2025 年 2 月第 1 版
2025 年 2 月第 1 版第 1 次印刷

ISBN 978-7-309-17726-8/I · 1428
定价:80.00 元